俄罗斯
散文选

光与善的骄子

谷羽 主编

上海文艺出版社

目 录 CONTENTS

序言：俄罗斯情结　　　　　谷羽 ………… 1

普希金（1799—1837）……………… 1
  论散文　　　　　　　　谷羽　译
  杰尔查文
  卡拉姆津
  记杜罗夫
  波将金的故事
  札记三篇
  席间趣谈选译

屠格涅夫（1818—1883）……………… 17
  小县的乡医　　　　　　臧传真　译
  歌手
  森林和草原　　　　　　谷羽　译
  散文诗九篇

柯罗连科（1853—1921）……………… 57
  深林在喧嚣　　　　　　臧传真　译
  火光　　　　　　　　　谷羽　译

高尔基（1868—1936）……………… 81
  一个人的诞生　　　　　刘伦振　译
  沙莫夫家的晚会
  浅灰与淡蓝
  早晨　　　　　　　　　谷羽　译
  读书

布宁（1870—1953）……………… 117

乌鸦　　　　　　　　　臧传真　译
　　三个卢布
　　幽暗的小径
　　随笔选译　　　　　　　李建刚　译

苔菲（1872—1952）·················143
　　笔名　　　　　　　　　张冰　译
　　往事如烟
　　斯拉夫灵魂
　　笑
　　生活与题材
　　自己人和外人　　　　　荣洁　译
　　三种真相
　　傻瓜

普里什文（1873—1954）·················177
　　林中水滴　　　　　　　谷羽　译
　　森林里的客人
　　一年四季
　　人生足迹

楚科夫斯基（1882—1969）·················199
　　安娜·阿赫马托娃　　　乌兰汗　译
　　马雅可夫斯基印象记
　　列宾与马雅可夫斯基

阿赫玛托娃（1889—1966）·················221
　　光与善的骄子　　　　　乌兰汗　译
　　巴黎往事

论普希金　　　　　　　　　谷羽　译

普希金与涅瓦河海滨

帕斯捷尔纳克（1890—1960）············243
　　幼年　　　　　　　　　　乌兰汗　译

　　斯克里亚宾

　　三个影子

茨维塔耶娃（1892—1941）·············265
　　鞭笞教女教徒　　　　　　荣洁　译

　　中国人

帕乌斯托夫斯基（1892—1968）··········281
　　临终忏悔　　　　　　　　谷羽　译

　　告别夏天

　　伊万·布宁

　　奥斯卡尔·王尔德

　　马克西姆·高尔基

　　米哈依尔·普里什文

利金（1894—1979）··················305
　　亚兰斯克远在天涯　　　　谷羽　译

　　别墅区

纳博科夫（1899—1977）···············321
　　词语　　　　　　　　　　贾茜　译

　　纪念霍达谢维奇

　　剑桥

利哈乔夫（1906—1999）................ 331
  细微处见高远   谷羽 译
  青春与毕生
  择善而从
  跃出误区的艺术
  论教养
  谈影响
  人应该有涵养

斑苔莱耶夫（1908—1988）............ 343
  凯密尔和教书先生   谷羽 译
  书的重要犹如空气
  给玛丽娜的回信
  棕褐色斑痕

沃罗宁（1913—2002）................ 363
  我的白桦树   谷羽 译
  但愿不要刮风……

谢列布罗夫斯卡娅（1915—2003）...... 377
  黄柏   谷羽 译

费奥多罗夫（1918—1984）............ 383
  童年的发现   谷羽 译
  九霄云外
  追踪成吉思汗
  白桦天堂
  火烈鸟

纳吉宾（1920—1994） ·············397
  冬天的橡树   谷羽　译

叶夫多基莫夫（1922—2010） ··········409
  斯杰普卡，我的儿子   谷羽　译

邦达列夫（1924—　） ············415
  母亲   谷羽　译
  美
  瞬间中的瞬间
  诗歌
  记忆
  书籍

卡扎科夫（1927—1982） ············429
  橡树林中的秋天   许力　译　谷羽　校
  天蓝和翠绿
  12月的情侣
  丑女

序言

俄罗斯情结

谷羽

时间过得真快，转眼之间白了少年头，六十有三，已经退休。

回想上高中的岁月，刚开始学俄语，舌尖颤音怎么也发不出来，光练"打嘟噜"练了一个多月，心里想：这门折磨人的俄语真难学！那时候，我最喜欢语文，喜欢诗歌，特别是古典诗词，也暗自练习写诗。因此，考大学时，我报的是中文系古典文学专业。意想不到的是，中文系没有录取，却把我分到了外文系俄语专业。那个年代不允许转系，只好硬着头皮啃外语，舌头不利索，偏得打嘟噜，大概这就是命。

人和专业的关系有点儿像婚姻。能学自己理想的专业，那是经过恋爱然后结婚。专业不理想还得学，就像包办婚姻，没有感情，也得一块过日子。包办婚姻又可分为不同的类型，一种是日子平淡，相互冷淡，凑合着过；一种是难以容忍，不想凑合，只好分手，离弃；但还有一种情况，像电影《李双双》里双双的丈夫希望说的："先结婚，后恋爱。"感情需要逐渐培养。我大概就属于这后一种类型。

感谢大学的俄语老师，他们很多人都曾经在苏联留学，没出国的，也是研究生毕业，不仅语音语调地道，学养丰厚，根基扎实，而且对学生关心爱护，循循善诱，不断鼓励，因而使我们这些学生对俄语、对俄罗斯文学与文化，不知不觉中逐渐提高了认识，增加了兴趣。陈本和老师给我们上基础课，陈云路老师、宗玉才老师、俄罗斯籍的达霞老师为我们上精读课，出生在俄罗斯的安娜老师给我们上口语课；教俄罗斯文学选读课的曹中德老师，给我们介绍普希金、莱蒙托夫、叶塞宁的诗歌作品，让我们领略俄罗斯诗歌的艺术魅力；叶乃方先生给我们讲授欧洲文学史，陈有信先生给我们上俄汉翻译课，臧传真先生讲俄语修辞，当我们得知这位老师翻译了柯罗连科的《盲音乐家》（人民文学出版社，1958），心里充满了敬仰。我们大学一年级学过的课文《友谊》，就是从《盲音乐家》一书中摘取的片段，对着原文读老师的译文，那是多么美好的感受啊！喜悦，钦佩，自豪，无形的鞭策与激励！那时候我就暗下决心，一定要学习好俄语，将来像老师一样，也能从事文学翻译。

大学毕业后留校当了教师，先后教过俄语基础课、俄罗斯文学史、俄罗斯诗歌选读，在老教师的帮助和扶持下，逐渐熟悉业务，业余时间也开始尝试着翻译文学作品。后来有机会到俄罗斯进修一年。这一年对我来说格外珍贵。我有幸置身于俄语环境当中，听力和会话能力有所长进，更为难得的是，亲眼目睹了俄罗斯人的生活习俗，进一步了解了俄罗斯的风土人情，这对于理解俄罗斯文学与文化大有裨益。

我发现俄罗斯人对他们的文化传统高度重视，极为珍惜。在圣彼得堡（当时还叫列宁格勒），在莫斯科，有很多博物馆、展览馆、纪念馆、名人故居，有很多文学家、艺术家的纪念碑、雕像，街道上随处可见白色大理石制作的纪念碑，上面写着某位诗人、作家、画家，或音乐家何年何月在此出生或者在此居住。很多人带着孩子参观博物馆、纪念馆。纪念碑前经常摆放着石竹花。

我翻译过克雷洛夫寓言，在彼得堡夏园瞻仰了这位智慧长者的雕像，雕像基座上许多栩栩如生的动物浮雕给我留下了深刻印象。我翻译过普希金的抒情诗，有机会参观彼得堡市郊的皇村中学，自称"苦行僧"的诗人曾在这里的斗室凝神构思，创作诗篇，旁边的夏宫园林有他流连漫步留下的足迹。我去过普斯科夫省米哈伊洛夫斯克，诗人流放北方，在那里曾困居三年。我去过小黑河，那是诗人当年决斗的地方，四周的一草一木都诉说着悲凉。记得1989年6月6日我去莫依卡运河街拜谒诗人故居，那一天正是普希金的诞辰纪念日，庭院里诗人纪念碑四周堆满了鲜花，点燃了许多蜡烛，一个满头银发的老太太正高声朗诵普希金的诗歌，此情此景，至今恍如就在眼前……

我发现俄罗斯人喜欢读书、买书、藏书。我的导师格尔曼·瓦西里耶维奇·菲里帕夫先生家里四壁皆书。我认识汉学家孟列夫先生，几次去他家做客，发现他的藏书比菲里帕夫先生还要多。有一次孟列夫先生带我去已故的汉学家彼得罗夫家里，帮助彼得罗夫的夫人整理和清点这位汉学家与中国友人的书信，孟列夫先生告诉我，彼得罗夫先生捐献给列宁格勒大学东方系的图书多达两万册。不仅知识分子、学者、教授喜欢读书、藏书，许多普通职员、工人、年轻的学生也都喜欢读书，买书。因此，经典名著多次再版，而且每次的印数都很多，以普希金的三卷集为例，第一次印数为二十五万册，第二次印数高达三百二十五万册，第三次（1985年）印数达到了惊人的一千零七十万册。1988年出版的《丘特切夫诗选》，印数五十万册，《费特诗选》，印数三十万册。阿列克谢耶夫翻译的《聊斋》，印数十万册。数字也许是枯燥的，但它生动地表现了俄罗斯人读书成风的热情。

俄罗斯人爱书，常常把他们喜爱的书籍作为礼物送给朋友，这让我受益匪浅。我在俄罗斯买了不少书，但是最珍贵的都是导师和朋友们赠送的，其中有菲里帕夫先生送的《俄罗斯诗歌三世纪》、《诗国漫游》，诗人伽姆扎托夫赠给的诗集《爱之书》，诗人舍甫涅尔赠予的他自己的诗集和《茨维塔耶娃两卷集》，学者利哈乔夫先生送给的《善与美书简》和他的三卷集，还有一个年轻的朋友瓦洛佳跟我学过汉语，送给我科学院出版的四卷本《俄罗斯文学史》，这是我一直梦寐以求的著作，一旦到手，真是视若珍宝。

我还发现，俄罗斯人热爱大自然，喜欢户外活动，喜欢在郊外别墅休憩，莳弄自己的花圃菜园，喜欢外出旅游，去海滨度假，喜欢去森林采蘑菇，去湖边钓鱼，冬天尤其喜欢去野外滑雪。俄罗斯有许多作家，历来喜欢旅游、打猎，依据他们的经历写成游记、散文和随笔，爱好读书的俄罗斯人读了这样的作品，想必更增加了亲近自然的兴致。

多年接触俄罗斯文学和文化，日久天长，心中形成了挥之不去的俄罗斯情结。阅读和翻译俄罗斯文学作品，成了我生活中一项重要内容。当北京师范大学郑海凌先生约我选编一本俄罗斯散文作品集的时候，我的观察和发现自然而然就成了进行选择的依据。

俄罗斯人尊重作家、艺术家的创造性劳动，既善于纵向继承，汲取前人的创作经验，又善于横向借鉴，从西方欧美文学艺术中吸收营养。在这一方面，普希金堪称典范。他的散文《杰尔查文》、《卡拉姆津》，以及札记中有关莎士比亚和莫里哀的论述，均以简洁准确的文字表达了真知灼见。帕乌斯托夫斯基以擅创作抒情散文驰名文坛，透过他的散文，我们对高尔基、对布宁、对普里什文、对英国作家王尔德，都会有新的认识，新的发现。出自他笔下的《临终忏悔》，构思新颖，语言如音乐一般流畅，在特定的场景中凸现了作曲家莫扎特的个性，带给读者美的启迪，美的感受。

诗人看诗人，作家看作家，总有不同于常人的见解，普希金被誉为俄罗斯诗坛的太阳，阿赫玛托娃被称作俄罗斯诗坛的月亮，月亮怎么样看待太阳？她的两篇散文为我们提供了寻求答案的钥匙。高尔基自学成才，斑苔莱耶夫同样自学成才，而后者得到过前辈的提携与扶持，散文《棕褐色斑点》以深情的口吻，具体的细节，表现了晚辈对师长的怀念。

俄罗斯人有读书、爱书的传统，本书选译了高尔基的《读书》，斑苔莱耶夫的《书的重要犹如空气》，邦达列夫的《书籍》，从这些散文中我们可以了解俄罗斯人为什么痴迷于读书。高尔基读了普希金的长诗，曾经记下自己的感受：

"音调悠扬的诗行以节日般的欢乐气氛美化了它们所描述的一切，记住这些句子出奇的容易。这使我觉得幸运，使我的生活变得轻松而欢快，诗句回响，恰似为新生活祝福的钟声。一个人能认字读书——该是多么幸福啊！"

中国古语说；"知之者不如好之者，好之者不如乐之者。"当一个人能从读书中得到快乐时，那就没有什么力量能够阻止他在探求知识的崎岖山路上跋涉与攀登。斑苔莱耶夫在《给玛丽娜的回信》中分析了读书与看电视的区别，指出了不加节制看电视的危害，这些话值得我们深思，特别是当今那些看卡通图像成风、上网游戏成瘾的年轻人，真该听一听这位俄罗斯作家的忠告。

俄罗斯人热爱大自然，出现了一系列描写人与自然的优秀散文作品。屠格涅夫的《森林与草原》写的如诗如画；柯罗连科的《深林在喧嚣》以森林风暴为背景展示俄罗斯农民的坎坷命运；普里什文的《林中水滴》、《一年四季》，证明他不愧为"俄罗斯大自然的歌手"；阿斯塔菲耶夫出色地描写了西伯利亚的乡村风光，抒情中融入了作家的忧虑。

由于我自己长期翻译俄罗斯诗歌作品，所以对诗人写的散文格外关注。本书选编了阿赫玛托娃、帕斯捷尔纳克、茨维塔耶娃等诗人的散文，还从费奥多罗夫的《诗人之梦》文集中选译了几篇回忆童年生活的作品，语言清新，想象丰富，诗人不失赤子之心，真挚的情感分外动人。

邦达列夫的《瞬间》与索洛乌欣的《掌上珠玑》，显然继承了屠格涅夫散文诗的传统，以短小的篇幅，凝练的语言，叙事抒情，渗透哲理，清新隽永，耐人寻味。沃罗宁、纳吉宾、卡扎科夫等几位作家侧重探讨人与自然的关系，利金、谢列布罗夫斯卡娅、叶夫多基莫夫，则擅长以略带感伤的笔触，解析人生的艰难处境，表现婚姻家庭关系中人的尴尬、困惑与无奈。利哈乔夫的《善与美书简》谈人生，谈理想，谈修养，分析透彻，鞭辟入里，以理服人，深入浅出，堪称是智慧长者的肺腑之言。

古今中外的文学作品多如恒河沙数。其中只有极少数的精品佳作能够世代流传，这样的作品就是经典。但是，经典从来不是自封的。虽然优秀的诗人与作家都希望借助作品延续他们的生命，作品能否超越时空局限，则不仅仅取决于创作者的主观愿望，而必须经受岁月风雨的冲刷淘洗，有赖于广大读者的筛选抉择。真正的艺术品，刚问世之初，也许默默无闻，但随着时间的推移，越来越受到赏识。有的作品，一出版就引起轰动，好评如潮，但几年之后，便销声匿迹，再也无人提起。有的文学作品，由于种种原因，一度遭到禁锢，意想不到的是它竟然能穿越死亡地带，经历了多年沉寂之后，有一天竟凤凰涅槃一般闪烁出光彩。

从某种意义上说，作品是作家的孩子，读者是这孩子的保姆，孩子的母亲只有一个，而保姆却可以多到无数。作家赋予作品以生命，作品要永葆艺术青春，则需要无数保姆的关爱与呵护。万千读者的心田乃是文学作品滋长繁荣长盛不衰的沃土。

进入二十一世纪，商品经济大潮如浪涛汹涌，生活节奏越来越快，人们日益重视物质利益，追求时髦与时尚，快餐式的通俗文学作品盛行，纯文学日趋边缘化，逐渐受到冷落。不过，真正的诗人和作家，从来不会追求轰动效应，他们寻觅的只是艺术上的知音。在这个文化生活方式日趋多元化的时代，阅读也是多元化的：有的人喜欢通俗文学，有的人喜欢纯文学，有的人喜欢中国文学，有的人喜欢外国文学，有的人喜欢西方欧美文学，有的人喜欢俄罗斯文学，打个比方，许多人喜欢"肯德基"、"麦当劳"，很多人仍然喜欢吃饺子，喝"老白干"，我相信，总还有一些人喜欢尝尝"黑面包"，品一品"伏特加"的滋味儿。

为此我选编了这本《俄罗斯散文选集》，其中包括了二十五位俄罗斯作家近百篇散文、散文诗、随笔、札记。读者如果能从中阅读到自己喜欢的作品，引起心理共鸣，体验到审美的愉悦，那我就会感到欣喜和宽慰了。

编选本书得到了前辈师长乌兰汗先生、臧传真先生、刘伦振先生、陈淑贤先生的帮助和支持，张冰、荣洁、李建刚等几位年轻朋友也提供了他们精心选译的作品，我向这些老师和朋友表示诚挚的谢意。我还要向高莽先生表示由衷的感激，他为本书的每一位作家都画了肖像，使本书图文并茂，顿时增色。高莽先生已届八十高龄，前不久刚刚动过胆结石手术，身体欠佳，当我打电话向他提出请求时，他非常爽快地予以应允。由于缺乏资料，有三个作家找不到照片，我觉得二十四个人，画了二十一张肖像，可以交稿了。不料高莽老师对我说："不要留下遗憾，想办法再找一找。"后来，在《世界文学》编辑部孔霞蔚编辑协助下，终于找到了需要的相片。高莽先生这种追求完美的精神，令我感动，让我难忘。我觉得，在翻译家兼画家高莽先生心中必定凝聚着挥之不去的俄罗斯情结。

2004 年 7 月 12 日
于南开大学龙兴里

普希金（1799—1837）

亚历山大·谢尔盖耶维奇·普希金，俄罗斯民族诗人，俄罗斯近代文学奠基人，在文学艺术的诸多领域都展现出非凡的才华，诗体小说《叶甫盖尼·奥涅金》是其代表作。他不仅擅长创作抒情诗、叙事诗、讽刺诗、童话诗、诗剧、中短篇小说、历史小说，而且散文写得也非常出色，他的随笔、札记、游记、评论、信函、日记，成了俄罗斯散文的宝贵遗产。普希金指出："准确和简洁——是散文最可贵的优点。散文需要的除了思想，还是思想，——如果没有思想，华丽的辞藻没有任何意义。"这些掷地有声的真知灼见，至今对散文写作仍值得借鉴。从下面选译的随笔、札记以及小品文，读者可以约略窥见普希金散文的艺术风采。

论 散 文

有一次，德·阿兰贝尔①对拉加尔普②说："请您不要在我面前吹捧布丰③了。这个人写过：人类最可贵的猎获物就是这种高傲的、性情暴烈的动物，以及诸如此类的话。为什么不直截了当地说这就是马呢？"拉加尔普对哲学家枯燥的推论感到惊奇。不过，德·阿兰贝尔为人非常聪明，我承认，我倾向于同意他的见解。

说到布丰，我想顺便指出，他是描绘自然景物的大师，他的文笔多姿多彩，丰满厚重，有些景致简直就像画家的彩笔勾勒的一样，永远堪称记述性散文的典范。至于说到我们的作家，他们认为对最普通的事物进行简单的表述乃是一种耻辱，他们大概以为通过添枝加叶，借助毫无生气的修饰就能让幼稚的散文增加些许活力吧？这些人从来不会直接说"友谊"，必定会加上"这种神圣的情感"或者"神圣情感的火焰"等等修饰语。本来应该说"早晨"，他们却要写成"初升的太阳第一缕霞光刚刚映红了东方蔚蓝的天空"，啊，多么新颖奇特！难道句子写得越长就会越好吗？

我读过一位戏剧爱好者写的文字：这位得到塔丽娅④和墨尔波墨涅⑤哺育的、得到阿波罗⑥慷慨传授的妙龄女子……我的天啊！直接说"这个年轻的优秀女演员"不就行了吗？要是照这样写下去，可以相信，谁也不会关注你的文字技巧，没有人会对你说一声"谢谢"。

卑鄙的、吹毛求疵满怀妒火的酷评家，把他令人昏睡的毒液洒向俄罗斯

---

① 德·阿兰贝尔（1717—1783），法国哲学家、数学家。
② 拉加尔普（1754—1830），瑞士政治家，拥护启蒙思想。
③ 布丰（1707—1788），法国博物学家，俄国科学院名誉院士。
④ 塔丽娅，希腊神话九位缪斯女神之一，司职喜剧。
⑤ 墨尔波墨涅，希腊神话九位缪斯女神之一，司职悲剧。
⑥ 阿波罗，希腊神话的太阳神，艺术庇护神。

的帕尔纳斯诗坛桂冠,而俄罗斯诗坛的迟钝只能与永无穷尽的凶狠相提并论……我的天!为什么不干脆说出"马"这个词来呢?这样说岂不更简明,出版杂志的先生?

文笔明快聪颖的另一典范是伏尔泰。他在其作品《米克罗梅加斯》当中嘲讽了作家冯特内尔故弄玄虚过于纤细的文风,让这位作家一直耿耿于怀。

准确和简洁——是散文最为可贵的优点。散文需要的除了思想,还是思想,——如果没有思想,华丽的辞藻没有任何意义。至于诗歌,则另当别论(不过,我们的诗人也不妨在他们的诗篇当中多容纳一些思想,超出于他们的日常作为。如果总是回顾逝去的青春岁月,我们的文学很难有远大的前程)。

假如有人问,我们的文学哪一位散文写得最好?答案是——卡拉姆津的散文。这并非什么溢美之词。对这位令人敬重的作家,我们还可以多说几句……

谷羽　译

杰 尔 查 文 [①]

我平生只有一次见过杰尔查文,但是这一次却永远难忘。那是1815年皇村中学公开考试的时候。当我们得知杰尔查文将要来我们学校,大家都很激动。杰里维格[②]跑到门口的台阶上等着他,想吻吻他的手,要知道那是写出名诗《瀑布》的手啊!杰尔查文走进了门厅。杰里维格听见他问门卫:"老弟,请问厕所在什么地方?"这个问题毫无诗意,让杰里维格十分扫兴,他改变了主意,回到大厅。杰里维格把这件事讲给我听,他那不以为然的平静口吻和嘻嘻哈哈的态度让我觉得惊讶。

杰尔查文已经老态龙钟。他穿着制服和一双棉绒靴子。我们的考试让他感

---

① 杰尔查文(1743—1816),俄罗斯诗人。
② 杰里维格(1798—1831),俄罗斯诗人,普希金的同学。

到疲惫。他坐在那里，一只手托着下巴，脸上没有任何表情，眼神模糊，嘴唇下垂。他的模样跟他的一幅肖像非常相似（那幅肖像画的他头戴一顶椭圆形的帽子，身穿一件长袍）。他一直都在瞌睡，直到开始俄语文学考试，他忽然来了精神，双眼炯炯发光，简直像换了一个人似的。当然，有人朗诵他的诗，分析他的诗，还不停地赞美他的诗。他认真倾听，脸上焕发出极其生动的表情。最后，终于叫到了我的名字。我站立的地方离杰尔查文只有两步。我朗诵了自己写的诗作《皇村回忆》。我当时的心情难以形容：当我读到有杰尔查文名字的那一行诗的时候，我的稚嫩的童音显得格外响亮，一颗心止不住兴奋地狂跳……

究竟怎么样结束了朗诵，我已经记不清了，记不清我跑到了什么地方。杰尔查文十分赞赏，他要人找到我，他想拥抱我……人们到处找我，但是没有找到……

谷　羽　译

卡 拉 姆 津①

……这是1818年2月间发生的事。卡拉姆津的《俄国通史》前八卷刚刚出版问世。我在病榻上贪婪地通读了这部著作，读得十分认真。这部历史著作的出现（注定会是这样）引起了轰动，给人留下了强烈印象，印数三千部，一个月内全部销售一空（这一点就连卡拉姆津本人也出乎意外），在我们国家这种情形是唯一的一次。所有的人，包括上流社会的女士，都争先恐后地阅读自己国家的历史，而在此之前他们对这些并不了解。俄罗斯历史对他们说来是新的发现。卡拉姆津发现了古代的俄罗斯，就像哥伦布发现了新大陆。在相当长的一段时间里人们的话题谈论的都是这套书。我的病好了以后，又重新出现在社交场合，对这套书的议论依然兴致勃勃。不过说实话，听了这些议论，对名

---

① 卡拉姆津（1766—1826），俄罗斯诗人，历史学家。

望的兴趣会变得索然无味。有一次我听到人们议论卡拉姆津《俄国通史》的精神本质和语言，无论如何我也想象不到上流社会的论断居然那样愚蠢。有一位平时颇为受人敬重的太太，当着我的面翻开第二卷，高声朗读："'……弗拉基米尔把斯维亚托波列克收为养子，但是却不爱他……'但是！……为什么不用'然而'？但是！多么俗气啊！难道您不觉得您这位卡拉姆津渺小可怜吗？但是！"——报刊上倒没有什么人批评卡拉姆津。卡切诺夫斯基①一味抨击的只是那一篇序言。

我们当中任何人都还没有能力对卡拉姆津的鸿篇巨著进行学术研究——然而也没有人对这位作家说一声感谢，虽然他的成就如日中天好评如潮，他却离群索居躲进书斋，甘于默默无闻，正是他以坚持不懈的劳动，为一部史学著作奉献了生命中的十二个春秋。《俄国通史》的内容显示出卡拉姆津学识的渊博，当他潜心于学业的那些岁月，许多平凡的人自以为学有所成，正忙于谋求官职四处奔走，早把学业的追求弃置一旁。信奉雅各宾派的年轻人有所抱怨，认为个别论断有利于专制制度，对这种制度的美化粉饰与事件的忠实叙述自相矛盾，在他们看来，是野蛮和压榨占了上风。他们忘记了卡拉姆津是在俄罗斯出版自己的史学著作，忘记了最高当权者下令对他免除书刊审查，如此信任的做法在某种程度上对卡拉姆津产生了作用，使得他不能不格外谨慎，注意分寸。他以史学家的诚实进行记述，引用资料处处都有依据——能够做到这种程度，你对他还能有什么更高的要求？我再重复一遍：《俄国通史》不仅是一位大作家的著作，同时还是一位正直人士的功勋。

上流社会中有些人写文章攻击卡拉姆津。有个年轻人名叫尼基塔·穆拉维约夫，为人精明，性情火暴，他对序言或引言进行了一番分析，说什么，这算什么序言！……米·奥尔洛夫在寄给维亚泽姆斯基的信函中指责卡拉姆津，质问作家为什么在著作的开篇不增加一些章节，对斯拉夫民族的起源进行想象性的精彩描绘，这就是说，他要求在史学著作中写小说——真可谓既新鲜又大胆！还有几个尖酸刻薄之徒，在晚餐的餐桌上用卡拉姆津的文体篡改古罗马史学家利维乌斯②著作的头几章。塔克文③时代的罗马人不明白专制制度还具

---

① 卡切诺夫斯基（1775—1842），俄罗斯历史学家，《欧洲导报》编辑。
② 利维乌斯（公元前59—公元17），罗马历史学家。
③ 塔克文，传说中古罗马最后一个国王，公元前6世纪在位。

有拯救的功能;即便是将自己的儿子判处死刑的布鲁图①也不懂得这一点,须知,罗马共和国的奠基者罕见以性情温和著称的人。因此,这几位刻薄的嘲讽者就显得特别滑稽可笑。他们给我抄录了一首相当不错的俄罗斯讽刺诗。这是我生活中并不愉快的一段插曲。

顺便说,也有精彩的时刻。有一天,卡拉姆津当着我的面讲他喜欢的笑话。我跟他争辩说:"这么说,您是喜欢奴役超过喜欢自由啦!"卡拉姆津顿时大发脾气,指责我对他进行诽谤。由于敬重高贵心灵的愤怒,我立刻沉默不再说话。谈话陷于停顿。卡拉姆津很快觉得有点儿不好意思,告别的时候,像通常一样教训了我几句,似乎为自己发脾气表示歉意:"您今天跟我说的话,连希赫马托夫②和库图佐夫③都不敢这么放肆无礼。"我和他认识已有六年之久,这是他头一次跟我提到与他不和的人,他并不反对这些人,对他们似乎也不怨恨。希什科夫④就更不用说了,卡拉姆津对他还有几分喜欢。有一次我们一道去巴甫洛夫斯克,他一边系衣服上的带子,一边侧着头看我,忍不住笑了起来。我也扑哧一声笑了。于是我们俩哈哈哈哈放声大笑了一阵……

谷羽 译

记 杜 罗 夫

杜罗夫是杜罗娃⑤的弟弟。这位杜罗娃1807年女扮男装在军队中服役,荣获乔治十字勋章,目前正在出版她写的札记。1829年我从阿尔兹鲁姆归来的

---

① 布鲁图,古罗马贵族,古罗马共和政体的第一批执政者。
② 希赫马托夫,俄罗斯公爵,卡拉姆津的同代人。
③ 库图佐夫(1767—1829),俄罗斯诗人,科学院成员,卡拉姆津的政敌。
④ 希什科夫(1754—1841),俄罗斯诗人,曾任俄罗斯科学院院长。
⑤ 娜·安·杜罗娃(1783—1866),俄罗斯裔女子,曾女扮男装参加卫国战争,所著《女扮男装的枪骑兵,俄罗斯传奇》,1836年于圣彼得堡出版。

途中，在高加索认识了杜罗夫。他在那里治疗一种奇怪的疾病，好像是叫强直性昏厥。他没日没夜整天打牌，最后把钱输了个精光。我带着他乘坐我的马车到莫斯科。杜罗夫只为一件事情着迷：他绞尽脑汁总想弄到十万卢布。能够得到十万卢布的各种方法他都设想过，翻来覆去深思熟虑地想过。有时在途中的夜里他会把我叫醒，向我提出这样的问题："亚历山大·谢尔盖耶维奇！亚历山大·谢尔盖耶维奇！请您想一想，我怎么样才能把十万卢布弄到手呢？"有一次我对他说，假使我处在他的位置，如果弄到十万卢布果真可以带给我安宁与幸福的话，那么我会想办法去偷盗。"这办法我想过，"杜罗夫回答我说，"结果如何呢？""很难办。并非从随便一个人的口袋里一伸手就能掏出十万卢布。为了这点区区小事，我也犯不上去杀人、去抢劫；我这个人还有良心呀。""那么去军队的金库盗窃好了。""这法子我也设想过。""想得怎么样？""要运用这个办法，最好选择在夏天采取行动，那时候，团队正在野营，而运钱的马车就停在团队指挥官帐篷门口。只消把一条长长的绳子抛过去，套在车辕上，这头从远处套上一匹马，然后骑上马立刻就跑；哨兵看见没有马拉的车子自己跑了起来，必定会吓得目瞪口呆，不知怎么办才好。只要跑出两俄里，就能够打开运钱车的钱箱，带上金钱逃之夭夭。不过，这里也有许多不方便的地方。你能不能想出什么弄钱的新鲜办法？""不妨试一试，恳求皇上赏赐给你金钱。""这办法我考虑过。""考虑得怎么样？""我甚至都恳求过。""怎么恳求的呢？要知道你没有这种资格和权力呀！""起头儿我是这样写的：皇帝陛下！我没有任何权力向您恳求，恳求您赏赐我，给予我足以构成我生活幸福的大笔款项；但是，皇帝陛下，万望您破例开恩，还有诸如此类的一些话。""怎么样，给你答复了吗？""什么答复也没有。""这就怪了。那你最好去找银行家洛希尔德①。""这我也想过。""结果怎么样？""你看这是否可行？有一个办法能从洛希尔德手里骗取十万卢布，那就是给他写一封表示请求的信函，写得要多怪有多怪，要多逗有多逗，为的是让这位大银行家看了觉得格外开心，接下来再给他讲一个笑话，就说这笑话价值十万卢布。不过，这么办同样是困难重重……"总而言之，什么出人意料、荒诞不经的主意杜罗夫都琢磨到了，简直

---

① 詹姆斯·洛希尔德（1792—1858），法国大银行家，其财富仅次于法兰西国王路易·菲力普。

就没有他想不出来的法子。他的最后一个方案是向英国佬去骗钱,他之所以打英国人的主意,是因为这个民族一向爱好虚名,对于千奇百怪的事情往往抱有浓厚的兴趣。他想给英国人写这样一封信:"英国的女士们,先生们!我打赌押了一万卢布的赌注,想必你们不会拒绝借给我十万卢布的贷款。英国的女士们,先生们!恳求你们高抬贵手,帮助我走出赌博输钱的困境,我对于你们举世闻名的慷慨大度寄予厚望。"杜罗夫请求我在彼得堡通过英国驻俄国的公使为此事奔走斡旋。但是在把他的设想方案告诉我之前,他首先让我赌誓担保,决不私自利用这样的锦囊妙计。杜罗夫随时随地准备和别人打赌,而且是有什么赌什么。当谈论到女人的时候,他会说:"你敢和我打赌吗?不出三天,我准能把她弄到手!"如果是用手枪射击,杜罗夫就提出站在离靶子二十五步开外的地方,以一千卢布作赌注,断定你无论如何射不中目标。他对女人的迷恋显而易见。在叶拉布加城当市长期间,他曾经迷上了一个被判处鞭刑的红头发女囚犯。就在那女囚被捆到木桩子上的时候,作为市长他前来监督执行鞭刑。他把行刑的打手叫到跟前,小声吩咐了他几句话,让他不要抽打那女人,不要触动她那洁白、丰满又美丽的细皮嫩肉。长官说的话,打手自然会照办不误。这件事之后,杜罗夫和那位标致的女囚犯一起度过了几天快活日子。不久前我收到了他的一封来信,他在信中写道:"我的履历很简短:我已经结婚,却仍然没有钱。"我给他回信说:"想出十万个方法去获取十万卢布,看起来你是任何一个方法都没有成功,为此我感到十分遗憾。"1835 年 10 月 8 日记。

谷羽　译

波将金①的故事

一天有人向波将金禀报说:佛罗伦萨有一位伯爵莫列里,小提琴拉得极其

---

① 戈·亚·波将金(1739—1791),俄国陆军元帅,女皇叶卡捷琳娜二世的宠臣和亲信。

出色。波将金渴望听一听他的演奏。于是他下令文书写成一封信，派人去请这位擅长音乐的伯爵。波将金手下一名副官作为信使启程上路，星夜兼程奔赴意大利，登门求见莫列里，向他宣读了波将金大人的命令，提议伯爵立刻坐上他的马车赶往俄罗斯。正直而高尚的小提琴演奏家怒不可遏，当即把信使轰出大门，让波将金连同他的副官及马车统统滚到一边去。作为信使的副官无计可施，但是不执行公爵的命令又怎么向他交差呢？幸亏这位副官心眼灵活，在当地找到了一个贫困潦倒非常平庸的小提琴手①，没有费多少力气就说服了他，他同意假冒姓名顶替莫列里伯爵，然后上了马车直奔俄罗斯。副官带领他来见波将金，让他当面演奏，公爵大人听了十分满意。以后这位冒牌的莫列里公爵就留在波将金手下任职，官衔逐步升迁，最终当了上校。

波将金属下原有一位副官，后来退役住在莫斯科。有一天，他突然收到了公爵召见的信函，家人和亲属一时慌了手脚，不知如何解释这次召见的含义。一些人对突然降临的恩典心怀疑惧，另一些人则断定这是一次难得的幸运机遇。曾经当过副官的年轻人来不及揣测吉凶祸福，穿戴整齐就匆匆忙忙出门赶路。离开了莫斯科，夜以继日，驱动车辆，长途跋涉，终于赶到了公爵大人下榻的军营。有人立刻把他到来的消息报告了波将金。公爵命令他进见说话。副官心里怦怦乱跳，走进了公爵的帐篷，发现波将金正躺在床上，手里拿着一本教会日历。下面是他们两个人的对话：

波将金：是你呀，老弟，你是不是给我当过副官？

副官：正是这样，大人。

波将金：听说你能背诵宗教日历，果真是这样吗？

副官：是这样。

波将金（看宗教日历）：5月18日是哪位圣徒的节日？

副官：是殉难者费奥多特的节日，大人。

波将金；不错。那么9月29日呢？

副官：是圣徒基里阿克的节日。

---

① 冒充莫列里伯爵的平庸小提琴手，指意大利人罗扎蒂，他曾在法国一个团队任提琴手，后改名换姓在波将金手下任职，在1787—1791年俄土战争期间，晋升为上校。

波将金：一点儿不错。那2月初5呢？

副官：是女殉道者阿加菲娅的节日。

波将金（合上宗教日历）：好啦，你自己回家去吧。

波将金遇见施什科夫斯基①的时候，常常对他说："怎么样，斯杰潘·伊万诺维奇，你用什么样的鞭子抽打那些畜生？"

施什科夫斯基听了这句话，总是深深地弯腰鞠个躬，接着回答说："用小鞭子，大人！"

某位出身于歌手的四级文官②不满意波将金公爵待人接物的态度。他用家乡的方言说："他用不着那么神气，俺也是将军，跟他一样。"有人把这话转告了波将金公爵，此后第一次见到这位四级文官，波将金便质问他："你胡说些什么？你算什么将军？充其量你是个男低音将军。"

扎波罗什的哥萨克不喜欢波将金。有一天波将金对一个扎波罗什人说道："一撮毛③，你们知道吗？我们尼古拉耶夫城修了一座钟楼，只要在钟楼上敲钟，连谢契都听得见。""那并不稀罕，"扎波罗什人回答说，"我们扎波罗什齐诺也有这样的钟楼，楼上的钟当当响，彼得堡人就会随着钟声跳舞。"④

波将金公爵在奥恰科夫城一带行军作战期间爱上了一位伯爵夫人。他想方设法和她见了面并且和她单独留在营房里。这位公爵兴奋不已，忽然拉响了指令铃，于是营地四周的几门大炮隆隆齐鸣。这位夫人的丈夫⑤是个不知羞耻

---

① 斯·伊·施什科夫斯基（1727—1793），俄国参政院秘密调查委员会的首席秘书，曾主持审理普加乔夫案件。

② 这位四级文官指的是米·费·帕尔托拉茨基（1729—1795），他起初是宫廷歌手，后来成为宫廷合唱团的指挥兼团长，1783年获得四级文官的官衔，相当于将军的军衔。

③ 一撮毛，扎波罗什人常剃光头，头顶上只留一缕长发，波将金这样称呼扎波罗什人，口吻中带着轻蔑的意味。

④ 原文中这句话用的是扎波罗什方言。普希金的初稿中用俄文写道："这没有什么稀奇，扎波罗什人回答说，我们有这样的班都拉琴手，只要他们在谢契演奏，彼杰拉的人就会纷纷跳舞。"

⑤ 指瓦·瓦·多尔戈鲁基，1788年在包围和攻打奥恰科夫城时，他的军衔是中将。

且头脑灵活的家伙。他知道了放炮的原因,耸了耸肩膀说道:"美得他们咕咕叫!"

当波将金有了权势的时候,有一天他忽然想起了在乡下时结识的一位朋友,就给他写了这样一首小诗:

> 亲密的朋友,
> 如果你有空闲,
> 请到我这里来;
> 假如没有工夫,
> 就留在………

亲密的朋友收到这亲切的邀请,就匆匆忙忙赶来相见。

谷羽 译

札 记 三 篇

* * *

与莫里哀[①]塑造的人物形象不同,莎士比亚笔下的人物不是某种强烈情欲或者某种恶习的典型,而是活生生的人,这种人充满了多种多样的强烈情感,可能具有多种恶习或劣根性;人物所处的环境把这些人物多姿多彩的个性充分地展现在观众面前。在莫里哀笔下,吝啬人[②]的特色仅仅是小气贪财,此外则别无特色;而莎士比亚笔下的夏洛克[③]不仅吝啬,而且头脑机敏,爱报复,同

---

① 莫里哀(1622—1673),法国古典主义剧作家。
② 吝啬人,一译吝啬鬼,是莫里哀同名戏剧中的主人公。
③ 夏洛克,是莎士比亚戏剧《威尼斯商人》中的人物。

时他又热爱自己的子女，说起话来，幽默又俏皮。在莫里哀的剧本里，伪君子①追求他恩人的妻子时表现的是其虚伪，在代为保管的名义下接受财产时表现的是其虚伪，甚至连讨一杯水的情节仍然是表现人物的虚伪。在莎士比亚的作品里，伪君子宣读法庭判决时口吻严厉，虚张声势，但又不失公正；伪君子以担任公职者思想深刻的论断为自己的残忍行径进行辩解；他那振振有词的诡辩颇富迷惑力，使人误以为他是无辜的，而不仅仅是把虔诚与殷勤加以可笑的糅合。安哲鲁②是个伪君子，因为他的言行与其内心的欲念相互矛盾，表里不一！然而这种性格塑造得多么深刻啊！

莎士比亚才华横溢，具有丰富多彩的艺术技巧，这一点在福斯塔夫这个人物形象的塑造上比任何一个剧本反映得都更加清晰与鲜明。这个人物的缺陷、恶习与毛病相互联系，形成了一个既滑稽又丑恶的链条，与古代放荡不羁的酒神倒是有几分相像。分析福斯塔夫的性格我们不难发现，他的最主要的特点是好色；大概从年轻的时候起，对于他说来，头一件牵肠挂肚的事便是追逐女性，并且是粗鲁庸俗地加以追逐。然而他已经年过半百，身体肥胖，渐趋衰老，贪馋于美味佳肴和醉心于美酒等等嗜好显然已经超出于对美人儿维纳斯的迷恋。其次，他还是个胆小鬼，与一帮年轻的浮浪子弟一起生活，随时随地受到他们的戏弄与嘲讽，他以徒有其表与令人发笑的粗俗狂放来掩饰他的怯懦。他习以为常地夸口吹牛，并且想凭借说大话来捞取好处。福斯塔夫一点儿也不愚蠢，相反，他精明得很。他还拥有正常的社会环境里人们所拥有的某些习惯。他没有任何生活的准则。他像女人一样软弱。他所需要的是西班牙的烈性酒，是肥腻的午餐，他还需要金钱好供养他的情妇；为了把钱弄到手，他什么事情都敢干，只是不要冒太大的风险。

我年轻的时候，一次偶然机会得以认识一个人，他的性格似乎再现了莎士比亚笔下的这位人物，仿佛他有意模仿这位剧作家的天才创作，心甘情愿做第二个福斯塔夫③：他好色，胆小，并不蠢笨，办事圆滑，没有任何原则，爱掉

---

① 伪君子，指莫里哀戏剧《达尔丢夫》中的主人公。
② 安哲鲁，是莎士比亚的喜剧《一报还一报》（又译《请君入瓮》）中的人物。
③ 第二个福斯塔夫，指亚·利·达维多夫（1773—1833），退伍少将，退役后居住在卡敏卡庄园，普希金流放南方时，曾两次到卡敏卡庄园做客。在他的诗体小说《叶夫盖尼·奥涅金》中，对达维多夫也曾进行影射嘲讽。

眼泪，而且身体肥胖。只有所处的社会地位赋予他真正的优雅。他已经结婚。莎士比亚没来得及让他笔下的光棍汉娶妻成家。福斯塔夫死在了他那些情妇身边，他没有机会戴绿帽子，当长犄角的丈夫，也没有做一个家庭里的父亲。对于莎士比亚那支生花妙笔说来丧失了多少可以描写的生动场面啊！

下面讲的是我的一位可尊敬的朋友家庭生活的一幕。他的四岁的儿子，长得和父亲很像，俨然是小小的福斯塔夫三世。有一天，这位朋友不在家，他的小福斯塔夫自言自语地说："爸爸多么勇敢呀！皇帝多么爱爸爸呀！"大人们听见孩子说的话就冲他喊叫："谁对你说的，瓦洛佳？"瓦洛佳回答："是爸爸说的。"

* * *

普加乔夫被关押在造币厂①，悠闲的莫斯科人吃过午饭到傍晚之前这段时间，三三两两，陆续来到这个地方观看这个囚犯。他们想借这个机会，记住他的只言片语，好捞取点儿聊天的资本，在街谈巷议时有话可说。有一次，普加乔夫坐在那里沉思。围观的人们默默地站成一圈儿，等着他开口说话。普加乔夫忽然说："有个传说，好多人都知道，在远征波斯的途中，彼得一世听人说，斯坚科·拉辛②的墓地在不远的地方，就特意去了一趟，并且吩咐手下人挖开坟丘，为的是看看他的尸骨，哪怕只看一眼也好……"众所周知，拉辛在莫斯科被处以极刑，尸首碎成四段，遗体后被大火焚毁。然而这故事引人入胜，特别是由普加乔夫口中讲出来就更加精彩。另有一次，一个曾经被普加乔夫俘获，后来又得以逃脱的西伯利亚贵族也来造币厂看热闹。他看到普加乔夫披枷戴锁，脚上有镣铐，就用最恶毒的语言咒骂他。这个人长相十分丑陋，而且没了鼻子。普加乔夫看了他一眼说道："的确，我把你们这一帮人绞死了不少，但我得承认，像这么丑陋的嘴脸，我还从来没有见过。"1834年10月6日记。

谷羽 译

---

① 关于普加乔夫这最后一段生活，普希金在《普加乔夫史》第八章中曾有所叙述。
② 斯坚科·拉辛（约1630—1671），1670—1671年俄国农民起义的领袖，失败后在莫斯科被处死。

席间趣谈选译

* * *

荷兰女王是个很聪明又很大胆的女人。有一次在宫廷舞会上她对奥尔良斯基亲王说:"我想向您提出挑战!""什么条件呀,陛下?""我想浑身挂满野百合花出席舞会。"亲王听了回答说:"陛下,请相信,为了取得佩戴这种标志的权力,我不惜抛洒满腔热血。"

* * *

拉耶夫斯基将军爱嘲笑人,爱发脾气。在俄土战争①期间,有一次在总司令卡缅斯基伯爵②的指挥部吃饭,他看到厨师用糖制作了一个风车,风车的翼片上还题写了代表伯爵姓氏的花体字母,他忍不住说了个挖苦人的笑话。卡缅斯基听了很生气,立刻把这位将军轰出门去。拉耶夫斯基将军对我说,卡缅斯基伯爵是个胆小鬼,他不善于冷静地分辨笑话里的真实含义。不过,他承认,在某一处要塞,他曾经亲眼目睹卡缅斯基陷入险境时的镇定。有位将军没有什么可以夸耀的战功,1812年卫国战争中,他拣到了敌人扔下的几门大炮,以此骗取了奖赏。与拉耶夫斯基将军相遇时,他害怕这位将军出口不逊,说话尖刻,为了免受嘲讽,便主动地迎上前去想和将军拥抱。拉耶夫斯基闪到一边笑着对他说:"看起来阁下把我当成一门没有遮掩的大炮了。"

拉耶夫斯基还说起过一位倒霉的少校,此人曾受过他的管辖,原本是个称

---

① 俄土战争发生于1810—1811年期间。
② 尼·米·卡缅斯基(1778—1811),俄陆军总司令,他不喜欢拉耶夫斯基。在攻占西里斯特里亚战役与坚守舒姆拉等战斗中,拉耶夫斯基功勋卓著,卡缅斯基要弄明升暗降的手腕把他调到雅西去任职。

职的军官，他退职的原因是有一次只穿军服却没穿裤子。

* * *

克雷洛夫①平日常爱坐在沙发上休息，沙发上方墙壁上挂着一幅油画，画很大，画框很沉。有人提醒他说，挂画的钉子不牢靠，要他多加小心，万一画框落下来，说不定会砸破他的头。"不会的，"克雷洛夫回答说，"画框真掉下来也会划道弧线绕开我的脑袋。"

* * *

某位勋爵是个有名的懒汉，他为他的儿子拟定了一条有名的格言："能支使别人干的事情，你永远不要自己去干。"某个有名的自私自利者补充说："对自己有利的事情，永远不要为别人去做。"

* * *

谁也不会像巴尔科夫②那样惹得苏马罗科夫③生气。原来苏马罗科夫十分敬重巴尔科夫，认为他学识渊博，批评文章写得有真知灼见，因而常常请求他对自己的作品发表意见。巴尔科夫平时从不恭维他。有一天，巴尔科夫来见苏马罗科夫，进门就大声说："苏马罗科夫是个伟大的诗人，苏马罗科夫是俄罗斯首屈一指的诗人！"苏马罗科夫非常高兴，立刻命仆人献上伏特加，这正中巴尔科夫的下怀。他喝得醉眼惺忪，临出门时对主人说："亚历山大·彼得洛维奇，我对你说了谎话。俄罗斯首屈一指的诗人是我，第二是罗蒙诺索夫，第三才轮到你。"苏马罗科夫气得差一点儿没掐死他。

---

① 伊·安·克雷洛夫（1769—1844），俄国诗人、剧作家、寓言作家，一生著有寓言九卷集，他是普希金的朋友。
② 伊，谢·巴尔科夫（1732—1768），俄国诗人。
③ 亚·彼·苏马罗科夫（1717—1777），俄国诗人、剧作家。

* * *

C伯爵府上黑奴的故事。C伯爵家里有个黑奴,是个体格健壮的年轻人。伯爵夫人和他偷情,后来生下一个女儿。城里的市民得知这一秘密事出偶然。C伯爵家每逢星期六发放施舍。在指定的日子里穷人们依照惯例来领取食物。不料府上的管家一边往外轰他们一边说:"去!去!去!快滚!哪儿有工夫管你们这些穷鬼。我们家伯爵夫人生了个黑丫头,你们还探头探脑地跑到这里来要饭吃!"

* * *

有一位太太对我说过,如果一个男人跟她谈话,尽说些无足轻重的身边琐事,似乎以此来迁就女人的孤陋寡闻,智力低下,那么在她的心目中,这个男人立刻就暴露出他对女人缺乏了解。事实上也确实如此:把女人与男人相比较,认为男尊女卑,这种看法十分可笑,女人常常以其才智机敏、感情细腻以及过人的智慧令男人们惊讶。男尊女卑的论调在俄罗斯尤其显得怪诞不经,因为主宰和治理这个国家的是女皇叶卡捷琳娜二世。在这个国家里,一般说来,女人更加开朗,更有文化,读书更多,也更加关注欧洲生活的进程。天晓得我们这些男人有什么值得骄傲的。

谷羽 译

屠格涅夫（1818—1883）

  伊万·谢尔盖耶维奇·屠格涅夫，俄罗斯作家，以诗人身份步入文坛，后转向散文和小说创作，《前夜》、《贵族之家》、《父与子》等六部长篇小说，在俄罗斯文学史上占有重要地位，散文集《猎人笔记》，由于语言质朴凝练，情感真挚深刻，浓郁的生活气息以及强烈的人道主义精神，而成为不朽的经典。晚年创作的散文诗融抒情与哲理于一炉，在短小的篇幅里，寄寓无限深情，对爱情与友谊、人生与历史的思考，给读者以智慧的启迪、审美的愉悦和感染。这里选译了《小县的乡医》、《歌手》、《森林和草原》等三篇散文，前两篇写人，表现普通人的善良，民间小人物的才华，后一篇描写俄罗斯自然风光。而《明天，明天！》等九篇散文诗，可供读者欣赏，聆听作家的心声，感受其作品的艺术风格。

小县的乡医

秋天有一回，我到远远的野外打猎，返回来的途中，着了凉，病倒了。幸而，到了小县城的旅馆里，才发起烧来；我打发人去请医生。半个钟头以后，县里的医生来了，这人个子不高，瘦瘦的，满头黑发。他给我开了一剂普普通通的发汗药，叫我贴上芥末膏，把一张五卢布钞票灵巧地掖进袖子里，于是，干咳一声，朝旁边瞟了一眼，准备马上就要回家去了，不知怎的，忽然打开话匣子，待下了。我发烧，浑身难受；预感晚上会睡不着觉，因此，巴不得有一个好心肠的人聊一会儿。端上茶来了。我的医生有条有理地说起来。这个年轻人颇不傻，开口讲起话来口齿伶俐，饶有风趣。世间的事儿真怪：有的人和你长期住在一起，而且关系亲密，但没有一次坦诚地、推心置腹地讲过心里话；可有的人呢，你刚刚认识，——瞧，就像念忏悔词那样，你对他，或者他对你，滔滔不绝地把心里的老底儿全都掏出来。我不明白，我在哪一方面赢得了我这位新朋友的信任，——不过他，正如俗话说的，"灵机一动"，给我讲了一桩很不寻常的事儿；这里，我把他讲的故事转告给关爱我的读者。我尽量用那位医生的原话来叙述。

"您不会认识吧，"他开口说，声音细弱、微颤（这是久吸别列佐夫纯烟叶的结果），您也许不认识这里名叫巴维尔·卢基奇·麦洛夫的法官吧？……不认识……嗯，没关系。（他咳嗽几声，擦擦眼睛）。啊，你要知道，事情是这样的，嗯，让我再想想，那天是大斋戒节，融冰化冻的日子。我正在法官他那儿玩纸牌。我们的法官是个老好人，热衷玩纸牌。忽然，（我的医生喜欢用"忽然"这个字眼儿）有人跟我说：有一个人来找您。我说，什么事？人们告诉我，那人带来一张字条，——可能是病人送来的。我说，把字条给我吧。果然不错，是病人的条子。……嗯，好吧，——这，您明白，是我们的衣食饭碗嘛。……事情是这样的：有一个女地主、寡妇人家给我写的字条；她说，女儿病得快死了，看在上帝老天爷的分上，您劳驾来一趟吧，接您的马车已准备好了。唉，这倒没什么……只是她住的地方离城有二十俄里那么远，又是深更半夜，路还那样难走！况且她本人穷起来了，别指望能弄到两个卢布的出诊费，也许她只给点粗麻布和别的什么小零碎儿。可是，您清楚，医德是最重要的：人快死了。我马上把牌交给牌友卡里奥宾，回家去了。抬头一看，门口台阶前停了一辆不起眼的小马车；马是庄户人家的马——大肚子，肚子大的不得了，身上的毛——简直像毡子似的，马车夫呢，脱了帽子，恭恭敬敬地坐在那里。哼，我心里琢磨着，看来，伙计，你的主子备不住是穷光蛋……叫您见笑了，可我得告您说，我们这些穷哥儿们，凡事都得掂量掂量。……如果马车夫趾高气扬地像公爵那样坐着，不摘下帽子，还撅着胡子露出冷笑，摇晃着马鞭——那么，蛮可以多拿两张钞票！我看，今天劲儿不对。可是，我寻思再三，没法子呀，医生的责任大于一切。我拿上最必需急用的药品，便坐车去了。您相信吗，差一点儿去不成啦。路糟糕到了极点：有小河，积雪，烂泥，水坑，那边有个堤坝突然又决了口——伤透了脑筋！好容易总算到了。小房子矮矮的，屋顶是草盖的。窗口亮着灯，看起来人家在等候。一个戴着压发便帽的、体面的老太太，过来迎接我。她说，'救救她吧，人快要死了。'我说，'请不要着急……病人在哪儿？''请劳驾到这边来。'我抬头一瞧：小房间倒挺干净，墙角里放着一盏灯，床上躺着一个二十来岁的姑娘，昏迷不醒。她在发高烧，呼吸困难——得的是热病。跟前还有两个女孩子——是她妹妹，吓得惊魂失魄的，她们泪流满面告诉我说：'昨天还好好的，饭吃得不是很香，今天早上嚷嚷头疼，到傍晚突然成了这个样子……'我还是照样说，'请不要着急，'——您明白，这是医生分内的事，——我开始看病。我给她放了血，叫人给她贴上芥末膏，开了一瓶药水合剂。这当儿，我注意望着她，看呀，看呀，——啊，天哪，我还没有见过这样俊美俏丽的脸……一句话，是个绝色的美人儿！我充满了怜惜她的心。她的面容多么妩媚呀，她的那双水灵的眼睛……谢天谢地，瞧，她安静些了；她出了汗，看起来是清醒来了，四处张望，笑了笑，用手擦了一下脸……她的两个妹妹弯下腰问她：'你觉得怎么样？''不要紧，'她说，翻身转过脸去……我一看，——她又睡着了。我说，好吧，现在该让病人安静一下啦。于是，我们大家蹑手蹑脚地走了出去；只留下一个侍女随时照应。客厅里桌子上已经摆上了茶炊，还放一瓶牙买加酒：对于我们医生来说，这是必不可少的。他们给我端上茶，留我过夜……我答应了：这时候能到哪里去呢！老太太不住地叹气。我说：'您这是怎么啦？她会好起来的，请放心好了，最好您也去休息一下，现在已经一点多了。'——'要是有什么动静，请您教人叫醒我。''好吧，好吧。'老太太走了，姑娘们也回自己的屋里去了；客厅里给我搭了一张床铺。我躺下了，只是睡不着——你说怪不怪！真叫我受不了。我的病人老在我脑子里面转悠。我终于忍不住了，猛然站起来；心想，我要去看看，病人怎么样了？正好她的卧房和客厅连着。啊，我起来，轻轻地打开房门，可我的心跳得很厉害。我瞧见：侍女睡着了，张开嘴巴，还打呼噜呢，该死的！那病人的脸朝我躺着，两手伸开，可怜见的！我向前走近……她突然睁开两眼，盯着了我！'你是谁呀？是谁？'我慌了神儿。我说，'不要怕，小姐我是医生，来看您啦，您这会儿怎么样？''您是医生？''是医生，是医生呀……您母亲把我从城里请来；我给你放了血，小姐；现在请您安歇吧，过两三天上帝保佑，我们会把您治好的。'——'唉，是啊，是啊，医生，不要叫我死啊……求求您，求求您啦。''您怎么啦？愿上帝保佑您！'我心里暗想，她又在发烧了。我摸摸她的脉，没错儿，是在发烧。她定睛望着我，突然抓住我的手。'我要告诉您，为什么我不想死，我要告诉您，我要告诉您……现在这里就咱们俩啦；只不过请您不要告诉别人……请您……'我弯下腰；她把嘴唇贴近我耳边，她的头发扎着我的脸颊，——说实在的，那阵子我简直晕头转向啦，——她开始向我喁喁低语……我什么也没有听清……唉，她是在那儿说胡话吧……她嘟嘟囔囔，叽里咕噜，说得有点不像俄语，说完以后浑身打颤，头倒在枕头上，伸出一个手指吓唬我。'小心点，医生，不要给别人说……'我好不容易才使她安静下来，给她喝了水，叫醒了侍女，就出去了。"

这当儿，医生又使劲地闻了闻鼻烟，愣愣地呆了一小忽儿。

"可是，"医生继续说，"等到第二天出乎我的意料之外，病人的病没有见轻。我想了想，又反复考虑，突然决定留下来，尽管还有别的病人在等我。……您知道，对病家漫不经心是不行的：这么着，以后行医会倒霉的。然而，第一，这位女病人病情确实很危险，第二，说实在的，我本人也很喜欢她。同时，我对她们全家人都有好感。她们虽然不富有，已经没有什么家产了，但她们很有教养，可以说，是不多见的……她们的父亲很有学问，是个著作家，当然，最后在贫困当中死去，但是，他使孩子们受了很好的教育；身后留下了很多书籍。不知道是不是这个原因,我才满腔热心在病人身边忙个不停呢,还是由于其他什么缘故,我说不清楚;不过,我敢说,这一家人,简直像亲人一样关爱我。……这时候,道路更加泥泞不堪;一切交通,可说是完全断绝了;甚至到城里去弄药就十分困难……而病人一直不见好转……过了一天又一天,一天又一天……于是……这时……(医生沉默了一小会儿)。真的,我不知道,该怎样对您说……(他又闻起了鼻烟,清扫了一下嗓子,喝了一口茶)。我直截了当告诉您吧,我的病人……该怎么说好呢……嗯,她说不定是爱上了我……或者,不,并不是爱……而是,不过,真格儿的,这怎么说呢……(医生低下头,脸红了。)"

"不,"他煞有介事地继续说,"说什么是爱上了!我该有自知之明,我算老几呢。她是一个有教养的女孩子,聪明,有学问,而我呢,连自己本行的拉丁文也忘得一干二净了。至于长相么(医生微微一笑,在镜子里扫一眼自己),看来,也没有什么值得夸耀的。不过,上帝并没有把我生养成一个傻瓜:我还不至于把白的叫做黑的;我多少心里还算明白。比方说,我很清楚,阿列克山德拉·安德烈叶夫娜——她的名字就叫阿列克山德拉·安德烈叶夫娜——是对我有了感情,但这不是爱,应该说,这是一种友好的感情和尊重罢了。虽然她自己也许在这当中说错了话,但是,您可判断一下,她当时的情况是怎样的啊……何况,"这位医生显然有点心慌意乱,断断续续地、一口气说完这番话,然后又补充道,"看起来,我的话有点语无伦次……大概,您也听不明白……那么,请让我一五一十地告诉您吧。"

他将那杯茶一饮而尽,然后慢声细语地絮絮谈来。

"嗯,不错,是这样的。我的病人的病越来越重了。因为您不是医生,先生;所以,您不能理解,我们这些做医生的心情,特别在一开始就预料到这病是治不好了。自信心一点也没有了!突然胆小起来,简直有口难言。你好像感到,你把自己知道的东西全忘得一干二净了,仿佛你的病人不再相信你了,又好像别人已觉察到,你已经手忙脚乱;人们已不大愿意向你报告病情,大家都在皱着眉头斜眼看你,交头接耳嘀嘀咕咕。……唉,真糟糕!你心里琢磨,一定有什么治这病的对症药,只要把它找到就好了。啊,是这药吗?试试看——不,不是它!你还没有等药物发挥效果的时候又换了样……一会儿用这种药,一会儿又用那种药。你情不自禁地拿出药典来……心想,它可能在这里，是在这里！说实在的，有时是不假思索随便翻翻书；心想，碰碰运气吧……可是，这会儿，病人眼看就要死了；别的医生说不定会救活他。你会说，必须来个会诊才行；我自己可负不起这责任。此时此刻，你看上去竟成了一个笨蛋！不过，日后，你也渐渐地习以为常了，觉得没有什么了。人死了——不是你的错，因为你是按照常规办事的。不过，常常使你感到更为痛苦的是：眼睁睁地看着病家对你盲目的信任而你自己深感实在无能为力。阿列克山德拉·安德烈叶夫娜一家正是这样信任我：她们甚至连想也不曾想，她们的女儿正处在危险中。我这方面，也在宽慰她们，说不要紧，可我自己的魂儿早吓得飞到九霄云外了。更为不幸的是，道路偏偏又那样泥泞，为了取药，弄得马车夫天天在路上奔波。我连病人的房门也不出，不能丢下她不管，您要知道，我把种种可笑的传闻、有趣的事儿讲给她听，我还同她一起玩纸牌。我整夜整夜地守着她。老太太热泪盈眶地不住地感谢我；可我心里说：'我并不值得你谢。'我向您坦白——现在也没有什么好隐瞒的——我爱上了我的女病人。阿列克山德拉·安德烈叶夫娜也对我有了感情：除了我，她常常不让别人进她的房间。慢慢地她开始同我聊起天来，问我，在哪里念书，生活情况怎样，我的亲人有谁？我同什么人来往？尽管我觉得不应当让她说话，要是禁止她，您知道，可办不到。我时不时地抓挠自己的头，心里说：'你这是在干什么？强盗？……'可她却拉着我的手，握着不放，眼睛瞅着我，久久地、久久地端详着，然后扭过头，叹口气，说：'您多么善良啊！'她的两手热得烫人，眼睛大大的，昏沉无神。'是啊，'她说，'您很善良，您是个好人，您跟我们的邻居不同……不，您不是那种人……怎么直到现在我才跟您认识呀！''阿列克山德拉·安德烈叶夫娜，请您静静，'我说，'说实在的，我觉得，我不知道我有什么地方值得您这般信任我，……不过，看上帝面上，您一定得安静下来……一切都会好起来的，您的病会好的。'可是我得告诉您，"医生向前弓一弓腰，扬扬眉毛，继续说，"她们和邻居不常来往，是因为，她们同小户人家合不来，自尊心又妨碍她们和富人交往。我跟您说，这一家人十分有教养，——所以，您知道，我很荣幸认识这一家人。她只让我照顾她服药。……这个可怜的人儿，在我的搀扶下，坐起来，接过药服下，瞪大眼看着我……我的心房怦怦跳起来。然而，她的病却一天天地沉重了，越来越沉重了：我想，她会死的，一定会死。您信吗，我恨不得自己躺到棺材里替她死；她母亲和妹妹们都在盯着我，眼巴巴地望着我……看来，对我渐渐地失去了信心。'怎样了？要紧吗？''不要紧，没事儿！'怎么说没事呢，我简直是昏头了。嗯，有一天夜里，我又守在病人身边。那个侍女也坐在那里，呼噜呼噜地打鼾。……对这样一个怪可怜的丫头不能过于苛求；她实在累坏了。阿列克山德拉·安德烈叶夫娜这一晚上觉得很不好受，烧得很厉害。她躺在床上，翻来覆去，折腾了半夜；后来，好像是睡着了，至少躺着不见动弹了。墙角里圣像前边，一盏长明灯，荧荧发光。我坐在那里，耷拉着脑袋，你看，也在打盹儿呢。突然，好像有谁碰我一下，我扭过脸儿来。……我的天哪，阿列克山德拉·安德烈叶夫娜把眼睛睁得大大地直瞪着我……嘴巴张着，脸颊烧得通红通红的。'您怎么啦？'——'医生，我会死吗？''哪儿的话，快别这么说！'——'不，医生，不，我求求您，不要对我说，我的病能好……不要说……要是您知道……我说，请看上帝面上，不要对我隐瞒病情！'她的呼吸很紧促。——'要是我真的知道，我一定要死……那么，我会把我心里话全都告诉您，全部！'——'阿列克山德拉·安德烈叶夫娜，您说哪儿去啦！'——'听我说，我一点也没睡着，一直瞪着眼瞧着您……看在上帝面上……我相信您，您是个好心人，您是个正派人，为了圣灵神明，——我恳求您啦，请您给我说实话吧！您要知道，这一点对我是多么的重要……医生，看在上帝面上，请告诉我，我的病危险吗？'——'怎么对您说好呢，阿列克山德拉·安德烈叶夫娜，——别胡思乱想啦！'——'看在上帝面上，求您啦！'——我不瞒您说，阿列克山德拉·安德烈叶夫娜，您的病的确很危险，不过上帝仁慈……'——'我要死啦，我要死啦……'她好像挺高兴似的，脸上显得快活起来；我吓了一跳。'别怕，别怕，我一点儿也不怕死。'她突然稍稍仰起身子，用胳膊肘支撑着。'现在……嗯，现在我可以告诉您，我打心眼里深深感谢您，您是一位善良的老好人，我爱上您啦……'我痴痴地望着她，头昏脑涨的；您瞧，我心里真有点发憷……'您听见了没有，我爱您……'——'阿列克山德拉·安德烈叶夫娜，我哪里配得上您呀！'——'不，不，您没有懂我的意思……你呀，不明白我的心……'突然，她伸开两臂，抱住我的头，吻起来……您信吗，我差一点喊叫起来……我扑通一声跪下，把头埋在她枕头里。她怔怔地一言不发；她的手指在我头发上颤巍巍地抖动；我听见，她哭了。我想法安慰她，向她保证……我，真的，不知道当时对她说了些什么。我说,'阿列克山德拉·安德烈叶夫娜,您会把侍女吵醒的……我谢谢您……您放心……请您静下来吧。'——'得啦,管它哩,'她不停地说,'去她们的吧;嘿,醒来也好,进来也好——都不打紧,反正我要死啦……那你为什么这样胆小,有什么可怕的?抬起头来……也许,您不爱我,也许,我弄错了……真是这样,请您原谅我。'——'阿列克山德拉·安德烈叶夫娜,您说哪里去了?……我是爱您的,阿列克山德拉·安德烈叶夫娜。'她定睛直愣愣地看着我,展开手臂。'那你就拥抱我吧……'我给您说句心里话,我简直不晓得,那天晚上,我怎么没有发疯。我觉得,我的病人在糟践自己;我看出来,她神志不大清醒;我还明明知道,要不是她发觉自己快死了——她是不会想到我的;想想看,白白活了二十五岁,还没有爱过人,一下子死了,不是一件可怕的恨事吗?难怪她十分痛苦,正因为这个,她在绝望之中才抓住我不放——现在您明白了吧?她两手抱住我不松手。我说,'请您宽恕我吧,阿列克山德拉·安德烈叶夫娜,您也要怜惜自己,多多保重。'——她说,'有什么好怜惜的?反正我是要死了……'她不断地重复着这句话。'要是我知道,我还会活下去,还能和文质彬彬的小姐们在一起,我会感到很尴尬,准会害羞的……可现在又有什么关系呢?'——'是谁跟您说过,您要死啦?'——'嗐,别说啦,得了吧,你瞒不过我,你不会撒谎,你瞧瞧你自己。'——'您的病会好的,阿列克山德拉·安德烈叶夫娜,我会治好您的病;我们要征求您母亲大人允诺,……我们将结为夫妇,过幸福生活。'——'不,不可能,您已经确切地告诉了我,我要死啦……你答应过了,……你跟我说过……'我很难过,种种原因使得我痛苦万分。试想,生活中有时会出一点点小事儿,看上去并不值一顾,但确实很令人难受。她忽然想起问我的名字,不问姓,就问名字。真倒霉,我的名字正好叫特里丰①。是啊,是啊,我的名字叫特里丰,特里丰·伊凡内奇。在她家里,平常大家都管我叫大夫。我无可奈何,只好说,'我叫特里丰,小姐。'她眯起眼睛,摇摇头,用法语咕哝了一句什么——唉,大概是什么不中听的话——接着就笑了笑,笑得也不大自然。就这样,我差不多陪她度过了整整一个夜晚。天亮了,我才拼命跑了出去。我再去她房间的时候,已经是中午,吃过茶点了。天哪,天哪!我简直认不出她来了:她的模

---

① 特里丰——按照俄罗斯的古老的习俗,特里丰是个不太吉祥的名字。

样比死人还难看。我敢发誓,千真万确,到现在我不明白,我完全不晓得,当时我是怎样经受住了各个磨难。三天三夜,我的病人在做垂死挣扎……多么难熬的夜晚啊!她对我说了多少心里话啊!……到了最后一个晚上,您想想看——我坐在她身旁,不住地祷告、求上帝做一件事:我说,快把她带走吧,同时也把我一起带走……突然,老母亲一下子闯了进来……因为昨晚我对她母亲说过,没有什么希望了,病人很不好,不妨请牧师来。这时,病人一见母亲进来,便说:'啊,好,你来啦……你瞧瞧我们俩,我们相爱了,两相许了心愿。'——'她在说什么?医生,她怎么啦?'我愣在那里,呆若木鸡。我说,'她在说胡话,她在发烧……'——'算了罢,哪儿的话,你刚才可不是这么说的,你还收下了我的戒指……你装什么蒜呢?我妈妈心眼好,她会体谅的,她能理解,我快死了——我干什么要撒谎;把手伸过来给我……'我跳起来,跑了出去。不用说,老太太心里捉摸到了。"

"不过,我不想再讲下去使您伤感了,说实在的,我一想起这事来,心里就万分难过。我的病人第二天就不在人世了。愿她在天之灵安息!(医生这句话说得很急促,还叹了口气)她临终前,叫家里人都出去,只留下我一人在她身边。她说,'请您原谅我吧,我,也许,对不住您……是病啊……不过,请您相信,我一生中从没有像爱您那样,爱过别人……可别忘了我……好好保存我的戒指啊……'"

医生扭过脸去,我拉起他的手握住。

"嘻,"他说,"说点别的什么吧,或者,咱们赌点小钱玩会儿纸牌好吗?您清楚,我们这号人,不配有这种高尚的感情。我们这些人只希望孩子不哭不叫、老婆不吵不闹就万事大吉了。打那以后,如常言所说,我明媒正娶,结了婚。……是啊……我娶了一位商人的女儿,从娘家带来七千卢布陪嫁。她名叫阿库琳娜[①];倒是和我的大名特里丰很般配。可我得告诉您,这个婆娘很凶,幸好她整天睡觉……还玩牌吗?"

我们坐下来,玩一戈比一筹码的纸牌。特里丰·伊凡内奇赢了我两个半卢布——他走得很晚,赢了钱,心里得意得很。

臧传真 译

[①] 阿库琳娜这个名字很俗气。

歌　手

科洛托夫卡这个小村子，原本是一个女地主的家产，因为她性情泼辣、敢作敢为，在邻里中得了个绰号：悍婆娘。她的真名已经没人知道了。不过，这个小村子现在已归彼得堡的一个德国人所有了。这村子坐落在一个寸草不生的光秃山坡上，一条深谷把这座小山从上到下劈成两半，它如无底深渊一般张开大口，令人毛骨悚然。这条长年被雨雪冲刷的沟谷，蜿蜿蜒蜒穿越街道中心，把这个可怜的小村庄分成了两部分：它比一条大河更叫人伤心，因为，河上至少可以架桥。几株孱弱的衰柳，可怜兮兮地伏在沙砾覆盖的小山斜坡两侧；干涸、黄铜色的谷底，铺着一块块巨大的黏土石板。毋庸讳言，这里的景象令人感到压抑、不快，然而附近的居民却非常乐意常到这里来，因为这是一条他们熟悉的通往科洛托夫卡村的唯一道路。

山谷顶端，离山谷开头的狭窄裂缝几步远的地方，有一栋四四方方的小木屋。它远离其他村舍，孤零零地立在那里。这小屋用茅草葺顶，有一个烟囱；一扇窗户像一只敏锐的眼睛守望着山谷，冬天的晚上，每当窗子里燃亮灯火，人们就能透过朦胧的薄雾望见这小屋，那闪烁的灯光恰似为过路的农夫指路的明星。小木屋的门上钉着块蓝色木板；原来这是一家名叫"安乐居"的小酒店。这里出售的烈性酒并不比市价便宜，但是同邻近同类小酒店相比，生意要好得多。这全是因为店主尼古拉·伊万内奇的缘故。

尼古拉·伊万内奇——一个曾经身材匀称、头发卷曲、面色红润的年轻小伙子，现在已经变成了个异常肥胖的老头儿，他头发灰白，面容浮肿，一对小眼睛透着狡黠和温馨的眼神，前额油光发亮，上面布满线条般的皱纹——他已经在科洛托夫卡村生活了二十多年。尼古拉·伊万内奇像大多数酒店店主那样，是个精明而麻利的人，尽管他并不十分卖力地去取悦于顾客，说话也不多，但却有办法吸引并留住顾客，他们坐在柜台前面，在这位不动声色的店主那虽然锐利，但却平静而温和的目光注视下感到格外愉快。他头脑清醒，很有心计：他非常了解地主，农民和小镇居民的生活习俗。他可以就解决某些难题提出聪明的建议，但他又是个小心谨慎，一个自私自利的人，他更愿意冷眼旁观，最多——也仅仅是对他所喜欢的顾客——提出似乎漫不经心、模棱两可的暗示，引导他们作出正确的决定。凡是俄罗斯人感兴趣或重视的一切事情，他都在行：对于马匹牲畜，对于森林树木，对于砖瓦陶器，对于毛织皮革制品，对于歌舞。没有顾客光顾时，他常常像一只大口袋那样，盘着两条细腿坐在酒店门前的地上，跟每一个过路人友善地打着招呼。他一生见多识广，比许多来买酒喝的小地主都活得长；他知道在百里方圆所发生的一切事情，但是从来都守口如瓶，不露声色，他甚至知道，连目光最敏锐的警察局长也没有预料到的事。他胸有城府，藏而不露，有时微笑着挪一下酒杯。邻居们尊敬他；连谢列佩坚科，这位当地最高的文职长官每次坐车路过酒店时，也要屈尊向他点头致意。尼古拉·伊万内奇是个有影响的人物；他能让一个有坏名声的马贩子归还从朋友的马厩里偷走的马；他说服了邻村农民服从新来的执事，诸如此类的事很多，不一一赘述。不过，别以为他这样做是热衷于主持公道，为乡邻们尽力——不！他只是力图防止打扰他安逸和舒适生活的事情发生。尼古拉·伊万内奇已经结婚，而且有孩子。他妻子是个泼辣、尖鼻子、眼神活的城里人，近年来像她丈夫一样，已经有些发福。丈夫处处依赖她，钱财也由她保管。喝醉了的发酒疯的人都怕她，她也讨厌他们：酒店从他们身上挣不到什么钱，而他们却大声吵闹；那些喝得醉醺醺，一言不发的人倒很合她的胃口。尼古拉·伊万内奇的孩子们都还小；最初生的几个都死掉了，活下来的几个很像他们的父母；看着几个孩子机灵、健康的脸蛋，真是让人高兴。

　　7月里暑热难当的一天，我拖着缓慢的脚步，牵着狗，沿科洛托夫卡山谷向"安乐居"酒店走去。烈日当空，猛烈地发散着炽热的光芒，无情地烘烤着干燥的土地。空气中弥漫着令人窒息的灰尘。羽毛油亮的鹊鸦和乌鸦热得张大嘴巴眼盯着行人，似乎在企求他们的怜悯；只有麻雀毫不沮丧，拍打着羽毛，立在篱笆上，吵架一般叽叽喳喳起劲地叫着，或者一同飞离尘土覆盖的路面，乌云般盘旋在绿色大麻田上空。我口渴难耐。附近没有水：在科洛托夫卡，就像在其他许多草原村庄一样，既没有清泉，也没有水井，农民们都喝池塘里的脏水。谁也不会把这种令人恶心的水称作饮用水。我想到尼古拉·伊万内奇的酒店里去买一杯啤酒或者克瓦斯①。

说老实话,在科洛托夫卡,一年四季也看不到令人赏心悦目的景色;而尤其令人感到压抑的,是在7月,耀眼的炽热阳光无情地倾泻下来,直射到棕色的、摇摇欲坠的屋顶上,照到深谷,也照到已被烘焦的、满是尘土的牧场,只有干瘦的长腿鸡绝望地游荡,过去是地主宅邸的那片地方成了一片废墟,灰色的白杨木小屋上,有些地方原来是窗户,现在成了几个破洞,这里现在在四周长着荨麻、苦艾和杂草。池塘里的水像是被炭火烧成了黑色,水面上浮着一层鹅毛;周围的泥巴已晒得半干,土堤也已经坍塌,旁边被踏过的灰暗土地上,几只羊垂头丧气地挤在一起,热得呼哧呼哧地喘着气,无精打采地耷拉着脑袋,似乎在耐心地等待难熬的夏天最终结束。我拖着疲惫的脚步走近尼古拉·伊万内奇的酒店,我的到来照例引起村里孩子们的好奇,他们茫然无措地盯着我,狗也愤怒地吼叫起来,叫得声音嘶哑,气喘吁吁,上气不接下气,好像撕裂了肚肠似的。突然,酒店门口出现了一个高个子农夫,他没有戴帽子,穿一件粗呢外套,腰里系一条蓝色腰带。他看上去像个家仆,憔悴而又布满皱纹的脸的上方,浓密的灰白头发乱蓬蓬地直立着,他正在焦急地挥动双臂,跟一个人打招呼。看得出来,他的两条胳膊不听使唤,显然他喝醉了。

"过,过来!"他结结巴巴地说着,吃力地扬起浓眉。"来,'眨巴眼',过来!唉,老弟,说实在话,你走得太慢了!这可不好,老弟,他们在里边等你哪,可你却在这儿慢慢挪步。快点儿呀。"

"好,我就来,就来!"传来一个颤抖的声音,从小木屋右边走出来一个矮胖的瘸腿男人。他披一件整洁的呢外套,只穿上了一只衣袖;高高的尖顶帽直压到眉毛上边,使他胖胖的圆脸现出狡黠而又滑稽的表情。他的一双黄色小眼睛不停地骨碌碌转,两片薄嘴唇上老是挂着勉强的微笑,而他长长的尖鼻子像个船舵俏皮地向上翘着。"我就来,亲爱的老兄,"他说着,蹒跚着朝小酒店走去。"你叫我干什么?谁在等我?"

"我叫你来干什么?"穿呢外套的人带着责怪的口吻说道。"'眨巴眼',你这人真怪:我们叫你到酒店去,你还要问干什么?这儿等你的都是些老好人:'土耳其人'雅科夫,'野老爷',还有从日兹德拉来的包工。雅科夫和那个包

---

① 克瓦斯,一种俄罗斯清凉饮料。

工打赌：赌一罐啤酒——谁赢了，就是说，谁唱得最好……你听懂了吗？"

"雅科夫要唱歌吗？"被叫做"眨巴眼"的那个人蛮有兴致地问道。"你不是在撒谎吧，'唠叨鬼'？"

"我没撒谎，""唠叨鬼"神气十足地回答说，"你才撒谎呢。我想他既然打了赌，就一定会唱的，你是个笨蛋，傻瓜，'眨巴眼'！"

"好啦；走吧，笨蛋！""眨巴眼"反驳道。

"那你至少得吻我一下，宝贝儿，""唠叨鬼"张开双臂，结结巴巴地说。

"走啊，你这个好样的伊索①，""眨巴眼"傲慢地说道，用胳膊肘顶了他一下，然后两人弯下腰，走进低矮的门洞里。

我偶然听到的这番对话，引起我强烈的好奇心。我曾不止一次听人说起过，"土耳其人"雅科夫是这一带最好的歌手，现在突然得知，他与另一个歌手要赛歌，真是难得的机会。我加快脚步，走进酒店。

在我的读者中，有机会看到乡间小酒店的人大概为数不多；而我们猎手却哪儿都到过。这类小酒店的建筑结构极其简单：它们通常由一间昏暗的外间和一间带烟囱的内间组成，内间被一堵隔墙一分为二，隔墙后面任何一个顾客都不能进去。在隔墙上，靠近一张宽阔的橡木桌的上方，开了一个大大的豁口，酒就在这张桌子，或是说，柜台上出售。不同规格的各种密封酒瓶陈列在售酒豁口对面的货架上。内间的前半部分空间由顾客享用，放着一些长条凳，两三只空酒桶，一张方桌。大多数乡间酒店里面光线很暗，您几乎看不清张贴在板壁上的任何一幅廉价而又色彩艳丽的画儿，那是差不多所有乡村木屋里都有的。

当我走进"安乐居"酒店时，里面已经聚集了许多人。

尼古拉·伊万内奇照例站在柜台后面，他的身体几乎遮住了隔墙上的豁口，他穿一件条格衬衫，圆润的脸上挂着懒洋洋的微笑。他正用白胖胖的手为刚进门的"眨巴眼"和"唠叨鬼"倒两杯酒；在他身后，靠近窗户的墙角里，能看见他那目光犀利的妻子。房子中间站着"土耳其人"雅什卡，一个瘦瘦的，身材匀称的小伙子，约莫二十三岁，穿一件蓝色土布做的长裾外衣。他看

---

① 伊索（公元前6世纪），古希腊寓言作家；但是在旧时俄罗斯，伊索这个名字是用来表示语言费解、行为古怪的人。

上去像个能干的工匠,从外表上看,身体似乎比较弱,他凹陷的面颊,一双不安的灰色大眼睛,挺直的鼻子,微微颤动的两只鼻孔,白皙的前额略显突出,淡棕色的卷发向后梳着,厚厚的但很漂亮,极富表现力的双唇,整个面容显露出他热情而敏感的性格。他处于极度兴奋状态;他眨巴着眼睛,急促地呼吸着,手像发烧一样颤抖着,他真的在发热——一种由于兴奋而突然引发的狂热,那种在众人面前讲话或唱歌的人所熟知的狂热。靠近他站着一个约四十岁的男人,宽肩膀,高颧骨,低前额,细长的鞑鞑人的眼睛,短短的扁平鼻子,鬃毛般粗硬的油亮黑发。他的面部表情——一张略带铅色的黝黑的脸——尤其是他那苍白的嘴唇,如若不是那样安静沉着,真可以说是野蛮的。他几乎一动不动,像只套在轭架上的公牛慢慢地朝四周张望。他穿着一件破旧的紧身长外衣,上面缀着光滑的铜纽扣;一条旧的黑绸围巾围住他的粗脖子。人们叫他"野老爷"。就在他的对面,在圣像下面,坐在一条长凳上的是雅什卡的对手,从日兹德拉来的包工;他是个矮矮的,身体结实的男人,大约三十岁,麻脸,卷发,扁平的翘鼻子,一双活泼的棕色眼睛,胡须稀疏。他把手垫在身子底下坐在那儿,机敏地向四周看看,不停地悠然自得地摇晃着双腿,用穿着时髦的彩色镶边高筒靴子的脚拍打着地面。他身着一件崭新的呢外衣,外衣的长毛绒领子鲜明地反衬出他胸前露出的紧系纽扣的紫色衬衣。对面墙角靠门右边,一个农夫坐在一张桌子旁边,穿件灰色的、破烂不堪的长袍,衣服肩上还破了个大洞。太阳光透过两扇小窗子积满灰尘的玻璃,射进来一束狭长、略呈黄色的光带,可并不足以驱散房间里长年累月的黑暗,它映照在室内所有物品上,只留下斑驳微弱的光。不过,房间里还是很凉快,我一迈进门槛,就如释重负般地摆脱了闷热的感觉。

　　看得出来,我的到来,一开初使尼古拉·伊万内奇的顾客们略感不安;但是看到他本人对我像老朋友一般打招呼,他们就放下心来,不再注意我了。我要了些啤酒,在墙角那个穿破烂长袍的农夫身边坐下。

　　"好啦,好啦,""唠叨鬼"突然一口喝干了一杯酒,尖声叫嚷起来,他一边叫嚷,一边打着奇怪的手势,似乎不打手势,连一句话也说不出来,"我们还等什么呀?要开始,干脆就开始吧。怎么样?雅什卡?"

　　"开始,开始,"尼古拉·伊万内奇赞同地附和着说。

　　"好吧,我们开始吧,"包工自信地微笑着,冷静地说道,"我准备好啦。"

"我也准备好啦,"雅什卡语气激动地说道。

"好,开始,伙计们,""眨巴眼"高声喊道。可是,尽管谁都希望开始,谁也没这样做;包工甚至没有从凳子上站起来——他们似乎全都在等待着什么。

"开始!""野老爷"突然尖声叫道。雅什卡准备唱了。包工解开腰带,清了清嗓子。

"可是谁先唱啊?"他稍稍变换口气问"野老爷","野老爷"仍旧一动不动地站在房间中央,两条肥胖的腿尽力叉开,两只强有力的手插进马裤的深长口袋里,几乎插到肘部。

"你来,你来,包工,""唠叨鬼"结结巴巴地说,"你先来,真格的,老兄。"

"野老爷"抬起眼皮看了看他。"唠叨鬼"含含糊糊地低声叫了一声,头朝天花板看着,耸耸肩,不吭声了。

"抓阄吧,""野老爷"加重语气说道,"把酒放桌子上。"

尼古拉·伊万内奇弯下腰,吸足一口气从地上端起酒罐,把它放到桌子上。

"野老爷"瞥了雅什卡一眼,说道:"来呀!"

雅什卡在口袋里摸了摸,摸出一枚戈比,用牙齿在上面咬了牙印。包工从长衣裾下面掏出一只新皮钱包,小心翼翼地解开带子,倒出一些零钱在手上,从中挑出一枚新戈比。"唠叨鬼"拿出他那顶帽檐快要掉下来的又脏又破的帽子;雅什卡把自己那个戈比扔进帽子里,包工也把他的丢进去。

"你挑一个吧,""野老爷"对"眨巴眼"说。

"眨巴眼"得意地笑了笑,双手接过帽子,开始摇起来。

刹那间房间里出现一阵沉默;只听见钱币碰撞发出的轻微声响。我注意地朝四周看了看:每个人脸上都露出紧张期待的神情。"野老爷"本人表现出不安的神色,就连我旁边那个穿破长袍的农夫,也好奇地伸长了脖子。"眨巴眼"把手伸进帽子,拿出包工的钱币;人人都长出了一口气。雅什卡脸红了,包工用手揉揉头发。

"看,我早就说,你先开始,""唠叨鬼"嚷道,"我是不是这么说的?"

"好啦,好啦,别闹啦,""野老爷"轻蔑地说道。"开始吧,"他接着说道,朝包工点了点头。

"我该唱哪支歌呢？"包工问道，开始局促不安起来。

"你自己挑，""眨巴眼"回答说，"你喜欢唱哪个，就唱哪个吧。"

"你自己挑，真的，"尼古拉·伊万内奇双手交叉，慢慢地放在胸前，随声附和着，"唱什么完全是你的自由。唱你喜欢唱的歌；不过得好好唱；你唱完后我们会公平地裁判。"

"当然要公平裁判，""唠叨鬼"插话说，舔了舔空酒杯的边。

"我清清嗓子，伙计们，"包工说道，用手拉拉衣领。

"算啦，算啦，别磨蹭啦——开始！""野老爷"大声抗议，低下了头。

包工略一思索，晃晃头，往前跨了一步，雅科夫的眼睛盯住他。

不过，在我开始描写唱歌比赛之前，我想，关于我的故事中的每个人物说几句话，并不算多余。其中有几个人，我在"安乐居"酒店与他们相遇之前，就已经熟悉他们的生活状况；至于其他几个人的情况我是后来了解到的。

先说说"唠叨鬼"。这个人的真实姓名叫叶夫格拉夫·伊凡诺夫；不过这一带所有的人只知道他叫"唠叨鬼"，他本人也知道这个绰号是给他的，因为对他非常合适。的确，对于他长得其貌不扬，总是焦躁不安的外表来说，这个绰号再适合不过了。他是一个浪荡的家仆，没结过婚，他的主人们很早以前就不雇用他了，他没有任何职业，一戈比也不挣，居然能花别人的钱每天喝得酩酊大醉。他有许多熟人，他们请他喝酒，喝茶，尽管他们自己可能从未说过为什么要这样款待他，因为他不仅不能使同他在一起的人愉快，相反，他的无聊的饶舌，令人难耐的纠缠，痉挛般的动作，和连连做作的大笑使人生厌。他既不会唱歌又不会跳舞；他不仅从来未说过一句聪明话，也未说过一句有用的话；他不停地唠叨，信口胡说——一个十足的"唠叨鬼"！然而，方圆三十俄里，没有一个酒会上不出现他那瘦高的身影，他周旋于客人之间；他们已经习惯了他，就像容忍一个不可或缺的灾难一样，容忍他的存在。确实，人们都看不起他；不过，知道如何制止他的愚蠢举动的，只有"野老爷"一个人。

"眨巴眼"一点也不像"唠叨鬼"。他的绰号也很适合他，尽管他不比其他人更爱"眨巴眼"；众所周知，俄罗斯农民在送人绰号方面颇具天赋。尽管我尽力去了解有关这个人过去生活的细节，他生活中的许多片断我还是一无所知，其他许多人也不知道；正如学者所说，被埋没在不可知的暗处。我只能打听到，他曾经是一个年老的无子女的女主人的马车夫，后来带着他照料的三匹马逃跑了;失踪了整整一年后,毫无疑问,他尝到了流浪生活的种种艰辛和不便,便回来,跪倒在昔日女主人脚下求饶,这时他已经变成了瘸子。在以后的几年中,他用出色的行为弥补了他的罪过,渐渐赢得了女主人的宽恕,最终完全取得了她的信任,被任命为管家,结果,女主人一死——不知怎么的——他获得了自由。他成了小商贩,租几块菜地种菜卖;慢慢富裕起来,现在过着舒适惬意的生活。他老于世故,精于算计,他处世既不像个善人,也不像个恶人,而是谨慎从事;他走南闯北,了解各种人,知道怎样利用他们。他处事谨慎,但同时又像狐狸一样敢于冒险:尽管他像个老妇人一样喜欢传播流言蜚语,但是决不会把自己的事向外吐露,却善于把别人的话套出来。他并不像许多像他这样的老滑头那样装傻,假如他真的装傻,也很难骗过任何人。我还从来没见过比他那对小眼睛更狡黠、更敏锐的眼睛,就像奥廖尔人那样,他们把那对眼睛叫"眼镜"。它们从来不只是简单地看,而总是上下左右地窥视。"眨巴眼"有时为显然一件很简单的事反复思考几个星期,忽而又下决心采取一连串非常大胆的行动,似乎他要因此而倒霉了。但是结果总是一帆风顺;一切都顺顺当当。他是个幸运的人,相信自己的运气,相信预兆。总的说来,他非常迷信。人们不喜欢他,因为他不关心别人,但是他却受到人们的尊敬。他的全部家人只有一个小儿子,很受他溺爱,由他这样的父亲带大,这孩子肯定会飞黄腾达。夏天的傍晚,有几个老汉坐在土台上闲聊,小声议论他说:"小'眨巴眼'将来也会像他父亲的,"谁都明白这话的含义,无须再多说什么了。

至于"土耳其人"雅科夫和包工的情况没有必要详谈。雅科夫之所以被叫做"土耳其人",是因为他的确是一个土耳其女战俘的后裔,他天生是个艺术家,可谁都知道,他是个商人开的造纸厂里的汲水工,说到包工的经历,老实说,我一无所知;他给我留下最深刻的印象,就是他像个无孔不入的精明的小市民。但是关于"野老爷",就要详细谈谈了。

这个人给人留下的第一印象是粗犷,笨重,力大无比。他身体笨拙,"上下一般粗,"人们都这样说。然而他周身洋溢着一种精力旺盛的气质,——说来也怪——他那熊一般的身躯也并非毫无优雅之处,这种优雅或许是源于他对自身力量的十足的自信心。初次见面,很难判断这个赫拉克勒斯①是属于哪

---

① 赫拉克勒斯,即古希腊神话中的大力神。他力大无比,以完成十二项业绩闻名。

个阶层的；他看上去既不像个家仆，也不像个小市民；既不像个穷困潦倒的失业小吏，也不像个破产的小地主——就像猎犬师和打手；他实际上是个很个别的特殊人物。谁也不知道他从哪里来，或者他是怎样来到我们这县里的。据说，他出身于小地主家庭，曾经在政府部门供过职，关于这一点的确切情况，既没人知道，也的确无从打探——从他本人那里自然无法了解。没有比他更沉默，更郁郁寡欢的人了。因而没有任何人知道他靠什么为生；他既不从事任何职业，也不去拜访任何人，他几乎不与人交往；然而他却有钱花；钱虽然不多，但确实有钱花。他为人处事并不谦让——谦让这个词不适合于他：他生活着，好像并不注意周围的人，也不关心任何人。"野老爷"（这是人们给他起的绰号；他的真名叫佩列夫列索夫）在这整个地区享有很高的声望；他说的话人们总是立即照办，尽管他无权对别人发号施令，他本人也从未表示过，要求他偶尔接触过的人服从他。他说话——人们就听从；他对人们永远有影响力。他几乎滴酒不沾，也不与女人来往，只是非常喜欢唱歌。这人身上有许多神秘之处；巨大的力量仿佛蕴藏在他体内，这力量仿佛知道，一旦升腾，爆发，注定要击垮他，要毁灭所触及的一切事物；在这个人的一生中，如果这样的爆发未发生过，如果不是因为接受教训，不是因为九死一生，幸免于难，他才这样克制自己，那么我就大错特错了。尤其给我留下深刻印象的，是他身上那种天生的凶恶和同样天生的高贵融合一起的品质——这种融合我从未别人身上看到过。

于是，包工走到前面，半闭起眼睛，开始用极高的假嗓子唱起来。他的嗓音十分甜美和悦耳，尽管有些沙哑；他的歌声云雀般婉转动听，灵活地不断地变换着高低音，声音响亮流畅，他竭尽全力憋住劲唱完最高音。他的歌声中断了一下，忽然又接着以前的曲调，用一种豪迈、雄浑的气魄唱起来。他的声调有时奔放，有时滑稽；这种唱法会使内行人获得快感，却使德国人感到异常愤慨[①]。他是俄罗斯式的抒情男高音[②]，他唱的是一首轻快活泼的舞曲，我从歌曲的装饰音、高音和重复的曲调混杂在一起的声音中，只能听出下面几句：

[①] 当时俄罗斯人认为德国人喜欢古典音乐，不喜欢这种华丽的唱法。
[②] 原文分别为意大利语和法语。

这一小片田地呵，年轻的姑娘，
我将为你耕耘，
在这小片土地上呵，年轻的姑娘，
我将为你播下红艳艳的花种。

他唱着；所有的人都在凝神倾听。他似乎感觉到他是在为懂音乐的人表演，因此竭尽全力地演唱着。我们这一带的人们的确对唱歌都很在行；奥廖尔大路边的谢尔吉耶夫斯克村就以它音色和谐的合唱而闻名于全俄罗斯。包工唱了好一会儿，并没有引起听众多少兴致：因为他缺乏合唱团助阵；不过最后，他唱出一个奔放的装饰音，甚至把"野老爷"也逗笑了，"唠叨鬼"也情不自禁地喊叫起来。每个人都精神为之一振。"唠叨鬼"和"眨巴眼"开始低声附和着唱起来，并不时地喊道，"唱得好！……唱啊，好家伙！……唱啊，你这坏蛋！接着唱啊！再唱一段好听的，你这狗，狗啊！……凶神也要让你的魂儿下地狱！"他们嚷嚷着。尼古拉·伊万内奇站在柜台后面赞许地左右摇晃着脑袋。"唠叨鬼"最后晃着双腿，一面跺着脚打节拍，一面耸动肩膀。雅科夫呢，他的两眼火红，像燃烧的煤炭一样，而身子像片树叶般颤抖着，神经质地微笑着。只有"野老爷"的面部表情毫无变化，照例一动不动地站在那里；但是他那紧盯着包工的目光似乎显得柔和起来，尽管嘴角上还挂着轻蔑的微笑。包工为大家对他的歌表示欢迎感到鼓舞，又张口唱出一连串的装饰音，唱起颤音，他卷着舌头，放开喉咙疯狂地唱着，终于唱得面色苍白，筋疲力尽，全身热汗淋漓，最后他整个身体向后仰着，声嘶力竭地唱完最后一个音符，全体听众对他报以热烈的喝彩声。"唠叨鬼"扑上去抱住他的脖子，用瘦骨嶙峋的长胳膊把他搂得透不过气来；尼古拉·伊万内奇油亮的脸上泛起一片红晕，他仿佛变年轻了；雅科夫发疯似地喊着，"好极了，好极了！"甚至坐在我旁边那个穿破长袍的农夫也禁不住一拳捶在桌子上喊了声，"哈！唱得好，真见鬼啦，哈！唱得好！"然后他狠狠地朝一边吐了口唾沫。

"啊，老兄，你可让我们开心了！""唠叨鬼"高声叫喊道，并没有把精疲力竭的包工放开；"你可真让我们开心啦，没说的！你赢了，老兄，你赢了！祝贺你——这酒是你的啦！雅科夫哪唱得过你啊……我说的是真话：差远啦……相信我好了。"（他又一次把包工抱在胸前。）

"好啦，放了他吧，放了他吧；别缠着他……""眨巴眼"恼火地说道，"让他坐在板凳上；你瞧，他累了。你是个傻瓜，老弟，你是个十足的傻瓜！你干吗要像片湿树叶子死缠住他呢？"

"好啦，那让他坐下吧，我要为他的健康干杯，""唠叨鬼"说道，向柜台走过去。"记在你的账上，老兄，"他又对包工说道。

包工点点头，在板凳上坐下，从帽子里取出一条毛巾，开始擦脸。"唠叨鬼"急忙贪婪地喝干了酒，像个酒鬼一样，喉咙里咕噜噜地响，装出一副忧心忡忡的表情。

"你唱得真好，老兄，唱得真好，"尼古拉·伊万内奇和善地说道。"现在该轮到你啦，雅科夫；当心，别害怕。我们要看谁会赢；我们要看看。包工唱得很好；说实在的，唱得好。"

"好极了，"尼古拉·伊万内奇的妻子说道，她笑了笑看看雅科夫。

"唱得好，哈！"坐在我身边那人低声重复道。

"啊，老林子里的野人！""唠叨鬼"突然大声叫着，走近肩上有破洞的农夫，用手指着他，蹦跳着发出一阵无礼的狂笑。"哈！哈！怎么样！老林子里的野人！这儿有一个树林子里来的穿破烂衣服的人！哪阵风把你给吹来啦？"他一边粗野地笑着，一边声嘶力竭地叫嚷着。

可怜的农夫显得局促不安，正要站起来急步走开，忽然听到"野老爷"高声喊道：

"你这讨厌的畜生想干什么？"他咬牙切齿，字字清晰地问道。

"我什么也不想干，""唠叨鬼"小声嘟囔着。"我不……我只要……"

"算了，好啦，住嘴！""野老爷"呵斥道。"雅科夫，开始！"

雅科夫用手摸了摸喉咙。

"嗯，真的，弟兄们……有点……嗯，我不知道，说实在的，这个……"

"算啦，够啦，别怕。真丢人！……干吗又缩回去啦？看在上帝分上，你就使劲唱吧。"

"野老爷"低下头等着他开口唱。雅科夫沉默了一会儿；向四周看看，用手捂住脸。所有人的眼睛都盯住雅科夫，尤其是包工，透过他惯有的自信和因成功而得意的表情，他的脸上显出一丝淡淡的、不由自主的不安。他把上身靠在墙上，又把两只手垫在身子底下坐着，只是不再像刚才那样摇晃着腿。最后雅科夫总算露出了脸，这张脸像死人一般苍白；眼睛在低垂的眉毛下面现出微光。他深吸一口气，开始唱起来。他唱出的第一个歌词微弱而又颤抖，歌声似乎不是从他的胸腔发出，而是从遥远的地方吹送过来，偶然飘进了房间里。这颤抖的，带着共鸣的歌声在我们所有听众身上产生了奇怪的效果；我们彼此面面相觑，尼古拉·伊万内奇的妻子竟然直挺挺地站了起来。第二个音符接着第一个音符唱出来，更加响亮，更加绵长，但是仍然明显的发着颤音，恰似一根竖琴琴弦突然被强有力的手指拨响了，发出长长的，越来越低的颤动声；第三个音符接着第二个，声音越来越洪亮、急促，紧张的节奏终于形成了哀婉动人的旋律。"通向田野的小路不只一条，"他唱道，我们听着，觉得那样甜美，那样悲伤。说实话，我很少听到这样的嗓音，它略微有些沙哑，音调不十分准确，起初甚至令人感到不快，但它却饱含人间真情，青春和芬芳的气息，又有一种迷人，快活和凄婉的忧郁情调。歌声中一种真实和火焰般的精神，一种俄罗斯精神在散发，在回荡，它仿佛沁人心脾，撩拨了所有听歌的俄罗斯人的心弦。歌声愈发响亮，回荡着。雅科夫显然情绪激昂难以自制，他不再恐惧；他完全沉醉于歌唱的狂喜之中；他的嗓音不再颤抖；它抖动着，但那是由激情引发的几乎不被察觉的内在抖动，它像一支利箭刺透每一位听众的心；他的歌声越来越洪亮，坚定，昂扬。我记得我曾经有一天在日落时分，站在海边平缓的沙滩上，潮水退去，海水涌来，从远处传来滚滚的浪涛声，沙滩上一只白色大海鸥一动不动地蹲在那里，丝绒般润滑的胸脯映着落日的红色余晖，它只是偶尔对着那熟悉的海，对着火红的落日，舒展开它那长长的翅膀：雅科夫的歌声使我想到了这只海鸥。他歌唱着，完全忘记了他的对手，忘记了他所有的听众。他仿佛像一个勇敢搏击的水手受到海浪的鼓舞那样，被我们的沉寂和充满热忱的同情所鼓舞。他歌唱着，在每一个音符中，我们仿佛都能感觉到亲切和熟悉的所在，那广袤的空间，那熟悉的大草原显现在我们眼前，伸向一望无际的远方。我感到泪水在我内心凝聚，涌出我的眼眶；突然间我被一阵轻轻的极力压抑着的抽泣声惊醒……我向周围看了看——酒店主人的妻子胸脯紧贴着窗台正嘤嘤哭泣。雅科夫快速瞥了她一眼，唱得比以前更加甜美，更加悦耳；尼古拉·伊万内奇低下了头，"眨巴眼"掉过脸去；"唠叨鬼"也被深深地感动了，他张大嘴巴，呆呆地傻在那儿了，那个低声下气的农夫在角落里也在轻声啜泣，他摇晃着头，悲切地低语；"野老爷"严峻的面孔上两道浓眉下面，慢慢滚动出大颗的泪珠;包工把攥紧的拳头支在额前,一动也不动。假如不是雅科夫以一个极高的,仿佛嗓音撕裂般的尖细音符突然终止他的歌声,我真不知道听众的感情如何恢复过来。没有一个人喊叫,也没有人挪动一下,大家似乎都在等待,看他是否继续唱下去;但是他睁开了眼睛,仿佛对我们的沉默感到迷惑不解,用询问的眼神向四周打量……他明白,他胜利了。

"雅科夫,""野老爷"把手放在他的肩膀上说道,而后便不再言语了。

我们都愣在那里。包工慢慢站起身来,走到雅科夫跟前。

"你……你的歌……你赢了,"他终于费了很大劲儿才说了出来,然后冲出屋外。

他的迅速、果断的行动仿佛打破了大家如痴如醉的心态;于是,大家突然开始大声地,兴高采烈地谈论起来。"唠叨鬼"在房间里跳上跳下,嘴里咿咿唔唔地念叨着,胳膊像风车翅轮一般地挥舞着;"眨巴眼"跌跌撞撞地走到雅科夫跟前,亲吻他;尼古拉·伊万内奇站起身郑重宣布,他出钱再添上一罐酒。"野老爷"坦率地和蔼地笑着,我从未料到在他脸上看见这样的笑容;那个灰溜溜的农夫在角落里用袄袖擦抹着眼睛,脸颊,鼻子和胡须,不住地说,"啊,唱得真好,就算骂我是狗养的吧,唱得真好啊!"尼古拉·伊万内奇的妻子哭得脸都红了,急忙站起身来走出去。雅科夫像个孩子似的对自己的胜利满心欢喜;他的整个面容变了形状,尤其是那双眼睛闪烁着幸福的光芒。人们把他推到柜台前,他招手让正在哭泣的农夫过来,又让酒店老板的小儿子去照顾包工,可却怎么也找不到他。大家开始喝起酒来。"你还得给我们唱啊;你得给我们唱到晚上,""唠叨鬼"大声说道,高高地举起双手,挥舞着。

我又看了雅科夫一眼,走了出去。我不想再待下去——我生怕破坏了这里留给我的印象。但是炎热依旧使人感到难挨。它就像一个厚厚的,沉重的空气层笼罩着大地;在深蓝色的天空中,微小、明亮的光点似乎透过最细微的,几乎是黑色的尘埃闪烁着微弱的光。一切都静止不动;这困乏的大自然深沉的寂阒,令人感到无望和压抑。我朝一个草棚走去,在一垛刚刚割下,但几乎已经晾干的草垛上躺下。我迟迟不能入睡;雅科夫那令人销魂的歌声在我耳畔久久地回响。终于炎热和疲倦又占了上风,我呼呼酣睡了。当我醒来时,四周一切都处在黑暗中;散开的干草略显潮湿,散发出浓烈的香气;暗淡的星星透过不严实的顶棚细细的橡木缝,闪烁着微光。我走出去,落日的余晖早已消失,它最后的踪迹是在地平线上散发一道微光；在刚刚降临的夜晚，人依然能感觉到空气中被太阳灼烧的炎热，人们渴望胸前能吹来一阵凉风。这时没有风，也没有云；整个天空显出清澈透明的幽暗，无数依稀可见的星星闪烁着柔弱的光，村子里到处点燃明亮的灯火；从附近灯火通明的小酒店传来乱哄哄的，人声嘈杂的喧闹，从中我听出了雅科夫的声音。从那里时不时地爆发出一阵阵大笑声。我走近那扇小窗户，把脸贴在窗玻璃上。我看到了虽然生动热烈，却令人不快的场面：所有的人都喝醉了——雅科夫和其他人都醉了。他袒露着胸脯，坐在板凳上，一边懒洋洋地拨弄着吉他琴弦，胡乱演奏着，一边用粗嗓门哼着一支粗俗的舞曲。他那湿漉漉的头发一绺绺地贴在苍白可怕的脸上。在房间中央，"唠叨鬼"似乎已失去理智，他脱去上衣，在那个穿灰色破长袍的农夫跟前蹦来蹦去地跳着舞；农夫也费力地用脚蹭着地面，跺着脚扭着，胡须乱蓬蓬的，咧开嘴巴傻笑着；他时不时地挥动一只手，好像在说，"跳起来啊！"再没有比他的面容更滑稽可笑了：不管他怎样皱紧眉头，他那两道粗眉就好像趴在那对小得几乎看不见的，无神而又令人讨厌的眼睛上，不愿意抬起来。他正处在一个醉醺醺的人那种怡然自得的心情中，一个过路人，不管是谁，只要瞅他一眼，肯定会说，"咳，老兄，瞧你这副德性！""眨巴眼"的脸红得像只龙虾，鼻孔张大，他待在角落里不怀好意地笑着；只有尼古拉·伊万内奇像个地道的酒店老板，保持一贯的冷静。房间里挤满了新来的人；可是我却没有看到"野老爷"。

我转身急步走去，离开科洛托夫卡村所在的小山岗。这座小山下面展现一片开阔的平原；它在薄雾笼罩的朦胧夜色中，仿佛更加广袤，与黑暗的夜空融为一体。我沿着峡谷的路大步走着，忽然从平原深处传来一个男孩清晰的声音："安特罗普卡！安特罗普卡——阿——阿！……"他竭尽全力带着哭腔拼命呼喊，最后一个字拖着长长的尾音。

他略停一下，又开始呼喊起来。他的声音在静寂的，令人昏昏欲睡的空气中响亮地传来，他喊安特罗普卡这个名字至少三十次，突然间从平原的尽头，好像从另一个世界上，飘过来一声几乎听不见的回答：

"什么——事——啊？"

男孩既高兴又生气的声音立刻传过来：

"到这儿来，该死的！你这鬼——东西！"

"干——什么——啊？"另一个过了一会儿回答道。

"因为爸爸要揍你！"第一个声音急忙回答。

第二个声音不再出声了，男孩又开始叫起安特罗普卡。他的喊叫声越来越微弱，越来越稀疏，天完全黑下来时，喊声还一个劲儿地传到我耳朵里来，这时我已经绕过我村子四周的、离科洛托夫卡村三俄里的一片树林……"安特罗普卡—阿—阿！"这声音依稀可辨，在夜空中回荡。

臧传真　译

森林和草原

……他被吸引渐渐又回到起点：
返回乡村，返回阴郁的花园，
那里菩提树高大，遍洒浓荫，
那里铃兰清香宛如少女一般，
那里一棵棵爆竹柳体形浑圆，
排列在堤岸边俯身探向水面，
那里茂盛的橡树生长在沃土，
大麻和荨麻的气味四处弥漫……
去吧，去吧，去辽阔的原野，
那里土地油黑如天鹅绒一般，
那里你举目四望到处是黑麦，
麦田里轻柔的波浪随风翻卷，
那里从透明的白色云团之间
流泻出沉甸甸的金黄色光线；
那里有美好的田园…………

（摘自一部焚毁的长诗）

读者对我的随笔或许已经感到厌倦；我赶紧安慰他们，答应除了刊载的几篇，就此停笔再不续写；但是，与读者道别的时刻，我不能不就打猎再絮叨几句。

带着枪、带着狗，出门去打猎，像古代人们常说的，这件事本身就非常美妙；我们假定您并非生来就是猎人，但是您毕竟热爱大自然，热爱自由；由此推断，您不可能不羡慕我们打猎的兄弟……那您就听我慢慢道来吧。

比方说，您知不知道，春天黎明前乘车出游该是多么美好的享受？您出门站到台阶上……暗灰色的天空有几颗星星闪烁发光；湿润的风不时吹来，仿佛轻柔的波浪；听得见夜晚压抑、含混的窃窃私语；被阴影笼罩的树木发出微弱的喧响。车上已经铺好毡垫，装茶炊的木箱已放在脚边。拉边套的马打个寒战，喷着响鼻，精神抖擞地倒换着马蹄；一对刚刚醒来的白鹅默默无声，摇摇摆摆缓慢地穿过道路。篱笆后边的花园里，传出看守人断断续续平稳的鼾声，每一声仿佛都停滞在凝结的空气中，停滞在那里，一动不动。这时候，您上了车；几匹马猛然启动，篷车发出隆隆的响声……您乘车出行，经过了教堂，下了山坡向右拐，再过一道堤坝……池塘水面刚有些白蒙蒙的雾气。您觉得有点儿冷，就用外套的领子把脸遮住；您瞌睡起来。马蹄踩在水洼里发出啪嗒啪嗒的响声；车夫轻轻地吹着口哨。不知不觉您已经走出了四俄里远……天边显现出一抹火红；白桦树里几只寒鸦醒来，笨拙地飞来飞去；麻雀在黑乎乎的草垛周围叽叽喳喳叫个不停。空气渐渐明朗，道路显得更加清晰，天空越来越亮，云朵越变越白，原野呈现出绿色。农舍里点着松明，红光闪闪，从大门里传来睡意蒙眬的说话声。这时候，朝霞火一样燃烧；金黄色的光带横贯天空，峡谷里升起团团雾气；云雀歌声响亮，黎明前的风轻轻吹拂——一轮红彤彤的太阳悄然浮现。阳光像潮水一般涌流；您的心在胸中颤动，像鸟儿振翅想要飞腾。一切都清新、欢快、美好！四周能看得很远。瞧，小树林后边有个村庄；稍远处还有一个村落，村里有座白色教堂；看，山坡上有片白桦林；林子后面是沼泽地，那正是您要去的地方……快跑啊，马儿，快跑！四蹄腾空飞速向前！……顶多只剩下三俄里路了。太阳快速上升；天空一片晴朗……一定是个好天气。从村子里陆陆续续赶出来的牛羊朝我们慢慢走来。您乘车驶向山坡……多么美好的风光啊！一条河流蜿蜒，约有十俄里，在雾气中呈现出幽暗的蓝色；河那边是水汪汪绿油油的草地；草地那边是些平缓的丘陵；远处有几只凤头麦鸡，在沼泽地上空翻飞鸣叫；透过闪烁在空气中的湿润的阳光，远方的景物显得倍加清晰……那景象和夏天又不相同。呼吸多么畅快，四肢动作多么灵活，沐浴在春天的清新气息里，一个人从头到脚都变得强健有力！……

　　夏天的早晨啊，7月的早晨！除了猎人，还有谁体验过披着霞光在树丛中漫游的乐趣呢？您的脚印在缀满露珠儿发白的草地上留下一道绿色的痕迹。您用手拨开湿漉漉的灌木丛——夜里积存的热气立刻向您迎面扑来；空气中到处充满了艾蒿新鲜的苦味儿，荞麦和三叶草的甜香；远处有一片茂密的橡树林，映着太阳闪烁红光；天气倒还清爽，但已经能感觉出渐渐逼近的炎热。过分浓郁的芳香使您困倦，头晕目眩。丛生的灌木望不到尽头……远处一片金黄是正在成熟的黑麦田，呈现粉红的是一条条狭长的荞麦地。这时候来了一辆轧轧作响的大车；一个农夫缓步走过，他把马事先拴在树木的荫凉里……您跟他打了个招呼，然后就走开了——从您身后传来挥镰割草的刷刷声。太阳越升越高。草上的露水很快就干了。天气热了起来。过了一个小时，又一个小时……天边变得阴沉沉的；凝滞的空气散发出火辣辣的燥热。

　　"老兄，这里什么地方能弄点水喝呀？"您向割草的人询问。

　　"那边，峡谷里有井。"

　　您穿过茂密的榛树丛，拨开缠绕其间的蔓草，沿山坡向下走到谷底。一点不错：悬崖下面果真掩藏着一汪清泉；几棵橡树把它们爪状的树枝贪婪地伸向水面；一颗颗硕大的银色水泡摇摇晃晃从水底升起，泉底长满了天鹅绒一样的柔细青苔。您一下子扑倒在地，喝足了水，不过，您懒得再动弹了。您躺在树荫里，呼吸着芬芳湿润的空气，您觉得心情舒畅，而您对面的丛林被太阳晒得火热，仿佛树叶的颜色都发黄了。可这是怎么回事儿？一阵风突然吹来，随即又刮过去了；周围的空气颤动了一下：这是不是在打雷？您从峡谷里走出来……天边怎么有一条浓重的铅色？天气是不是更炎热了？是乌云涌过来了吗？……但这时候电光微微一闪……噢，肯定是一场雷阵雨！四周的阳光依然明亮：打猎还可以照常进行。但是乌云不断增长，它前面的边缘像伸展的衣袖，低垂下来似乎要遮蔽天空。草地、树丛，周围的一切忽然都变得幽暗了……快跑吧！看，那边好像有个干草棚……快，快！……您终于跑到那里，钻进了棚子……想知道雨下得多么猛吗？闪电多么亮吗？草棚顶子有几处开始漏水了，水珠滴滴答答落在芳香的干草上……但是过了一会儿，太阳又出来了。雷雨过去了；您从草棚子里走出来。我的天啊！周围的一切都闪着亮光多么欢畅！空气多么清新，滋润！浆果和蘑菇的气味儿多么芳香！……

　　但是，黄昏快要降临了。火焰一样的晚霞烧红了半边天。太阳快要落山了。附近的空气就像玻璃似的，不知什么缘故显得特别透明；远处浮动着轻柔的雾气，看样子挺缓和的；殷红的光辉伴随露水一道落在林间空地上，刚才这空地还洒满了流水似的灿灿金光；树木、灌木丛、高高的干草垛全都投射出长长的影子……太阳落山了；一颗星星亮了，颤抖在晚霞的火海里……看，火海的颜色变淡了，天空变蓝了；一个又一个影子消失了，空气中弥漫着苍茫的暮色。是该回家的时候了，该返回村庄，回到您过夜的农舍里去了。您把枪背在肩上，脚步走得很快，尽管十分疲倦……这时候，夜幕降临了；二十步以外已经看不清什么东西；狗在昏暗中成了模模糊糊的一团白。黑压压的丛林上空，天边显现出朦胧的一抹亮色……啊，这是什么？莫非是火灾？……不，原来是月亮升起来了。夜幕下，在您的右前方，已经闪烁着村子里的灯光……好啊，您的农舍终于到了！透过窗口，您看见餐桌铺着雪白的桌布，看见燃烧的蜡烛，看见了摆在桌上的晚餐……

　　有时候灵机一动，您会吩咐套上轻便马车，赶往森林去打松鸡。两旁是又高又密的黑麦，车子在狭窄的道路上穿行令人愉快。麦穗儿轻轻扫着您的面颊，矢车菊常常纠缠人的脚，鹌鹑在四周不停地鸣叫，马儿迈着步子奔跑，却透出几分懒散。森林终于到了。树荫笼罩，一片寂静。高大挺拔的白杨树在您头顶上空簌簌作响；白桦树下垂的细长枝条微微颤动；一棵优美的菩提树旁边，挺立着威武的橡树，样子像战士一般。您行驶在绿荫笼盖、树影斑驳的小路上；几只黄色的大苍蝇悬在金光闪闪的空气中一动不动，忽然间纷纷飞散；数不清的芒蚊盘旋飞舞，搅成了一根圆柱的形状，在阴影里闪光，在阳光下却变得乌黑；许多鸟儿在悠闲地歌唱。欧鸲鸟的金嗓子絮絮不休叫得悠扬欢快；这声音和铃兰的芳香非常和谐。再往前走……再往前走……走向森林的深处……森林里一片沉寂……不可言喻的安谧袭上心头；四周就这样睡意蒙眬，悄然无声。但是忽然吹过来一阵风，树梢呼呼作响，仿佛起伏的波浪。地上铺满了去年的落叶，从这些深褐色的叶子中间，东一片西一片长出了高高的青草；一个个蘑菇戴着它们的宽边帽稀稀落落地站在那里。突然，一只雪兔跳了出来，猎犬响亮地叫着疾速奔跑穷追不舍……

还是这一片森林，晚秋季节，山鹬飞来的时候，它的景色是多么美好啊！这些山鹬并不停留在森林深处：只有沿着林间空地寻找，才能发现它们。没有风，也没有太阳，没有光亮，没有阴影，没有动静，没有喧嚣；秋天的气味儿弥漫在柔和的空气中，与葡萄酒的香甜味儿非常相像；远处橙黄色的田野上笼罩着一层薄薄的雾气。透过深褐色光裸的树枝望得见肃穆苍白的天空；菩提树上有几处还悬挂着最后几片金黄色的叶子。脚踩在潮湿的土地上能感觉到它的弹性；高高的已经干枯的茅草一动不动；长长的蛛丝在发白的草叶上闪闪发光。胸口起伏呼吸平静，可心里却有一种莫名其妙的惶恐。您沿着森林的边缘行走，眼睛盯着前面的猎犬，不料这时候那些可爱的面容，可爱的信物，那些已经故去的和依然健在的人，相继浮现在脑海里，那些年深日久沉睡的印象不期然竟苏醒过来；想象如鸟儿一样飞腾，一幕幕往昔的情景清晰地展现在眼前。一颗心忽而颤抖跳动，满怀激情渴望飞身向前，忽而又陷于回忆之中难以自拔。全部生活恰似画卷一样轻易而快速地展开；此时此刻，人是主宰，他的平生经历，全部情感，力量，整个心灵，都在他的掌握之中。周围没有任何东西会妨碍他的思考——没有太阳，没有风，也没有嘈杂的声响……

而到了白天晴朗，有几分凉意，早晨寒冷的秋季，白桦就像童话里的神树，浑身金黄，映衬着浅蓝色的天空，美丽如画；低垂的太阳已不再炎热，但比夏天却更加明亮；小片的白杨树林通体透亮，仿佛光裸着站在那里它反倒高兴和轻松；峡谷底部的雾凇白蒙蒙的；而清风徐徐吹拂，驱赶着卷曲的落叶；河里的碧浪欢快地流淌，载浮着悠闲的鹅与鸭子起伏漂流；远处一座半掩在柳林中的磨房轧轧作响，磨房上空盘旋着几只鸽子，在阳光照耀下，它们的羽毛愈发显得斑斓多彩……

夏天雾气蒙蒙的日子也很美好，尽管猎人们不喜欢这样的天气。在这种日子里不能开枪射击：鸟儿扑棱一声从您脚底下飞出来，眨眼之间消失在凝滞不动的白色迷雾中。但是周围那么寂静，静得难以形容！万物都已苏醒，却又默不作声。您从一棵树旁边经过——它却一动不动：陶醉于自己的柔情。透过均匀地漂浮在空气中的薄雾，您的面前显现出长长的一条黑影。您以为那是附近的丛林；可是您走近一看——丛林变成了地界上高高的一排艾蒿。您的头顶，您的四周——到处都是弥漫的雾气……但是，这时候一阵微风轻轻吹来，一小块淡蓝色的天空，透过渐渐稀薄的雾气朦朦胧胧地呈现出来，突然，金黄色的阳光冲了进来，流泻成长长的光带，照在田野上，钻进树林里——可转瞬之间这些光影又都变得模糊了。这种光明与雾霭的较量持续了很久；然而，当光明最终取得胜利，被晒暖的团团雾气，或者翻滚着棉絮一样四散开去，或者盘旋缭绕，消失在晴光柔和的高空，这一天就变得辉煌明朗难以用语言描述了。

　　不过，现在您准备去远离庄园的原野，去草原。您乘车在乡间土路上颠簸了大约十俄里——终于，一条大道出现在面前。您超越了数不清的车队，经过了许多大门敞开的客栈、车店，敞棚下摆着的茶炊咝咝作响，院子里有口水井；您从一个村庄赶到另一个村庄，穿过一眼望不到边的旷原，沿着绿色的大麻田，行驶了很久，很久。喜鹊从一棵柳树飞向另一棵柳树；婆姨们扛着长长的耙子下地干活儿，慢腾腾地走路；有个行人穿着破烂的土布袄，肩上背着行囊，踉跄的步子透着疲惫；一辆六匹马拉的轿式篷车向您迎面驶来，显然是地主的马车，车子沉重，几匹高大的马已疲惫不堪。车窗上扎煞着枕头的一个角，一个穿大衣的仆人侧身坐在马车后面的脚踏板上，身子下边垫个蒲包，双手用力拽着一根绳子，眉毛上溅得都是污泥点子。现在您到了一座小小的县城，城里有歪歪斜斜的木头房子，无穷无尽的篱笆与栅墙，商人盖的、空闲的石头房屋，跨越河谷的一座古桥……再往前走，再往前走！……草原地带出现了。您从山坡上举目远望——那是多么优美的风光啊！圆圆的、低矮的丘陵，全都种满了庄稼，宛如起伏的巨浪，蜿蜒在丘陵之间的峡谷丛生着灌木；一片一片的小树林就像椭圆形的岛；村子与村子之间有狭窄的道路相通；一座座白色教堂肃然耸立；一条小溪在柳丛掩映中闪闪发光，有四个地方切断溪水修筑了堤坝；远处田野里站着成行的野雁；不大的池塘旁边，坐落着一所古老的地主宅院，附带贮存杂物的房舍，一座果园和一个打谷场。但是您的车继续前行，越走越远。丘陵越来越小，越来越小，几乎已经看不见树木了。看啊，草原，终于看见了无边无际、无比辽阔的草原！……

而在冬天的日子里，跨过高高的雪堆去追赶兔子，呼吸着寒彻骨髓的空气，柔软细碎的雪闪耀着刺目的光芒，使您不由自主地眯起了眼睛，欣赏微微泛红的森林上空澄碧如洗的长天！……在开春最初的日子里，周围的积雪在闪光，在崩溃，透过融雪的浓重水汽，已经能嗅到温暖土地散发出的气息；冰消雪融的地方，斜射的阳光下，云雀满怀信任地在歌唱，条条溪流欢快地喧响着、呼叫着，卷着浪花从一道峡谷涌向另一道峡谷……

但是——该到结束的时候了。正好我又说到了春天：春天，人们容易离别，春天，就连感觉幸福的人也向往远方……再见吧，读者；祝愿您永远顺遂如意。

谷　羽　译

散文诗九篇

"你会听到蠢人的议论……"
——普希金[①]

我们伟大的歌手，你一向说实话，这一次，你又说了实话。

"蠢人议论及群氓嘲笑"……对于这议论和嘲笑又有谁不曾领教过呢？

所有这一切都可以——而且应该承受；谁要有能力，尽可予以蔑视！

不过，有些打击让心灵更加疼痛……一个人凡力所能及的他都做到了，

---

① 此句引自普希金的诗《致诗人》（1830）。

他工作得努力、热忱、诚实……而一些正直的心却厌恶地躲避他,一听到他的名字,有些正直的面孔就会由于气愤而变得通红。

"走开!滚!"一些正直的、年轻的声音冲他纷纷叫嚷。"我们不需要你,也不需要你的劳动;你玷污了我们居住的地方——你不认识我们,也不了解我们……你是我们的敌人!"

遇到这种情况,这个人该怎么办呢?继续劳动,不必试图去进行辩解——甚至也不指望会有较为公正的评价。

从前,有些种地的乡下人咒骂一个旅行的人,这个人带来了土豆,说土豆可以代替他们每天必须吃的面包。他双手捧着这珍贵的礼物想送给他们,那些乡下人却打掉他手中的礼物,把它扔进污泥,用脚乱踩。

现在,乡下人靠土豆为食——可他们甚至不知道那位恩人的名字。

这样也好!他的名字对于乡下人有什么用呢?他,被人忘却姓名的旅行家,毕竟使乡下人摆脱了饥饿。

我们只为一个目标努力:给人们带来真正有益的食粮。

不公正的指责,出自你所爱的人们口中,这是令人痛苦的……然而这一点也是可以承受的……

"你可以反驳我!但要听从我!"[①]雅典的首领对斯巴达克人的首领说。

"你可以反对我,但祝愿你健康温饱!"我们应当这样说。

玛 莎

很多年以前,我住在彼得堡,每次我雇用马拉雪橇的时候,总爱和车夫闲聊几句。

我尤其喜欢跟夜晚出车的车夫们闲聊,他们是来自城市郊区的贫苦农民,赶着他们漆成棕褐色的雪橇和瘦弱的小马来到京城,指望靠赶车养活自己,挣点儿钱好向老爷们交租。

有一次,我雇了一个车夫……小伙子二十来岁,身材高大、结实,面相英俊,生就一双蓝眼睛,面庞红润,眉梢上扣着一顶打补丁的小帽子,帽檐下

[①] 这是雅典统帅忒密斯托克利对反对他的斯巴达克人领袖欧里庇得斯说的一句话。

露出几绺卷曲的亚麻色头发。一件破旧的粗呢上衣紧紧箍住他魁梧的肩膀,真不知道这衣服他是怎么穿上身的!

但是车夫那张好看的、没长胡子的脸却显得忧伤,阴沉。

我跟他闲聊起来。从他的声音里听得出满腹愁情。

"怎么啦,老弟?"我问他。"你怎么不高兴?是不是有什么苦恼的事?"

小伙子没有立刻回答我的话。

"有啊,老爷,有,"他终于开口说,"有件倒霉的事儿,再没有好日子过啦。我老婆死啦。"

"你爱她……爱你老婆,是不是?"

"我爱她,老爷。已经过去八个月了……我还是忘不了。心像刀扎似的……疼也只能忍着!她怎么说没就没了呢?那么年轻!那么结实!……一天的工夫,霍乱就要了她的命。"

"你妻子心肠挺好吧?"

"唉,老爷!"可怜的人重重地叹了一口气。"我和她日子过得多和美啊!我不在家的时候,她死了。我在这城里刚得到消息,人们已经把她给埋了,——我急急忙忙赶回村,到家已经是后半夜了。走进自己的小屋,走到屋子中间收住脚步,我轻轻呼唤:'玛莎!啊,玛莎!'回应的只有蛐蛐儿的叫声。我当时就哭了,坐在小屋的地上,用巴掌拍打着泥土!我说:'大地,你真是贪得无厌啊!……既然你吞了她,索性连我也吞了吧!哎呀呀,玛莎!'"

"玛莎!"忽然,车夫用低沉的嗓音又叫了一声。他手里仍然攥着缰绳,用袖子擦一把眼泪,抖一抖衣袖,甩去泪水。他耸耸肩膀,再也不说话。

我下了雪橇,多付给车夫一个十五戈比的铜板。车夫两只手抓着帽子,向我深深地鞠了个躬,随后便迈着细碎的脚步,沿着空旷的街道,踏着平铺的积雪,摇摇晃晃向远方走去,而这时候还是一月,街道弥漫着白蒙蒙的寒冷雾气。

麻　　雀

打猎归来,我走在花园的林荫路上。猎犬在我前面奔跑。

忽然,猎犬放慢了脚步,开始小心翼翼地行走,似乎嗅出前面有什么野物。

顺着林荫路望过去,我看见了一只小麻雀,嘴角嫩黄,头顶上有些茸毛。它是从窝里掉下来的(强劲的风摇撼着路边的白桦树)。小麻雀无助地伸开刚刚长毛的两个小翅膀,待在那里,一动不动。

我的猎犬慢慢地凑近小麻雀,突然,一只黑胸脯老麻雀,从近旁一棵树上急速飞下,像块石头似的坠落在猎犬面前——只见它浑身羽毛倒竖,完全变了样子,绝望而又可怜地吱吱尖叫,冲着猎犬的尖牙利齿、张开的嘴巴一连扑了两三次。

老麻雀猛扑过来救助小麻雀,它要用自己的身体掩护自己的孩子……可是,它那小小的身体因恐惧而簌簌颤抖,它的声音变粗野了,嘶哑了,它豁出了性命,甘愿自我牺牲!

在麻雀看来,狗,该是多么庞大的怪物呀!但无论如何,麻雀还是不能待在高高的、毫无危险的树枝上……一种比它的意志更强大的力量驱使它飞下树来。

我的猎犬特列佐尔停住了,向后倒退了几步……显然,连它也意识到了这种力量的强大。

我急忙唤住了感到茫然的猎犬——怀着敬佩的心情离开了那个地方。

是啊,请别见笑。面对那只小小的、英勇的鸟儿,面对它那爱的冲动,我不能不肃然起敬。

爱,我想,比死亡,比面临死亡的恐惧,更有力更顽强。只有依靠它,只有依靠爱,生命才得以支撑,才得以延续。

门　　槛

梦

我看见一座大厦。

正面墙上窄窄的门敞开着;门里面一片昏暗。高高的门槛前站着一个姑娘……一个俄罗斯姑娘。

沉沉的昏暗冒出寒气;伴随着冰冷的寒流,从大厦深处传来迟缓沙哑的声音：

"哦，你想迈过这道门槛，你知道等待你的将是什么吗？"

"我知道，"姑娘回答。

"你知道等待你的将是寒冷、饥饿、仇恨、嘲讽、轻蔑、屈辱、监禁、疾病，甚至还有死亡？"

"知道。"

"完全隔绝，孤独？"

"知道……我有准备。我能承受所有的痛苦，所有的打击。"

"不仅承受敌人的打击——而且还要承受来自亲人，来自朋友的打击？"

"是的……即便是亲友的打击。"

"好吧。你甘愿牺牲？"

"对。"

"你甘愿做无名的牺牲？你付出生命——但是没有人知道……甚至任何人都不知道给予追思怀念！……"

"我不需要感谢，不需要同情。我不需要名声。"

"莫非你也准备犯罪？"

姑娘低下了头……

"也准备犯罪。"

那声音没有立刻又提出问题。

"你知道吗？"终于又传出了声音，"你可能会放弃现在的信念，可能明白你受了欺骗，白白断送了自己年轻的性命？"

"这一点我也知道。不管怎么说，反正我想进去。"

"进来吧！"

姑娘迈过了门槛，一幅沉重的帷幕在她的背后落下。

"一个傻瓜！"后面有什么人咬牙切齿地说道。

"一位圣女！"从某个地方传来了回答。

蔚蓝色的国度

哦，蔚蓝色的国度！蔚蓝、光明、青春和幸福的国度啊！我亲眼目睹了你……在梦中。

我们几个人乘坐一条装饰华美的小船。鼓胀的白帆像天鹅的胸脯,上面的彩旗猎猎飘舞。

我不认识我的伙伴是些什么人,但我整个身心都能感觉到,他们和我一样,也那么年轻、快乐、幸福!

再说,我对他们也不怎么留意。我看见四周是无边无际蔚蓝色的大海,海面上微波荡漾如金鳞闪烁,头顶上同样也是无边无际,也是蔚蓝色的大海——那里滚动着一轮可爱的太阳,它威武庄严,又好像面带笑容。

我们中间不时发出笑声,笑得响亮、欢快,就像众神在欢笑。

偶尔,会从什么人的嘴唇上,忽然飞出几个词,几句诗,充满了神奇之美和灵感的力量……似乎天空也自动地发出音响与之应和——而周围的大海也心领神会地微微颤动……随后又是安逸恬然的一派宁静。

轻轻划开柔和的波浪,顺水漂流着我们的块船。推动船航行的并不是风;驾驭这条船的是我们欢乐嬉戏的心。我们想去哪里,船就飞快地驶向那里,它像有生命似的,驯服听话。

不经意间,我们漂流到一些岛屿,这些神奇的、半透明的岛屿,堆满了红玛瑙、蓝宝石、绿翡翠,光彩照人。周围岸边飘来沁人心脾的芳香;其中一座小岛用白玫瑰和铃兰的缤纷花雨洒在我们身上;另外一些小岛上忽然飞起来一群彩虹般的、翅膀长长的小鸟儿。

小鸟儿在我们头顶盘旋,铃兰和玫瑰花瓣消融在珍珠般的浪花里,从我们光滑的船舷两侧掠过,向后退去。

伴随着花儿,鸟儿,又有甜甜的声音传来……其中似有女人的话音……于是,周围的一切景物:天空、海洋、高高扬起的白帆、船舷外潺潺的流水——一切都在诉说着爱情,令人心驰神往的爱情!

此刻那个女人,那个让我们当中每一个人都为之倾倒的女人,就在岛上……虽然我们看不见,她却离得很近。转瞬之间——她就会明眸闪光,绽放粲然如花的笑容……她的手会挽住你的手,带领着你跟随她进入永垂不朽的天堂!

哦,蔚蓝色的国度!我亲眼目睹了你……在梦中。

明天，明天！

已经度过的日子，几乎每一个都是那么空虚、那么萎靡、那么无足轻重！这日子在它的身后留下的痕迹少得可怜！一个又一个小时匆匆飞逝，这是多么不可思议又多么愚蠢！

即便这样，人还是想要生存；他珍惜生命，他对生命，对自己，对未来寄予希望……哦，他期待着从未来获得多少宝贵的机遇啊！

但是，他究竟凭什么想象未来的那些日子和刚刚过去的这一天会不一样呢？

可他没有想到这一点。一般说来，他不怎么喜欢思考——他行动得倒不错。

"啊，明天，明天！"他自我安慰，直到这个"明天"把他送入坟墓。

得——既然躺在坟墓里，你也就不得不停止思考了。

当我离开人世……

当我离开人世，当我曾经拥有的一切化为尘埃的时候——啊，你，我唯一的朋友，啊，你，我曾爱得如此深沉、如此温柔的女友，你，大概寿命比我更长久——你不要去我的坟墓……你在那里无事可做。

不要忘了我……但是在日常的忙碌、快乐和烦闷中，也不必经常怀念我……我不想打扰你的生活，不想妨碍它平静的流程。然而，当你独自一人时刻，当善良的心灵格外熟悉的愁情，一丝哀婉缠绵、无缘无故生发的愁情向你袭来，你不妨从我们喜爱的书籍中拿出一本，翻开它寻找那几页、那几行、那些词句，——你还记得吗？——我们两个人一起阅读曾经同时流淌甜蜜无言的泪水。

读完那些文字，闭上眼睛，请把一只手伸向我……向并不在场的朋友伸出你的手。

那时候，我不可能用我的手去握你的手：我的手在地下一动不动，但此时此刻我欣慰地想象，或许，你会觉得仿佛有轻轻地抚摸触及你的手臂。

那时候，我的形象将浮现在你的面前，你紧闭的眼帘泪水淋漓，这泪水和我们两个人单独相处由于受了美的感动而流淌的泪水是那么相像，你啊，我唯一的朋友，你啊，我曾爱得如此深沉、如此温柔的女友！

山 林 女 神

我站在起伏蜿蜒呈半圆形的秀丽山峦前面；从山顶到山脚都覆盖着嫩绿的森林。

山峦上空是南方透明的蓝天；高高的太阳闪耀光芒；山下，青草掩映的条条小溪发出欢快的絮语。

这时候我想起了一个故事，据说在耶稣降生后的那个世纪，有一艘希腊轮船在爱琴海上航行。

中午时分……天气晴和。突然，舵手的头顶上空，清清楚楚传来人的话音：

"当你航行经过一座岛屿，你要高声呐喊：'伟大的潘①死了！'"

舵手感到惊讶……害怕。不过，当轮船经过一座海岛时，他顺从地喊了一声：

"伟大的潘死了！"

想不到顷刻之间，回应着他的呼喊，整个蜿蜒的海岸（海岛荒无人烟）竟爆发出号啕的痛哭声，呻吟声，悠长痛楚的呼声：

"死啦！伟大的潘死啦！"

我想起了这个传说……心里涌现一个奇怪的念头："如果我也大喊一声，该会有怎样的结果？"

鉴于我的四周一派蓬勃葱茏，我不想提到死亡——于是我使出浑身力量高声呐喊：

"复活啦！伟大的潘复活啦！"

噢，简直是奇迹！回应着我的呼声，整个半圆形的翠绿山峦立刻响起了哈哈哈的欢笑声，畅快的谈话声，隆隆如雷的鼓掌声。"他复活啦！潘复活啦！"

---

① 潘，希腊神话中的山林畜牧之神。

年轻的声音吵吵嚷嚷。眼前的一切忽然笑逐颜开，比空中的太阳更明亮，比青草掩映的哗哗溪水更欢畅。听得见轻盈的脚步纷至沓来，急促匆忙，绿树丛中，闪现出大理石一般洁白、浪花一样轻柔的衣裙，裸露的肢体泛着青春的红润……她们是一群女神，山林女神，林泽女神，酒神的女祭司，离开山巅，纷纷跑向平原……

她们一下子出现在森林边缘。圣洁的头上卷发飘逸，端庄的手臂举着花环和铃鼓——伴随她们的笑声，闪闪发光的笑声，奥林匹斯山的笑声，随着她们奔跑的脚步起伏回荡……

跑在最前面的一位女神，比其他女神身材更高，容貌更美，——肩膀后面斜挎着箭囊，手里握着弓，高耸的卷发上有一枚弯月状的银色首饰……

狄安娜①，这可是你？

突然，女神停住了脚步……跟随她的所有女神也都立刻停步不前。响亮的笑声戛然而止。我看见，忽然沉默的神女，脸色变得死一般苍白；我看见，她的双腿石头一般僵硬，难以言传的恐惧使她双唇张开，瞪圆的眼睛凝视着远方……她看见了什么？她在向什么地方凝望？

我回头注视她所凝望的方向……

在遥远的天边，在原野低矮的地平线上，一座基督教教堂白色钟楼上，像一点火光闪耀着一个金色的十字架……这个十字架映入了女神的眼帘。

我听到身后突然迸发的一声长长叹息，就像琴弦蹦断留下的颤抖余音，——我重新扭过身来，神女们却已不见踪影……辽阔的森林依然翠绿，——只是透过网一样的树枝，隐隐约约看得见几处闪烁着趋向消融的白色光影。那可是山林女神的衣裙？还是峡谷里升起的雾气？——我不好判断。

但神女的消失让我是多么遗憾！

玫瑰花儿多美，多鲜艳……

很久很久以前，记不清在什么地方，我读过一首诗。那首诗很快就被我忘了……不过，我的记忆里却留下了第一行：

---

① 狄安娜，希腊神话中的月亮和狩猎女神。

玫瑰花儿多美，多鲜艳……

　现在是冬天；严寒使窗玻璃蒙上了一层冰霜；黑暗的房间里点着一支蜡烛。我弯腰躬背坐在角落里；那行诗句反复在脑海里回响：

　　玫瑰花儿多美，多鲜艳……

　这时候我眼前出现了一座位于郊区的俄罗斯房屋，我伫立在低矮的窗户前面。夏日的黄昏正渐渐消融转入黑夜，温暖的空气中飘着木樨草和菩提树的清香；窗口坐着一个姑娘，手臂托着下颔，头歪向肩膀，——她默默不语，凝望着天空，似乎在等待最早出现的星星。一双沉思的眼睛多么单纯又充满灵性，两片微微开启的嘴唇如有所问，多么天真，多么动人；就像一朵花儿尚未完全绽放，她呼吸时胸脯起伏得那么平稳，仿佛没有什么事情能使它激动；一张稚嫩的面庞是那么纯净、柔和！我不敢贸然和她攀谈，——但是我觉得她格外亲近，我的心跳动得那么快！

　　玫瑰花儿多美，多鲜艳……

　屋里越来越暗，越来越暗……快要燃尽的蜡烛发出哔哔的响声，摇曳的阴影在低矮的房间顶棚上晃来晃去，屋外的严寒发出冻裂什么东西的响声，肆虐逞威——恍惚间又像是一阵衰老无聊的絮语……

　　玫瑰花儿多美，多鲜艳……

　我的眼前浮现出另外一些形象……仿佛听见乡下生活中家庭的欢声笑语。两颗长着亚麻色头发的小脑袋瓜相互贴近，两双明亮的大眼睛大胆地瞅着我，红扑扑的面颊因为强忍着欢笑而微微颤动，两个人的手亲密地勾在一起，充满稚气的亲切声音争先恐后说个不停；稍远一点儿，在那舒适房间的深处，还有一双年轻的手，在一架旧钢琴的琴键上飞速移动，手指交错起落——可是朗

— 55 —

纳①的华尔兹圆舞曲怎么也压不住自古相传的铜茶炊咕嘟咕嘟的响声……

  玫瑰花儿多美，多鲜艳……

  烛光一闪，忽然熄灭了……什么人的咳嗽声这么嘶哑低沉？一条衰老的狗，我唯一的伙伴，由于寒冷把身子蜷成一团，偎在我的脚边……我浑身发冷……几乎要冻僵了……他们都已经死了……已经死了……

  玫瑰花儿多美，多鲜艳……

谷羽　译

---

① 朗纳（1801—1843），奥地利作曲家。

柯罗连科（1853—1921）

  弗拉基米尔·伽拉科乔诺维奇·柯罗连科，俄罗斯作家，年轻时曾遭流放，长期在外省漂泊流浪，三十二岁发表短篇小说《马卡尔的梦》，一举成名，四十岁赴西欧和美国旅行。著名作品有《盲音乐家》、《我同时代人的故事》，1900年被授予俄罗斯科学院荣誉院士称号，两年后，因沙皇尼古拉二世否决授予高尔基科学院荣誉院士称号，柯罗连科公开声明放弃院士称号，以示抗议。人们通常把他视为批判现实主义作家，他关注社会底层劳动人民的生活，对俄罗斯农民的生存状态和性格认识深刻而独特，在创作中往往不拘泥于现实主义，大胆采用浪漫主义艺术手法，擅长描写刻画自然风光，行文具有浓郁的抒情性，《深林在喧嚣》就具有这些艺术特点。《火光》语言洗练，意境深邃，寓意深刻，可谓是一篇散文诗的精品佳作。

深 林 在 喧 嚣

岁月悠悠，世事沧桑。

一

深林，哗，哗，哗，一片喧嚣声……

这座森林的呼啸声，从来没有停息过——这声音平稳而悠远，像是从远方回荡来的隐隐钟鸣，这声音沉静而含蓄，像是没有填词的曲调，它仿佛在回忆依稀往事。这儿的呼啸声从未停息过，因为这座古老的茂密松林，还没有经过木材商人斧锯的砍伐。百年老松，高大挺拔，红色的树干，矗立上空，宛如森严、隐现的军队队列；青翠的树顶密密匝匝，紧紧地连缀成一团。林荫下一片岑寂，飘来阵阵松香的气息，松针散落一地，松林缝里探出鲜绿的羊齿植物，蓬蓬松松，宛如一绺绺奇异的穗子。连叶片也不颤动一下，安详地待在那里。湿润的角落里，长满了绿茸茸的高杆青草；乳白色的三叶草，好像有点困倦似的，耷拉着发沉的脑袋。上空，树涛呼啸，飒飒声不绝于耳，犹如这座老林的叹息声。

此刻，这沉沉叹息声越发深沉，越来越强劲了。我骑着马穿过林间小径，虽然抬头看不见天空，可是林子似乎暗了下来，我便觉出来天空笼上了浓重的乌云。天光已经不早了。从树干的罅隙里，射出来一缕缕夕阳的残照，但在灌木丛中，早已暮色冥冥了。黄昏时分雷雨要来了。

可今天只得打消打猎的念头了，必须在雷雨来到之前赶到住宿的地方。我的马，蹄子踩在裸露地面的树根上，嘚嘚响着，它吼吼地打着响鼻，竖着耳朵，谛听着树林里传来的响亮的回音。马儿朝着它熟识的守林人小屋，主动地加快了脚步。

猎犬汪汪吠叫起来。几堵土墙，透过渐渐稀落的树干，显现出来。一缕青烟，袅袅地盘旋在一片绿荫上空。歪歪扭扭的小木屋，破破烂烂的屋顶，栖身在一排红树干的墙下。这小屋仿佛陷进地里，而那挺拔高大的红松在高处骄横地摇晃着脑袋。几株小橡树，紧紧偎依在一起，长在林间空地的中央。

经常同我一起打猎的伙伴——守林人扎哈尔和马克西姆住在这里。显然，这会儿，他俩都不在家，因为这只大狼狗叫得这么凶，却没有人出来看看。只有那位秃顶、白胡子的老爷爷，坐在墙角土台上，正在用树皮编草鞋。老爷子的白胡子长长地飘到腰间，他两眼昏沉无光，似乎老爷子总在回忆什么，可一时又想不起来。

"老大爷，你好。有人在家吗？"

"咳！"老爷子摇摇头说，"扎哈尔和马克西姆都没在家，莫特丽亚呢，到林子里找母牛去了……母牛不见了——兴许，被狗熊……吃了……就这么着，谁都不在家！"

"哦，不要紧，我和你坐一会儿，等等他们。"

"你就等等吧，等等吧。"老爷子点点头，我把马拴在橡树枝上的当儿，他用那微弱、昏暗的眼光瞅着我。……老爷爷够可怜的：老态龙钟，眼睛看不清东西，两只手也直哆嗦。

"小伙子，你是谁呀？"我在土台上刚刚坐下，他便向我问道。

我每一次来这里，都听他这样问过我。

"咳，这会儿知道了，知道了，"老爷子说，又拾起草鞋编起来。"人老了，脑子不中用了，就像筛子似的，什么也把不住。那些早年死去的人们，我都记得……咳，一清二楚地记得，至于新认识的人嘛，我总是忘——我在这世上活得太长久了。"

"老爷爷，你在这树林子里住很久了吧？"

"咳，很久啦！法国人打进咱沙皇的疆土上。那阵子，我就住在这儿了。"

"那你这辈子见的可够多啦。要不，你跟我讲点什么听听。"

老爷子惊异地望着我。

"小伙子，我能见过什么呀？我只见过森林……森林哗哗地响，不管昼夜，不分冬夏，一个劲儿飒、飒、飒……而我，就像那棵老树，在森林里过了一辈子，什么也没有觉察出来……啊，现在该入土进坟墓了。小伙子，有时候我想，我在人世上究竟活过没有，连我自己也弄不清楚……咳，就是这么的！或许，我在世上根本就没生活过……"

一片乌云，掠过浓密的树顶，压在林间空地的上空，空地周边的松树枝桠迎风摇曳着，林涛声喧嚣滚滚而来，像是强劲的琴音轰鸣。老爷子举起头来，细心地听着。

"暴风雨就要来了，"过了一会儿说，"这个我可懂。咳，狂风暴雨一吼起来，会把松树刮倒，还要连根都拔出来呢！……森林的神就要显灵了……"他低声念叨着。

"老爷爷，你是怎么知道的呢？"

"咳，那我可知道！我很懂，树林讲话的声音……小伙子，树也挺胆小的。瞧那该死的白杨树，总在那儿叽叽喳喳地饶舌——尽管没有风，可它还要颤抖。森林的松树，晴天也飒飒作响，可是刚一起风，它便呼啸呜咽个不停。这还不算什么……那么你这会儿听听。我虽然眼睛不好使，不过耳朵挺好用，听得真切，你听，柞树哗哗响起来了，空地上的橡树也抖动起来……表明暴风雨就要来了。"

真的，空地中间那几棵矮壮多枝的橡树，虽然受到高墙似的松树林的围绕保护，却也抖起结实的树枝，发出低沉的飒飒声，这声音显然有别于松树响亮的喧嚣声。

"咳，小伙子，听到了没有？"老爷子面带孩子那样调皮的微笑说，"我早知道啦：这样吹打橡树，说明森林之神夜间就要来了，要毁树了……不，毁不了，橡树可结实啦，连林神对它也没办法……就是这么回事儿！"

"爷爷，哪里有什么林神？你不是亲口说过：是暴风雨摧毁树林的呀。"

老爷子狡黠地摇摇头。

"咳，这个我知道。——听说，如今世上有那么一些人，对什么都不信。竟有这样的事，我就像这会儿看见你一样，我看见过林神，只怕更清楚些，因为那时我年轻，眼神好，现在老眼昏花了。嗜，我年轻时候眼睛有多好啊！"

"爷爷，你跟我讲讲，你是怎么瞧见他的？"

"当时，和现在的情况一样：起初，松树林哗哗地响……一会儿呼呼地叫，一会儿开始呻吟，呜……呜……呜！——过一忽儿，静了下来，接着又呼叫起来。过一会儿又叫了，一阵比一阵紧，声音也越来越凄惨。咳，那是因为半夜里林神把林子毁得很凶。末后，橡树说起话来。快到黄昏时，声响就厉害起来了，到了夜里，林神便一阵风儿似的转出来了：绕着林子跳来跳去，一会儿笑，一会儿哭，一会儿转圈圈，一会儿手舞足蹈，不停地撞着橡树，一心想把它连根拔起……那一年，秋天，我从窗口朝外瞧瞧它，那它就不乐意了：它跑到窗前，砰的一声把一根大松树枝子砸进窗子里来，差一点没把我的脸打破，可恶极了；可我也不笨——赶快跳到一边。咳，小伙子，你瞧，他有多凶，脾气够大的吧！……"

"他的模样么，长得和沼泽地里的老柳树是一个模子，像极啦！……头发呢，很像树上长的丝丝缕缕干枯寄生草；胡子呢，也是这个模样；鼻子么，像是半截粗粗的树枝；脸哪，净是些坑坑洼洼，仿佛长满了疱疹。呸，丑死了！千万别让哪个基督徒长得像他……当着上帝说，真是那样！嘿，还有一次，我在沼泽地里见着了他，很近很近地……要是你想看见他，那你冬天里来，一定会见着他。你顺着那边爬上山——那座山长满了树——你爬到一棵最高的树上，爬到树顶。有时候你从那儿就能望见他：他在树林顶端走动游荡，很像一根白色的柱子，一忽儿还转圈圈，从山上飘落到深谷。他跑呀，跳呀。钻进林子，便无影无踪了。嘿！……他走过的地方，像是撒满了一层白雪……你要是不信我这老头子的话，那么，什么时候，你自己来看看就明白了。"

这老汉说顺了嘴，滔滔不绝地谈起来。看来，是这林子惊魂未定的喁喁细语和空中滚滚而来的雷鸣，使得这个老年人的血又沸腾起来。老爷子点着头，微笑着，眨巴着暗淡无光的老眼。

突然间，仿佛有一片阴影，掠过老人布满皱纹的隆起的前额。他用胳膊肘碰了我一下，神秘地说：

"小伙子，你知道吗？我还要跟你说什么？当然，那个林神，就是讨人嫌的家伙，这话是真的。凡受过洗礼的基督徒们，没有谁个心甘情愿地看见他丑陋的嘴脸的……不过也得说他一句公道话，他绝不做害人的勾当……跟人开开玩笑，总归是开玩笑，坏事他是从来不干的。"

"老爷爷，你刚才亲口说他要用松树墩子砸你，这是怎么说？"

"嗐，他不过想吓唬吓唬我！他对我从窗口朝外瞧他，确实生气了，就是这么的！只要你不招惹他，他对你就不干坏事。他就是这样的一个林中怪魔……你可知道，有人在森林里干的可怕的坏事可多着哪……嗐，千真万确！"

老爷子垂下了头,坐在那里默不作声。后来,他抬眼看看我,透过眼上蒙着的一昏暗的云翳,眼底闪出仿佛是记忆苏醒过来的火花。

"小伙子,我来跟你讲一个我们森林出过的一桩真事。正好就在这个地方,是很久很久前的事了……我清清楚楚地记得,真像做梦似的,树林越是哗哗地呼啸,就越发勾起我的全部回忆……愿不愿意听,我跟你讲讲吧,嗯?"

"愿意听,愿意听,老爷爷!快讲吧。"

"咳,那我讲啦!你好好听着!"

二

你听我讲,我的爹妈早就死了,那阵子我还是一个小孩子家。咳,他们撇下我一个人孤单单地在世上。瞧,好苦啊。于是村里人就琢磨着:"现在我们对这个小孩子该咋办呢?"老爷爷呢,心里也在盘算……正在这时候,守林人罗曼从林子里出来,对大伙儿说:"把这孩子给我带回守林小屋去,让我来养活他吧……我在林子里可以快活些,他也有饭吃了……"他这么一说,村里大伙就对他道:"那就带走吧!"他就把我带来了,就这么的,从那时起,我一直待在森林里。

罗曼在这儿把我抚养长大。他这个人,太可怕了,上帝保佑……个子高大魁梧,浓眉黑眼,从他的眼神看,他的心性是憨厚而又粗犷的,显得有一股子野劲,因为他这辈子独自一个人生活在森林里,人们都说,他把狗熊当兄弟,把狼看成侄子。他和各种野兽都厮混得很熟,但他却回避人,不愿正眼看他们一眼……他就是这样一个人,真的,一点也不假!有时,他一瞪眼瞅着我,我就打脊梁上发毛……不过,他确是一个好人,蛮善良的,给我吃得不错,这是没什么话好讲的。他给我吃荞麦粥,里面还放有荤油,碰着什么时候打到一只野鸭,也就给我吃鸭肉。真事儿就该讲真的,是他养活了我,对我总归不错呗。

我们就这样在一起过日子。罗曼出去到林子里,先把我关在小屋里,以免野兽把我吃了。后来,人家给他娶了一个媳妇儿,名叫奥克姗娜。

媳妇儿是老爷给他包办的。老爷把他叫回村里,跟他说:"罗曼哪,你娶个老婆吧！"而罗曼起初却对老爷说："要老婆不是活见鬼么！在林子里弄个婆娘有嘛用，何况，已经有个小家伙跟我在一起，我不想要媳妇！"原来，他不惯跟娘儿们拉拉扯扯，可老爷真够鬼的……小伙子，我一说起这个老爷，就心里寻思着，现在可没有这样的人了，——这种人绝了。……就拿你打个比方吧，听说你也是老爷出身……兴许，这是真事，可是你身上完全没有……那种地道的威严派头……你是一个平常的好小伙子，没有什么特殊。

那个老爷可不同一般，煞是威风，是老辈子的那般老爷……我来告诉你，世上的事情可真怪：几百个人竟然惧怕一个人，还怕得要命！……小伙子呀，你瞧瞧鹞子和小鸡吧，它们都是蛋里孵出来的，可一出来就扑棱棱地直向上飞，嘿！瞧那股劲，它在空中一声尖叫，不用说小鸟，就连老公鸡也吓得满地乱窜……那鹞子就好比鸟群中的老爷，母鸡不过是平平常常的村夫罢了。

我记得，我正是小孩子的时候，有一次我看农夫们从林子里往外边搬运粗大的圆木，大约有三十来个人，老爷呢，只一个人，骑在马上，捋着胡子。马啊遛来遛去，他骑在马上东张西望。哎哟，农夫们一眼瞧见是老爷，这可慌了神，赶忙跑开让路，把运木头的马儿赶紧拉到雪地里，摘下帽子。这之后，不知费了多大力气，才把圆木从雪地里拽出来，而老爷骑着马——嘚、嘚、嘚地扬长而去。你瞧，这么宽的大路，他一个人过，还嫌窄巴呢。老爷动动眉毛，农夫就直哆嗦，要是老爷笑一笑，——大伙儿心里就乐开了花；老爷眉头一皱，大家吓得提心吊胆、愁云满面。敢跟老爷顶嘴的人，从来没有听说过。

至于罗曼么，谁都知道，他是在森林荒野中长大的人，不懂礼貌，所以老爷并不十分怪罪他。

"我要给你娶媳妇儿，"老爷说，"为什么要这样做，我自己心里有数。把奥克姗娜领去吧。"

"我不要，"罗曼答道，"管她是奥克姗娜，还是谁，我都不需要！叫鬼去娶她吧，我就是不要……就这么着！"

老爷叫人把鞭子拿来，人们把罗曼按倒在地，老爷便发话道：

"罗曼，娶不娶媳妇儿？"

"不，"他说，"不要。"

"给我打，"老爷说，"朝屁股上狠揍。"

罗曼挨了不少的鞭子；虽说他身子棒，可是到后来还是吃不住劲了。

"别再打了,"他说,"算了吧!还是让魔鬼一齐来把这婆娘抓走的好,免得让我为她受这么多苦。好吧,把她弄来吧,我结婚就是啦!"

老爷大院里住着一个看管猎犬的家人,名字叫奥帕纳斯·施维德基,这时候他正打野地里回来,正好碰上人们张罗着给罗曼娶亲。他一听说罗曼遇上了倒霉事,便"扑通"一声跪在老爷跟前,吻他的双脚……

"仁慈的老爷,"他说,"您何苦去打他,难为他呢,不如让我把奥克姗娜娶走吧,我不会反悔的……"

咳,他自己真心想娶他,嘿,他就是这么一种人。

这下子罗曼可高兴了,他快活极了,连忙从地上站起来,系好裤子,便说:

"好啊!我说你这个人,怎么不早来一会儿呢?可老爷也真是的——老是这样!……也不好好问问,到底谁想娶她。把人家抓起来,二话不说,说打就打!"他说,"难道这是基督徒该干的吗?呸!……"

咳,他这个人,有时候连老爷也不放过。罗曼就是这种人!他发起火来,谁也惹不起,管你是老爷还是什么人。可是,这个老爷鬼着呢!瞧,他心里另有谋算。他叫人把罗曼又按倒在草地上。

"我呀,"他说,"你这傻瓜,我想给你福享,你偏不识抬举。你现在光棍一条,就像趴在洞里的一只熊,要想到你那儿歇歇脚就叫人烦心。……用鞭子给我狠揍这个傻瓜,直到他讨饶……而你,奥帕纳斯,给我滚,见你妈的鬼去吧。听着,没有叫你来吃饭,你就别到饭桌跟前来凑。你看见我是怎样招待罗曼的吧?但愿你别尝到这种滋味。"

这下子,罗曼十分恼火,气得可真不轻。嘿!人们把他打得够狠的,你要知道,老辈子抽鞭子厉害极了,可是他躺在那里,一直不开口讨饶!他忍呀忍了好久,最后还是啐了一口,说:

"这个不得好死的,为了这个婆娘把一个基督徒打得臭死,连数数也没有,够啦!狗奴才,把你们的手烂掉吧!是魔鬼教给你们打人打这么狠!我可不是打谷场上的一捆麦子,叫你们劈劈啪啪地这样打。既然是这样,那么好吧,我娶她就是了。"

老爷乐了,笑了起来。

"就对了,"他说,"你屁股打得坐不下来,等会儿成亲的时候,可以多跳跳舞。"

嘿，这位老爷是个知趣的人，真会开心，你说是吧？可是后来他落了个很坏的下场，上帝保佑，基督徒可不能有那种下场。说实话，我不愿任何人有那样的下场。哪怕对犹太人，也不该这样咒他。这就是我的想法……

就这样，罗曼成了亲。他把新娘子接到守林小屋来；起初，他总是不住嘴地骂她，数落她，埋怨：为了她，自己挨了两顿皮鞭。

"你呀，"他说，"根本不值得，为了你叫人家挨了这么狠的打。"

常有这样的事：他从林子里一回来，就马上把她从小屋里赶出来。

"滚吧！我这小屋里用不着女人！连你的魂儿也别留在这里！"他说，"我不喜欢，我小屋里睡个臭婆娘。气味难闻。"

嘿！

后来，就没什么了，罗曼耐着性子习以为常了。奥克姗娜常常打扫小屋子，粉刷墙壁，收拾得干干净净；把碗碟餐具摆放得整整齐齐；样样东西锃光发亮，叫人打心眼里喜欢。罗曼看出来：这个女人还不错——渐渐地和她惯熟了。不但相处惯了，小伙子，你听啊，他还爱上了她，真的，我不扯谎！罗曼还出了这档子事：他仔细瞅着女人，瞅了一会儿说：

"谢谢老爷，教我学会享福。我这个人真蠢，挨了多少鞭子，现在才明白过来，这不是坏事。而且好得很。真想不到！"

这样过了不少日子，究竟过了多少时候，我就不清楚了。奥克姗娜躺在木炕上，哼哼唧唧，呻吟起来。傍晚时分，她病倒了。第二天早晨，我一醒来，便听到有人尖着嗓门在啼哭。"咳，"我想，"看起来是生娃娃了。"果不其然，正是这样。

这娃娃在人世间没活多长时间。就从早上到晚半晌。到了晚上，孩子不叫了，咽了气。奥克姗娜呜呜咽咽哭起来，罗曼说：

"孩子没了，既然死了，也用不着再去请牧师来了。我们就把他埋在松树底下吧。"

罗曼就这样说的，不仅说，还真的这样干了：在地里挖了个小墓坑，把孩子就埋了。你瞧，那边有棵老树根，叫雷劈了的……那就是罗曼在它下边埋死孩子的那棵老松树。小伙子啊，我来告诉你，只要太阳一落，树林上空开始闪烁星星和霞光，就会有一只小鸟飞过来，不停地叫。唉，这只小鸟唧唧喳喳叫得多凄惨啊，真叫人心酸！这是一个未曾受过洗礼的灵魂——它在为自己祈求十字架。有人说，要是有个有学问的人，懂得事理，有本事给他弄个十字架，它就不会再来回飞了……可我们一辈子老住在树林子里，什么也不懂得。它飞来飞去，苦苦乞求，我们只能说："哎呀，哎呀，可怜的灵魂啊，我们一点忙也帮不上你啊！""瞧那小鸟啼哭起来，哭着飞走了，过一会儿又飞回来。唉，小伙子，这不幸的灵魂真叫人可怜啊！

奥克姗娜身子康复以后，常到小墓坑那边去。她坐在那墓坑边放声大哭，常常整座老林子都听得见她的哭声。她是多么心疼自己的孩子啊，但罗曼并不怜惜孩子，而是心疼奥克姗娜。常常，罗曼打林子里一回来，便站在奥克姗娜跟前说：

"傻婆娘，住声吧！有什么好哭的！一个娃儿死了，也许，还会有第二个。说不定会更好呢。嘿！因为那一个不一定是我的，我不晓得，拿不准。人家都这么讲。下一个可该是我的了。"

奥克姗娜很不喜欢他这样讲。每逢这种场合，她马上不哭了，便用极难听的话来吼他。罗曼呢，也并不生气。

"你嚷嚷什么呀！"他说，"我压根儿没有说过那话儿，我只说，我不晓得。为什么说我不晓得呢，因为先前你不是我的老婆，又不住在林子里，而是住在上等人那里。这叫我怎么晓得呢？现在你在林子里边住，这就好了。上一次我有事去村子里找菲多西娅大嫂，她对我说："罗曼哪，怎么搞的，这么快你就有孩子了！"我对大嫂说："我怎么会知道快呀，还是不快？"呃，你不要再嚷嚷啦，要不，我真格的要生气了，备不住还要揍你一顿。"

奥克姗娜骂骂咧咧地，把他骂了一会儿，也就不作声了。

她有时候一边骂他，一边捶他的背，可是等到罗曼真格的恼火了，她马上静下来——心里害怕了。她便对他亲热起来，抱住他，和他亲嘴，凝眸盯着他的双眼……于是，咱们的罗曼的火气就消了。因为……小伙子，你瞧出来没有……你，大概不懂吧，可我这老汉，虽然没有成过亲，我这一辈子见过的可多啦：年轻的娘们亲起嘴来可甜啦，男人再大的脾气她都能稳住。哎呀……我了解这些娘儿们是怎样的人。奥克姗娜是个水灵灵的小娘们，现在我再也看不到这样的人儿了。小伙子呀，我跟你说，连娘儿们和老辈子也不一样了。

有一天，林子里响起了号声：嘀嘀哒哒，嘀嘀哒哒……哒哒！号声传遍了林子，欢快而响亮。我那时候年纪还小，不知道这是什么玩意儿；抬眼只见鸟儿扑棱棱地从巢里飞出来，扑打着翅膀，叽叽喳喳地乱叫，又看见一只兔子直竖起耳朵，撒腿拼命地跑。我想，大概这是一只从来未曾见过的什么野兽叫得那么好听吧。其实那不是野兽，而是老爷骑着马儿，吹着号角，进了森林。还有几个看管猎犬的家人，也骑着马儿，牵着猎犬，跟随在老爷身后。看猎犬的家人中间，长得最帅的要数奥帕纳斯·施维德基了，他身穿天蓝色的哥萨克外套，头戴金丝线绣的小帽，背着一支闪闪发亮的火枪，肩上挎着皮带，上面系着一只板都拉多弦琴，他英姿潇洒地骑在马上，紧跟在老爷身后。老爷很喜欢奥帕纳斯，不光是奥帕纳斯弹得一手好琴，还因为他又是唱歌的能手。嘿，奥帕纳斯可真是个漂亮的小伙子，英俊极了！老爷怎能跟奥帕纳斯比呢？老爷秃顶了，长着个酒糟鼻子，眼睛呢，虽然快活水灵，但终究抵不上奥帕纳斯的眼睛。常有这样的事，只要奥帕纳斯瞧我一眼，哪怕我不是姑娘家，我这个小孩子就美滋滋地要笑。听说，奥帕纳斯的父辈和祖先都是查波罗什那一带的哥萨克人，在谢齐营地里参加了哥萨克帮会，那里的人啊，个个都是好样的，英俊漂亮，手脚麻利。小伙子呀，你寻思寻思手拿长矛，骑在马上，在原野上像鸟一样飞快地奔驰，这和拿把斧头，砍砍树林子，到底是两码事啊……

且说那天我跑出守林小屋，看见老爷骑着马来到屋前，站住了，看管猎狗的家人也停住了脚步；罗曼从小屋里出来，扶着老爷踩住马镫，下了马。罗曼向老爷深深一鞠躬。

"你好哇！"老爷对罗曼说。

"嗨，"罗曼答道，"我么，谢了，挺壮实，我还会咋的？那您呢？"

你瞧，罗曼不懂礼貌，不会向老爷回话。仆人们听到他说这话都笑起来，老爷也笑了。

"啊，你身体挺好，谢谢上帝了。"老爷说："你的老婆在哪儿呢？"

"老婆能在哪里？老婆吗，自然是在屋里呗……"

"好，我们进屋吧，"老爷说，"小伙子们，你们赶快把地毯在草地上铺好，把东西都准备好，让我们招待、祝贺这对新婚夫妇吧。"

他们这就进屋了，老爷先进去，罗曼没戴帽子跟在后面，还有鲍格丹，是看管猎犬的家人头头，老爷忠实的奴才。啊，像这样的仆人现在世上是找不到了：他已经上了年纪，可是对别的仆人却凶得很，在老爷面前，简直是一条狗。对他来说，除了老爷之外，世界上再没有别人了。听说，鲍格丹的爹娘死了以后，他曾请求老太爷租给他一块地种种，他还想娶个媳妇。可是老太爷没有恩准，派他去伺候小少爷。老太爷说，你这一忙乎，就像有爹、有娘，有老婆的人了。这么着，鲍格丹就从小照顾小少爷，把他带大，教他学会骑马，教他学会打枪。长大成人以后，自己做了老爷，鲍格丹这老东西像一条狗似的，总是跟在老爷屁股后面跑。噢，我跟你说句实话，大家把鲍格丹恨死了，咒骂他可厉害了，又有多少人受他的害伤心流泪啊……这一切都是由老爷引起的……只消老爷发一句话，说不定鲍格丹会把他的亲爹撕成碎片的……

那时候，我还是一个小孩子家，也跟着大伙儿跑进屋子，不用说，是由于好奇。老爷走到哪里，我就跟到哪里。

我看见，老爷站在屋子正中间，笑嘻嘻地，捋着胡子。罗曼站在那里，两只脚不停地挪动着，两手摆弄着帽子，奥帕纳斯一只肩靠住墙，站在那里活像阴雨天里的一棵小橡树，可怜的人哟！他愁眉苦脸，郁郁不乐……

他们三个都转过身看着奥克姗娜。只有老鲍格丹独自一人坐在角落里木炕上，耷拉着脑袋，披散着额发，等候老爷的吩咐。奥克姗娜站在屋子另一角的炉子旁边，低垂两眼，面红耳赤，就像大麦地里长的一株罂粟花。噢，这不幸的人显然已经觉察出，为了她，要出祸事了。小伙子，我正要告诉你，如果三个男人直盯盯地瞅着一个女人，那就不会有什么好事，准会打得头破血流，说不定更糟。这点我很清楚，因为我亲眼见到了。

"喂，罗曼哪，"老爷笑道，"我给你做大媒娶的媳妇不错吧？"

"怎么，"罗曼说，"娘儿们，总归是娘儿们，还不赖！"

这时候奥帕纳斯耸耸肩膀，抬眼看着奥克姗娜，自言自语道：

"是啊，"他说，"这娘儿们不该落到这个傻瓜手里。"

罗曼听到这话，扭转身对奥帕纳斯说：

"奥帕纳斯爷们，你凭什么说我是傻瓜，嘿，你说呀！"

"就凭你，"奥帕纳斯说，"就凭你看不住自己的老婆，所以说你就是一个大傻瓜……"

你看奥帕纳斯说的是啥话！老爷甚至跺了一下脚，鲍格丹摇了摇头，罗曼想了一会儿，举起头来望望老爷。

"教我怎样才能看住她呢？"罗曼对奥帕纳斯说，而自己的眼却瞅着老爷。"这里除了野兽，连妖魔鬼怪都难得找到一个，除非尊贵的老爷有时候来这里转转。叫我看住老婆是为了防备谁呢？可恨的哥萨克，你小心点，别惹我发火，要不，我会把你的头发揪下来。"

如果不是老爷出来发作，他们差一点打了起来，老爷把脚一跺，他们就不吭声了。

"别吵了，"他说，"你们这些龟孙子！我们到这里不是来打架的。该向新婚夫妇贺喜了。天傍黑的时候，还得到沼泽地里打猎呢。喂，跟我来！"

老爷转身出了小屋。在一棵树下，家人们已经摆好酒菜。鲍格丹跟随着老爷出了屋，奥帕纳斯把罗曼拦在过道里。

"老弟啊，你别生我的气。"那个哥萨克说，"你听我奥帕纳斯告诉你说：你可曾看见我跪在老爷跟前吻他的靴子，叫他把奥克姗娜许给我？嗜，上帝保佑你……神甫为你成了婚，看来，这是天意！可是我实在不忍心，让那个狠心的仇人再拿她来取乐，把你来捉弄。嘿！谁也不知道我心里是怎么想的……我恨不得用火枪把他，还有她，都送进湿漉漉的九泉之下，不让他们睡到被窝里……"

罗曼瞅着那哥萨克，问道：

"哥萨克，你是不是疯了？"

我没有听清，奥帕纳斯在过道里跟罗曼嘀咕了些什么，只听见罗曼拍了一下他的肩膀，说：

"唉，奥帕纳斯，奥帕纳斯呀！世上的人多么恶毒，奸诈啊！我待在树林子里，什么事也不知道。嘿，老爷呀，老爷呀，你是拿自己的脑袋来玩命哪！……"

"呃，现在你去吧，"奥帕纳斯对他说，"你可要不动声色，尤其是在鲍格丹面前。你这人傻乎乎的，呆头呆脑，而鲍格丹这条老狗可滑得很呢。当心点，老爷的烧酒可别多喝，要是老爷派你和管狗的家人一道去沼泽地里，他自己呢，却留在这里不走，那你就把这些家人领到老橡树跟前，给他们指出一条骑马走的绕弯儿的远路，你自己么，就说步行穿林子抄近道……然后，你赶紧回到这儿来。"

"好吧,"罗曼应声道,"我去准备打猎的事儿啦。火枪里不装铅砂,也不装打鸟的散弹,只装打狗熊的有劲儿的地道子弹。"

就这么着,他们出去了。老爷早已坐在地毯上,吩咐把酒壶和酒杯拿来,斟上一杯烧酒,递给罗曼喝。嘿,老爷的酒壶和酒杯可真棒,烧酒就更好啦。喝上一杯,包你心里乐滋滋的;再喝一杯,你就欣喜若狂,心跳不止;如果酒量不行,喝上第三杯,老婆要是不扶着上床,准会趴倒在炕底下。

嗨,我来告诉你,老爷可真鬼!他想用他的烧酒灌醉罗曼,可是,从来没见过有什么烧酒能把罗曼醉倒。他接过老爷递过来的酒,一杯又一杯,又喝第三杯,还是不醉,只是两眼像狼一样闪闪发红光,黑胡子一撅一撅的,这下子老爷可恼火了,说:

"这小子,喝起烧酒来得劲儿,连眼珠也不眨一下!换了别人,早就眼泪汪汪了,可他呢,好心肠的人儿你们瞧瞧,他还在那儿笑呢……"

这恶毒的老爷心里明白,如果一个人喝了烧酒就眼泪汪汪的,不用多久,他就会趴在桌上醉倒了。可是这一回他却弄错了。

"我干什么要哭呢?"罗曼回答他,"那可不太好吧,尊敬的老爷特地来向我贺喜,我呢,像个妇道人家,号啕大哭起来,这就不像话了。谢天谢地,没有什么事让我值得好哭的,叫我的仇人去哭好啦……"

"这么说,"老爷问道,"你很称心啦?"

"咳,我有什么不称心的呢?"

"那你可记得,我们用皮鞭子让你娶亲的事吗?"

"怎么能不记得呢?所以我说,我这人真傻,分不清什么是苦,什么是甜。挨鞭子该多苦哇,可我宁愿挨鞭子不愿讨女人。这就得谢谢仁慈的老爷您老人家啦,是您教会我这个傻瓜懂得蜜糖好吃啊!"

"好啦,好啦,"老爷对他说,"那你就为我效劳吧:你带着家人到沼泽地里,多打一些野味,还一定给我打一只大野鸡回来。"

"老爷您什么时候让我们去沼泽地呢?"罗曼问道。

"喝一会儿酒再说吧。叫奥帕纳斯给我们唱一支曲儿,然后,请上帝保佑你们去吧。"罗曼用眼睛瞟着老爷,对他说:

"这就不好办了,时候不早啦,这儿离沼泽地很远,况且,林子里的风刮得呜呜直叫,傍黑会有暴风雨。这种时候哪能打到那机灵小心的鸟儿呢?"

可是老爷已经喝得醉醺醺的了，老爷这人一喝酒就大动肝火。他看见家人们交头接耳低声商量："罗曼说得对，眼看暴风雨就要来了。"他听见这话，火冒三丈。把酒杯乓地一放，眼珠一瞪，大家都不敢出声了。

只有奥帕纳斯一个人不害怕；他照着老爷的吩咐，拨弄着板都拉多弦琴，边弹边唱，他冷眼觑着老爷，说：

"仁慈的老爷，你清醒清醒吧：谁家听说过，半夜三更，下着暴风雨，把人家赶到黑糊糊的老林里去打鸟儿呢？"

你看他多么胆大！这是明摆着的事：别人都是老爷的"家奴"，当然害怕啦，他是个自由人，哥萨克的后代。当他还是小孩子的时候，一个老哥萨克——弹板都拉琴的歌手，把他从乌克兰领到这里来。小伙子啊，那年月，在乌曼城人民起来闹过事。这个老哥萨克因此被剜了双眼，割去了耳朵，留下他一条活命任他漂泊世上。他四处流浪，走遍城镇和乡村，最后跟着他的领路人——奥帕纳斯这小家伙，来到我们这块地方。老太爷爱听动听的小曲儿，便把奥帕纳斯留下来。后来，那瞎老头儿死了，奥帕纳斯就在庄子里长大成人。现时这个老爷也挺喜欢他，时不时地他讲些不礼貌的话，老爷也容忍他；要是别人这样说，说不定要被剥去三层皮。

这一回也是这样：起初老爷是有点想发脾气，大家以为，他要揍这个哥萨克一顿了，可是，过了一会儿，他却对奥帕纳斯这样说：

"奥帕纳斯，奥帕纳斯啊，你是个聪明的小伙子，可是，看来你还不太懂事，要是把鼻子伸到别人门缝里，可得当心人家砰的一声把门关上……"

你瞧，他说这话多像打哑谜！哥萨克人一下子就明白过来了。这个哥萨克人唱一支歌又来回答老爷。啊，要是老爷听懂了哥萨克歌曲的含意，那么，太太后来也就不会痛哭流涕了。

"老爷，谢谢您的教导，"奥帕纳斯说，"让我唱歌来答谢你，你听啊。"

他拨动了板都拉琴弦。

然后，他抬起头来，望望天空——只见一只雄鹰在空中振翅盘旋，风儿追赶着乌云在翻滚。侧耳细听，高大的松树呜呜号叫。

他又拨动了琴弦。

嘿，可惜你没有机会听到奥帕纳斯·施维德基的弹奏，现在世上可再听不到了！别看这个不起眼的玩意儿——板都拉琴，可一到行家手里，他真格会说话，还说得很动听。常有这样的事儿，只要用手指在琴弦上一抹，这琴儿就会说出一切：黑黝黝的松树林在风雨交加的天气哗哗呼叫，狂风掠过旷野吹得杂草沙沙作响，干枯的草茎在垒得高高的哥萨克坟头喃喃低语。

小伙子，是啊，你现在再也听不到这地道的板都拉琴声了。现在，什么样的人都到这儿来过，他们不仅到过波列斯地区，还到过别的许多地方，他们走遍了整个乌克兰：奇吉陵、波尔塔瓦、基辅、契尔卡塞全都到过。他们说，板都拉琴手已经见不到了，集市上已经听不到他们弹奏了。我小屋里墙上还挂着一把旧版都拉琴。是奥帕纳斯教会我弹的，可是从来没人跟我学过。等我死了——这不会有多久了——只怕在这广大的世界上再也听不到板都拉的声音了。瞧，事情竟会这样！

且说，奥帕纳斯低声唱起歌来。奥帕纳斯的嗓音并不洪亮，但是听起来深沉而悲凉——常常，这歌声会淌进你的心灵深处。小伙子啊，歌词儿，看来是这哥萨克故意为老爷编的。从此，我再也没听到过他唱这支歌。后来，我有几次缠住奥帕纳斯，要他再唱，可他总是不肯。他说：

"这支歌专为那人唱的，他已经不在人世了。"

这哥萨克在那支歌里给老爷道出了实情，讲出了老爷未来的遭遇。可老爷听了只是流泪，泪水淌到胡子上，至于歌词的含义，看来他一点没听懂。

唉，全部歌词我记不清了，我只记得不多的几句。

这哥萨克唱的是老爷伊凡：

> 唉，老爷啊，唉，老爷伊凡！……
> 聪明的老爷博学多闻……
> 他晓得，老鹰展翅高空，
> 对乌鸦穷追猛攻……
> 唉，老爷啊，唉，老爷伊凡！……
> 可有一点老爷认不清；
> 世上常常会有这种情形——
> 乌鸦在巢边也会打杀老鹰……

小伙子呀，现在我耳边仿佛还听见那支歌，我眼前还看见那些人：哥萨克抱着板都拉站在那里,老爷坐在地毯上垂头哭泣;家人们围在一起,互相顶顶胳膊肘;老鲍格丹在那里不停地摇头……那森林,和现在一样,呜呜直叫,板都拉的琴声低沉而忧伤,哥萨克唱着歌,唱的是太太哭老爷,哭伊凡的语句:

> 太太哭啊,哭啊,泣不成声,
> 那支黑老鸦在伊凡老爷头顶,
> 呱呱地叫个不停。

嗐,老爷没有听懂歌词的含义,擦擦眼泪说:

"呃,罗曼,准备走吧!小伙子们,大家都上马吧!你呀,奥帕纳斯,同他们一块儿去!你的歌听够了,不再听了!这是一首好歌,只不过歌里唱的事,世上是不曾有过的。"

哥萨克唱歌唱得心软下来了,泪眼模糊了。

"唉,老爷呀,老爷呀,"奥帕纳斯说,"我们那里上年纪的人常说:故事讲的是真事,歌儿唱的是实情。不过,故事里讲的真事好比是块铁,手里传来传去,在世上流传久了,是会生锈的……而歌曲里唱的真理,好比是黄金,到什么时候永远不会生锈的……你看,老辈上年纪人说得该多好!"

老爷摆了摆手。

"嗯,或许,你们那边是这样,我们这里可不这样,去吧,去吧,奥帕纳斯——你絮叨得叫我听烦了。"

这个哥萨克停了一会儿,然后,突然跪在老爷面前:

"老爷啊,你听我说,骑上马,回到太太那儿去吧:我的心里觉得有一种不祥的兆头。"

这么一来老爷可真的发怒了,他抬起脚像踢狗似的,踢了哥萨克一脚。

"你给我滚开!看样子,你不是哥萨克,倒像个妇道人家!你走开,要不然,没有你好受的……还有你们,狗杂种,还站在这里干吗?难道我不再是你们的老爷了吗?我要给你们点颜色看看,这种苦头只怕你们的老子还没有从我老子那里尝到过呢!……"

奥帕纳斯从地上站起来,脸阴沉得像乌云一般,同罗曼交换了一下眼色,罗曼胳膊肘支着火枪，像个没事人似的。

这哥萨克把板都拉琴砸到树上！——琴被砸得粉碎，碎片四散，只听见"嗡"的一声，琴音呜咽，飘落在森林中。

"那么，"他说，"让魔鬼在阴间去教训那些不听忠告的人吧……你呀，老爷，看来是不需要忠实的仆人的。"

老爷还没来得及答话，奥帕纳斯立即跨上马鞍，"嘚嘚"而去。看管猎犬的家人也上了马，罗曼扛上火枪，径自走了，只是经过林间小屋的时候，喊了一声奥克姗娜。

"安排孩子睡觉吧，奥克姗娜，他该睡啦。给老爷也铺好床吧。"

没有多大工夫，所有的人全都到森林里去了，瞧，走的就是那条路，老爷也进了森林小屋，只有老爷的马还待在树下，拴在那儿。这时，天已擦黑了，森林里传来沙沙的喧嚣声，小雨点稀稀拉拉地下起来了，当时的情景啊，和现在一模一样……奥克姗娜把我领到干草棚里，照料我睡下，画了个十字祝我晚安……我听见，我那奥克姗娜在哭。

唉，那时候，我还是一个小孩子，对周围发生的事一点也不懂！我在干草堆上蜷着身子，听见森林里暴风雨的声音，像唱歌一样，"哗哗"地响，听着，听着，我就睡着了。嘿，突然听见有人在小屋跟前走动……走到树跟前，把老爷的马解开。那马打了一声响鼻，蹬了一下蹄子，便飕的飞快地奔向树林，很快连蹄声也听不见了……后来，我又听见大路上"嘚嘚"的马蹄声，是有人向小屋走来。那人骑马到小屋跟前，跳下马鞍，直奔窗口。

"老爷，老爷，"是老鲍格丹的喊叫声，"哎呀，老爷，快开门吧！那个哥萨克坏蛋在使坏，看来，他把你的马放到老林子里去了。"

这个老头儿话还没有说完，就有人从背后把他按住。我吓坏了，只听见"扑通"一声，有什么倒在地上……

老爷打开门，拿着火枪跳出来，罗曼在过道里就一把把他抓住，揪着头发，把他按倒在地上……

老爷看出来，大事不好，赶忙说：

"哎哟，罗曼，放了我吧！难道你不记得我待你的好处吗？"

可是罗曼对他说：

"狠毒的老爷啊，我记得很清楚，你对我的好处，还有对我老婆的好处。

我现在就来报答你的恩德……"

老爷又说：

"奥帕纳斯，我忠实的仆人，你替我讲个情吧！我是像疼我亲生儿子那样疼你的呀。"

可是奥帕纳斯这样回答他：

"是你，像撵狗一样，把你的忠实的仆人赶走了。你以前疼我，就像棍子恋脊梁似的，可现在呢，你疼我，却是脊梁爱棍子……我当初怎样恳求你啊——可你就是听不进去。"

于是，老爷转向奥克姗娜哀求：

"奥克姗娜，你替我说说情吧，你的心好，善良。"

奥克姗娜从屋里跑出来，两手拍巴掌说：

"老爷呀，我不是下跪求过你呀：可怜可怜我吧，保全我女人的贞操吧，别再玷污我这个有夫之妇呢。可你一点也不怜惜我，这会儿你倒来求我了……噢，我是外人，我有什么办法？"

"你们放了我吧，"老爷又说，"你们害了我，你们都要死在西伯利亚的。"

"老爷，别为我们担心啦，"奥帕纳斯说，"罗曼会比你的看管猎犬的家人早一步赶到沼泽地；我呢，承你厚爱，一个人无牵无挂地活在世上，对自己的脑袋没有多想过。扛上自己的猎枪，我就钻进大森林……我召集一些矫捷的英雄好汉，到处闯荡……夜里，我们走出森林，到大路上拦截，时不时地闯进村庄，直奔老爷的大院。呃，罗曼，把老爷搀起来，让他老人家在外面淋点雨。"

这时，老爷挣扎着，大声喊叫，罗曼呢，像只狗熊似的，嗷嗷地自言自语；哥萨克呢，嘻嘻地嘲笑。他们就这样着，出去了。

我吓坏了，连忙冲进小屋，奔到奥克姗娜身边。我那奥克姗娜坐在木炕上——脸色苍白，像墙上的石灰一样……

这时候，一场真正的狂风暴雨在森林里铺开了，松林间的呼啸声纷至沓来，狂风怒吼，雷声轰隆。我同奥克姗娜坐在木炕上，忽然听见有人在森林里呻吟。咳，那声音是多么的凄惨啊，现在，我一回想起来，我心里就沉甸甸的，虽然那已经是许多年以前的事了……

"奥克姗娜，"我说，"亲爱的，那是谁在森林里哼唧啊？"

可她却把我抱起来，摇着我。

"睡吧，"她说，"小家伙，没什么呀，那是……林子在呜呜地叫……"

森林真的在呼啸，嘿，呜呜直叫啊！

我们又坐了一小会儿，忽然，我听见，林子里好像有一声枪响。

"奥克姗娜，"我说，"亲爱的，是谁在放枪啊？"

可她，这个不幸的人啊，不停地摇着我，不住地说：

"不要出声，不要出声，小家伙，那是森林里打天雷呢。"

可她自己呢，总是哭个不停，把我紧紧搂在怀里，拍着我，哼着曲儿，"森林哗哗哗，森林哗哗哗，小家伙呀，森林在喧哗呀……"

就这样，我躺在她怀里，睡着了。

小伙子啊，第二天早晨，我醒来睁眼一看，太阳照得明晃晃的，奥克姗娜独自一个儿，穿着衣服睡在小屋里。我想起了昨天的事儿，我寻思着，这别是我做了一个梦吧。

可是，这并非做梦，唉，不是梦呀，而是千真万确的真事。我从小屋里跑出来，跑进树林子，林子里小鸟叽叽喳喳地乱叫，树叶上露珠晶莹闪光。我跑到灌木丛旁边，看见老爷和他的家仆并排躺在地上。老爷表情安详，面色苍白，那个家仆——白发苍苍，像只鸽子似的；脸色严峻，仿佛他还活着。老爷和家仆的胸口，都有一大摊血。

……

"那么，别人后来结果怎样呢？"我看见老爷子低下头默默不语，就问道。

"咳！一切都像哥萨克人奥帕纳斯所说的那样啊。他自己在林子里待了很久，和几条好汉结伴出没大路上，常到老爷庄院里去走走。这哥萨克人命里注定有这样的身世：他的祖上当反叛的哥萨克，他也是这种命。小伙子啊，他常常到我们这屋子里来，不过总是趁罗曼不在家的时候。他来了，便坐上一阵子，唱会儿歌，弹弹板都拉琴。有时候也带伙伴们一道来，奥克姗娜和罗曼总是蛮招待他们的。咳，小伙子啊，我实话跟你说吧：这件事里可是有罪孽的。呃，一会儿马克辛和扎哈尔就要从树林里回来了，你好好瞧瞧他们两个。我什么也没有跟他们说过，可是只要是认识罗曼和奥帕纳斯的人，一看就看得出谁像哪一个，虽然他们不是那两位的儿子，而已经是孙子了。……小伙子，你瞧，在我的记忆中，这林子里发生过什么样的事情啊！

啊，这会儿树林哗哗叫得这么凶，眼看暴风雨就要来了！

三

老爷子讲到这故事末尾，说话显得很累。显然，他那激动的情绪已过去，现在露出困乏的神色：他说起话来舌头不听使唤，脑袋直打哆嗦，眼里涢满泪水。

夜幕已经笼罩大地，林子黑暗下来，小屋四周一大片松树像海水一般波涛滚滚；黑黝黝的树梢像狂风暴雨中的浪峰似地汹涌澎湃。

一阵欢欣的犬吠声传来，主人回来了。两位守林人急匆匆走近屋子来，后面跟着气喘吁吁的莫特丽娅，她赶着差点儿走失了的母牛。到此时，这一伙人才算聚齐了。

几分钟以后，我们已经在小屋子里坐好。炉子里的柴火发出"噼噼啪啪"的欢叫声。莫特丽娅做晚饭。

虽然我以前不止一次地见过扎哈尔和马克辛，但这一回我特别注意地端详着他们。扎哈尔的脸色黧黑，低低的额角向前隆起，双眉紧锁，眼神忧郁，但是脸上可以看出力大无穷，性情憨厚。马克辛眼神豁达开朗，一双灰色眼睛显得温柔可亲。他时不时抖动着自己的鬈发，他的笑声仿佛有特殊的魅力。

"这老爷子是不是给你讲了我们爷爷的老古话？"马克辛问。

"是的，讲了。"我回答。

"嗯，他总是这样！只要林子哗哗呼啸起来，他就想起往事来。这下子他要通宵睡不着了。"

"跟小孩子似的。"莫特丽娅一边给老头儿盛汤，一边补充说。

老爷子好像不知道大伙儿在议论他。他，全身瘫软地坐在那儿，时而无意识地笑笑，摇摇头。只有当树林里怒吼的狂风从外边向我们这屋子袭来的时候，他才惊慌起来，神色仓皇地侧耳倾听着。

不久，这所林间小屋里一切都悄然无声了。一盏残灯半明半灭，蟋蟀唱着它的单调聒耳的曲子。……树林里好像有成千上万低沉强劲的嗓音在谈论着什么，在黑暗中威严地互相呼应。仿佛有某种权威的力量在这一片黑暗中召开喧哗嘈杂的会议，准备从四面八方袭击这可怜巴巴的湮没在林中的小屋。有时隐约的隆隆声加剧起来，由远渐近，这时候屋子的门震动了，就像有人一边嘶哑着嗓子发怒，一边在顶撞着门。夜间的风暴在烟囱里奏着凄厉吓人、惊心动魄的曲调。后来那阵阵暴风暂停，不详的寂静折磨着怯懦的心灵，继而又响起轰隆之声，好似株株老松一齐相约，骤然从原地连根拔起，随同夜风的鼓翼振翅不知飞向何方去了。

我迷迷糊糊地打了一会儿盹，然而时间似乎不长。狂风在树林里发出各种声调的哀鸣。油灯忽忽闪闪，照亮了小屋。老爷子坐在木炕上，用手在自己身边摸索，仿佛想在近处摸到一个人。可怜的老爷子脸上，露出了惊慌的神色和几乎孩子般孤立无援的表情。

"奥克姗娜，亲爱的，"我听见他的悲苦的声音，"是谁在那边树林里哼唧啊？"

他用颤巍巍的手惊慌地摸索了一阵儿，然后倾听起来。

"咳！"他又说，"没人哼唧，那是暴风雨在树林里呼号。……没有别的声音，是树林哗哗喧叫，树林哗哗在叫……"

又过了一小会儿，狭小窗子里时时射进闪电的蓝光，窗外高大的树林被电光照亮，显出幻影般的轮廓，接着又隐没在狂风怒吼的黑夜中了。可是一瞬间一阵强烈的电光使油灯淡白色的火焰变暗，于是近处树林里响起了一阵阵隆隆雷声。

老爷子又在木炕上心惊肉跳地翻起身来。

"奥克姗娜，亲爱的，是谁在树林里放枪啊？"

"睡吧，老爷子，睡吧，"炕上传来莫特丽娅平静的声音。

"咳，总是这样：风暴一起，到了夜里他总是呼唤奥克姗娜。他忘记了奥克姗娜早已去阴间了。哎哟——啊！"

莫特丽娅打了一个哈欠，低声祈祷几句，不久，小屋里便鸦雀无声了，打破这寂静的只有树林的喧嚣声和老爷子的惊恐的咕哝声：

"树林哗哗叫，树林哗哗叫……奥克姗娜，亲爱的……"

没多久，暴雨倾盆而下，滂沱的雨注声淹没了狂风的淅沥声和松林的呻吟声……

臧传真　译

火　光

很久以前，记得是个秋季昏暗的傍晚，我因事乘船沿着西伯利亚一条阴沉沉的河流航行。忽然，河流拐弯处，看前方，黑压压的山脚下，闪现出一颗小小的火光。

火光闪耀，显得明亮、奔放，似乎距离很近……

"哦，上帝保佑！"我高兴地说道，"过夜的地方近在眼前啦！"

划桨的船夫扭过头去，望了望背后的火光，他表情淡漠，又俯下身子继续划桨。

"还远得很哩！"

我不相信：因为火光穿透了迷茫的幽暗，依然在闪耀。但是，毕竟船夫的话说得不错：原来那火光确实距离还很远。

这些夜晚的灯火耐人寻味——它们闪闪发光，征服黑暗，似乎越来距离越近，它们以自己的亲和性在允诺，在吸引人的目光。让人觉得仿佛再用力划上两三桨，航程就将结束……可实际上呢，行程还相当遥远！……

我们还得在墨汁一样幽暗的河流上长时间漂流。隘口和悬崖不时迎面漂来，缓缓移动，随即渐渐离去，留在后边，好像已消融在无边无际的远方，而小小的火光仍然亮在前方，闪耀不熄，诱人前行——始终那么近，又始终那么远……

现在我常常回想起那条乌黑的河，那条在幽暗的悬崖峭壁之间流淌的河，常常回想那明亮的火光。无论在那之前，还是那次航行以后，无数灯火释放出亲和性，受到它们吸引的决非仅仅我一个人。但是生活仍然在阴沉幽暗的两岸中间缓缓流淌，而火光依然那么遥远。我们不得不再一次俯下身来奋力划桨……

但是毕竟……毕竟前方闪耀着——星星点点的火光！……

谷羽　译

高尔基(1868—1936)

马克西姆·高尔基,原名阿列克赛·马克西莫维奇·彼什科夫,出身贫寒,历经坎坷,但酷爱读书,靠顽强自学走上文学创作道路,自传体三部曲《童年》、《在人间》、《我的大学》,剧本《底层》,长篇小说《母亲》、《克里姆·萨姆金的一生》奠定了他在俄罗斯文学史上的地位,表明他是一位承上启下、开风气之先的无产阶级大作家。他的作品以史诗般的恢弘气度及广阔的生活画卷展现了十月革命前后几十年的社会变革。在散文创作方面,他写了大量的随笔、传记、游记、评论,在灰暗艰苦的生活环境中凸显理想与激情的亮丽,浓郁的生活气息,朴素真实的形象,追求真理的勇气,对社会底层人道主义的关爱,赋予其作品以持久的艺术生命力。读者可以从《俄罗斯游记》中的几篇作品,从《在人间》的片断来倾听作家的心声。

一个人的诞生

这件事发生在饥饿的九二年，苏呼米和奥扎姆奇列之间的科多尔河畔。这里离海不远，透过明净山涧的欢悦絮语，可以清楚听到海浪推涌的沉闷声响。

秋。桂樱的黄叶，宛如一群群灵巧的小鲑鱼，在科多尔河白色的浪花中回旋、闪烁。我坐在岸畔的石块上遐想：也许，海鸥和鱼鹰也把落叶当成了鱼儿，受了骗，怪不得它们在右侧树后，在那海浪溅击的地方，如此抱怨似的鸣叫。

我头上的栗树已着上金黄色的秋装。我脚边有许多落叶，像一只只被砍下来的手掌。对岸千金榆的枝条已经光秃，仿佛撕破的渔网挂在空中。褐红色的山鹞①，像落了网似的，蹦跳着，用黑黑的尖嘴儿叩击着树皮，惊起了蛰伏的昆虫；机灵的山雀和瓦灰色的鸸鸟，这些遥远的北方来客，在啄食着它们。

我左侧的山峰上，低悬着浓烟似的乌云，预示着大雨将临。乌云的阴影，在苍翠的山坡上蠕动。那里生长着老态龙钟的黄杨，而在山毛榉和椴树的古树洞里，却可以找到一种"醉蜜"。古时候，它那醉人的甜汁曾醉倒过钢铁般的罗马人的整个军团，几乎毁掉了伟大的庞培②的士兵。这种蜜是蜜蜂用月桂花和杜鹃花酿成的，"过路人"常把它从树洞里取出来，抹在大饼上吃。

我也干过这种事。当时，我被发怒的蜜蜂蛰得很痛，坐在栗树下的石块上，把一片片面包在盛满蜂蜜的瓦罐里蘸上蜜汁，一边吃着，一边欣赏着秋日里倦怠的太阳，在空中懒洋洋地闪耀。

秋天在高加索，就仿佛置身于大圣人修建的富丽堂皇的大教堂——大圣人也往往是大罪人，他们用黄金、土耳其玉、绿宝石营造这庞大的圣殿，只是

---

① 山鹞，是一种啄木鸟。
② 庞培（前106—前48），古罗马统帅和政治家。

为了使自己的过去避开良心的犀利目光。他们把撒马尔汗①和舍马哈②的突厥人制作的最好的丝绒地毯铺在群山之上;他们掠夺了整个世界,把一切都搬到这里,放在光天化日之下,就仿佛想对世界说:

"你的东西——取之于你的——还给你!"

……我看见,好像有一群皓首长髯的巨人,闪着愉快的孩童般的大眼,从山上飘然而下。他们在各处慷慨地撒下五彩缤纷的宝物,把大地装点得漂漂亮亮。他们用一层层厚厚的白银,覆盖群山的峰巅;用千姿百态、生机盎然的树木的织锦,铺满高高低低的山坡。在他们的手下,这块富饶的土地,变得无比的秀丽。

在大地上做一个人,真是好福气。在这里能看到多少奇妙的东西,而面对这使人酣醉的美景,心儿又是多么激动和甜美啊!

当然,有时候也难过,——整个胸膛注满了炽热的仇恨,痛苦贪婪地吮吸着心里的血液;但是,并非永远如此。要知道,就连太阳也常常忧愁地俯视着众生:它为他们不辞辛劳,而可怜的人们并不遂心……

无疑,也有不少的好人,然而,就连他们也应当修整,或者,最好是重新改造。

……我左边的灌木丛上方,晃动着黑黑的头影:在海浪的击溅与河水的潺潺声中,隐隐约约听得见人们的说话声,——这是"饥民们"从苏呼米到奥查姆奇列去上工,到那里去修筑公路。

我认识他们这些奥尔洛夫③人。昨天,我和他们在一起做过工,一起算的工钱。为了到海边迎接日出,我赶在他们前头,在夜里就上路了。

他们是四个庄稼汉和一个颧骨突出的女人。这女人是位年轻的孕妇,腆着一个快要鼓到鼻子尖的大肚子,惊恐地瞪着一双暗蓝色的眼睛。我看到她那扎着黄头巾的脑袋,像秋风里一朵盛开的葵花在灌木丛上方摆动。她的男人由于大量吞食野果,在苏呼米死了。我曾混在这些人中,住在同一个板棚里。按照俄罗斯人的好习惯,他们一提起自己的不幸来,总是那样满腹牢骚,絮絮叨叨,声音高得也许方圆五俄里都能听到。

---

① 撒马尔汗:小亚细亚古城,现属乌兹别克。
② 舍马哈,城市,位于大高加索山南麓,现属阿塞拜疆。
③ 奥尔洛夫,城市,在俄罗斯欧洲部分的中央地带。

这是一群郁闷的、颠沛流离的人。他们像秋风里的落叶,被苦难从衰竭、贫瘠的故土上卷起,刮到这里。在这里,从未见过的富饶的大自然,使这些人感到惊讶、眩惑,而沉重的劳动条件,又终于使他们沮丧万分。他们望着这里的一切,惘然若失地眨巴着黯淡忧愁的眼睛,互相苦笑着,低声说:

"啊呀……多么好的土地……"

"庄稼简直是打地里往上蹿。"

"是啊……不过,石头可也……"

"照实说,这地也不怎么样……"

于是,他们回忆起自己的故乡:科贝里峡谷、苏霍贡、莫克连科耶①。在那里,每一抔土,都是他们祖先的骨灰;在那里,他们用汗水浇灌过的一切,是那样难于忘却,那样熟悉、亲切。

过去,还有一个女人跟着他们。那是一个身体僵直,扁平得像一块木板似的高挑个儿,长着一张马脸,一双无神的黑得像乌煤似的斜眼。

每晚,她和这个扎黄头巾的女人一起走出板棚。她坐在一堆碎石上,一只手托着脸颊,头歪向一侧,用高亢而愤怒的声调唱道:

在墓地那边……
　　灌木丛里绿茵茵——
在沙土上面……
　　我铺开了白围巾……
我等得来吗……
　　我那亲爱的情人……
意中人一到……
　　我点头儿把他迎……

扎黄头巾的女人通常总是沉默不语,弯着脖儿打量着自己的大肚子,但是,有时她也突如其来地用男子般的有点儿嘶哑的嗓音,懒懒地,低沉地、号

---

① 科贝里峡谷在俄罗斯今库尔斯克省尔戈夫市,苏霍贡在今奥尔洛夫省耶列茨克县,莫克连科耶在今奥尔洛夫省勃良斯克县。

哭似的附和几句：

  唉呀呀，意中人……
   唉唉，亲爱的意中人……
  命运不把我成全……
   让我能更多和你相见……

  在昏黑闷热的南方夜晚，这哭泣似的声调，使人想起了北方，——大雪弥漫的荒野，暴风雪刺耳的呼啸，和远处传来的狼嗥……

  后来，斜眼女人得了疟疾，人们用帆布担架把她送进城去。她躺在担架上，哆嗦着，哼哼着，仿佛还在唱着自己那支关于墓地和沙土的歌。

  ……那颗扎黄头巾的脑袋在空中时隐时现，忽然消失了。

  我吃完早点，用树叶盖好瓦罐里的蜜，系好行囊，然后不慌不忙地跟在走过去的那群人的后面，一路上用山茱萸木的手杖叩击着小径上坚硬的泥土。

  后来，我来到一条灰色带子似的狭窄的道路上。右侧，深蓝色的海洋激荡着，恰似有一群看不见的木匠用几千个刨子刨它，白色的刨花，被一阵阵宛如健康妇女的呼吸似的潮润、温暖、芬芳的风儿追逐着，喧喧嚷嚷地向岸上奔来。一艘土耳其的帆船，向左舷倾斜，朝苏呼米驶去。它那鼓起的风帆，就像苏呼米一位傲慢的工程师鼓起的肥厚的脸颊。这是一个非常严厉的人，不知为什么，他把"安静些"说成"安轻些'，把"虽然"说成"非然"。

  "安轻些！非然你是个炮筒子，但是，我可以马上把你抓进警察局……"

  他喜欢把人送进警察局。想起来真痛快；现在，他也许早已被坟墓里的蛆虫啃得只剩下一把骨头了。

  ……走路很轻松，就仿佛在空中飘浮。愉快的思绪，五彩缤纷的回忆，在脑海里跳着柔美的环舞。这种心灵里的环舞，就像海洋里的白色浪峰，是表面上的东西，而在那心灵深处，却很宁静，明快欢悦和变幻无穷的青春的憧憬，像海洋深处银色的鱼群，在那里悄悄地漫游。

  道路朝海边伸去，蜿蜒地爬近了一个沙滩。海浪向沙滩上涌来。小树丛儿也想张望张望海浪的面容，它们俯身探过绦带似的路面，恰似在向那蔚蓝色的浩渺的水面点头致意。

风从山上吹来，——快下雨了。

……灌木丛里传来一阵轻微的呻吟，这是一种永远令人震撼和同情的，人的呻吟。

我拨开树丛一看：那个扎黄头巾的女人，正背靠着一棵胡桃树干坐在那里，头垂到肩上，十分难看地大张着嘴，瞪着眼睛，像个疯子似的。她双手按在大肚子上，那样不自然地、可怕地喘着气，以至整个肚子都像发羊角风似的在跳动。女人用手按住它，低沉地哼哼着，露出一口狼一般的黄牙。

"怎么，中暑了？"我俯身问她。她像一头苍蝇似的，两条赤裸裸的腿在浅灰色的尘土里乱蹬乱踹，摇着沉重的头嘶哑地说：

"走开……不要脸的……走——走开！……"

我明白是怎么回事了。这种事儿，我已见过一次。自然，我害怕起来，闪向一边；然而，那女人拉着长音哀号着，从她那快要绽裂开来的眼角里，混浊的泪水喷涌而出，在绷得紧紧的紫红色脸膛上流淌。

这情景，使我又回到她跟前。我把行囊、水壶、瓦罐往地上一撂，将她仰面朝天地放倒，想给她把腿蜷起来。她推开我，打我耳光，捶我的胸脯，并且翻过身去，像一只狗熊，四肢着地，一面爬进灌木林的深处，一面吼叫嘶喊：

"强盗……魔鬼……"

手吃不住劲，她倒下了，脸撞在地上，又抽筋似的伸着双腿，哀号起来。

情急智生，我迅即想起我对这种事儿所懂得的一切，我把她翻转过来仰卧着，蜷起她的双腿，——羊水已经流出来了。

"躺好，就要生了……"

我跑向海边，卷起袖子，把手洗干净，返转身跑回来，——我已是一名产科医生了。

这女人身子扭曲着，像烈火中的桦树皮。她一面用手拍打着身边的土地，一面揪下打蔫的野草，一个劲地想往嘴里塞。泥土撒满了这张可怕的、失去人相的脸，眼睛变得粗野了，布满了血丝。羊水已经涌出，一个小脑袋瓜儿钻了出来。我得抑制住她两条腿的抽搐，帮助婴儿，还得盯住她别将野草塞进那张歪歪扭扭的、不住哼哼的嘴里……

我们对骂了一阵子，她话音含混不清，我也声音不大，她是因为疼痛，也许还因为害羞，我却是由于腼腆和对她的极度怜悯。

"上帝啊,"她嘶哑地喊着,紧紧咬住冒着白沫的发紫的嘴唇,而从她那在阳光里仿佛突然褪色的眼睛里,不停地流淌着一位母亲难忍的、痛楚的眼泪。她那正在分娩的躯体,也完全瘫软了。

"走开,你这恶魔……"

她用无力的、脱臼似的手一直推我,我恳切地说:

"傻大嫂,生吧,得快一些……"

我十分可怜她,似乎她的眼泪溅入了我的双眼,我的心苦闷得收缩起来,情不自禁地想喊叫,于是,我喊道:

"喂,快些呀!"

就这样,我手里有了一个人,一个肉红色的人。虽说是泪眼迷离,但是,我看得真切:他浑身通红,而且,别看他还连着母体,已经是不满意这个世界了:他手抓脚踹,粗着嗓门儿大喊大叫,毫不安分。他的眼睛呈浅蓝色,起皱的红脸蛋上,有一个压扁了的引人发笑的鼻头,嘴唇颤颤着,拉着长声哭喊:

"哇……哇……"

多么光滑啊,——一不留神,他就会从我手里滑出去。我跪着,望着他,哈哈大笑,——瞅着他真叫人高兴!我竟忘记了我应该做的事情……

"割断吧……"母亲轻轻低语,她紧闭双眼,面容憔悴,像死人似的呈土灰色,发紫的嘴唇勉强地微微颤动:

"用小刀……割断……"

刀在板棚里给人偷走了,我用牙咬断了脐带。婴儿用奥尔洛夫人的男低音哭喊着。母亲微笑了。我看见,她那深不可测的眼里燃烧着蓝色的火焰,焕发出奇异的光彩。一只黝黑的手在裙边摸索着,寻找着衣兜,咬破了的、沾满污血的双唇发出簌簌的声音:

"没……没有……气力……小带儿在衣兜里……把肚脐儿包扎好……"

我取出带子,包扎停当。她微笑得越发开朗了。笑容是这样美好,这样明快,几乎使我目眩。

"你整理整理,我去给他洗洗……"

她担心地喃喃说:

"当心,要轻点儿……要当心啊……"

这个红通通的小家伙根本用不着细心照料:他攥紧拳头,哇哇地喊叫着,喊叫着，仿佛是在向谁挑战：

"哇……哇……"

"你呀，你！要把脚跟儿站稳些，小兄弟！不然，别人会立即揪掉你的脑袋……"

当泛起泡沫的浪花欢快地向我们两人涌来，第一次溅在他身上时，他的喊声分外庄严，分外洪亮。后来，我开始拍打他的胸脯和脊背，他眯起眼睛，挣扎着，发出刺耳的尖叫。海浪一个接着一个，溅遍了他的全身。

"闹吧，奥尔洛夫人！使劲喊吧……"

当我抱着婴儿回到母亲那里时，她躺着，又闭上了双眼，咬紧嘴唇，在忍受着排出胞衣时的阵痛；但是，尽管如此，我还是透过她的呻吟和喘息，听到了她那像快要死去的人一般的低语：

"给……把他给我……"

"让他等一会儿。"

"给我吧……"

于是她用颤抖着的，不听使唤的手解着胸前的短褂。我帮她裸露出那对天赐的、足够哺育二十个孩子的大乳房，把这个暴躁的奥尔洛夫人贴放在她那温暖的躯体上。他立刻明白了一切，安静下来了。

"至圣至洁的圣母啊，"母亲哆嗦着，叹了口气，蓬乱的头在行囊上翻来覆去。

突然，她轻轻地叫了一声，沉静了下来。然后，她重新张开了那双分外美丽的眼睛，蔚蓝的双眼，望着蔚蓝的天空，善良而欢悦的微笑，在眼里闪烁、融化。母亲举起沉重的手，徐缓地为自己的婴儿画着十字……

"最纯洁的圣母啊，托您的福……啊……托您的福……"

眼睛又失去光彩，陷了下去。她长久地默默不语，勉强地喘着气。突然，她用变得坚决起来的声调，郑重其事地对我说：

"年轻人，把我的行囊解开……"

行囊解开了。她凝视着我，微微一笑，仿佛有一阵刚能察觉到的红晕，浮现在凹下去的面颊和汗津津的前额上。

"请走开一下……"

"你可别太折腾自己……"

"唔，唔……走开吧"

我向不远的灌木丛走去。我的心似乎疲倦了，而我的胸中，却仿佛有一些可爱的鸟儿在轻轻地啼啭，这声音，和不绝的海浪的溅击声应和在一起，是如此的优美，真可以听上一年……

不远的地方，溪水潺潺，宛如一位姑娘在向女友夸说自己心爱的人儿……

灌木丛上方，伸出一颗头来，头上已规规矩矩地扎上了黄头巾。

"唉，唉，你呀，老嫂子，你折腾得太早了！"

她用一只手扶住一根灌木枝条，坐在那里，像醉了似的，死灰色的脸上没有一点血色，眼窝里似乎是两汪蔚蓝的湖水。她温柔地低语着：

"瞧，他睡得多好……"

他睡得是好，不过，依我看，比起别的婴儿来，也没有什么好得出奇的地方，如果说有什么区别，那就是所处的环境不同：他躺在灌木林下一堆色彩绚丽的秋叶上，——这样的灌木丛在奥尔洛夫省是长不出来的。

"你这做母亲的也该躺一躺了……"

"不了，"她摇了摇在疲惫不堪的脖子上已经支持不住的头，说道。"我得收拾收拾，赶上去，跟这群人一起……"

"到奥查姆奇列去？"

"对，对！我们的人想必已经走出好几俄里了……"

"难道你还能走路吗？"

"不是有圣母吗？她会保佑的……"

嗯，既然她与圣母同在，我就别说了。

她瞧着灌木丛下的小东西，瞧着他那不满地绷起的小脸，眼里迸发出慈祥温柔的光芒，舔着双唇，用一只手慢慢地摩挲着乳房。

我点燃篝火，就近摆上几块石头，好把水壶放上去。

"做母亲的，我这就请你喝茶……"

"啊，就请我喝吧……我的奶都干了……"

"你的同乡为什么丢下你？"

"他们没有丢下我，干吗要丢下我！是我自己落在后面的。何况，他们喝得懵懵懂懂的；这样……也好，不然，当着他们的面，我怎么好摊开身子……"

她用胳膊挡住脸,瞅了我一眼,吐出一口带血的唾沫,羞怯地微微一笑。

"这是你的头生子吧?"

"头生子……你是谁?"

"似乎是一个人吧……"

"当然是人啦!娶媳妇了吗?"

"没人赏脸……"

"你撒谎!"

"干吗要撒谎?"

她垂下眼帘,想了一下:

"那你怎么懂女人家的事儿?"

现在我只好撒谎了。于是我说:"我学过这个。大学生——听说过吗?"

"瞧你说的!我们神甫的大少爷也是个大学生,他学着当神甫……"

"我就是这种人。好吧,我打水去了……"

女人向儿子俯下身去,倾听着他是否在呼吸;然后,她向海那边张望了一下。

"我想洗一洗,不过,这种水我怕不服……这是什么水?又咸又苦的……"

"你就用它洗吧,这可是健身水!"

"是吗?"

"没错儿!比溪水暖和,这地方的溪水——像冰一样……"

"你什么都知道……"

一个阿布哈兹人骑着马儿,头挂在胸前,打着盹儿,一步一步走过来;那匹小马儿,浑身肉鼓鼓的,它耸动着耳朵,用圆溜溜的黑眼珠瞟了我们两眼,打了个响鼻;骑马人警惕地扬了扬戴着毛蓬蓬皮帽的脑袋,也朝我们这边张望了一下,随即又垂下头去。

"这里的人怪模怪样的,真难看,"奥尔洛夫女人轻轻说。

我走了。像水银一般闪亮而活泼的水流,唱着歌儿,在石块间欢蹦乱跳,秋叶在水中愉快地翻着筋斗,真是美妙极了!我把手和脸洗干净,舀了满满一壶水往回走。透过灌木林,我看见那女人双膝着地,在乱石间爬动,不安地环视着四周。

"你这是干什么？"

她吓了一跳，面色苍白了，往身下掩藏着什么。我终于猜到了。

"给我吧，我来埋……"

"啊，你真是我的亲人！这怎么行呢？本来应当埋在澡堂更衣室的地下的……"

"等在这里盖好澡堂，早着呢！真有你的！"

"你就会开玩笑。我这是害怕呀！会突然被野兽吃掉的……要知道，胞衣是应该归还给大地的……"

她背转脸儿，把湿乎乎，沉甸甸的一包小东西递给我，羞怯地、低声恳求着：

"看在基督的分上，你最好弄深点儿……可怜可怜我的小宝贝，千万埋得牢靠点儿……"

……当我回来时，我看到她从海边蹒跚而来，身体每一摇晃，手就向前一伸。她的裙子湿到腰际。脸上泛出了一点红润——仿佛是从内心里流露出来的。我帮助她走到篝火旁，诧异地想道：

"真有一股野兽般的力量！"

后来，我们就着蜜喝茶。她低声问我：

"学业扔下了吧？"

"扔下了。"

"喝酒喝得没钱花了，是不是？"

"老嫂子，全喝光了！"

"瞧你这个人！我可是记得的，在苏呼米我看到你为伙食的事儿和头儿打架；那时候我就想：准是个酒鬼，这样胆大包天……"

她津津有味地舔着肿大的嘴唇上的蜂蜜，蓝色的眼睛不住地斜睨着灌木丛下，那新生的奥尔洛夫人安睡的地方。

"他怎么活下去啊？"女人叹息一声，瞧着我说。"你帮了我的忙，谢谢你了……不过，这对于他是吉是凶，我就不知道了……"

她喝足了茶，吃了点东西，画了个十字。当我收拾自己的用品时，她睡眼蒙眬地摇摆着身子，打着盹儿，一面想着什么心事，一面用再次失去光泽的眼睛，不时地望一望地上。随后，她站起身来。

"难道你真的要走？"

"走。"

"唉，老嫂子，可得当心啊！"

"不是有圣母吗？……把他给我吧！"

"我来抱他……"

我们争执了一会儿，她让步了，于是，我们肩并肩地走了起来。

"我不这么一步一趔趄就好了，"她说着，抱歉似的微笑一下，把手搭在了我的肩上。

俄罗斯大地的新居民，一个命运未卜的人，躺在我的怀里，沉重地打着鼾。大海浪花拍溅，哗哗作响，整个海岸镶上了刨屑似的白色花边。树丛在低语，太阳当空照耀，快到正午时分了。

我们默默地走着。有时，母亲停下步来，仰天长叹。她环视了一下大海，树林、高山，又望一望自己儿子的脸。她那双用痛苦的泪水冲刷得干干净净的眼睛，又一次显得格外明亮，又一次放射出异彩，蓝莹莹的，闪烁着无限的慈爱。

有一次，她停下来，说：

"上帝啊，上帝！果真这样，可太好了，太好了！最好老是这么走啊，走啊，一直走到天边，我的小宝贝就这么自由自在地依偎在母亲的身旁，长啊，长啊，长大起来……啊，我的心肝……"

大海在咆哮，咆哮……

刘伦振　译

沙莫夫家的晚会

每逢星期六，城里的优秀人士和各种"有趣的青年"，都聚集在马克西姆·伊利奇·沙莫夫家里。我属于后一类人，因此也很乐于被邀请去参加沙莫夫家的周末晚会。

这种晚会对我说来，就像是信徒们的晚祷。这些做晚祷的人，在许多方面和我志趣不投。我对他们的态度也很暧昧：我喜欢他们，又讨厌他们，我赞赏他们，又恼恨他们。有时候，我想对他们说几句发自肺腑的亲热的话，而一个小时以后，一种无法抑制的意愿又控制了我：我真想对这些漂亮的太太和愉快的先生说几句粗鲁话。但是，我对这些人的思想和言论却永远是虔敬的，在我看来，他们的谈吐就像是祈祷仪式上的献词。

我二十一岁，感到自己在这人世间过得既不舒坦，也不安稳。我好比一辆大车，胡乱地装满了各式各样不堪承受的破烂；一种无形的力量，拉着我在陌生的道路上往什么地方走去，在下一个拐弯的地方，我眼看就要倾覆了。

我无数次执拗地自寻烦恼，力图在荒谬和令人苦闷的矛盾中，使自己尽可能更牢固地站稳脚跟；这些矛盾到处鞭笞我，怂恿我，常使我陷入近乎疯狂的病态。约莫一年半以前，由于这种烦恼，我厌倦得企图自杀，——用一支极难看的、粗笨的图拉手枪对准自己的胸膛，射出一颗子弹，——这种手枪当时是给鼓手们佩带的。这个愚蠢而卑怯的想法，激起了我对自身一种不信任的、近乎蔑视的情感。

现在，我在一个贪杯的神甫家，住在花园中一条污水沟旁边的茅舍里，这茅舍以前是个澡堂。在它那两间低矮的房间内，散发着臭胰子和烂扫帚的气味，——一种毒化血液的霉臭味。房间的四角冻得硬邦邦的，在这样的住所里，就连老鼠也不胜寒冷，难受难熬，因此，每至夜间，它们就爬上我的床铺。

澡堂周围，长满了浓密的悬钩子丛，每逢刮风下雨，它们那抓钩似的枝蔓，就敲打着窗户，抓挠着墙上歪歪扭扭发黑的原木。我在朦胧的幻想中过着贫困、野蛮的生活，我幻想着另一种光明、轻松的生活，幻想着骑士式的爱情，也幻想着自我牺牲的丰功伟绩。在当地一张蹩脚的报纸上，我发表了一些拙劣的短篇小说。我明知不该发表，明知这是辱没我像爱女人一般深爱着的文学；但是，我发表了。我得吃饭呀。

在沙莫夫的客厅里，我忘却了自己。我坐在暗处的一个角落里，聚精会神地听着，全身就像变成了一只敏锐的大耳朵。这里的一切，从家具到人，都很有风趣，很富有表情。倾泻在这一切之上的，是套在橘黄色灯罩里的盏盏华灯射出来的、阳光一般明亮而柔和的光辉。

赫尔岑①、别林斯基②的眼睛,从明净的暖壁上俯视着;我看见贝多芬③那超凡脱俗的脸;伏尔泰④的青铜像淘气鬼似的冲我微笑;最醒目最可爱的,是西斯廷教堂⑤圣母像上的那个小脑袋瓜。维纳斯⑥高耸在房间一角的棕榈树后,就像站在空中。到处摆着大堆无用之物,然而,在这宽敞而舒适的客厅里,它们又都是不可或缺的;每一件东西都仿佛是歌曲里的一句歌词。门窗上的帷幔浸透着香水和高级香烟的芬芳味儿。有些地方金色的画框在闪闪发光,使人联想到教堂,而且,所有的人衣着简朴,穿暗色的衣服,就像祈祷密室里的旁派教徒⑦。

他们的谈吐,那轻巧机灵的劲儿,恰像是在滑冰,用词句变幻莫测地画着奥妙的花样。利亚霍夫律师的男中音听起来比大家更洪亮、更自信。这是一个修长而端正的人,他那尖尖的胡须,把他那有着一双明亮眼睛的惨白的脸过分地拉长了。据说他是一个大色鬼,我觉得也是这样:他用雇主的目光盯着女人,仿佛她们之中的每一个人已经是他的侍女,或即将是他的侍女。

来宾已经到齐,互相报告着城里的新闻。新闻不多,而且都是些鸡毛蒜皮的事情,诸如省长的太太对检察官出言不逊啦,她的丈夫故态复萌超越权限啦,商界代表在市议会就学校问题大放厥词啦,有钱的磨房主萨莫罗夫毒打儿媳啦,地方自治会统计员开枪自杀啦,杜布科夫大夫和妻子再次离婚啦,等等。

现在,他们正在高谈阔论民族和国家问题。利亚霍夫自信的声调听起来官气十足:

"当通往人民心扉的自由之路即将在我们面前打开之际……"

"谁给你们打开这条路?"阿谢耶夫嘲弄地打断了话头。他是一个瘦小的

---

① 赫尔岑(1812—1870),俄国哲学家,作家。
② 别林斯基(1811—1848),俄国批评家。
③ 贝多芬(1770—1827),德国作曲家。
④ 伏尔泰(1694—1778),法国作家,哲学家。
⑤ 在罗马梵蒂冈,建于15世纪。
⑥ 古意大利的春神和丰收神,后来在希腊人的影响下,与阿弗罗季塔混同起来,成为爱与美的女神。
⑦ 脱离占统治地位的教会的一种宗教团体的信徒,也有译作"分裂派教徒"的。

驼背工程师,长着一双殉教者的大眼睛。

"历史!"

一位像镜台上的小雕像那般优雅的女士,向利亚霍夫问道:

"您读过《乏味的故事》①吗?"

我遗憾地望着她,心想:

"夫人,您这是语言产生思想,而不是思想产生语言②……"

阿谢耶夫一面抽着烟,一面轻轻说:

"历史——这是我们人……"

跟所有的驼背人一样,他的脸也不端正,不英俊,从侧面看,还显得有点凶恶。但是,一双漂亮的眼睛掩盖了他躯体的丑陋,——在这双眼睛里,充满着对人世的无穷忧虑。

"奇怪的作品!"沙莫夫用嘶哑的嗓子高声说。他是一个快活的单身汉,圆圆胖胖的,有一张蒙古人的脸,一对小眼藏在肥肥的肉囊里,射出贪婪的目光。"你们可否设身处地,站在契诃夫笔下的教授皮罗戈夫,博特金、谢切诺夫③的立场上想一想?"

他腆着肚子,得意洋洋地挥动着圆润的、女人似的小手,手指上戴着绿宝石戒指。他深信,他所说的永远是无可辩驳的、击中要害的话语。他们谈话时,就仿佛是在拔掉一只被打死的野禽身上的羽毛。在拔光了契诃夫之后,他们又匆匆忙忙去拔布尔热④,接着又来拔托尔斯泰。

"现代作家所有这些《乏味的故事》,全是由《伊凡·伊里奇之死》⑤引起来的……"

"完全正确!"

"托尔斯泰第一个把个人存在的价值置于世界存在的价值之上……"

"假定个人主义已为康德⑥所肯定……"

---

① 俄国小说家契诃夫(1860—1904)的作品。

② "历史"与"故事"在俄语中是同一个词。利亚霍夫说"历史",优雅的女士听成"故事",从而联想到《乏味的故事》,作者故出此语,以示讽刺。

③ 均系《乏味的故事》中的人物。

④ 布尔热(1852—1935),法国作家与文学理论家。

⑤ 列夫·托尔斯泰(1828—1910)的中篇小说。

⑥ 康德(1724—1808),德国唯心主义哲学家。

在赫尔岑笔下，我们也发现有某种与托尔斯泰的《阿尔扎马斯①的恐怖》非常相近的东西……

"是听天由命吗？"

争论激烈起来，就像斗牌一样，阿谢耶夫的王牌比别人手里的多些。

在角落里，我身旁那位优雅的女士正在设法说服一位夜猫子眼睛上戴着夹鼻眼镜的胖女人：

"涅克拉索夫②也过时了，就像杰尔查文③一样……"

"啊，上帝啊！"

"对，对！现在应当读福法诺夫④。"

我觉得这些人又可怕，又可爱，他们能轻易剥去我的圣像上的袈裟，虽然我不甚理解，为什么他们干起这种事来如此愉快。同时，他们谈论起契诃夫时，是那么粗声粗调，毫不尊重，我几乎感到痛心。读过他的《癫痫》之后，我认为契诃夫是一位完全具备"人类天才"⑤的作家，他对人们所感受到的"痛苦"与屈辱，有着"敏锐和出色的感觉"⑥。虽然我也奇怪地看到，他并没有感受到生活的欢乐。在这明亮、舒适的房间内，思想来回奔突，过于急遽，我有时觉得，产生这种思想不是出于对生活和对人们的忧虑，而是出于另一种我所不理解的感情。

特别使我惊异的是阿谢耶夫工程师，——他的知识是如此渊博。但是，他有时也使我想起那些有钱的农村阔少，他们在风和日丽的天气里出来遛街，也带着雨伞，穿着套鞋。我知道，他们这样做并非由于谨慎，而是为了炫耀。

10月。窗上的玻璃淌着眼泪，雨珠从外面稀稀落落地飘打在玻璃上，风在呼啸。消防队隆隆而过，有人说：

"又失火了！"

一个大学生坐在鼓起的小沙发上，他穿着耀眼的新装，恰似一枚刚刚铸造

---

① 19世纪初叶（1815—1818）俄国一个文学团体，随着十二月党人运动的发展，一些会员投入保守阵营，另一些人则接近十二月党或成为十二月党人的同情者。
② 涅克拉索夫（1821—1877），俄国诗人。
③ 杰尔查文（1743—1816），俄国古典主义诗人。
④ 福法诺夫（1862—1911），俄国诗人。
⑤ 契诃夫小说《癫痫》里的话。
⑥ 契诃夫小说《癫痫》里的话。

出来的银币,正在给那位优雅的女士低声地读着甜蜜的诗句:

> 你对我说什么——我没听清,
> 不过,你说的话儿充满柔情。

"对不起,"长着两撇长胡子、灰白头发的大块头图隆,用沉厚的嗓音喊道。"国家要求我们拿出一切:精力,意志,良心,可是,它给了我们什么呢?"

图隆是鞑靼人,他曾长期在立陶宛的一个地区法院供职,后来又调往西伯利亚。现在,他不再担任公职了,在城郊置了一幢小房,搞点儿花卉栽培,和他的厨娘,一个肥胖的斜眼的西伯利亚女人同居。他并不隐讳自己跟她的关系,称她为"西伯利亚祸害"。他的眼睛是乌黑的,呆板的,眼光停留在什么东西上,就懒得移开。他争辩时,眼白里充满了浓密的血丝,这时,这双眼酷似两块烧红的木炭。他走遍了整个俄罗斯,也到过外国,但却不善辞令,说起话来语无伦次,就像他故意如此。在有关打猎的杂志上,发表过他写得相当出色的故事。他年已六旬,奇怪的是,在生活里他再也找不到比斜眼厨娘更好的东西。

> 是的,她低语过,但不知说什么——

大学生大声朗读,接着,他问那位女士:
"这比纳德松①的诗好多了,不是吗?"

这些人什么都知道,他们就像是一个个大皮囊,里面紧紧地塞满了语言和思想的黄金。显然,他们也感到自己是一切观念的创造者和主人。

但是,我不会有这种感觉。对我说来,语言和思想就像活的一般;我也知道,有许多我所仇视的观念力图控制我,我必须与之斗争。

我的举动也不会有那种乖巧机灵的劲儿,就像这些人习惯的那样。我那高高的青筋毕露的身躯笨得出奇,我那双讨厌的手,也总是极不得体地碰着什么

---

① 纳德松(1862—1887),俄国诗人。

人或什么东西。我特别害怕女人，这种惶恐心理，更增加了我的笨拙。于是，我的肘部、膝盖、肩膀，不时地撞着那些可怜的女人。我的脸也令人不快，从脸上看得出我心里的一切；为了掩盖这缺点，我常常蹙额皱眉，做出一些凶狠严厉的表情。总的说来，在这些文人雅士中间，我是一个不相宜的人。

加之，我总是情不自禁地想把我所看到和熟悉的另一种生活讲给他们听——这种生活既酷似他们的生活，也有极不相同之处。可是，我不善辞令，讲得很粗俗。这使我在沙莫夫家的周末晚会上感到难堪……

机智的、华丽的辞藻，像燕子一般，在客厅里机灵地飞来飞去。也听得见笑声，不过比我想到的要少，——人们很少说笑。

斯佩什涅夫律师来了。他长得干瘪，修长，像多雷①画的堂吉诃德像。他站在客厅中，神经质地挥动着干瘦的手，用微弱的声调辱骂着省长：

"这个夸夸其谈的英雄，这个挖亚历山德罗夫卡庄稼人心肝的刽子手……"

斯佩什涅夫面如土色，像病了一般，他的两腿颤抖着，仿佛立刻要倒下去。屋里拥挤，闷热。各种思想的表演，有声有色，千姿百态。利亚霍夫正在高声朗读巴尔比耶②的诗，斯佩什涅夫高喊着，打断了他：

"你们是否知道，一八七〇年法国人出征普鲁士时，唱的是什么歌？"

接着，他踏着脚，病态地皱起眉头，用阴沉而低哑的嗓音，按照进行曲的节拍唱起来：

虽然我们爱惜生命，
但是我们阔步行进，
像绵羊一群，
像绵羊一群，
向着屠场行进！
敌人要把我们杀死，

---

① 多雷（1832或1833—1883），法国画家。他为拉伯雷的《巨人传》和塞万提斯的《堂吉诃德》作的插图，素享盛名。

② 巴尔比耶（1805—1882），法国诗人。著有充满愤怒之情的《抑扬格诗集》（1831），在俄国很流行。

像杀死耗子,

像杀死耗子,

啊,俾斯麦①乐不可支!

"你们懂吗?"他嘲弄地苦笑着问。"唱着这种歌去送死!我们爱惜生命……"

"还爱国家,"图隆耸了耸肩说,而驼背工程师却已在开始议论霍布斯的《利维坦》②。

洛克捷娃夫人来了。她穿着灰素面绸连衣裙,轻柔得像一条鱼。她非常美,她自己也明白这一点。为了爱她,一个中尉开枪自杀;商人科尼奥夫也借酒浇愁,喝成了穷光蛋。外面说了她许多刺耳的肮脏话。她下象棋下得极好,喜欢看拉达—巴伊③的幻想小说,常说些使我莫名其妙的关于印度教徒的话。我认为她是一个不寻常的人,有点怕她。有时,她凝神直视我的双眼,使我头晕;但是,在她的注视之下,我又不能垂下眼去。有一次,她突然问我,

"您相信奇迹吗?"

"不。"

"用不着这样。应当相信!生活就是奇迹,人也是奇迹……"

又有一次,也是那么突如其来,她走近我,认真询问:

"您想怎样生活呢?"

"不知道。"

"您必须离开这里。"

"到哪儿去?"

"全都一样。去印度吧……"

她把一只漂亮的手搭在斯佩什涅夫瘦削的肩上,用征服者的声调要求说:

---

① 俾斯麦(1815—1898),普鲁士和德国国务活动家和外交家,顽固的保皇党人。1871至1890年任日耳曼帝国宰相,有"铁血宰相"之称。

② 霍布斯(1588—1679),英国唯物主义哲学家。"利维坦"原为圣经中提到的海中怪物,霍布斯有一部论述国家和社会制度的著作借用它作书名,题名为《利维坦》。

③ 拉达—巴伊,女作家布拉瓦特斯卡娅(1831—1891)的笔名,出生于俄国,后入美国籍,定居纽约,著有《被戳穿的伊吉达》,《隐密学说》等。

"请吧,读读《三死》①!"

接着,又转向主人:

"亲爱的享乐派,可以吗?"

沙莫夫一面温顺地唯唯诺诺,一面吻着这位妩媚女人的手。里亚霍夫闷闷不乐地望着她,直挺挺地站在那里,像一个士兵;阿谢耶夫的眼睛变得更漂亮了;其余的女人虽则微笑着,但并不那么甘心情愿。洛克捷娃用幽暗的、诱人的目光看着大家,她的嘴别有风韵地半张着,仿佛准备欢悦地和整个世界亲吻。显然,她感觉到自己是所有人的主宰,——她是人们当中最美丽、最快乐的人。为什么她要听《三死》呢?

大家嘈杂地挪动着沙发和椅子,紧挨着坐成一个半圆。沙莫夫、斯佩什涅夫和阿谢耶夫向角落里的一张小圆桌走去。

"我爱这首长诗爱得发狂,"那位优雅的女士表示说。

"注意!"洛克捷娃在指挥。

沙莫夫把肥胖的手按在桌边,古怪地微笑着,他那保养得很好的嗓音,懒洋洋地坠落在一片沉寂之中:

> 智者所以和笨伯相异,
> 是因为他能思索到底……

我很惊讶。这个一贯折中调和的虚弱胖子,这个肥得冒油、自负得可憎、使我深为反感的家伙,此刻,他那卡尔梅克人的圆脸,露出神圣的讽刺的光辉,显得异样高尚。长诗的词句,改变了他黏滞、甜腻的声调。他整个儿变得不像他自己了。或者说,他已全部成为他自己了吧?

> 死亡时开玩笑很不相宜!——

斯佩什涅夫扬起散乱的头发,义愤填膺地朗读着。

---

① 俄国诗人阿·尼·迈科夫(1821—1897)的长诗,写于1851年。长诗描写古罗马暴君尼禄的专制,实际上提供了俄皇尼古拉一世专制统治下大量类同的材料。

阿谢耶夫那双漂亮的眼睛沉思地眯缝着。大家严肃而认真地听朗诵,只有洛克捷娃微笑着,像母亲在观看孩子们嬉戏。一片沉静,唯有绸裙的窸窣声偶尔打破这寂静。沙莫夫朗诵的柳齐的话语,在庄严地浮动:

恳求你们——相信诗人!
……你们都像广场之钟;
在这里路过的任何行人,
都能撞得你们响声腾空!
一会儿要死,尸体求生……
请停止辩论!——

阿谢耶夫举起一只在灯光中照得透明的手,接了上来。他那疲惫不堪的脸显得很平静,朗读起来,充满自信:

在尘世那边的心灵里,
另一种感情将被唤起,
像整个蜂群望向人间,
这里没有它们的巢穴……

接着,又是柳齐那懒洋洋的讥讽的话语:

谢涅卡啊,我不想辩论……
……你的话像大锤一样有力,
但是,我相信的是别的。
另外一种生存,
愚智不可企及!

斯佩什涅夫心情紧张的声音听起来很热情:

不,未来的远处的谜,

决不会使我胆寒心悸，
丢下肇始的光荣事业——太可惜！

他那土色的脸红润起来，双眼燃烧着，更加激动而轻蔑地大声控诉着死神的欺凌：

那震惊苍天的泰坦神①，
难道要毁为一杯灰尘？……
……这哪里是劳动的目的，
这何尝是伟大创业的宗旨？

一片寂静。大家凝神屏息。
里亚霍夫站起来，瞟了洛克捷娃一眼，庄重地朗读着：

这是元老院的旨意！

斯佩什涅夫的嗓子被愤怒和痛苦弄得哽咽了，他上气不接下气地呼喊：

罗马的歌手就要丧生！
谢涅卡就要死去，而人民——
却默默无声！

沙莫夫冷漠、讥讽的声音，压倒了这些呼声：

自己去死，非常容易，
但明了人生而苟图生存，
我敢说——得有不少勇气！

---

① 希腊神话中与天神斗争的巨神。

这些词句，像炽热的火炭撒落在我的心灵上。我也想写诗，——我要写诗！

现在，这些人使我感到分外的亲切，空前的愉快，扣我心弦的是一部分人的凝神的沉思，另一部分人的欢欣的关注。我喜欢他们愁眉不展的面容和忧虑重重的微笑，我喜欢他们能汲取这首睿智的长诗的真谛。我坚信，经历过精神上如此深刻的骚乱之后，他们已不能再像昨天那样生活。

柳齐的话语，在客厅里沉思的寂静中慢慢游动：

伟大的事业，需要休养生息，
愉快的精神和丰盛的宴席……

沙莫夫用小眼睛向大家环视了一周，也把我划进了那无形的圆圈。他叹了一口气，微笑地接着念道：

即使大胡子雄辩家有那么一天，
向学生们讲课以你为前车之鉴，
那又有什么幸福可言！

他念得越来越不耐烦，越来越轻，就好像和朋友谈话谈乏了似的昏昏欲睡。

一个身材苗条的女仆站在门口，躲在暗暗的门帘后。她有一颗像蛇头一样的小脑袋，黄灿灿的，棕黄色的头发上饰着花带，白皙的脸上闪着一对锋利的草绿色的眼睛。

我要说说笑笑，面对死亡……

沙莫夫别有所思地流露出微妙的笑容。

他朗读完毕，听众一齐向他鼓掌，洛克捷娃吻了吻他的秃顶。

"您读得好极了，马克司①，啊，我的天啊……"

---

① 沙莫夫的爱称。

"承蒙过奖，不胜荣幸！不过，我要以'名副其实的享乐派'的身份，敬请诸位入座！请把您的手递过来，亲爱的……"

气氛热烈愉快起来。人们成双成对，步入餐厅，只有驼背阿谢耶夫一个人走在大家后面，一步一摇，像个醉汉。他一只手擦着布满皱纹的高高的前额，另一只手拿着香烟，用手指揉搓着，烟丝撒落在地毯上。

"妩媚的太太，要英国酒还是要奎宁酒？"沙莫夫大声问。

餐厅里，光辉的枝形吊灯下，大餐桌上的水晶器皿亮闪闪，银制餐具明灿灿，三只水果盘，像三大束鲜花。那位带夹鼻眼镜的太太对里亚霍夫说：

"礼拜那天，叶谢布霍夫家请我吃熊肉火腿。我并未发现有什么特殊的风味。"

而图隆却用男低音劝告着什么人：

"来点儿胡椒——对对！现在——再蘸点儿醋！味道如何？"

我悄悄溜进穿堂，——我已学会悄悄溜走。年轻的女仆杜尼娅张着鱼一般的嘴，坐在穿堂里的沙发上打盹。她圆似木桶，脏如漆匠。沙莫夫曾讲到她，说这个奴婢上工的第一天就用掉他一块香皂。

"啊！"她惊醒过来，尖叫着说。"对不起，哪一件是您的？"

但当她看到我已经穿好外套时，便问：

"坐完席了？"

"是的。"

"唔，谢天谢地！……再见！……"

风驱赶着街道上空尘埃似的潮湿的云团。街灯在黑网般的枝叶里，像一朵盛开的奇异的黄花。夜色把一幢幢房屋压向地面，在潮湿的黑夜的掌握之中，城市似乎变小了。

我踏着稀软的污泥，穿过湿漉漉的沉静，头脑里燃烧起新的词语和思想的篝火，感觉到一种甜美的兴奋。

记忆里又响起了那位享乐派念出的诗句：

> 当我吃得肚子胀饱，
> 她柔情脉脉笑眯眯；
> 连她自己也不知道，

就把毒药下在酒里。

我不由得也编出了另外两句：

一颗孤独盲目的心灵，
在肮脏的街道上徐行。

一辆夜行的马车走来，车夫伛着身子，坐在散了架的震响着的车座上；毛茸茸的黑马，一步一点头。街那头传来了更夫打更的声音。

我心里似乎发生了什么事情，——一种难言的烦闷紧压在我的心头，的确是一种难言的烦闷……

刘伦振　译

浅灰与淡蓝

一个寒冷干燥的秋日，风卷着尘埃，令人心烦地在院子里旋转，大片的羽毛飞来飞去，白色的纸团跳上跳下，空气里充满了沙沙声和呼啸声。我的住房的窗下，站着一个乞丐，无精打采地拉长声调说：

"主啊，看在圣子耶稣基督的面上，可怜可怜我们吧……"

他脸上像挂上了一层锈，浑身脓疮溃烂，光秃的头顶上全是龌龊的疮痂；这模样同邋遢的院子和反常的天气倒是很相称的。

风撕扯着他的破衣烂衫，兜起了上衣的大襟；尘埃扑打在他生锈似的脸上和耳朵上。乞丐晃动着脑袋，死皮赖脸地苦苦求告，用难听的鼻音发出凄凉的语调：

"恩人们，施主们，行行好，舍几个子儿吧……"

"滚你的蛋！"我的女邻居从窗内喊道。她是一位身材瘦小的卖笑女郎，眼睛是描画过的，脸上无处不是胭脂。

乞丐嘟囔着什么，风把他的话吹走了；但是，我听到一枚大铜钱落到院子里石头上的响声和那女郎恼怒的话语：

"给你，卡死你，下流货！……"

奇怪：在她的声音里，竟有一种受欺负的意味，虽然她自己正在欺负别人。我在她隔壁只住了三天，就已两次听到这位卖笑女郎白昼唱着动人的歌子，夜间却醉醺醺地痛哭流涕。

今天黎明她回到家里，一种嘈杂声和嘶哑的恸哭声立刻把我吵醒了。

"喂，小姐！"我朝着她和我之间的隔板缝儿喊道。"您闹得我睡不着了……"

她沉静了一会儿，又啜泣起来，抽着响鼻，用胳膊肘和脚后跟碰撞着隔板，随后，就净拣叫人最难堪的话，骂起我来。

"为什么骂我？"我问道。

她斩钉截铁地回答说：

"你们全都是狗！"

但是，骂完这句话，她很得意，便转而招呼我说："到我这儿来！"

我还来不及感谢她的盛情，她马上又改口说：

"不，别过来，不必了，不然米什卡一早来到，我……"

"米什卡是谁？"

"我的债主。也是个暗探。"

"为什么说也是？"

"那么你是什么人？"

"记者，写文章的……"

"是文书吧？想必也是从警察局……"

这以后，她睡熟了。早晨一醒来，她叹了半天气，然后学着吹口哨；没学会，就去嚼什么吃的，不是方糖就是面包干；最后，她敲着板壁说：

"邻居呀！"

"早晨好……"

"什么呀？"

"我是说：'祝您早晨好'……"

她扑哧一笑：

"真是的，礼貌倒挺周全！……您没有点儿……鞋油吗？"

"没有。"

"那就不必了……唉，主啊！"

"您怎么啦？"

"闷死我了。您叫什么名字呀？"

"伊耶古季尔①。"

"难道您是个犹太人？"

"不，俄罗斯人……"

"嗯，你这是撒谎……"

她用这种腔调说了几分钟话以后，又打起鼾来，就像有人掐住了她的喉咙。她在那个乞丐出现前不久才醒来……一醒来，她跳下床，就用愉快的嗓音唱道：

　　萨马拉②啊，你很富有，
　　可是我呀，伶仃孤苦；
　　萨马拉啊，你该诅咒，
　　就是你呀，毁我幸福。

有趣的是：为什么她一面施舍，一面又骂那个乞丐？我在隔板这边问她。她想了一下，回答说：

"想骂就骂！这有什么？"

窗外，风发疯似的，越刮越猛。它驱赶着一个信封；一个草编的坛子套被刮得在院子里滚来滚去；一只线袜子被吹得在石头间东撞西抛。窗上的玻璃，像腌过似地渍上了一层盐霜般的灰尘。鸽子在窗上檐下凄凉地咕咕叫。不知哪儿的一块薄木片发出噼啪的响声，惹得人心烦气躁。在这寒冷的，尘埃弥漫的气氛里，心似乎快窒息了。

窗对面的墙上，刷得极其稀薄的那层不大洁白的石灰，有的地方已经剥

---

① 这是故意编造的一个名字，一听就有点外国味儿，故引出下面的问话。

② 今古比雪夫市。

落，露出了红砖。屋顶上的天空，也草率地被涂上淡灰色的云团；云团之间，现出几抹深邃的蓝天。烦闷就是从那里注入我的心头。

"邻居呀，"隔板那边喊道，"过来喝茶吧！"

"谢谢您，这就来……"

这屋子比我的那间还小，它的主人的身量也比我小一半。但是，她比客人泼辣，她大胆地望着他。她那淡蓝色的眼睛的确是愉快的，她那洗去了胭脂和其他化妆品的小脸蛋儿也是纯洁的、可爱的，只是非常苍白。

"你的鼻子生得多可笑呀！"她端详着我说。

我微笑着，默不作声，也找不到一句答话。随后，我才猜到：她自己是个翘鼻子，也许，她这是在妒忌我吧。

她打扮得很妖艳：红上褂，绿地棕色马蹄花的领结，深红的裙子。一条银光闪闪的高加索腰带，更增添了服装的华美。耳朵上方光洁的头发上，还打了两个橘黄色的花结。

"请坐呀，"她庄重地说。

"糖块放进茶里呢，还是就着喝？"

"都一样。"

她教训似地说，

"如果什么都一样，男人就别娶媳妇啦！"

灰尘扑打着窗户。

我们交谈着。

"您爱生气吧？"

"我吗？那要看情况。您问这干什么？"

"就说那个乞丐吧！……我很想知道，他有什么过错，你要骂他？钱也给了，可是又骂……"

她那半孩子气的纯洁的面容，因愤怒和嫌恶而变得难看了。这姑娘盯着我，——眉毛抖动着，大声说：

"恨不得用砖头砸烂他的脑袋，——就该这样！"

"为什么呢？"

"为了那件事！"

"到底是什么事？"

她手在桌子上一拍，生气地说：

"别追问我！做客人的盘问人家，是很不礼貌的！我根本不了解您，可您问来问去，——您不该问这种事……"

她沉默了一会儿。我很窘，真想离开这储藏室一般的小房间；主人注意到了我的窘态，便和解似的微笑说：

"噢，叫您受惊了……不，真是的……您老盘问，可我根本不想提这件事。我见不得他那个骗子！他就是那个混账东西，是他把我介绍给那个法官的……我那时还不满十五岁……差四个月才十五岁，可他已经……这难道行吗？他还是我爸爸的同事呢，一起在一家旅店里当下人。幸好我爸爸故去了，什么也不知道，不然，他会打死我的。我妈妈给旅店洗衣裳，我给送……当然啦，我那时还是个小姑娘！他们把我请进一个房间，灌醉了我，我神志不清了！天哪！我一醒来，浑身都像散了架！这全怪他：是他做的圈套儿……他说：'每月给你二十五卢布，你会过得很快活的。'说实话，我见不得他！可他倒满不在乎！到我这里来伸手：好像他行了善，我该永远报答他似的。我真奇怪，一个人怎么这样无耻！从前，在我靠那个法官养活的时候，这家伙几乎每天往我那儿钻，我有时给他一个卢布，有时给他五十戈比。这倒霉的骗子，他爱赌牌，为这事蹲过班房；他是在班房里染上的病，这个混账东西！我过去常对他说：'你呀，你这个不要脸的坏蛋，干吗总往我这儿跑？要知道，就是由于你，我才这样不幸，甚至完全给毁了！'可是他却不当一回事。他说：'得啦，塔尼娅，别生气，有过错的人少吗，你总不能惩办一切人吧！'我想了想，他说得倒也对，难道能惩办一切有过错的人吗？于是，我也就不悲愁了……"

她歉意地微笑着，看着我的脸，随后，不知怎的忽然从她那明亮的眼睛里滚出了密密的泪珠；接着，她又微笑着，难为情地说：

"您瞧！您逼得我哭了……我们最好还是谈点儿别的……"

我们换了个话题。风在呼啸，卷起尘埃，扑向窗上的玻璃。我把手藏进衣兜，攥紧拳头，想道：

"'你总不能惩办一切人'，见你的鬼去吧！说得多狡猾——不能惩办……"

姑娘幻想似地说：

"红色对我可不相称,我知道,要是浅灰或者淡蓝的就好了……"

刘伦振 译

早 晨

世界上最美妙的事情——是观看白昼怎么样诞生!

天空突然闪现出第一缕阳光——黑夜的幽暗悄悄躲进山洞和石头的缝隙,躲进枝繁叶茂的树丛,躲进连绵起伏沾满露水珠儿的草地,山峰露出了和蔼的笑容,仿佛告诉渐渐淡薄的夜色说:

"别害怕——这是太阳!"

大海的波浪高高昂起雪白的头颅,向太阳鞠躬,就像宫廷里的美女朝拜国王,一边施礼一边歌唱:

"恭贺陛下,世界的帝王!"

慈祥的太阳喜笑颜开:这层层叠叠的海浪整夜嬉戏,不停地翻滚,荡漾,现在它们头发乱蓬蓬的,绿色的衣裳满是皱纹,天鹅绒的衣襟相互纠缠。

"白天好啊!"太阳升到海面上说道:"白天好啊!美丽的浪花姑娘!不过,你们玩够了,该安静一会儿了!要是你们不停地跳荡,跳得那么高,孩子们就不能洗海水澡了!应该让人世间一切都很美好,难道不是这样吗?"

从石头缝里爬出几条绿色的蜥蜴,它们眨动着惺忪的眼睛,互相说道:

"今天一定很热!"

天气热的日子,苍蝇飞起来懒洋洋的,蜥蜴轻易就能捕捉它们,吃掉它们,而吃苍蝇——可是开心的美餐!蜥蜴——是一群永无餍足的美食家。

被落水浸润的花朵,顽皮地连连摇头,仿佛引逗似地说道:

"请把我们描绘下来吧,先生,早晨,我们佩戴着珍珠的首饰,多么美啊!请您用言语描绘一幅花儿的肖像。试一试吧,这很容易——我们是这样单纯……"

花朵都很精明!它们完全明白,人难以用语言描述它们迷人的美,因此它们笑了。

谷羽　译

读　书
——高尔基《在人间》片断

　　译者附言：《在人间》是俄罗斯大作家高尔基自传性三部曲的第二部，其中描写少年主人公阿廖沙被外祖父赶出家门，在人世间流浪，先后做过鞋店的学徒，绘图师的仆人，轮船上的洗碗工，圣像作坊的小徒弟……无论在哪里，过的都是艰难而屈辱的日子。但是这位少年却怀着如饥似渴的求知欲望，利用一切机会读书学习。轮船上的厨师斯穆雷、裁缝的妻子、和气而博学的药剂师、年轻美丽的夫人玛尔戈王后，甚至同龄的中学生，都成了他读书的导师或朋友。他们指点他读书，或者借书给他读。阿廖沙阅读了大量书籍，从俄罗斯的作品到世界名著，书籍给他带来光明和惊喜。读书，开阔了他的视野，使他得到知识、信心和力量。小小年纪，他已经能独立思考，观察和分析人生，克服种种艰难困苦，一步步走向未来，走向自己选定的目标——做真正的人，过真正的人应该过的生活。

　　译者应北岳出版社之邀，重译了这部小说，对高尔基少年时代刻苦读书的生活感触颇深，因此选出几个片断与爱好读书的朋友一道重温读书的艰辛，分享读书的喜悦。为了使各个片断更加醒目，特把有关人物作了片断的标题，这是译者附加的标题，原著当中没有，这一点须要给予说明。

轮船厨师斯穆雷

　　有一回我问斯穆雷：
　　"为什么您一直做饭，有些人却要杀人抢劫呢？"
　　"我不是做饭的，我是煎炒烹饪的厨师，做饭是娘儿们家干的活儿，"他说着笑了笑,想了想又补充说:"人和人的差别全在脑子蠢不蠢。有的人比较聪明,另一个人笨一点儿,第三个是十足的傻瓜。人要想变得聪明,必须读正经的书,不入流的魔道书也得读,不然还能读什么呢?所有的书都要读,然后你才找得到好书……"

他经常提醒我说:

"你呀,读书吧!一本书读不懂,那就读七遍,七遍读不懂,就读十二遍……"

……有一次,斯穆雷喝了一瓶啤酒,舔了舔髭须,对我说:

"你呀,小东西,要是再大一点儿,我能教给你好多本领。我肚子里有些玩意儿可以对人说道,我可不是个傻瓜!……你要读书,书里面有人们需要的一切知识。书籍,可不是无足轻重的东西,想喝点儿啤酒吗?"

"我不爱喝。"

"好。那就别喝。喝得醉醺醺的是件痛苦的事。伏特加,是魔鬼的把戏。要是我有钱,我一定逼着你去上学。人没有学问就是一头牛,无论让它拉车,还是宰它吃肉,它只不过摇摇尾巴完事……"

……他能这样絮絮叨叨一连说上一个钟头……

连自己都没有察觉,我已经养成了读书的习惯,拿到一本书,心里非常高兴;书里讲述的,跟生活不一样,让人心情愉快——而实际生活却越来越沉重,越来越让人无法忍受。

裁 缝 的 妻 子

裁缝的妻子给了我一本格林乌德①的小说《一个小流浪儿的真实故事》。这本书的书名对我就有几分刺激,不过,只读了一页,它就使我兴奋,唤起了我由衷的微笑,——我带着这样的微笑读到最后一页,有些片断甚至翻来覆去读了两三遍。

这么看起来,即便在国外有些小孩子有的时候生活得也挺艰难、痛苦!是的,这就意味着,我的处境还不算太坏——完全不必灰心丧气!

---

① 格林乌德(1833—1929),英国作家。

格林乌德给了我许多勇气，这以后过了不久，我碰到了一本名副其实的"正经书"——《欧也妮·葛朗台》。①

葛朗台老头儿使我活灵活现地想起外公，可惜的是这本书篇幅不长，但其中所包含的竟有那么多的真实生活场景，这一点叫我惊讶不已。我在生活中所熟悉并且感到厌恶的种种真实状况，在这本书中得到了全新的，不带恶意的，平心静气地描述。我以前读过的那些书，龚古尔的作品除外，评判起人物来，都像我家的主人们那样声色俱厉；这些书常常引发出意想不到的结果：读者同情罪犯，对好人却深感失望。看到一个人消耗了大量的才智和精力，却不能达到他预期的目的，总是令人惋惜，——这都是因为从第一页到最后一页，在他的眼前始终都站着善良的好人，俨然是一根根石柱子，坚不可摧，毫不动摇。虽然说种种恶行与歹毒的意图不可避免地会被石柱子撞个粉碎，然而石头柱子却引不起同情心。要知道一堵墙不管它多么美观，多么坚固，但当你一心想摘取墙后边苹果树上的苹果时，那么你就决不会欣赏那堵墙。而我已经意识到，最值得珍视、最富有生命力的东西隐藏在美德后面的某个地方……

在龚古尔②、格林乌德、巴尔扎克笔下，没有恶棍、没有善人，只有极其真实的、活生生的普通人；他们的言行不容置疑，他们所说的和所做的本来就应当是这样说和这样做，而不可能是另外一种样子。

这样一来，我终于明白了：一本好书，一本"正经书"，无疑就是一个盛大的节日。

药　剂　师

药剂师戈利德贝格这个人对深奥词句的含意全都了如指掌，能够简单明了地给予解释，他仿佛掌握着打开一切奥秘的钥匙。用两个手指头扶一扶眼镜，透过厚厚的玻璃镜片，全神贯注地看着我的眼睛，他说出来的字字句句像一颗颗小钉子刺激着我的脑门儿。

"说到词句，朋友，打个比方就像树上的很多树叶，为了弄明白为什么树

---

① 《欧也妮·葛朗台》，是法国作家巴尔扎克（1799—1850）所作的长篇小说。
② 埃得蒙·德·龚古尔（1822—1870），法国作家，史学家。

叶是这种样子而不是另外一种样子，就需要了解这棵树是怎么样生长的——就需要学习！书籍嘛，朋友，好比一座优美的花园，里边什么都有：既有让人愉快的东西，也有让人受益的知识……"

我常常跑到药房去找药剂师，为大人们买苏打和碳酸镁，因为他们一直闹胃疼病，为婴儿买月桂软膏和治泻肚子的药。药剂师简明扼要的指点，使得我对待书籍的态度愈发认真了，不知不觉之间，书籍成了我生活中必不可少的东西，正像沃特加是饮酒贪杯的人难以割舍的心爱之物一样。

书籍向我展示出另一种生活——一种需要博大胸襟和强烈意志的生活，这种胸襟与志向能够引导人们去建树功勋或者去犯法犯罪。我发现我周围的那些人，既没有能力建功立业，又没有胆量违法犯罪，他们活着，与书中所描述的一切相距遥远，甚至一点儿都沾不上边儿。真是难以理解，他们的生活有什么趣味？我不想过这种日子……我心里很清楚这一点，——我不甘心……

从图片的说明词当中，我了解到，在布拉格、在伦敦、在巴黎，城市里没有壕沟洼地，没有肮脏的垃圾堆，那里的街道笔直，宽阔，楼房和教堂也是另外一种样式。那里没有延续六个月人们都关在家里不能出门的冬季，没有只准吃酸白菜、腌蘑菇、燕麦片和土豆以及气味难闻的亚麻子油的大斋。大斋期间还不准看书，连手边的杂志《美术评论》都被他们拿走收起来了，这种空虚的斋戒生活又一次一步紧似一步地把我逼入困境。现在，当我有能力把大斋期间的生活与我从书中了解的生活加以比较的时候，斋戒生活在我看来就更加显得贫乏和愚昧。有书读的时候，我觉得自己健康，有力，干起活儿来麻利、灵巧，我心里目标明确：快点儿干完活儿，就能多挤出一些时间来看书。没有机会看书，我就无精打采，浑身酸懒，而且丢三落四，像是得了一种过去从来没有患过的健忘症。

玛尔戈王后

玛尔戈王后笑了，她几步走到帷幔后边的卧室里，从那里拿出来一本蓝色山羊皮封面的小书。

"这本书你一定喜欢，只是别弄脏了！"

这是一本普希金的长诗集。我一口气把它读完了，由始至终沉浸在如饥似渴的感情中。当你偶然到一个从未见过的风光优美的去处，就会体验到这种情感，急切地想要立刻把这个地方跑个遍。当你在森林沼泽地长满苔藓的土埂土墩上经过长时间的艰难跋涉，眼前豁然开朗展现出一片干燥的林间空地，鲜花盛开，阳光灿烂，那时候也会产生这样的感触。一时间你如醉如痴，凝视着这片旷地，然后满怀欢欣四处奔跑，你的双脚与沃土上那些柔软青草的每一次接触，都带给你难以言说的喜悦。

　　普希金诗句的纯朴与音韵的和谐使得我如此惊异，以至于此后很长一段时间总觉得散文词句别扭，拗口，读起来不自然。《鲁斯兰与柳德米拉》的序诗使我回想起外婆讲过的最优美的童话故事，而且仿佛是把很多故事串联成了一个整体。有些诗行描写得细腻入微，真实生动，让我感到无比的惊讶：

　　　　那里，荒无人烟的小路上，
　　　　罕见的野兽留下串串爪印……

　　我在心里默默重复着这奇妙的诗句，似乎看见了我所熟悉的，隐隐约约勉强可以分辨的小路，看见了那些神秘的爪印儿，被踩过的茵茵绿草叶子上的露珠儿还没有抖落，一颗颗像水银那样凝重。音调悠扬的诗行以节日般的欢乐气氛美化了它们所描述的一切，记住这些句子出奇的容易。这使我觉得幸运，使我的生活变得轻松而欢快，诗句回响，恰似为新生活祝福的钟声。一个人能认字读书——是多么幸福啊！

小姐和中学生

　　我家里有书可读。以前玛尔戈王后住过的房子里，如今住着一大家子人：五个小姐，一个比一个美丽，还有两个男孩子都是中学生。他们都借给我书。我如饥似渴地阅读屠格涅夫的作品，使我惊讶的是：这位作家笔下的一切都是那么简明，朴素，像秋天的晴空一样清澈，他塑造的人物是那样纯洁，他用温和的口吻述说的一切都是那样美好。

我读波缅洛夫斯基①的《神学校随笔》，同样惊奇：书中写的内容和圣像作坊里的生活竟然是那样相似，我非常熟悉由烦闷情绪引发的绝望，这种绝望又往往转化为残忍的恶作剧。

读俄罗斯文学作品心情舒畅，这些书让你总能够体验到某种稔熟而又感伤的情调，仿佛在书页之间隐藏着大斋节的钟声，只要你刚刚把书翻开，这舒缓的钟声就轻轻地荡漾开来。

我勉勉强强读完了《死魂灵》②，读《死屋手记》③也有这种不忍卒读的感触。《死魂灵》、《死屋》、《死》④、《三死》⑤、《活尸首》——这一系列大同小异的书名不禁引起了我的注意，使我对这一类作品产生了隐隐约约的反感。《时代的表征》⑥、《稳步前进》⑦、《怎么办？》⑧、《斯穆林诺村纪事》⑨以及诸如此类的书我也不喜欢。

然而狄更斯⑩和瓦尔特·司各特⑪是我非常爱戴的作家。读这些作家的作品，我觉得是一种极大的享受，一本书往往要读两三遍。司各特的作品使人联想起大教堂里节日的弥撒，虽然稍嫌冗长沉闷，但总是那么隆重庄严。对于我说来，狄更斯至今仍然是我佩服得五体投地的作家，如果说对于人们的爱是最为艰辛的艺术，那么，这个作家洞悉这门艺术可以说达到了出神入化的境地。

谷羽 译

---

① 波缅洛夫斯基（1835—1863），俄国作家。
② 《死魂灵》是俄国作家果戈理（1809—1852）的长篇小说。
③ 《死屋手记》是俄国作家陀思托耶夫斯基（1821—1881）的作品。简称《死屋》。
④ 《死》和后面的《活尸首》都是俄国作家屠格涅夫的作品，均收在《猎人笔记》一书中。
⑤ 《三死》是俄国作家列夫·托尔斯泰（1828—1910）的中篇小说。
⑥ 《时代的表征》是俄国作家莫尔多夫采夫（1830—1905）的长篇小说。
⑦ 《稳步前进》是俄国作家奥穆列夫斯基（1836—1883）的长篇小说。
⑧ 《怎么办？》是俄国作家、批评家车尔尼雪夫斯基（1828—1889）的长篇小说。
⑨ 《斯穆林诺村纪事》是俄国作家扎尔索季姆斯基·沃洛格金（1843—1912）的作品。
⑩ 狄更斯（1812—1870），英国小说家，著有《大卫·科波菲尔》等长篇小说。
⑪ 瓦尔特·司各特（1771—1832），英国小说家。

布宁(1870—1953)

  伊万·阿列克谢耶维奇·布宁,俄罗斯诗人、作家,出身于没落贵族家庭,创作风格接近古典现实主义。1901年,他的诗集《落叶》荣获俄罗斯科学院颁发的普希金奖。1909年被授予俄罗斯科学院荣誉院士称号。20世纪初成为以高尔基为首的知识派作家群中的一员,并转向散文和小说创作。《乡村》、《旧金山来的绅士》为他带来了社会声誉,作品多以农村、贵族庄园及自然风光为背景,用质朴清新、准确简洁的语言,刻画人物,抒情叙事,字里行间浸透着哀婉的诗意。1920年起侨居法国,用七年时间完成了自传体长篇小说《阿尔谢尼耶夫的一生》,1933年获诺贝尔文学奖,是俄罗斯作家获此殊荣的第一人。"他以自己对现实主义的理解,继承了俄罗斯文化遗产并使之发扬光大。""经济而有效地运用艺术手段,尽力减少叙述,深化描写,力求鲜明的形象性和心理的洞察入微",这些论述大致概括了他的散文风格。下面选译的几篇作品和他的随笔,犹如乡间的小径,读者沿途寻访,或许能进入布宁笔下的艺术天地,窥探艺术家的内心世界。

乌　　鸦

　　我的父亲真像一只乌鸦。当我还是小孩子的时候，我就这么感觉来着。有一天，我在《涅瓦》杂志上看到一张图页，画的是一座悬崖峭壁，上面站着拿破仑，他腆着白白的大肚皮，身着驼鹿皮裤。脚穿黑色短筒靴子。我看呀看的，不由得想起了鲍格达诺夫《极地游记》的那些插图，直乐得捧腹大笑起来。我觉得，拿破仑活像一只企鹅。紧接着，我心情沉重地联想到：我父亲呀，真像一只乌鸦……

　　我父亲在我们省城里身居要职，因此，这使他的形象更坏了。我想，即使在他混迹的官场中，不会有人比他更难相处、更阴郁、更沉默寡言、更冷酷无情的了。这一切表现在慢吞吞的言谈举动中。他身材不高，敦敦实实的，有点儿驼背，一头粗硬的黑发，人长得很黑，长方脸，胡子刮得光光的大鼻梁；他的这副长相，跟乌鸦可像极啦；特别是当他穿上黑色燕尾服时，那就更像了。他穿着燕尾服，出席省长太太举行的慈善募捐晚会，每当这种时候，他总是弓着背，紧紧站在俄罗斯农舍样式的售货亭旁，扭动着他那硕大的乌鸦脑袋，闪动着他那发亮的乌鸦眼珠，斜眼瞟着跳舞的人群和到售货亭前买东西的人们，还目不转睛地盯着那位嘴边浮着迷人的浅笑、举起戴着钻石戒指的大手、递过来一杯斟在高脚酒杯中黄色廉价香槟酒的贵妇人。这是一位身材高大的贵妇人，她身穿一件锦缎裙子，头上戴着头饰，鼻上擦了一层香粉，红白相间，弄得鼻子像假的似的。我父亲早已丧妻，身边只有两个孩子，我和年纪幼小的妹妹莉莉娅。我们住在一所官邸公寓的二层楼上，拥有不少宽敞的、明净的房间，正面对着大教堂与大街中间白杨葱翠的林荫道，这里尽管条件不错，但令人感到冷清、空虚。幸而，我在卡特科夫法政学堂上学，有大半年时光住在莫斯科，只有在圣诞节假日和暑假才回家来。可是有一年，我却遇上了一件完全料想不到的事。

　　那年春天，我从法政学堂毕业了，我打莫斯科回来，一到家里，不由我大吃一惊：过去我们的死气沉沉的公寓里，突然之间仿佛升起一轮红日。使我们家焕然生辉的，是一个年轻的、窈窕的少女的来到。她刚来我家，是来接替原先照顾八岁的莉莉娅的那个老保姆的，那是一个高高的、干巴巴的老太婆，简直像一尊中世纪木雕的圣徒像。新来的这个女孩子家境贫寒，是我父亲下属小职员的女儿。她感到自己无限幸运．中学刚刚毕业，便能找到一份好差事，而且因为我回到家里。这个家平添了一个生气勃勃、同龄的年轻人。当她坐在父亲面前，吃我们家那顿规矩很大的午餐的时候，她总是失魂落魄的、战战兢兢，每一分钟都是提心吊胆地、手忙脚乱地去照料黑眼珠、也是闷声不响的莉莉娅。小妹妹的一举一动，甚至沉默不语，都显得她是何等的刁钻暴戾，仿佛时时刻刻在找碴子，还不停地寻衅似的摇晃着她那满头黑发的小脑袋。现在呢，父亲在吃饭的时候好像换了一个人：他不再对那个戴手套的、给他上菜的老头子古里伊瞪着严厉的目光，而是不时找些话谈——虽然他说话还是慢吞吞的，但毕竟开口说话了——当然，他只对着她说话，而且很有礼貌地直呼她的名字和父名，"亲爱的叶莲娜·尼古拉耶芙娜，"甚而故意开开玩笑，打打哈哈。她慌作一团，报以可怜的微笑，细嫩的脸庞涨得红一片紫一片。这个苗条的金发女郎，身穿薄薄的白短衫，由于火热青春的汗渍，腋下颜色发暗了，短衫下面微微隆起一对小小的乳峰。吃饭的时候，她连看我一眼也不敢抬头看：好像我在这里，对她来说，比父亲更为可怕。可是，她越是尽量避免看我，我父亲越是冷冷地向我这里投来不怀好意的眼光。不但我父亲，连我也心里明白，并且感觉到，她之所以痛苦地尽力不朝我看，而去听父亲说话，去照料一声不响、但却凶顽刁钻、坐立不安的莉莉娅，乃是出于另一种恐惧——这是一种只要我俩能待在一起、就心心相印地同感幸福的喜悦心情的恐惧。过去，我父亲每晚披阅公文的时候，是独自一人喝茶的，因此，佣人总是把那只金边大茶碗端到书房里写字台上，可如今，他却到饭厅里同我们一块喝茶了。这时候莉莉娅已经上床睡觉了，这姑娘便来照料茶炊。父亲穿着又长又宽的红里子上衣，从书房里出来，坐在他的圈椅上，举着茶杯向她伸过手来。按照他的癖好，她将茶斟得溜边满满的，用一只颤巍巍的手，把茶杯递过来。然后给我和她自己各斟上一杯。这之后，她垂下睫毛，做起针线活来。他呢，慢条斯理地开腔了——而话又说得非常离奇：

"可爱的叶莲娜·尼古拉耶芙娜，金黄色头发的女孩子适合穿着黑颜色或大红色的衣服……您的脸庞配上马利·斯图亚特①穿的那种齿状硬领的黑缎长裙,裙上缀满小钻石,一定非常好看……再穿上藏青色里昂天鹅绒大衣,戴一顶威尼斯软帽,那就更加好看了……当然啦,这些都是空想罢了,"

他冷笑道,"你父亲在我们那里拿的薪水每月总共只有七十五卢布,除您之外,还得养活五个孩子,一个比一个小——这就是说,您得受一辈子穷。话又说回来,幻想又有什么不好呢?幻想可以使人振奋,给人力量和希望。再说,有些幻想会突然真的成为事实,不见得没有吧?……当然,这种事是少见的,极少极少,但还是有的……比方说,最近库尔斯克车站有个厨子,买彩票中了个大奖,一下子得了二十万卢布——一个糟厨子,下等人!"

她做出一副模样,把这番话当成善意的玩笑,并且竭力望着他,露出笑容来;而我呢,装作什么也没有听见,只管自个按"拿破仑玩法"摆自己的纸牌阵。有一回,他的话更不着边际了,他忽然扭过头来,朝我点点头,说:

"瞧,这个年轻人想必也在做梦。他梦想有朝一日老子死了,他就发了,富得连家养的鸡对黄金粒都不屑一顾!鸡么,真个儿地是不去啄黄金的,因为家里并没有黄金可啄。当然啰,他的老爷子多少有一点点家产——譬如说,在萨马拉省有所不大的庄园,那里有一千俄亩黑土地,——只不过这个庄园,儿子也不见得能得到,因为儿子并不疼他老子,再说,叫我看来,他将来会成为一个头号的败家子……"

这番言语是在彼得节头一天说的——我记得一清二楚。

那天早晨,我父亲上大教堂去了,做完早祷,就直接去省长府上参加省长命名日的早宴。即便没有这些应酬,他平常也从不在家吃早饭,因此,那天仍然是我们三个人在家用餐。早饭快吃完的时候,由于给莉莉娅上了一道樱桃羹,而没有上她喜欢吃的薄麻花,她便尖着嗓子对古里伊吼叫起来,用小拳头把桌子敲得咚咚价响,把碟子摔到地上,摇动着她那小脑袋,上气不接下气地号啕大哭起来。我们两人好容易才把她拉回房间里——她又是踢,又咬我们的手。——我们千方百计地求她不要再闹了,答应她一定狠狠地严办厨子,她这才安静下来,终于睡着了。我们两人一起把莉莉娅拖回屋这件小事,也充满了叫我们俩感到又惊又喜的缱绻深情,因为,我俩的手时时碰撞在一起啊!

---

① 马利·斯图亚特——苏格兰女王,1542—1567年在位。

院子里哗哗啦啦地下着大雨，黑下来的房间里，时不时地掠进一道闪电，玻璃被雷鸣震得嘎嘎价响。

"是暴风雨吓住了她，才使她安静下来，"当我俩出来走到过道里，她满心高兴地低声对我说，突然，她惊觉起来："哎呀，不知哪里失火啦！"

我们俩跑到餐厅，打开窗子——消防车沿着树荫道打我们面前隆隆疾驰而去。一阵疾雨哗哗地倾注到杨树林里——雷声电光偃息了，好像是被大雨浇灭了——一辆辆站满戴着铜盔的消防队员的大车，携带着水龙带和救火梯，沿着鹅卵石铺的马路．隆隆驶去。一匹黑马的马鬃上，系在轭下的铃铛叮叮当当地响着，狂奔的马发出嘚嘚的蹄声，号手们报警的喇叭，如中邪似的哒哒吹着……紧接着，拉瓦赫街上伊凡武士钟楼也不停地、一阵一阵地敲起了警报的钟声……我们俩并排紧紧挨着站在窗口，窗外飘进来凉丝丝的水珠和城市潮湿的尘埃气味，似乎，两人只是在望着和听着周遭的动静，是那样地全神贯注和内心激动。随后，又有几辆大板车，载着粗大的红色水桶，一闪而过，我的心跳得更厉害了，连前额也蹙皱起来——我握着她那软绵绵垂在胯前的手，恳求般凝视着她的脸颊，她呢，脸色苍白起来，张开双唇，挺起胸脯，叹了一口气，也仿佛恳求似的转过泪水盈盈的明亮眸子，面对着我；于是，我搂住她的肩膀，平生第一次陶醉在少女冰凉嘴唇的温柔之中……从此，我们没有一天不在时时刻刻地寻找机会作短暂的幽会——或是在会客室里，或是在大厅里，或是在走廊里，甚至在父亲的书斋里（他到傍晚才回家），装出好像偶然撞见似的；拼命的、长时间的、永不满足的、忍不住的长吻着。我父亲呢，好像嗅出了一点点味儿，又不到餐厅里来喝茶了，整天不言不语，板着铁青的面孔。可我们俩不再理会他了，她吃饭的时候，也沉静、大方多了。

7月初莉莉娅病了一场，是吃多了马林浆果；她的病好得很慢，躺在自己的房间里，把一大张、一大张纸用图钉按在木板上，不停地拿彩色铅笔在纸上描画，她画的是童话世界里的城市。她只好陪着莉莉娅，待在她的病榻旁，给自己缝一件小俄罗斯式的花衬衫。莉莉娅不住地要这要那，因此，她不能走开一步。我在这个空荡荡的、鸦雀无声的房间里，时时刻刻渴望见到她，吻她，把她搂在怀里．这种急切的心情，弄得我丧魂失魄、气息奄奄。我百无聊赖，只好坐在父亲的书斋里，随手翻翻他书架上的书，努力使劲地读下去。有一天，黄昏时分，我又坐在那里了。突然，我听见她轻快、急速的脚步声。我把

书撂到一边,跳起来问道:

"怎么,睡着了吗?"

她摆了摆手:"唉,没有。你要知道,她两天两夜不合眼,都无所谓,跟疯子一样一样的!这不,她这会儿逼我到父亲这边来,找几只黄颜色和橙色的铅笔……"

她哭起来,走到我跟前,一头扑到我怀里,说:"我的天哪,这到什么时候才能了呀:你干脆告诉他,就说你爱我,反正世界上任何力量都不能把我俩分开!"

她抬起泪光闪闪、泪水盈盈的脸,猛然抱住了我,狂吻起来。我把她搂到自己怀里,拖她到沙发跟前——此时此刻,我难道还能克制自己,还能不失态忘形吗?可正好这时,书斋门口传来一声轻轻的咳嗽声,我越过她的肩膀,抬头一看,嘿,父亲站在那里瞪眼望着我们。稍停一会儿,他转过身去,拱着腰,走开了。

我们三人,谁也没出来吃午饭。傍晚时分,古里伊来敲我的房门:"老爷请您到他那里去一趟。"我走进书斋。他坐在写字台前的圈椅里,脸也没有转过来,便说:"你明天就到我萨马拉乡下别墅去,在那里度过整整一个夏天。你秋天到莫斯科或彼得堡去找差事干。如果你胆敢违抗,那我将永远剥夺你的财产继承权。不仅如此,我明天就请省长立即派人把你遣送到乡下去。这会儿,你去吧,不许再到我面前来。路费和零花钱,明天一早我叫人拿给你。交秋前,我会写信通知乡下的帐房,叫他们给你一笔钱,作为你到京城早期的生活费用。你动身之前,休想再见到她。话到此为止,亲爱的,去吧。"

当天夜里,我就动身到雅罗斯拉夫省乡下去了,在我法政学堂同学的别墅里,一直住到夏末。秋天,靠我同学父亲的门路,我在彼得堡外交部谋到一个位置,于是,毅然决然写信告诉父亲,今后我不仅永远拒绝他的财产继承权,而且也不会接受他的任何帮助。冬天,我得知,他辞去了官职,带着"年轻貌美的娇妻",来彼得堡作寓公了。一天晚上,在马林斯基剧院开演前几分钟,我刚步入池座,猛一抬头,看见了他和她在一起。他俩坐在舞台跟前的包厢里,紧挨着栏杆,那上边搁着一只小巧的珠母色望远镜。他穿着礼服,像只乌鸦似的伛偻着背,眯起一只眼,全神贯注在看节目单。她呢,神情自若,匀称挺秀,金发梳成高高的发髻,正在饶有兴味地向四周打量着——她凝望着暖洋洋的、灯火通明的、轻声喧嚷的、坐满人群的池座，注视着正在向池座走来的观众的晚礼服：燕尾服和军装。她颈上挂着一个红宝石十字架，闪着幽暗的红光；她那细细的、稍稍胖了起来的胳膊，裸露在外边；左肩上有一枚红宝石扣环，别在艳红的天鹅绒坎肩上。

臧传真　译

三 个 卢 布

　　夏日里，一天黄昏时分，我搭火车，从乡下到城里去。车到站时，已经八点多钟，暑热仍然未退。天空彤云密布，天光昏昏沉沉，眼看雷雨就要来了。我从车站改乘一辆马车，飞快地向前奔去，暮色苍茫的原野上，尘土飞扬，突然，背后一道闪电，一瞬间，把前面的路照射得金光锃亮，紧接着，便听见雷声隆隆，稀稀拉拉的大粒雨点，猛地向马车和尘埃中扑打来，旋即又住了。马车轧着松软的路，下了斜斜的山坡，驶过一条干涸小河上的石桥。桥外边黑乎乎一片，令人毛骨悚然，那里散落着几家县城的铁匠铺，发出金属铁屑的气味。沿着上山的路，悬着盏煤油灯，扑满了尘土，荧荧的灯光忽闪着……

　　我每次进城，总是在城里一家上等旅馆——优罗比约夫旅馆开个房间，那是一个外间连卧室的套房。进了套房，热得就像待在蒸笼里似的：两扇窗子紧紧闭着，还挂着窗帘。我叫旅馆的茶房把窗子打开，去拿茶炊来，自己赶快到窗口透透气——屋里憋闷得要命。这时窗外漆黑一片，闪电时不时地划破长空，现出湛蓝的光带，一阵阵雷声滚滚，好像贴着坎坷不平的地面滑过。我当时想："这小城实在太不像样子了，很难想象，这般瑰丽的闪电蓝光，为什么竟会在这小城上空令人胆战心惊地闪耀，雷声又何必如此威风地隆隆作响，把漆黑的夜空震撼得萧萧瑟瑟。"这个念头，至今还留在记忆中。我走进里间，脱掉上衣，解下领带。这时我听见茶房端着托盘急步来到外间，放在沙发前面的小桌上。我朝外一看，只见托盘上有一个茶炊，一个涮杯子的茶缸，一只玻璃杯，一盘小面包；此外，还有一只杯子。

"为什么多拿一只杯子?"我问。

茶房挤眉弄眼地说:"有位姑娘要来看您,鲍里斯·彼得罗维奇。"

"什么姑娘?"

那茶房满脸堆笑,耸耸肩,说:"那还用说。她恳求我放她进来,她答应我,要是能挣到钱,一定送我一个卢布作小费。是她亲眼看见您坐马车进旅馆的……"

"这么说,是个街头卖笑的女郎喽?"

"可不是么。我们旅馆过去还没见过这样的女人,一向都是客人让我们去安娜·玛特维耶夫娜那里,叫姑娘来;可这个人却自己找上门来……身材挺好,好像是个女学生。"

我想今晚怪闷的,随口说:"挺有意思的。放她进来吧。"

茶房满心高兴地走了。我回过身来,正要斟茶,便听见有人敲门。令人不胜惊讶的是,没有等我应门,一个身材修长、魁梧的女郎,便迈步破门而入,她身穿深棕色的女学生服,戴着一顶缀有假花的草帽,一双大脚穿着破旧的布便鞋。

"我打这儿过,看见亮着灯,顺便来拜访。"她一双乌溜溜的眼睛,向一旁睨视着,带着嘲讽的口吻说。

这一切完全出乎我的意料之外,我有点尴尬,神色慌张,用很不得体的兴冲冲的口气答道:"很欢迎。请您摘下帽子,坐下喝茶吧。"

这时,一道十分宽阔的紫色电光,在窗外一闪,接着,近处打了一个轰隆的响雷,带有警告的意味;一阵急风刮进屋来,我赶紧跑到窗前去关窗,值得欣喜的是,借此机会可以掩盖一下自己惊慌失措的窘状。我转过身来时,她已脱掉帽子,坐到沙发上,用细长的、黑黑的手臂,把剪短的头发往后捋捋。她有一头栗色的浓发,颧骨有点宽,脸上长有雀斑,两唇又厚又紫,一双黑亮的眸子,显得冷冰冰的。我正准备诙谐地解嘲说,请她原谅我没有穿上衣,可她却冷冷地瞅着我,蓦地问道:"您打算给多少钱?"

我仍然用矫揉造作的、若无其事的口吻答道:"不要着急,我们有的是工夫讲价钱,请先喝杯茶吧。"

"不行,"她皱着眉头,说,"得先把条件讲好。至少三个卢布。否则,我就不干。"

"那就三个卢布吧,"我仍然用蠢笨的矫饰口吻说。

"您是随便说说吗?"她严肃地问道。

"决不,"我一面答道,一面心里估算着,等她喝完这杯茶,就给她三个卢布,打发她走人了事。

她嘘了一口气,闭上眼,把头一仰,靠在沙发背上。我望望她那没有血色的、发青的嘴唇,我想她一定是饿了,便给她倒上一杯茶,把面包盘子挪到她跟前,碰了碰她的手臂,说:"请吃吧。"

她把两眼睁开,默默地喝着茶,嚼着面包。我凝视着她那晒黑了的手臂,觑着她那端庄、下垂的黑睫毛,心想,这事变得越来越荒唐了,便问她道:"您是本地人吗?"

她摇摇头,继续就着茶,吃面包,答道:"不是,我是远方外地的……"

不过,她只讲了半句,就沉默不语了。于是,她抖掉身上的面包屑,猛然站起身来,眼睛望着一边,对我说:"我去脱衣服。"

这是我原来决没有想到的。我正要说句什么,而她果断地打断了我的话,说句:"把门锁上,窗帘放下来。"

说罢,就到隔壁房间去了。

我以不自主的顺从心态,连忙到窗前放下窗帘。窗外,一束束电光闪闪,越照越亮,好像千方百计地要探身进房窥视,霹雳的沉雷愈益轰隆地滚过了天空。接着,我赶快把房门锁好,也不晓得自己为什么要这么干。此刻,我正要去她跟前勉强做出笑声,想把这一切当作逢场作戏,再不然,就假装头疼,将她打发走算了;恰恰这一刹那,她忽然从隔壁大声喊道:"请过来吧……"

我又不由自主地顺从了,走进隔壁房间;发现她已脱掉衣服,躺在床上,她把被子拉到脖颈上,"咯吱吱"地咬着打战的牙齿,用变得越来越黑的眼珠,怪里怪气地瞪着我。我心慌意乱,欲火如炽,我丧失了自制力,从她手臂上,一把将被子掀开,她的身子赤条条地裸露出来,身上仅剩一件穿旧的短汗衫。这时,她抬起光溜溜的手臂,顺手取来床头上挂的木塞,把灯火压灭……

事罢,我在黑暗中摸索着打开窗子,站在窗前,使劲地抽烟。窗外一片漆黑,大雨滂沱,紫色的电光一闪即逝,远处巨雷滚天动地而来,伴随着瓢泼似的大雨,倾泻到这死寂的小城中。这小城白天被灼热的阳光,照射了一整天,带着各种气味的空气一下子变得清爽起来,我一边深深吸着这雨中清新的空气,一边寻思着:是啊,世界上事物的结合,真令人难以捉摸,不可思议——这座荒凉的小城里,竟然下了一场这样神圣的、壮观的、惊天动地的、令人头晕目眩的大雨;更加离奇和惊异的是:我怎么也不明白,和我萍水相逢的这位女郎究竟是什么样的人,为什么仅仅为了三个卢布,竟然出卖自己的处子童贞!是呀,是童贞!她在叫我了:"关上窗子,雨声太闹了,到我这边来。"

我在黑暗中回到隔壁,坐在床上,一边拉起她的手,一边亲吻着,我喏喏地说:"请您原谅,原谅我吧……"

她安详、沉静地问道:"原先,真的您把我当成妓女了吧,不过,还是一个愚蠢的,或者精神不正常的妓女吧?"

我连忙答道:"不,不是的,我并没有认为您有精神病,我只是想,您一定是缺乏经验的雏儿。您是知道的:这种地方有好些姑娘都扮成女学生模样。"

"这是为什么?"

"是为了叫别人觉得她们更天真、更富有青春魅力呗。"

"不,这个我一点也不懂。我只不过是没有别的衣服可穿。今年春天,我刚从中学毕业,父亲突然得急病死了,而我妈妈早已去世了,我走投无路,便从新契尔卡斯克来这里投亲,指望他给我找个职业。我住在他那里,不想他不怀好意,趁机来调戏我,我揍了他一顿,从此只好在县公园里长凳上露宿……我想,这样下去,就活不成了,所以,才来找您。可我来到这儿后,又发觉您在想方设法摆脱我。"

"是啊,那时我进退两难,"我说,"我所以让您进来,是因为我实在寂寞得很,不过,我从来没有同妓女沾过边。我原以为,来找我的不过是一个普普通通的妓女,那么,不妨叫她进来,喝杯茶,聊聊天,逗逗笑,然后给她三个卢布,打发她……"

"不错,可是来找您的不是别人,而是我。直到最后,我心里念念不忘的只有一件事:三个卢布,三个卢布。然而,后来发生的一切,同我原先想的完全是两样。现在,这一切把我都弄糊涂了……"

糊里糊涂的还有我:我不明白,为什么四下里会这样漆黑一片,为什么窗外大雨淅淅沥沥下个不停,为什么床上竟有一个新契尔卡斯克的女学生睡在我身边,直到此刻,我还不晓得她的名字……最后,我简直莫名其妙,为什么我对她的缱绻之情,会越来越深……我好容易讷讷地说出一句:

"您有什么不明白呢？"

她默不作声。我突然点亮了灯——在我的面前，闪耀着一双乌黑的大眼睛，热泪满眶，泪光莹莹。她猛地坐了起来，扑向我，咬着双唇，把头放在我肩上。她那件破汗衫从肩上滑落下来，露出高大的身子，我紧紧搂住她，轻轻地扶起她的头，吻着她那淌满泪水的抽搐的嘴唇，我内心充满怜惜和深情，凝视着她那沾满尘土的、微黑的少女脚掌……过了一阵子，当晨曦透过放下的窗帘，把光辉洒满整个房间的时候，我们俩还偎依在圆桌旁的沙发上，絮絮地说着知心话，不停地吻着对方的手。她饿了，把昨晚剩下的凉茶喝光了，又吃了一个面包。

我搭车到乡下一趟，把她暂时留在旅馆里；第二天我俩一块到温泉疗养地去了。

我们本来打算到莫斯科过秋天。可是，我们又不得不留在雅尔达，不仅秋天，连冬天也得在那里过了——因为她发起高烧，而且咳嗽得很厉害，我们房间里充满了杂酚油的药味……转年开春，她撒手去了，我把她殡埋了。

高高的山冈上，坐落着雅尔达的墓园。从山冈上，可以看到远方的海水一片汪洋，从城里，山冈上的十字架和墓碑隐隐在望。这一片十字架和墓碑中间，有一座大理石十字架，矗立在我最珍贵、最亲爱的陵墓前，直到如今，也许它还辉耀着那乳白色的光华吧。不过，我今生今世再也看不到它了——上帝大慈大悲拯救了我，使我得到解脱，我不可能再见到它了。

臧传真　译

幽 暗 的 小 径

连绵的秋雨，淅淅沥沥地下个不停，寒意袭人。土拉郊外的大路上，积满了雨水，一条条黑魆魆的车辙，把路面轧得纵横交错。一辆四轮马车，由三匹极普通的马驾着，马尾全给扎了起来，免得乱甩泥浆，马车支起半截车篷，车身溅满泥泞。这辆马车顺着大路奔驰而来，在一幢长方形木房子前面停下来。

这幢房子一半是官方的驿站,一半是私人开的小客栈;过往旅客可以在这里休息、住宿、用饭或者喝茶。驾车的是一个壮实的农夫,这人穿一件粗呢裋子,紧紧地扎着条腰带,熏黑的面孔,黑乎乎的稀稀拉拉的胡须,威风凛凛的模样,活像老辈子的绿林强人。车厢里坐着一位身材匀称的上了年纪的军官。他头戴军帽,身穿尼古拉时代的海狸皮领军大衣,眉毛虽说还是黑的,但,上唇的小胡子和与之相连的络腮胡髭都花白了,不过,下巴颏却刮得光光的。他的全部仪表显然是在模仿亚历山大二世,这种修饰打扮当时在军人中间十分时髦;他的目光也是那样的疑虑惶惑、严肃凛然,同时又有点倦意。

马车停了下来后,他先从车厢伸出一只穿马靴的脚来;他这马靴连靴筒子都十分光滑平整,随后,用戴着麂皮手套的两手,提起军大衣的前下摆,一抬脚踏上这所木房子的台阶。

"大人,朝左拐,"马车夫从驾驶座上粗声粗气地喊道。这个军官个子很高,跨过门槛时,微微躬一下身子,便走进过道,朝左边正房走去。

房里温暖、干燥、整洁明净;左边墙上供奉着崭新的描金圣像,下边摆着一张桌子,铺着很干净的粗布,桌子后边是一排擦得明光锃亮的长木炕;右边的墙角进深较大,那里放着做饭用的炉子,炉子刚刚刷过白粉,显得白净净的。炉旁放着一张沙发床之类的大躺椅,上面蒙着带花纹的马披,椅背靠近炉子。炉盖里飘散出一股香喷喷的菜汤气味——那里正在煮圆白菜加牛肉、桂叶汤。

来客脱下军大衣,撂到长木炕上,身上只穿件军便服和靴子,显得身材更加匀称了。随后,又脱掉手套,摘下军帽。他面带倦容,举起一只白白的、瘦瘦的手,捋了捋头发——他满头花白的头发以及垂到眼角的鬓发微微有点卷曲,那长着一双黑眼睛的长方脸儿,显得清癯潇洒,脸上隐约显出几处小小的麻斑。房子里没有一个人,他推开通向过道的一扇门,满心不快地喊了一声:

"喂,有人吗?"

一位满头乌油油黑发,眉毛也是微黑的女人,应声走进来。她虽已徐娘半老,但风韵犹存,看上去仍然挺漂亮的;上唇和面颊两边长着深褐色的汗毛,有点像一位中年吉卜赛妇女。她体态丰腴,举步轻盈,红色的上衣下面,隆起高大的乳峰;小腹像鹅胸似的,呈三角形,挺在毛质黑裙下面。

"大人,欢迎光临,"她说,"您是要用饭还是喝茶?"

客人瞥了一眼她那丰满、圆圆的肩膀，瞧了一下穿着旧红便鞋的一双瘦脚，一顿一顿地、淡淡地答道："喝茶，弄茶炊来。你是老板，还是打工的？"

"是老板，大人。"

"这么说，这客栈是你掌管喽？"

"是的，是我自己掌管。"

"怎么回事？是寡妇人家，不得不自己操持？"

"不是寡妇，大人，人总得挣钱过活呀。再说，我这人喜欢干活。"

"对，对，这样蛮好。你这里收拾得挺干净的，挺不错的。"

这个妇女轻轻地眯起眼睛，一直用追根究底的目光瞅着他。

"我爱干净，"她答道，"我是在贵族老爷家长大的，怎么会不讲体面呢，尼古拉·阿列克谢耶维奇。"

"娜杰日达，是你？"他急匆匆地问。

"是我，尼古拉·阿列克谢耶维奇。"她说。

"天哪，天哪！"他说着，便一屁股坐到木炕上，目不转睛地直盯着她。"真没有想到！我们多少年没有见面了？有三十五年了吧？"

"三十年，尼古拉·阿列克谢耶维奇。我现今四十八岁，我想您快六十了吧？"

"差不多……我的天哪，多奇怪啊！"

"有什么好奇怪的，老爷。"

"可这一切，一切……你怎么会不明白呢？"

他那疲倦的样子和懒散神态顿时消失了，他站起身来，大步在房子里走来走去，两眼盯着地板。过了一会儿，他停住脚步，长着胡子的脸一阵绯红，说道：

"从那时起，我对你的情况一点也不知道。你怎么来到这里的？为什么不留在老爷家里？"

"您走了不久，老爷们就给我发了农奴解放证。"

"后来又住在哪里？"

"这话说起来可长啦，老爷。"

"听你的口气，好像没嫁过人。"

"没有。"

"为什么？凭你年轻时那么漂亮，怎么嫁不了人？"

"我不愿意嫁人。"

"为什么不愿意？你这话怎讲？"

"这还用得着明说吗？想必你还记得吧？当初我是多么爱你啊。"

他羞红了脸，泪水夺眶而出，皱着眉头，又在房中踱起步来。

"一切都会过去的，我的朋友，"他咕哝道："爱情，青春，——一切的一切。爱情是桩极寻常的、俗人不可避免的事。随着岁月的流逝，一切都全过去的。圣经《约伯记》中不是这么说的吗：'就是想起，也如流过去的水一样'。"①

"不见得，尼古拉·阿列克谢耶维奇。不错，一个人的青春很快会过去的，可爱情，是另一码事。"

他一边昂起头，一边站起身来，凄然冷笑道："你总不能爱我一辈子吧？"

"可见，我能。尽管过去很多年了，我仍然过着独身生活。我知道，以前的您早已不存在了，而且当初您也并不认真，可是……今天再来责备您也不是时候了。不过，说实在的，您当初把我甩了，真够狠心的；别的都不说，光因屈辱这一点，我曾经有好多次想自杀。尼古拉·阿列克谢耶维奇，过去我曾经有一阵子，管你叫尼科连卡②，而你管我叫——什么来着？您还记得吗？那时候，您还常常念诗给我听，什么《幽暗中的小径》之类啦。"她苦笑着，又补充说。

"啊，那时候你是多么漂亮啊，"他摇着头说，"那么热情，那么迷人！身段那么美，眼睛那么俊！人人见了你，都入迷地盯着你，你还记得吗？"

"记得，老爷。那时候您也非常英俊。可是我把我的美貌，我热烈的感情全交给了你。这一切怎么能会忘记呢。"

"嘻！一切都会过去，一切都会忘掉的。"

"是一切都会过去，但并不是一切都能忘掉的。"

"那你出去一会儿，"他一边说，一边转过身来向窗口走去。"请你出去吧。"

他掏出手帕，擦擦眼角，叽里咕噜地补充道，"但愿上帝宽恕我。想必你

---

① 见《旧约全书·约伯记》第十一章。全句为："你必忘记你的苦楚，就是想起也如流过去的水一样。"

② 此乃尼占拉的爱称。

已宽恕我了。"

她这时已走到门口，又站住了，回答道："不，尼古拉·阿列克谢耶维奇，我没有宽恕你。既然话已经谈到我们之间的感情问题，恕我直言：我永远也不会宽恕你，那时候，人世间没有任何东西，对我来说，比您是更为珍贵的了，就是后来再也没有过。因为这个缘故，我决不能宽恕你。死去的人，是不能从墓地再抬回来的，回忆有什么用呢。"

"是啊，是啊，用不着再提了，请你叫他们把马车备好吧，"他一边回答说，一边从窗口走开，脸色十分难看。"我只告诉你一点：我这一辈子从来没有幸福过，请你别以为我是幸福的。也许，我的话会伤害你的自尊心，这要请你原谅，但我要直率地告诉你：我爱我的妻子，爱得神魂颠倒。可她却背叛了我，把我抛弃了，她使我受的屈辱比我使你受的更厉害。我很宠儿子，我把所有的希望都寄托在他身上。不想他长大以后，却成了一个恶少，败家子，无赖，没有心肝，没有廉耻，没有良心的人……不过，这也是一桩极寻常的、俗人俗事罢了。好啦，亲爱的朋友，祝你健康。我想，我过去把我一生最宝贵的东西都留给你了啊。"

她走上前来，吻了吻他的手，他也吻了她的手。

"请你叫他们把马车备好…"

马车渐渐走远了，他黯然神伤地想道："是啊，她当年是多么美呀！多么迷人呀！"他想起自己最后跟她讲的那番话，又想起他竟然吻了她的手，感到羞愧，又马上为这羞愧感到无地自容。"她的确把自己一生最美好的时光都给了我，这难道不是事实吗？"

夕阳闪耀着淡淡的余晖，慢慢西沉。车夫催赶着马，拣泥泞较少的地方，即车辙轧过的黑魆魆轨道驶去。他也在想着什么心事。最后，他无顾忌地、粗鲁地说道："大人，我们走的时候，那婆娘一直站在窗口，瞅着我们离开。您大概很早就跟她相识了吧？"

"早就认识了，克里木。"

"这婆娘可精明能干哩。大家都说她发财了。她还放印子钱来着。"

"这没有什么大不了的。"

"怎么会没有什么？谁不想日子过得宽绰点？放债的人只要稍稍讲点良心，就少作点恶。听说，她这人还公道。就是脾气太倔！到期要是不还账，那可别怪她不客气,只好怪自个儿。"

"是呀,是呀,只好怪自己……你快点赶车吧,别误了咱们上火车的时间……"

西沉的夕阳,把淡黄色的残照洒向空旷的原野,三匹马儿,踢开匀整的蹄步,踩着一汪汪的水洼前进。他凝睇闪光的马掌,皱着黑色的眉头,沉思道:

"是啊,只好怪自己。当然,那是最好的时光。岂止是最好的,简直是仙境般的黄金时代。'一株红艳艳的野玫瑰,在周遭怒放;菩提树间幽暗的小径,曲曲弯弯延伸……'① 可是,天哪,要是当初我没有把她遗弃,后来又会怎样呢?真是荒唐!如果这个娜杰日达,不是客栈的老板,而是我的妻子,就是说,是我在彼得堡的那个家的主妇,是我的孩子们的母亲,那又将会怎样呢?"

想到这里,他摇摇头,闭上了眼睛。

臧传真 译

随 笔 选 译

蚁 道

夏日,傍晚,驿车,空旷的大道一眼望不到尽头…在俄罗斯,空旷的大地和道路万万千千,而像这样空无一人寂静的大道倒不常见。马车夫告诉我说:"先生,这条大道名叫'蚁道'。早先有数不清的鞑靼人从这里走过,来攻打我们。他们走啊走,像蚂蚁一样成群结队,没白没黑,怎么也走不完……"

于是我问他:"这是很久以前的事儿吧?"

"嗨,谁还记得这个,"马车夫回答说,"得有好几千年了吧!"

---

① 参见奥加辽夫的一首抒情诗《司空见惯的故事》。

夏　日

城市某街区。一个漫长的夏日。

鞋匠一整天都光着脚丫子，不扎腰带，头发蓬乱，在他那脏乎乎的店铺里破旧的土坯房旁，坐在太阳底下。旁边蹲着一条棕毛小狗。

"把你那爪子伸给我！"

小狗听不懂，没动。

"说你呢，把爪子给我！嗯?!"

小狗还是没动。于是鞋匠冲它嘴巴就是一巴掌。小狗憎恶地眨着眼睛，转着圈儿，委屈地龇了龇牙，迟疑地抬起了爪子，可马上又放下了。于是又是一巴掌，再一巴掌："狗崽子，把爪子给我！"

罗锅罗曼史

罗锅收到了一封匿名情书，邀他去约会。

"请于4月5日周六晚上七点钟在教堂广场花园见面。我是单身女子，年轻富有，而且——其实也没有什么好隐瞒的——我很早就认识并爱上了您。我爱您那慈祥智慧的脑门儿，爱您那骄傲而又忧郁的眼神，更爱您那孤单寂寞的生活……我希望您能从我身上找到与您亲近的那颗心。我的特征如下：上身一件灰色英式上衣，左手擎着一把淡紫色的小绸伞，右手拿一束紫罗兰……"

看完这封情书，罗锅是那么激动，他是多么盼望星期六早一天到来呀！毕竟这是他有生以来收到的第一封情书！周六这一天，他专门理了发，买了一副紫丁香色新手套，一条新领带——底色是灰的，带红点儿，正好配西装。在家里，他在镜子前认真地打扮起来。他那双冰冷的手颤抖着，细长的手指一遍遍地打着那条新领带。细腻的脖子上现出斑斑的红晕，一双英俊的眼睛略显忧郁的神色。收拾妥当后，他坐到了沙发上，等着那个决定命运的时刻。他感觉就像在别人家做客一样，局促不安。餐厅里终于传来了六点半那庄严肃穆的钟声。他激灵一下，站起身来，极力克制住自己。在过道里他不慌不忙地带上礼帽，拎起手杖，走出门，慢慢地踱下楼去。来到街上，他就克制不住了，甩开他那细长的双腿，快步前行。他带着罗锅所特有的一切骄傲，整个人都沉浸在通常是在预见到幸福来临时才有的激动中。等他快步走进教堂旁的花园后，他一下子呆在了那里：在粉红色的春晖中，一位女士身穿灰色上衣，头戴一顶漂亮的男士帽，左手擎着一把丝绸小伞，右手拿一束紫罗兰，迈着细长而高傲的双腿，迎面走来——原来她也是个罗锅。

是谁对人这样残酷？！

山　谷

丛林密布的山谷，迫近傍晚的时分。

小山村的对面，山坡上覆盖着浓密的树林，从远处望过去，很像是一张绿色的羊羔皮，一张绿鬈毛卡拉库尔羊羔皮。森林深处，有人燃起了一堆篝火，一缕蓝色的轻烟长长地拖垂在绿羊羔皮的上空，和着森林温柔的清新气息，飘来篝火燃烧的浓烈的香味。

山顶上碧蓝的晴空万里无云，只是在远方，在那山谷合拢的地方，一团雪白的云朵像一个巨大的陀螺，陡直地悬挂在碧空中。

山村里，传来阵阵如泣如诉、宛转悠扬的角笛声：笛声时而粗犷，时而尖细，迷人而摄人魂魄，听着这笛声，你就会想起春天里处于发情期的、成群的山羊。

这是三个鞑靼少年在石头房顶上跳舞：其中一个站在一边，噘着嘴巴，鼓着眼睛，正卖力地吹着角笛；另外两个面对面站着，相互把手搭在对方的肩膀上，全神贯注地对望着，像山羊一样灵巧地跳着，脚在原地用力地跺着房顶。

他们那紧张而欢快的目光，如此专注地遥望何方？他们向往天堂般美丽的长空吗？

在临近的石屋上，一个小女孩儿蹲在那里，佝偻着身子，缩成一团，一双眼睛一刻不离地盯着那三个男孩。她长得瘦瘦的，个子已不矮了，只穿了一件衬衫，披散着乌黑的头发，没有系头巾。她那双眸十分迷人，摄人魂魄，就像天使长的眼睛。

在这婉转悠扬的角笛声中蕴含着多么震撼心灵的幸福啊！

四 座 马 车

死亡总有它自己独特的东西。

别墅大门外停着一辆老式四座大马车,车前是两匹高大的黑马:主人从城里回来了。然而这车和马却有些不同寻常。怎么?原来它们都是主人城里的好友,殡葬服务处的老板送给他的。马车夫驾着车子,嘴里还嚷嚷个不停:

"这是红白理事会的专车!"

这还不算什么,他黑黑的胡须闪着干硬的黑鞋油的光泽:原来是染过的。

血 案

扎莫斯科沃列切村。一幢带顶楼的木房子用优质油漆涂成了淡蓝色,玻璃擦得一尘不染。房前挤了一大群人,旁边还停着一辆大轿车,是公家办事用的。从敞开的门厅瞧进去,楼梯上铺着灰色地毯,中间是红色的走道。人们都兴奋地朝里张望,只听见一个激动的声音在嚷嚷:"啊呀,天哪,她杀人啦!那个小寡妇!做买卖的那家,有钱人。听说,她爱那人都爱得要发疯了,可他只贪图她的钱财,随便跟什么人都乱搞。她就把他找来了,说要分手。好吃好喝招待了一番,还一个劲儿地对他说:'让我好好地看看你',后来就让他坐下来。眨眼工夫,刀子就捅进他胸膛里了……"

顶楼的窗子打开了,一只白手套冲轿车打了个手势。轿车发动起来,人群向后散开。这时,那个小寡妇出现了:人们先看见她那修长的双腿,接着是貂皮披肩的下摆,最后是她整个人。她穿一身盛装,就像是去教堂参加婚礼一样,不慌不忙地从楼梯上走下来:身材颀长,一袭白裙,黑黑的眼睛,黑黑的眉毛。头上没戴什么东西,留着中分头儿,梳得光亮。耳朵上垂着两串长长的耳环,晃动着,闪闪发光。她面色平和,白白净净。小寡妇看了大家一眼,嘴唇上现出甜甜的微笑。她钻进轿车坐下来。一个身着合体制服的办事员,严厉而又嫌恶地扫了一眼看热闹的人群,随后也上了车,"砰"的一声关上了车门。轿车一下子就窜出去了。

人群兴奋地向远去的轿车张望着:"啧啧,车子开走了,跑得真快!"

初 恋

  盛夏,西部边陲林中的庄园里。

  一场瓢泼大雨,伴着清新的气息,下了整整一天。雨点敲打着屋顶上的薄木板,一直响个不停。花园里,在密集的雨网中,湿漉漉的小树也顺从地垂下了枝条;阳台旁,红花映衬下的花坛异常的鲜艳;花园上方,灰蒙蒙的天空中,在百年老白桦树上,一只黑鹳恐慌地探出身子,它被雨水一淋,变得又黑又瘦,缩着尾巴,耷拉着尾羽,立在它那筑在光秃秃的白枝丫间的巢穴沿儿上;一会儿,它不安地在枝丫间跳来跳去,用坚硬的尖喙狠狠地啄着枝丫,仿佛在喊:"这是怎么回事儿啊?发大水啦,真的发大水啦!"

  到了四点钟光景,雨点也稀了,天也亮了。在干草堆旁支起了茶炊,整个庄园里都弥漫着伴有香树脂味儿的轻烟。

  黄昏时分,雨停了,四周静谧而安逸。于是主人陪同客人们一同去针叶林中散步。

  天渐渐暗了下来。

  在铺满了黄色针叶的伐木线上,道路湿润而富有弹性。林中散发着芬芳的气息,潮湿,并伴有回响。远远的有人在说话,还有拖得长长的呼唤和回应声令人着迷地回荡在远方的密林中。伐木线窄窄的,间距也很均匀,一眼望不到尽头,直通往密林深处。路两旁的树木高大挺拔,密密麻麻,透不过一丝光线。树冠上方的枝干光秃秃的,表皮光滑,泛着红木色;稍往下,是灰白色的枝干,上面长满了疤节和苔藓,相互缠绕在一起:这些地方枝丫都已腐烂,像童话中森林怪兽那一缕缕淡绿色的长发。这一切都把整个森林变成了一个人迹罕至的密林,一个远古俄罗斯的原始森林。等到走出来,到了空地上,你就会惊奇地发现一棵小松树苗:它长满了细枝条,闪着浅浅的美妙光泽,透着温柔的沼泽地的绿色,轻盈而坚强;它周身溅着雨滴,略带一点点污尘,就像罩了一件银白色的薄纱,熠熠闪光⋯⋯

  那天傍晚,跑在这些散步的人群前面的是一个贵族少年学生和他那条温顺听话的狗。他们一直在相互追逐着,嬉戏着。而在散步的人群中,有一位手脚修长的半大姑娘,不慌不忙地袅娜前行,她穿了一件轻盈的方格连衣裙,说不出的好看。后来大家才明白过来：为什么那个男孩儿那么不知疲倦地奔跑，嬉戏，并装作很高兴的样子，可随时都会失望地大哭起来，于是都轻松地笑了。女孩儿也知道真相，她感到了骄傲和满足，可她还是漫不经心地看着他，眼中却有些嫌恶的神色。

城墙上空的蓝天

在一个晴朗的冬晨，我要乘车离开罗马。

拉我去火车站的是一位喝得醉醺醺而又兴奋的老头儿。他穿一件上衣，戴一顶便帽，坐在高高的驾座上，弯着胳膊，赶着他那匹瘦弱的驽马，沿着狭长的巷子，行驶在清新潮湿的晨曦中。突然，巷子急转向右，拐到一个斜坡上，冲着宽大的广场和令人炫目的和煦的阳光。驽马抬起了前蹄，一下子立在了那里。老头儿跌落到一旁，赶紧刹车。车轮吱哑乱叫，马蹄重重地磕着石地板。前方，在这湿润模糊的晨晖中，一个巨大喷泉扬起浓浓的水雾，向四方绽开灰白的雾团；在我们左侧，一处古代遗址似乎也同我们并行，像是一个城堡；废弃的城墙在欢快的朝阳映衬下，向前延伸着；在断壁残垣的上方，是晴朗而湛蓝的天空。老头儿按着车闸，斜眼朝上瞄了瞄美丽迷人的苍穹，激动地叫喊起来：

"圣母玛利亚！圣母玛利亚！"

约　　会

在教堂建堂节那天，小少爷骑马去了农村。

他那时如此激情浪漫地深爱着的女子，兴冲冲地跑出来，站在门廊上，打扮得花枝招展，满脸微笑；

"您好！怎么这么长时间没来了？您上次来时，我们的小狗才刚下崽儿，如今狗崽子都已经长大了。"

公　　鸡

在猎人寄居处，晚饭过后，正坐在门坎儿上吸烟。四周漆黑一团，寂静无声。村子里只有公鸡在歌唱，木屋内，女主人静静地坐在漆黑的窗口前，朝外望了一眼，听到了鸡叫，没有做声。一会儿，她打了一个哈欠，悄声问道：

"您怎么还不睡觉呀，老爷！瞧，天已经不早了，公鸡都打鸣了……"

虚 惊 一 场

一个深秋的月夜，四周明亮而寂静，我田猎归来，走过干燥而泛光的麦茬地和耕地，穿过乡间土道，想去一个孤零零坐落在田间的庄园里借宿过夜。通常只有看门人住在这里，而庄园的主人，一个城里的牲口贩子，只是偶尔才来。庄园看上去很空旷：一片干净平坦的田地，打谷场离住宅远远的，而住宅，也就是看门人的小木屋，充其量就是一个木制厢房，也在远远的地方……偌大的院子里空无一人，甚至当我敲击看门人那黑魆魆的小窗子时，连一声狗叫也没有。看门男子穿了一件短皮大衣，来到门口，懵懵懂懂地半天才明白过来我要干什么。后来他领我进了厢房，穿过一个小小的过道，来到宽敞的主人卧室：四面是光光的原木墙壁，一张宽大的木床上也没有褥子，只有一个大枕头。"您就睡这儿吧。"他说完就出去了，我于是就躺下来，抽了会儿烟，心里想着这个由命运偶然把我领到他房间里来的、一个我完全不认识的人的生活，然后就昏昏入睡了。低低的月光平静地照在对面的两扇小窗户上，金色的光芒暖暖地照耀着床面，四周一片静谧，朴实而美丽……我哪里会想到，这样睡去后，半夜里会有那么恐怖的声音把我惊醒？听到某种敲击声，我一下子惊醒了：有人在屋外响亮地敲打着窗棂。敲打声是那样恐怖，我害怕得不得了，一下子从床上跳起来。我发现，隐隐约约有个黑乎乎的影子，像个又高又长、略微倾斜的人，站在窗外，一边往上爬，一边敲窗户，试图打碎上层的窗玻璃。我抄起双筒猎枪，怯生生地喊："是谁？我要开枪啦！"那人没有回应，身子伸得更高了，更紧紧地贴着窗户，敲打声也更响了……

原来那是一匹瘦弱的老马，晚上无人照看，在庄园里乱溜达，溜达到房子这边靠着窗台外沿儿蹭痒痒，伸长了脖子，头就一下下地敲着窗棂子。

火　　灾

一个富有农民的庄园。

在一个温暖干燥的秋天的傍晚，刚刚吃过晚饭，火就烧起来了。

这是几个恶棍从打谷场放的火，把那里烧了个一干二净。可主人的儿子们还是保住了最后一个草垛。

主人是一个高大的胖男子，他自始至终一动不动地坐在老木房前的门廊上。打谷场上一片火海：他儿子和女人们疯狂地呼喊着，忙着救火；红红的火焰可怕地映红了整个院子，池塘像一面鲜红的镜子泛着光，粉红色的云团在院子的上空中时隐时现，整个底部都在闪光。他却只是看着这一切，不停地说着什么，显得非常镇静：

"上帝给的，他又拿走了。这对我无所谓，我毫不在意。"

等一切都烧光了，火也熄灭了，他却哭了起来，趴在大门旁的草垛里，在麦秸上，哭得没完没了，整整一个昼夜。从门缝里透过的缕缕阳光在黑黑的地面上印上一个个鲜红的斑点，一只在火灾中受伤的孤独的白鸽，一瘸一拐地在地上踽踽着。

资　本　家

集市上有一个卖克瓦斯的，秃顶，红脸膛，腆着肚子，用男高音起劲地叫卖：

"香甜克瓦斯，吸引着鼻子；温度到一百，谁也不会买！"

人群中有一位高个淡褐色头发的男子，后脑勺上扣了一顶暖和的帽子，腋下夹了一个大白面包，边走边往嘴里填塞着，大口地嚼着，向后仰着头，鼓着鼻翼：

"你这克瓦斯是咋卖的？"

"一瓶十个戈比，一杯两个戈比。"

"一戈比能买多少？"

"老兄，一戈比连麻雀都不够打牙祭的呢！"

那男子不说话了，嘴里仍旧咀嚼着，好像在想着什么。然后他叹了口气，而后又坚定地说：

"不行，两戈比可不适合，资本家不允许啊！"

彗　　星

村子里的人和下人们很久以来都不相信，有什么彗星要出现："只有在古时候才有这回事儿啊！"终于在一天夜里，彗星那透明的尾巴，那么清晰地闪着银光，斜斜地冲向北方的天际，消逝在马车棚后面。老爷们都站在门廊上观看，下人们也在他们门前看热闹，甚至有人还划着十字。第二天一大早，听到动静，主人走了出来。工长爬上了主人的房顶，拿一块木板去堵天窗。

"工长！你在干什么？"

"我把天窗给堵死。"

"为什么"

"防备扫帚星啊。"

骨　　架

"您好，老爷，我向您问好。您过得咋样儿？我过得可不怎么样，还是没事儿干，四处转悠，赶这集，赶那集，赶那集，赶这集……而我都快四十的人了。您是没见，我这两条瘦腿儿轻飘飘的，跑得比兔子还快。好在我还有一间自己的小破屋，我经常饿得两眼冒金星才回来，唉，可总算是回到家了……说实在的，现今在家里还是太憋闷，但愿会好起来。您自个儿也清楚城里人住的是什么地方：到处都干干巴巴的，还热得要命，一天天都那么长……我的屋子里空荡荡的：养活着老婆孩子，还有一个老妈现在还活着。就是老妈这几天喜滋滋地唠叨：她只能在里屋里挪两步了，老得不行了，眼神儿也不济了，耳朵也背了，没有一丁点儿的喜好和念头儿了，瘦瘦的，快把她扔到棺材里去吧。可她以前是什么样儿的女人啊！看她那身板儿，准能当个女修道院院长什么的。而如今，不行了：只剩下一副骨架子了。"

前　夜

城里，去火车站的路上。马车夫发疯似的把车子驾得飞快，从山上下来，穿桥过河。桥下，在岸边的浅滩上，站着个无业游民。他扭着头，躲避桥下行走的路人，好像保护自己一般耸着肩膀，狗一样急匆匆地从肮脏的破布中吞食着什么东西。而在身后，人马轰响着，飞驰而来，好像追上来了；拉重物的牛犊摇晃着身子，像吊在车子上一样；地面上是农夫们可怕的鞋子，这些人全身都是面粉：磨面工。他们都很魁梧，都是黄褐色头发，没戴帽子，穿着红衬衫，不扎腰带……

后来进了车厢，是二等车。一位四十开外的先生坐在我对面，他宽肩膀，理着平头，戴一副金丝眼镜，长着一颗扁平的鼻子，还有一双令人讨厌的鼻孔。他不时地站起身来，也不看我——对我怀有戒心——总是关心行李架上他那套着结实罩子的大大小小的行李箱。这是一个办事认真的先生，对自己的好运和端正人格充满了自信的人。而时间已经是1916年的秋天了。

信

"我还是给你们写信了，不用挂念我，车厢里很暖和，脱了大衣都不冷。刚离开明斯克时，一点儿雪也没有，到处一片赤褐色，周围都是池塘和水。如今不寻常的机遇正等着我。再见了，我所有的亲人和朋友，也许，以后再也不会见面了；再见了，亲爱的人们，没时间写了，我已经泪流满面了。当步枪射出一排排子弹时，四周一片混乱，尘土飞扬。我旁边有两个人在挖战壕，一发炮弹朝他们飞来，他们两个当时就死了，一个是外乡的新郎官，而另一个就是我们的万尼亚，他是为俄罗斯军队的荣誉而牺牲的。"

李建刚　译

苔菲（1872—1952）

  苔菲，是纳杰日达·亚历山大罗夫娜·洛赫维茨卡娅的笔名，俄罗斯白银时代女作家，侨民作家，起初创作诗歌，后来开始写讽刺散文、幽默小品，作品集《旋转木马》、《无火冒烟》使她声名鹊起，颇受广大读者欢迎。苔菲的第一本《幽默故事》（1910）曾引用司宾诺莎的名言作为题词："笑就是欢乐，因而笑本身是一笔财富。"不过，她的笑揉进了悲悯的成分，嘲讽中含有善意的同情，与果戈理"含泪的笑"相比较，似乎少了一点辛辣，多了几分诙谐俏皮，总体风格更显得轻松。苔菲散文的基本特征可以概括为"以喜剧和幽默的方式，站在道德立场上审视严峻的生活，以第一人称为主的叙述方式和讲述者的自我调侃"。1920年她离开了俄罗斯，长期侨居于法国。本书选译的《笔名》、《笑》、《傻瓜》等几篇作品就具有这种特色。

笔　名

经常有人问我的笔名的由来。

的确，为什么忽然想到起"苔菲"这个笔名呢？这不明明是狗的名字吗？难怪在俄国，《俄国言论报》的许多读者，会给自己的宠物起这个名字。

为什么一个俄国女人要给自己的作品署这么个英国式的名字呢？

既想起笔名，何妨起个比较响亮、思想味道更浓一点的名字，像马克西姆·高尔基①、杰米扬·别德内依②、斯基塔列茨③呢。所有这些笔名都暗示着某种富有诗意的苦痛，因此能博得读者的好感。

除此之外，女性作者常常会给自己起个男性笔名。这种做法足够聪明和谨慎。一般的说，对太太们，人们总会略含讥讽，甚至不十分信任。

"这女人又吹牛了吧？"

"哼，指不定是她丈夫代写的呢。"

我们有过一个叫马尔科·沃夫乔克的女作家，一个署名是"韦尔格日斯基"的很有才华的小说家和社会活动家，还有一位才华横溢的女诗人，为自己的批评文章署名为"安东·克赖尼"④。所有这一切，我要重申一句，都有其存在理由，这么做多聪明，多潇洒。可"苔菲"——这叫什么呀？

正因为此，我想诚恳地解释一下我的笔名究竟是怎么来的。

我开始启用这一奇特笔名时，我的文学创作刚刚起步。当时，我刚发表过两三首诗，署的是我的真名。接着我又写了一部独幕剧。而对于我该怎么做，才能让这个剧走上舞台，我就茫然了。周围的人都说，我得在戏剧界有熟人，还必须在文学界拥有盛名，否则是绝对不可能的，如若不然，我的剧本不光不

---

① 高尔基，俄语原意为"苦的"、"苦味的"。
② 别德内依，俄语原意为"贫穷的"。
③ 俄语原意为"流浪者"、"漂泊者"。
④ 指济·吉皮乌斯（1869—1945），俄罗斯女诗人。

会上演，而且永远也不会有人去读。

"既然连《哈姆雷特》和《钦差大臣》都写出来了，哪家剧院经理肯读你写的什么破本子呢？更何况是个女人胡诌出来的！"

一听这话，我就开始动起脑子来。

我不愿意让自己隐身于一个男性的笔名之后。那样会显得没心没肝，胆怯懦弱。最好是选一个令人费解的笔名，听起来既非男性亦非女性。

可起个什么好呢？

我得给自己起个能带来好运的笔名。最好用一个傻瓜——傻瓜永远生活在幸福之中——的名字。

要取傻瓜名儿，这当然不成问题。我认识的傻瓜多得不计其数。可既然要我挑选，就得选个有特点的。于是，我想到一个真的很有特点，而且还很幸运的傻瓜，这也就是说，他是一个被命运本身认可了的理想的傻瓜。

他的名字叫斯捷潘，可家里人却都叫他斯苔菲。出于礼貌，我删掉了此名中的第一个字母（以使那位傻瓜不致骄傲自满），决定用"苔菲"来署名我的这部剧。签完名后，不管三七二十一，我把剧本直接寄给了苏沃林剧院经理部。这事我没对任何人透露一个字，因为我对此事必败深信不疑。

过了大约两个月。这个剧本早已被我忘得差不多一干二净了，而且，我还从中得出一个教训，即并非所有傻瓜都总是能带来好运。

有一天我读《新时代报》，看到一则消息。

"小剧院决定上演苔菲的独幕剧《女性问题》"。

我的第一感觉是惊恐万状。

第二感觉是极度绝望。

刹那间，我蓦然意识到，我的那个剧本不过是一通不可救药的昏话，蠢头呆脑，乏味透顶；意识到我终究难以长久地隐身于笔名之下，而这个所谓剧本，毫无疑问会砰的一声砸了锅，从而使我终生蒙受耻辱。我该怎么办呢？——我不知道，而且，还不能和任何人商量、合计。

紧接着，我又不无恐惧地想起寄手稿时，我写了寄信人的姓名和地址。如果经理以为我是根据哪个卑贱的作者的请求寄发稿件的，那就好了，可万一他们猜出是怎么回事，又如何是好呢？

但事情的发展不容我左思右想了。就在第二天，邮局给我送来一封正式书信，信中说我的剧本某月某日将搬上舞台，彩排将于某月某日举行，特邀请我参加。

就这样一切都公开了。退路被切断。我一头栽到了底，而且，在这件事上，既然已经没有什么比这更可怕，也就可以仔细掂量一下形势了。

说实话，我凭什么断定这部剧写得很糟糕呢！假设写得不好，那他们怎么会接受它。当然，在这件事上，我所取其名的那个傻瓜的幸运，在其中起了很大作用。假如我署名康德或斯宾诺莎，剧本肯定就废了。

"我得镇定下来，去参加彩排，要不然，他们准会通过警察局责成我到场。"

于是我就去了。

那部剧的导演是叶夫季希·卡尔波夫，一个任何新潮都不赶的老派人。

"售货亭，三个门，台词记熟了，快叫她面朝观众。"

见到我，他庇护地说：

"是作者？嗯，好好。请坐，坐下别出声。"

不管必要与否，我还是要补充一句，就是我静静地坐了下来。

台上正在彩排。年轻的女演员格里尼奥娃（如今在巴黎我有时还能见到她。她几乎没任何变化，以至一见到她，我的心就一阵紧缩，就和当初……），她演主角。她手里握着一块叠成一团的手帕，自始至终用它来擦嘴——这是那个演出季节里青年女演员中的一种时尚。

"别小声嘟囔！"卡尔波夫嚷道。"面朝观众！连角色都不理解！连角色都不理解！"

"我怎么不理解！"格里尼奥娃委屈地说。

"你理解了？嗯，那好。提台词的！住口！不要提词员，叫她用素油炒一遍！"

卡尔波夫对人的心理一窍不通。经过这一番轰炸，脑袋里是记不住任何台词的。

"太可怕了，太、太可怕了！"我想。"我怎么写了一部这么糟糕的剧呢！我怎么又把它寄给剧院了呢！演员受罪不说，还强迫人家背诵我胡诌出来的劳什子。之后戏演砸了，报刊会写道：'当人民还在挨饿时，一个严肃剧院却排这么个破烂剧，真是无耻之尤。'这之后，当我礼拜日去祖母那儿吃早饭时，她会狠狠地盯我一眼,说:'你的事都传我们耳朵里了。我希望这不是真的。'"

可我到底还是去看彩排了。使我惊讶的是演员们都友好地和我打招呼,而我还以为他们都会恨我、看不起我的。

卡尔波夫哈哈笑着说:

"我们这位可怜的作者是一天比一天憔悴、干瘦呀。"

"可怜的作者"没说话,竭力忍着不哭出声来。就这样,不可避免的事终于发生了。首演的那一天到来了。

"去还是不去?"

终于还是决定去,却溜进后面几排的一个角落里,为的是不让任何人看见我。谁不知道卡尔波夫精力旺盛,万一演砸了,他会从后台探出头来,直冲冲地对我嚷嚷:"滚吧,你这个傻蛋!"

我的这部剧被安排在另一部剧的后面演出,那是一位初学者写的又臭又长的四幕剧。

观众在打哈欠,乏味得要命,时不时吹起口哨来。

后来,等最后的嗯哨声和幕间休息过后,像人们常说的那样,大幕拉开了,我剧中的人物上场了。

"太可怕了!多不好意思!"我想。

可观众笑了一次,接着又笑了两次,接下来就笑声不断了。我一时竟忘了自己就是作者,所以,当扮演女将军的滑稽老太婆亚布洛奇金娜穿着军服,迈着正步,嘴里喊着军队的口令,在台上走来走去时,我也和大家一起哈哈大笑起来。演员们个个都挺棒,这剧给他们演得妙极了。

"叫作者上台!"观众中有人叫道。"作者!"

怎么办?

大幕拉开了。演员们在谢幕。他们个个东张西望,像是在找作者。

我从座位上蹦起来,走进通向后台的走廊。就在这时,大幕合上了,于是我又返回原地。可观众又一次欢呼作者上台,大幕也又一次被拉开,演员们再次谢幕,台上有人气势汹汹地嚷道:"可作者究竟在哪儿呢?"于是,我只得又一次朝后台跑去,而大幕却又一次合上了。就这样,我一直在走廊里跑来跑去,直到一个毛发蓬乱的人(后来才知道此人即 A. P. 库格尔)一把抓住我的两只手,狂喊道:

"这不就是她么,活见鬼!"

可那时第六次被拉开的大幕最后一次合上了,观众也开始散场了。

第二天,我生平头一次和一个拜访我的记者谈了话。他是来采访我的。

"您目前还在忙什么?"

"正为我小侄女的洋娃娃缝鞋子……"

"嗯……原来如此!那您的笔名有什么含义吗?"

"这个……是一个傻……的名字……噢……姓氏。"

"有人告诉我,说这笔名来自吉卜林①的作品。

我得救了!得救了!我、得、救、了!吉卜林的确有个人物叫这个名字。是的,我终于想起来了,在《Трильби》里,有一首歌谣是这样的:

　　苔菲是个威尔士人,
　　苔菲是个小偷……

刹那间,一切都在记忆里复活了。

"嗯,是的,当然来自吉卜林!"

报上刊出了我的肖像,下面的题字是:"苔菲"。

完了。退路被切断了。

这笔名就这么延用下来了。

张冰　译

往事如烟

常听有人谴责某个当官的,说他们为什么做出错误的决断,致使小职员和下层无辜受苦。

---

① 吉卜林(1865—1936),英国作家和诗人。1907年度诺贝尔文学奖获得者。

唉，诸如此类的谴责是多么轻率、多么孟浪啊！

先生们，你们大约以为当官很容易吧？你们不妨自己动脑子想想：比方我和您就天下大事说东道西，东一榔头西一棒，抡起斧头瞎侃一会儿，说来说去不着边际，多少烦心事叨叨个遍，云山雾罩，于事何补。

当官的做出决断，首先得坚决果断。

"好……哇，小伙子们！"

下属答曰：

"愿意效劳！……"

"你怎么也跟我这样！"

"我错了，阁下……"

岂有它哉。这里不容任何含糊、不容犹豫沉思。一切的一切，都清清楚楚，明明白白，一目了然。

这难道容易吗？

要知道在此即便你犯了错，也得一条道走到黑。叫你连气都喘不过来。

几天前我听到一件事，很久以前发生的，大约二十五年前吧，说的是个省长，他是一个极其果决的忠于职守的人。

这是件真事，是一件蒙尘的往事。之所以蒙尘，如果不是由于时间（要知道此事从发生至今不过才二十五年），那就是由于哀伤和莫名的恐惧。

这件事发生在冬天，地点在一座很大的省会城市的市贵族会议厅里。

尊贵的人们在围着桌子玩纸牌。顺便说说，玩牌的人里有一个是铁路车站的站长，还有一个是典狱长。

大家聊起了积雪的事。

"我们算倒大霉了，"站长突然说。"积雪把火车都埋住了。车停在原野里已经第二天了，我们一点辙也没有。人手不够啊。"

听到此话，典狱长沉吟了一会儿，接着就说了将在他一生中起致命作用的一句话：

"您花个百八十卢布，今夜我把我那些犯人都打发去，他们不用费事就能给您把道路清理干净。"

站长心花怒放地一边点头，一边为这么好的建议而道谢。

"您可算是把我们救了！您想想看：那可是一趟旅客列车呀！旅客们正在雪

地里挨冻受饿呢！"

"您就放心吧。我全包了。"

当天夜里，典狱长就派他那些囚犯们，带着铁锹，上了铁路，犯人们顺顺利利地把火车从雪堆里刨了出来，列车鸣着胜利的汽笛，载着冻饿交加的旅客们进了城。

有人把此事报告了省长。

省长对典狱长的举措十分满意。

"好样的！呵？多么机智！呵？多么聪明！呵？无论如何也得给他张罗个什么奖励表彰一下！茹拉夫利欣是好样的。好、样、的！"

省长对此事简直赞不绝口，可与此同时，副省长却在惴惴不安地听一个下属向他汇报。下属在报告中说，根据法律，典狱长根本没有任何权力在夜里把囚犯全都赶出城，这在典狱长来说显然是犯法的，应当立即给予应有的惩罚。

副省长连忙骑马向省长报告。

一见面，正赶上省长在说：

"我手下这位茹拉夫利欣可真是好样的！一定得奖励他点什么！一定！好样的！"

副省长连忙打断他的话，说：

"阁下，可您是否了解他昨晚做的事？他把所有的囚犯放出城，这是违法的！这可是对法律的冒犯呐！"

"噢？"省长吃了一惊。"犯法？他怎么敢跟我来这套！为此我得给他点颜色瞧瞧！叫茹拉夫利欣到我这儿来！"

茹拉夫利欣挨了一顿训斥，事后一连两天肝区都贴着膏药。

几天后，省长见到了车站站长。谈话中省长诉苦，说自己最近一段时间精神不振。

"不得安宁呐！这不冒出来个茹拉夫利欣，好像还多亏了您，给我捅了这么大娄子。夜里把囚犯全都运出了城。您瞧瞧，从哪儿冒出这么个变戏法的！"

站长很惊奇：

"您怎么能这样呢！这有什么违法的！要知道他运犯人用的是囚车，还有士兵押送。至于囚车么，那不也是监狱么。"

"噢？"省长乐了。"也是监狱？好样的，我这位茹拉夫利欣，真是好样的！

得给他搞个什么奖才好！毫无疑问，囚车就是监狱。窗上装有铁栅么！好样的！把茹拉夫利欣叫到这儿来！"

还没过一个星期，为自己的上司在处理茹拉夫利欣犯法这件明目张胆的事上拖拖拉拉而忧心忡忡的副省长，对省长又提起这件不幸的事来。

可省长回答他的，却是一阵嘲弄的笑声。

"这件事上他根本就没犯法。囚车不也是座监狱嘛，茹拉夫利欣是好样的！把他叫到这儿来！"

副省长却不让步：

"根据法律，囚犯离开监狱，不得超过严格规定的俄丈数。可在城外沿着铁路上上下下到处都是囚犯！囚车在这儿又有什么用。要知道他们刨车时，并不是呆在囚车里养神。"

省长泄了气。

"茹拉夫利欣这个坏蛋。他怎么敢这样！把他给我叫来！"

过了大约两个礼拜，一个位高权重的将军来拜访省长。

将军说，前不久他坐的火车被雪埋住了，如果不是典狱长果断机智，车上所有的旅客兴许就都一命呜呼了。将军对茹拉夫利欣赞不绝口，建议予以表彰。

那位将军地位很高，于是，省长又软了下来。

"是啊，茹拉夫利欣的确是个好样的！我也早就想得给他个什么奖励好。叫茹拉夫利欣到这儿来！"

就这样，命运女神随着时间的流逝纺织着自己的线，时而把自己的额头，时而又把自己的后脑勺朝向茹拉夫利欣。而茹拉夫利欣毫无怨言。他就像那个落入克奈波①体系里的婴儿，时而被从冷水浸入开水，时而又被从开水浸入凉水，不是濒于死亡，就是经受巨大的水火之考验，以致任什么也无法使他难受了。茹拉夫利欣已经锻炼得百害不侵了。

而省长大人呢，由于总是从极度喜悦一变而为极端愤怒，以致心力衰竭，很快就形销骨立了。

甚至当他沉浸在恬静安详的家庭娱乐时，他也无法迫使自己不去想茹拉夫

---

① 塞·克奈波（1821—1897），德国医学家。在水疗法方面颇有建树。

利欣事件,并且,根据这一事件目前所处的状况,而始终自言自语道:

"不,他怎么敢给我来这套!叫他来见我!"

或是:

"得奖励他点什么。茹拉夫利欣是个好样的!"

打牌时,他也会突然吃惊地双眼紧盯住某张杰克牌,疑疑惑惑地嘀咕道:

"不,他怎么敢给我来这套!"

再不就是"啪"地甩出王牌,嚷道:

"好样的!"

后来,灾难临头了。

省长在一个熟人家里见笼子里有只鹦鹉。

那小鸟一个劲儿点着头,交替地说着这么两句话:

"鹦鹉是个傻瓜!"

或是:

"请给鹦鹉一块糖!"

这时,潜意识里,一个模糊的念头,经由一些暧昧的联想触动了省长的心弦。他蹲在地上,忽然哭了起来。

"人们怎敢这么折磨一只小鸟呢!鸟难道不也是人嘛?它不也吃奶嘛!"

于是,省长连同他的官服,包括官服上的所有小零碎一起,退休了。

这件已经蒙上岁月之风尘的真事,说明职责所要求于我们的决绝的判断,该有多么难,多么可怕呀。

张冰 译

斯拉夫灵魂
献给 П·А· 季克斯通

一

午餐接近尾声了。

胡子拉碴的侍者收拾了湿漉漉的面包皮和洒满酒水的桌布,开始分送干酪和散发着煮抹布味儿的咖啡。

叶戈罗夫夫妇吃得不太饱:安德烈·谢尔盖奇喝了点白菜炖肉汤,奥莉加·伊万诺夫娜刚把手里的活儿放进手袋,就迫不及待地想吃素菜,于是就点了烧土豆。

夫妇俩已经打算离开了,忽然听到了一阵轻微的乐器声,接着进来两个手捧吉他的人。一个岁数大的,秃顶,皮肤松弛;另外一个较年轻,眼神蛮横无理,肮脏的小手指上,戴着一枚假宝石戒指,指甲劈裂。两人都被晒得黝黑,呈橄榄色,正在用蹩脚的法语、西班牙语大声交谈。

两人坐在离叶戈罗夫夫妇不远的地方,调了调吉他弦,使劲儿拨着吉他的金属弦,唱起歌来。

两人都在弹吉他,但那胖乎乎的老头除弹琴外,还在唱歌,歌词听不大明白,多少能听懂一点的,是一个法文叠句:

对不起,太太,对不起,我是猪。

这还不算,他还挥动吉他,蹦蹦跳跳,脑袋摇得像拨浪鼓,他那两片厚嘴唇如橡皮一样张开合上,发出噌噜声、公鸡打鸣声和狗吠声。

那个年轻家伙脸上挂着笑容,面朝众人对老头子挤眉弄眼。

食客们很开心。女人们发出尖叫,爬到椅子上,以便看得清楚些。侍者们跑着跑着就停住脚步,龇牙咧嘴地站在原地,居然没发现脏碟子里的剩饭都唏里哗啦地洒了一地。

安德烈·谢尔盖奇如受刑一般耸着眉毛，盯着那老头看了许久，叹口气说：

"这场面可够不好受的！"

"什么？"妻子问道。

"这人可也不年轻了，也该有家小了，为了一口饭学狗叫。家里一窝孩子，老婆有病……这种人的老婆多半有病。而他呢，当然会对家人隐瞒自己的职业。家人还以为他弹吉他既风光又轻松呢。假如他家人偶尔闯进来看见这一幕，那可就糟了！天呐！"

奥莉加·伊万诺夫娜从手袋里掏出手帕。

"可这又有什么办法，安德留沙，大家都不好过呀。"

安德烈·谢尔盖奇生气了：

"什么'大家'！你也会比较了！你以为你在暗示什么我听不出来，是吗？我听得太明白了。您把我们这些酒足饭饱——嗐，我甚至一杯啤酒还没来得及喝光——的人，和这个不幸的男人，和一个为了让我们高兴而学狗叫的人，和一个把自己做人的尊严踩进烂泥里去——就在我们大吃大喝时——的人相比嘛！他的歌之所以唱得那么糟糕，恐怕也是因为饥饿，他的嗓子才嘶哑吧。"

"可你知道，安德留沙，依我看，毕竟他人很胖么。我想说的也就是，他不算太瘦。"

"多么粗鲁的评论！天呐，你的心多么迟钝！难道问题在于一个人的外表似乎还算丰满吗？他总是饱一顿饥一顿，而且，他当然吃的不是烧土豆，是的，而是这里那里的剩饭，所以才会浮肿。说不定由于总受侮辱、心脏也不好。天呐！可我又能怎么办呢？即便我能分给他，嗐，比方说，两到三个法郎，可要知道，我这点钱，也不足以拯救他，让他不致挨饿、不受欺负。我这么做，只会以最卑劣的方式，让我的良心得到安慰，或是说，最多只能让我的心灵得到些许安宁。天呐！多么卑鄙呀！你以为……"

"你别激动，安德留沙，你瞧你的嘴唇都哆嗦了……"

"唉，别管我，也别说三道四啦！我们安静地坐好，就像眼看着猛虎吞噬基督徒而无动于衷地坐在宴席上的尼禄①那样。是啊，是啊，毫无疑问，就深

---

① 尼禄（37—68），罗马皇帝。

层而言，就其实质而言……这和那是一回事……和尼禄一般无二。可你还想要我连嘴唇都不哆嗦么……咱们走吧。我情绪坏透了。心情不好……"

出门时，他在从人群中穿过时，突然一转身，抓起那正在学鸡叫的老头的手，紧紧地，忧郁而又痛苦地握了握，走出门去。

这握手突如其来，打乱了老头的节奏，老头一脸怪相，斜着眼睛瞧了瞧他，转过身，朝他的背影狂吠了几声。食客们高兴得叫了起来。

走在丈夫身后的奥莉加·伊万诺夫娜，伸手在破钱包里摸索了一会儿，摸到一法郎五十生丁，她抓起那五十生丁，想了想，又放回包里；又拿起一法郎，又想了一想，抓起两枚硬币，不好意思地说了声"对不起"，把钱塞到老头身边的碟子底下。

餐馆没人了，老头放走了他的那位同伴，饱饱地吃了一顿晚饭，又和女主人聊了会儿天，便去了一家咖啡馆，他的"小姑娘"正在那儿等他。她头发剪得齐齐整整，脸蛋红扑扑的，脖子上围着一方花花绿绿的头巾。"小姑娘"欢欣而又顺从地，嘴里嘀咕着"你真能干"迎接自己的这位朋友。老头喝了咖啡；向太太们飞着媚眼，然后，用足以压倒音乐的声音，学狗叫学鸡打鸣，此时他这样做已经不是为挣钱，而纯粹出于自尊心，目的是让在场的人明白，

他们中间有一个不寻常的市民，一个精雅的演员。

二

乌加罗夫夫妇在地铁里碰见了维亚济科夫，对能见到他感到十分高兴。要知道他们曾在一块儿经历了多少磨难啊！一块儿挨饿受冻，丢失行李，一块儿为申请签证而奔波，什么样的苦没吃过，直到躲在货舱里到了君士坦丁堡①才算了结。

他们就在那儿分了手。维亚济科夫在那儿滞留了很久，而乌加罗大夫妇却去了巴黎。

马马虎虎，好歹总算在巴黎安顿下了。他进了工厂，而她则从服装店里把

---

① 土耳其城市伊斯坦布尔的旧称。

活计拿到家里干。夫妇俩珍藏了一千法郎,但他们没敢动,留着以防万一生病或是遇到别的不幸。幸好暂时两人都有工作。

维亚济科夫以一种庇护和居高临下的态度对待乌加罗夫夫妇,尽管他那时肮脏不堪,破衣烂衫,穷到了极点。

他随便问问他们现在过得怎么样,可当夫妇俩开始一五一十讲述他们的现状时,他却连听都没听完。只见他摇摇脑袋,笑着说:

"正如一个诗人所说,你们的故事毫不新鲜。这样的日子你们满可以再过二十年,当然了,如果不中途死掉的话。奇怪的是,你们怎么也和其他所有人一样,那么缺乏主动进取的精神!命运女神一鼻子把你们拱到一个烂泥坑里,而你们就心甘情愿地坐在坑里,连动都不敢动一下,就好像一群嘴上被粉笔打了记号的鹅似的。"

"可我们又有什么办法呢?"乌加罗夫胆怯地问。

"怎么办?喏,你们瞧我。我到巴黎才刚刚四天,我的公文包里已经有十四份意向书。我现在只需仔细研究一下,然后从中选择。而且,你们看,所有意向书不需流动资金,可假如我有几百法郎……"

"我们有一千法郎,"乌加罗娃说道,"可我们不敢动。"

维亚济科夫来了精神。

"真的?你们居然有一千?喂,你们听着,要知道把这么多钱压在箱底是犯傻啊,你们如能从这些小事做起,一年后,就可以衣食无忧了。你们安排一下,明天我去你们家,咱们好好谈谈。真的,我都为你们可惜!你们一般什么时间在家,只有中午吗?那么,我中午去你们家。"

"这人挺好,"当天晚上乌加罗夫对妻子说,"他说他都为我们可惜。"

第二天,吃午饭时,维亚济科夫来了。乌加罗娃把自己亲自在酒精炉上熬的汤和通心粉端给客人。维亚济科夫吃过饭就走了,答应明天再来认真协商一下。

"看得出他是个好人,"乌加罗夫说道。

"而且很能干,"妻子又加了一句。

这个能干的好人从此开始天天到他们家吃饭。有时一坐就是一晚上。

"要不让他就在咱家过夜吧。他很懂礼貌,自己不好意思开口。"

"那倒也是。他天天来还不是为咱们。他是在为咱们研究方案呀。"

谢天谢地，维亚济科夫同意过夜了。

"你们家那响当当的一千法郎究竟藏在哪儿？"有一次他不经意地问了一句。

"就在这儿，在抽屉里。我们连抽屉也不锁。就在那只烟盒里。我觉得把家什都锁起来，对仆人近乎于一种侮辱。就好像周围的人都是小偷似的！虽然我们的房东不怎么样，可仆人很诚实，从没丢过任何东西。"

第二天，夫妇俩出门上班时，维亚济科夫说他要待在家里"研究项目"。

夫妇俩下班回来，维亚济科夫不见了，吃午饭时也没来。

夫妇俩担心了。

可别是出什么事了吧？"

第二天他还是没来。

乌加罗娃给丈夫拿手帕，发现抽屉里被翻得乱七八糟，吃了一惊。于是开始整理东西，瞧了瞧旧烟盒——少了五百法郎。

"你会不会想到这是他干的？"乌加罗夫害怕了。

"即便真的是他，也是临时需要用用罢了，显然，明天一切都会水落石出的。"

"嗯，那当然！如果是小偷干的，他会把所有钱都拿走。显然是维亚济科夫干的，他不知碰到什么急事，恰好需要五百法郎。"

"他毕竟是在为咱们忙乎。"

维亚济科夫再没来。

"你知道吗？"乌加罗夫终于想通了。"或许他不是为买卖，而是由于急需。明白吗？他想只要一有机会，就神不知鬼不觉地还回来，就像他神不知鬼不觉地拿走那样。"

"肯定是这么回事！他不是没直接向咱们开口吗。他这么做是出于礼貌。这会儿他还没弄到这笔钱，出于礼貌，所以干脆就不来露面了。"

"天呐，天呐！或许他连饭也没得吃了。"

夫妇俩伤心了好久，最后商定：一旦他来了，就装出什么都没察觉的样子，并且千方百计使他有机会把钱放回原处。

"这人很懂礼貌。动辄还会不好意思。"

夫妇俩出门时，把钥匙交给仆人，要他一定把钥匙转交维亚济科夫，别妨碍他一个人待在屋里,让他想坐多久就坐多久。

"只是他未见得肯白天来。他也知道,咱们白天都不在家。"

"唉,千万别让他想到我们已经发现钱没了。他那么懂礼貌,这对他会是一场灾难。"

夫妇俩晚上回家后很高兴,因为他们知道维亚济科夫来过了。

"啊哈!我早说什么来着!"

"不,是我说的!"

维亚济科夫来是来过,可只待了几分钟,而且,把门又锁上了。

夫妇俩交换了一个眼色。

"啊哈!到底谁说得对?我知人不知人?"

"嗯,还是先瞧瞧钱盒……钱盒哪儿去了?"

抽屉里的钱盒不见了。又翻了翻。翻找了好久。直到天亮才找到,就在抽屉底下,已经空了。

维亚济科夫再没来过。

乌加罗夫夫妇从此再也没有提到过这个人。只有一次,乌加罗夫沉思地说:

"无论怎样,从咱们这方面说,怀疑别人毕竟是可鄙的。"

可话一出口,他自己也不好意思了,便连忙住了口。

张　冰　译

笑

　　纯洁欢快的儿童
　　那宁恬而喜悦的笑声
　　是世间最大的奇迹
　　也是娱乐所以发生的原因

——索洛古勃

多么乏味呀！漫长无际的冬夜。

灯发出昏暗的光。

柜子后面，有一只老鼠在吱吱叫。

啊，我是多么渴望阳光、温暖和笑声呐！——其中最重要的，是笑声！

早在自己的回忆录里，在书本里，我就开始寻找它，但没找到。我读着一句可笑的话，意识到这话十分可笑，却笑不出声来。

笑任性得很。笑会出乎意料地离开一个人，尔后又突如其来地，出乎意料地返回来，有时甚至会在一个人一生中最不幸的时刻，回到他的身边。笑实在是任性。

产生笑的奥秘迄今还未被任何人揭示。产生笑的心理根源绝对是个人化的，对它的阐释也各不相同。有人说笑是由于人意识到自己的优越性而引发的，还有人认为一切意外的丑陋都有引发笑的作用。

笑在生理方面的表现也很奇特：横膈膜紧缩、肺部开始剧烈地排出气体，脸部肌肉开始运动……

这种状态能给人提供巨大的快感，所以，为了拥有笑，人们总是情愿花费时间和金钱来寻找笑。

许多人，许多专门机构和部门存在的目的，就在于制造笑：笑的消费者任何时候都不难找到。

大城市盖剧院，准是"闹剧"和"滑稽戏"院；马戏团要聘小丑；晚会要请说笑话的；报纸请的是幽默小品作家；人们出版了众多专门杂志；画了专门的画，即漫画。所有这一切全是为了逗笑，为了让人的横膈膜紧缩。

但制造笑却远非轻而易举的事。

许多人都曾见到这样一些讲笑话者，他们因自己说的俏皮话：而笑得半死，听众却相互递着眼神，莫名其妙。想出一件可笑的事；是很难的。有时所有心理素材都齐备了，可笑却迟迟不到。横膈膜既未紧缩，肺叶也平静如堵，而幽默大师也崴了泥。

笑受到人们的高度重视。从前，只有沙皇和达官显贵家里，才蓄有逗主人一笑的弄臣。如今笑比过去大众化了，而人们聚到一起的目的就是哈哈大笑一场。

除逗笑大师外，爱好者也在从事制造笑的事业。他们以一种宗教狂似的热情，公而忘私地、不知疲倦地、百折不挠地投身于这一事业，因此给自己和他人找了不少麻烦。有些人家全家人都不停地说俏皮话。

笑在历史上有过嬗变。在我们这个时代里，16世纪的幽默故事已无法令任何人破颜一笑了。拉伯雷漫画式的作品只能引起人的厌恶感。甚至连莎士比亚的笑话，我们也不觉得可笑。新时代的横膈膜要求完全新型的刺激。

然而，笑在所有民族中都受到同样的尊崇。俄罗斯人难得一笑，所以对于逗笑这种事颇有些看不起。俄国的消费者常常利用国外的笑资源：笑的生产在俄国尚处于相当低的发展水准。笑应该优雅而不低俗；深刻而不浅薄；笑应当尖锐而辛辣，应能触及什么人，应在其情调和音色中渗透进一滴滴的鲜血。俄罗斯人的横膈膜，只有在这种条件下，才会振动。

法国人常笑，但他们的笑很愚蠢。法兰西人的主要乐趣在于：因为他们的语言中词汇量小，所以，每种表达法都有好多种意思。法国人爱玩弄语词，而不是思想，因此，他们的俏皮话一旦翻译过来，便会失去精髓和意义。

德国人的"witz"①相当板滞，却是善意的、体面的。此即俗话所说的"中用不中看"。和法国人相反，德国人的俏皮话绝少涉及轻佻的恋爱情节。德国人以政治为题材的漫画和俏皮话十分发达。所有这些笑话和俏皮话全都编得天衣无缝，并且父子相传，在流传过程中得以充实、净化、加添了适应新的社会活动家和社会事件的变化。精彩的德国俏皮话常能风行五十年之久而不衰。

与其他民族相比，最爱笑也最尊崇笑的，是英国人。连英国人自己也说，欧洲大陆上的人都不会笑。英国人的笑十分轻松，十分欢快，而且不伤人。这种笑不会触犯任何人。进口到俄国的笑绝大多数来自英国：狄更斯、杰罗姆·K. 杰罗姆②（顺便说一句，此处大写字母"K"究竟意有何指，任何人都不能确切说出。有人说这是"克拉普卡"的缩写，还有人说是"库吉"的缩写……可是，由于无论是前者还是后者，对俄罗斯人的听觉来说，同样都没有任何意义，所以，这一问题也就终究未能搞清。况且这位作家有何必要用缩写呢？要知道他竟然不惮其烦地写了两个"杰罗姆"——而此词或许竟是多余的也说不定——却突然冒出这个花样来）。

---

① 德语："witz"，意为"笑话"、"俏皮话"。
② 杰·杰罗姆（1859—1927），英国作家。

英国人的笑总是带着善意的家庭性质。英国人常把胖老头、狗和马，甚至非生物身上所发生的蠢事，当作笑的对象。英国人说起俏皮话来不慌不忙，也可以说，他们在挤兑"所笑话的人和事"时，不忘从各方面对其加以研究。英国人的笑里有一种恬静安详、心满意足之气，完全不带有任何神经过敏。英国人的笑朴素而又健康。美国人的笑——我们所知道的这种笑的代表人物就是马克·吐温——也带有同样特点。

意大利人似乎根本不会笑。《十日谈》仅仅是16世纪意大利人的微笑。从那以后就再也听不到他们的笑声了。或许意大利人只会悄悄地笑，而把笑声留在家庭范围内，并且也不对外出口笑。

波兰人常笑，但更多的是在为自己说的俏皮话而笑。波兰人的俏皮话总是围绕着上流社会的客气殷勤做文章，而且带有褪了色的骑士时代的性质。波兰文学中幽默作家如凤毛麟角。显克维支[①]也只在微型短篇小说《Tatrzecia》中涉足这一领域。

关于日本人我们一无所知。

中国人往往捂着脸笑，但他们的双关语和我们不相通……

笑的"种族"差异大致如此。

还有一种同样也不是最不重要的差异在于发音。

您不妨回忆一下您曾与之哈哈笑过的您的熟人或偶然遇到的人，他们是怎么笑的呢。而如果您以前未曾留意，那我可以把我的观察告诉您，您以后不妨去验证一番。这些货"都有担保"（如同人们在商场说那些发了霉的手套那样）。

哈！哈！哈！——这是奔放恣肆的开怀大笑，它对自身存在的权力有充分的意识。将军及被人觊觎遗产的阔亲戚，以及县警察局长们都这样笑。女人中这样笑的只有扮演喜剧老太婆的女演员。

嚯！嚯！嚯！——这是不怀好意的狞笑。这种笑之后总是跟着这么句话："有你的！"或"究竟是谁要您这么干的？"此类笑绝少触及横膈膜。不满的长官以及用王牌来虚情假意相互恭维的纸牌客们，常会发出此类笑声。

嘿！嘿！——这是下流的笑。横膈膜几乎纹丝不动，几乎没有任何心理原

---

① 显克维支（1846—1916），波兰作家。

因。这是卑贱者面对位高权重者的笑,这种笑没有愉悦感,它出于恐惧或出于卑贱。这是惟一一种有目的的笑。在课堂上,当德国教师说俏皮话,或是小官吏面对长官时,就会腾起这样的笑声。这种笑如果出自女人则具有截然不同的特殊意味:在上了些年纪的"高等贵族女性"那里,这种被放慢了速度的笑十分流行,它意味着充分意识到自己优越性的主人的宽大为怀。

嘻!嘻!嘻!——主要出自女性的腼腆的笑。

"嘻—嘻—嘻——您怎么就不害羞呐!"

这么笑的有科班出身的乡村教师和对什么人搞了恶作剧的中学生。

笑的发声分类即如上述。但还有一种"不出声的狂笑"。普日贝谢夫斯基①笔下的人物就是这么笑的。

此外还有一种"含泪的笑……"还有一种纯粹"糊里糊涂的傻笑"。例如利申②的"她在嘀啰哈嘿地笑"。

莎士比亚剧中的恶人和强盗帮,笑起来几乎无声无息,你只能根据不自然咧开的大嘴和抽搐的双肩,猜到他们是在笑。

啊,世上有多少种类繁多的笑啊。但有一种笑每当你回想起它,生活也会变得温暖起来。

这种笑不需要有缘故,它以自身为目的,既宁静又响亮,光彩焕发,它整个的洋溢着明亮喜悦的存在之光。它在人的心里如银铃一般发出悦耳的声音,召唤和唤醒沉睡的灵魂,人们只要一听到它的声音,就会宁恬而又愉悦地笑起来。

有些备受生活嘲弄、被生活抛弃而与人生幸福无缘的老人,在漫漫的冬夜里,沉浸在对这种笑声的回忆中,也竟听不见柜子后面老鼠的吱吱声,看不见昏暗的油灯何时熄灭,只是笑着凝望着渐深渐浓的漆黑的夜色。

人们就是这样笑的……我的油灯要熄灭了……头发蓬乱的小孩子们,也在发出这样的笑声……

张冰 译

---

① 普日贝谢夫斯基(1868—1927),波兰作家。
② 戈·安·利申(1854—1888),俄罗斯作曲家,作家。

生活与题材

人们常常指责我们这些可怜的码字工，说我们的构思距离生活太远，假模假式的，一眼就看得出来，根本引不起读者的自信及对我们的信任感。

这种意见是如此不公正，以致我终于感到有必要为我自己和其他作家作个辩护。

我本人很久以来就确信，无论我的小说构思何等荒谬，生活本身——只要它愿意——所写的，都要比我更荒谬得多！当人们谴责我所写的事件匪夷所思时，这些事件几乎每次都是我原原本本从生活中撷取的。

作家几乎永远都拥有高雅的文化品位、分寸感和节制感。

而生活却不具有所有这类感觉，它把所有东西一股脑全都推出来，没有丝毫阻碍。或许生活是在向一个给它当助手的魔鬼口述，一切由这位魔鬼记录下来的吧。

好心肠的人们常常热心帮作家搞创作，为他们提供"有趣的题材"。

"这题材对您可太奇妙了！这件事简直不可思议！"

于是，他们开始讲述一些真的不可思议的事。

可如果您想把这类事写成小说，那您终究会确信，但凡是对自己稍稍有些尊重的编辑部，任何一家都不会发表您这部作品。编辑们会告诉您，说您不懂日常生活，不懂得生活，不懂得人，而且，还没文化。

必须把生活事实加工成文学作品，并尽量使之符合我们想要对生活提出的要求。

这事做起来很难，也很乏味。因此，我不会建议任何人直接从生活中提炼情节。

即便你专门根据自己想象的事物来构思，你也会经常遇到一些不愉快的事。来了位可爱的太太，抿着嘴唇，恶狠狠地说：

"我读过了，您可真能损我呀。"

"我？损您？什么时候？"

"没关系！没关系啦！您不是写过，说一个胖太太弄折了自己的阳伞吗，刚好我昨天就弄坏了一把。"

"可要知道我是两个月以前写的呀，我当时怎么能未卜先知，知道您也会出这类事！"

"啊哈，什么时候发生——是昨天，还是两个月前——难道不一样吗？重要的是事实，而不是时间。可耻呀，嘲笑自己的朋友，真可耻！"

"可这，真的，我……"

"得了，没关系，没关系啦！"

说着，她示威似的转换了个话题。

而当您描写实际发生的真事时，您写出来的东西却什么都不像，以至于无论如何，任何人也不会相信。可如果您信口胡诌、胡话满篇、云山雾罩、海阔天空胡诌一气，马上就会有十个人发出抗议。

您试着写一篇圣诞节的故事，写一个牙医如何在圣诞之夜把钻孔机吞下肚里。编辑蹙起眉头，说这玩意儿简直就是一个四不像，说您的想象像是出自一个进行性瘫痪病人的大脑，而如果这故事被登出来了，那么，一周后，您会接到俄国欧洲部分的牙医写来的十封信，再过一周，您会接到俄国亚洲部分的牙医的十封信，牙医们在来信中悲伤地指责，说您为什么要干涉他们的私生活和家庭幸福。来信既有悲痛的，还有充满威胁和恐吓的。

"阁下！"牙医给您写道。"请您收回您的话，因为我的儿子根本不会做出这么下作的事，他怎么会弄坏同学的工具呢。"

"阁下！您为什么要给这位可怜姑娘的过去投上阴影呢。如今大家都会以为，既然打字机被她给毁了，那她的未婚夫肯定会为自己被玷污了的感情而报复的。"

"阁下！哎呀，这可实实在在是真的。在我们这个时代，什么也无法让一个人止步。"

"阁下！您小说中的思想令以下我们这些签字的人愤怒，愤怒到无以复加的地步。"

"阁下！您这是在诋毁俄国社会。请您给我指出一个地方，那里的俄国农夫毫不痛苦！可是，看起来您显然没到过伏尔加河一带！您怎么不害羞呢！"

"阁下！我要您相信我没错。坏蛋奥库尔金的期票过期了，因此才不得不牺牲他那部打字机。恳请您相信，不要以为是我坏！"

越听越害怕。

这是怎么回事？这位牙医难道不是我用自己的大脑虚构出来的吗？喏，您瞧，他这不是浑身上下都动起来了，我让他嗓音嘶哑，让他受点委屈，让别人向他提问，提要求，谴责他。而这一切全都是因为您的虚构太荒唐因而太像生活本身嘛。

而如果您只想停留在文学里，那您本应这样写：那位悲伤的牙医卖掉了自己那台打字机，或者是，他一不小心把它弄坏了。如此而已。

前不久我大吃一惊，生活开起玩笑来竟会那么粗野那么没品位。

法庭上正在进行庭审，证人中间有两个骑兵士官生。一个姓科贝林①，一个姓热列勃佐夫②。

要知道就连最爱纠缠不休的外省小报最爱纠缠不休的小品文作家，也无法容忍这么卑劣粗野的嘲弄！得，您就不妨稍稍开个玩笑，不要过分，要有节制，要保证既生动又不出格。让我们把科贝林或是热列勃佐夫先删掉一个人，有一个足够了。要不然太粗野，不必要，而且也太不像话！

一个小品文作家要是想出这种把戏，他肯定会成为大家的冤家对头。人们肯定会写文章，说他的调侃法实在太粗陋太原始，看来他原本就是为了满足最低级的趣味，人们还会揭发，说作者是那位看门的老头。

而一旦这一出色的构思来自生活本身，大家就会以一种敬畏之情来对待它。

生活就像一位女性小品文作家一样无聊。她会把一部好看的、形象鲜明的长篇小说在最可笑、最不可思议的地方猛然打断，揉成一团，同时又给一部狗尾巴般长的白痴一般的轻松喜剧加上一个哈姆雷特式的结尾。

这真令人懊丧，因此我劝大家在研究这些坏的样板时，切不要败坏了自己的口味。

可是，如果虚构的真实比真正的生活本身还更真实的话，我们也无可

---

① 在俄语中是"公狗"的意思。
② 在俄语中是"公马"的意思。

奈何！

张冰　译

自己人和外人

我们把与我们有关系的人分为"自己人"和"外人"。

自己人是指那些我们大概知道他们有多大年纪、有多少钱的人。

外人的年纪和钱数对我们永远是保密的，如果这些秘密一不小心被我们知道了的话，那外人一下子就变成了自己人，这种变化对我们是极端不利的。这就是自己人认为有义务向您揭开真相、而外人则该对您客气地胡诌的原因。

一个人自己人越多，他所知道的关于自己的痛苦真相就越多，他在世上活得就越辛苦。

比方说，您在大街上遇到一个外人，他会笑着跟您客气地打着招呼，说："您的气色真好啊！"

可三分钟后——什么会使您在如此短暂的时间内发生变化？——自己人走了过来，鄙视地看了您一眼后，说道：

"亲爱的，你的鼻子怎么肿了，伤风了，怎么着？"

您生病的时候，外人只会让您感到愉快和欣慰：慰问信、鲜花、糖果。

自己人则这样做：他首先开始刨根问底，你在哪儿、什么时候感冒的，他认为这是最关键的。当他终于弄明白，你在哪儿、什么时候得上的病后，他便开始按他的意见责备您，您为什么会在那儿，那个时候感冒。

"您去玛莎婶婶那儿怎么可以不穿套鞋呢！这太令人气愤了。都这把年纪了，还那么没心没肺的。"

此外，外人总会做出一副样子，好像被您的疾病吓着了一般，他们会非常重视您的疾病的。

"上帝呀，您怎么咳嗽了！这太可怕了！您大概得了肺炎了吧！看在上帝的分上，快找人会诊吧。这事儿可开不得玩笑。我今天会为您担心得一整宿都睡不着觉。"

您听得十分开心，此外，病人总会有一种满足感，当他得的是流感、体温只有三十七度一的时候，却被人说成得了肺炎。

自己人则完全相反。

"您倒是说呀！倒在床上了！就为这点小病，您害不害臊？！瞎想什么呀……振作起来！精神点儿——萎靡不振的，也不害臊！"

"您可真能胡诌，我体温三十八度，却硬被说成三十九度。"

"病得真厉害呀！"自己人嘲笑道。"人家得了伤寒还没躺下，可他却因为三十八度的体温就等死了，太让人气愤了！"

他会嘲笑您好长时间，说起您的各种轶事，说您曾那么痛苦地呻吟着，翻着白眼，可两个小时后却津津有味地吃光了一只烤火鸡。

他讲的事让您发疯，结果真的把您的体温给升到了您胡诌的度数上去了。

用自己人的话来讲，这叫："让病中的亲人振作起来"。

认识自己人太忧伤、太刺激。

外人接待您时非常高兴，您的到来仿佛使他欣喜若狂。

因为您不必知道，他们有多大年纪，要不然他们该往自己的脸上扑粉、装年轻了。谈话非常愉快，行动充满活力。

还因为您不必知道，他们有多少钱，所以他们就会骗您，给您吃昂贵、美味的食品。因为同一个原因，他们把您安排到一个最好的房间里住，里面摆着最漂亮的家具，而那些挂着破窗帘，用小板凳代替洗脸架的卧室是无论如何也不会让您看到的。

给您用的是新茶杯，茶壶嘴儿是完好无损的。餐巾是干净的。交谈也是令您愉快的——谈的是您的天赋，如果您没有天赋的话，就谈您的新帽子，如果您没有新帽子，就谈您的好脾气。

在自己人那儿您休想碰到这样的事儿。

因为年龄是清清楚楚的，所以大家的样子都是郁闷、沮丧的。

"哎，岁月不饶人呐。这头都疼三天了。"

然后忆起，打你们中学毕业后，过去多少年了。

"哎，光阴似箭啊。都过去三十年了。"

此外，由于您清楚他们有多少钱，他们也没法骗您，所以就只请您就着咋天的面包干儿喝茶，聊起牛肉的价格、看门人领班，抱怨起旧房子的地板透风，新房子的天棚透风，可每个月的月租却要贵上十个卢布。

外人对您的未来充满光明的预测。他们会说，您将要做的事情、您的企业一定会成功的。"一定的！您那么聪明，那么有毅力，那么有魅力！"

自己人却相反。他们一开始就会给您报丧，他们不信任地摇着脑袋，说出不吉利的话。

他们对您要做的事情充满不好的预感。除此之外，由于他们知道您做事没心没肺、没有条理、马马虎虎，不善于与人交往，所以他们给您说得明明白白的：如果您不及时醒悟，不放弃脑子里的糊涂想法，那么等待您的必是令人忧伤的后果。

外人比自己人更能令您快活，这个想法逐渐地渗透到民众的意识中了。我曾有两次机会证实我这一观点。

一次是在车厢里，一位肝火很旺的先生冲着自己的邻座叫喊道：

"您怎么可以这样四仰八叉地坐着呢！您应该想到，别人也需要坐啊。如果您是一位没有教养的人，那您就去坐为狗准备的车厢去，别坐在旅客车厢里。您要注意到这一点！"

邻座回敬道：

"真是怪事儿！平生第一次见到我，就冲我吼叫，好像我是您的亲兄弟似的！鬼知道，这是怎么回事！"

另一次是我听一个年轻妇人夸自己的丈夫，她说道：

"我们结婚都四年了，可他还是那么可爱，彬彬有礼，还那么体贴人，就像个外人似的！"

听到这样的夸奖，听者一点儿也不吃惊。

我也不吃惊。

荣洁　译

三种真相

列丽娅·别列别果娃如是说：

"你们都知道，我从不撒谎，从不夸大其词。如果我离开了谢尔盖·伊万诺维奇，那就说明，这日子跟他是没法过下去了。我再温顺，也受不了他了。再说了，为什么要忍受呢？有什么好等的呢？好让他在发疯的时候把我宰了？对不起。您自己抹脖子吧。

"星期天我们去一家饭店吃饭。他一直都在找别扭，问我为什么非要带杰普西。他说，抱着小狗会坠手的等诸如此类的话。我对他说，即便坠手也不坠他的手，而是我的手，没必要糟践我，再说了，要是总把狗留在家里，那还养它干吗？他撇起了嘴，不吭声了。

"可这还没完呢。

"到了饭店，我们当然坐在门口的位置上了。人家都能找个好位置，可我们不知为什么，不是坐在门口，就是坐在炉旁。我捎带说一句，这都取决于同伴的用心程度。还不到五分钟，他就说道：'那儿空出了一个好位置，我们快点儿过去。'

"'不去，'我答道，'我在这儿挺好。'

"我很清楚他为什么要换位置：就因为我对面坐着一个漂亮的年轻人。他总看我，并不停地往我跟前推东西，一会儿推过来胡椒，一会儿推过来芥末。看得出，他挺有教养，他吃的是鸡肉。

"我无法容忍妒忌。就因为向你跟前推了推芥末就给人使脸色看！哪个苔丝德蒙娜①也不会这么做的。

"'我在这儿也挺好的。'我说。

"他生气了，又不吱声了。

---

① 莎士比亚的《奥赛罗》中的女主人公，丈夫奥赛罗因嫉妒杀死了她。

"不过我看到——他已经喝干第二瓶葡萄酒了。

"'谢廖沙,'我说,'这对你不好!'

"他像个野兽似的发怒了。

"'您少管我,别跟我讲那些庸俗的道理。'

"我关心他的身体健康,他倒侮辱起我来了。

"我一看——他已经要第三瓶酒了。他这是要惩罚我,想强调他受到了伤害。

"算了。我们离开了饭店。

"'谢廖沙,'我说,'要不,你抱一会儿杰普西,我有点儿累了。'

"可他却扯开嗓子喊道:

"'我就知道会这样!我不是不让你带着它吗!真受不了!你抱着个哈巴狗,像个白痴似的。'

"我不吭声了,话不投机。

"'你怎么像个泼妇似的不吭声了。'他喊叫道。

"他就这样。我不吭声,是墨盖拉①,我笑,就是格捷拉②。听到的都是侮辱人的古希腊典故。

"我们走着。我吃力地抱着杰普西。我的心怦怦直跳,累得要死,我还是默不作声,浅浅地微笑着。

"我们看到,基尔皮乔夫正在饭店对面的人行道上走着。管我什么事儿呀?我又没事先告诉他,我们会到饭店来。

"谢尔盖·伊万诺维奇一句话也不说,但这种沉默比找茬吵架更糟糕。

"我们打了声招呼,一起走着。但他开始耍花招了。一会儿在后面磨蹭,一会儿又跑到前面三里地外去了。他说:他没法这样慢腾腾地走。还说,也不能把整个人行道都堵上啊。说完,就没影儿了。

"我气坏了。基尔皮乔夫安慰着我,虽然他自己也很难受——他瘦了,面色苍白,还什么也不吃。他没讲自己的感受,但很容易看得出。与他交谈很轻松,很愉快,他很有修养。与谢尔盖·伊万诺维奇交谈却完全是另外一种

---

① 墨盖拉,希腊神话中复仇三女神之一,愤怒和嫉妒的化身,转义为爱吵架的泼妇。
② 格捷拉,古希腊高等艺妓。

样子：要么是责骂，要么是沉默不语，就像犹滴①怒视着敌将欧罗费恩的人头一样。

"基尔皮乔夫把我送回了家。

"回到家后，我等啊，等啊。谢尔盖·伊万诺维奇一小时后才回来。

"'您去哪儿了？'

"'在外面溜达了一会儿。'

"他转向一旁。大概，他像个白痴似的走来走去，构想自杀的计划。我无法容忍妒忌。我鼓起勇气对他直言：

"'谢尔盖·伊万诺维奇，我要对您说一件事，第一……'

"而他却吼叫起来：

"'如果是一件事，那就说一件事，别来什么第一，第四，第十的，说上个通宵。我对您直说吧：这一切我可受够了，明天我就搬走。现在请您让我睡个好觉。'

"他说完就倒下了。鼾声大震，是特意装的，好像真睡着了似的。装了一整夜，早晨起来还装呢，好像睡好了似的，装好箱子就走了。

"我知道，一个人因妒忌什么事都干得出来，但是妒忌到控制不住自己的份上……我不知道，我还会碰到什么事儿。基尔皮乔夫发誓保护好我，不让我受到这个疯子的伤害。"

谢尔盖·伊万诺维奇如是说：

"事情是这样的，我们去饭店。带着小狗。我求她别带它。她却发怒了。她一下子就把我弄得没情绪了。但我并没吭声。

"到了饭店，还是老样子，无论把她安排在什么位置，她都会抱怨，要么说烤得慌了，要么说风吹着她了。但我始终克制着自己。我一看，有个好位子空下来了，就用最温柔的口气请她换个地方。可回答我的，却是她那幅扭曲的面容孔和蛇一般的咝咝声。

"'我在这儿挺好的。'

---

① 犹滴，《圣经》次经《犹滴传》的主人公。犹太烈女子犹滴杀死敌将，拯救同胞免于战败遭受奴役。

"好就好吧。我无所谓。我可不会低三下四地求她。我不言语了,我吃着东西,那儿的葡萄酒真不错。她看我喝得津津有味,就找起楂儿来。这下我可急了。这些傻老娘们都在想些什么?人为什么要去饭店——为了刷牙不成?人去饭店,不就为了吃喝嘛。就为这个。她们想的却是:男人嘛,应该欣赏她们吃东西的样子,一边看,一边像个兔子似的嚼着水煮胡萝卜,喝点儿水,还一个劲儿地说恭维话。那才叫开心呢!

"离开饭店后——我就知道——她把那个条哈巴狗塞到我手上。我都提醒过她了!让她别带它来!真气死我了!

"路上又遇到了一个叫什么斯克里普金或类似名字的蠢货。我找个机会溜走了。馋酒馋得要命。我喝了瓶啤酒。这个傻娘儿们,总是像啄木鸟似的唠叨个没完,说什么酒不解渴。我对这个白痴说,渴,就说明人体需要液体,葡萄酒不就是液体吗。可她却说,腌鲱鱼的盐汤也是液体,却不能解渴。

"我理智地对她说,如果她有歇斯底里病,那就去治病,别冲我来。

"回到家后,我看出,她已准备好干仗了。

"我马上坐了下来:'明天我就走。'

"说完就睡下了。

"感谢上帝,她没猜出我去小酒馆了,我尽量不朝她那边儿喘气。

"不,算了吧,既然我们彼此不理解,又没有共同语言。

"算了吧。"

哈巴狗杰普西则会如是说:

"我们去了饭店。

"女主人嚷嚷了一路。

"他们在饭店里吃着乱七八糟的东西。有一位先生在吃鸡。我盯着他,他看着我。要是女主人能冲他叫一声,他准会给我一块骨头吃。

"可我什么也没捞着。

"在街上,有个人走到我们跟前,他就是每天与女主人散步时不停吠叫、并且总是用脚踢我的人。

"男主人跑开后,那人把自己的爪子塞到女主人的爪子里,把我踢到一旁。他身上有股炸小牛肉的味道,可他自己却小声地、一阵阵地吠叫着装饿。然后女主人也开始一阵一阵地吠叫起来。她活该——谁让她只吃菜蓟和虾呢,傻瓜。两个人一起装饿,他们可骗不了我。到家门口后,他们开始互相闻脸。

"她先闻出他吃牛肉了,就把他推开,走了。

"男主人回来时,我们都睡下了。他大概喝了两升啤酒,那味儿差点没把我熏死。他们的嗅觉都到哪儿去了。我直冲他的脸叫唤。

"'看门狗!'

"男主人现在不在家了,那个人却来了。她嚎叫着,他狂吠着。他们谁也没有想到请狗吃块巧克力。

"狗的变种当中最残忍的一种——就是所谓的人。这个卑贱的族群,真想不到,还有不吃骨头的狗!"

荣洁 译

傻 瓜

乍看上去,好像所有人都知道,什么是傻瓜,为什么傻瓜越呆就越傻。

但是,当你认真听听仔细看看后,你就会发现,人们经常弄错,他们经常把最平常的笨人或是头脑不清的人看成傻瓜。

"真傻,"人们说,"他的脑子里整天装的都是荒诞的念头!"

他们以为,傻瓜脑子里装的都是荒诞的念头!

实际上,真正的大傻瓜是用最伟大的、不可动摇的严肃态度来看待问题的,这是识别大傻瓜的一个首要原则。一个绝顶聪明的人可能会轻浮,办起事来欠考虑,——傻瓜却要把一切都想个明白,想明白后才会去做,做完事后,知道为什么这样,而不是那样做。

如果您把一个办事轻率、冒失的人视为傻瓜,那您可要犯下让您惭愧终身的大错误。

傻瓜时时刻刻在进行推理思考。

一个普通人,聪明也好,愚笨也好——这都无所谓,他会说:

"今天的天气可真糟——可不管怎么样，我还是要去散步。"

而傻瓜却要进行推理：

"天气不好，但我还得去散步。我为什么要去散步呢？因为整天坐在家里有害。为什么有害呢？有害就是有害。"

傻瓜无法忍受晦涩的思想、讲不清楚的问题、悬而未决的问题。他老早就把所有问题弄得一清二楚、解决掉了。他是一个遇事审慎的人。他总是把每一个问题都分析得头头是道，并找出解决问题的办法。

当你遇到一个真正的傻瓜时，你会被某种莫名其妙的绝望攫住。因为傻瓜——是世界末日的产物。人类在寻找问题，提出问题，向前进，这体现科学、艺术、生活等方方面面，但是傻瓜却看不出任何问题。

"什么？哪有什么问题？"

他本人早已解答了所有的问题，早已找到了解决问题的办法。

在思考和解决问题时，傻瓜遵循三个公理和一个公设。

公理是：

1. 健康第一。

2. 有钱才行。

3. 何苦来。

公设是：

就该这样。

要是头两条不管用，那后一条一定管用。

傻瓜的生活一般安顿得都挺好。由于长年累月不停地思考，他们的脸上有了一种深沉的表情。他们喜欢蓄大胡子，工作勤勤恳恳，写一手好字。

"人很稳重，不轻浮，"人们如是评价傻瓜。"他就是有点儿……大概是太严肃了吧？"

傻瓜认为，实践证明，人类的所有智慧他都了解，所以，他干着费力不讨好的差事——教导别人。谁也没有像傻瓜那样热心地为别人出了那么多的主意。他们乐此不疲，因为每每与人交往的时候，他总是陷于一种深深的疑惑中：

"他们干吗总是颠三倒四、瞎折腾、乱忙乎？一切不都清清楚楚、明明白白的吗？显然，他们不明白。我得给他们解释解释。"

"怎么了？为什么事发愁？妻子开枪自杀了？她这事儿可干得太蠢了。老天啊，要是子弹打中她的眼睛，那她不就把自己的视力搞坏了吗。上帝保佑！健康重于一切！"

"您兄弟疯了？就因不幸的爱情？他太令我吃惊了。我是无论如何也不会疯的。为什么？有钱就行！"

我本人认识一个傻瓜，一个彻头彻尾的傻瓜，他在家庭生活问题方面堪称专家。

"每个人都应该结婚。为什么呢？因为要给自己留下后代呀。那为什么要留后代呢？因为就是需要。而且他们应该跟德国女人结婚。"

"为什么要娶德国女人呢？"人们问他。

"就是需要呗。"

"可是哪儿有那么多的德国女人让人娶呀？"

于是傻瓜就生气了：

"当然了，什么事都可能有可笑的一面。"

这个傻瓜经常住在彼得堡，于是他的妻子决定把自己的女儿们送到彼得堡的一所大学去学习。

傻瓜不同意：

"最好把她们送到莫斯科去。为什么？因为到那儿看他们方便。晚上坐上火车，坐一宿儿，第二天早晨就到了，就能看到他们了。在彼得堡哪有这么方便呐！"

傻瓜在社会中是令人感到舒服的一类人。他们知道，要对小姐们讲恭维话，对女主人要说："您总是忙个不停，"此外，傻瓜们不会让您遭遇丝毫意想不到的事儿。

"我喜欢夏里亚宾，"傻瓜开始了高雅的谈话。"为什么呢？因为他唱得好。为什么他唱得好？因为他有天赋。为什么他有天赋呢？就因为他是有天赋的人。"

一切都那么圆满，那么好，那么舒服。十分顺利，轻轻推一下，就动起来了。

傻瓜的仕途都不错，而且没有敌人。所有人都把他们视为能干、严肃的人。

傻瓜有时也会消遣作乐。当然是在适当的时间，适当的场合。在某处命名日的酒会上。

他的消遣作乐体现在：他会认真地讲个笑话，然后马上解释，这个笑话可笑在哪儿。

但是他不喜欢寻欢作乐。这会令他看不起自己的。傻瓜的举止，就同他的外表一样，老成持重、严肃，有代表性，所以他处处受到人们的尊敬。人们都愿意选他们作各种协会的主席，选他们作自己利益的代言人。因为傻瓜适合胜任这些职务。傻瓜的心仿佛已被大牛舌头全部舔过，舔得干干净净、滑滑溜溜的，在哪儿也不会被挂住。

傻瓜蔑视他所不了解的一切。真的蔑视。

"您读的是谁的诗？"

"巴尔蒙特。"

"巴尔蒙特？不知道。没听说过。莱蒙托夫我倒读过。那个巴尔蒙特我不知道。"

傻瓜不知道巴尔蒙特倒好像是巴尔蒙特的错。

"尼采？我不知道。我没读过尼采的东西。"

又是那个腔调，听后让人替尼采感到害臊。大多数傻瓜书读得都少。但也有特殊现象，有些傻瓜学了一辈子。这是十足的傻瓜。

这种称呼其实是很不正确的，因为傻瓜无论往脑子里装多少东西，都不会记住。他用眼睛记的东西，都从后脑勺跑出去了。

傻瓜愿意把自己当成很古怪的人，他们说：

"依我看，音乐有时挺愉快的。其实我是一个大怪人！"

一个国家的文明程度越高，民族的生活越平静、越有保障，那里的傻瓜就越傻。

傻瓜在哲学、数学、政治、艺术领域里制造的怪圈经常是长久不能被打破的，直到有人发现：

"噢，太可怕了！噢，生活变得多么怪呀！"

那时怪圈才能被打破。

荣洁 译

普里什文(1873—1954)

  米哈依尔·米哈伊洛维奇·普里什文,是俄罗斯风格独特的散文作家,早年曾赴德国莱比锡大学攻读农艺专业,回国后成为农艺师,对俄罗斯大自然和民俗学有浓厚兴趣,喜欢打猎、旅游、考察风土人情,创作了许多游记、随笔、札记、日记、散文诗,人与自然是他毕生关注的主题,主张保护自然,认识自然,通过自然认识人类,在大自然中寻找和挖掘人类美好的心灵。高尔基高度评价他的散文作品,赞誉他是"诗人和哲学家"。帕乌斯托夫斯基称他是"俄罗斯大自然的歌手"。他的中篇抒情小说《人参》描写了西伯利亚和远东地区的自然风光,刻画了中国采参农民的形象。普里什文既是作家,又是科学家,他善于观察自然,并用细腻、准确的语言予以传达,并且把抒情与哲理融入文字之中。他的散文往往由一系列短文构成,运用富有诗意的优美语言描写大自然,通过精心选择的细节,表现作家对自然界的感悟与认识。通过本书选译的《林中水滴》、《一年四季》等作品,读者可以细细品味作家的心曲,领略俄罗斯森林原野的优美风光,以及蕴涵在作品中的情思和哲理。

林 中 水 滴

树

我看见，日出之前，闪烁着银辉的月亮坠落西天——这一次似乎比昨天距离更远，冰凌融化的水面上居然没有它的倒影。

太阳一会儿露出面庞，一会儿被云彩遮掩，因此你会想："看来要下雨了。"雨却始终没有下。天气越来越暖和了。

昨天，热乎乎的阳光没有完全晒化新结的冰，河流两岸还残存着宽阔的冰带，冰层很薄，很锐利，自由流淌的河水泛起蓝色涟漪，不断冲击惊扰冰凌，由此发出的声音，就像孩子在薄薄的冰面上投掷石子儿，又像一大群鸟儿唧啾鸣叫飞过天空。

河里有几处地方昨天结的冰还留下一层，很薄很薄，就像夏天的浮萍，红嘴鸭游过时，能从中通过，身后留下痕迹；孩子们喂养的田鼠逃出来，从岸上跑到冰凌上，沿着冰层奔跑，却不会掉进水里去。

望着河滩上仅有的一棵树——一棵榆树正对着我的窗户，我看见它的枝头栖落着各种各样的候鸟：苍头燕雀、金翅雀、红胸鸲鸟，心里不由得反复在想另一棵树，生活中疲惫不堪的我，曾经在那棵树上栖息，并且和它融为一体，它的根由此成了我的根，成了我深深扎入故乡泥土的根。我一生漂泊不定，形如候鸟，能够站立不倒，凭借的正是自己的根。

白 桦 树

冬天，白桦树消融在针叶林里不见踪影，可一到春天，当片片叶子舒展开来，一棵棵白桦树仿佛自己从幽暗的森林里走到林间空地上来了。这种景象会一直延续，只要白桦树叶不变成深色，换句话说，只要它的叶子和针叶林多多少少还有差别。还有，等到秋天，当白桦树即将消失，它们会用金灿灿的树叶和我们告别。

森 林 帐 篷

树木经过上百年的努力做成了它们自己想做的事情：请看这棵云杉，上面的树枝伸向阳光，下面的树枝就像孩子，不管妈妈怎么向上拉扯，它们还是待在下边，形成了一个帐篷，像绿色的胡须一样生长，就在这既不透雨水也不透光的帐篷下面，好像藏着什么……

"什么东西藏在哪里呢？"

我们打猎回来，从这棵云杉旁边经过。猎犬拉达觉得云杉树帐篷下边有什么动静，就停下来不走了。我们想："会窜出什么野兽，或者飞出什么鸟儿来呢？"

只听见"扑棱"一声响，那东西就不见了。究竟是什么呢？我们猜了半天也没猜出来。

云 杉 和 白 桦

云杉树只有在强烈的阳光照耀下才显得好看：那时候，它通常的幽暗色调会变成最浓郁、最强劲的一种绿色。而白桦树呢，无论在阳光下，还是在灰蒙蒙的天气，甚至细雨濛濛的时刻，都显得可爱。

光　　影

白桦和山杨是最喜欢阳光的树木，尤其是山杨，我觉得。山杨的每一片树叶都微微颤动，叶子的表面和背面全都在光里沐浴。山杨爱光，可是在山杨树下生长着喜欢背阴的野草，蕨类植物，木贼、麻黄，在密密麻麻的草丛里有时还会生长出很高的荨麻……世界上各个地方都是这样：什么地方有光，那里就有阴影。

啤 酒 花

泥塘旁边一棵高大的云杉枯死了，以致树皮上绿苔的长须逐渐发乌、枯萎，纷纷脱落。藤蔓蜿蜒的啤酒花却看中了这棵云杉，围绕着它的树干越爬越高，——从高处向下俯视的啤酒花看到自然界发生了什么变化呢？

树皮的生命力

去年，为了伐木时记住地点，我们弄断了一棵小白桦树，小白桦的树冠倒挂着，连接树冠和树干的只有窄窄的一条树皮。今年，又认出了那个地方那棵树，我感到十分惊讶：树冠倒悬的小白桦居然满目绿色，看起来是那条树皮为伤残的树冠输送生命的汁液。

瑞 香

一个朋友刚刚离我而去，环顾四周，我的视线停留在一个老树桩上，只见树桩上面堆满了枞树的球果。整个冬天啄木鸟都在这里啄食这些松果，树桩周围有厚厚的一层空果球壳儿，果球是它过冬的食粮。

一株瑞香从这层松果壳儿下面钻了出来，它自由自在，开放着紫红色的小花。这种花春天开得最早，花枝柔韧，不用小刀几乎难以割断它扎根土地的花茎，诚然，也没有必要这样做。瑞香开花，像风信子一样，远远闻着有奇异的香味儿，不过，你要凑到近前，放在鼻子下边闻闻，就有一股臭味儿，比狼的臊味儿还难闻。望着这株瑞香，我心里觉得奇怪，它使我联想起某些熟人：从远处看着，仪表堂堂，挺好；待你走到跟前，腥臊恶臭，如同豺狼。

树桩蚂蚁窝

森林里有一些老树桩，表面全是密密麻麻的小洞眼儿，就像瑞士干酪一样，看上去还牢牢地保持着原有的形状……不过，要是你坐到这树桩上休息，洞眼儿之间的树皮就纷纷破碎,你发觉树桩正悄悄下沉。你担心会陷下去,赶紧站起来:只见树桩上每个洞眼儿里都爬出成群结队的蚂蚁,这时你才明白,徒有其表的树桩原来整个变成了蚂蚁窝。

森林是本书

森林是本书,但这本书只为有心的读者打开,这些人没有任何私心,也不追求任何私利,甚至不想采蘑菇或拣松子,不然的话,就会妨碍你阅读,不能集中精力深入观察森林生活细微变化的过程。

* * *

茁壮的山杨林最高,矮一点的是核桃树林,核桃树下面生长着蕨类植物,第三种伴生物就是木贼。

应该学会在森林里漫步行走,仔细观察四周的树木,从最矮的,到最高的,如果像平时那样,只看低处的,或者只看眼前的,那么最高一层有什么变化,你就看不到了。

丛生的杂草缀满了露珠,仿佛刚刚下过一场雨似的,甚至连灌木丛都挂满了露水。森林的哪一层才没有露水珠儿呢?

效力的树木

在各个公园、街心花园,树木大都是人工栽种的,这些树木不仅要自己生长,还要为人效力,让人呼吸的空气更清新,让人好好休息:人在这里呼吸舒畅,能自由自在地想心事。而在大森林里,人不仅仅观赏树木,还要学习,是的,人要向树木学习。

苍郁的森林

在阳光明媚的日子,苍郁的森林格外美好,——森林里气温清凉,林间的光束特别奇妙：栋鸟或者松鸦穿过阳光的光束飞来飞去，像天堂鸟一样欢乐，一棵花楸树普普通通，它的叶子却像在童话里一样闪烁着绿荧荧的光。

在密林里沿着斜坡向下走，地势越来越低，野草越来越密，感觉越来越凉爽，最后终于发现，在啤酒花藤条缠绕的赤杨树之间，一条水流丰沛的小溪闪闪发亮，溪流岸边是潮湿的沙土地带。走路时脚步一定要轻：可以看见斑鸠怎么样在溪边喝水。随后你能看到它在沙土上留下的爪印儿，而旁边是各种各样的森林居民的爪印儿：看，那边过来了一只狐狸……

之所以把森林叫做苍郁的，是因为太阳照着它，就像照着窗户，看不清里面所有的东西。比如说，太阳看不见獾的洞穴，看不见洞穴旁边一块踩实的沙地，几只幼獾常在沙地上打滚儿玩耍。这个洞穴遮盖着很多树枝草叶，大概是为防备狐狸，因为狐狸常占据獾的洞穴，獾受不了难闻的狐臭味儿只好挪窝。可这个地方实在是太好了，獾并不想搬家：这里是个沙丘，四面都有沟壑，再说茂密的森林已经长起来了，就连太阳什么也看不清楚，发现不了洞穴小小的窗口。

汽车的声音

听到追赶猎物时的一声枪响，我们在森林里觉得，好像什么地方云杉树梢有只松鸡扑棱一声起飞了。当公路上汽车的发动机突突作响，在森林里就像一群花尾榛鸡从头顶呼呼飞过。但是，当森林里真有松鸡高声鸣叫的时候，你会立刻断定：这是松鸡。鸟儿和我们人一样，习惯了汽车的声响，发情期的黑琴鸡听见拖拉机轰隆隆的响声，立刻会产生警觉，就像知道狐狸正向它悄悄逼近，或者是偷偷摸摸来了打猎的人。

森林墓地

人们砍了一片森林作木柴，不知什么原因没有全部运走，采伐空地上留下了一个一个木柴堆，有些地方新长出来的白杨树，绿油油的叶子又大又亮，有些地方长出了一色的云杉，这些白杨和云杉把柴堆都给遮掩起来了。什么人能理解森林的生命力，就会觉得再没有什么比采伐空地更有意思的了，因为森林是一本神秘莫测的书，而采伐空地恰恰是书中翻开的一页。成片的松树被砍伐以后，阳光照射进来，野草又高又密，尽情疯长，它们不让松树和云杉的种子落地生根。但是一棵棵小小的白杨树，大耳扇风，拼命生长，竟然战胜了野草。当小白杨凌驾于野草之上的时候，喜欢阴凉的云杉就在白杨树丛中生根，并且越蹿越高，很快超过了白杨，因此，云杉总是取代松树的位置。采伐后的空地上出现了混合林，不过，更为引人注目的是沼泽地长出了一片一片的苔藓，自从森林被砍伐以后，苔藓生机勃勃，十分开心。

请看，就在这片采伐后的空地上，现在可以领略森林全部生活的丰富多彩：这里有长着天蓝色或者绛红色果实的苔藓，苔藓有红的，有绿的，有的星星点点很小，有的则很大，白色的地衣比较少见，其间往往点缀着鲜红的越橘，矮小的树丛……老树桩随处可见，它们的幽暗成为背景，把阳光下新生的小松树、云杉、白桦，映衬得分外鲜明。生命的蓬勃交替蕴涵欢快的希望，从前那些高大的树木不见了，这些乌黑的树桩，便是它们裸露的坟墓，但是和人类的墓地不同，并不显得凄凉。

树木快死的时候各不相同。譬如说白桦树吧，它从内部腐烂，以至于你很长时间把它白色的树干当成一棵树，其实它的里面早已经腐朽不堪了。这种海绵似的木质，吸足了水分，特别沉重；如果你不小心推一下这样的树，上面的树梢会突然断裂掉下来，有可能砸伤人，甚至砸死人。你常常看见白桦树桩，形似花束：只有桦树皮还含有树脂，不曾腐烂，像一圈白色的衣领，当中的朽木滋生出各种花朵和小树苗。云杉和松树死了以后，树皮首先脱落，像脱下的衣服一样，一堆堆摆在树下。然后树梢坠落，枝干断裂，最后，连树桩也要腐烂。

如果用心观察锦毯一般的大地，注视它的细微变化，就会发现，任何一个遗留的树桩都生动如画，绝不亚于宫殿或者宝塔的废墟。一棵大树消失了，数不清的花朵、蘑菇、蕨类植物争先恐后地来填补空缺，但最先还是树桩本身在旁边滋生出一棵小树。从前支撑大树的枝干，如今成了一段段光秃秃的朽木横陈在地，匆匆忙忙赶来遮掩它们的是苔藓，嫩绿的、星斗一样的苔藓，孢子囊密密麻麻，一个个像倒挂的小锤子。苔藓中间常常有碟子一般大小的红蘑菇。浅绿的蕨类地衣，红色的浆果、越橘，蓝色的莓子，把采伐后的空地点缀得五颜六色，非常好看。酸果的枝蔓也很常见，不知为什么它绕来绕去总要爬过树桩，看那细细的枝条，小小的叶子，血红血红的浆果，把废弃的树桩打扮得分外美丽。

谷羽　译

森林里的客人

复杂的单纯

应当特别珍惜遇到动物的时机，要做笔记，甚至不需要抒情的心境。通常我总是寻求这种心境，我知道它是写作的诱因。不过，往往有这种情况，什么也不用想，提笔就写，比如，写一只松鼠爬过原木，如实记录，与自己的内心活动全无关系，记下来一看，竟然也很好。在这方面要反复练习，因为在我看来这不是自然主义，而是某种复杂的单纯。

林中水坑

一只灰色蝴蝶，像个很大的蛾子，坠落水坑，背朝下呈三角形漂浮在水面，两个翅膀好像活活被钉在那里，它的几条细腿不停地动弹，身体也微微颤动，于是，这小小蝴蝶就在水坑里引起了细微的涟漪，一圈一圈向四面八方扩散开去。

蝴蝶附近游动着许多蝌蚪，它们不慌不忙，对涟漪毫不介意，水面上有些活泼好动的小甲虫，骑手一样飞快地奔驰，还不停地兜着圈子。石头旁边的阴影里有一条小梭鱼，木棍似的待在那里，大概想捉住那只蝴蝶吃，它在下边自然不知道水面上会有涟漪。

但是，蝴蝶在平静的水面上一再挣扎，激起的涟漪不停地波动，似乎在水坑上空引起了普遍的关注。野生的醋栗把它依然发青的硕大果实垂下来，几乎挨着水面，已经开败了的款冬花用露水把叶子洗得水灵灵的透着鲜亮，又绿又嫩的啤酒花缠绕着高大、干瘦、绿髯飘垂的云杉，越攀越高，可是在石头后边，在蝴蝶引起的涟漪波及不到的地方，陡峭的岸上逶迤的丛林以及蔚蓝的晴空都在水中留下了清晰的倒影。

依我看，那条小梭鱼迟早会从木然状态中清醒过来，注意到水面上一圈圈的涟漪。瞅着蝴蝶，不由得想起了自己当年的苦斗：我也曾不止一次跌倒，仰面朝天，在绝望中挣扎，手脚乱动，拼命想抓住什么东西，以便自救，重获自由。回想自己的苦难经历，我拣起一块小石头扔进水坑，溅起了一阵波浪，水波帮了蝴蝶的忙，使它翻过身来，得以解脱，随即飞向空中。自己的不幸教会你理解别人的不幸，这就是一个例证。

倒　　影

今天的湖水格外平静，湖水上空飞行的丘鹬和它映入水中的倒影，简直就一模一样：似乎有两只丘鹬朝我们迎面飞来。春天第一次到野外打猎，允许猎犬拉达追赶禽鸟。它发现了两只飞行的丘鹬，两只鸟径直向它飞过来，当时，猎犬藏在灌木丛下。拉达看准了目标。它究竟选择了哪一只丘鹬呢？是低空飞行的真正的丘鹬？还是它映入水中的倒影？两只丘鹬彼此相像，就像两滴水珠难以分辨。

猎犬拉达追捕飞行的丘鹬，和我想做的事有几分相似：运用语言进行艺术创作，不就是追捕自己看中的鸟儿吗？难道我的事业不就是迅速奔跑着去追赶一个个幻影？

不料，可怜的拉达选择了倒影，大概它以为立刻能抓住一只活着的丘鹬，刹那间从高高的岸上纵身一跃，扑通一声——掉进了湖水。

松鼠的记性

我想起了松鼠的故事：如果什么地方储存着大量食物，你记住那个地点并不难，这不言而喻，谁都明白。但是，现在我们看见的是雪地上的爪印儿，一只松鼠在这儿，钻进积雪下面的苔藓，找到了秋天藏在那里的两颗榛子，就地把榛子吃了，然后向前跑了大约十米，又钻进了积雪，在雪地上又留下了两三个吃空的榛子壳儿，向前跑了几米，第三次在雪地上掏了一个洞。绝不能认为，松鼠隔着快要融化的积雪和冰层，能嗅到榛子的香味儿。显然，松鼠从秋天就记住了苔藓下面的两颗榛子，记住了那片苔藓距离云杉有多少厘米……并且记得准确又牢靠，不必用尺子测量，单凭眼力就能精确判断：钻进积雪，就能找到榛子。

两 种 喜 悦

找到蘑菇的时候，我们非常高兴，觉得蘑菇也跟我们一道欢欣。有的蘑菇自己在森林里生长，我们发现了它，像过节一样开心；有的蘑菇，比如香蘑，是我们亲手在地窖里栽培的。在森林里你感到喜悦，那是因为蘑菇是天生的，我们得到它如同收到一份礼物，我们在家里感到喜悦，是因为我们自己会栽培。那边是蘑菇自己生长，这边是我们自己动手。

只要不被人们发现，蘑菇就会一直生长；可一旦被人找到，那就成了满足人们口福的食物。其实，作家的成长与此非常相像……一本书被人们拿走了，又得从地窖里的蘑菇菌丝开始滋生，利用温暖的水分，加速生长，直等到需求者到来并且发现你，把你齐根切断。在此之前，你还得在树叶子的覆盖下默默地完善你的创作。

啄 木 鸟

我发现一只飞行的啄木鸟，只见它嘴里叼着个挺大的云杉球果，它的身子显得很短，——它的尾巴天生就短小。啄木鸟落在一棵白桦树上，那里有它啄食球果的作坊。它沿着树干向上挪动，到了熟悉的位置，却发现原本可以放置球果的树杈夹着一个没有扔掉的果壳，新叼来的球果无处可放，而旧的果壳无法扔掉，既然嘴里衔着东西，再不能用嘴清除障碍。

这时候，啄木鸟完全像人一样在困境中想出了办法：它把新叼来的球果夹在胸脯和树股之间，腾出来的喙迅速扔掉了旧果壳，把新衔来的球果安置好，然后就开始啄食那美餐。

啄木鸟真聪明，总是精力充沛，活跃而能干。

谷羽　译

一 年 四 季

一年四季任性顽皮，但从本质上说来，世界上再没有比它们更守信用的了：春、夏、秋、冬。

春　寒

寒流和北方的风暴在这天夜里猛扑过来，想搅扰太阳管辖的事务，一下子造成了混乱：甚至蔚蓝色的紫罗兰都蒙上了一层晶莹的雪，拿在手里花茎很容易折断。受到这样的羞辱，似乎连太阳在这天早晨都不好意思起床了。让一切重新走上轨道并非易事，但是，春天的太阳不可能忍受欺凌，早晨七点多钟，路边的水洼里已经闪烁着阳光，大道上陆陆续续有骑马的人在扬鞭驰骋。

迟缓的春天

夜里不怎么冷。白天灰蒙蒙的，但是不暖和。春天正缓缓走来：池塘里的冰还没有完全融化，青蛙已经探出头来，用暗哑低沉的声音咕咕呱呱地叫唤。这声音就像远处的公路上百十辆马车咕隆咕隆正朝我们驶来。地还没有耕完。一片一片剩余的积雪正在慢慢融化。不过，还感觉不到土地蒸发出来的暖意，站在水滨也还缺乏那种令人愉悦的气息。我们感觉春天的脚步过于迟缓，诚然，毕竟还是早春季节。让人觉得不舒服，原因大概是一冬没下雪，只是不久以前才下过一场，现在，还不到节令，地就开化了，而且，比往年这个时候都冷。胡桃树开花了，可是还没有分泌花粉。小鸟在啄荑荑花序。天空看不见一丝云烟。从雪下钻出来的嫩草叶略呈灰色，给人一种很瓷实的感觉。

昨天，一只丘鹬把尖尖的喙伸进草叶中，想从草叶下面找昆虫吃；正好这时候我们赶到了附近，丘鹬不得不飞起来，它那尖尖的喙带着好几片老杨树落下的旧叶子来不及丢掉。我举枪射中了它。我们数了数：它的喙洞穿的旧杨树叶子竟然有十片之多。

三月末的道路

白天，所有春天的鸟儿，成群结伙地飞到开春的道路上来找食儿吃；夜晚，害怕陷进覆盖着果实子粒的雪地里，野兽们就沿着道路走来走去。人们还会赶在冰凌融化之前乘着雪橇沿着红褐色的道路往地里运送粪肥，一直要送很长时间。春天的溪水向道路流过来，道路渐渐变成了一道堤坝。大人带着淘气的男孩子乘着雪橇赶路，道路一旁的水已经形成了一个湖泊。当有新的水流注入湖泊的时候，湖水就用很大的力量冲击堤坝，堤坝经不住冲击，裂开了一个缺口，于是哗哗喧响的流水就切断了道路，使得乘坐雪橇的人们一时不能通行。

最初的溪流

我听见一只鸟儿轻轻地飞起来，发出鸽子一样的咕咕声，就赶快跑过去找狗，想核实一下，是不是山鹬在飞行。但是跑着的肯达平平静静。于是我回来欣赏泛滥的雪水，往回走的时候又听见那个鸽子一样咕咕的叫声。听见咕咕了几声，接着又咕咕了几声。最后，我想弄清楚究竟是怎么回事，听见这个声音，就收住脚步站在那里。渐渐的，咕咕声连续不断地响起来，我终于明白了，原来是某个地方积雪下面一条细细的小溪在歌唱。我很喜欢，就走到附近，侧耳谛听另外一些小溪的响声，我惊喜地发现，凭借声音能够了解溪水活泼的本性。

亮晶晶的水珠儿

太阳，和风，春光晴朗。山雀和交喙鸟用交配期的声音欢快歌唱。雪地上结的冰壳像玻璃一样，在滑雪板下面迸发出清脆断裂的声响。一片小白桦林衬托着松林苍郁的背景，在阳光照耀下，呈现出玫瑰红的色彩。阳光融化了铁皮屋顶上的冰凌，流水与山坡的溪流相像，水在冰河里流淌，河岸不断向后退缩。冰河与屋檐之间露出的铁皮颜色发暗，越来越宽。细小的水流从晒热的房顶流到悬在阴冷处的冰锥上。水一接触冰锥就又结成冰，因此，早晨起来，冰锥的上端变得很粗。当阳光越过房顶照到冰锥的时候，寒气消失了，冰河里的水流到冰锥上，冰锥下端就有一颗一颗的金色水珠往下滴，家家户户的屋檐下都在滴水，黄昏之前城里各个地方都能看见金色水珠向下滴落，这种现象很有意思。

还不到黄昏，背阴的地方早早地就上冻了，虽然房顶上的冰河仍在后退，水还在往冰锥上流，背阴处冰锥最下端的水珠毕竟还是结冰了，水珠越多，凝结成冰的也越多。因此，到了傍晚，冰锥就越冻越长。第二天，太阳又升起来了，冰河又向后退，就这样，冰锥早晨变粗，傍晚变长：一天天变得越来越粗，越来越长。

春天的装束

再过几天，大约一个星期吧——大自然就会遮盖起森林里这破败萧疏的景象，使它长出野花、青草、嫩绿的苔藓、尖细的小树枝。目睹大自然一年两次体贴周到地呵护它那干枯发黄、缺乏生机的树枝树干，实在叫人感动：第一次在春天，它用花草打扮森林，另一次在秋天，用白雪遮盖它，免得我们看见森林的荒凉。

榛子树和毛赤杨还在开花，小鸟落在树枝上，金色的花穗立刻纷纷扬扬洒下蒙蒙的花粉来，不过，现在的问题不在那些小鸟：花穗虽然还没有开败，可是它们的好日子却已经过去了。如今森林里星星似的蓝色小花到处开放，它们以数量繁多和花色娇美令人惊喜。偶尔还会碰见忍冬，它们的花朵同样叫人感到惊奇。

林间道路上的冰融化了，有牲口粪留在路上，似乎闻到了粪肥的气味儿，从云杉球果和松树球果里飘洒出许许多多的种子，落到这些粪肥附近。

稠李花渐渐凋谢

牛蒡叶子上，荨麻叶子上、各种草丛里，散落着许许多多白色的花瓣儿：稠李花正渐渐凋谢。不过，接骨木和长在它下面的草莓却开花了。铃兰的一些花苞也开放了，白杨树灰褐色的叶子变成了嫩绿色，向上长的燕麦苗儿像穿着绿色军服的小战士排列在黑油油的原野上。沼泽里昂首挺胸长着高高的苔草，在黑亮黑亮的水潭里投下绿色的影子，一些活泼好动的小甲虫在乌黑的水面上兜着圈子旋转，豆青色的蜻蜓从一个绿色苔草的小岛上飞向另一个小岛。

我走在荨麻丛中颜色发白的小路上，荨麻的气息那么浓重，让我浑身都觉得发痒。一窝鸫鸟惊叫着，把一只凶悍的乌鸦从它们的鸟窝旁边赶走，赶到很远很远的地方。一切都挺有意思：数不清的生灵生存的每一个细节都在讲述大地上全部生命生息繁衍的活动。

春天的转折

白天，空中很高的地方有一块"猫尾巴"形状的云彩，另一个地方飘浮着数不清的云朵，就像鱼贯而行的帆船。我们真不知道，是要起风，还是风要停息，是要刮旋风，还是将出现高气压。

现在是傍晚，一切都清楚了：正是在这个晚上完成了期待已久的转折——由光秃秃的春天转向绿色葱茏的春天。

原来是这么回事：我们行走在一片野生的森林里进行考察。一棵棵云杉和白桦之间的土墩上残存着枯黄的芦苇，这使我们回想起，这片森林在夏天和秋天季节，是怎样的茂密，以致连一丝阳光也透不进来，那时候这里非常荒僻，无路可以通行。不过，这荒无人烟的地方倒也招人喜爱，因为森林里挺暖和，能够感觉出四周荡漾着春天的气息。突然，发现有水的闪光，原来那是涅尔里河，我们特别高兴，径直走到河岸上，顷刻之间仿佛进入了一个气候温暖的国度：一切都蓬蓬勃勃生机盎然，沼泽地各种各样的鸟儿啁啾鸣叫，发情的田鹬、沙锥鸟，为求偶鸣叫着，像童话中的小驼马一样在幽暗的空气中疾速奔跑，黑琴鸡也在发情求偶，白鹤几乎就在我们身边发出吹喇叭一样的叫声；总而言之，这里的一切都让我们觉得可爱，就连野鸭子也敢落在我们对面纯净的河水里。一点儿也听不见人的声音：既没有口哨声，也没有马达的嘟嘟声。

正是在这个时刻，春天完成了它的转折，万物开始生长，绽放出芬芳艳丽的花朵。

森林里的风

有风，凉爽，晴朗。在森林里感受"森林的喧响"，透过森林的响声，听得见鹡鸰唱出的夏日歌声十分响亮。

森林只有高处树冠顶端呼呼有声，处于中间层的山杨林只是轻轻颤动，刚刚能听见它们柔和的圆形树叶相互拍打的声音。最下面的草丛里则十分宁静，听得见熊蜂飞来飞去的嗡嗡声。

不由得想起了一些怪人：他们在夏天跑着去寻找别墅。当拥有别墅的人们离开莫斯科去消夏的日子，很多鸟儿开始孵蛋哺育它们的雏鸟。

黑麦灌浆

黑麦正在灌浆。天气炎热。每到傍晚，斜射的阳光照着黑麦田。这时候，每块黑麦田就像一块绒毛毯子似的：所以这么好看，原因是一块一块黑麦之间隔着垄沟，水沿着垄沟流动。这样略带斜坡的绒毯上的黑麦就长得特别好。在落日余晖照耀下，每一块绒毯都显得那么华丽，那么诱人，让你情不自禁想在每一块绒毯上都躺下身来睡上一会儿。

一年的落日时光

所有的人都觉得夏天才刚刚开始，可是我们认为这是一年的晚霞：要知道好日子正在逐渐减少，如果黑麦开始扬花的话，你扳着手指头数一数，就晓得什么时候该开镰收割了。

林间空地上的白桦树，经早晨倾斜的阳光一照，显得白光耀眼，比大理石廊柱还要洁白。就在这里，在白桦树下面，鼠李树丛开放着罕见的花朵，我担心，花楸树今年结果不会太好，但马林果和醋栗长势旺盛，结出了硕大的绿色浆果。

这些日子在森林里"咕咕、咕咕"的鸟鸣声越来越少，更多的时候是夏天让人憋闷的寂静，其间偶尔有孩子和家长相互呼唤的叫声。轻易听不到啄木鸟鼓点般笃笃笃笃的啄木声。如果你听见附近有这种声音，甚至会吓一跳，你还会担心："有没有人？"再也听不见绿色丛林里的大合唱了，不错，还有爱唱歌的鸫鸟——鸫鸟唱得很好听，但是它的独唱显得太孤单了……也许，这鸫鸟的歌声还会唱得更悦耳，因为最好的日子即将到来，现在刚刚是初夏，再过两天就是悼亡节。不管怎么说，反正过去的已经过去了，再也看不见了，一年的落日时光已经开始。

露　　水

从田野、草地、水面上升起了雾气，飘到碧蓝的空中雾就消融了，但是在森林里雾气滞留的时间就很长久。太阳越升越高，阳光穿过林中的雾气，照射到密林深处，这时候在森林里，不仅能够透过雾气径直观看太阳，可以数有多少光束，甚至可以摄影拍照。

森林里一条条绿色的小路仿佛在冒烟，到处都雾气缭绕，树叶草叶上，云杉的针叶上，蜘蛛网上、电报线上都挂满了星星点点的水珠。随着太阳越来越高，空气变暖了，电报线上的水珠一滴接一滴往下掉，水珠越来越少。同样的景象也出现在树上：那里也有水滴断断续续往下落。

最后，当太阳像往常一样晒热了电报线，闪耀着七彩光芒的大水珠一颗一颗落到地上。在针叶林和阔叶林里常看到这种景象——这不是下雨，倒像是流淌着欢乐的泪滴。特别忐忑不安又倍感欢欣的该数山杨树了，当上面一颗水珠落下来，使它敏感的树叶开始颤动，下面的树叶纷纷颤动整棵山杨颤抖得厉害，尽管没有一丝风吹过来，山杨簌簌抖颤，闪闪发光。

这时，蜘蛛小心翼翼悬在高处的蜘蛛网已经晾干了，蜘蛛们又坐镇中央一根一根牵动它们的信号线。啄木鸟开始敲击云杉树，花楸树上的鸫鸟开始啄食花楸果。

初　秋

　　今天黎明，从林间空地上望过去，森林中有棵白桦树格外显眼，它像穿着钟式裙一样端庄优雅，而另外一棵白桦，怯生生的，稍显瘦弱，一片一片叶子落在苍郁的枞树上。此后，随着天越来越亮，不同的树向我展示出各自不同的姿态。这在初秋是常见的景象，当整个夏天共同的繁荣已经成为过去，开始了重大的转折时刻，所有的树木都以自己不同的方式度过落叶期。

　　要知道，人们当中也常有这样的情形：遇到高兴的事，彼此相像，只有经历痛苦，为了改善处境进行斗争时，人们才会显现出自己的个性。如果以人的目光来观察，那么，秋天的森林能向我们演示个性是怎么样诞生的。

　　还能从别的角度进行观察吗？这个不期而至闪现在脑海里的比喻，让我非常高兴，于是我集中精力，怀着亲属一般的情感，仔细打量着四周。看，那里有个黑琴鸡梳理过的草窝。从前，在这样的草窝里你经常会发现黑琴鸡或是松鸡的羽毛，假若羽毛是带斑点的，你可以断定那是雌黑琴鸡或者雌松鸡的羽毛，如果羽毛是黑的，那就说明雄黑琴鸡或者雄松鸡在这里待过。现在，这个草窝里没有鸟的羽毛，倒有几片发黄的落叶。再看那边，有一个像碟子一样大、红颜色的老蘑菇，蘑菇很老很老，老得边缘向上翻卷，成了一个盛水的盘子，就在这个水盘里漂浮着一片黄色的白桦树叶。

深　秋

　　秋天就像一条小路，曲曲折折转了几个大弯子，不断向前延伸。忽而有寒流，忽而下雨，突然像冬天下起雪来，白茫茫的暴风雪连声呼啸，可随后又出了太阳，又天气暖和，满眼绿色。在目力所及的远方，有棵白桦树叶子金黄：它仿佛已经冻僵了，直挺挺站在那里，能吹落的叶子都被风吹落了，剩下最后的树叶似乎都经受得起风吹雨打。

　　就像人们常说的，当花楸果出现皱纹，变得"甜丝丝"的时候，那就是临近结束的深秋了。这个季节的深秋与早春非常相似，只有细心的人才会分辨它们的不同，因此，秋天里，人们常常想："熬过这个冬天，又将感受春天的快乐。"

那时候你会认为,生活中的一切必定是这样:应该让自己忍受磨炼,卖力气干活儿,以后总会有什么开心的事儿。说到这儿,不由得想起了那则寓言《蜻蜓和蚂蚁》①以及蚂蚁尖刻的话语:"你一直唱歌——这很好,既然这样,你不妨再去跳,去舞蹈!"早春季节,在这样晴和的日子,即便没有任何功劳,你也会期待快乐;到了春天,你又重新焕发出蓬勃的活力,像蜻蜓一样飞舞,根本就不会去想那个蚂蚁。

星星点点的初雪

昨天晚上忽然飘起了星星点点的雪花,仿佛是从星星上飘落下来似的,雪花落在地上,被电灯光一照,像星星一样闪亮。到了早晨,地上一层雪特别轻柔:轻轻一吹——就不见了。不过,有了这层雪,就能发现兔子留下的新鲜爪印儿。我们出门去打兔子。

今天我来到莫斯科,立刻发现:马路上也有一层星星一样的初雪,也是那么轻,当落下一只麻雀,一会儿又飞起来的时候,随着它的翅膀扇动,雪像星星乱飞,马路上留下一个远远就能看见的黑斑,星星一样的雪却不见了。

森林中的树木

刚刚下了一场雪。森林里很静,相当暖和,真担心雪会融化了。树木被雪笼罩,枞树树枝下垂,像沉重的巨爪,白桦树弯腰躬背,有几棵头颅几乎触及地面,交织成弧形的拱门。看,树木也和人一样:在重压之下,没有一棵云杉低头弯腰,哪怕折断了也不屈服,可是白桦树稍有一点儿压力,就弯下腰来。云杉树枝挺拔巍然屹立,而白桦却在哭泣流泪。

白雪笼罩的森林寂静无声,各种各样的树木表情生动,你不禁觉得奇怪:"它们相互之间为什么不说话,莫非因为发现了我,觉得不好意思?"只有当雪花飞舞的时候,你才听见簌簌有声,那似乎就是那些奇怪的树木在窃窃私语。

---

① 这是俄罗斯寓言作家克雷洛夫(1769—1844)的作品。

初升的月亮

天空纯净。万籁俱寂,日出格外辉煌。零下十二度,很冷。雪白的小径上一只扇尾鸽由着性子跳跃奔走。

森林里整天金光闪耀,到傍晚霞光烧红了半边天。这是北方的晚霞,像红艳艳的马林果,新年枞树玩具常见这种颜色,有一种特殊的透明纸,透过它去看光,你会发现周围的景物全都变成了红樱桃一样的颜色,情景跟这差不多。但是,生动的天空并非只有红色:正中间有一条蓝蓝的带子,就像飞艇飞过留下的蓝烟,蓝色烟带两侧还有一层层界于红蓝两色之间的过度色,色彩细腻,格外好看。

灿烂的晚霞持续了大约一刻钟。刚刚升起的月亮,身在蓝色地带,面对一片火红,仿佛第一次见到这种情景,不由得感到吃惊。

雪花飘落

当雪花轻轻飘落的时候,雪花本身想静悄悄的,没有一点儿声音,雪花下得越紧越密,越想再安静一点儿,再安静一点儿,到最后,你就能听见雪花相互之间悄悄耳语:

"轻一点儿,轻一点儿!"

当你听见这种声音的时候,那就意味着,森林正处于最为幽静的时刻。

冬 天

凌晨,天快亮的时候,你披着衣服不系扣子,离开床铺就去开门,径直跑到室外,抓一把刚从空中飘落下来、蓬蓬松松的雪,用它擦脸,擦脖子,然后回到温暖的房间:在这清晨时刻,那雪常常有一股清香气息,特别好闻!

是的,如果家里很暖和、不愁温饱,还有一盏好灯,那么,冬天的情趣就远远胜过夏天。

谷羽 译

人生足迹

语言和种子

在森林边缘,一个耕地的庄员跟我聊天,话题说到了山杨树,一片山杨林生长,得白白消耗数不清的种子,大自然的安排显然并不妥当。

"不过,人类也常有这种情形,"我说道。"就以我们作家为例来说吧,要想写好一部作品,白白消耗的语言该有多少啊!"

"您的意思是,"庄员替我做了总结,"既然连作家都常写空话废话,我们还有什么资格责备山杨呢?"

我的书桌

我的书桌总是显得凌乱,这和森林有点儿相像。远看轮廓,像高明画家笔下的作品,近看细微之处,似乎乱糟糟没有章法,除了主人自己,谁也弄不明白。其实,森林里的刺猬就是这样,该拣什么样的树叶,它全都知道。我呢,坐在书桌旁边,该干什么,心里有数。

永恒之笔

即便没有太高的天赋,也能成为大艺术家。为此必须在创作中寻找永恒的诗行——换句话说,就是"永恒之笔"。要凭借成功的、不朽的诗句,写出新的作品,在成功的作品中继续求新求变。这样,你就能日新月异逐步提高,一定要让你的作品包含"永恒的因素",不断追求,让作品日趋完善。如果你能照我说的,一辈子努力,坚持不懈,那么你就会充满自信。大多数人写作时缺乏自信,他们写作,全凭"上帝赐予的"天才。这些人如同"季节之王",在社会上也曾一度光彩闪耀,但很快就才思枯竭,归于默默无闻,——原来"上帝赐予的,上帝随即收回去了"。

窥视宝座

　　文艺作品中的美,要用美的手段来创造,但是,美的力量在于真:可能存在软弱无力的美——唯美主义,却从来没有脆弱无力的真。
　　自古以来就有坚强的人,有勇敢的人,有杰出的演员,有伟大的艺术家,但俄罗斯人的本质——不在于美,不在于力,而在于真,在于对真理的执着。如果很多人都变得虚情假意,人的外表都浸透着虚伪,那么,作为社会基础的文化人,就不再成其为基础,人们知道,这种虚伪是与人类自身为敌的,它终将成为过去。
　　伟大的艺术家从事创作,原动力并非来自美,而仅仅是来自真,这种对于真理的倾心,孩童一般纯洁,艺术家面对伟大的真理,态度无限恭顺,正是这些造就了我们文学中的现实主义;是的,我们的现实主义的本质就在于此:这就是艺术家在真理面前忘我的谦卑心态。

摆脱闭塞　走向自由

　　一切都是灰蒙蒙的,道路是棕褐色的,窗户上流淌着春天最早的泪水。我从家里出来,刚走进森林,心胸立刻变得开阔,于是我进入了一个宽广的天地。
　　眼瞅着一棵高大的树,我心里想着它在地下最小的、细如发丝的须根,须根的顶端生长着帽子形状的根冠,在土壤中为自己打通一条蜿蜒曲折的小径,以便吸取营养。是的,只有接触庞大而完整的世界,你才能即刻感悟个人的须根负有什么样的使命,走进森林,心旷神怡,这正是我置身于大森林的感受。这种喜悦与观赏日出时的振奋十分相似。
　　然而这种情感飘忽不定,难以捉摸!多少次我力图追溯它的发端,渴望永远把握它,像握住一把开启幸福的钥匙,几经努力却始终未能如愿。我知道,要想胸襟豁达须先经受某种坎坷与磨难,要跟平庸俗气进行痛苦的斗争,这痛苦和斗争若明若暗，难以言喻；我知道，我出版的一本本著作，是我一次又一次取得胜利的佐证，但是我不敢断定，面对最后的磨难，比如胃癌一类的绝症，自己有没有勇气，依靠顽强的意志进行一场艰巨的拼搏。

我还知道，当有幸走出困境再次亲近自然，那么饱含着亲和力的关注会空前增强。比如说，此时此刻，我和所有的生命交融汇合，就不会忽视眼前白皑皑的雪地上有一只黑脑袋的小鸟儿在来回跳动。我脚下走的路被雪橇轧得很瓷实：路面上坑坑洼洼，是牲口蹄子留下的红褐色蹄印儿，坑洼的边沿被雪橇的横木来来去去磨得发白，又平又硬，踩着这些地方走路很舒服。我就这样沿着路边行走，我知道，前面道路拐弯儿处，有一只鸟儿顺着牲口蹄子留下的褐色凹槽在跳动，发白的路边衬托出鸟儿的脑袋，让我看得清清楚楚，看着鸟儿的脑袋我就能猜出它长得非常美丽，肯定是一只蓝翅膀松鸦。走过拐弯处，路变得很直，我发现松鸦旁边还有一只红腹灰雀，两只松枝儿鸟，它们看见我也不飞，只是蹦蹦跳跳向前移动。

谷羽　译

楚科夫斯基（1882—1969）

科尔涅伊·伊万诺维奇·楚科夫斯基，俄罗斯作家、评论家，出身贫寒，自学成才，年轻时曾以《敖德萨新闻报》的记者身份驻伦敦进行采访，就英国文学撰写评论。他与同时代文学艺术界许多作家、艺术家交往密切，凭借第一手材料写出文坛随笔《回忆片断》、《同时代人》，以生动的文字，刻画诗人、作家的个性与风采。他创作的诗体童话《莫伊多狄尔》影响了几代小读者，是俄罗斯儿童文学中的经典。他曾主持《世界文学》出版社英美文学部，为翻译介绍英美文学作出贡献。他写的文坛回忆录与艺术随笔，善于透过生活细节展示诗人和作家的个性。通过本书选入的三篇散文，读者对阿赫玛托娃的坚韧与善良，对她的抒情诗独特的艺术气质，对马雅可夫斯基的标新立异，肯定会有更深入的了解。

安娜·阿赫马托娃

1912年我就认识了安娜·安德烈耶芙娜·阿赫玛托娃。那是在一次文学晚会上,她丈夫——青年诗人尼古拉·斯捷潘诺维奇·古米廖夫,把我引见给她。她身材苗条,姿态娉婷,羞羞答答,像个十五六岁的大姑娘,她一步也不肯离开自己的丈夫,而他呢,当时,第一次介绍时就把她称为自己的学生。

那时她刚刚发表诗作,一片非同凡响的、意想不到的、热烈的颂扬声……过了两三年,在她的目光里、风采中、待人接物方面都表现出个性中的最主要的特点之一:雍容华贵。不是狂妄自大,不是傲慢不逊,不是目空一切,而是雍容华贵:走路像"皇后一般",迈着优雅持重的步伐。她对自己、对自己所承担的崇高的作家使命,表现出一种坚定不移的感情。

阿赫马托娃一年比一年显得更为雍容华贵。她并不是故作姿态,这在她身上是自然的流露。我们相识半个世纪,可是我从来不记得她脸上有过一丝一毫哀求的、诌媚的、渺小的或可怜的微笑。只要看到她,就不能不想起涅克拉索夫的诗句来:

> 俄罗斯农村有这样的妇女:
> 面部表情庄重安详,
> 举止动作潇洒有力,
> 步态、目光如同女皇。

任何一位与她素不相识的人见到她时,都会感觉到这位女士有种"镇静的威严"感,甚至排队买煤油、买面包时,甚至在火车上,在硬席车厢里,甚至在塔什干的电车上,也毫不例外。人们对她总是表示格外地尊敬,虽然她对所有人都是平等相待,很随和,很友好。

她的性格中还有另外一种出色的特点。她毫无私有观念。她不喜欢什物,也不收藏什物。她能够轻松愉快地摆脱任何一件物品。她像果戈理、柯里兹和她的朋友曼德尔施塔姆一样，是个无家可归的游子。她极不重视财物，她善于放弃它，如释重负。即便在她的青年时代，在她那短暂的"富贵"岁月里，她家中也没有庞大的衣橱和五屉柜，有时连个写字台也没有。

她住得很不安逸，我不记得她生活中哪个时期，周围的摆设可以算得上令人舒适。

"摆设"、"舒适"、"安逸"这些字眼儿本身就与她水火不相容——既和她的生活不相容，也和她创作的诗歌不相容。阿赫马托娃在生活中、在诗歌中，始终都像个无家可归的人。

不过，她非常珍惜美的东西，并精通美的内涵。在她俭朴的日常生活中，时而出现各种古老烛台、东方锦缎、木刻画、古圣像等等，但过不了几个星期，这些东西又都不见了。她身边长期保留的唯一的"用具"，是她的一只破旧的小皮箱。小皮箱摆在墙角处，随时可以拿走，里面装满笔记本、诗抄和诗稿——往往是没头没尾的草稿。不管她到什么地方去——沃罗涅日、塔什干、柯马罗沃、莫斯科，这只皮箱从来没有离开过她。

甚至连书籍，她看过之后，也分赠给别人，只留下最珍爱的几本。伴随她的有普希金、圣经、但丁、莎士比亚、陀思妥耶夫斯基。她外出时常常带上他们的作品，或是这位的，或是那位的。其他书籍，在她手上逗留一段时间，便消逝了。

总之，她天生是个行踪无定的女人。晚年，每当她到莫斯科来时，或寄宿此家，或下榻他户，来到哪个朋友家里，就住在那个朋友家里。

> 世界上大概没有人像我
> 更无处可去、无家可归……

她描写自己的这两句诗，真是惟妙惟肖。

她的亲朋好友都晓得，只要赠给她一件东西，比方说，华丽的披肩，那么过不了一两天，这件华丽的披肩就装饰了他人的肩膀。

她总是把东西转赠给别人，而这些东西往往又是她本人所需要的。记得那是在1920年，彼得格勒正闹饥荒。有一天，外地一位友人给她送来一个又大又好看的罐头筒,筒里满满地盛着英国大名鼎鼎的涅斯特列工厂生产的超营养的、超维生素的"面粉"。这种浓缩食品,只消用沸水冲一小茶勺,就可以成为我们饥肠辘辘的肚子意想不到的丰盛午餐。那一筒东西简直比钻石还值钱。我们实在羡慕这个无价之宝的所有者。

天晚了。客人们聊够了,开始各自回家。我有点事,耽搁了稍许,踏上昏暗的楼梯时,比别人晚了几步。突然——我怎能忘记她那富有女性美的手臂的命令式的急促动作?——她追着我跑了出来,走到平台上,用一般说"再见"时的那种最平常的声音说道:

"这个给……您的女儿……穆罗奇卡……"

她说着,涅斯特列工厂出产的珍贵产品便落在我的手中了。

我一再推辞说:"看您!我绝不能要!……我怎么能接受呢,我永远不能这么做……"可不管怎么说也无济于事。门板砰的一声在我面前关上了,不管我几次按铃,也没人来开门。

这一类事情,我还记得不少。

有一次在塔什干(疏散时),某人送给她一些珍贵的砂糖。

她热情地感谢那位送糖的人,但过了一会儿,那个人刚刚离去.邻居一个五岁的小女儿跑进屋来,于是她就把全部礼物都送给小姑娘了。

"现在(即战时)让我一个人吃糖,"她解释道,"那我可真是疯了……"

莫斯科有一位女作家,她现在还住在那里,十年以前,她没有钱维持生活,以便完成自己的一部艰巨的著作。这部著作她已经写了多年了。当时,安娜·安德烈耶芙娜刚刚熬过长期缺钱的日子,可能因为译作终于得到一笔数目不大的稿费。她用这笔稿费买了一架打字机,作为礼物送给那位女作家,她想让那位女作家弄到一些辅助收入,以便完成自己的著作。

安娜·阿赫马托娃在《历史的序曲》一诗中,回忆自己过世的母亲时,有几行诗说的岂不正是她那颗不寻常的善心:

> 那女人有一双透明的眼睛
> ……
> 她的姓名罕见,她的手臂白皙,
> 她还有一颗善良的心,

> 我从她那儿接受了这种善良，
> 如同继承了一笔遗产，——而它
> 不过是我苦难生涯不需要的东西。

博览群书，也是她个性中同样突出的一个特点。在当代诗人中，她是读书最多的一位。但，让她花费好多时间去阅读报刊评论员和批评家所大吹大擂的那些耸人听闻的时髦作品，她可受不了。

普希金的作品，她全部可以背诵下来——她是那么仔细地、长期地、敏锐地研究了他和有关他的一切文献，致使她在研究普希金的生平与创作的学术领域里，有所发现，而且意义不小。普希金作为师长与友人——在血缘方面跟她是亲近的。

她在一篇关于普希金的文章中，写过这么几个字："我的老前辈谢高列夫"。许多人对这几个字有点儿纳闷。谢高列夫不是诗人，但他是最著名的历史学家之一，是研究19世纪二三十年代的专家，是专门研究普希金的学者。如果她写道："我的老前辈丘特切夫"，那就似乎合情合理。然而，当时很少人晓得她的老前辈中不仅有抒情诗人，也有我国的学者。巴维尔·叶里谢耶维奇·谢高列夫极其佩服她的知识，有时跟她谈论普希金和他的同时代人，一谈就是几个小时。

她像个专业历史学家那样研究了俄罗斯历史，所以当她，比方说，谈起阿瓦库莫的原型，近卫兵[①]的妻子们，谈起十二月党人中的某一位，谈起涅谢里罗德或列昂蒂·杜别利特[②]时，仿佛她认识他们本人，并像是在回忆亲近的熟人。这一点，她使我想起尤利·特尼扬诺夫[③]和塔尔列[④]院士，她酷似这两个人。

当你翻阅阿赫马托娃的作品时，在满纸离别、孤寂、无家可归的悲哀诗篇

[①] 指16—17世纪俄国皇家的近卫兵。
[②] 杜别利特（1792—1862），俄国将军，宪兵队参谋部主任。
[③] 特尼扬诺夫（1894—1943），前苏联作家、文学史家，著有论述诗歌语言等方面的专著以及长篇小说。
[④] 塔尔列（1875—1955），前苏联历史学家，科学院院士，著有《拿破仑传》等书。

里，时而会读到另外一类诗句。这类诗使我们相信，这位在生活中、在诗歌里"无家可归、行迹不定的女人"，也有一个大写的家字。这个"家"，无论在什么时候都是她可靠的、赖以生存的避难所。

这个家就是国家，就是祖国的土地。她自幼就把自己全部纯洁的情感献给这个家了，当这个家遭到法西斯分子野蛮袭击时，这种情感表现得尤为充分。报刊上开始发表她的诗，那威严的诗句，与人民的勇敢、人民的愤怒，完全协调一致。她的声音，从隐秘的、有时甚至是依稀可闻的细语，变成了洪亮的、有力的、威严的怒吼，这是满身淌着鲜血但不可战胜的人民的怒吼。

> 我们面对儿女，面对祖坟宣誓：
> 谁也不能迫使我们投降……
>
> 我们的时钟宣告英雄时代已经开始，
> 英雄气概再也不会离开我们身边……
>
> 列宁格勒人重又集结队伍冒着硝烟前进——
> 为了争取光荣．没有死者——死人和活人同行。
>
> 让妇女们把从千万次死亡中拯救的儿童高高
> 举起……

我读过几篇评述阿赫马托娃的文章，有的说她诗中这种为俄罗斯土地而痛苦、而喜悦的表现是突如其来的，是意料之外的，仅仅是在最后一次战争中产生的。这，当然不对。诗集《群飞的白鸟》写于帝国主义相互屠杀的年代（1914—1917），她吐露了同样的感情：战争一开始，她就怀着同情之心，把她在民间听到的话记录下来：

> 我国的土地不能任敌人分割，
> 不能任他们践踏取乐；
> 圣母用雪白的布

蒙在巨大的悲痛上边。

她早年的组诗中，有一首最富有激情之作，她在那首诗中说，她准备把自己最珍贵的东西全部献出来。准备忍受命运的任何打击：

但愿黑暗的俄罗斯上空
乌云变成彩霞辉煌照耀。

阿赫马托娃的抒情诗，几乎篇篇都有情节。诗中很少抽象的话。她除了具有音乐才能和抒情才能之外，还有叙事者和小说家的罕见的才能。她的诗，不仅仅是歌，往往还是一篇小说，小说的情节复杂，内容充实，寥寥几笔，即可勾勒出情节的一角，使我们长记不忘。关于被情人抛弃了的踩绳索的女演员，关于投入冰冻的池塘自尽的女人，关于绝望的爱情导致自杀的大学生，关于出售刀鱼的女售货员爱上了渔夫，——这都是变成歌曲的小说。

她的创作有物体感——上上下下装满了物品。这是一些普普通通的物品——不是隐喻，也不是象征，如：裙子、袖笼、帽子上的翎毛、伞、井、风车。这些司空见惯的平凡的物品在她的诗中成了使人不能忘怀的东西，因为她使这些物品服从她的抒情需要。谁能不记得那只有名的手套，当那位被遗弃的女人离开抛弃她的情人时，阿赫马托娃用诗句记录了她的内心独白：

我的脚步仍然轻盈，
可绝望的胸房变得冰凉，
我竟然把左手的手套
匆忙间戴在了右手上。

阿赫马托娃的描绘中，有很多建筑物与雕像，相当精彩。与其说她在歌唱，不如说她在从事建筑。她与建筑物、与雕像结下了不解之缘。她的诗中，忽而是"皇村雕像"，忽而是"斯摩尔尼教堂的穹隆"，忽而又是涅瓦河畔的圆柱，一个个出现在我们面前，——阿赫马托娃诗中这些大理石的、青铜的和石头的形象，几乎比花草树木还多。她在自己的艺苑中也是位建筑师。她的许多诗——不是歌，而是建筑物。总之，大量可摸可见的物，使阿赫马托娃的抒情诗区别于象征主义者巴乌特鲁塞蒂斯、巴尔蒙特、吉皮乌斯这些抽象派诗人的寓意抒情。他们都迷恋于模糊不清的、摇摆不定的朦胧性。如果把他们的诗和阿赫马托娃的诗摆在一起，那么他们的诗往往使人感觉到像是代数的方程式，像某种抽象范畴事物的一览表。而阿赫马托娃诗中抽象的东西也有质感和物感：

> 那个题目对我来说，
> 如同搬运灵柩时
> 被人踩在地上的菊花。

阿赫马托娃身上有一种气质超越了她的才华。这就是决不动摇的苦修者的情趣。阿赫马托娃写作时，十分慎重，而且不轻易动笔。她不慌不忙地推敲每一个字，追求一种不平凡的平凡，这一点只有大师们才能做到。许多诗人跟她一比，就显得是一些夸夸其谈的演说家。当时我很少见到哪个写诗的人，能在结构方面胜过她。她的诗出色地解决了熔叙事与抒情于一炉的这最艰巨的任务。

最初，她的节奏呼吸十分短促，只够用两行。后来，她完全掌握了它。起先，她的诗多少有些类似镶嵌画，仿佛是几块东西拼凑在一起的。过了一段时间，这种现象也被她克服了。如今，她的名字成了我们语言学中最珍贵的名字之一。如果我们没有安娜·阿赫马托娃，我们的文学会贫乏得多。

她的诗中处处都可以感受到普希金的无形存在。每行诗，她都经过精雕细刻，千锤百炼，达到一劳永逸的程度。一点儿含糊不清、苍白无力的东西也没有。字字重千钧："……疖疖疤疤的枞树干上是蚂蚁群的公路"。处处都表现出这种追求绝对完整的、古典的形式。

她的思维清晰、准确，我甚至可以称它具有几何体的精确性。当她在诗中分析某一种有几个发展阶段的现象时，比如，北方的秋天，便显得尤为鲜明。她在每年的秋季里看到的不是一种秋天，而是三种秋天。她在这一大段时间内看到表现造化的三个阶段。依照她的观察，每个阶段都有许多严谨的标志，她把这些标志清清楚楚地再现在诗中。

第一个阶段——九月的早期：

  第一段——像过节那样零乱，
  仿佛有意与昨天的夏日为难，
  树叶纷飞，像撕碎的纸片，
  轻烟飘香，沁人心田，
  处处湿润、明朗、色彩斑斓。

  白桦树第一个翩翩起舞，
  披上透笼的装束，
  隔着篱笆向芳邻挥洒
  转眼即逝的泪珠。

然而这节日的欢腾，时间拖得并不长，这是"第一个秋天"呈现出来的明朗、耀眼、斑斓的色彩。

  故事刚刚开始，如此这般，
  只过了一分、一秒，
  第二个秋天就已出现，
  它像良心一般冷淡，
  它像空中的雾霭一般阴暗。

  顿时，万物似变得苍白衰老，
  夏日的安逸也被洗劫一空，
  远方行军中的金色铜号声
  飘扬在芳香的雾中……

这"第二个"秋天也结束了，为时极短，冷雾笼罩了周围所有村庄：

  高高的苍穹看不见了，

到处弥漫着寒冷的气浪，
　　冷风袭来，大地袒露胸膛，
　　于是人人明白，悲剧即将结束，
　　这不是第三个秋天，而是死亡。

　　她的头脑这种敏锐的分析能力，也表现在对各个不同的阶段的思索上。怀念心爱的亡者，往往就会出现这种不同的阶段。
　　安娜·阿赫马托娃说：

　　回忆有三个时代，……

　　她用准确生动的线条勾画出每个时代来。第一个时代是这样的：

　　笑声还没停息，泪水还在流，
　　桌子上的墨迹还没有擦去——
　　吻，唯一的、告别的、不可忘却的吻，
　　像留在心上的印迹……

　　阿赫马托娃以同样感人肺腑的诗句描绘了回忆中的第二个"时代"，然后便转入第三个悲惨的时代：

　　最悲痛的时刻来临：
　　我们认识到，往事无法
　　容纳于我们生活的限度，
　　往事就像隔壁的邻居，
　　我们彼此之间十分生疏，
　　死去的人，我们可能陌生，
　　可是上帝让我们离开的人——
　　离开了我们，生活得蛮好——
　　甚至越来越美满幸福……

阿赫马托娃有种习惯，执拗地深入观察当前生活现象，她把这种现象中的某些时机写入像数学一般精确的诗中。她的这种习惯逐年加剧。

因此，到了30年代末40年代初，在她的书中一个新的、时刻不肯离开她的主题，表现得越来越明显，就十分自然了。这个主题就是对俄罗斯历史中各个时代、对各个时代的流逝性和永恒性的运动，进行的深入思考。她思考时，头脑工作得准确而精细。这颗头脑对世界上的任何现象都习惯于通过形象的、具体的再现加以接受。这颗头脑促使她独辟艰难的体裁——历史抒情诗。

阿赫马托娃年事越高，越想创作历史画，历史画变为热情奔放的抒情诗。这种追求，在她的巨作——《没有主人公的叙事诗》中表现得尤为全面和富有立体感，为此，她如醉如痴地付出了她生命的最后的二十五个年头（1940—1965）。

乌兰汗　译

马雅可夫斯基印象记

当年，我对未来主义者的态度是错综复杂的：我瞧不起他们的主张，可是我爱这些人，爱这些人的才气。

他们在我的心目中是诗歌中虚无主义倾向的代表，而我对这种倾向是相当厌恶的。我认为这种倾向会把热情洋溢的、精雕细琢的抒情诗拖向彻底的灭亡，而俄罗斯文学在全世界各国文学面前是有权以抒情诗引以为荣的。当时，我常常把叶莲娜·古罗[①]、华西里·卡缅斯基[②]、赫列勃尼柯夫[③]、大卫·布尔柳

[①] 古罗（1877—1913），俄罗斯女作家，接近立体未来主义文学团体。她的作品主要表现对一切生物的潜在的爱。
[②] 华西里·卡缅斯基（1884—1961），俄罗斯诗人。
[③] 赫列勃尼柯夫（1885—1922），俄国未来主义诗人。

克①等人的许多单独的作品视为真正的艺术佳作,所以我那时不同意报纸上一些蛮横无理的批评家们的意见,他们不仅把"未来主义"革出教门,而且也把"未来主义者"们革出教门。

我对伊戈尔·谢维里亚宁②的华而不实的东西虽然十分不敬,但我高度评价他那令人神往的、抒情的音乐感,并赞赏他许多诗作中富有声响的表现力,即使这些诗作带有纨绔子弟味道。

这正说明,未来主义者们在舞台上、在讲演中虽然公开与我为敌,他们甚至在自己的许许多多的宣言中恶毒地挖苦我,把我推到他们狂暴的敌人堆里去,然而在实际生活中,在日常交往中,或者说是在幕后吧,我们之间的关系还是相当融洽的。"未来主义者们"喜欢到库俄咯拉(我离群索居的地方)来看望我,把还是手稿的作品朗诵给我听,并一起在大庭广众面前讲演,等等。

我曾试图在那篇1913年整个夏天里撰写的长文中把我对他们的这种双重态度加以说明。那篇文章中关于马雅可夫斯基讲得不多,因为读了他到那时为止所发表的为数不多的短诗以后,他给我的印象和他那一群伙伴们截然不同。我透过未来主义形象的反常状态感受到名副其实的人的忧愁,这种忧愁是和他在舞台上发言时的胆大妄为水火不相容的。也许我对他当时的某些诗的看法过于主观,但是,那些诗首先使我体会到的是痛苦的表白:

> 这是我的灵魂
> 被烧光了的空中的云电
> 撕得粉碎
> 挂在钟楼发锈的十字架上!
> ……
> 我孤独,如同就要失明的人
> 最后的一只眼睛!③

---

① 布尔柳克(1882—1967),俄罗斯未来派诗人与画家,1920年去日本,1922年流亡美国,曾在那里编辑出版过《色彩与韵律》杂志。
② 谢维里亚宁(1887—1941),俄罗斯颓废派诗人。
③ 摘自《关于我本人的几句话》一诗。

当时，整个马雅可夫斯基对我来说都涂有这首诗的色彩。

当我去莫斯科时，我决定跟符拉季米尔·符拉季米罗维奇①见一面，亲自和他谈一谈，因为我很想知道这种忧愁是从何而来，为什么他觉得自己像只"负了伤、走投无路的'扁角鹿'"②，同时，我也想对他的那些我已背得滚瓜烂熟的短诗表示自己的赞美。

总之一句话，我事先做好了准备：进行一次推心置腹的、激动热情的谈话。

然而，事与愿违。

我从彼得堡来到莫斯科以后，有一天晚上到文学艺术小组（小组位于大德米特罗夫卡15号）去办事。我听说马雅可夫斯基在这里，在餐厅隔壁的台球室。有人告诉他说我想会见他。他皱着眉头走出来看我，手里拿着台球杆，很反感地问道：

"找我干什么？"

我从衣兜里掏出他写的一本小书，激动地陈述我对这本书的看法。他听了不到一分钟，远不像某些青年作者那样兴致勃勃地倾听"有影响的批评家"的意见。之后，使我惊讶的是，他竟然说出这样的话：

"我有事……请您原谅……有人在等我……如果您愿意夸奖这本小书，请您到那个角落去……到最边上的餐桌前……看见了吧，那里坐着一位小老头……系着白领带……请您到他那儿，把这些话讲给他听……"

他的话讲得还算客气，但一点也不含糊其词。

"这事与那位小老头有什么关系？"

"我在追求他的女儿。她已经知道我是个伟大的诗人……可是这位老爹还在怀疑。因此，请您告诉他吧！"

我真想发火，可是一转念笑了笑，走向那位小老头。

马雅可夫斯基曾经几次出现在门口，用同情的神色观察着我交谈的进展情况，对我做些手势，然后又消失在台球室里。

这次会面使我明白了，要想替马雅可夫斯基讲话，是根本办不到的事，

---

① 即马雅可夫斯基，这是他的名字与父名。
② 引自马雅可夫斯基的诗《疲倦所至》。

他这一类人不要求别人代他讲话。初学写作的诗人——这种人我接触过不少——他们对批评家的态度一般都是巴结的,可是马雅可夫斯基在他的早年就显得盛气凌人。

和他处熟以后,我发现他身上毫无意志薄弱者,甚至即使是有才能的人都少不了的种种渺小的、狡猾的、萎靡不振的东西。他已经使人感觉到他将是个命运非凡的人物,担负着重大的历史使命。他给人的印象并不是飞扬跋扈。但是他走在人群中间时总显得像个格列佛①,虽然他从不使别人感觉自己在他身边像些利立浦特②,情况就是这样,即使是最目空一切和最傲慢的人也不敢藐视他。

我和小老头谈了一阵,便急着离开餐厅。小老头原来是位非常讨人喜欢的人。当我走到前厅时,马雅可夫斯基追上了我。我们一起穿大衣。他毕恭毕敬地帮助我穿上大衣,不过那是一种贵族式的恭敬。当我们刚刚来到街上时,他便开始用不高的声音朗诵沙夏·乔尔内依③的诗的片断,然后又朗诵我翻译的华尔脱·惠特曼的诗:

我惠特曼,我是宇宙,我是曼哈顿④之子……

"这个作家不错,"他说,"不过,您翻译他的作品时过于甜腻了,应当译得粗野些,生硬些。您的韵律也是巴尔蒙特⑤式的,过于悠扬了。"

我告诉他,遗憾的是他只晓得我青年时代的译文,这些译文早已被我否定,而我现在翻译惠特曼的作品正是这样——不加糖,也不粉饰。

于是我为他背诵我刚刚完成的一首长诗《看到小麦复苏时显出的惊讶》的译文:

大地呀,你把那些尸体弄到哪里去了?
那群一代一代死去的酒鬼与饭桶?

---

① 格列佛是英国作家斯威夫特的作品《格列佛游记》中的人物。
② 和利立浦特也是《格列佛游记》中的人物。
③ 乔尔内依(1880—1932),俄国幽默讽刺诗人,十月革命后流亡国外。
④ 曼哈顿是美国纽约市一个区的名称。
⑤ 巴尔蒙特(1867——1N2),俄国诗人,1921年流亡国外。

"妙!"他说的时候并没有表现出过多的赞叹,"您把这首诗读给布尔柳克听听。不过您的译文中还是掺了糖浆。举个例子来说吧,您在这首诗里用了'肉体'二字。其实,这里需要的不是'肉体',是'肉':

  我不能用我的肉去贴近大地,
    以便让大地的肉使我更新……

我相信原作中用的一定是'肉'字。"

  原作中确实是"肉"字。马雅可夫斯基不了解英文原作,却准确地猜到了它的原文,而且谈起来是如此自信,仿佛他本人就是这首诗的作者一样。

  一小时以前,我还摆出"德高望重的批评家"的架势,试图鼓励这位初学写作的作者的天才,可是这样一来,他不但没接受成我的鼓励,反而变成了对我进行评审的人。他的声音具有审判官的威严,我感到自己是在受审。

  结果是我们两个人一起到特维尔大街我下榻的"留克斯"旅馆去了,去谈华尔脱·惠特曼的作品,因为有很多译文我背诵不出来。

  天已很晚,看门人不准马雅可夫斯基进去。我把自己的笔记本拿到街上来,我们就在斯托列什尼柯夫胡同一家亮着灯的照相馆的橱窗前停下来(如今,每当我路过这个地方时,我就想起马雅可夫斯基),我给他读了新的译作——新译的作品很多,其中有的相当长,——他拄着长长的手杖,像是心不在焉地在听我念,当我读完了,——我读了大约有五百多行,甚至更多些,——原来他记住了每个字,因为他当即凭着记忆一段又一段地重述出他认为欠妥的地方。

  从我当时读给他听的华尔脱·惠特曼的诗中,他突出谈的主要是那些与他当时的诗体最接近的诗:

    尼阿加拉瀑布呵——我脸上的纱……
    我腋下的汗味比任何祈祷都好闻……
    在皮靴与帽子中间容纳不下整个我这个人……
    我不需要星星坠落下来,
    它们现在在那里,也很美……

> 火辣辣的太阳呵,你快把我晒死了,
> 如果我体内没有同样一轮太阳。

后来,有一次跟马雅可夫斯基见面时,他向我打听惠特曼的经历,他似乎在用惠特曼的经历来对照自己。

"惠特曼在舞台上怎样朗诵他的诗?他经常挨哄吗?他是不是穿古怪的衣服?报纸上用什么样的语言咒骂他?他是否打倒过莎士比亚和拜伦?"

每当我向他讲述惠特曼经历中与这些问题无关的情节时,他根本不听——把话题转到别的事上去。以后,我发现凡是不能为他的战斗或创作需要服务一般的泛泛知识,他都不听。

每次来到莫斯科,我们都要常常见面,几乎是天天相会,然而当时我们的关系并不融洽。马雅可夫斯基是个所谓讲义气的人。他觉得自己和未来主义者赫列勃尼柯夫、华西里·卡缅斯基、克鲁乔内赫①、大卫·布尔柳克、库里宾②是一样的人。而我,是个外路人,而且是个不太同情他们的人。他们当然以每个人如何对待未来主义的态度来衡量对方。我与未来主义是水火不相容的,但,我再重复一句,这并不妨碍我和未来主义者们交朋友,不妨碍我珍视他们的很多诗和画,并对他们的个人才能给予应有的评价。

1913年冬季的一天,我来到明月公园,来到原来的科米萨尔日芙斯卡娅剧院。我和赫列勃尼柯夫及其他"未来主义者们"站在乐队演奏厅,观看马雅可夫斯基的悲剧《符拉季米尔·马雅可夫斯基》,他本人在剧中扮演主要的角色。剧场水泄不通,座无虚席。大家都以为会出大乱子,所以都来凑热闹,准备发发火,抡抡拳头,吹吹口哨,——可是大家听到的却是忧愁的、抒情的声音,这声音以强烈的真诚抱怨周围生活的冷酷与无聊。

大部分听众感到失望,可是有的人在这一天明白了:俄罗斯出现了一位具有强烈的抒情力量的伟大诗人。

乌兰汗 译

---

① 克鲁乔内赫(1886—?),未来主义诗人。
② 库里宾(1866—1917),画家,参加过未来主义者的活动。

列宾与马雅可夫斯基

列宾当时住在库俄喀拉。他对那一批被他称之为"胡来主义者"①的画家们是异常反感的。另一方面"胡来主义者"把他辱骂了三年。因此，当马雅可夫斯基开始到我家来时；我总是提心吊胆，预感到他与列宾之间必然要发生一场冲突。

马雅可夫斯基好斗的血性十分旺盛。列宾也绝不是甘拜下风的人。但是要想防止他们邂逅，又根本办不到。我们是离列宾最近的邻居，他到我们家来得非常频繁。

有一个星期天，马雅可夫斯基正在我们的凉台上朗读他尚未完成的长诗片断，花园篱笆门响了一下，列宾在那里出现了。

他带着自己的一个女儿突然光临。

马雅可夫斯基停住了，他有些生气。当他朗诵时，他是不愿意别人打断他的。我记得列宾老人那一天俊美而和善，穿得很雅致，露着雪白的翻领。他不慌不忙、彬彬有礼地用他惯常的过分的客气，与每一个人打招呼。同时，按着老习惯唤着我们的名字和父名。这时，马雅可夫斯基拉开架子，像是准备要打架似的站在原地。

他们二人客客气气地，但是十分冷淡地互相致意。列宾靠着桌子坐下来，请马雅可夫斯基继续朗诵他的诗。

列宾的女儿悄悄对我说："最好还是不要念了。"她担心未来主义怪诗的朗诵会使他父亲怒气发作，而这对他的健康是有害的。

列宾对诗歌一向具有一种偏爱。我经常为他朗诵《伊里亚特》、《叶甫盖尼·奥涅金》、《卡列瓦拉》、《谁在俄罗斯能过好日子》。他贪婪地谛听着，欣赏着每一个音节，可是马雅可夫斯基的诗他能听懂什么呢？他是"六十年代

---

① 这个词是由未来主义一词演变出来的，带有蔑视的意思。

的人物"呵!他如同所有老人一样,我心里想,早已形成了自己固定的文学兴趣,也许他认为马雅可夫斯基的革新是对神圣事物的亵渎。

当时,马雅可夫斯基刚刚踏上创作道路。他还不满二十三岁。他的前程似锦。那时的先进青年已经酷爱他,但是老一辈人大部分对他的革新没有好感,甚至有些敌意,因为他们认为这位勇敢的革新者是用自己的诗歌在破坏古老艺术的光荣传统,他独特诗歌的不寻常的形式,使老一辈人对他望而生畏。

马雅可夫斯基从第一行读起他的《第十三使徒》(这是《穿裤子的云》当时的名称)。他脸上露出挑战的神色和搏斗的准备。他的低音逐渐变成令人悲戚的嗓音:

这是加里弗将军① 又要枪杀叛逆的人群!

我等待列宾大发脾气,但是他突然亲昵地说:"好极了,好极了!"他开始用愈来愈温情的目光打量马雅可夫斯基。此后,他听一节就重复一句:
"对对对!对对对!"
《第十三使徒》的最后一句已经读完了。列宾恳求道:"再读一首。"
马雅可夫斯基又读了《花花公子的上衣》和悲剧中的片断,还有他心爱的《给你!》:

再过一个钟头,你们这些肿胀的脂肪
就要挨个地从这里流入那清静的弄堂,
我向你们打开我的宝匣,它盛着这么多的诗篇,
我——是阔少,是浪子,挥霍着无价的语言。

列宾的赞美声越来越高。他叫起来:"有激情!有多么强烈的激情呵!"使当时在座的许多人感到困惑莫解的是,他把马雅可夫斯基比作穆索尔斯

---

① 加斯东·加里弗(1830—1909),法国将军,枪杀1871年巴黎公社社员的刽子手之一。他的名字已变成扼杀工人运动的血腥刽子手的代名词。

基①……

马雅可夫斯基高兴了,但没有感到难为情。他一口喝干了一杯冷茶水,咬住烟卷,以胜利者的目光望着坐在这里的《交易所商报》的记者。这位记者前不久还很瞧不起他。

列宾一时镇静不下来,最后对马雅可夫斯基说:"我愿意给您画幅像!您有时间请到我的画室来。"

这是列宾对他身边人所能说出来的最使人高兴的话。"我给您画像"——这种荣誉只落在为数不多的人的身上。列宾当年坚决拒绝给陀思妥耶夫斯基画像,后来他自己又不止一次以惋惜的口吻回忆此事。我本人可以证明,他有几年的时间婉言谢绝给罗扎诺夫②画像。

可是,他初次认识马雅可夫斯基,就说:"我给您画像。"

"那您准备付给我多少钱呢?"马雅可夫斯基反问道。这种很不礼貌的话,使列宾感到很有意思。

"好说,好说,价钱好商量!"他非常和气地回答他,然后站起来准备告辞(他总是突然就走,不作长时间的话别,但来的时候他却礼貌周到而又缓慢斯文)。

我们大家都表示要送他回家。

他友好地挽着马雅可夫斯基的手臂,两个人谈了一路。他们谈些什么——我不得而知,因为我跟其他客人远远地走在后边。

临别时,列宾对马雅可夫斯基说:

"请您别生我的气,但,说句良心话,您,见鬼去吧,哪里是个什么未来主义者呵!……"

马雅可夫斯基愤愤地对他嘟哝了一句。过了几天,列宾又来到我家,当他看到马雅可夫斯基的画时,他更顽强地表示了自己的看法:

"地地道道的现实主义者。一步也没有离开写实,而且……极巧妙地抓住了性格。"

---

① 穆索尔斯基(1836—1881),俄国著名的作曲家,代表作有歌剧《鲍里斯·戈都诺夫》等。
② 罗扎诺夫(1856—1919),俄国哲学家,思想家,文学家,评论家,教育家。

我手头积累了一大堆符拉季米尔·符拉季米罗维奇的画。那几年，他没完没了地画，画得随便而又轻巧——一顿午餐，一顿晚餐时间，他能画上三四张——画完就分赠给周围的人。

当马雅可夫斯基来到贝纳泰看望列宾时，列宾把他的画赞扬了一番，然后又重复说：

"我总得给您画幅肖像！"

"那我也给您画。"马雅可夫斯基接着说。他当场，在画室里，很快很快地给列宾画了几张速写，虽然有些漫画味道却博得了老画家的热情称赞：

"太像了！……而且——请您别生我的气——多么现实主义呵！"

可是，列宾到底没能为马雅可夫斯基画成肖像。他在自己的画室里准备了一张大画布，选了几支合适的笔和相应的颜色，并对马雅可夫斯基一再表示，他要画他"有灵感"的头发。马雅可夫斯基在指定的时刻来了（他几乎一向是准时的），可是列宾一见到他，突然沮丧地叫出声来：

"您怎么搞的！……唉！"

原来，马雅可夫斯基来的时候，有意到理发馆去剃光了头，为的是使"有灵感"的头发不留下任何痕迹，而列宾认为他的创作面貌的最有代表性的特征是头发。

"我本想把您描绘成人民的喉舌，可是您……"

于是，列宾取来一张小画布代替大的，并无精打采地画起没有头发的头像来，他一边画一边念叨：

"多可惜！您怎么来了这么一招！"

马雅可夫斯基安慰他说：

"没什么，依里亚·叶菲莫维奇，头发还会长出来的！"

马雅可夫斯基以自己的全部经历、全部创作否定了诗人仿佛是某一种术士和预言家，是"神秘与信仰的代表者"的形象，而这种人的特征之一就是"有灵感"的头发。所以，他宁愿把自己弄得很难看——剃成光头，露出发青的脑壳，也不愿意让列宾在给他画的肖像上赋予他一种他所厌恶的"超凡脱俗"的表情。

如今，列宾的这幅画稿在什么地方——不得而知。

我模模糊糊记得那一年（也许是隔一年）的冬天，我已住在彼得堡了，马雅可夫斯基和阿尔卡吉·阿威尔岑柯①来我家，我们一同到贝纳泰去看望依里亚·叶菲莫维奇。马雅可夫斯基和列宾是怎样见的面，他们两人在一起又谈了些什么——我已不记清了。我只记得在列宾的餐厅里，符拉季米尔·符拉季米罗维奇在圆桌前，直身挺立，朗诵他的长诗《战争与世界》（不是全部，而是零星片断。当时这首长诗还没有写完），而列宾哦哦啊啊的赞不绝口，并不时地热情喝彩："好！"

能够不顾自己的习惯与定型的审美观去理解、器重和爱戴马雅可夫斯基，需要这位七旬高龄老人的身上储备多少朝气呵！

马雅可夫斯基当时正在进行世界文学有史以来最伟大的一次文学革命。他通过自己的《第十三使徒》给俄罗斯文学带来了崭新的、空前未有的主题，崭新的、空前未有的韵律学，崭新的、空前未有的押韵法，还有崭新的句法和崭新的词汇。

倘若所有这些革新的综合使一位年迈的巡回派画家吓呆，这并不稀奇。然而列宾却以一位大艺术家的本能，透过对他来说是志不同道不合而又很不习惯的诗歌形式，在马雅可夫斯基身上一眼就发现了雄浑的力量，一下子就理解了他的诗歌中为当时的杂志编辑们和职业评论家们尚且不能理解的东西。

乌兰汗　译

---

① 阿威尔岑柯（1881—1925），俄国幽默作家。《就讽刺画报》主编。十月革命以后流亡国外。

阿赫玛托娃(1889—1966)

安娜·安德烈耶夫娜·阿赫玛托娃,原姓高连科,俄罗斯诗人,早年参加阿克梅派,擅长写爱情诗,诗风细腻委婉,被人誉为俄罗斯的萨福。诗人一生坎坷,屡遭劫难:第一任丈夫古米廖夫被镇压,儿子两次入狱,第三任丈夫也曾被捕,卫国战争胜利后受到点名批判,被苏联作家协会开除,失去创作和发表作品的权利,只能借翻译外国诗歌谋生,曾与汉学家合作,将屈原的《离骚》、李白、李商隐的诗译成俄文。她写的长诗《安魂曲》、《没有英雄人物的叙事诗》呼吁法制,维护人的尊严,具有史诗般的恢弘气度。叶甫图申科认为她是20世纪俄罗斯最重要的诗人,赞美她是"俄罗斯诗坛的月亮",与"俄罗斯诗坛的太阳普希金"相互辉映。诗人特瓦尔多夫斯基曾经指出:"她对俄罗斯大自然细腻的感受,对祖国语言声调的绝对敏感,表达精神活动在心理上无可比拟的准确,风格既朴素又复杂多样,诗律舒展流畅。"她用诗笔写散文,语言简洁凝练,风格严谨,透过本书选译的几篇作品,我们可以感悟为什么她对普希金、对布洛克会那样一往情深。

光与善的骄子
——忆亚历山大·勃洛克①

1913年秋,在彼得堡一家饭店里为前来俄国访问的维尔哈伦②举行欢迎会,同一天,别斯图热夫高级女子专修班③也举办了一个规模相当大的内部晚会(只限本校学员参加)。晚会的筹备人员中有位妇女灵机一动,想到把我也请去。让我向维尔哈伦致欢迎词,我对他怀有温柔的好感,不是因为他那轰动的大都市主义,而是因为一首小诗《在天边的一座木桥上》。

不知为什么,我总觉得在彼得堡的饭店里举行的盛大招待会,有类似追悼会的感觉,燕尾服,上等香槟酒,拙劣的法语,还有祝酒词——鉴于此,我决定参加女学员的集会。

慈善机构的女施主们也亲临这个晚会,她们为争取妇女的平等权利而终生进行着斗争。其中有一位是女作家,阿里阿德娜·弗拉基米罗夫娜·特尔科娃—韦尔格日斯卡娅。我小的时候,她就认识我,我发言之后,她说:"瞧,阿尼奇卡④已经为自己争来了平等的权利。"

我在演员的化妆室里遇见了勃洛克。

我问他为什么没有去参加维尔哈伦的欢迎会。诗人以感人的直率回答道:"因为那儿有人会要求我发言,而我不会讲法语。"

一位女学员拿着名单来到我们面前,通知我在勃洛克之后朗诵。我恳求道:"亚历山大·亚历山大罗维奇,在您之后,我朗诵不了。"他的回答,带有

---

① 亚历山大·勃洛克(1880—1921),俄国象征主义最杰出的代表,享誉世界的抒情诗人。

② 维尔哈伦(1851—1916),比利时现代派诗人,他的诗突出地表现了近代都市生活,所以被称为大都市的歌手。

③ 别斯图热夫专修班1878年建立于彼得堡,是高等女子学府。当时因别斯图热夫—留明(1829—1897)教授任校长,故得此名。

④ 安娜的爱称,即阿赫玛托娃。

责备之意:"安娜·安德烈耶夫娜,你我都不是高音歌唱家。"当时他已经是俄国最著名的诗人了。而我,那两年里也经常在"诗人车间"①、"艺术语言爱好者协会"②和在维亚切斯拉夫·伊万诺夫的"塔"③里朗诵自己的诗篇,可是在这儿,情况完全不同了。

如果说大舞台能够掩饰一个人,那么小平台就会把他无情地暴露于众。小平台活像断头台。那天,也许是我初次有了这种感受。对于站在小平台上的人来说,场内的人仿佛是一个千头怪物。大庭广众很难控制。在这方面,左琴科是个天才。帕斯捷尔纳克在小平台上也蛮随意。

谁也不认识我,所以当我出场时,便有人在喊:"这是谁?"勃洛克建议我朗诵《我们在这儿是游手好闲之辈……》我拒绝说:"每当我读到'我穿上了窄筒裙'时——大家就哄笑。"他回答说:"每当我读到'酒鬼们;瞪着兔子一般的眼睛'时——他们也哄堂大笑。"

好像不是在那儿,而是在另外一个文学晚会上;勃洛克听完伊戈尔·谢韦里亚宁④朗诵之后,回到演员化妆室,说:"他的嗓门油渍渍的,跟律师的一样。"

1913年年底的一个礼拜天,我带着勃洛克的诗集去看他,请他签名留念。他在每一本书上都简简单单地写道:"赠阿赫玛托娃——勃洛克"(《美女诗集》⑤)。而在第三本上,诗人写了一首短诗献给我:《有人会告诉你:美丽是多么可怕……》。诗中说我披着西班牙披巾,而我从来没有那种披巾。当时勃洛克对卡门着了迷,所以把我也西班牙化了。老实说,我的发髻上从来也没有戴过红蔷薇。这首诗是用西班牙抒情诗体写成的,并非偶然。1921年春,我们在话剧大剧场的后台最后一次会晤时,勃洛克走到我面前问道:"那条西班牙披巾呢?"这是我听到他说的最后一句话。

我到勃洛克家只去过一次,在那唯一的一次访问时,我顺便提到诗人贝内

---

① 一个文学团体,成立于1911年,为首者是古米廖夫和戈罗杰茨基。
② "艺术语言爱好者协会"成立于1909年,发起人有维·伊万诺夫、安年斯基等人。
③ 指彼得堡象征派诗人维亚切斯拉夫·伊万诺夫的寓所。当时每星期三在那里举行文学家集会。
④ 谢韦里亚宁(1887—1941),俄罗斯诗人。
⑤ 《美女诗集》是勃洛克的处女作,写于1903年,诗中充满了浪漫主义与神秘主义色彩,使他在当时名声大振。

迪克特·利夫希茨抱怨说：只是因为有勃洛克的存在，所以才妨碍了他写诗。勃洛克没有笑，而是十分严肃地对我说："这我懂。列夫·托尔斯泰妨碍我写作。"

1914年夏，我到基辅郊区达尔尼察去探望妈妈。7月初，路经莫斯科，回斯列坡涅沃村我的家。在莫斯科时，我赶上了第一辆邮车就上去了。我在平台上吸烟。火车进了某一站，车停了，月台上空空荡荡，有人把装信的口袋扔了下去。突然，勃洛克出现在我的眼前，使我不胜惊讶。我喊道："亚历山大·亚历山大罗维奇！"他回头看了看。因为他不仅是位伟大诗人，而且是个善于委婉提问的能手。他问道："您跟谁同行？"我只来得及回答一句："一个人。"火车就开了。

五十一年后的今天，我翻开勃洛克的《笔记本》①，我在1914年7月9日这一天读到："我陪母亲到波得松涅奇纳雅去看一看疗养院。魔鬼在捉弄我。安娜·阿赫玛托娃在邮车上。"

勃洛克在另一处说我和杰利马斯以及库兹明娜·卡拉瓦耶娃用电话把他折磨苦了。这事，我可以提供一点证据。

我给勃洛克挂过电话，亚历山大·亚历山大罗维奇有个习惯，他往往把心中想的事说出声来，那天他以特有的直爽问道："您给我来电话，大概因为阿里阿德娜·弗拉基米罗夫娜·特尔科娃把我说您的话，都告诉了您？"好奇心快把我憋死了，于是我在阿里阿德娜·弗拉基米罗夫娜接见来访者的一天，去看望她。我问她，勃洛克都说了些什么。我怎么央求，她也不肯讲："阿尼奇卡，我从来不把这位客人议论别人的话传给哪个人。"

勃洛克的《笔记本》使人零星地有所得，它把模糊不清的往事从忘却的深渊中打捞出来，并指明事件发生的时间。我又想起了那座木结构的伊萨克桥。桥梁燃着熊熊火焰向涅瓦河口飘去。我和我的同行者惊诧地望着那不曾见过的场面，勃洛克作了记载，那一天是1916年7月11日。革命以后（1919年1月21日），我在戏剧食堂里又碰见了勃洛克，他脸色憔悴，瞪着一对发了疯似的眼睛。他对我说："大家在这儿见面，仿佛已经到了那个世界。"

---

① 《笔记本》是1965年根据勃洛克生前笔记编印的一本书，其中记载了1901—1920年的事。

大战初期（1914年8月5日）我们三个人（勃洛克、古米廖夫①和我）在皇村火车站吃饭（古米廖夫已经穿上了军装）。勃洛克当时走访军人家属，以便给予帮助。当只剩下我们三人时，科利亚②说："难道把他也派到前线上去？这等于把夜莺扔到油锅里炸。"

二十五年过去了，还是那座话剧大剧场里举行勃洛克纪念会（1946年），我朗诵了一首刚刚写成的诗：

> 他说得对——又是街灯，药房，
> 涅瓦河水，万籁俱寂，花岗石墙……
> 他站在那里，活像本世纪初
> 树立起来的纪念碑一样——
> 当时他向普希金纪念馆
> 挥动手臂告别辞行，
> 他疲惫地接受了死亡——
> 作为不应得的安宁。

乌兰汗　译

巴 黎 往 事
——忆阿美德·莫迪利阿尼③

我非常相信别人的话，他们把他描绘得并不像我所熟悉的样子，这里有些原因。第一，我只晓得他本质的（即闪光的）某一个方面，因为我是外来人，是个二十岁的外国妇女，我本身可能也不太为他人所理解；其次，当我和他于

---

① 古米廖夫是阿赫玛托娃的丈夫。
② 科利亚是尼古拉的爱称，即古米廖夫。
③ 阿美德·莫迪利阿尼（1884—1920），20世纪上半叶巴黎画派重要画家，出生于意大利，去世后才获得声誉。

1911年相会时，我发现在他身上已发生了巨大的变化。他变得阴郁而消瘦了。

1910年，我和他见面的机会很少，只有几次。可是那年冬天，他却不断地给我写信①。但他没有告诉我他在写诗。

根据我现在的理解，我当时使他最感惊奇的是，我喜欢猜测他人的思想，窥察别人的梦境，以及其他琐事，而了解我的人，对这些早已习以为常。他口中振振有词地用法语说："噢，传递信息。"他常讲的一句法语是："噢，这只有您才做得出来。"

我们俩大概都不理解一个实际问题：当时发生的一切，对我们来说，是我们两人的生命的前奏，一个是他那极短的，和另一个是我这极长的生命的前奏。艺术的呼吸还没有吹燃起火花，还没有改造这两个人的生存，那应该是一个明媚的、轻快的、拂晓的时刻。而未来，在它跨过门槛之前，大家都晓得，早已把自己的影子投射进来。它敲着窗户，藏在路灯后边，它横穿梦幻，并用波特莱尔笔下的可怕的巴黎吓唬人，而这个巴黎就在身旁。莫迪利阿尼的一切神圣奇妙的东西，当时只是隔着一层迷雾在闪烁放光。他与世上任何人没有丝毫相似之处。不知为什么，他说话的声音却永远留在我记忆之中。我认识他时，他穷得像个乞丐，我不晓得他靠什么维持生活。当时他作为一名画家，连成名的迹象也没有。

那时（1911年）他住在法尔吉埃胡同。他很穷，所以我们逛卢森堡公园时，一向是坐在长凳上，而不是坐在需要付费的椅子上。他并不抱怨这种极端的困境，也不抱怨别人如此不赏识他。只有一次，在1911年，他说：前一年冬天他是那么困难，以至不能去思忖他最珍爱的事。

我觉得他被孤独紧紧地困住。我不记得他在卢森堡公园或在拉丁区跟什么人点头打过招呼，而住在那一带的人彼此都多多少少相识。我没有听见他提及过一个熟人、一个朋友或一个画家的名字。我也没有听见他讲过一个笑话。我从未见过他醉酒，也没有闻到他身上有酒味。看来，他喝酒是后来的事，但那时他讲话时已提到过印度大麻素②。那时他没有明确的生活伴侣。他从不讲述前一次的恋爱经历（可惜，大家都喜欢讲）。他跟我也不谈世间俗事。他彬彬

---

① 我还记得他信中的几句话。其中有一句："您让我着了迷。"（原为法文）——原注
② 从印度大麻的胶质中提取的麻醉物质，可以制药，亦可作为毒品吸用。

有礼，这并非家教的结果，而是他崇高精神的流露。

当时他从事雕塑。他在画室外的小天井里工作。空荡荡的胡同里可以听见他敲打锤子的声响。他画室的墙壁上挂满肖像画，其长度是意想不到的（我现在回想起来，觉得那些画是从天花板一直垂到地板上）。我没有见过那些画的复制品，不知原作是否保存下来了？他把自己的一座雕塑称之为东西，1911年这件作品大概在"独立展览会"①展出过。他邀我去看看这件展品，但在展览会上他却没有走近我，因为我当时不是独自一人，是和朋友们在一起。后来当我遭到重大损失时，他送给我的这件展品的照片也遗失了。

那个时期，莫迪利阿尼的脑子里装满了埃及。他带我到卢浮宫去参观埃及部分，并一再表示：其余展品都不屑一顾。他在我的头上画上了埃及女皇和舞女的头饰，使人觉得他完全为埃及伟大艺术所征服。显然，埃及是他最新的追求。过了不久，他变得如此独具一格，以至欣赏他的画时，再不愿意追念其他了。如今，莫迪利阿尼的那个时期被大家称作黑人时期。他说过："珍宝应当带有野性。"（指我的非洲串珠项链），并为我画佩戴项链的肖像。他月夜领我去参观先贤祠后边的老巴黎。他非常熟悉这座城市，可是，有一次我们还是迷了路。他说："我忘记了中间有一个岛。"②是他使我看到了真正的巴黎。

关于米洛斯岛上的维纳斯，他说，值得雕塑与作画的体型匀称的妇女，一旦穿上衣服便显得笨拙不堪。

细雨纷飞（巴黎多雨），莫迪利阿尼撑着一把又大又旧的黑伞上街。有时，我们撑着这把伞，坐在卢森堡公园的长凳上，夏季的雨水暖洋洋的，一座意大利式的古老宫殿③在附近昏昏欲睡。我们两人异口同声地背诵我们记得牢牢的魏尔伦④的诗句。我们喜出望外，因为我们记住的是同一些作品。

我看过一本美国出版的传记，书中说，似乎是贝阿特丽丝·黑⑤对莫迪利

---

① 这是一个由青年美术家组成的团体举办的展览会。
② 作者指圣路易岛。
③ 指卢森堡宫，这座宫殿是建筑师杰勃罗斯奉国王亨利四世的遗孀玛丽娅·麦基奇之命在 1615—1621 年建成的。
④ 魏尔伦（1844—1896），法国高蹈派诗人。
⑤ "黑"是特朗斯瓦里马戏团的一名女骑手（参见《巴黎艺术》杂志 1920 年第 6 期第 1—2 页古劳梅的文章）。书中的潜意大概如下："从省城来的犹太孩子，怎能受到多方面的深厚的教养？"——原注

阿尼发生过巨大的影响；正是这个女人曾把他叫做"既是珍珠，又是猪崽"[1]。我可以证明，而且我认为有必要证明，阿美德早在与贝阿特丽丝·黑相识之前，也就是在1916年，已经是具有高度修养的人了。一个把伟大的画家叫做猪崽的贵妇人，未必对某人能起开导作用。

比我们年长的人把魏尔伦和簇拥着他的一大批景仰者走过的卢森堡公园的林荫路指给我们看；他就是沿着那条路"从自己的咖啡馆"，即他每天高谈阔论的地方，走向"自己的饭店"去用餐的。但是，1911年沿着这条林荫路走的不是魏尔伦，而是一个高个子先生，他身穿无可非议的长礼服，头戴大礼帽，胸佩荣誉团的绶带，——周围的人悄悄地说："亨利·德·雷尼埃[2]！"

这个名字对我们两人来说，一点也不响亮。莫迪利阿尼（如同其他有教养的巴黎人一样）根本不想听到阿那托尔·法朗士的名字。他晓得我也不喜欢此人，便感到高兴。魏尔伦在卢森堡公园只作为一座纪念像存在着，这座纪念像是在那一年落成的。关于雨果嘛，莫迪利阿尼简单地说了一句："雨果——可以朗诵吗？"

有一天，我和莫迪利阿尼大概没能约好时间，所以我去找他时，他不在家。我决心等他一会儿。我手中有一捧红色的玫瑰花。画室的大门锁着，门上的那扇窗户却开着。我闲得无事可干，便把鲜花一枝枝抛进画室。不等莫迪利阿尼归来，我便走了。

当我们见面时，他表示万分惊讶：房间上着锁，钥匙还在他那里，我竟然进了他的屋。我把经过说了一遍。"不可能，花儿摆得那么美……"

莫迪利阿尼喜欢彻夜在巴黎游逛。当街道陷入沉睡的寂静时，我常常听到他的脚步声，于是我便走近窗台，透过百叶窗，望着他在我窗下缓缓漫步的身影……

当时的巴黎，到了20年代初便得名"老巴黎"或"战前的巴黎"了。出租马车比比皆是。车夫有自己的小酒馆，叫做"马车夫聚会地"，我青年时期的同代人当时还活在人间，但过了不久，他们便在马恩河上和凡尔登城下阵亡

---

[1] 作者引的贝阿特丽丝·黑斯廷格（即"黑"）的这句话，摘自里坡希兹的著作《阿美德·莫迪利阿尼》结尾一章，巴黎，1954年版。

[2] 雷尼埃（1864—1936），法国诗人。

了。所有左派美术家，除莫迪利阿尼之外，都得到了公认。

莫迪利阿尼听不懂我的诗，感到十分遗憾。他猜想诗中一定隐藏着某些神奇内容，其实那些诗仅仅是怯懦的初试（例如1911年在《阿波罗》杂志上发表的诗）。对于《阿波罗》上刊载的美术作品（艺术世界社的画），莫迪利阿尼公开予以嘲笑。

莫迪利阿尼在一个丑陋不堪的人的身上发现了美，而且极力坚持这种看法，这事使我感到意外。我当时产生了个想法：他对一切事物的观察，大概与我们大不相同。

总而言之，巴黎称之为时髦的东西，以各种华丽的辞藻打扮的东西，莫迪利阿尼都嗤之以鼻。

他画我的时候不是写生，而是关在自己的家中画，然后把这些画赠给我。一共给了我十六幅。他要求我把这些画嵌上镜框，挂在我的房间里。革命的头几年，这些画在皇村的家中被毁掉了。残存的一幅，与其他十几幅相比，最难以预见到他后来画的"人体画"……

我们在一块儿谈得最多的是诗。我们两人知道很多法国人的诗：魏尔伦、拉弗格①、马拉美②、波德莱尔等人的作品；

他从未给我读过但丁。可能因为我当时还不懂意大利文。

有一次，他说："我忘记告诉您，我是犹太人。"他说他是里富纳人——同时说他二十四岁，其实他已经二十六了。

他说，他对航空员（现在称为飞行员）颇感兴趣，可是当他和其中的一人相识之后，便大失所望：原来他们只不过是一般的运动员。（他期待的是什么呢？）

那时，早年的轻便飞机，大家都晓得；形状类似书架，它在满身铁锈、有些曲线的埃菲尔塔——我同龄（1889）的产物——上空盘旋。

我觉得这座铁塔像一个巨大的灯台，被一个巨人遗忘在小人国的首府里

---

① 拉弗格（1860—1887），法国象征派诗人。
② 马拉美（1842—1898），法国象征派诗人。

了。这种说法已经近似格列佛①了。

……不久前占了上风的立体派，这时到处显出一副不可一世的样子，可是莫迪利阿尼对它始终感到格格不入。

马尔克·沙加②已经把自己神奇的维杰布斯克带到巴黎来了。另一个无名小辈，还没有上升为明星的查理·卓别林，那时正在巴黎林荫路上徘徊（当时电影被称之为"伟大的哑巴"，它出色地保持着沉默）。

"而在遥远的北方"……在俄罗斯，列夫·托尔斯泰、弗鲁贝里③、薇拉·柯米萨尔热夫斯卡娅④相继与世长辞。象征派宣布自己处于危机状态。亚历山大·勃洛克却预言道：

呵，孩子们，如果你们知道
来日的寒冷与黑暗……

如今，撑着二十世纪的三条巨鲸——普鲁斯特、乔伊斯和卡夫卡——当时还没有作为神话存在，那时他们和一般人一样地生活着。

后来，我深信这样一个人一定应当闪闪发光，便向从巴黎来的人打听有关莫迪利阿尼的下落，回答都雷同：我们不知道，没有听说过⑤。

只有一次，当我和尼·斯·古米廖夫最后一次一起去别日茨克看望儿子（1918年5月），我提起莫迪利阿尼的名字时，古米廖夫说他是个"酗酒的怪物"，或类似什么。他说，在巴黎时，他们之间发生过一次冲突，因为古米廖

---

① 格列佛是英国作家斯威夫特的讽刺小说《格列佛游记》中的主人公。他周游小人国和大人国，遭遇离奇。
② 沙加（1887—？），俄裔法国现代派美术家，出生在白俄罗斯维杰布斯克。他曾把表现家乡的美术作品带到巴黎去展出。
③ 弗鲁贝里（1856—1910），俄国著名画家。
④ 柯米萨尔热夫斯卡娅（1864—1910），俄国著名话剧女演员。
⑤ 在巴黎和意大利画家S（索菲奇）相好的A·艾丸斯太尔不晓得他，著名的镶嵌美术家彼·安列坡不晓得他，那几年（1914—1915）为我画像的纳·阿里特曼也不晓得他。

夫在一伙人中间用俄语讲话，莫迪利阿尼提出抗议。那时，他们两人大约都只剩下三年的活头了……

莫迪利阿尼瞧不起旅行者。他认为游山玩水是对真实行动的冒名顶替。他的衣袋里总是装着一本《马里多罗拉之歌》，那是一种绝版书。他曾经讲过他是怎样到俄罗斯教堂去参加复活节晨祷的，他想看看捧十字架圣像的宗教行列，因为他喜欢富丽堂皇的场面。他还和一位"显然是非常重要的人物"（估计是大使馆的人）相互亲吻三次①。莫迪利阿尼大概没有弄清楚这是怎么一回事儿。

在很长一段时间里，我以为再也听不到他的消息了……可是后来却听到了很多有关他的事……

新经济政策初期，我还是当时的作家协会理事会的理事。我们平时都在亚历山大·尼古拉耶维奇·吉洪诺夫的办公室里开会（列宁格勒市莫赫街36号，世界文学出版社）。那时，又开始了和国外的通信联系，吉洪诺夫收到许许多多外国书刊。有人（开会时）递给我一本法国美术杂志。我打开一看，莫迪利阿尼的相片……小小的十字架……类似讣告的长文章；我从这篇文章中得知他是20世纪的伟大画家（记得文中把他与波提切利②相提并论），并说英文和意大利文都已出版了有关他的专著。后来，在30年代，爱伦堡给我讲了很多有关他的事情。爱伦堡在诗集《前夜集》中还发表了一首献给他的诗。爱伦堡和他在巴黎相识，是在我之后。我在卡尔柯③写的《从蒙马特到拉丁区》一书中也读到了有关莫迪利阿尼的情况。在这部趣味低下的长篇小说中，作者把他和乌特里奥④联在一起。我可以肯定，这一篇有关莫迪利阿尼在1910—1911年间生活的大杂烩式的描绘，根本不像他。至于作者所采用的手法，正是一般被禁止使用的。

不久以前，莫迪利阿尼又成了法国一部相当庸俗的影片《蒙巴那斯街19

---

① 东正教徒在复活节那一天见面时互吻三次以示祝贺。
② 波提切利（1445—1510），意大利文艺复兴时期的大画家。
③ 弗朗西斯·卡尔柯（1886—1958），法国作家。
④ 莫里斯·于特里奥（1883—1955），法国风景画家。

号》①的主人公。这事令人痛心之至！

保尔肖沃，1958，莫斯科，1964
乌兰汗　译

论 普 希 金

　　巴·叶·晓格列夫②是我的文学前辈，他写过有关普希金决斗与死亡的著作，在那本书的末尾他提出了一系列看法，探讨为什么上流社会及其代表人物那么仇恨诗人，把诗人视为异己分子，一定要把他从上流社会驱逐出去而后快。现在时机到了，应该把这个问题颠倒过来，重新审视，并且大声宣告：不是他们驱逐普希金，而是普希金驱逐了他们。

　　肮脏、背叛、撒谎，朋友们的冷漠，波列季卡③之流的污蔑，斯特罗加诺夫一家及其亲属的诽谤，近卫骠骑兵团军官白痴般的见解——把丹特士事件说成"捍卫军团荣誉问题"，涅谢里罗达等贵夫人沙龙里厚颜无耻的流言蜚语，对偷窥锁孔刺探隐私蛮有兴致的最高宫廷，位高权重的国务大臣，沙皇的秘密顾问，亲自安排秘密警察对天才的诗人进行监视，所有这一切如同汹涌的海浪，逼迫诗人，使他陷入没顶之灾，——他们的目的达到了，诗人死了，这个呆板的、没有心肝的（用诗人普希金自己的说法，"猪猡一样的"）彼得堡，这个没有文化教养的大都市，竟然做了历史的见证人，一听到噩耗，成千上万的市民涌向诗人的宅邸，他们和整个俄罗斯永远留在了那里，目睹这一幕情景，又该是多么壮观、多么美好啊！

---

　　① 《蒙巴那斯街19号》，法国影片，1958年开始公演。脚本由欧菲里斯与安利·冉逊根据米沙里的长篇小说《蒙巴那斯人》改编；导演扎克·盖列尔；杰拉·菲利普扮演阿美德·莫迪利阿尼。
　　② 巴·叶·晓格列夫（1877—1931），俄罗斯学者，普希金研究专家。
　　③ 波列季卡、斯特罗加诺夫、涅谢里罗达，都是当年彼得堡上流社会的人物，他们都把诗人普希金视为敌人。

"我该收拾收拾我的家了，"弥留时刻的普希金说了这样一句话。

仅仅过了两天，诗人的住所成了他祖国的一座圣殿，普天下还没有见过比这更圆满、更辉煌的胜利。

整个时代逐渐被称呼为普希金时代（当然，并非没有杂音）。所有的美女、宫廷女官、贵族沙龙的女主人、骠骑兵军官的太太、最高宫廷的成员、御前大臣、各部部长、元帅和将军，随着时间的推移，一个个都开始被人们称为普希金的同代人，后来，索性被抄进人名卡片或者普希金著作的人名索引（偶尔会抄错他们的生卒年代）。

诗人胜利了，他超越了时空的局限。

人们常常说：普希金时代，普希金的彼得堡。这些话已经与文学没有直接联系，已经完全是另外一回事了。在皇宫大厅里，达官贵人过去曾在那里跳舞，在那里飞短流长污蔑诗人，现在却挂着诗人的肖像，保存着他的书籍，而那些皇亲国戚朝臣权贵可怜的身影永远受到了驱逐。提起那些豪华的宫殿和私人宅邸，人们会说，普希金来过此地，或者说，普希金没有到过这里。至于其他的情况，人们完全没有兴趣。沙皇尼古拉·巴甫洛维奇穿着雪白的鹿皮裤子，显得威风凛凛，但他的画像挂在普希金纪念馆的墙上，只不过是装饰而已。凡是发现了手稿、日记、信函，只要其中涉及磁石一般的名字"普希金"，立刻变得身价倍增。而对于那些权贵说来，听到诗人的声音，他们感到害怕：

> 你们决不会为我负责，
> 请暂且安眠栖息在陵寝。
> 我的力量仅仅在于——
> 你们的子孙将诅咒你们。

有些人以为，几十座人工修建的纪念碑能够取代一座非人工的纪念碑，其实，那不过是痴心妄想罢了。

1961 年 5 月 26 日

于科马罗沃

谷羽　译

普希金与涅瓦河海滨

季托夫的中篇小说《瓦西里耶夫岛僻静的小屋》(1829),对瓦西里耶夫岛北部风景的描写细致周详,令人惊叹。

"什么人有机会绕着瓦西里耶夫岛转一圈儿,毫无疑问他会发现,岛的东西南北各个边沿没有一点儿相似的地方。以岛的南岸为例来说,那里用岩石建起了一排排富丽堂皇的高楼大厦,而岛的北岸与彼得罗夫岛隔水相望,形状像一条狭长的楔子伸入到海湾梦幻般的海水中。越往北走,高大的楼房越稀少,逐渐增多的是一些木头房子,在这些低矮的房舍之间,能看到一块块空地。最后,建筑物完全消失了,你穿过一排开阔的菜园,菜园的左边是一片丛林,沿着丛林再往前走,就是一座丘陵,上面孤孤零零有一两间小屋,还有几棵树。一条壕沟长满了高高的荨麻和牛蒡,把丘陵和防洪的堤坝分开。再往远处是一片与海滨相连、沼泽般泥泞的草地。这些地方,夏天荒凉空旷,到了冬天,景象更加凄惨。当彼得罗夫岛对岸这片草地、海湾、松林都被大雪覆盖,埋在灰蒙蒙的雪堆里的时候,简直就像是被埋进了坟墓。"

作者天天看见瓦西里耶夫岛的南部地区,但是对它没有说一句赞美的话,而从来无人涉足的北部地区却让他几乎声泪俱下,阴沉的夏日风景让他感到压抑,冬天的景象愈加凄凉,更使他联想到了坟墓。我们每个人都知道,左边有什么景物,右边有什么树木,知道脚底下踩着泥泞的土地。所有这一切都不是从四轮轿式马车的窗口,也不是从轻便马车上看到的。作者的心思完全投注到瓦西里耶夫岛北端的一角,以至于对海水竟视而不见。对他说来,彼得堡已经不复存在。杜马楼顶的钟声突然传来,让他浑身颤抖,因为实在出乎意外,因为他早已忘记了涅瓦大街、忘记了中心市场、忘记了那些宫殿、忘记了运河两岸的街道。这一段有关格洛代伊岛的描写,与小说的情节没有任何关系,小说中别的地方再也找不到如此周详细致的描述。

托马舍夫斯基在《普希金的彼得堡》一书中,把小说里的这段描写,与长诗《铜骑士》有关涅瓦河海滨的描写加以对照：

  一座小岛
浮现在海滨。有时候
迟归的渔民在那里靠岸，
一面晾晒渔网，一面
准备他们可怜的晚饭；
小官员有时也来这荒岛，
划着小船消磨星期天。
光裸的岛上寸草不生。
汹涌的洪水波涛翻卷，
把一间茅屋冲到岸边。
水里的茅屋摇晃起伏，
犹如灌木丛漂在水面。
去年春天来了条大船，
打捞起茅屋，人们发现
屋里空空，一无所有，
疯子的尸体横在门边。
人们埋葬了这具遗体，
上帝保佑，天可怜见。

  我们坚信，1830年的诗作《当有时回忆……》某些谜一样难以索解的片段与此有关：

有时候，往事的回忆
暗暗地咬噬我的心，
遥远的痛苦与悲戚
幽灵一样再次降临；
有时见人群熙熙攘攘，
就想隐居荒山野林，

我在那里忘却人世，
忘却世人仇恨的声音，——
我将飞往明媚之邦，
那里的天空晴朗蔚蓝，
海水拍打黄色岩石，
轻柔的波浪透着温暖，
月桂和苍郁的柏树
自由自在蓬勃生长，
伟大的塔索歌声响亮，
至今那里幽暗的夜晚，
舟子的低音回旋歌唱，
远山的回音久久荡漾。

习惯的幻想伴我飞翔，
飞向北方寒冷的波涛，
那里起伏翻滚着白浪，
浪中浮现出一座小岛。
小岛凄凉，海岸荒僻，
到处滋生过冬的越橘，
大片的苔藓已经干枯，
似寒冷泡沫覆盖冻土。
北方有些勇敢的渔民
时常在这里停泊休憩，
他会铺开自己的渔网，
随后支起做饭的灶具。
破旧的小舟遭遇风暴，
划船的我被冲到这里，
……

在这一片段中，一切都神秘莫测：难以忍受的痛苦阵阵袭来，毫不掩饰地祖露在外，这对普希金说来是非同寻常的（在普希金成熟期的抒情诗中，这种呻吟没有典型意义，这个片段只能和1828年写的《回忆》相提并论），为了纪念某一件事，而甘心放弃深藏心底的珍贵理想——意大利，更确切地说，是对意大利的幻想，细致地描写北方一个荒僻的角落，一个被上帝和世人遗忘的所在，一切描述都采用了悲凉的语调，而与充满了生活情趣的现实主义笔法相去甚远（比如《奥涅金的旅行》）：

> 我需要另外的景色：
> 我爱黄沙漫漫的山坡，
> 茅舍前两棵花楸树，
> 篱笆门，栅栏已残破……
> ……
> 佛拉芒派花哨的学说！

应当把《当有时回忆……》的片段，与《奥涅金》的第一章加以比较，这一章包含着截然相反的内容。甚至可以推断，作者使用了已经放弃的结构。普希金在这里为了描写意大利，而不再提起彼得堡，不再描述白夜：

> 但是夜晚的欢乐甜蜜，
> 胜过塔索的浑厚歌曲！

为了给描写涅瓦河与白夜的诗作注释，普希金曾经从格涅基奇的诗作《渔夫》中引用了大段的文字，其中引人注目的有"涅瓦的苔原"（"……清新气息吹向涅瓦的苔原……"）。这个词在1830年的作品片段中再一次重新出现（"枯萎的苔原覆盖着……"）。

对于普希金说来，彼得堡永远是——北方。而诗人写诗的时候，几乎总是在遥远的南方。何况《片段》写于波罗金诺（1830年10月）。

当诗人创作《奥涅金》第一章时（1823年），他曾经优雅地打算用意大利取代彼得堡，而到了1830年，激愤悲怆的心情迫使他放弃了隐藏心中这一幻想，这到底是什么原因呢？

五位十二月党人被判处绞刑，时至今日，我们仍然不知道埋葬他们的确切地址。有人认为，雷列耶夫的遗孀知道坟墓的准确地点。那就是格洛代伊岛，即瓦西里耶夫岛北端，一条狭窄的小河斯莫凌卡把它和岛上的丘陵分割开来。在沙皇尼古拉统治下的时代，人们或多或少都想得到可靠的传闻，借以充实自己的生活，而这种私下议论从执行绞刑的那一刻起就不可避免地就四处流传了。

对十二月党人的思考，也就是对十二月党人命运和结局的关注，始终伴随着普希金。从他的诗歌作品中，可以判断出，诗人一直关心十二月党人的幸存者（参见普希金的信函、《寄赠诗》、《在大地幽暗的深渊》①）。现在，让我们较为详细地考察他对于殉难者的态度。

《奥涅金》第六章完成于1826年8月10日，普希金刚刚得知那个悲惨事件（1826年7月26日）②，就毫不迟疑地作出反应，第一次在这一章里提到十二月党人的名字。把雷列耶夫与库图佐夫和纳尔逊相提并论。连斯基可能会像"雷列耶夫那样被绞死"。后来，在《波尔塔瓦》（1828）的草稿上诗人画了绞刑架以及被绞死的人，1829年3月8日，普希金在波尔托拉茨基家里把司各特的小说《艾凡赫》赠送给亚·拉缅斯基，在这本书里也画了类似的插图，同时还题写了《奥涅金》第十章结尾处的诗句："有的已去世，有的在远方"（1830）。普希金用不着回忆他们，因为他一直就没有忘记这些朋友，无论是健在的，还是已经亡故的。

如果有什么人以为普希金对十二月党人五位殉难者的埋葬地点漠不关心，我对这种想法绝对是不能容忍的。

从伊·利普兰季的回忆录中我们可以了解到，普希金怎么样寻找马泽帕③的墓地，他曾经向一百三十五岁高龄的哥萨克老人伊斯克拉打听情况，老人"不能为他指点他想要找的坟墓和地点"。普希金"不愿就此止步……又问还有没有像他这样高龄的老人"。而在长诗《波尔塔瓦》的诗句中，我们知道，

---

① 此处涉及普希金的两首诗：《在西伯利亚矿坑深处》和《1827年10月19日》，"在大地幽暗的深渊"是后一首诗的最后一行。

② 指十二月党人五位领袖被沙皇政府处以绞刑。

③ 马泽帕（1644—1709），乌克兰民族领袖，主张乌克兰脱离俄罗斯而独立，波尔塔瓦一战失败，逃亡瑞典。

由于未能找到马泽帕的墓地，诗人是多么遗憾（"惆怅的游人徒来凭吊，督军的坟墓已无处可寻。"）普希金几次说到拿破仑在圣赫勒拿岛的坟墓，库图佐夫在喀山大教堂的墓地。当话题涉及被处以极刑的柯楚贝伊和伊斯克拉以及他们的坟墓时，普希金一再指出，尼古拉一世应当把他伟大的先辈彼得大帝奉为楷模。每个读者都不难回想起那行诗句："请在各方面都仿效祖先"（《斯坦司》，1826）。在普希金为长诗《波尔塔瓦》所作的注释中，我们还可以看到这样的文字："伊斯克拉和柯楚贝伊被砍去头颅的尸体交还给其亲属，并埋葬于基辅修道院；墓碑上刻有如下铭文：

"……1708年7月15日，尊贵的司法总监瓦西里·柯楚贝伊，波尔塔瓦军团上校约翰·伊斯克拉，在位于白拉雅教堂后面的沃伊斯科夫营地，即鲍尔夏戈夫寨和科夫舍沃，相继被斩首示众。7月17日，他们的遗体运抵基辅，同日于圣别乔尔斯卡雅修道院安葬于此地。"

显然，普希金想以这种方式谴责尼古拉一世，这位沙皇下令绞死了五名十二月党人，非但不把遗体交还给死难者的亲属，反而指示把他们的尸首埋在某个荒僻的地方。

就在长诗《波尔塔瓦》当中，有这样的诗行：

但两个受难者的遗骸，
却在陵墓中妥善保存，
在古朴庄严的坟墓之间，
教堂平和地容纳了他们。

在包含这些诗行的《波尔塔瓦》草稿上很多处都画着绞刑架和被绞死的人。普希金故意引用确切的资料说明，死者的遗体交还亲属，目的是再一次提醒沙皇，在类似情况下应当采取什么措施："教堂平和地容纳了他们"。其实，容纳他们的不仅是这样的教堂，而且还有东正教的中心以及俄罗斯最伟大的圣地，每年有数以百万计的人长途跋涉几百俄里来向他们表示敬意。我想强调指出的是：普希金在这里所说的是刚刚被处以绞刑的国事犯的遗体。

顺便说，诗人创作了《波尔塔瓦》两年以后，在写出《当有时回忆……》片段的同时，以其庄严的，惯有的、不可替代的语言，重申了对于坟墓的崇拜：

> 两种情感令我们亲近，
> 心灵从中能获得滋补：
> 一种是对故园的依恋，
> 一种是爱祖先的坟墓，
>
> 那是生生不息的神圣！
> 没有它们，大地僵死，
> 如同荒漠，
> 如同祭坛没有了神祇。
>
> （1830）

尼·伊兹迈洛夫评论普希金对待墓园的态度时，仅仅谈到了家族庄园的墓地（这里还可以补充《途中怨》："不是在祖传的洞穴里倒毙，并非埋葬在父辈的墓地……"）。

这说法当然是正确的。不过，当达吉雅娜说，她愿意付出一切，以便换取

> 那安静的墓地，
> 在十字架和树荫下边，
> 可怜奶娘已永久安息……

当冬妮娅乘车来到驿站长的坟墓，当玛丽娅·伊凡诺夫娜离开要塞之前，到埋葬在教堂旁边的父母坟前辞行的时候（这对夫妇是普加乔夫的牺牲品？！），——话题涉及的已经不是家族墓地。普希金在这里，把他最为珍贵的情感和思想慷慨地赋予了他所喜爱的人物。

普希金完全赞同古代希腊罗马的信仰，认为祖先的坟茔是国家的瑰宝，是神灵的祝福（参见《俄狄浦斯王》）。

从《当有时回忆……》扑朔迷离的片段中，我们可以判断，普希金对于他自己分外珍惜、而很多人却以不恰当的方式谈论的话题，采取了回避的态度。他以"上流社会"，也就是社交界一词，说明这不是他个人的私事，因为在社交场合，有的人是那些事件的参与者，当着他们的面是不能谈论那些事情的。诗人打算回避，他转移了视线，但是他的目光没有投向他身心向往的意大利，而是转向了北方一个荒凉的小岛，三年以后，"为了上帝"，他把自己的叶甫盖尼·叶杰尔斯基也埋葬在一个北方的小岛上，这两个小岛几乎是一模一样。

《叶甫盖尼·奥涅金》第十章残存的有些诗行流传到了我们的时代，其中谈到了十二月党人的情况，对那一运动的参与者进行了评价。《奥涅金》的布局进展与转换是不可分割的：讽刺伴随着连斯基几乎到他生命的最后一刻，但是普希金在第七章以令人诧异的力量，以不可思议的悲痛为他哭泣。在没有收入第六章的诗稿中（1826），诗人推断连斯基有可能参加参政院广场的起义："或者像雷列耶夫被处以绞刑"。由此可以确信，十二月党人的坟墓是不可能被忘怀的。

罗津男爵在他的回忆录中写道，他怎么样几次去海滨寻找五个殉难朋友的墓地。普希金满怀忧伤，对这个地点也格外关注，曾经三次在作品中描述这个小岛（《小屋》，1828；《当有时回忆……》，1830；以及《铜骑士》），这有理由让我们猜测，诗人也曾在涅瓦河海滨寻找过无名之墓。

我们从前一直以为《结婚吧！跟谁？……》是独立成篇的一首诗，直到齐亚洛夫斯卡娅（津格尔）凭借涂改过的草稿推断它属于《奥涅金》的一个诗节，这个已接近完成的诗节，就是《断章》中的几行：

> 习惯的幻想伴我飞翔，（a）
> 飞向北方寒冷的波涛，（b）
> 那里起伏翻滚着白浪，（a）
> 浪中浮现出一座小岛。（b）
> 小岛凄凉，海岸荒僻，（c）
> 到处滋生过冬的越橘，（c）
> 大片的苔藓已经干枯，（d）
> 似寒冷泡沫覆盖冻土。（d）

这个片断完全按照奥涅金诗节写成，我想，不会有什么人提出争议。前面四行本来应该用环抱韵（ａｂｂａ），却使用了交叉韵（ａｂａｂ），不过，这是涂改过的草稿，我们不知道普希金后来是不是还要修改。起初这片断写得相当潦草，其中还包括了1827年写的一首诗（《谁知道那地方……》）。

在《波尔塔瓦》草稿上画着绞刑架的地方，普希金写过这样的字句："连我也可能像个弄臣"。在致乌沙科娃的诗中，诗人问道："假如我被绞死，您可会为我叹息？"（1827），诗人已经把自己列入十二月党人牺牲者的行列了。在他看来，涅瓦河海滨的无名之墓就是他自己的墓地："我破旧的小舟遭遇风浪"，被冲到那里……

1963年1月23日
莫斯科
谷羽　译

帕斯捷尔纳克（1890—1960）

　　鲍里斯·列奥尼多维奇·帕斯捷尔纳克，俄罗斯诗人，作家，受家庭艺术氛围熏陶，从小就表现出多方面的才能，早年曾学习作曲，后转向诗歌创作，20世纪初与马雅可夫斯基齐名，引起诗坛重视，受西方现代派和印象主义美学影响，其作品充满隐喻和奇特联想。1956年完成长篇小说《日瓦戈医生》，表现革命年代知识分子的命运。该小说在国内难以发表，转年在意大利出版。1958年由于"在数量众多的抒情诗和诗一般的小说中，忠实地保持独立的艺术家对于人的自新及超越潜能怀有坚定不移的信念"而获得诺贝尔文学奖，但是迫于政治压力，作家放弃了领奖。尽管如此，他还是受到了围攻与批判，并被苏联作家协会开除，身心健康受到严重损害，两年后凄然去世。本书的三篇作品，选自他的自传体散文集《人与事》。

幼　年

一

我在20年代试写的自传《安全保护证》中，分析了构成我生活的种种情况。遗憾的是那本书被当时流行的一种通病——毫无必要的造作——给糟蹋了。本篇随笔难于回避某些赘述，但，我尽力不重复。

二

1890年俄历1月29日我出生在莫斯科市军械胡同雷仁的楼房里。楼的对面是个神学院。不知为什么我竟会记得秋天跟奶娘在神学院花园里散步的情景。堆积着落叶的泥泞小路，一个个池塘，一座座假山，刷了色的院墙，吵吵闹闹的学生们在课间休息时的游戏与打逗。

神学院大门面对着一栋二层的石头楼房和一个能停放马车的院落。我们家就住在大门洞的上边，也就是大门的拱顶上。

三

幼年的感受是由各种惊恐和赞叹的因素组成的。这种感受像童话般绚丽，它们集中在两个中心形象上。这两个形象主宰了一切，又把一切联成一体。一个形象是马车街上摆在各家车行里的标本熊；另一个是善良的巨人，此人后背微驼，头发蓬松，说话声音低哑，他是出版商彼·彼·康恰洛夫斯基①，还有

---

① 彼·康恰洛夫斯基（1876—1956），画家，后来成为苏联美术研究院院士。

他的家，还有挂在他家中的谢罗夫①、弗鲁贝里②、家父以及瓦斯涅佐夫兄弟③用铅笔、钢笔和水墨画的画。

特维尔斯卡亚－雅莫斯卡亚街、特鲁巴街、茨维特诺依林荫路旁的胡同——这是令人最不放心的地方。每逢经过这里时，总是拉着我走开。有些事我不应当知道，有些话我不应当听见。不过保姆们和奶娘们都不甘寂寞，所以我们就常常会来到这花花绿绿的人群中间。一到中午，骑马的宪兵们便在军旗兵营的露天操场上操练。

与叫花子、女香客来往，与社会渣滓及他们的遭遇为邻，还有附近的林荫路上的歇斯底里的现象，这一切使我过早地产生了对妇女的胆战心惊的、无以名状的、终生难忘的怜悯，对双亲的怜悯我更是无法忍受，因为他们要先我而死，并且为了使他们能摆脱地狱之苦，我必须完成某种极其光明的、空前的事业。

四

我三岁时，全家搬到绘画雕塑建筑学校④的公家宿舍里去了。宿舍位于米亚斯尼茨卡亚街，面对邮政总局。我们家在院里的一栋厢房里，在主楼的外边。

主楼是一栋古老而又漂亮的建筑物，它在很多方面都相当好。1812年的大火没有触及它．一个世纪以前，这栋楼房，在叶卡捷琳娜时代，作了共济会⑤分会的秘密避难所。米亚斯尼茨卡亚街与尤什科夫胡同里的侧角是圆形的，那儿有个带柱子的半圆形阳台。阳台容量很大，它像壁龛似的凹入墙里，连接绘画学校的大礼堂。从阳台可以看到米亚斯尼茨卡亚街的延续，它伸向远

---

① 瓦·谢罗夫（1865—1911），俄罗斯画家。
② 米·弗鲁贝里（1856—1910），俄罗斯画家。
③ 维·瓦斯涅佐夫（1848—1926）与阿·瓦斯涅佐夫（1856—1933），兄弟二人皆为俄罗斯画家。
④ 以下简称绘画学校。
⑤ 共济会——18世纪在欧洲各国产生的宗教神秘运动，共济会号召人们自动修养品德，并号召人们在兄弟般友爱的基础上团结起来，参加共济会的人大半是特权贵族或资产阶级社会上层人物。在俄国，共济会出现于18世纪30年代。

方，直通火车站。

1894年，住在这栋楼房里的人站在这个阳台上观看过沙皇亚历山大三世运灵仪式。两年以后，又观看了尼古拉二世登极加冕庆典的个别场面。

同学，老师，都站在这儿。母亲抱着我，挤在挨着栏杆看热闹的人中间。她脚下是个裂洞。裂洞底层铺着细砂，空旷的街在等待中鸦雀无声。军人们忙得不亦乐乎，他们高声喊着命令，为的是让在场的人都能听得见，然而站在楼上的观众都听不见他们的喊声。士兵们排队把市民从马路上推到人行道边，市民们在屏息中形成的寂静，似乎把所有的声音都给吞掉了，如同沙滩吞掉潮水一般。钟声响了，凄凉而又悠长。人们把手伸向头去的动作，像海浪一般从远处滚来，又向远方滚去。莫斯科在脱帽，在画十字祈祷。安葬的钟声从四面八方响起，一条一望无际的队伍的队首出现了，那是军队，宗教界，披着黑纱和系着饰缨的马匹，华丽得不可思议的柩车，身穿另一世纪的从未见过的服装的承宣官。送灵队伍浩浩荡荡，楼房的正面挂着一幅幅缀着黑边的长条布。致哀的旗帜低垂着。

绘画学校有摆排场的风气。它归御事部掌管。谢尔盖·亚历山德罗维奇亲王是绘画学校的保护人。绘画学校每次举行庆典和举办展览时，亲王都要亲临现场。亲王瘦而高。他有时参加戈里岑和亚孔奇科夫家庭晚会，那时我父亲和谢罗夫二人一边用帽子遮着画本，一边偷偷给他画漫画像。

五

院里，在各种建筑物、公务房和柴棚之间，有一栋厢房，它像鹤立鸡群。它对面是通向小花园的篱笆门。

花园里长着一些年龄很老的古树。厢房地下室里给同学供应热的早点。楼梯上总是弥漫着油煎包和炸肉饼的烟雾。另一个平台上有扇门，通往我们家。再上一层，住着绘画学校的文书。

五十年之后，也就是前不久，在苏维埃时代的近期，我在尼·谢·罗季昂诺夫著的《列·尼·托尔斯泰的生平与创作中的莫斯科》一书中的125页，在1894年的标题下，读到这么一段话：

"11月23日托尔斯泰携女儿们前去绘画雕塑建筑学校看望画家

列·欧·帕斯捷尔纳克,帕斯捷尔纳克是该校校长,并出席了演奏会,参加演奏的有帕斯捷尔纳克的夫人和音乐学院教授——小提琴家伊·沃·格尔日马里和大提琴家阿·安·勃朗杜科夫。"

这段文字写得对,唯独一处有个小错误。绘画学校校长是里沃夫亲王,并非家父。

罗季昂诺夫记述的那个夜晚,我还记得清清楚楚。夜晚,我被一种甜蜜的、骚人的痛苦弄醒,在这之前,我从未尝过这种滋味。我在苦闷和恐惧中叫了起来,哭了。可是我的泪水被音乐给淹没了。当把我惊醒的那段三重奏演奏结束时,我的哭声才被人听见。把房间隔成两半的帷幔拉开了,我躺在帷幔后边。妈妈来了,她俯身在我的头上,很快就把我哄好。大概是把我抱到外边去见客人,也许是我隔着敞开的门看见了客厅。客厅里烟雾缥缈,蜡烛闪动着睫毛,好像是烟雾刺痛了它们的眼睛。烛光把小提琴和大提琴漆红的木板照得通亮。大钢琴显得乌黑。男人们的长礼服也显得乌黑。妇女们穿着连衣裙,露着肩膀,如同命名日时赠送的花篮里探出头来的花朵。有两三位老人的白发和团团的烟雾混搅在一起了。其中一位,我后来跟他很熟,而且经常见面。他是画家尼·尼·尼盖。另一位老人的形象,伴随我一生,如同伴随大多数人一样,特别是因为我父亲为他的作品绘过插图,到他家去做过客,衷心景仰他,以至于我们全家上下都渗透了他的精神。他就是列夫·尼古拉耶维奇[①]。

为什么我会那么痛哭,为什么直到今天我还会记得当时的痛苦?那时我在家中已经习惯于大钢琴的声音了,我妈妈弹得一手好钢琴。我觉得大钢琴的声音是音乐本身不可分割的组成部分。而弦乐的声音,特别是室内演奏时的组合,对我来说十分刺耳,弄得心神不宁,仿佛真的从通风窗口传来了呼救的声音和送来噩耗一般。

那年冬天,大概有两个人离世——安东·鲁宾斯坦[②]和柴可夫斯基[③]。他们演奏的好像就是柴可夫斯基的著名的三重奏。

这个夜晚像一道分界线横在我没有记忆能力的幼年时期和我后来的少年时期之间。从那时起,我能记忆了,我的意识也像成年人的意识一样,起作用

---

① 即托尔斯泰。
② 安·鲁宾斯坦(1829—1894),死于11月8日。
③ 彼·柴可夫斯基(1840—1893),死于11月6日。

了，再也没有发生过长久的间隔或失误。

六

每到春天，学校大厅里举办巡回展览画派展览会。展品在冬季就从彼得堡运来了。装在木箱里的画，放在柴棚里。柴棚就在我们的房后，一排又一排，对着我们的窗户。复活节前，一个个木箱被搬到院落里，在露天下，在柴棚门口，开箱。学校的公务人员把箱子打开，把嵌在沉重的画框里的画从盖子与底部上卸下来，两幅两幅地抬着，经过院落，搬进展览厅去。我们扒在窗台上，眼巴巴地望着这些画。列宾、米亚索耶多夫、马科夫斯基、苏里科夫、波列诺夫的最著名的一些油画就是这样地从我们眼前搬了过去，它们在今天的画廊里和国家收藏中，是占半数以上的珍品。

有几位跟我父亲要好的画家，还有他本人，也参加过巡回展览画派的展览会，不过为时较短，而且只是在开头那几年。过了不久，谢罗夫、列维坦、科罗文、弗鲁贝里、伊瓦诺夫、我父亲及其他一些人组成了更年轻的团体——"俄罗斯画家联盟"。

90年代末，雕刻家帕维尔·特鲁别茨柯依①来到了莫斯科，他以前一直生活在意大利。挨着我们家的墙，为他专门修建了一间新的工作室，有顶光。这个工作室把我们的厨房的窗户给遮蔽了。以前这扇窗户朝向院落，如今它朝向特鲁别茨科依雕塑工作室了。

我们从厨房里看他雕塑，看他的造型工罗别基工作。我们还看为他做样子的模特儿，从小孩子和女芭蕾舞演员直到双套马车和骑马的哥萨克。他的工作室很高，门又宽又大，车马进进出出十分方便。

也正是在那间厨房里作了种种准备，以便把我父亲为托尔斯泰的《复活》画的精美插图寄往彼得堡。当时，托尔斯泰那部长篇小说正在彼得堡出版商马尔克斯办的《田地》杂志上连载，小说最后改好一章，发表一章，工作十分紧张。我还记得我父亲忙碌的情景。杂志每期按时出版，从不脱期。所以每期都必须赶上发稿时间。

---

① 帕·特鲁别茨柯依（1866—1938），俄罗斯雕刻家。

托尔斯泰看校样总是拖延时间，在校样上大改特改。出现了令人担心的事：为初稿画的插图，可能不符合他后来的改动。不过我父亲的草图都是取材于作者本人进行观察的地方——法院、监狱的转移站、农村、铁路。大量活的细节和现实主义思维的共性，消除了不切题的忧虑。

插图总是急于寄出，便不得不找机会。为此跟尼古拉耶夫铁路特别快车的列车组建立了联系。身穿铁路制服大衣的乘务员形象，使儿童的想象大为震惊，他站在厨房门口等候，就像站在站台上等候即将开走的火车门前一样。

炉子上煮着水胶。急急忙忙把画擦干净，喷上定画液，把它贴在硬纸板上，包起来，捆扎好。捆好的包裹再用火漆封住，然后交给乘务员。

乌兰汗　译

斯克里亚宾[①]

一

我生平的头两个十年，彼此区别甚大。90年代，莫斯科还保留着童话一般五颜六色的穷乡僻壤的古老风貌，它具有第三个罗马城或像壮士歌中所唱的京都的种种传奇特点，以及名扬四海的四十个四十座教堂[②]的全部美丽。旧的风俗习惯还起作用。每年秋天，在尤什科维胡同，即通向绘画学校校园的那条街上，在被认为是骡马保护神的佛罗拉与拉夫尔教堂的大院里，为马匹举行圣洁化仪式.这时，整条胡同，一直到绘画学校门口，像骡马集市一般，挤满了马匹和牵马来施行圣洁化仪式的车夫与马夫。

随着新世纪的开始，如同魔棒一挥，我儿时记忆中的一切都变了样。世界之首的几国首都的经商狂潮也笼罩了莫斯科。在大发横财的基础上，蓬蓬勃勃

[①] 亚·尼·斯克里亚宾（1872—1915），俄罗斯作曲家，钢琴家。1904—1909年侨居国外。

[②] 传说莫斯科古代有四十个四十座教堂，即一千六百座教堂。

建立起一栋又一栋盈利的高楼大厦。砖瓦大楼在神不知鬼不觉的情况下，拔地腾空而起，出现在各条大街的两旁；莫斯科，和这些高大建筑物同时，超过了彼得堡，为年轻的，现代化的，朝气蓬勃的，俄罗斯的新艺术——即大都市艺术——开了头。

二

20世纪头十年那股寒热病的劲头也反映在绘画学校里。单靠国家拨款已不能维持其存在了。于是便委托几位善于经营的人去想办法筹款，增加经费。决定在绘画学校院内修建多层住宅楼，以便出租；在校院中央，即原来的花园里建筑玻璃展厅，对外出赁。90年代末，就开始拆除院内的厢房和柴棚，花园里的树木连根拔掉，在那儿挖了一些深坑。深坑里积满了水，掉进坑里的耗子如同在池塘里游来游去，青蛙也从旱地上往坑里跳，我们住的那栋厢房也准备拆除报废。

到了冬天，在主楼里，用两间或是三间教室和一间大课堂，为我们改装了一套新住所。1901年，我们全家搬了进去。由于住所是用旧屋子改建的，而原来的屋子有一间是圆形的，另一间形状更怪，所以我们住了长达十年之久的新寓所，其小贮藏室和浴盆占用的是一块半月形的面积，厨房是椭圆形的，餐厅有个凹进去的半圆墙。门外总有绘画学校厂房和甬道行人的隆隆声，而在最边上的、与教堂一壁相隔的房间里可以听见恰坡雷金教授在建筑系讲授安置采暖设备的课程。

在这之前的几年里，当我们还住在老寓所时，有时我母亲，有时是聘请的家庭教师，对我进行过学前教育。有一阵子，准备让我进彼得保罗中学，所以我用德语学习了全部初级课程。

我怀着感激之情回忆各位家庭教师，特别是我的启蒙老师叶卡捷琳娜·伊凡诺芙娜·保拉滕斯卡娅，她是儿童作家，同时又从英文翻译青少年读物。她教我识字，算算术，从字母开始学法文，教我以正确姿势坐在椅子上，如何手握钢笔．有人送我到她家去上课，她租的是备有各种家具的公寓。室内很暗，从下到上堆满了书籍．摆没整洁，但有热牛奶和炒咖啡豆的味道。窗户挂着编花窗帘，窗外雪花飞舞，如同天公在编织手工，雪花灰濛濛，有些不净。雪花分散了我的注意力,所以当叶卡捷琳娜·伊凡诺芙挪用法语向我提问时,我的回答总是不对题。下课后,叶卡捷琳娜·伊凡诺芙娜用短上衣的背面把钢笔尖擦干净,等来人接我,然后放我回家。

1901年,我考入莫斯科市第五中学二年级。这个学校在汪诺夫斯基①教改之后,仍然属于古典式学校,除了新增加的博物课和其他新课目之外,教学大纲中仍然保留了古希腊文。

三

1903年春,我父亲在奥博连斯克租了一座别墅,它离马洛雅罗斯拉维茨不远,靠近勃良斯克铁路线,即现在的基辅铁路线。我们别墅的邻居是斯克里亚宾。当时,我们和斯克里亚宾一家人还不相识。

两座别墅都坐落在一个丘陵上,而且都在树林的边上,但相距甚远。我们照例是一大早就来到别墅。树叶低低地垂在房顶上,阳光在树叶间变得七零八碎。大家拆开一个个蒲包,取出睡具,口粮储备,锅碗瓢盆,水桶。我跑进树林里去了。

天哪,神明的力量呀,那天清晨的树林里真是无所不有啊!太阳用光束横七竖八地穿透了树林深处,林中影子在移动,忽而这样忽而那样地端正树盔,各种鸟儿站在时高时低的树枝上,唱着意想不到的悠扬歌曲,我怎么也听不惯这些声音。开始歌声嘹亮而急促,然后渐渐清静下来,它那种热情而又频繁的顽强劲儿,仿佛是森林中伸向远方的树木。如同阳光与阴影在树林里交替,如同鸟儿从一根树枝上飞向另一根树枝上啼啭,毗邻的别墅里用大钢琴演奏的第三交响乐或《神圣之诗》的片断与章节,也在树林中漂荡与滚动。

天哪,这是一种什么样的乐曲呀!交响乐接连不断地坍塌与倾倒,如同遭受炮火轰击的城市,交响乐完全是由断垣残壁堆积起来。乐曲中充满经过疯狂加工的、新的内容,如同生长中的树林充满生命与清爽那么新鲜,树林在那天早晨披上了1903年而不是1803年新春的嫩叶。就像树林没有一片叶子是用皱

---

① 彼·谢·汪诺夫斯基(1822—1904),帝俄反动政客。1881—1897年任俄国军事部大臣,1901—1904年任国民教育部大臣。

纹纸或白铁皮染的一样,在交响乐中也没有一点虚假的深刻,没有令人肃然起敬的动听空谈,什么"像贝多芬"呀,"像格林卡"呀,"像伊凡·伊凡诺维奇"呀,"像马丽娅·阿列克谢耶芙娜女公爵"呀,他所谱成的曲子具有一种悲剧力量,它对一切腐败但又被人赞扬的,对伟大但又十分愚蠢的东西嗤之以鼻,它大胆到狂妄的程度,充满稚气,它像放荡的安琪儿有些天然淘气而又自由自在。

估计谱写这种乐曲的人一定会知道自己是什么人,工作之后他的头脑会清醒,精神会镇静,如同摆脱一切事务之后高枕无忧中休息时的上帝。他确实是这样一个人。

他和我父亲常常在横贯这个地区的华沙公路上散步。有时,我伴随他们。斯克里亚宾每次快跑之后,喜欢靠惯性再蹦蹦跳跳地跑一段路,就像抛在水面上弹跳的石片,似乎他若再加一把力就可能离开地面在空气中飞起来了。他平时训练自己掌握充满灵气的轻盈和接近于飞行的灵巧动作。他那迷人的风采和高雅的气度也属于这一类的现象。他凭借这种气度在社交中回避严肃性,并尽量装出空洞和肤浅的样子。在奥博连斯克散步时他发表的各种奇谈怪论更令人吃惊。

他和我父亲争论有关生命、艺术、善与恶等问题,他攻击托尔斯泰,鼓吹超人、不道德行为、尼采思想。他们两个人只在技巧的本质与任务的看法上,观点一致。在其他问题上,他们的意见常有分歧。

那年我十二岁。他们争论的问题中有一半我听不懂。不过,斯克里亚宾以自己朝气蓬勃的精神征服了我。我爱他爱得发狂。我根本不了解他的观点的实质,却站在他的一边。不久以后,他到瑞士去了,一去就是六年。

那年秋天,因为我发生了一件不幸的事,所以全家回城的时间推迟了。我父亲构思了一幅画,题名《夜间牧马》。画上描绘的是包恰罗夫村的姑娘们乘马飞驰,在夕阳余晖中驱赶马群,奔向我们丘陵角下的沼泽牧场。有一次,我跟在她们后边,跳越一条宽宽的溪流时,不慎从疾驰的马背上摔了下去,折断了腿,后来、痊愈了,但大腿短了一截,以至以后每次征兵时,我都因此被免除服役。

在这以前,当我们还没有来到奥博连斯克消夏时,我已经能够在大钢琴上乱弹一气了,我还可以凑合着谱些自己的曲子。如今,由于我对斯克里亚宾的崇拜，即兴演奏和自己谱曲的激情变得十分强烈。从那年秋季开始，一连六年，也就是我在中学读书的全部时期，我把时间全都用在认真学习作曲理论上了，先是师从尤·德·恩格尔，他是一位人品极其高尚的音乐理论家和批评家，后来在米·格里埃教授指导下攻读。

没有一个人怀疑过我的未来。我的命运已经决定了，选择的前程正确无误。大家都认为我会成为音乐家，为了音乐什么事都可以原谅我，甚至对长辈们各种忘恩负义的可卑举动，而我远不及长辈——我执拗、不听话、马虎，还有怪毛病。甚至在学校上希腊文课或数学课时，我把乐谱摊在书桌上钻研赋格曲和对位法，老师把我当场抓住，对老师的提问我哑口不知所答。像根树桩似的傻伫在那里。这时全班同学会为我求情，于是老师们也就饶了我。即便如此，我还是放弃了音乐。

正当我有权欢庆成功时，正当周围的人都在祝贺我时，我却把音乐放弃了。当时，我的上帝，我的偶像，带着《销魂曲》和他的最新作品从瑞士回来了。莫斯科在庆祝他的胜利和他的归来。正当庆典进入高潮时，我去看望他，并斗胆为他演奏了自己的作品。他的接待超过了我的预料。斯克里亚宾听完了我的演奏，对我表示支持，大事鼓励，并祝我成功。

但是谁也不晓得我的隐痛。如果我把它说出来，别人也不会相信。在谱曲方面，我的进展十分顺利，然而在实践方面，我却毫无能力。我勉强可以弹琴，却不会快速识谱，我几乎是按音节来读谱子。经过一番努力之后所掌握的新音乐思想，与我的落后的技术后盾出现了脱节，于是本来可以成为欢乐源泉的天然恩赐，变成了长年的苦痛。这种苦痛终于使我忍受不住了。

怎么会出现如此不相适应的现象呢？其根源在于某种不应有的、需要付出代价的、不允许的少年人的傲慢气质，在于一个一知半解的人对一切抱有虚无主义态度，他认为什么都可以垂手即得和一蹴而就。我对一切匠气的、不是创作的东西，都加以鄙视，我敢于认为这些东西我都在行。我以为真正生活中，无事不是奇迹，事事为上苍所安排，没有人为的与杜撰的，不允许有专横任性。

这是斯克里亚宾影响的副作用，在其他方面对我都有决定性的作用。他的自我中心意识只在他的身上恰到好处，而且情有可原。他的观点被稚气地曲解了，这种观点的种子又落在肥沃的土壤里。

我本来从小就有些迷信，疑神疑鬼，对天意抱有浓厚的兴趣。几乎从罗季昂诺夫之夜①起，我就相信有至高无上的英雄世界，对它要虔诚膜拜，虽然它也会带来悲伤。我六岁、七岁、八岁时，多少次险些自杀呀！

我怀疑自己的周围有种种诡秘和骗局。种种荒谬的事情我都信以为真。也许只在人类黎明时代才能想象的一些荒谬事在我身上出现了。也许我还记得最初给我穿过女孩子的圆袖长衫，所以我就模模糊糊觉得我原先是个小姑娘，我认为必须恢复那个更可爱更漂亮的样子，于是我紧勒腰带，几乎把自己勒昏过去。有时，我又想象自己不是父母亲生的儿子，而是他们捡来的，并由他们抚养成人。

我跟音乐发生的不幸事件，还得怪罪于一些非直接的，实际上不存在的原因，偶然占卜啦，等待上苍表态或示意啦。我没有绝对听力，我不善于判定一个随意拿来的乐谱音的准确高度，我没有这方面的能力，这种能力是我工作中所完全必要的。缺少这种特长，使我感到难过，损伤了我的人格，我认为这证明命运和上苍都不需要我的音乐。在诸如此类的一连串打击下，我心灰意冷了，洗手不干了。

我为音乐付出六年的心血，音乐是一个充满希望与不安的世界，可是我如同告别最珍贵的东西一样，硬是从自己的心中扬弃了它。有一段时间我还有在钢琴上弹奏幻想曲的习惯，不过它已经是逐渐消逝的毛病了。后来，我决定采取果断措施来控制自己，我再不触摸钢琴，再不参加音乐会，甚至回避与音乐家们见面。

四

斯克里亚宾关于超人的议论，纯粹是俄罗斯人对极端的一种追求。的确，要想使音乐有价值，它就应当成为超音乐，不仅音乐应当如此，世界上一切事物要想使本身有价值，都应当超过自己。人，人的活动，都应当包涵无限这一因素，使现象变得明确，有性格。

---

① 指罗季昂诺夫在《列·尼·托尔斯泰的生平与创作中的莫斯科》一书中所描绘的一个夜晚，即1894年11月23日，托尔斯泰在老帕斯捷尔纳克家听音乐演奏时把小帕斯捷尔纳克从梦中惊醒的情况。参见《幼年》的第五节。

由于我现在在音乐方面已经落后，由于我和音乐的关系已经断绝，热情已经完全熄灭，所以我关于斯克里亚宾的回忆——当年斯克里亚宾是我生活的内容，是我借以营养的粮食——只有中期的，大约从创作第三到第五奏鸣曲期间的斯克里亚宾。

我觉得《普罗米修斯》和他后来的作品中显示出来的和谐的光芒，无非证明他是个天才，而不是精神所需要的日常营养，但，我并不需要这些证明，因为我已完全相信了他。

过早逝世的安德烈·别雷①、赫列勃尼科夫②及其他人，临终前都曾深入地探讨过新的表现手法，都对新的语言怀有一种幻想，都在琢磨、摸索语言的音节，它的元音与辅音。

我从来不能理解这种种考察的意义。我觉得，只有当一个艺术家所掌握的内容过多，使他无暇去思考，在匆忙中用旧的语言讲出新的话来，他甚至根本没有弄清楚哪些语言是旧的，哪些语言是新的，这时才会产生最惊人的发现。

肖邦在音乐方面就是用莫扎特③和菲尔德④的旧语言讲出了那么多令人赞叹不已的新东西，以至这些新东西成了音乐的第二个开端。

斯克里亚宾也是如此，他在自己事业的起点上几乎就是利用前人的手段彻底革新了音乐的感受。早在第八作品的练习曲中，或在第十一作品的前奏曲中，一切都有现代感，一切都充满内在的、为音乐所能理解的适应感，适应于外在的、周围的世界，即适应于当时如何生活、如何思考、如何感受、如何旅行、如何穿戴。

这些作品的旋律会使您泪水泉涌，从眼角流向脸颊，再流向嘴角。旋律和泪水搅混在一起，沿着您的神经——直注入您的心脏，您哭不是因为您悲恸，而是因为它如此准确而清晰地找到了通向您心灵的道路。

突然，一个回答或一种反驳，通过另一种更高的、妇女的声音，和另一种更单纯的交谈语调，闯入流动的旋律之中。发生了不慎的口角，出现了瞬息即

---

① 安·别雷（1880—1934），俄罗斯诗人、作家，象征主义理论家与代表人物。
② 维·赫列勃尼科夫（1885—1922），俄罗斯诗人。
③ 沃·莫扎特（1756—1791），奥地利作曲家，维也纳古典音乐派的代表人物。
④ 约·菲尔德（1782—1837），爱尔兰出生的钢琴家。作曲家，教育家。从1802年起移居俄国，从事演奏和教育事业。

逝的纠纷。于是，一种惊人的自然态的音调插入作品，而这种自然态在创作当中可以解决一切问题。

艺术中充满世人皆知的事情和通常的真理。虽然大家都可以公开地运用它们，然而世人皆知的方法却久久闲置着没人来运用。世人皆知的真理应当为极少数幸运者所掌握，也许一百年能遇上一次，那时它才能真正发挥作用。斯克里亚宾就是这么一位幸运儿。如同陀思妥耶夫斯基不仅仅是位小说家，勃洛克①不仅仅是位诗人，那么斯克里亚宾也不仅仅是位作曲家，而是永远祝贺的对象，是俄罗斯文化胜利与节日的化身。

乌兰汗　译

三 个 影 子

一

1917年7月，爱伦堡②受勃留索夫之托，找到了我。于是我认识了这位聪明的作家，他的气质跟我完全相反——他能干、开朗。

那时，政治流亡者们像潮水一般，开始大批拥向国内，当年这些人，还有其他一些人，在国外赶上了战争，因而被禁止离境。安德烈·别雷从瑞士归国。爱伦堡也回来了。

爱伦堡对我谈起茨维塔耶娃，赞不绝口。他还把她的诗拿给我看。革命初期，在一次募捐晚会上，我听过她和别人一起朗诵诗歌。军事共产主义时期，有一年冬天，我为了什么事情去找她，我讲了一些鸡毛蒜皮的事，她在回答中说了一些无关紧要的话。那时我不习惯于茨维塔耶娃的声音。

那时，我的听觉为稀奇古怪的遁词和对周围惯用语的破坏所糟蹋。正常话

---

① 亚·勃洛克（1880—1921），俄罗斯诗人。
② 伊·爱伦堡（1891—1967），苏联作家。

我全听不入耳。我常常忘记，语言本身，即使不附加给它以花哨成分，也是有一定内容，有一定意义的。

正因为茨维塔耶娃的诗写得十分和谐，诗的意思清晰明确，正因为她的诗只有优点而无缺陷，反而成了我接受时的阻力，妨碍我理解它的实质。我处处寻找的不是实质，而是不相干的俏皮。

我对茨维塔耶娃长期估计不足，同样，由于不同的原因，我对其他许多人——巴格里茨基①、赫列勃尼科夫②、曼杰利什塔姆③、古米廖夫④也都估计不足。

我已经说过，不善于有见识地表达思想并把胡言乱语视为美德和迫不得已的独出心裁的青年人当中，只有两个人。即阿谢耶夫和茨维塔耶娃，还像个正常人在讲话，并用古典的语言与风格写作。

突然，这两个人都放弃了自己的擅长。阿谢耶夫被赫列勃尼科夫的榜样所迷惑。而茨维塔耶娃，在她的内心中发生了变化。不过，我早已被变化前的、原来的、继承传统的茨维塔耶娃征服了。

二

她的诗必须精读。当我如此作了之后，展现在我面前的是无限的纯洁和力量，使我为之哑然。周围从未见过类似的东西。还是让我讲得简练一些吧！除了安年斯基和勃洛克，还有稍加限制的安德烈·别雷之外，早期的茨维塔耶娃是所有其他象征主义者，甚至他们的总合，所渴望而不可即的人物。我这么说并没有违心之意。当那些人的语汇在臆造的公式和没有生命的古体文的世界里徒劳无益地挣扎时，茨维塔耶娃已冲破重重的困难正在真正创作的上空自由翱翔，她以不可比拟的高超技术轻易地完成了创作任务。

1922年春，那时她已经在国外了，我在莫斯科买了一本《里程标》——她的小小的诗集。茨维塔耶娃抒情诗的形式有一种威力，立刻把我制服了。这

---

① 爱·巴格里茨基（1895—1934），苏联诗人。
② 维·赫列勃尼科夫（1885—1922），苏联诗人。
③ 奥·曼杰利什塔姆（1891—1938），俄罗斯诗人。
④ 尼·古米廖夫（1886—1921），俄罗斯诗人。

是她呕心沥血摸索出来的形式，它不是软绵绵的，而是浓缩精练的。读她的诗不会在每一行上有上气不接下气的感觉，而是让你不间断节奏，一气读完下面的诗句，这些诗句又根据各自阶段而有所发展。

这些特点使我感到亲切，也许是我们受过相同的影响，或者在性格形成方面有一致的动力，或家庭与音乐起了同样的作用，还有相同的出发点、目的和爱好。

我往布拉格给茨维塔耶娃写了一封信，满篇赞美和惊讶，因为我是这么长久地忽略了她，又是如此迟晚才认识了她。她给我回了信。我们开始通信，到了20年代中期来往书信尤为频繁，那时她的《手艺集》一书已问世，莫斯科人也晓得了她那几部规模宏伟、内涵博大、新颖夺目、不同凡响的长诗；《末了之诗》、《山峦之诗》、《捕鼠者》的手抄本。我们成了朋友。

1935年夏，我到巴黎出席反法西斯大会，当时的我不能自持，由于将近一年的失眠症差不多要患精神病了。我在那儿认识了茨维塔耶娃的儿子、女儿，还有她的丈夫，我像爱兄弟一般爱上了这个有魅力的、细心的和坚强的人。

茨维塔耶娃的家属坚决主张让她返回俄罗斯。一部分原因是思乡和对共产主义，对苏维埃联盟的同情在他们身上起了作用，另一部分原因是他们认为茨维塔耶娃不能在巴黎久留，她在那儿如在空旷之中，没有读者的反应，她会白白死掉。

茨维塔耶娃问我对此有何看法，在这个问题上我没有明确的意见。我不知道应当向她提些什么建议，我生怕她和她那可爱的一家人，到了国内，生活会感到困难和不安定。这一家人总的悲剧大大超过了我的忧虑。

三

这篇随笔的开头，写童年的那几页里，我提供了真实的场面，记述了真实的事件，可是写到中间，我改为概述，只限于白描式的描写人物性格。这样做是为了简洁。

如果一件事一件事地讲下去，一个情况一个情况地写下去，记述把我和茨维塔耶娃连在一起的志向与兴趣的过程，那么我就得远远超出自己规定的写作范围，我就得将它写成整整一部书，因为那时我们在一起经历了那么多的事，这些事千变万化，有喜有悲，总是出人意料，又总是使双方一次比一次更扩大自己的视野。

在这里，以及在剩余的几节里，我不谈个人的私事，只讲一讲实质性的和共同性的东西。

茨维塔耶娃是女人，但她有一颗男性的能干的心，她办事果断、雷厉风行、难以遏制。她在生活中，在创作中都一往直前，贪婪地，甚至像野兽般凶猛地追捕完整性和明确性，在这种追捕中她前进得很远，走在众人的前头。

除了我们所晓得的、为数不多的作品以外，她还写了大量我们尚且不晓得的作品，这是一些气势磅礴的鸿篇巨制，有的采用俄罗斯民间故事的风格，有的利用众所周知的历史传说和神话的主题。

这些作品如能发表，对祖国的诗歌来说将是一桩大喜事，一个大贡献，一下子就会以这些迟到的和及时的馈赠装点祖国的诗坛。

我认为，茨维塔耶娃有待于彻底的重新认识，等待她的将是最高的认同。

我们是朋友。我保存过她近百封回信。我早已说过，损耗与遗失在我一生中曾占有何等地位，但，我怎么也没有想到有一天竟会把这些细心保存的珍贵书信失掉。它们的消逝是由于过分细心地保管所致。

战争期间，我经常要去看望疏散到外地的家属。斯克里亚宾博物馆有一位工作人员，她对茨维塔耶娃崇拜得五体投地，是我的好朋友，她建议由她来保管这些信，同时还有我双亲的信，还有高尔基与罗曼·罗兰的几封信。她把这些书信都锁在博物馆的保险柜里，至于茨维塔耶娃的信——她不肯撒手让它离开自己，她甚至不相信不怕火烧的保险柜的牢靠的柜壁。

她全年住在郊外，每天晚上回到自己的住地时，随身总是带着装有这些书信的手提箱，第二天，天一亮，她又带着它进城去上班。那一年冬天，她下班要回别墅的家时已经是筋疲力尽的了。走到半路，在树林里，她忽然想起装有书信的手提箱忘在电气火车车厢里了，茨维塔耶娃的信就这样乘车走了，一去未归。

四

自《安全保护证》一书发表后,二三十年来,我多次想到,如果该书再版的话,我一定补写一章:关于高加索和两位格鲁吉亚诗人。光阴流逝,补写别的内容确无必要。没有写的这一章,是唯一的空白。现在我把它写出来。

大约在1930年前后的一个冬天,在莫斯科,诗人帕奥洛·亚什维里和他的夫人来看望我。亚什维里是社交界红人,有教养,善言谈,欧洲人派头,美男子。

不久以后,我的家和友人家,两家里都出了事,错综复杂,变化多端,给当事人造成精神痛苦。有一段时间,我和我的女伴,后来她成了我的第二个妻子,没有安身之地。这时亚什维里便在他的梯弗里斯家中为我们提供了避难之处。

那时的高加索、格鲁吉亚、那里的人、人们的生活,对我来说都是新发现。样样新颖,事事惊奇。黑色的石头大房子悬在梯弗里斯所有的小胡同上空。最穷的人家把生活从院里搬到街上,他们比北方人更大胆,更少遮掩,他们的生活绚丽多彩,坦荡无遗. 民间传说中的象征,充满神秘色彩的救世主降临说,使人们对生活产生种种幻想,如同在信仰天主教的波兰,人人都变成了诗人。在那个年代,社会中先进人士具有如此之高的文化水平和精神生活,是不多见的。梯弗里斯市内设备良好的区域,颇似彼得堡,二层楼的窗棂弯弯曲曲,如同花篮和竖琴,小巷分外漂亮。不管你走到那里,板鼓敲打列兹金卡舞曲的节奏声都会跟踪相随。风笛,还有别的乐器,声音似羊的咩咩叫声。黄昏降临到这座南方城市,星斗满苍穹,处处洋溢着从花园、食品店与咖啡馆飘出来的芳香。

五

帕奥洛·亚什维里是象征派时代以后的杰出诗人。他的诗歌建筑在感觉准确的资料上和证据上。他的诗与别雷、汉姆生、普鲁斯特[①]等人最新的欧洲

---

① 普鲁斯特(1871—1922),法国作家。

散文一脉相通,如同这散文一样,有意想不到的情景和准确的观察,给人以新鲜感。这是极富创新精神的诗歌。诗中充满了种种印象,但又不失之冗赘。诗中有足够的空间和空气。它在动,在呼吸。

第一次世界大战爆发时,亚什维里正在巴黎的索尔朋大学①读书。他绕道返回自己的故乡。在挪威一个荒凉的小车站上,由于大意,他没有发觉自己乘的火车开走了。一对年轻的挪威夫妇,农场的主人,从遥远的边区乘雪橇到车站来取信件,他们发现了这位黧黑的南方人的马虎和马虎带来的后果。他们可怜亚什维里,也不知道是怎么和他讲通的,把他带回到自己的农场,在那里等候第二天才能路过此地的下一趟火车。

亚什维里讲话时绘声绘色。他天生善于讲述历险故事。而这类意想不到的事,像小说里的情节一般,又总是让他碰上。他少不了奇遇,他跟奇遇有缘,俯拾皆是。

他才华横溢。他的眼睛闪烁着心灵之光,他的双唇燃烧着激情之火。他在各种经历中迸发的热情烘烤着他的面颊,使它变得黝黑,所以他显得比自己的年龄要大,像是一个历尽沧桑、阅历丰富的人。

我们到来的那一天,他把自己的朋友,还有他的小组的成员都召集齐了,他是那个小组的召集人。我已记不得,当时都是哪些人到了场。大概有他的芳邻、感情真挚的一流抒情诗人尼古拉·纳吉拉泽②,还有奇奇昂·塔比泽③和他的妻子。

六

那间屋子至今历历在目。我怎能把它忘记呢?那天晚上还不晓得在哪里会发生何等可怕的事,我小心翼翼地守护着它,以免把它碰碎。我把那间屋子和后来在那间屋子里和它的附近发生的所有可怕的事,都深深地埋在心底。

为什么让我认识了这两个人?我们之间算是什么关系?他们二人成了我生活中的一个组成部分。我不偏爱其中任何一人,他们是分不开的,彼此取长补

---

① 即巴黎大学。
② 尼·纳吉拉泽(1895—?),苏联格鲁吉亚诗人。
③ 奇奇昂·塔比泽(1895—1937),苏联格鲁吉亚诗人。

短。他们两个人的遭遇，还有茨维塔耶娃的遭遇，是我经受的最大的悲痛。

七

如果说，亚什维里一切表露于外，如同离心器，那么奇奇昂·塔比泽则事事内向，他写的每一句诗，走的每一步路，都在邀请你到他丰富的、充满悬念和预感的心田中去。

他的诗的主要特点，是给人一种感觉，觉得它有无穷无尽的抒情能量。每首诗都是如此，未尽之言和要说的话比已经说出的分量更重。这心中尚未触及的储备的存在，造就出一种衬景和他的诗歌的第二层次，使诗带有一种特殊情绪，这种情绪贯穿了他的所有诗作，形成了诗主要的、苦涩的美。他诗中的心和他本人的心一般博大，这是一颗复杂的、隐秘的心，它全部趋向善良，并有明察一切的本能和自我献身的精神。

当我怀念亚什维里时，市内的一些场面便复现于脑海之中，房间、争论、公开场合的演说，还有他在热闹的晚宴上妙语如珠的口才。

塔比泽则使我联想到大自然的造化，脑海里浮现出来的是农村景色，鲜花盛开的辽阔平川，大海的波涛。

云朵在飘浮，远方，与流云并排的是起伏的山峦。身体健壮、个子不高的诗人，含着微笑，跟白云和群山融汇在一起了。他走路时有些抖瑟，欢笑时全身颤动。瞧，他站了起来，侧身靠在桌前，用刀子敲了敲酒杯，他准备发言。他习惯于把一个肩膀抬得比另一个肩膀高一点，所以觉得他有些斜歪。

房子建在科焦雷，公路转弯的地方。公路沿着房子的正面向上爬去，然后绕过房子，又经过它的后墙。因此，从这栋房子可以前后两次望见沿着此路步行和乘车的所有的人。

在那紧张的年月里；按别雷的挖苦的说法，唯物主义的胜利消除了天下的物质。没有吃的，没有穿的。周围没有感受的东西，只剩下了思想。要说当时我们没有死掉，多亏梯弗里斯能人朋友们的功劳，他们不断地弄到和送来一些东西，也不知道出版社凭什么预支我们款项。

我们聚到一起，交换新闻，共进晚餐，彼此朗读一些诗。凉爽的风阵阵袭来，如同用纤细的手指迅速地在拨弄白杨树的银色叶子，叶的背面像白色的丝绒。空气里散发着南方醉人的芳香。夜，宛似卡车上挂的翻斗，在高空中慢慢地转动，把它那缀满星辰的笨重的车厢翻转过来。公路上，人在走，牛车和汽车迤逦而行：从这栋房子里可以两次看到他们。

我们在格鲁吉亚军用公路上，也许是在博尔若米，或在阿巴斯图马尼；也许在云游之后，在观光之后，冒险之后，豪饮之后，我们每个人随身带着自己的东西，我带着自己在巴库利纳摔倒时碰伤的眼睛，来到列昂尼泽[①]家中作客。列昂尼泽是独具一格的诗人，他比任何人都与他用之写作的语言的奥妙有千丝万缕的关系，因此他的诗也最难翻译。

夜间在森林中的草坪上举行宴会，美丽的主妇，两位可爱的小女儿。第二天，吹着风笛的民间流浪诗人突然光临。他出口成章，依次即兴祝愿全桌各位，他对每位客人都有一套相应的祝词，他善于抓住任何一个理由来敬酒，比方说，为了我那碰伤了的眼睛。

我们在海上，或者在科布列基，暴雨下骇浪中，西蒙·契科瓦尼[②]和我们同住在一家旅馆里，他后来成为塑造色彩鲜明的形象的大师，那时他还非常年轻。在崇山峻岭的线条之上，在地平线上，一个微笑着的诗人的头和我并行，还有他那不寻常的天才的光明特征，他的微笑和脸上留下了悲伤与命运的影子。如果我现在在这几张纸上再次跟他告别，那么让他把这视为是和其他所有回忆在告别吧！

乌兰汗　译

---

① 格·列昂尼泽（1899—1966），苏联格鲁吉亚诗人。
② 西·契科瓦尼（1903—1966），苏联格鲁吉亚诗人。

茨维塔耶娃（1892—1941）

玛丽娜·伊万诺夫娜·茨维塔耶娃，俄罗斯诗人，十七岁出版处女作诗集《黄昏纪念册》，以非凡的才情吟咏爱情、死亡和艺术，引起诗坛轰动，1922年离开俄罗斯，起初住在布拉格，后来迁往巴黎，在国外继续写诗，也写散文，与帕斯捷尔纳克，奥地利诗人里尔克多年保持通信联系，由于思念故土，加之侨居生活艰难，1939年返回俄罗斯。卫国战争期间，被疏散到中亚地区的一个小镇叶拉布加，因生活极度困苦，女儿被捕，精神绝望而自缢身亡。茨维塔耶娃与阿赫玛托娃齐名，被认为是20世纪俄罗斯最卓越的诗人。本书选入的散文和随笔，有的回忆童年时期对鞭笞教女信徒的印象，有的描述对中国人的观察印象，《说爱情》、《说感恩》两篇，以简洁洗练的文字，跳跃性的思维方式，从一个方面展示了诗人的独特风格。

鞭笞教女教徒

她们只以"复数形式"存在,因为她们从不单独行走,而总是两人同行,即便是一个浆果筐也要两个人抬,年轻一点的和年长一些的,年纪稍轻一点的和年纪稍长一点的做伴,他们的年龄相近——三十到四十岁之间,她们看上去都一个模样,脸晒得黝黑或是琥珀色的,头上戴着清一色的白头巾,头巾边儿和黑眉毛下面的眼睛都一个样,一样的目光"鞭笞"着你,睫毛浓密像小扫帚一般,褐色的眼睑垂向地面。她们的名字也一样,也是共同的,那不能说是名字,而是父称:基利洛夫,人们背后把她们叫做鞭笞派女教徒。

为什么父称叫基利洛夫呢?这里根本就没有叫基利尔的。那个基利尔究竟是什么人呢?真是她们的父亲吗?他怎么会一下子有三十个、四十个、甚至比这还要多的女儿呢?怎么都是女儿,没有一个儿子?那个长着棕红色头发的基督,显然不是基利洛夫的儿子,自然也就不是她们的兄弟了。现在我才明白:这个有众多女儿的基利尔只是作为女儿的父称而存在。从前我没有考虑到这一点,就像没有想过,为什么轮船叫"叶卡捷琳娜"一样。叶卡捷琳娜——就是叶卡捷琳娜。基利洛夫娜就是基利洛夫娜。

"鞭笞派女教徒"——听起来很刺耳,这可能与她们的稳重和彬彬有礼不相符,现在我就从柳树讲起吧:她们住在柳树下或柳树后面,就像一群白头鸟——戴着白头巾的鸟一样,保姆常常带我从她们的住处旁边路过,她给我讲故事常用的开场白就是:"这就是鞭笞派女教徒的窝",不加任何评价、平铺直叙、一步一步从别索奇诺叶别墅介绍到塔鲁萨:"过了小教堂……看到了木墩子;走了一半路……这就是她们的窝……"

鞭笞派女教徒的窝,其实是通向塔鲁萨的入口。走下最后一个台阶——数不清走了多少台阶——你会发现,你从耀眼的光明之处,来到了一个阴暗的地方,四周一下子变得漆黑一片,你会觉得,你从炎热、干燥的地方突然进入到一个清爽、湿润的空间,顺着分成两排、深深竖立在泥土中、就像从泥土中生长出来的原木，穿过凉爽、湍急、哗哗响的黑色小溪，你就会看到左边第一个柳枝障子里面隐藏在柳树和接骨木后边的"鞭笞派女教徒的窝"。的确是窝，而不是房子。因为根本就无法看到这些树丛后面的房子，即便篱笆门偶尔开个缝儿，你也不会发现、不会注意到它，就像看不到自己的脑门一样，因为你的眼睛完全被眼前的美景迷住了，微微发红的树枝、尤其是醋栗的枝条、就像是灰色的帷幕让你眼花缭乱。从来没有人说起基利洛夫家的房子，人们只讲她们的花园。房子隐没在花园里。如果那时有人问我：鞭笞派女教徒整天都干些什么，我会不假思索地回答："她们在花园里玩，吃浆果"。

还是再说说入口吧。这是进入另一个王国的入口，这个入口本身就是另一个王国，它延伸成整整一条街，如果可以这样说的话，但是这样说不行，因为入口的左边，除了看不到头的篱笆障子外，什么都没有。而右边——都是牛蒡，沙子，还有那条"叶卡捷琳娜"船……这不是入口，这是通道：从我们这儿（孤独的大自然当中孤独的房子）——到那里（到人群中，到邮局，到市场，到码头，到尼特金的小铺，再往前走，到城市的街心花园），——这里只不过是中间站，是中间王国，中间地带。可我突然一下子明白了：这不是入口，不是通道——而是出口！（因为第一个房子——永远是最后一个房子！）它不仅仅是塔鲁萨城的出口，而且是所有城市的出口！是挣脱所有的塔鲁萨，挣脱墙壁，挣脱锁链，挣脱自己的名字，挣脱自己的皮肤的出口！是挣脱一切肉体束缚走向辽阔空间的出口。

告别所有的塔鲁萨，确切地说，告别所有的"客人"，也就是说，告别甜食，离开别人家的孩子……我最喜欢沿台阶向下、进入绿色的清凉世界、走近幽暗的小溪那一瞬间，喜欢走过灰色的、看不到头的柳枝与接骨木树枝编成的障子，在树障子里面——我记忆犹新——所有的浆果都会一下子成熟，比如，草莓和花楸，它们一成熟，夏天就到了，夏天一到，这个季节该有的红的甜的浆果一下子全都冒出来了，只要你走进去（但我们从来没有进去过！），你手里就会堆满浆果：草莓呀，樱桃呀，醋栗呀，意想不到的是还有接骨木结的果实！

但我不记得那儿有没有苹果。我只记得浆果。在塔鲁萨，苹果年年丰收——人们用盛内衣的篮子装着苹果拿到市场出售，苹果多得连猪都吃腻了，说起来奇怪，基利洛夫的女儿们却没有苹果，我们这么说，因为她们到我们这儿来,到我们的"老果园",就是被我们荒废的果园来摘苹果,那里的苹果树是野生的珍贵品种,它们的果实只能拿去晒苹果干。来摘苹果的不是那些稳重的、眼睛总看着地面的女教徒,而是她们的圣母和基督,瘦瘦的基督长着棕红色头发、两撇胡子、两只眼睛间距很宽——现在我想说:她们的基督穿的很破,光着脚,她们的圣母,显得苍老,皮肤不是琥珀色的,而是像动物的皮革,穿的虽然不算破,但还是让人觉得害怕。父母对这些突然造访者的态度是……听天由命。"基督又来摘苹果了……"或是说"圣母和基督又在旁边转悠了……"基督和圣母也不问是不是允许摘苹果,我父母也不禁止。基督和圣母就像是跟房子一起继承下来的家庭的灾难,摆脱不了的侵犯与厄运,因为基利洛夫家族早就居住在塔鲁萨了,比我们家,比所有人家,甚至比鞑靼人来得都早,我们在小溪里不止一次发现过鞑靼人生锈的兵器。他们的到来不是突然造访,而是乞讨。但需要补充一点,就是,当我们小孩子碰到他们摘苹果的时候,他们,特别是基督,总要走到一旁,躲到另一棵苹果树后面——圣母在那儿已经匆匆忙忙装满一大麻袋苹果了。这时候,他们彼此一句话也不讲,我们也不出声,不让他们知道我们在这儿,我们好像无言地约定,他们什么也没做,而我们什么也没看见,这儿没人,他们没有来过,我们也没有来过,也许,什么人都没有,一切都自然而然就那么回事……

"爸爸!我们看到基督了!"

"又来了?"

"是的。"

"唉,愿基督保佑他们!……"

父母不问被摘走了多少苹果,我们也不说。有时我们还会碰到棕红色头发的基督在干草垛里睡觉。老圣母坐在一旁,给他轰苍蝇。那时我们一声不响,踮起脚跟、高扬着眉毛,用眼睛彼此示意"目标",我们走开,悄悄走到我们的"坑"边,坐在那儿,摇晃着脚丫子,用脚指头去触摸一直睡觉的基督和不停地给他轰苍蝇的圣母。有时候保姆不是给我们讲,而是当着我们的面对另一个保姆说,这个基督是个苦酒鬼,人们又从水沟里把他打捞了出来,因为我们自己就坐在水沟旁边,所以这些话并不让我们感到吃惊,可用来形容酒鬼的"苦"这个词却引起了我们满口蒿子味儿(我们经常嚼它),嚼完那玩意儿得喝满满一桶水。

有时候基督唱歌，圣母随着唱，她唱歌的声音更像个男的，而他的声音却像女的，嗓门儿细细的，对这一点儿我们并不觉得惊奇，原因是，第一，茨维塔耶夫家的孩子对什么事情都不会吃惊，第二，因为圣母长的又黑又壮，而基督却又白有弱，结果是，每个人都用自己的声音唱歌，——正合适，就像蚊子和熊蜂。歌声从绿色的野苹果树后面传到我们绿水沟这边来，他们唱的是绿色果园……我们甚至从来都没有想过（现在我也不知道），他们到底是不是母子，我们没有问过父母，为什么把他们叫做圣母和基督，也没问过我们的保姆，我们从来不怕保姆，我们不问，倒不是因为我们相信他们是圣像上的圣母和基督（那圣母和基督在圣像上，再说，毕竟还有——那些苹果……）不是圣像上的圣母和基督，也不是别的、另外的圣母和基督。也许，名字本身就让人肃然起敬——并不是每个人都可以叫做圣母和基督！——名字本身就决定了他们不容怀疑和不受审判。我们那时候的判断基本上是这样的："既然他们偷了苹果，那他们就不完全是基督和圣母，但他们毕竟是基督和圣母，所以就不能说他们偷东西"。再说他们也没偷——只不过是拿，他们躲躲藏藏，现在我明白了，不是躲避我们（孩子本身就是乞丐和小偷），他们是躲避人们的耳目。无论是野兽，还是孩子（而且不仅仅野兽和孩子，请相信我说的话！）谁都受不了别人凝视的目光。一句话，对我们说来，这对流浪者不是一般人，即便他们不是真正的基督和圣母，但说到底差不多也就是基督和圣母。基督和圣母总是避开众人单独生活，他们俩总在一起，从不分离（他们四处流浪，关于他们的生活我几乎一无所知），看着他们的时候，我常常想："也许，那个圣母就这样跟着那个基督到处走"，——因为她正是跟随他走，踩着他的脚印，和他保持一定的距离，免得踩到他的赤裸的脚后跟。她走着，仿佛用身体支撑着他，——他整个人显得软弱无力、心灰意懒，好像要去的地方，不是他想去，而是脚想去，可就连脚也不清楚，究竟该往哪儿迈：一会儿迈向车辙，一会儿撞到石头，一会儿迈倒草墩子上，有时候不可理喻地斜着走。无论在市场，在大道上，在长满牛蒡草的田野里，还是在奥卡河边，人们见到他们都是这副样子……但是，正像那些姐妹们从来没有摘过苹果，这一对母子从来不会送给人浆果，因此，如果你想象基督突然间会送来草莓，那简直就太荒唐了！路上相遇，基利洛夫娜姊妹都深深地弯腰鞠躬，圣母却从不还礼，至于基督那就无话可说了——遇见基利洛夫娜姊妹从身边走过，他不仅眼睛看着旁边，而且整个身体都想躲避！

"夫人！基利尔娜姊妹送草莓来了……您让收下吗？"

我们站在阴影里，妈妈站在前面，我们怕脸上突现露出贪馋的样子（我们在无意识当中最怕母亲训斥！）——我们躲在她身后，把脑袋从她身后稍稍伸出一点儿。眼睛从一粒粒草莓移开，突然与稍微离开地面的鞭笞派女教徒的目光相遇（那时我们都还太小！），她们目光中含着理解的笑意。当她们从浆果筐向盆儿里倒浆果的时候，基利洛夫娜（哪一个？反正都一个样！三十个人全蒙着一样的头巾，三十个人长得好像是一个模样！）一边用低垂的眼睛盯着走开的母亲的后背，一边平静地、不紧不慢地往离她最近、最勇敢、最贪馋的一张小嘴里（常常是往我的嘴里！）一个接一个塞着浆果，就像塞进填不满的深坑。她是怎么知道妈妈不允许我们饭前吃东西，不允许一下子吃很多，总起来说不允许我们太贪吃的呢？她们跟我们知道的途径一样，——妈妈从来不用言语禁止我们做什么，而是用眼睛。

基利洛夫娜姊妹愉快地使我相信，她们最喜欢我，也许，就因为我贪馋，长得好看又结实吧，——安德留沙长得又高又瘦，阿霞呢，又小又瘦，——也许她们，这些无儿无女的人就想要一个这样的女儿，给她们大家做女儿！

"鞭笞派女教徒更喜欢我！"我这么想着，觉得委屈，想着想着就睡着了。妈妈，奥古斯塔·伊万诺夫娜，还有保姆最喜欢阿霞，（爸爸秉性善良，所有的孩子他都喜欢），爷爷和鞭笞派女教徒最喜欢我！彬彬有礼的波罗的海移民会因为这种结合而感激我的！

我在塔鲁萨天堂花园所有的美好经历景当中有最美妙的一次，因为那是独一无二的经历。鞭笞派女教徒请我们全家人到割草场去做客，噢，我们又惊又喜，（母亲不喜欢全家人一起出游，不喜欢一大群人在一起，尤其是孩子们当着别人的面玩耍），哦！太让我们惊喜了——大人决定带我们去！当然这是爸爸坚持的结果。

"她会呕吐的，"妈妈指着我早就有过错的脑袋反驳说，"坐马车一定很颠，她一定会吐，她总呕吐，无论去哪儿，我真不明白，她这是像谁呀，爸爸（她这样称呼'爷爷'）不呕吐，我不呕吐，廖拉、安德留沙、阿霞都不呕吐，只有她，一坐到有轮子的车上就吐。"

"是呀，她会吐的……"爸爸温和地说，"她会吐的，很糟糕……"其实他想的已经是另一码事儿了：呕吐——太好了。略微停顿了一下，又说："没准儿她不呕吐呢——因为是在露天里空气新鲜……"

"这跟空气新鲜有什么关系？"提前被路上的情景弄得不高兴的母亲发火说。"无论是坐火车、坐汽车，坐马车，还是坐船，随便坐什么，带弹簧的，不带弹簧的，坐轮渡，坐电梯——她总是呕吐，人们还说什么这叫'晕船症！'"

"走路我就不吐，"仗着爸爸在身旁，我壮着胆子急躁地插了一句。

"让她面朝马的方向坐，咱们带些薄荷锭，"爸爸劝说道，"再带一套备用的连衣裙……"

"我可不想挨着她坐！挨着不行，对面坐也不行！"安德留沙生气地说，脸早就阴沉下来了。"每次都让我和她坐在一起，那次在车厢里，妈妈，你还记得不，那次……"

"我们带上香水，"爸爸接着说，"我跟她坐在一起。你可别硬挺着，"他体贴地对我说，"觉得恶心，就吱声，我们把马车停下来，你下去，到外面呼吸呼吸新鲜空气。我们又不是赶着去救火……说来倒也真奇怪：你为什么老吐呢？"然后又心平气和地说："天生的，天生的，谁拿它也没办法。你甚至可以这样做：'爸爸，我想揪那朵罂粟花！'然后你就赶快跳下去，跑远点儿——免得让妈妈难受！"

简而言之，我们上路了，手里握着我那朵罂粟花到达了目的地——到了鞭笞派女教徒的割草场，离塔鲁萨很远的地方，那地方有好多好多草地。

"唉，玛丽娜，马林果，你的脸色怎么发青呀？是起得太早了吧，亲爱的？没睡好吧，美人儿？"基利洛夫娜姊妹围着我，吸引着我，轮流拉着我，就像带我跳圈舞一样，大家都想一下子抓住我，仿佛我是鞭笞派女教徒的共同财富。在那个天堂里，我不记得家里的任何人了，既不记得爸爸，也不记得妈妈，既不记得保姆，阿姨，也不记得廖拉，安德留沙，也不记得阿霞。我是属于基利洛夫娜姊妹的。我同她们一起搂草，一起把草摊开，我跟着她们走来走去，跟她们待在一起，与她们一起时隐时现，就像不朽的诗篇《匆匆！》中那只看家狗一样，我跟她们一起去打泉水，跟她们一起点燃篝火，跟她们一起一边嚼着糖，一边用大花碗喝茶，要是能跟着她们……

"玛丽努什卡，美人儿，跟我们待在一起吧，做我们的女儿吧，你跟我们一起住在花园里,唱我们的歌……""妈妈不答应"。"那你想留下吗?"我没吭声。"你当然不会留下了,心疼妈妈嘛,她一定特别喜欢你吧?"我没有回答。"显然,就是给她钱,她也不会把你交给我们,是吧?""那我们也不必去问她妈妈,就这么把她带走!"一个年轻点儿的女子说道。"把她带走,藏在我们的花园里,谁也不让进。这样她就能和我们一起住在障子里了。(我心中开始涌动着一种野性的、热烈的、无法实现的绝望中的希望:要是万一能行呢?)你将和我们一起摘樱桃,我们给你起个名字叫玛莎……"还是那个女子悦耳地说道。"亲爱的,别害怕,"年纪稍长一些的一个女人说,她把我的喜悦错看成害怕了,"谁也不会把你带走的,你和爸爸妈妈一起来塔鲁萨,到我们这里来做客,再不就和保姆每个星期天在我们旁边走一走,我们大家会看见你们,你们看不到我们,我们却能看到一切,所有人……你穿白色连衣裙,打扮得漂漂亮亮的,穿双带扣子的小皮鞋……""我们给你穿上我们的衣服!"那个声音悦耳、好吵闹的女人随声说道,"穿上黑色的长袍,戴上白头巾,给你留上长发,扎上小辫……""妹妹,你干嘛吓唬她呀!她会信以为真的!每个人都有自己的命。她怎么着也是我们的,——我们所梦想的客人,所渴望的女儿……"

她们拥抱我,紧紧地拥抱,举着我,抬着我——哈!抬到大车上,抬到山上,抬到海边,抬到蓝天下:在那里一切尽收眼底:看得见爸爸穿着漂亮的上衣,妈妈戴着红头巾,奥古斯塔·伊万诺夫娜穿着狄罗尔式的服装,看得见黄灿灿的篝火,还看得见远处奥卡河边光秃秃的沙滩……

我真想躺在塔鲁萨鞭笞派女教徒的墓地里,躺在接骨木树丛下,躺在带有银鸽装饰的坟丘里,那里生长着我们这一带最红、最大的草莓。

假如这想法难以实现,假如不仅我无法在那里安眠,甚至那个墓地都将不复存在,那我希望,在基利洛夫娜姊妹到我们别索奇诺耶来,一路经过的某个小丘,我们去塔鲁萨也要经过这个小丘,为我立一块从塔鲁萨采石场采来的石头,上面写着:

玛丽娜·茨维塔耶娃

想长眠于此地。

1934 年 5 月 巴黎

荣洁 译

中　国　人

　　为什么我如此喜欢外国人，不加选择地喜欢，甚至喜欢多疑的阿拉伯人和傲慢的波兰人，更不用说喜欢与我们有亲缘关系、与我们相邻并且教养相同的南斯拉夫人？为什么喜欢与我们有相同道德观和响亮的舌颤音的德国人？为什么喜欢意大利人，喜欢不能一一列举的外国人？为什么不加选择地喜欢？为什么在市场上一听带有地方口音的法语，确切地说，带有多余的口音，我就心里高兴，就咧开嘴笑？为什么尽管我不需要卷心菜，却一定要买，就像着了魔中了邪似的，一定要买"外国佬"的一棵卷心菜，甚至还折回去再买下第二棵？就为了再听一遍法国人听来怪腔怪调的"谢谢"，听一听斧头砍木头一样的"太太"？有时就为了听一听很普通的一句话："再见，再来啊"？为什么外国人菜摊上的卷心菜明明不好，在我看来却比别人的菜好？为什么我的一只手会伸过货摊，握住阿拉伯人的手、黑人的手，可自己却还不知道握的是什么人的手？为什么在市场上我一听到伶牙利齿的法国报贩子哇啦哇啦说话，发出洋铁皮一样的响声，他们一再吹嘘法国的沙丁鱼，贬低葡萄牙的沙丁鱼，我就觉得受到了伤害，扭过头去匆匆走开？他们骂的又不是我——跟俄国人有什么关系？他们骂葡萄牙的沙丁鱼，却刺痛了我，刺痛了我的心，是这种疼痛促使我离开了当地人的圈子，它远比守护天使牵着你的手，远比法国警察拽着你的手要威严得多，这究竟是为什么？尽管都是拉手，但拉手跟拉手却不是一码事。

　　我这么喜欢外国人，是不是因为我们外国人在巴黎的日子都不好过？不，不是这个原因。首先，我在巴黎的日子过得并不坏（不比那些我没有选择的地方更差），其次，我那个市场上的亚美尼亚朋友，那个把年轻女子称呼为"姐妹"，把中年妇女称呼为"大妈"，就连见到最时髦的太太也不称呼"太太"的朋友，在巴黎的日子过得也挺好。这说明，问题根本不在日子过得好不好，我的爱也不是"同病相怜的情谊"。

　　就因为随随便便一个人，无论是酒鬼，还是五岁的孩子，随时都可以冲我们每个人喊叫一声"外国佬",我们却没有资格冲他这样喊叫?我们不能喊。就因为无论我们站在地图的哪一点上,只要不是我们祖国的土地,就算这个点有整片整片的草原,我们也不会有踏实的感觉:脚不踏实,地不踏实?……就因为只要有一颗小小的火星儿,就能让我们怒火中烧?人民心中永远积存着这种愤怒,这是因遭遇种种不公正而深感屈辱,继而引出的合情合理的愤怒;就因为我们每个人,暴动者也好,狼也好,——在这里——都成了克雷洛夫寓言中的羔羊,在混浊的小溪边必然有罪的羔羊?就因为在暴风雨中,必须把一些人从小船上推下大海,——而无辜地,最终选择的、理所当然被扔出去的必定是我们?就因为我们所有的人,从非洲人到北欧人,都是由于危险,而不是由于不幸才结为朋友?就因为我们都是上帝的子民,而我们这些生活在异邦的人,还要承受别人的愤怒?无论男人,还是女人,总会被愤怒玷污?永远会玷污。就因为东西旧,就该给予敌视?就因为好,同样该受到敌视?我喜欢外国人,是不是因为他总把头缩到脖子里以防不测?或者由于同样的原因总是高高地昂着头颅?

不是"日子难过",而是境遇悲凉。

有人对我说:"在你的老家,莫斯科怎么样呢?"真的,有人问过,还不止一次:"瞧,资本家太太,还戴上了帽子!"(那是什么眼神?可恨的阶级。)"我出生在莫斯科,你是从哪儿来的?"凭仗着我全部的优势——出生地,能不能对付他们?不在话下!"出生在莫斯科"这个理由,我脚下的这片土地,任何人都休想夺去!即便现在,当我与莫斯科、与那片土地相隔着迢迢万里,禁令重重,任何人也休想夺走它。杀死你怎么办?杀死我也夺不走。

我说过:由于危险而结成朋友。从来都是这样?也不尽然。某些时刻,祖国比异邦更危险,比可能出现的不幸危险的多,那是必死无疑!要不要逃避死亡?很多流亡者逃走了。由于危险而结成朋友,但并非害怕肉体的凌辱。那是恐惧,并非恐惧死亡,而是害怕精神侮辱,这种恐惧令我们许多人都缩起脑袋,我们当中有些人敢于看不见的侮辱者挑战,为此而人头落地。外国人的词典里有没有欺凌侮辱这样的词?没有。

由于满怀骄傲而结成朋友。

我到邮局寄一部手稿:是用印刷体书写的稿子,当然,寄的是挂号信,花了三法郎,用手写的,却是印刷体,这也还算是"印刷品邮件"吧?为这种复杂的、与自己的良心和胆怯进行较量而忙碌,我错过了构思中的一篇小说的开端,忽然看见一个中国人,挨着邮局的窗口,正用生动的手势比划着,出售一些小玩意儿。

"俩,俩",我听出那又细又快的语流中流淌出来的童稚的声音。"他说的是什么?"邮局的小姐用法语问另一个。"那个人?准是日本人。"第二个小姐说,"他讲的是日语"。于是她一词一个词像对两岁娃娃说话似的问道:"这个东西多少钱?"她在他面前晃动着一件鲜艳的小东西,细看是个小钱包。他显然没听懂她的话,她把问话又压缩了一下,像问一岁孩子似的问:"这个——多少钱?""俩,俩,俩!"中国人细声说道。"他是个中国人,他说三块钱",我对那位紧抓着钱包迷人的小姐解释说。"这位女士懂中国话,她说,三块钱,"小姐对她那位同样可爱、充满热望的同伴小声说,她的同伴干脆抛开自己的窗口,从第一个货摊上抓起另一个诱人的小钱包。"我不懂中国话,我懂德语,"我诚实地给予解释,并且蛮有兴致地讲解起语文来,"德语的'三'念'得来',我们俄语的'三'是'特利'。"小姐的眉宇间出现了问号。"我是俄国人。我们跟德国人是邻居"。"女士,情您跟他说一声,"邮局的小姐异常尊敬地、激动地说:"就说……""俄国人?"中国人突然对我说。"莫斯科?列宁格勒?好哇!""你居然懂俄语呀?"我把小姐抛在一旁,开心地冲向中国人。"莫斯科,列宁格勒,好!"中国人那张不好看的脸上充满了笑容。"他知道俄国,"我激动地对小姐说道,"我们是邻居,我们几乎是同胞……""请您跟他讲一讲,两块钱吧!两块钱吧!"被弄糊涂的小姐为了更清楚地表达自己的意思,已经把张开的手指伸到我的面前。"我明白,两块钱。"我对中国人说:"两块钱。女士要出两法郎。"中国人满面笑容,笑得连眼睛都看不见了,笑完后,他恍然大悟地说:"两块钱,不不,三块钱,三块钱。""他不想卖两块钱,他想卖三块钱,"我一边说,一边担心:可别让他一分钱也挣不到呀。"他也许还能让点儿。不过,我可事先提醒你们一声,他是中国人,讨价还价时间可就长了。"

趁两个小姐像笼中的小鸟一样悄声商量的时候,我把左手上的手镯拿下来给中国人看:让他看一只叫不出名字的鸟,它展开凶猛的翅膀,伸出凶猛的利爪,迎面飞向一棵从未见过的大树,那棵树恰似大鸟映在水中的影子。"中国!中国!"中国人高兴地说,并且有礼貌地用他那发黄的手指抚摸着硕大的银手镯。"我在'中国人'那儿买的，在莫斯科，打仗的时候。""打仗？买的？"中国人几乎笑着说。我亲爱的、像同胞一样的人，就算你能听懂我的话，我也不走在阿尔巴特大街上，就像碰上一根柱子似的，碰上个中国女人，她身上穿的蓝色衣服又肥又大，她长得非常难看，一身银饰品。我天生就喜欢银子，喜欢大戒指，而现在（1916年）喜欢下列诗行甚于所有的戒指：

> 你把自己的银戒指
> 冷冰冰地按到我的唇上……

再往下，固守着老百姓古老的韵律：

> 我，接连几次亲吻，
> 吻戒指，而不是手臂……

正因为这是戒指，古老的，民间的，硕大的戒指，它们大如盾牌，在上面能写下很多字句，戒指硕大，但却能戴在每个手指上，因为它们的两端没有被焊在一起，而是拧弯在一起的，我把一个银卢布径直伸到中国女人的鼻子前面，大声问："卖吗？""不不不不"，中国女人声音尖细地回答，就像有人扎她似的。我忍不住了，一声不响地又递过一个卢布。成交了：我把自己所有的卢布都给了她，而她把自己所有的戒指都给了我，既有不带图案的，也有带图案的，希望那犹如盾牌般的戒指上的图案刻的是誓言，而非咒语！可是，刚走出几步，我眼前突然闪现了一个大银圈，那闪光变得越来越刺眼：我意识到，我没买走她那漂亮的，刻有鸟图案的手镯，忙着摆弄戒指和卢布的时候，我好像没仔细看那手镯，没注意到它。返回原地后，中国女人已经不见了。我寻遍了阿尔巴特广场，普列琴斯津街心花园，沃兹德维仁卡大街，那个女人却不见踪影。

几天以后，还是在阿尔巴特街上，我简直不敢相信自己的眼睛，我碰见了她！赶紧看她的胳膊：手镯完好无损！话又说回来了，整个莫斯科城，除了我，谁还稀罕这银手镯啊？我把十卢布的票子伸过去，问："卖吗？"——"不不不不……"我又拿出五卢布，在她的鼻子前晃动。"真的？"她含混地嘟哝着，真正像德语的嘟哝声，像树叶子的响声，不像人的嘟哝声：毫无意义的嘟哝声，不是我不明白，是无须明白，简直就像猫舔吃碟子一样，她一下子抓走了我的钱！现在我想要手镯，但是——噢，真叫人惊讶，气愤，绝望，浑身发冷！她不给我手镯，甚至不让我碰它："不不不不不……"钱呢，也"不不不"，钱不见了：没了，难道她把钱吞下去了不成？"把手镯给我！"我尽量严厉地说。她闭上了眼睛，脸上没一点儿表情，把戴手镯的手塞到腋下，为了保险起见还把另一只手压在上面。我担心她马上就会跑掉！可我还像泥塑木雕似的愣在那里："不不不……"怎么回事？突然冒出了一只拳头。无声的大拳头。我转过身一看，只见是个士兵。他站在一旁，看到了这一幕。"这是什么？看到了吗？"是的，她立刻睁开了那双紧闭的双眼，看见了那只拳头，她连忙顺从地摘下手镯，递了过来。我马上戴到手腕上。"嘿，你这个斜眼黄脸婆！"士兵扬起了手，只是比划了一下。"拿了钱，还握着手镯不放？舍不得？看我怎么收拾你……"但骂人的话被他的哈哈大笑声淹没了，因为中国女人已经跑了。跑得飞快飞快，迈着小碎步，倒腾着两只尖尖的中国小脚儿，身上的小花玻璃珠叮当乱响。"小姐，你可真傻！上帝宽恕我！怎么可以这样跟那些异教徒打交道呢？东西到手才能给钱。给了她十五卢布吧？""十五卢布。""看来，你有的是钱。要是我的话，上帝饶恕我不该说粗话，要给就给一卢布，一卢布都多，就给半个卢布……"

直到现在我还戴着有飞鸟图案的手镯，而那些带誓言的戒指，没带给我特别好的运气，在一个特别倒霉的日子，干脆被我都摘了下来：即便那些戒指不该受诅咒，上帝了解他们，了解那些差不多是同胞的人，或许：那些戒指能给中国人带来好处，但俄国人带来的却只有祸害！

"不不不不……"中国人嘟哝着，"不行，不行！""他不想卖两块钱，"小姐忧伤地说。"那您给他两块五。""那我丈夫会怎么说呀？""您就对他说：两块钱。""您认为这样行吗？""行。您买吧，您要是不买，我可全买走了。"又有几个人也来买了，小钱包转瞬之间就被买光了：那个绣有有魅力的、令人愉快的大肚子清朝官吏的钱包被买走了，绣着一枝杜鹃花的、绣着木兰花的，也被买走了，就连绣着轿子的，绣着吃大米饭图案的都被买走了。我捞到是最后一个钱包，剩下的最后一个，最坏的一个，上面绣的还不是中国女人，而是日本女人：两个难看的日本女人，头发上别着木梳，肚子扁平、又瘦又瘪。后来，我友好地，不抱任何希望地翻弄着他那些宝贝货：带镜子的小黑匣子，咔嚓一响，跳出一只金色仙鹤，叼过来一支烟卷儿，金香炉，还有——噢！令人惊奇的东西：装在金色盒子里的中国烟。"多少钱？"我问中国人。"卖给你，两块钱。""是好烟吗？""好烟！"中国人闭上眼睛挖着鼻孔。"这是什么？"邮局小姐感兴趣地问。"中国烟，便宜。""玫瑰味的，"小姐仔细闻了闻，充满幻想地说："这一定是非常好闻、不同寻常的玫瑰烟。"我替中国人劝她说："买吧！""噢，不，我丈夫只抽'日丹'牌香烟。您知道吗，男人抽玫瑰烟会恶心的。""您抽一口，这是我的！"小姐一脸惊恐。"您说什么呀！这是您的呀！""所以我才让您抽一口哇。"我又对另一位小姐说："您也来一口。""不，"第一位小姐坚决地推辞："我不能让您因为我作践东西。""可我迟早要打开它的呀！""在家里再打开，当着您丈夫的面打开——那是另一码事，别因为我……""喂，满足我的愿望吧，"我恳求说，"我自己想抽，大家都抽吧，中国人也抽。""我将永远感谢您，可我不能这样做，"小姐为了表示坚决拒绝，把凳子挪到里边去了。"那我打开了！"

一打开烟盒，我不由得大吃一惊！代替排列整齐的白色或者粉色烟卷的，是挤压在一起的黑色的、粗糙的三角形烟卷。我不自信地把烟递过去。"可这怎么抽呀？"小姐在手指间转动着烟卷，突然尖叫道："这是什么呀？简直是黑煤！"她伸出弄黑了的手指说："您看呐！"然后严厉地对中国人说："您怎么能把这种坏烟卖给这位女士？"中国人使劲用鼻子吸着空气，脸上露出一副满意的表情："好哇！"

"这是点香炉用的，"一个邮递员走过来说，"我岳母就有跟这一模一样的东西。点燃时味道就更好了。""我也有一个中国香炉，"小姐不无骄傲地说，"只不过从来没点过。""什么？""拿着吧，点香炉用。""但我丈夫……""行行好，白拿走吧，我拿它没有用，我没有香炉，难道让我拿它代替廉价的煤在炉子里烧火不成？"玩笑奏效了，大家哄笑起来，但还是没拿定主意——拿还是不拿。"拿走吧，"懂行的邮递员说，"太太，您是俄国人？我了解俄国人，他们想怎么做就什么做。别人不听他们的话，他们可忍受不了。是吧，太太？""完全正确，"我一本正经地说，"还有更厉害的：如果不让他们做他们想做的事，他们会发疯的！明白吗？"

那个小姐最后弄得有些害怕，我们把"粉色烟"塞到她的手里，然后一起走出来：中国人，我儿子和我。十字路口汽车堵塞，我们在那里等了半天。"不不不，"中国人冲着汽车摇晃着脑袋。我们终于穿过了马路。他往右走，我们往左走，握手告别的时候，我发现，他与我们握手的方式一样，不像法国人那样虚握一下。刚走了几步，我听到："哎哎哎……"传过来虽说弱小，但却是扯开嗓子喊的声音。我回头一看：是他，黄皮肤、蓄长发的他，边跑边晃着什么：小棍上插的花，他把花塞到我儿子手中，说："拿着，给你的……"我说："拿着吧，穆尔。"又对中国人说："谢谢，多少钱？"他摆了摆已经空了的手，无声地笑了，身子微微颤抖："不不不不……你给了，我给了，我给你……拉拉拉拉……"然后，把头仰向天空："俄国人好！莫斯科好！……"

"多好的中国人呐，"穆尔摆弄着玩具说，"为什么邮递员小姐那么怕拿您的煤呢？""因为在这里不送给陌生人东西，要是有人送东西，人家就会害怕"。"可中国人也是陌生人呐。"穆尔说着，冲纸花吹了一口气，那些纸花有的带斑点，有的带细细的皱褶，说不上像花，还是像鸟，也许像梨，又像是宫殿。"妈妈，跟法国人相比，中国人更像俄国人。"

荣 洁 译

帕乌斯托夫斯基（1892—1968）

　　康斯坦丁·戈奥尔吉耶维奇·帕乌斯托夫斯基，俄罗斯作家，以擅长创作抒情散文和艺术家传记而驰名文坛，《金蔷薇》和《面向秋野》两本文集，一再重印，历久不衰，其魅力所在，可用一句话概括，那就是作家所说的："锲而不舍地追求美"。作家关注艺术家的劳动、艺术美的创造过程、探索他们充满人道主义情怀的精神活动，探索他们丰富多彩的内心世界，他运用朋友之间促膝谈心的口吻，舒缓从容的语调，讲述一个又一个故事，平淡中融入真挚，朴素中包含哲理。当你读到英国作家王尔德入狱前后的情感变化，必定对他的感慨深表同情；当你读到作曲家莫扎特为临终的盲厨师弹奏钢琴，那诗一般的语言仿佛幻化成悦耳的音乐，在你心中回荡，久久难以平息。

临 终 忏 悔

那是1786年冬季的一个傍晚，维也纳郊区的一间小木屋里，有个双目失明的老头儿已经气息奄奄，快要咽气了，想当年他曾在图恩伯爵夫人府上做过厨师。老人栖身的那间小木屋，说实在的，压根儿就算不上什么屋子，只不过是花园深处的一个破旧的木棚子罢了。花园里满地是被寒风刮断的枯树枝，每走一步，都会踩得枯枝败叶嘎吱嘎吱响，惹得拴在亭子里的狗有气无力地呜呜几声，跟它的主人一样，这只狗也衰老了，快要断气了，再也不能汪汪汪地大声叫了。

几年以前，由于炉灶烟熏火燎，厨师成了瞎子。从那时候起，伯爵夫人的管家就把他安置在花园的木棚子里，时不时地给他一点儿钱作为接济。

跟厨师住在一起的还有他的女儿，十八岁的姑娘玛利娅。小木屋里的家什，有床，有断了腿的靠背长椅，表面粗糙的桌子，带裂纹的粗瓷碗碟，数到最后，还有一架旧式钢琴——那可算是玛利娅唯一的财富了。

钢琴是那么旧那么老，只要四周有一丁点儿声响，它的琴弦就会久久颤动，轻轻回应。厨师曾经笑着说，这钢琴是他小木屋的"守卫"。不管什么人走进小屋，钢琴必定会用苍老颤抖的嗡嗡声来迎接。

玛利娅给衰微的老父亲擦洗身体，给他穿上干净而冰冷的衬衫，这时候老厨师说话了：

"我向来不喜欢神甫和修道士，不想叫他们来听我忏悔，可是临咽这口气还想让我的良心清净。"

"那可该怎么办呢？"玛利娅不知所措地问。

"你到街上去吧，"老人说，"求第一个碰到的人，到我们家里来，听快要死的人忏悔。无论是谁，都不会拒绝你。"

"我们这条街空荡荡的，很少行人……"玛利娅喃喃自语，披了块头巾就朝门外走去。

姑娘连走带跑穿过花园，吃力地打开生了锈的铁门，在门口收住了脚步。街上不见一个人影儿。一阵寒风卷着落叶向她吹来，黑漆漆的天空洒下冰凉的雨点。

玛利娅等了很长时间，仔细倾听着街上的动静。终于，她发觉有一个人沿着围墙走了过来，一边走一边轻轻地哼唱歌曲。姑娘迎着他朝前走了几步，差点儿和他撞在一起，不由得惊叫了一声。那个人停下来问道：

"谁在这儿？"

玛利娅一把抓住他的衣袖，声音抖颤地说出了父亲的请求。

"好吧，"行人平静地说，"虽然我不是神父，不过，反正都一样。我们走吧。"

他们走进了小木屋。在烛光下，玛利娅才看清这个人身材瘦小。来人脱下湿淋淋的雨衣，一把扔在椅子上。他的穿着透出考究与纯朴，黑色的坎肩，晶莹的纽扣，带花边的高高的衣领，都被蜡烛照得闪闪发光。

这陌生人原来还很年轻。他摇了摇头，用手理了理扑过粉的假发，完全像是个大孩子。只见他把凳子迅速地移到床边，坐到凳子上，俯下身子，看了看老人弥留时刻那张脸，他的目光专注，流露出几分欣喜。

"您说吧，"陌生人开口了，"或许，我能使您的最后时刻减轻痛苦，消除您心灵的沉重负担，赋予我权力的不是上帝，而是我所献身的艺术。"

"我干了一辈子的活儿，直到成了瞎子，"老头儿轻轻地说，他拉住陌生人的手，让他再靠近自己一点儿。"谁要是辛勤劳作，他就没有时间犯罪作孽。后来，我的妻子得了痨病，顺便说，她叫玛尔塔，大夫给她开了各式各样贵重的药，吩咐给她吃鲜奶油、无花果，给她喝热过的红葡萄酒。我从图恩伯爵夫人的一套餐具当中偷了一个小号的金盘子，砸成碎片给卖了。现在回想起这件事我就心情沉重，一直隐瞒着，也不敢告诉女儿：因为我总是教训她，别人家桌子上的任何小东西你都不要动。"

"那么，伯爵夫人家的仆人当中，有没有什么人因为这件事受过处罚呢？"陌生人问。

"我敢发誓，先生，没有人受过处罚，"老头儿回答，眼睛里流出了泪水。"要是我当时能知道，金子也救不了我的玛尔塔，难道我还会去偷东西吗？"

"您叫什么名字？"陌生人问道。

"叫约翰·梅耶尔，先生。"

"既然这样，约翰·梅耶尔，"陌生人一边说话，一边把手掌放在老人失明的眼睛上，"在世人面前您没有过错。至于您做的那件事，算不上什么罪孽，也不是偷窃，相反，对于您说来，或许可以列入为爱情建立的功绩。"

"阿门！"老人小声说。

"阿门！"陌生人重复了一句。"现在，请把您最后的心愿告诉我吧。"

"我想，但愿有什么人能够关照玛利娅。"

"这件事由我来做。您想想，还有什么未了的心愿？"

这时候，即将告别人世的老人出人意料地笑了笑，说话的声音很响亮：

"我倒是愿意再一次看见玛尔塔，就像年轻时我遇见她的那种样子。愿意看见太阳，看见这座古老的花园春天里鲜花盛开。但这是不可能的呀，先生。我说了这些蠢话，您可别生气。大概是疾病把我的头脑都给弄糊涂了。"

"好，"陌生人说着站起身来。"好，"他又重复了一次，随即走到钢琴前面，坐到凳子上。"好！"他第三次提高了声音说道，忽然，迅速流淌的琴声在小木屋里荡漾开来，仿佛成百上千的水晶珠子洒落在地板上玎琮作响。

"您听着吧，"陌生人说，"您听着也就能看见了。"

年轻人开始弹琴。玛利娅后来常常回想起他的面孔，当第一个琴键在他的手指下发出音响时，他的前额显现出罕见的苍白，乌黑的眼睛里晃动着蜡烛的光影。

回首过往的岁月，这是钢琴第一次放声歌唱。琴声不仅充满了小小的木屋，而且传遍了整个花园。那只衰老的狗从亭子里爬了出来，蹲在地上，脑袋歪向一边，十分警惕地听了一会儿，轻轻地摇了摇尾巴。天空飘下了潮湿的雪花，可是那只狗仅仅抖了抖耳朵。

"我看见啦，先生！"老头儿说着，从床上微微抬起了身躯。"我看见了我和玛尔塔会面时的情景，由于慌乱她打碎了盛牛奶的瓦罐。记得那是个冬天，是在山上。天空晴朗透明，就像蓝色的玻璃。看玛尔塔开心地笑啦，她笑啦，"老人重复着说，侧耳倾听行云流水似的琴声。

陌生人继续弹着钢琴，眼睛注视着漆黑的窗户。

"现在，您该看见了一些新的景象吧？"年轻人问道。

老人沉默不语，只顾倾听。

"莫非您没有看见，"陌生人手不停挥地按着琴键，说话的语速很快，"夜色从黑暗变成了深蓝，然后变成了群青，天空高处已经显现出温暖的光，您花园里的那些树木，苍老的枝条上绽放出雪白的花朵。依我看，那是苹果花，即便从这里，从房间里也能看见，这些花和硕大的郁金香相像。您看：第一缕阳光照在花园的石头围墙上，给它温暖，墙上冒出了蒸汽。这大概是雪花覆盖的苔藓快要干爽了。而天空显得越来越高，越来越蓝，越来越恢宏辽阔，一群鸟儿在我们古老的维也纳上空盘旋，然后朝北方飞去。"

"这一切景象我都看见啦！"

踏板轻轻地响了一下，钢琴发出了宏伟的琴声，似乎不是钢琴在演奏，而是上百条喉咙纵声歌唱。

"不，先生，"玛利娅告诉陌生人，"这些花儿一点不像郁金香。是那些苹果树在一夜之间全部都开满了鲜花。"

"对，"陌生人回答，"是苹果树开花，只不过苹果花的花瓣很大很大。"

"打开窗户吧，玛利娅，"老人请求说。

玛利娅推开了窗户，一股凉森森的空气冲进了小屋。陌生人弹琴弹得很轻很慢。

老人倒在枕头上，贪婪地吸了几口气，两只手在毛毯上不停地摸索。玛利娅一下子扑到他的身边。陌生人不再弹琴，坐在那里一动不动，就好像他的音乐使他中了魔法。

玛利娅惊叫了一声。陌生人这才站起身来走到床前。老人喘着气说：

"这些景象，我都看得清清楚楚，就像很多年前一样。但是，我不愿意死了还不知道……名字。名字！"

"我叫沃尔夫冈·阿梅杰斯·莫扎特，"陌生人回答说。

玛利娅从床边向后退了两步，弯下腰，膝盖几乎触到地板，向大音乐家深深地鞠躬行礼。

当她站起身来的时候，老厨师已经咽气了。窗外灿烂的霞光照亮了花园，园子里到处都笼罩着晶莹潮湿的雪花。

谷羽　译

告 别 夏 天

  冰凉的雨一连几天下个不停。潮湿的风吹得园子里的树木呼呼有声。下午四点钟,我们就点着了煤油灯,心里不由得想,夏天永远结束了,似乎大地越漂越远,融入了沉闷的浓雾,陷入了昏暗与严寒。

  在乡下,11月底是一年当中最为压抑的一段时间。猫蜷着身子卧在旧安乐椅上整天睡觉,睡梦中还不时抖动一下身体,那是浑浊的雨水敲打窗户使它受了惊吓。

  道路积满了雨水。顺河流淌着发黄的泡沫,让人想起搅过的蛋清和蛋黄。最后能看见的一些鸟儿都躲藏在屋檐下。已经有一个多星期没有人来串门儿了:无论是米特利爷爷,或是万尼亚·马利亚文都没来过,林务管理人也没有露面。

  每到晚上最叫人高兴了。我们点燃火炉。炉火发出哔哔剥剥的响声,火光跳荡映红了圆木垒成的墙,映红了画家勃留洛夫陈旧的木刻肖像。画家仰面倚在靠背椅上,他看着我们,我们看着他,就好像彼此看着一本打开的书,心里想着刚刚看过的内容,侧耳倾听雨点敲打房顶木板噼噼啪啪的响声。

  煤油灯照得很亮。破旧的铜茶炊咝咝作响,像轻轻哼着一支单调的歌儿。刚刚把茶炊端到屋里来,房间里立刻舒服了许多,这大概是因为窗户上蒙了一层水蒸气,再也看不见白天黑夜敲打窗棂的光秃秃的白桦树枝了。

  喝过茶以后,我们坐在小火炉旁边读书。这样的夜晚最好是阅读英国作家狄更斯扣人心弦的长篇小说,或者是浏览老年间的杂志《田地》和《美术评论》,这些杂志都已装订成册,捧在手上沉甸甸的。

  每到夜晚,棕褐色的小狗封季克常常在睡梦中呜呜哀叫,就像婴儿哭泣。让你不得不起来用一块保暖的旧毛毯给它裹好。睡眼蒙眬的封季克小心翼翼地舔舔你的手表示感谢,然后叹一口气,又睡着了。漆黑的窗外风声呼啸,雨声哗哗,响成一片,在这风雨交加的夜晚,万一有什么人迷失在伸手不见五指的大森林里，那就太可怕了，简直不堪设想。

有一天夜里，我从一种奇异的感觉中惊醒了。我觉得，似乎自己在睡梦中成了聋子，什么都听不见了。我闭着眼睛躺在床上，长时间用心谛听，过了一会儿，我终于明白了，原来墙壁外面陷入了非同寻常的寂静。这样的寂静被人们叫做"死寂"。雨死了，风死了，喧嚣不安的园子也死了。能听得见的唯独那只猫睡梦中轻微的呼噜声。

我睁开了眼睛，只见房间里笼罩着均匀的白光。我从床上起来，走到窗户前面，窗玻璃外面一片雪白，静谧无声。令人头晕目眩的高空，悬挂着孤零零一轮月亮，天上有云，月亮四周有一圈微微泛黄的光晕。

什么时候下了第一场雪？我走了几步去看挂钟。屋里不黑，看得清钟表的指针。原来是夜里两点。

我是半夜里睡着的。看来，仅仅用了两个小时，大地就完全改变了模样，短短两个小时，严寒施展魔法就控制了原野、森林和果园。

我从窗户里看见，园子里枫树枝上落着一只灰色的大鸟。树枝摇晃，枝头的积雪纷纷扬扬向下飘洒。大鸟缓缓地展开翅膀飞走了，可树上的雪依然不停地洒落，就像从枞树上一阵阵落下玻璃雨似的。后来，一切又复归于宁静。

卢维姆也醒了。他久久地望着窗外，叹了一口气说道：

"第一场雪落在地上真好看。"

大地穿上了新装，像个腼腆的新娘。

早晨，四周冻僵的道路，台阶上的落叶，戳在雪地里茎秆乌黑的荨麻，发出轻微的脆响。

喝早茶的时候，米特利爷爷踏着雪地缓慢地走来了，看见雪橇留在雪地上崭新的痕迹，他高兴地说：

"这一下子大地可洗了个脸，用的是银盆里的雪水啊。"

"米特利爷爷，这些话你是从哪儿听来的呀？"卢维姆问道。

"难道有什么不对吗？"老爷子笑了。"我那过世的母亲经常说，老世年间，美人儿用银罐子盛头一场下的雪，用雪搓脸，就凭这法子，她们的美丽容貌便永远也不凋谢。话说起来可就长了，大概还在沙皇彼得以前吧，那年月，这一带荒山野林里，还常有土匪出没，打劫过往行商哪。"

初冬第一天，谁都不愿意待在家里。我们去看森林里的湖泊。米特利爷爷领着我们走到森林边缘。他也想到湖边转转,但是他"不想累得浑身骨头酸疼"。

大森林里明亮、安静,有一种庄严的气氛。

白天好像在打盹儿。阴沉沉的天空不时飘落零零星星的雪花。面对雪花,我们小心翼翼地呼吸,雪花变成了纯净的水滴,随即浑浊、凝结,像小小的玻璃珠子一样滚落在地。

我们在森林里游逛,走遍了熟悉的那些地点,一直玩到傍黑。一群灰雀挓挲着羽毛呆在花楸树上,弄的树枝上的积雪纷纷扬扬地洒落。

我们揪了几串带着寒气的红艳艳的花楸果——这是对夏天,对秋天最后的纪念了。

有一处小小的湖泊,人们都叫它拉林池塘,湖面上总是漂着很多浮萍。现在,湖里的水很黑,很透明,一进冬天,所有的浮萍都沉到了湖底。

贴近湖岸的水结了一层薄薄的,玻璃似的冰。冰透明,即便走到近前也不易发现。我看见湖边的水里有一群斜齿鳊鱼,就朝它们投了一小块石头子儿。小石头落在冰上,吱的一声响,只见那些斜齿鳊鱼,鱼鳞一闪,沉到深水里去了,冰上砸出了一个白色的斑点。这时候我们才明白湖边的水结了冰。我们用手揭了几块破碎的冰碴,冰碴发出酥脆的响声,在手指上留下了混合着雪与越橘的气味儿。

林间空地上有一些鸟儿飞来飞去,不时发出可怜巴巴的哀鸣声。头顶上空的天白晃晃的,很亮,但靠近地平线天色却像铅一般沉重。天际的乌云缓缓朝这边移动,看来是要下雪了。

森林里越来越昏暗,越来越寂静,终于,一场鹅毛大雪下起来了。雪花落在乌黑的湖水里,立刻就融化了,落在人脸上,像轻轻地抚摸,有一种痒痒的感觉,大雪纷纷扬扬笼罩森林,仿佛是灰蒙蒙的烟雾。

冬天开始主宰大地,然而我们知道,如果用手扒开蓬松的积雪,还能搜寻到森林里刚刚开放的花朵;我们知道,火炉里的火永远会噼噼啪啪地燃烧;我们知道,留下来陪伴我们过冬的还有许多山雀。因此,在我们看来,冬天和夏天一样,同样也很美好。

谷羽 译

伊万·布宁

杰出的俄罗斯作家，经典文学力量与淳朴的传承者——伊万·阿列克谢耶维奇·布宁，死了，死在法国。

布宁死在异国的天空下，死在原本可以避免的痛苦漂泊中，死在他自己为自己选择的放逐生涯里，怀着对俄罗斯，对自己的民族无尽的思念，黯然辞世，他死了。

有谁会知道，这个外表平静沉着的人，在孤身独处的日子里，离愁别绪带给他多少悲凉？

我们不想对布宁进行评说。也不必回忆他那致命的错误。如今这一切显得都不重要了。

重要的是，他属于我们，我们把这位作家又还给了俄罗斯人民，还给了我们的俄罗斯文学，从今往后，他将在我们的文学中占据一个崇高的位置，他拥有这样的权利，这位置本来就应该属于他。

为纪念布宁筹备第一次文学晚会，事先指定我致辞，因此不得不有所准备。我随便翻开了布宁的一本书——这一来，原有的打算全都泡了汤！我读得入了迷，以至于再没有留下什么时间去写有关布宁的发言稿。

我把所有的事情忘了个一干二净。布宁的才华，布宁的语言就具有这种力量，他那无可挑剔的文学造诣，冷峻优雅的风格就具有这种魅力。

布宁为人严肃，这是因为他把艺术真实看得高于一切。

我们在评论作家的时候，由于难以克服的偏执，常常错误地给每个作家都贴上一个标签。契诃夫几乎终其一生都在"悲观主义者"和"黄昏歌手"这两个标签下过活。论及布宁，人们总免不了说他是"冷酷的大师"，是"缺乏激情的高蹈派作家"。

所有这些标签都是荒谬可笑的，如果你能经常阅读布宁的著作，渐渐地就会发现，冷静的外表下有一颗关注全人类的博大的心，心底承载着俄罗斯乡村不久前所经历的暗无天日的痛苦，包容着俄罗斯乡村孤立无援的悲惨命运。

远的不说，就说今天吧，我又一次重读了布宁的短篇小说《衰草》和《先知伊利亚》，我自己也记不清这是读第几遍了。用布宁自己的话来形容，两篇小说的每一篇，都像冰冷的剃刀一样，在我的心上留下了条条伤痕。

在我们的文学作品中，像这样引起心灵痛楚、对普通人充满了含蓄关爱的短篇小说是非常少见的。其中不仅仅渗透着对普通人的关爱，而且对他们的思维和心理有充分的理解，透彻的洞察。

人须要保持人性，欢乐时如此，痛苦时也应当如此。布宁对这一点深有体会。英国作家奥斯卡·王尔德身陷牢笼时曾经发出痛苦的呐喊：

"哪里有痛苦——那里就是神圣的土地！"

布宁本可以给予回应。

今天，我也是信手拈来，读了布宁的诗篇《夜晚的哭声》。依我看，在世界诗歌中，能够以这种悲悯的力量使人心灵得以净化的诗作并不多见。下面就是这首短诗：

> 夜晚，一个寡妇呜咽流泪。
> 她爱婴儿，可婴儿已经死亡。
> 邻居老人在哭，衣袖捂着眼睛。
> 山羊在圈里哭泣，星星闪光。
>
> 一位母亲常常在夜晚流泪。
> 夜晚的哭声把另一个人惊醒。
> 星星像泪滴从夜空滑落，
> 上帝在哭，衣袖捂着眼睛。

《阿尔谢耶夫的一生》是布宁带有自传性的小说，在这本书中，照契诃夫和列夫·托尔斯泰的说法，作家在散文领域可谓达到了极致，他使散文与诗融合为一个不可分割的有机整体，让你难以区分诗与散文，每一个词都在你的心里留下火热的烙印。

要明白这些论述的精辟，只屑认真读几行布宁的文字就足够了，看他怎样写自己的母亲，写永远迷失了的母亲的坟茔，能写出这些文字的人，活在世上的日子，从本质上说来，可以归结为一点，就是探究爱的力量，为这种爱寻找唯一可行的、不容替代的表达方式。

布宁写这些文字总是惜墨如金，就用语的吝啬及语言所蕴涵的力量而论，有几分近似圣经的风格。

大多数读者知道布宁，十有八九把他看成是一位散文作家。

但是，作为诗人，布宁的诗同样达到了一流水平，绝不亚于他的散文。他有许多出类拔萃的诗篇。

这些诗歌作品，正像他的散文一样，表明了作家非凡的才能，如果可以这么说的话，凡是他描绘的事物，都能够达到出神入化的境界。

布宁在短暂的瞬间往往就能捕捉住人与景物的特征，并用语言给予表达，而这些特征把握得十分准确，借助这些特征就能把他想要表现的本质烘托出来。

的确，布宁是严肃的，严肃得近乎冷酷。然而，这并不妨碍他以巨大的力量描写爱情。对于他说来，爱情的内涵，远比平常人想象的更博大，更丰富。

在布宁的心目中，所谓爱——就是对全部美好事物的感悟，是对世界上种种复杂关系的体验。在他看来——黑夜、白昼、天空、海洋永不停息的喧腾、书籍与思考，总而言之，我们周围所存在的一切，全都意味着爱。

布宁笔下的风景是那样细腻，丰富，具有地理学意义上的多姿多彩，同时又充满了抒情的力量，关于这些三言两语是讲不完的，这个题目须要另找时间专门细谈。

布宁驾驭俄罗斯语言得心应手，达到了完美的地步。只有对自己的国家无限热爱的人，才能像他那样了解自己的母语。

布宁的语言质朴，有时候显得过于简约，他的文字准确，同时又很生动，音韵声调极为丰富——既有雄浑的金属齐鸣，又有山泉流淌的清亮透彻，既有铿锵的节奏，又有令人惊奇的柔和，既有飞扬灵动的曼吟轻唱，又有隆隆作响的滚滚沉雷。

在运用语言这一领域，布宁几乎是难以逾越的大师。

和每一个大作家一样，布宁常常思考什么是幸福。他期待幸福，寻找幸福，当他找到幸福的时候，就慷慨大度地与人们分享。

从这个意义上来说,他的几行诗句特别能说明他的创作个性,因此,我愿意引用它们来结束我的漫谈:

我们常常只能回忆幸福。
可幸福无处不在。也许——
幸福是棚子后秋天的花园,
又是涌进窗口的新鲜空气。

我久久仰望无底的天空,
轻巧的白云啊连绵起伏。
我们很少仰望,我们不懂,
幸福只有会心者才能感悟……

谷羽 译

奥斯卡·王尔德

1895年11月,一个戴手铐的犯人从伦敦被押解到雷丁郡苦役犯监狱,他就是英国著名作家奥斯卡·王尔德。这位名作家被判了几年徒刑,罪名是"道德败坏"。

在雷丁火车站,一群好事之徒把王尔德团团围住。作家穿着带一道道长条的囚服,寒冷的雨水浇在他头上,几个解差站在四周,王尔德平生第一次掉了眼泪。围观的人群却哈哈大笑。

在这之前,王尔德从来不知道什么叫眼泪,什么叫痛苦。在这之前,他是伦敦赫赫有名的纨绔子弟,无所事事的闲人,擅长辞令口若悬河的天才。纽孔里插着一朵葵花,王尔德漫步在皮卡德利广场,伦敦所有的贵族都会模仿他。他们模仿王尔德的衣着服饰,重复他的俏皮话,仿效王尔德购买贵重的宝石,遇见平民百姓,他们眼皮抬也不抬,一脸傲慢的神气也像王尔德。

对于充斥英国社会的种种不公平的现象，王尔德一向视而不见。每当遇到这种情况，他都会昧着良心，用巧妙的笑话加以回避，他会转而去读书，去写诗，去观赏名画，去购买昂贵的宝石。

他喜欢一切巧夺天工的东西。在他看来，暖房温室比森林更可爱，香水儿比秋天里泥土的气息更迷人。他无暇欣赏也不怎么喜欢大自然。他觉得自然界粗鄙丑陋，令人厌恶。他玩世不恭，游戏人生。在他看来，世上的一切，甚至连机敏俏皮的人类智慧，都是为他的享乐而存在。

在伦敦，有个乞丐常常站在王尔德的寓所附近。乞丐的破衣烂衫让王尔德看了很生气。于是他找来了伦敦最好的裁缝，吩咐他用最好最贵的料子为乞丐做一身服装并预付了订金。服装做成以后，王尔德亲手用粉笔划出几个地方，叫裁缝剪出豁口。从此，站在王尔德窗户下的老头儿就穿上了美观、昂贵的乞丐服。乞丐再也不会败坏王尔德的审美趣味了。"即便贫穷也应该优美"。

生性傲慢，终日沉浸于书籍、陶醉于美好事物的王尔德，就像这样子过生活。每逢傍晚，他就会在俱乐部或沙龙出现，这是他生活中最美好的时刻。他修饰一新。面皮松弛的脸显得年轻，但有些苍白。

王尔德爱说爱道爱炫耀口才。他常常能讲出成串儿的逸闻趣事，各种传说，忧伤或者欢乐的故事，不时迸发出奇思妙想，穿插出人意料的精彩比喻，在一般人很少涉足的知识领域，也能借题发挥，加以评说。

他常使人想起从袖筒里掏出一大堆五色彩绸的魔法师。他掏出来的不是彩绸是故事，在惊奇的听众面前一一展览，并且只要讲过一次，就再也不会重复。临走的时候，讲过的那些故事统统已忘在脑后。他建议朋友们把他们听他讲的趣闻逸事都记录下来，他自己动笔写下来的很少很少。可他讲的故事不计其数，朋友们记下来的恐怕连百分之一都不到。王尔德生性懒散，不过为人倒也慷慨。

王尔德传记的作者写过这样的文字："在整个人类的历史上，从来还没有过这么出色的善于交谈的作家。"

但是，王尔德被判刑以后，过去的一切荣华都已告终结。朋友们争先恐后离他而去，书籍被焚毁，妻子在痛苦中咽了气，子女的监护权也被剥夺，从此，贫困与苦难成了这个人的家常便饭，而且一直到死他再也没有摆脱苦难的纠缠。

在监狱的囚室里，王尔德终于明白了，什么是痛苦，什么是社会的不公平。经受了压制，体验了屈辱，王尔德凝聚起最后的力量，发出了凄惨的呼声，他呼唤公正，他向压制他的英国社会呐喊，就像冲它的脸上啐出一口带血的黏痰。王尔德的这次愤怒呐喊起了个题目就叫《雷丁监狱之歌》。

倒退一年，对那些同情穷人苦难的人们，高傲的王尔德觉得奇怪，那时候，照他的见解，只有美和喜庆才值得同情。可现在他写道：

"贫者贤明。穷人更有同情心，更可亲，他们的感情比我们更深沉。等我出狱以后，在富人家里，我得不到什么，给我接济的将是穷人。"

倒退一年，他说过，在生活中，艺术和从事创作的艺术家高于一切。可现在，他的想法已经改变：

"有许多品德美好的人，如渔民、牧羊人、农夫、做工的人，尽管他们对艺术一无所知，但他们才是大地上真正的精华。"

倒退一年，他对大自然十分蔑视。野外采来的石竹花或者矢车菊，在插到纽孔之前，他会给它们涂上一层淡绿色，因为他觉得天然的颜色过于刺目。可现在他写道：

"我渴望接近朴素的、原始的环境，渴望接近大海，在我的心目中，大海和大地一样，也是母亲。"

在监狱里，王尔德特别羡慕提倡重返自然的林奈，他知道，当林奈第一次看见高原上辽阔的草地时，他双膝跪倒，高兴得呜呜哭泣。

服苦役是值得的，是该看看死刑犯的那张脸，看看快要发疯的犯人们怎么样遭受毒打，一连几个月把废弃的粗麻绳撕成一绺一绺的麻经子，弄得指甲都劈裂了，再不就毫无意义地把沉重的石头从一个地方搬到另一个地方，是该失去朋友，失去灯红酒绿的往昔，付出种种代价就为了最终能够明白，英国的社会制度"缺乏正义，荒谬可怕"，就为了能用这样的词句结束自己的随笔：

"现在这样一个一切都安排就绪的社会，没有我的立足之地。但是大自然会留给我一个山洞，让我藏身，夜晚有星斗闪光，免得我跌倒或在黑暗中迷路，风会吹走我的脚印儿，什么人也休想找到我。大自然用江河的水洗净我的心灵，用带有苦味儿的药草医治我的创伤。"

在监狱中，王尔德平生第一次知道了什么叫难友情谊。"在我痛苦的时刻，难友们给了我那么多关切，那么多同情，这种感受是过去从来没有体验过的。"

到王尔德出狱的时候，他已经获得了所有难友的信任和爱戴，可那些难友命中注定还得在大英王国监狱里继续服刑。

出狱以后，王尔德以"监狱生活书简"为题写了两篇文章。这两篇文章的价值大概超过了他从前创作的所有作品。

在一篇文章中，他强忍着愤怒描述了一些小孩子的悲惨处境，他们和成年囚犯一起被关押在英国监狱里。另一篇文章则揭露了监狱里风气的野蛮。

这两篇文章使得王尔德进入了杰出作家的行列。王尔德第一次以揭露者的身份发表作品。

他有一篇文章的写作缘于一件小事：雷丁监狱的狱吏马尔廷，见狱中关押的一个小孩子饿得可怜，就给了他几片干面包，结果被解职丢了饭碗。

"英国监狱里的少年犯白天黑夜都遭受折磨，那种凄惨是难以置信的。只有亲眼目睹了惨相的人才相信确有其事，进而相信英国社会制度的违背人性。狱中孩子们的惊恐不知道什么时候才是个头儿。雷丁监狱的成人囚犯都心甘情愿延长自己的服刑年限，但求不要再折磨监狱中的孩子。"

写下这段文字的王尔德，几年前还是个赫赫有名的唯美主义者，现在他完全明白，和其他的犯人一样，为了那个关在单人囚室里的小男孩儿，他真愿意多坐几年牢，也不想看见他总是在牢房里号啕痛哭。

从监狱里获释以后，王尔德自愿流亡法国，不久死在巴黎。

他死的时候贫病交加，英国忘了他，伦敦忘了他，朋友们也都忘了他。为他送葬的只有他那个街区的一些穷人。

谷羽　译

马克西姆·高尔基

有关阿列克赛·马克西莫维奇·高尔基的文章多得数不胜数，假如他不是取之不竭的源泉，那么就很容易让人犹豫、退缩，不敢轻易执笔多写出一行纪念他的文字。

高尔基在我们每个人的生活中都占有重要位置。我甚至敢断言，有一种"高尔基情结"，就是在我们的生活中始终能感受到他的存在。

对于我说来，想到高尔基，就会想到整个俄罗斯。正像没有伏尔加河就难以想象俄罗斯一样，没有高尔基，俄罗斯也就不再是完整的俄罗斯。

俄罗斯民族是拥有无尽才华的民族，高尔基是这个民族强有力的代表性人物。他热爱俄罗斯，透彻地了解俄罗斯，借用地质学家的术语来说，他了解俄罗斯空间与时间的各个"层面"。在这个国家里，他从不会忽视什么事物，对每一件事物，他都会依据自己的，高尔基式的见解给予评价和分析。

高尔基是个善于把众多有才华的人物汇聚在一起的人，是个能够开辟一代新风的人。从高尔基这样的人开始，能够撰写一部编年史。

第一次和他见面，让我感到惊讶的首先是他的外表显示出非同寻常的高雅，尽管他有点儿驼背，声音有些沙哑。他正处于精神成熟和精力充沛的阶段，内在气质的完美，给他的表情、举止、谈吐、衣着——给他整个外貌留下了鲜明的印记。

他的手掌很宽阔，目光专注，步态沉稳，着装随意，甚至像演员那样有几分漫不经心，所有这一切都体现着他的优雅，同时也显示出他满怀自信。

高尔基住在克里米亚，住在捷谢里的时候，有个作家曾在他的住处住了一段日子，这位作家跟我讲述过高尔基给他留下的印象，他所描述的高尔基的模样，经常浮现在我的脑海里。

这位作家有一天醒得很早，他走到窗边，只见海上波涛汹涌，刮起了猛烈的南风，花园里一片喧嚣，风向标发出吱吱的响声。

离作家下榻的房子不远，生长着一棵高大的白杨树。在果戈理笔下，可能会说是高入云端的白杨。作家忽然发现，高尔基站在白杨树旁边，拄着手杖，扬着头，聚精会神地观察那棵大树。

白杨树沉重、茂密的树冠，被狂风吹得簌簌颤抖，发出呼啦啦的响声。所有的枝叶都随着风向飘荡，叶子翻转，露出银灰色的背面。白杨树像一架巨大的管风琴呜呜呜呜不停地呼啸。

高尔基摘了帽子，望着白杨树，一动不动站了很久。然后，他说了句什么，就向花园深处走去，不过，他走走停停，几次扭回头来，注视白杨。

吃晚饭的时候，作家鼓起勇气，询问高尔基在白杨旁边说了些什么。高尔

基并不觉得奇怪,他回答说:

"好吧,既然您在背后观察我,那我只好招认啦。我说——多么雄伟强劲啊!"

有一天,我到郊外位于戈尔基一带的别墅去看望阿列克赛·马克西莫维奇。当时正是夏天,空中微云舒卷,投下斑驳的阴影,莫斯科河对岸绿茵茵的丘陵花朵斑斓。热乎乎的风吹进了房间。

高尔基跟我谈起了我最近一部中篇小说《科尔希达》,以为我是了解亚热带大自然的行家。这让我很不好意思。尽管这样,我们还是争论狗会不会患疟疾,争来争去,到最后高尔基表示认输了,他宽宏大量地笑了笑,甚至回忆起在波季附近曾经见过一群闹疟疾的鸡,羽毛乱蓬蓬的,一直不停地咯咯咯地叫唤。

他说话的时候,语言是那样条理清楚,简洁生动,现在我们作家当中很少有人能像他驾驭语言那样得心应手的了。

当时,我刚刚读完一本罕见的书,作者是具有多年航海经验的船长戈尔涅特,书的名字叫《冰苔》。

戈尔涅特有一个时期曾以苏联海军代表的身份在苏联驻日本使馆工作,这本书就是在日本写的,而且是他自己亲手排的版,因为当时找不到懂俄语的日本排字工。这本书是用日本一种很薄的纸印的,总共只印了五百本。

戈尔涅特船长在他的书里提出了一个惊人的巧妙理论,那就是让中新世的亚热带气候重新回到欧洲。原来在中新世时期,芬兰湾沿岸,甚至在斯匹次卑尔根群岛,全都长满了由茂密的木兰树和柏树形成的大森林。

对于戈尔涅特的理论,我在这里不可能详细介绍,细说起来需要很长的篇幅。但是戈尔涅特不容置辩地证明了一点:如果能使格陵兰岛的冰壳融化,那么中新世的气候便会再一次降临欧洲,那将是自然界的黄金时代。

这一理论的唯一缺欠是找不到一种办法来融化格陵兰的冰。现在发现了原子能,看来,原有的难点是可以解决的了。

我给高尔基讲述戈尔涅特的理论。他一边听一边用手指有节奏地轻轻敲击桌子,我觉得,他听我说话,只不过出于礼貌。谁能料到,他对这一理论竟然十分着迷,他喜欢这一理论的严谨雄辩,甚至喜欢它那种恢宏的气势。

他用了很长时间跟我讨论,越说越兴奋,他让我把这本书随后寄给他,以便在俄罗斯再次出版,并且要大大增加印数。他还一再说,我们每走一步,都会遇到那么多美好的事物,都有那么多意外的惊喜。

遗憾的是,阿列克赛·马克西莫维奇未能出版戈尔涅特的著作,因为过了不久他就去世了。

谷羽 译

米哈依尔·普里什文

假如大自然也有情感,能够向人表示感激,感谢人能洞察自然界的生活,并且予以歌颂,那么,它首先应该感激的一个人就是米哈依尔·普里什文。

米哈依尔·米哈伊洛维奇·普里什文——这个名字只适用于城市,而在普里什文觉得自己自由自在像在家里一样的那些地方,比如在护林员的小房子里,在雾气弥漫的河滩地,在俄罗斯的辽阔原野,在乌云密布或者星光闪烁的天空下,人们跟他打招呼都叫他"米哈雷奇"。显然,当"米哈雷奇"这个人消失在城市里的时候,他那些不在城里生活的朋友会觉得伤心,因为在城市里,大概只有在铁皮屋顶房檐下面筑巢的燕子,能够提醒他,让他回想起他的"鹤唳之乡"。

普里什文的生活堪称典范,生存环境强加给他的种种束缚,他统统予以摈弃,他只想"依照心愿"活着。这种生活方式包含着伟大而健全的思想。"照心愿"活着的人,内心世界和谐,往往是富有创造性的人,精神充实的人,往往是艺术家。

如果普里什文始终是个农艺师(这是他的第一职业),真不知道他一辈子能做出什么样的贡献。大概他未必能向千百万人揭示俄罗斯大自然这个极其精微奇妙、充满光明、富有诗意的世界,因为他不可能有那么充裕的时间。大自然要求聚精会神的观察,要求作家一刻不停地构思酝酿,在他的内心深处,参照大自然创造出它的"另一境界",而这个艺术境界必将丰富我们的思想,艺术家所观察到的自然之美,必将净化我们的心灵。

假如你能细心阅读普里什文的全部作品，那你就会相信，他形诸文字讲述给我们的，与他透彻了解、深入观察过的相比，恐怕连百分之一都不到。

对于像普里什文这样的大师说来，只活一辈子是远远不够的，许多大师单凭秋天树木飘落的一片叶子就能谱写出一部长诗。可是这样的落叶简直不计其数。多少落叶飘零了，带走了作家来不及表述的思绪——正如普里什文所说的，思绪飘零了，像纷飞的落叶，软绵绵柔弱无力……

普里什文的家乡是叶列茨城，那是俄罗斯一座历史悠久的城市。布宁也出生在那一带地方。和普里什文一样，布宁也擅长运用人类的情感与思绪描绘大自然，使大自然更丰富多彩。

这种现象该怎么解释呢？显然，奥廖尔州东部地区，叶列茨城周围的自然景色，是非常典型的俄罗斯风光，这种景色相当单纯，甚至有几分荒凉。正是这种独特的自然环境，也可以说，是这种略显萧瑟的自然景色，有助于破解普里什文写作时敏锐的洞察力。在单纯的环境中大地的特征更鲜明，观察的目光更锐利，思维也更容易集中。

单纯——给心灵的印象更强烈，从这种角度着眼，单纯胜过闪烁的光芒，缤纷的色彩，胜过孟加拉火红的晚霞，缀满夜空的星斗，胜过热带色彩斑斓的花草树木，那景色流光溢彩，目不暇接，犹如尼亚加拉大瀑布。

普里什文难以描述。读他的作品，应该为自己准备一个精美的本子，随时摘录，反复诵读，从每一行文字里发现新奇珍贵的情思，进入他书中所写的境界，就像沿着刚刚发现的小径走进茂密的大森林，听得见泉水淙淙作响，闻得到花草的清香气息，——能够感受一个理智与心灵纯净的人所特有的种种心情和思绪，会让你陶醉不已。

普里什文认为自己是个"被钉在散文十字架上的"诗人，其实，他这种想法并不正确。他的散文诗情洋溢，远远胜过许多诗歌作品。

普里什文的作品，用作家自己的话说，是"不断的发现带来无穷喜悦"。

人们刚刚读完普里什文的书，便会情不自禁地赞叹说："真是神奇！"我好几次听见读者说着同样的话语。

如果和读者继续交谈，就会发现，人们说这句话指的是难以解释，但显然又是普里什文独特风格所具有的艺术魅力。

这种艺术魅力的秘密何在呢？普里什文的作品究竟有什么奥妙？"神奇"

这个词通常都用来形容童话，但普里什文并非童话作家，他是扎根于泥土的人，是"苦涩的大地母亲"的儿子，是他所置身的世界万千变化的见证人。

普里什文风格魅力的奥妙，他的神奇之处——恰恰就在于他那敏锐的洞察力。

这种洞察力使他能透过细枝末节发现新奇，能透过周围现象枯燥的外表把握其深刻的内涵。

如同一棵小草露珠晶莹，万物都迸发出诗意的光辉。即便最为渺小的一片白杨树叶，同样有它自己的生命。

我信手翻开普里什文的书，朗读这样的词句：

"夜将尽，月亮很大，月光纯净，黎明前降了一层初霜。四周的景物全都白皑皑的，不过，水洼没有结冰。太阳一出来，阳光照耀，树木、杂草都缀满了晶莹的露珠儿，郁郁苍苍的森林里，云杉树枝披上了亮晶晶的首饰，显得格外醒目，让人觉得，即便把普天下的钻石珠宝都拿来，也难以打扮得如此华丽。"

在这一段真正是用钻石铺就的文字里，每个词都是那样单纯、准确、充满了永不凋谢的诗意。

细读这段文字，你就会同意高尔基的见解，他说，普里什文拥有"日臻完美的才能，普普通通的词汇，灵活搭配，便赋予种种物体可以伸手触摸的感觉。"

但是，这样评价还不够。普里什文的语言是人民的语言。形成这种风格的语言，需要俄罗斯人与大自然的紧密接触与交流，需要在劳动中，融合民间的朴素与智慧，不断地加以锤炼。

"夜将尽，月亮很大，月光纯净。"有限的几个词，十分清晰地传达了夜晚流逝的过程，夜，笼罩着沉睡的国家，肃穆而庄严。"降了一层初霜"，"树木、杂草都缀满了晶莹的露珠儿"，——这些句子都是民间的、生动的语言，无论如何不是偷偷听来的，也不是从笔记本里抄来的，而纯粹是属于作家自己的语言。其实，普里什文本人就是人民中间的一员，他从来不会做个旁观者，站在一边观察人民，仅仅把人民当成写作的材料，遗憾的是，在我们的作家当中，经常会碰见这样的旁观者。

植物学家有一个术语——丛生的花草。这个术语通常用来限定生长着各种野花的草地。丛生的花草交织着数以百计的各种花朵，缤纷斑斓，赏心悦目，成片成片地分布在河湾地带。

普里什文的散文，完全有权利被人称呼为俄罗斯语言旷原上丛生的花草。普里什文笔下的词语能开花，会闪光，时而像青草簌簌有声，时而像泉水淙淙作响，时而像鸟儿啁啾鸣啭，时而像乍结的冰声音清脆，时而又像夜空的星斗，列队成行，缓缓移动，给我们的记忆留下鲜明的印象。

普里什文散文的神奇魅力源自作家的学识渊博。人类知识的任何一个领域都蕴藏着无穷无尽的诗情画意。我们的许多诗人早就应该明白这一点。

假如诗人们通晓天文学，那么他们一贯喜爱的题材——星空，就会变得更加壮丽。

无以名状的夜空是一回事，因为你不知道该怎么样来形容和描绘它；还是同样的夜空，如果诗人了解天体运行的规律，知道倒映在湖水里的不是叫不出名字的星星，而是星光绚丽的猎户星座，那当然就是另外一回事了。

看似无关紧要的知识，往往能帮助我们开辟新的领域，美的意境，这种例子可以列举出很多很多。在这方面，每个人都有自己的经验。

现在我想讲一件事，普里什文的一行文字为我揭示了一种现象的奥秘，没有读他的文字之前，我一直认为那现象是偶然的。我不能不说，普里什文不仅解释了形成那种现象的原因，而且使那种现象充满了美，合乎规律的美。

我早就注意到，奥卡河畔的草地上，有些地方野花繁杂，较为集中，一片一片，互不相连，仿佛是一个个圆形的花圃；而有些地方却在野草中间出现了单一品种的花形成的弯弯曲曲的花带。如果有机会乘坐"U—2"小型飞机，从空中看得特别清楚，这种飞机有时飞到草地上空喷洒农药，消灭沼泽泥潭里的蚊虫。

很多年我观赏这高高的、芳香的花形成的花带，并且给予由衷的赞美，可是我不知道该怎样解释这种现象。说实话，必须承认，我从来就没有认真地思考过。

后来，当我阅读普里什文写的《一年四季》，终于从一行文字中找到了解释，那篇短文的题目叫《花的河流》：

"在春天的洪水奔流的地方，现在是花的河流。"

读完这句话，我立刻明白了，那弯弯曲曲的花带正是春天洪水流过的轨迹，春水过后，留下了肥沃的淤泥。这迤逦的花带乃是春水留下的一幅彩色地图。

离莫斯科不远，有一条名字叫杜布纳的河流。这条河很有名，许多地图上都能找到它，千百年来人们在这条河的两岸居住。平静的河水流过莫斯科郊区滋生着啤酒花的树林，流过绿茵茵的丘陵田野，流过古老的城镇与乡村——德米特罗夫、韦尔彼尔基、塔尔多莫。成千上万的人曾经在这条河上航行，其中也不乏作家、画家和诗人。但是谁也没有发现这条河有什么特点，有什么值得描写刻画的地方。谁也不曾沿着它的河岸跋涉，就像到一个尚未开化的地方去旅行。

迈出这一步的是普里什文。在他的笔下，默默无闻的杜布纳河，在雾霭迷蒙之中，在晚霞消融时刻，开始闪烁出粼粼波光，仿佛成了地理上的新发现，原来它是国内最有意思的河流之一——它有自己与众不同的生命力，有独特的植物群落，独具特色的自然景观，两岸居民特有的风俗习惯以及自成一体的历史。

我们从前有过、现在也有博学的诗人，比如季米利亚杰夫、克留切夫斯基、凯戈罗多夫、菲尔斯曼、奥勃鲁乔夫、闵兹比尔、阿尔谢尼耶夫，比如年纪轻轻不幸去世的植物学家柯热甫尼科夫，他以严谨的科学态度写过一本引人入胜的书，讲述植物生命历程中的春天和秋天。

我们从前有过、现在也有一些作家，比如梅里尼科夫—彼切尔斯基、阿克萨科夫、高尔基、皮涅金等等，擅长把科学知识引进自己的中篇或长篇小说，认为那是散文必不可少的成分。

但是，普里什文在这些作家当中占有特殊地位。他在民族学、物候学、植物学、动物学、农艺学、气象学、历史学、民俗学、鸟类学、地理学、方志学以及其他学科的渊博知识，全都有机地融入了他的写作生涯。所有这些知识并非僵死的沉重负担。它们都活生生地保存在他的心里，他的经验，他的观察，只有他一个人有幸目睹的科学现象，这些现象最美好的表现形式，大大小小列举出来的范例，无论例子大小同样都出人意料，所有这些都使他的知识不断地得到丰富。

普里什文描写人物的时候，由于想观察透彻，似乎总是微微眯缝起眼睛。外在的东西引不起他的兴趣，吸引他的是活在每个人心中的梦想，不管那个人是伐木工，是鞋匠，是猎人，还是有名的学者。

把珍藏在每个人心底的梦想展示出来——这就是写作的宗旨。但做到这一点绝非易事。对于一个人来说，没有什么东西会比梦想掩藏得更深、更隐蔽的了。大概，梦想难以承受哪怕是最轻微的嘲弄，即便是开个玩笑它也受不了，当然，冷漠的手去触摸它，肯定会遭到拒绝。

梦想，只能在轻松的场合讲给知心的朋友听。我们有许许多多默默无闻的梦想者，他们的知心朋友就是普里什文。我们不妨想一想他的短篇小说《鞋》，其中描写来自玛利亚森林四处漂泊流浪的鞋匠，他们有个梦想，要为共产主义社会的妇女制作世界上最美观、最轻巧的皮鞋。

普里什文去世后，遗留下大量的笔记和日记。其中多处涉及米哈依尔·米哈伊洛维奇有关创作技巧的思考。在这一方面，如同他观察大自然一样，有许多深刻独到的见解。

普里什文有一篇随笔论述散文的简洁，我觉得，他写得思想准确，堪称典范。随笔的题目叫《写手》，一个放牧的男孩子和作家谈论文学。

下面就是他们的对话。牧童对普里什文说：

"'你最好能写真事儿，要不就都是你瞎编的。'

"'不都是编的，'我回答说，'但也编过一点儿。'

"'要是我，就这样写！'

"'全都写真事儿？'

"'全都写。比方就写夜晚吧，沼泽地上的夜晚。'

"'怎么写呢？'

"'听着，这样写！夜晚。水坑旁边大片大片的灌木丛。我坐在灌木丛前边。野鸭子嘎嘎嘎地叫唤……'

"他不再说话了。我以为他在想词儿，要不就是捉摸形象。不料他掏出正在做的牧笛，开始在上面挖孔。

"'喏，后来呢？'我问，'你不是要按照真实描写夜晚吗？'

"'我已经说完啦，'他回答，'全都是真的。大片大片的灌木丛。我坐在灌木丛前边。野鸭子嘎嘎嘎地叫唤……'

"'可惜太短了。'

"'你说什么？太短！'牧童觉得奇怪。'整整一宿嘎嘎嘎地叫到天亮……'

"想想这个故事，我说：

"'真好！'

"'确实不错，'牧童回答。"

普里什文在他的写作生涯里是个成功的人。我不禁想起了他的一段文字："……即便只有荒野的沼泽是你成功的见证，那么，沼泽地也将开放美丽出奇的花朵，——因而春天将永远属于你，只有春天和荣耀属于胜利。"

的确，普里什文散文的春天将会永存，在我国人民的生活中，在苏维埃文学中，普里什文散文的春天将永不凋谢。

谷羽　译

利金（1894—1979）

　　弗拉基米尔·盖尔曼诺维奇·利金，俄罗斯作家，在高尔基文学院担任教师三十多年，他的散文和小说创作，深受契诃夫与布宁的影响，往往以普通人的平凡生活为素材，多涉及社会伦理道德，不以情节取胜，而是注重描写人物心理，叙述语言朴素明快，富有生活气息，格调略带感伤，笔法抒情且有哲理意味，形成了独特的艺术风格。主要作品有小说集《探索者》、《放逐》、《两种生活》和回忆录《人与会见》。本书选译的抒情散文《雅兰斯克远在天涯》一篇里失去父母的小姑娘，《别墅区》里退休的老校对员，都有自己的悲凉与无奈，两个小人物的坎坷遭遇，折射出俄罗斯社会的冷漠，世态炎凉已经腐蚀了人间真情，男人，作为母亲的儿子，妻子的丈夫，外甥女的舅舅，不同的角色导致处境的尴尬，在屡见不鲜的日常生活中，剖析人性，显示出作家的眼光和功力。

亚兰斯克远在天涯

叶利乔诺夫的妻子和女儿正在波罗地海海滨疗养,他本人也准备去那里度假,好在九月初跟妻子女儿一道回家。一连三年,他们在德津达里紧靠海岸的住宅里租了带有凉台的两间房子。他们面前的波罗的海,时而哗啦啦一片喧嚣,时而灰蒙蒙寂静无声。

女儿柳芭该上三年级了。一放暑假,妈妈就把她带走了。叶利乔诺夫是建筑安装工程局(简称建工局)某工段的工程师,留下来要修建新市区的一座宿舍大楼。他暂时过起了单身汉的生活,下班回来不得不自己做饭,也没有心思到外面散步,阳台上盛开着五爪金龙花。晚上,他或是在阳台上翻翻报纸,或是拿一本书读读,或是看看电视来消磨时光。早上,公家的一辆茶绿色汽车一到八点就开到门口来接他。

休假前不久,一个炎热的傍晚,他下班回家,从门口信箱里取出晚报和一封信来。信封上写的发信人的名字很陌生——斯维亚洛芙斯卡娅。叶利乔诺夫上了楼,冲完淋浴,在沙发上躺了半小时,然后到阳台上坐下来读信看报。

"这封信是一个您不认识的人写的。我叫尼娜·米哈伊洛芙娜·斯维亚特洛芙斯卡娅,我给您打过电话,可是您那里没有人接。有件事我只好写信通知您。我和娜塔莉娅·阿列克谢耶芙娜·叶利乔诺娃住在一所房子里。三天前,她因心力衰竭在医院里去世了。娜塔莉娅·阿列克谢耶芙娜生前要我在发生意外时去找您,把她临终的嘱托转告您,具体情况信中不必赘述,恳请您来个电话,把我们能够见面的时间和地点告诉我。"

斯维亚特洛芙斯卡娅在下面留了电话号码,并且注明她差不多总是待在家里,找她并不难。

一桩早已在抑郁中忘却的往事,更确切地说,一桩并未忘却,而是被搁置一旁的往事,重又呈现在眼前,使他的内心深感痛苦。

他父亲曾续弦再娶,当时前房撇下了一个女儿,这就是他季米特里·阿列克谢耶维奇·叶利乔诺夫的同父异母姐姐。不过，姐弟俩很少来往，父亲去世后，彼此再未见过面，她也毫无音信，叶利乔诺夫只知道他这个姐姐娜塔莎嫁了人，但过得好像不太顺心，还知道娜塔莎有个女儿。她本人在一个机关里当打字员或速记员什么的。不错，有一年他过生日，娜塔莎不知怎的也赶来祝贺，还送来三束石竹花，怯生生地称呼他的全名——德米特里·阿列克谢耶维奇。他向姐姐表示感谢，只问了一句话："过得怎么样，娜塔莎？"她的回答挺简单："过日子呗。"一个人既然用这种口吻答复人家，可见并不怎么满意。

现在，叶利乔诺夫听说这位关系疏远的姐姐死了，一股强烈的悲痛突然涌上心头：他父亲大概也爱自己的女儿，不管生活中发生过什么样的错误，但女儿毕竟是女儿。以前早就应当更深地体会到这种亲情。

父亲死后，他很快成了家，那时大家还叫他米佳·叶利乔诺夫。不久，他也有了女儿，自己过日子，自有各种劳神操心的事。

叶利乔诺夫坐在阳台上，手里拿着信，看见几只小甲虫，也可能是一些小黄蜂在五爪金龙花浅蓝色的花冠里爬来爬去，感到一阵心疼，于是一转身回到屋里，拨通斯维亚特洛芙斯卡娅的电话，告诉她说，他下班后休息一会儿就去找她。

7月的晚上，九点钟天还很亮。叶利乔诺夫在格鲁吉亚大街的一座楼房里找到了他要找的那所住宅。

他刚按一下电铃，戴着眼镜的斯维亚特洛芙斯卡娅马上就给他开了门。

斯维亚特洛芙斯卡娅把他领进姐姐的房间，房间里空荡荡的，很小的写字台上摆着父亲的一张照片。叶利乔诺夫问："这是怎么一回事？娜塔莎……娜塔莉娅·阿列克谢耶芙娜怎么出了这种事？"

他和姐姐有着同样的父名，这使他更感到对不起姐姐。

"娜塔莉娅·阿列克谢耶芙娜早就有心脏病……经常请急诊大夫，三天前不得已才叫来救护车，可是已经没有用了。"

斯维亚特洛芙斯卡娅过去在莫斯科问讯处的一个问事亭工作，她的小窗口往往有许多急等着问事的人，因此，她很会体贴这些人的心。

"现在说正事吧，德米特里·阿列克谢耶维奇，"她说。"娜塔莉娅·阿列克谢耶芙娜撇下一个女儿，目前正在少先队的夏令营里。要不要把她叫回来，起初我很犹豫，后来打定主意让她晚一点知道。我觉得这样做更妥当些。我给您打了好几次电话，都没有找到您，拍电报已经晚了。娜塔莉娅·阿列克谢耶芙娜有个姨妈住在亚兰斯克，我甚至不知道亚兰斯克在什么地方。"

叶利乔诺夫同样也闹不清。

"娜塔莉娅·阿列克谢耶芙娜托我一件事，代表她求您帮忙，把小姑娘送到亚兰斯克去……不错，她还说过，姨妈早已退休，收留娜佳确有困难，不过也没有别的法子。这是娅塔莉娅·阿列克谢耶芙娜让我转告您的临终嘱托。至于姨妈的姓名和地址……"斯维亚特洛芙斯卡娅一边说一边递过一张字条，上面写着阿列芙季娜·麦福季耶芙娜的名字以及她在亚兰斯克的住址，从前她是亚兰斯克一家亚麻加工厂的检验员。

"要送娜佳，得等她从夏令营回来……娜塔莉娅的姨妈会接她，我已给这位姨妈发了信。您看，办这些事多么不易啊，德米特里·阿列克谢耶维奇！"

一种意料不到的情况严峻地摆在眼前，这对他是一次考验。他没有说出八月一号要度假，去波罗的海海滨和家人团聚，也没有解释为什么疏远了这位同父异母的姐姐，良心使他意识到自己的过失，只不过已经太晚了。

"可以看看娜塔莉娅·阿列克谢耶芙娜的女儿吗？"他问道，但语气有些犹豫。

"娜佳在莫斯科郊区，坐火车去只要四十分钟。"

"能不能把她接回来？我星期六整天都有空。"

"不知道准不准她的假，不过我可以试一试。娜佳是个文静的女孩子，我真替她难过。可是，德米特里·阿列克谢耶维奇，关于她妈妈的事，我什么也不想对她讲，最好由您亲自告诉她。"

又一件出乎意外的为难事摆在他面前。

"星期六我去领她……要是那里能准假，我们一到家马上就给您打电话。"

叶利乔诺夫本想叫斯维亚特洛芙斯卡娅把女孩子直接带到他家去，他家的桌子上摆着小姑娘外祖父的照片，可是过去造成他和姐姐彼此疏远的那种心情使他没有说出口来。

星期六，斯维亚特洛芙斯卡娅打电话告诉他，小姑娘请了一天假，于是他满腹烦恼地来到格鲁吉亚大街。

"噢，这就是德米特里·阿列克谢维奇。"斯维亚特洛芙斯卡娅说。

他打量了一下女孩儿的脸，脸上有几分忧伤，有点像大人一样谦恭的表情。

"我们认识得晚了点……不管怎么说，我是你的舅舅啊。"

"您好，"小姑娘说，不过，声音低得很。他看见女孩子的嘴唇在微微翕动，才明白她说的是什么意思。

"娜金卡，出了什么事，你大概全都看出来了。"他迟疑了一下说，这时斯维亚特洛芙斯卡娅已经回家，只有叶利乔诺夫和小姑娘坐在那间由于母亲去世而永远变得空旷的房子里。现在，他不得不说出斯维亚特洛芙斯卡娅不肯讲的那件事。

"你妈妈得了重病……也许一时回不来。"

"妈妈死了？"小姑娘用呆板的伤心语气追问说，他听后心疼得皱起了眉头。"妈妈常说，她的心脏不行了。"

"你现在几岁啦，娜金卡？"他没有回答她的话，反而问了一句。

"十岁……要上四年级了。"

"你妈妈的情况不太好，"他沉默了一会儿说。"她的心脏看来确实不行了，有件事得跟你商量商量。"

女孩子和他并排坐在沙发上，孩子心情愁苦，浑身仿佛缩成了一团。小家伙居然这样沉着，使他大为惊异。她明白妈妈大概已经不在人世了，可是居然没有哭。

"不错，我和你认识得太晚了，娜佳，"他的话多半在讲给自己听。"不过，咱们往后会互相了解的……"

小姑娘很快扫了他一眼，孩子的脸拉得很长，呆滞而苍白，仿佛在什么地方遭到监禁，不像是刚从夏令营回来似的。叶利乔诺夫心中一动，联想起自己的女儿有童年的幸福，这个女孩儿体验过童年的欢乐吗？当然，他可以帮帮忙，把小姑娘送到亚兰克斯去，写信和那个老太太取得联系，老太太很可能身体多病，承受不了额外的负担，以后又该怎么办哪？

"你知道有个姨姥姥阿列芙季娜·麦福季耶芙娜吗？"他问。

"知道……妈妈常说，万一拉扯不了，就把我送到她家去。可是我不愿意去。我在学校里有许多挺要好的小朋友。"

直到这时，孩子嘴唇开始发抖，才失声哭了起来。她低垂着头坐在那里，叶利乔诺夫抚摸着她沾满泪痕的面颊。他再不能把这件事看作是令人不快的、耽误他休假的意外事件了，虽然妻子和女儿正等着他，女儿甚至一天天数着日子，在最近寄来的几封信里写道："再过十二天，你就要来了，好爸爸，我和妈妈一定到里加火车站去迎接你。"

"我们不必想得那么远，娜佳……到秋天还有整整一个月呢，以后走着瞧吧。"

"我再也不回夏令营了。人家在那里都高高兴兴的，常去旅行，可我一次也不去，我没有那份心思。"她的话说得那么伤心，使叶利乔诺夫重又想起这孩子是否有过童年的问题。

这时，在他内心深处从未觉察到的某个地方，突然涌起了一种强烈的怜悯，还有一种慰藉的感情，好像很多难题可以一下子迎刃而解了……把小姑娘带回家去，再把姐姐遭到的不幸，把自己抚摸着孩子满是泪痕的面颊时的心情讲给妻子听，如果这样做，又会怎样呢？薇拉，亲爱的，亚兰斯克太遥远了，我在地图上找来找去，原来它位于皮日马河的一条支流旁边。我看，还是先让这孩子稍稍摆脱一下丧母之痛；让她和柳芭做个伴吧，她们俩年纪相仿。让她哪怕尝到一点点欢乐也好啊……薇拉，你也是做母亲的，这一点你不会理解不了吧。

她会理解的，他的妻子会理解的。

"娜佳不肯再回夏令营了，"叶利乔诺夫对走进房间的斯维亚特洛芙斯卡娅说。"我倒有个主意，我妻子和女儿在波罗的海海滨疗养，我们那里租有两间房子，还带有玻璃凉台，过几天我也准备去。娜佳，我带你一起去。好吗？"他问小姑娘说。"你会认识我的女儿，跟我们住到秋天，到时候再看。"

"在海滨住些日子倒不错。"斯维亚特洛芙斯卡娅说。

但是，小姑娘一声不响。她心里也许只想到：再也没有妈妈了，现在不得不到一个远方城市的什么地方去生活了，妈妈有一天说过："我和你孤零零的，娜佳……我们多么孤单啊！"，妈妈那时候并没有想起自己的弟弟，母女俩需要的不过是在他的心里保留一个小小的位置罢了。

不过，这只是他叶利乔诺夫一个人的想法。

"行吗？跟我去吧，娜佳！我给你买件游泳衣，你和我女儿一块去游泳，8月份的天气还挺暖和呢。"

"昨天广播了天气预报,波罗的海一带的气温是三十六度。"斯维亚特洛芙斯卡娅说。

几天来,叶利乔诺夫怀着激动的心情,受着良心的谴责,不得不承认过去的疏忽,这时他同样深感内疚,一心想弥补往日的过失,尽管已经弥补得迟了……

尼娜·米哈伊洛芙娜准备好他们路上需用的各种东西,三天后送他们到莫斯科的里加火车站,最后嘱咐说:

"要是有什么地方不方便,请拍个电报来,我去接娜佳。"这话大概是指叶利乔诺夫的妻子会怎样对待小姑娘一事而说的。

叶利乔诺夫满有把握地回答道:

"都会很顺利的。"

现在,只有他们两个人坐在车厢里,车站月台以及跟着火车向他们招手的尼娜·米哈依洛芙娜都退到后边去了。车窗外,先是一列列车皮,然后是森林,接连闪过……一个十岁孩子深受震惊的心灵所不得不体验的一切都留在后面了……

过了不久,列车员用又大又重的托盘送来了茶水,小桌上放有一包饼干。田野像着了魔一般从身旁飞速掠过。列车有时隆隆地驶过河上的桥梁,河里的小船上有人正在钓鱼。

"一切顺利,"叶利乔诺夫心里对自己说:"一切顺利。"

也许,别的事也会一帆风顺:以后他和妻子在莫斯科照看这个小姑娘,斯维亚特洛芙斯卡娅也会照料她,每逢星期天就来接她,而且平常有时也来看她,两个小姑娘将在一起做算术……这些念头也和车窗外的树木一样一闪而过。还得给阿列芙季娅·麦福季耶芙娜·利涅娃写封信去。告诉她大家经过考虑认为让娜佳继续在原校就读比较妥当,这里有不少小朋友,而童年生活正像玻璃一样脆弱啊……

"你可以和柳芭去拣琥珀……波罗的海的海浪常把琥珀冲到岸上来,尤其是在暴风雨过去以后,"叶利乔诺夫说。"你们俩可以拣两块琥珀给我做领扣,一颗是你给的,另一颗是我女儿给的。"

"米佳舅舅,我不会给您添麻烦的,"小姑娘忽然开口说,第一次打定了主意这么称呼他。"我会干家务活儿……妈妈教过我做饭,我多少会一点儿。

"太好了……你可以给我做个丸子汤，或者是，比方说吧，做个波彭杜汤，你会做这种汤吗？"

"不会。"小姑娘不好意思地说。

"这种汤可棒啦……放上一点稻米，一点胡萝卜，再加上一点别的佐料。"

他看见小姑娘由于悲痛一直紧闭着的嘴唇旁，终于露出了一丝笑意。

车窗外已是黄昏时分，不时掠过沿途车站上的点点灯光。他们明天不到中午就可以出站到海滨去了。深蓝色的辽阔海洋即将展现在他们的眼前，海上，也许是一片夏季的平静安谧，也许是倾斜涌来的排排巨浪。而亚兰斯克远在天涯，暂且先不必考虑它吧。

谷羽 译

别　墅　区

临近秋天，别墅小镇变得冷落了。一个矮小瘦弱的老太太孤孤单单在街上缓慢地行走，每到十字街口她就停下来，透过厚玻璃镜片辨认街道的名称，然后提着沉重的老式提包继续向前踽踽而行。她要找的莱蒙托夫街在镇子尽头的什么地方。

9月的头几天一直下雨，现在冷清的晚霞给路上的车辙和水洼抹上了一层淡红、一种异常凄凉的色调。老太太终于看到了她要找的街名。理了理防寒的头巾，她在这条村边小街上自信地大步走起来。显然，这里都是新住户：有些别墅建成不久，另外一些接近完工，房前花圃中堆着刨花、摆着盛石灰浆的灰桶。

在这些尚未完工的别墅当中，老太太找到一座别墅，怯生生地推开篱笆门，顺台阶登上了还没来得及安装玻璃的凉台：房间的门敞开着，看来这是当饭厅用的房间。一个身材高大的女人站在里边正做凉拌菜。这女人脸型漂亮，但不知为什么给人一种不愉快的感觉。餐桌铺着浆过的台布，一些酒菜已经摆在桌上。

一年以前，儿子跟他第一个妻子离了婚，第二次又成了家。大概，这就是那位瓦尔瓦拉·米哈伊洛芙娜，儿子在给母亲的一封信中曾经简略地提到过她。正在切甜菜的女人这时停住手，不满地打量着走进门来的老太婆。

"您找谁？"她不客气地问。

"我想找巴维尔·伊万诺维奇……找巴沙。我是他的母亲。"

"我的天……"女人连忙用围裙擦擦手说，"这么说您就是安娜斯塔西娅·瓦西里耶芙娜？您怎么这样——也不写封信，早知道我们去接您多好……"

女人说话的口吻过分客套，这多半表明，现在来个外人不合时宜。但是，她像亲人一样吻了吻老太太的双颊，按照规矩，新媳妇应该这样做。

"是这么回事儿……请您允许我称呼您瓦里娅，今年我退休了，一辈子头一次有了空闲工夫，大概有五六年了，我就想来莫斯科。这回真来了。也许这是我最后一次到莫斯科来啦。"

"看您说的，您这样做挺好……遗憾的是，巴沙明天要外出休假，休假证都装在他口袋里啦。您请到这边来，安娜斯塔西娅·瓦西里耶芙娜……我正做饭。巴沙请了一个有用的人。您看，我们正盖房子……一会儿缺这个，一会儿短那个，材料总是不凑手。为这座别墅，巴维尔都快累趴下啦。"

女人大脸盘，威严、漂亮的嘴唇上面隐隐有男人一样的胡髭，闪亮的黑发梳成紧紧的发辫盘在头顶。母亲忧虑地想，她是那种能使男人着迷的女人，大概她已经迷住了优柔寡断的巴维尔。

"嚄！您的提包好沉哪，"儿媳妇提起母亲的提包说。

"给你们捎了点苹果……我有个小果园，只有八棵树，可是今年结的果子多极了。"

"您白受累，安娜斯塔西娅·瓦西里耶芙娜……莫斯科的水果堆成堆，"女人说，不过她意识到这话伤了老太太的心，立刻又补上一句，"可话说回来，自己果园的水果倒是更香甜。"她瞥了瞥手表，手表的金链紧紧箍着她胖胖的手腕，然后匆忙地说："千句话归做一句说，您就在这儿住下来吧，安娜斯塔西娅·瓦西里耶芙娜。我可要忙活做饭去了……巴维尔眼看就回来。"

"您去吧，去吧，我来了您不必拘束。"

媳妇走了。安娜斯塔西娅·瓦西里耶芙娜从头上摘下毛料头巾，透过眼镜环视这个房间。别墅里的一切都还没有安排就绪，仿佛主人不准备在这里居住，相反倒打算搬家似的。母亲觉得儿子的生活也没有安排就绪，他抛弃了的达尼娅，为人安静、胆小，让她从心坎里喜欢，不料娶了这么个高大的，看来各方面都不懂规矩的女人。安娜斯塔西娅·瓦西里耶芙娜轻轻叹了口气——逐年向后拖延的这次莫斯科之行，事事都不遂心；达尼娅不在了，儿子要去休假，在这座还没有完工的别墅里，她觉得心里空荡荡的很不自在。想到这些，她把眼镜推到前额上，用一个弯曲的手指擦着不断涌流出来的眼泪……

四个月以前，她，一个州出版社的老校对，退休了。在她看来，离开那些清样，离开手工排印的校样发潮的气味，离开无比亲切的达里辞典和乌沙柯夫辞典，离开那些根据她用红色铅笔校阅圈点的地方对文稿进行推敲的作者，那简直是不可思议的。

儿子巴维尔曾经是她的骄傲：她感到自豪的是，他以优等生的成绩在工学院毕业，现在是工厂里的设计师。一年以前，工厂庆祝建厂三十五周年，他和其他优秀工作者一起受到了奖励。儿子不常给她写信，但总是准时寄到。她为儿子的工作高兴，期望到莫斯科，实现每一个年迈人的宿愿：照料孙子或孙女，可是抱孙子的愿望竟不能实现。一年前儿子突然中断了音信，几乎有四个月一个字也没写，后来，在一封显然是匆忙写就的短信中告诉她说，他的个人生活发生了重大变化；他觉得跟达尼娅结合不太幸福，他遇到了另一个使他生活中的一切都发生变化的女人，他跟达尼娅心平气和地商量着离了婚。顺便还提到，他在莫斯科郊区得到了一块宅基地，准备建造别墅。现在她，安娜斯塔西娅·瓦西里耶芙娜，已经置身于这座尚未完工的别墅，这座属于他儿子和他的新婚妻子的别墅，这座和他们的新生活密切相关的别墅。

隔壁，正切什么东西，菜刀剁得嗒嗒响，从厨房传来烧菜的气味——不，现在来到这里，真不是时候，生活中从来不愿打扰任何人，这是她的习惯……

她脱下外套，走近窗户。小园子里横七竖八摆着碎砖瓦、废木料，看来不久前才栽下的金光菊正摇摆着金色的花球。差不多在同一时刻，一辆小汽车开进了小园子的篱笆门。儿子手里拿着几个小包进了家。安娜斯塔西娅·瓦西里耶芙娜很快听见了儿媳妇压低嗓音急促的说话声，大概她把母亲到来的事告诉了丈夫。

"你怎么事先不说一声啊，妈妈，"巴维尔过了一分钟走进房间来说道，"我本来可以去车站接你。"

"何必多添麻烦呢，巴申卡，"安娜斯塔西娅·瓦西里耶芙娜吻了吻儿子说，"我这不是好好地来到了吗！"

过去，儿子总是昂首挺胸地走路，一双灰色眼睛安详、坚定，那是生活目的明确的人惯有的目光。安娜斯塔西娅·瓦西里耶芙娜五年没见儿子，他瘦了，不知怎么显得那样苍白疲惫，母亲连忙侧过头去，不愿让儿子看见自己脸上难过的表情。现在，巴维尔不安地斜着眼睛瞅着房门，门那边，妻子正继续往桌子上摆菜。他和母亲之间似乎隔着一层使他感到羞愧、但又难以穿越的屏障。

"咱们吃饭去吧，妈妈，"他像要摆脱什么烦心事那样苦恼地说，"不凑巧的是……我们镇委员会的一个委员要来吃饭。我们不能跟你说说贴心话。但这是个有用的人。你亲眼看见了，我们正盖房……而镇委员会——人家是主人，离开他，什么事也办不成。"

"巴申卡，我才不去妨碍你们哪……再说，我也不太想吃东西，我在火车上吃过了。"

"怎么能这样呢，妈妈，"儿子犹犹豫豫地说，"当然，你听我们谈论胶合板，石棉瓦什么的也没有意思。这样吧，瓦里娅把饭菜给你端到这里来，饭后咱们一道喝茶。"

安娜斯塔西娅·瓦西里耶芙娜很快同意了，认为这样最好，巴维尔可以趁吃饭的工夫跟客人好好谈谈自己的事情。

镇委员会的委员不久来到了，大家入座就餐。儿媳妇给母亲在里间小桌上摆了饭菜，她跑来跑去一会儿送一碟凉拌菜，一会儿端汤，一会儿又捧上红烧牛肉。她变得异常活跃，鲜艳的双颊愈发绯红了。安娜斯塔西娅·瓦西里耶芙娜明白，这是吃饭时喝酒引起的。既然请客，喝酒当然无可厚非，她只是觉得，瓦尔瓦拉喝过了主人应该喝的限度。于是，安娜斯塔西娅·瓦西里耶芙娜又一次痛心地想起了温柔和顺的达尼娅，那是个不声不响的姑娘，而这一位大概是个发号施令、不达目的决不罢休的女人。她左思右想，觉得为了不让巴维尔为难，她应该尽快离开这里，可以解释说，她想最后一次仔仔细细地看看莫斯科，说她住在一位老朋友家里，她们曾经在出版社一起共事，再说，她回去晚了也不方便。"

吃完饭，儿媳妇端来了两小碗甜食，一碗给母亲，一碗给自己。

"男人家的事让男人们说去好了。反正谁也不能请上帝来盖房。"她一甩手又说，"不过话说回来，再没有比别墅更好的地方啦！说实在的，我们的园子不算大，可是我们去年栽的草莓须根，今年夏天就已经结出了浆果。多是不多，不过我盼着明年就够卖的啦。总算是一点进项。这东西转眼就能卖光。"

安娜斯塔西娅·瓦西里耶芙娜没有答话，虽然她想说，设计师的妻子倒卖浆果怕未必体面。转念一想，谁愿怎么过，就怎么过，何苦把自己的想法告诉别人呢。

"太遗憾啦，巴沙明天就走，"儿媳妇叹了一口气，不过多半是出于礼节。"您怎么就不给他写封信呢？"

"因为我到你们这儿来待不了个把钟头……我住在一个朋友家里。在莫斯科玩几天，就往回返，"安娜斯塔西娅·瓦西里耶芙娜说。"我们办了个校对训练班，所以我还得帮帮年轻人的忙。而且现在新的书写规则又刚刚公布。"

"是啊，是啊……"儿媳妇心不在焉地答应着，侧耳倾听着隔壁的话音。"一切都在变化。我自己大概成了个半文盲啦。"她失声笑了起来。"我原先在建筑行业托拉斯上班，按立方米统计建筑材料……可眼下为了每一张三层板都得伸手求人。等一会儿！"地听见隔壁房间里有移动椅子的响声，就抱歉地说，"我去送送客人。"

过了几分钟，安娜斯塔西娅·瓦西里耶芙娜从窗户里看见儿子陪着一个又高又瘦的人走过园子，那人穿一件军大衣改做的外套，想必就是那位镇委员会的委员。

"你要原谅我，妈妈，"儿子很快走进门来说。"办事需要时间，真是没有法子。土木之工不可擅动啊。"

"你为什么非要别墅呢，巴沙？"安娜斯塔西娅·瓦西里耶芙娜问道。"你们没有孩子。一到假期最好去南方海滨休假……在这里只有没完没了地操心受累，再说花销你也搪不起呀。"

儿子没有立刻答话。

"瓦里娅留恋这别墅区，"他终于开口说。"她操持过日子挺能干，这里有个小菜园，今年她就腌了不少蘑菇。"

安娜斯塔西娅·瓦西里耶芙娜又一次心痛地想，她儿子简直变成了一个陌生人。

"好吧，你更有远见，"她顺从地说，"不过，我在这儿可一天也待不住。"

"这是不习惯，妈妈，"他苦笑了，那是她根本不熟悉的笑容。

她想告诉儿子说，她一点儿也不抱屈，她不需要跟大家一起在一张桌子上吃饭，但是他们毕竟五年没有见面了，五年，是不算短暂的时间啊！现在，他身旁再不见她非常喜爱的达尼娅了，他仿佛总是在重复着出自别人口中并不属于他自己的语言。莫非这个女人就这样把他捏在手心里吗？

不过，母亲只深深地叹了一口气。她问：

"你到什么地方去休假呢，巴申卡？"

"去索契。"

以前儿子滴酒不沾，但现在他身上散发出一股酒味，看起来，没有酒和这位镇委员会的委员打不了交道。

"这太不凑巧了，我不得不去，主要的是，休假证已经在我口袋里。直话直说吧，我原以为你等我们盖好了房子再来，那时候操心的事就少了……"他思索了一两分钟，蹑手蹑脚地走到门边，小心地听了听，"事情弄成这个样子，太遗憾了。"他一边说一边不好意思地把手伸进口袋，掏出了一百卢布。"我本该多给你一些，可是明天就要走——办证明，买车票，给瓦里娅还要留下点儿……"

"不必啦，巴申卡，"安娜斯塔西娅·瓦西里耶芙娜不容分说把儿子拿钞票的手推到一边。

"钱，我有。给我的退休金足够用，再说我在校对训练班还有工作。"

他手里犹豫不决地拿着钱。

"不要白不要，妈妈……既然来到这里，就有花销，拿着吧，有用处。"

她又把儿子的手推到一边。

"需要钱的时候，我给你写信，巴申卡。"

"你一定要写呀，妈妈，可别说话不算数。最近一段时间，我一直打算给你汇款，可是让这座别墅把我折腾得全都乱了套啦。"

他的眼睛里有一种内疚和不安的神情，母亲发现，儿媳妇开门的时候，儿子迅速把票子攥在手心里：那一位似乎立刻明白了他们在这里正谈些什么，或者，说不定她就在门外边偷听了他们的谈话。

"巴维尔真是惦记您，怕您吃苦……我总是安慰他：无论如何您是有工作的人哪。"

"嗯，可不是嘛，"安娜斯塔西娅·瓦西里耶芙娜认可地说，"有经验的校对现在比金子都贵重……不管怎么说我总还做了四十多年的校对。什么样的仗都漂漂亮亮地对付过来了。"她笑了。"怎么样，巴申卡，你答应让我喝茶，我最好喝了茶就走……"不然我回去太晚了不方便，因为我住在维拉·尼古拉耶芙娜·福列罗娃家里，你该记得她吧。"

"哎，怎么能这样呢，妈妈……'"他病态地皱起了眉头，"我想你会在我们这里住下……别墅里没有拾掇好，才盘炉子，晚上很冷，这倒是实情。"

"根本不关别墅的事，瞧你……"她责备地说，"一大早我要去游览莫斯科，想到特列齐雅柯夫画廊去看看，熟人们还托我买些东西。"

"茶马上就得，马上就得，"儿媳妇松了一口气，匆匆忙忙地说，"我们是按老规矩，我把茶炊都弄好了。"

她走了，不久茶具叮叮当当响起来。安娜斯塔西娅·瓦西里耶芙娜想问问儿子新婚后的生活情况，可是她下不了决心。

"巴申卡，我给你捎来了点苹果……是从自家园子里格鲁绍夫卡苹果树上摘的。"她打开了提包，把苹果拿出来放到桌子上。"你一定要带些路上吃……给你尝尝。"

他接过一个苹果，咬了一口。

"好苹果！"他称赞说。

一种难以言传的亲近感再次出现在母子之间，但这种感情转瞬消失了。儿子戒备似的等着母亲指责训斥，母亲却温顺和解地沉默着。

儿媳妇端来了茶炊。

"来，让我们喝茶吧，"她讨好地说。安娜斯塔西娅·瓦西里耶芙娜明白，媳妇最怕她长时间留在这里，一切快应付过去了，现在她满意了。

"您喜欢哪样果酱？"她客客气气地问，"有醋栗的，有草莓的。"

安娜斯塔西娅·瓦西里耶芙娜喝了加草莓酱的茶，她夸奖草莓的品种好．后来看看手表，着急地说：

"八点多了……天已经全黑了。凭我这双眼睛我还得赶到火车站哪。"

"我送你，妈妈，"巴维尔简短地锐。

"弄成这个样子，这该多么遗憾呀！"儿媳妇叹了一口气。"要是巴维尔早知道您要来就好了，他可以在别的时间休假。等我们的别墅一盖好，您一定还要再来呀。"

安娜斯塔西娅·瓦西里耶芙娜答应说，一定。

儿子动身送她去火车站。天已经完全黑了。潮湿的树叶子粘在鞋底子上。晚霞消融的地方，天空有一条火红的云带，这预示着明天可能有风。

"你一点儿也不知道达尼娅的消息吗？"母亲小心翼翼地问。

儿子沉默了一会儿。

"跟从前一样，还在学校里教书，"他加重语气回答说。

单凭他加重语气的答话就可以明白，他对达尼娅并没有忘怀……

"你去那座别墅，总坐小汽车吗？"母亲不知为什么这样问。

"不，坐火车。今天是碰巧了。可惜，瓦里娅没有给你些果酱带在路上吃……我知道你喜欢草莓酱。"

"算了吧，再别提果酱了。你路上还得破费一罐呢，我可怜你，巴申卡，"她的声音哽咽了，她用一只瘦弱的手摸黑抓住了儿子的手。"可怜得我心口发痛。多好的一座房子你换了别墅……再说在这里，在这座别墅里有些什么呢？——自己园子里出的草莓酱，如此而已。"

儿子心里明白，母亲指的是哪座房子。但他一句话也不回答。不久，出现了火车站高高的路灯。又过了几分钟，儿子帮助安娜斯塔西娅·瓦西里耶芙娜登上了电气机车很高的月台。

"达莎婶子怎么样？"他问，一时间回想起了童年生活的一些片断。

"她也退休了，过得马马虎虎。你最好能想法回去一趟，巴申卡。"

"可你看——总有事……我不知道该怎么应酬。"

火车头前灯的强光在黑暗中变得越来越耀眼刺目，冗长的呼叫宣告火车越来越近，紧接着，车厢上一个个明亮的车窗从月台前一闪而过。

"好吧，妈妈，祝你身体健康……事情既然这样，你也不必难过。"儿子说着吻了吻母亲的面颊。"如果需要钱，务必写信来。"

"我写，我写，"母亲宽慰他说。

火车车厢里空荡荡的。秋天的夜晚去莫斯科的旅客寥寥无几。安娜斯塔西娅·瓦西里耶芙娜站在黑洞洞的窗口旁边，灯光辉煌的车站，落在后面了，接着出现的是那个由正在建筑的和接近完工的别墅组成的小镇，儿子为了换取其中的一座别墅付出了最主要的东西，离开这些东西一个人就不可能幸福……她以母亲的整个心灵体察到，儿子在新婚后的生活中将永远像住在没有完工的别墅里，对于这一点大概他自己也心中有数。

谷羽　译

纳博科夫（1899—1977）

  弗拉基米尔·弗拉基米洛维奇·纳博科夫，俄罗斯侨民作家，出生于彼得堡贵族世家，1919年离开俄罗斯，就读于英国剑桥大学。1922至1937年侨居柏林，以"弗拉基米尔·西林"为笔名发表诗歌、小说、散文、评论。1940至1960年在美国生活和写作，用英文创作的长篇小说《洛丽塔》在西方文坛引起强烈反响。他把俄罗斯史诗《伊戈尔远征记》、普希金的诗体小说《叶甫盖尼·奥涅金》以及丘特切夫、莱蒙托夫的抒情诗译成英文，在向西方介绍俄罗斯古典文学名著方面作出了杰出贡献。1960年移居瑞士，直至1977年去世未能返回祖国。诺贝尔文学奖得主索尔仁尼岑给予他高度评价，说他"是一位文学天赋光芒四射的作家，正是这样的作家被我们誉为天才。他达到了心理观察最为细腻的巅峰状态，运用语言极其娴熟（而且是驾驭世界上两种出色的语言！）他的作品结构完美，真正做到了独具一格，仅从一段文字你就能识别出他的才华：真正的鲜明生动，不可模仿。"本书选译了他的《词语》、《剑桥》等四篇散文，读者从中可约略窥见他的艺术风采。

词　　语

　　我被灵异跳荡的梦之风从漫漫长夜中引领出来，站在了道路的尽头：这是一个奇异的山之国度，头顶是明澈的纯金的天穹。我不用去看，就能感觉到马赛克般的巨大悬崖边边角角处闪烁的光辉，我能感觉到令人目眩的深渊，似乎就在我背后下面的某个地方，有无数湖泊明镜般波光粼粼。我的心为一种奇妙的姿彩、意志和崇高感所充满了：我知道，我现在是在天堂里。然而，在我尘世的灵魂中，就像怒放的火焰一样，还燃烧着唯一一个属于尘世的念想——我因此而满怀嫉妒和冷酷地抗拒着对周围巨大的美的呼吸……这个念想，这赤裸裸的痛苦之火焰，正是我对尘世故乡的想念：我，这个赤贫者，光着脚，站在山路的尽头，等待着善良而光芒四射的天堂居士。风，像奇迹的预言者，拨弄着我的头发，清脆地呼啸着掠过山谷，撩拨着悬崖间、道路旁那些树木童话般的柔丝；漫漫草甸火舌般舔过树干顶部，硕大的花朵从闪亮的枝杈上折断下来，通体染上了太阳的金色，像飞翔的钵子一样滑过空中，透明而突出的花瓣吹落下来，润泽而甜蜜的香味让我想到了生活中所经历过的一切美好的东西。

　　忽然，就在我站立的那条山路上，光亮消失了，翅膀的阴影掠过……不知从哪处炫目的深渊中，走来了一群期待已久的天使。它们在空中翱翔，似彩云飘过，透明的面容不动声色，只有明亮的睫毛在兴奋地闪动。在他们中间，有翠绿的鸟儿在飞翔，荡漾着少女幸福的笑声，身上长着漂亮黑色花纹的棕色野兽灵活地奔跑，在空中盘旋，无声地伸出丝缎般的爪子，捕捉着飘飞的花朵——它们旋转着飞升而去，眨着眼睛，从我身旁疾翔而过……

　　翅膀，翅膀，翅膀！我该怎么样去表述它们的线条和特征呢？它们既是强有力的，又是柔软温和的——红褐色的、深红色的、深蓝色的、丝绸般黑亮的，弧形羽毛圆圆的根部，还带着火样的尘埃。这片浓密的云执着地盘旋在天使们闪光的肩膀上；其中有一只鸟，仿佛出自一股狂野的冲动，抑制不住无比的幸福心情，刹那间展开自己美丽的翅膀——这一瞬的美丽，就像太阳的光辉，像千百万只眼睛在闪烁。

鸟群向上飞升着过去了，我看到：它们的双眸就像是欢乐的深海；从它们的明眸中，我看出了飞行的快乐。它们以平稳的步伐前进，身旁环绕着无数花朵。花朵飘落下来，闪着润泽的光辉；野兽们旋转着、上升着、玩耍着；鸟儿们怡然自得地歌唱着，忽上忽下；而我已是眼花缭乱，我这个战栗的赤贫者，站在道路的尽头，在我贫瘠的心灵当中，仍旧回旋着那个念想：祈求吧，向它们祈求，啊，说出来，告诉它们在一颗属于上帝的最美妙的星球上，有一片土地——我的家乡——她正在沉重的阴霾中死去。我感觉到，哪怕只抓住一小撮颤抖的微光，就足以给我的故土带来欢乐，人们的灵魂也会在一瞬间被照亮，会随着复苏的春天的旋律和鸣响飞旋起来，在苏醒的庙堂的金色雷电声中飞旋起来……

我伸出颤抖的双手，努力想拦住天使们的步伐，我试图抓住他们法衣那明亮的边沿，去抓他们蓬松温热流苏般的羽毛，可它们从我的手指间滑过去了，像盛开的花朵；我呻吟着，旋转着，狂乱地祈求施舍，可天使们只把清秀的面庞向着天上，他们只顾向前，向前……他们根本没有发现我。他们只顾向着天堂的节日，向着源源不绝的耀眼的光明而去，那里有诸神在呼吸，在走动；而我对此却连想也不敢奢想。我看到，在巨大的、发红的和紫罗兰色的翅膀上有着火焰的痕迹、斑点和花纹，我上方掠过一阵沙沙声，青绿色的鸟儿们在彩虹的光圈中流转，花朵从明亮的枝杈上折落下来，到处飘飞……"请等一等，请听我说，"我呼喊着，想要抱住天使轻盈的双脚——但是他们的步伐——似乎无法触摸，却又无法阻拦——从我伸出的手边滑脱出去，他们宽大的翅膀边缘在旁边煽动着，从我嘴角掠过。远处润泽而色彩斑斓的岩石中间，已经为金色的光芒充满了；他们走远了，走远了，天堂之鸟激越高昂的笑声慢慢沉寂下去了，花朵不再从枝杈上飘落；我的呼喊声也微弱下来，平息了……

就在此时，奇迹发生了：最后一队天使中，有一位落在后面，他转过身来，悄悄地走近我。我看到了他深邃而凝神的钻石般的明眸，和眼睛上面专注的双眉。在他双肋旁边的翅膀上似乎有霜闪动，但翅膀本身却是灰色的，那是难画难描的一种灰色印迹，每一根羽毛的顶端都卷曲着，就像银色的镰刀。他的脸上和嘴唇边含着微笑，直而明净的额头，都让我回想起尘世间的影子。我忽然觉得，所有我爱过而在很久以前就已离去的那些脸庞的线条、光芒和美妙都融汇到这一张无与伦比的脸上了。似乎所有那些熟悉的、以前是各自传送到我耳朵里的声音，如今都汇成了统一而完美的合唱。

他走到我身边，微笑着，我不敢看他。我只看看他的脚，发现在他的脚上还有深色的血管和一块苍白的胎记，这些血管和胎记让我明白了，他还没完全脱离土地，因此能听懂我的祈祷。

于是，我低下头，将灼热的、被明亮的红色黏土弄脏的手掌贴到迷乱的双眼旁，我开始诉说自己的悲苦。我想对他说，我的故乡是多么美丽，她那黑色的晕厥又是多么可怕，可是却总也找不到合适的字眼。我磕磕绊绊地讲着，说出来的却都是一些鸡毛蒜皮，什么被烧焦的房屋，以前曾有照到地板上的阳光从倾斜的棱镜中反射出来；我嘟囔着说什么古版书和老橡树，讲述一些小饰品，讲我在蓝色练习本上写下的最初诗行，讲述着田野里的马林果和灰色砾石，盛开的蓝盆花和洋甘菊，可我怎么也说不出最主要的东西——我自己都弄乱了，突然停下来，又重新开始，于是又无助地急忙说着庄园里凉爽而热闹的屋子，橡树、初恋、睡在蓝盆花上面的熊蜂……我似乎觉得，我马上就要说到最主要的东西了，马上就可以讲述出我家乡的全部苦难，可是不知道为什么，我所能想起来的都是一些小事，既不能说，也不能以滂沱般痛苦而可怕的泪水哭泣，我想诉说，却不能够……

我沉默下来，抬起头。天使带着他宁静而专注的微笑，不动声色地用那椭圆形的钻石般的眸子望着我——我觉得，他一切都明白了。

"请原谅，"我呼喊着，胆怯地亲吻着他脚面上的胎记，"请原谅，我只能说一些无谓的小事，可你明白……善良的灰色天使啊，请告诉我，帮帮我吧，告诉我，用什么才能拯救我的祖国呢？"

天使用自己温柔的双翅拥抱了一下我的肩膀，说出了唯一的一个词，在他的嗓音中，我听出了所有可爱的、但是沉默已久的声音。他说出的那个词是如此美妙，我只有深吸一口气，闭上眼睛，头埋得更低了。这个词以其芬芳和响亮浸透了我全身的每一条血管，像太阳一样常常印刻在我的头脑当中，无数意识的峡谷捕捉着，回荡着这天堂里光芒四射的声音。我通体都被这声音充满了，我的太阳穴轻轻跳动，睫毛湿润了，颤抖着，这个词，以甜蜜的清凉气息透过头发，以奇妙的热情激荡着我的心。

我喊出了这个词,我为每一个音节所陶醉,我急切地抬起双眼,我的双眼在幸福的泪水中变得迷蒙,似乎看到了光芒四射的彩虹。

天哪!冬日的黎明已经在窗前闪过,我却不记得,自己都喊了些什么……

贾茜 译

纪念霍达谢维奇

作为我们这个时代最大的诗人,普希金的文学继承人,并传承了丘特切夫的传统,只要人们对俄罗斯诗歌还有所记忆,他将永远是俄罗斯诗歌的骄傲。何况,他的禀赋是惊人的,在我们的文学完全陷入僵局的年代,当革命整齐地把诗人划分为"编制"——编内的乐观主义者和编外的悲观主义者;分成"那边的"健康者和"这里的"病人时,他的才华仍然得到了充分的张扬。这就引出了一个惊人的悖论:在俄罗斯国内,是外部订货在发挥作用,而在俄罗斯国外,则恰恰是内心的需求在发挥作用。政府的意志坚决要求对拖拉机或降落伞、对红军战士或极地勘查人员给予温存的文学关注,也就是说对外部世界给予关注,这种政府意志显然比"这里"指向内心世界的训导要强大得多。这种弱者只能勉强感觉得到,却为强者所不齿的训导,曾在二十年代唤醒了诗人对有船头装饰的纪念柱的思念,并为之写诗,现在则表现为宗教关怀——尽管不一定总是深刻的,但却一向是真诚的。艺术,真正的艺术,它的目的与它的渊源是背道而驰的,哦,艺术总是在高处不胜寒的地方,而绝不是在众生云集表露真情的地方成长起来的,否则就会退变为疗伤式的抒情。尽管很明白,个人的绝望总会不由自主地寻求公众的道路以放松自己,这与诗无关,苦修或塞纳河会更有益。公众道路,不管是什么样的道路,从艺术角度来看,总是坏的,这也正是因为这种道路是公众的。但是,如果在俄罗斯的领土上,很难想象会有这样的诗人,他们拒绝低头,或者说失去了理智,胆敢将缪斯的自由放于个人自由之上,那么,在国外或许更容易找到这样远离诗情的公众性——

这种心灵的独特共产主义——的大胆者。在俄罗斯，才华是救不了人的：而在被驱逐的状态下，只有才华能救人。不管霍达谢维奇最后的日子过得多么艰难，不管我们这些平庸侨民的命运如何令他感到苦闷，不管人类古老而善意的冷漠如何加剧了他生活的幻灭，霍达谢维奇对于俄罗斯就意味着救赎——他自己也准备承认，透过愤怒和恶毒的玩笑、透过时事的寒冷和黑暗，他准备承认他占据了一个特殊的位置：幸福的孤独、他人达不到的高度。我在这里无意去刺痛谁，这里的一代诗人中，也有人将会达到艺术的高峰，只要他不在那个二流的巴黎自害自身，这个巴黎在下等小酒馆的镜子里跟跄飘摇，怎么也不能混同于那个不动声色而且刀枪不入的法国巴黎。霍达谢维奇似乎已经嗅到自己对海外诗作日益扩大的影响，于是感到对海外诗界应负有责任：他为诗歌的命运感到的气恼比忧伤更多。他觉得，廉价的灰心与其说是"欧洲之夜"的余音，倒不如说是讽刺性模拟，在那个欧洲之夜，忧伤、愤怒、元音的连续——一切都是真诚而唯一的，与那般毁了他许多"学生腔"的诗的"浅薄情绪"没有丝毫关联。谈论霍达谢维奇的"技巧"是无谓的，甚至对整个诗界，包括对他个人的诗，那都是一种亵渎："技巧"这个概念自己给自己戴上了引号，只会去跟附庸风雅和影子打交道，要求得到任何适当程度的逻辑补偿，"技巧"这种东西很容易使我们格外诚心诚意地对待诗歌，而这样一来，在诗的身后，最终留下的只有青衫尽湿。这很不好，倒不是因为最真挚的感情也仍然需要很好地掌握作诗、语言及词的平衡的各种规范；这是可笑的，也不是因为诗人在邂逅的诗中暗示艺术在人类的痛苦面前微不足道，从事着装腔作势的工作，就好像棺材匠抱怨着凡世生命的无常。精加工品和普通作品在意识中的争执之所以显得极为可笑和肮脏，是因为它非要从中去挖掘所谓"艺术"、"诗"、"美妙之物"（不管你怎么称呼它）的真正本质，而事实上，这种真正本质与自己一切必要的神秘特征是不可分割的。换句话说，可以将完美的诗（在俄罗斯这样的诗不下三百首）进行曲解，使读者只能看到它的思想，或者仅仅是感情，或者仅仅是画面，或者仅仅是声音——更不要说还有什么从"选音法"到"反映说"，——但是这一切都只不过是从整体上随意选出来的边角料，其中没有什么值得我们注意的，当然也不会唤起任何激动的感情，也许只有一点间接的东西：令人想起什么别的"整体"——不知是什么人的声音、房间、夜——诗可千万不要有那种"耀眼"的独立性，把"技巧"这个定义用到这里听起来令人感到如此屈辱,不亚于"收买真心"。说出来的远远不是什么新闻,但是关于霍达谢维奇,还是不禁想老话重提。比起那些"准"诗来(也就是说正因其是"准"诗才是好的——就像近视眼往往很好一样——并以准确精选的方法达到这种"约近性",并在色彩更鲜明的情况下将诗仅仅当作是"技巧"的代名词),霍达谢维奇的诗对于别的读者而言可能会显得不够明晰——我有意使用了这样一个乏味的修饰语。但是全部问题在于,他的诗并不需要"形式"的任何一种定义,而这只与真正的诗有关。我自己都觉得不好意思,因为在这篇文章中,在由霍达谢维奇之死引发的思绪飞速掠过时,我似乎在暗指他的得不到承认,并在不安地与能耗尽他诗才全部魅力和意义的幽灵作辩论。荣誉、认可,——从现象看来,这一切本身都显得相当不真实,只有死亡才能找到公正的结局。设想,有不少人,好奇地读着《复兴》杂志上的批评文章(而霍达谢维奇的批评文章尽管写得严整和谐,却总比他的诗要差一些,失去了他的动人魅力),却根本不知道,霍达谢维奇居然还是诗人。可能也会有一些人,为他的身后声名感到相当窘迫。何况,他在最后的日子里并未发表诗作,而读者是健忘的,我们的批评界呢,只顾激动地追逐着最时髦的现代性,根本没空,也没心思去提及真正重要的诗人。不管怎么样,现在一切都结束了:遗留下来的财富还摆放在架子上,将来的人会看到,而开采者去了那个神奇之地,从这里总会有一些什么东西飞到大诗人的耳朵中,以那彼岸的清新来激醒我们麻木的存在——并赋予艺术那神秘之物,正是这神秘之物构成了艺术不可或缺的特质。说什么呢,生活或多或少有了些变化,又有一个惯例被打破了——自己习惯于以他人存在。如果我们鼓励个人不去追念那简明、脆弱、像窗台上的冰雹般溶化的人的形象,那么慰藉是没有的。

贾茜 译

剑　　桥

有一句可爱的谚语是这样说的:在异乡,连星星都没有光彩。难道不是吗？大洋彼岸的世界很精彩，却不是我们的世界，我们会觉得它冷冰冰的，一点都不自然。要感受到它的好，要爱上它，你必须仔仔细细深入地探查下去；一开始，总会觉得异乡的树木散发着温室般的气息，鸟儿被关在笼子里，连晚霞也不过像干巴巴了无生气的水彩画，——我就是怀着这样的心情来到这座英国的外省小城的，但是，就在这座小城中，就像矮小的身体里伟大的灵魂一样，活跃着一座古老的大学，这所大学是小城的骄傲。校园内，众多漂亮的哥特式建筑拔地而起，匀称地伸向高处；钟表的红色表盘在尖顶塔楼上闪着光。古老的大门上装饰着雕塑徽章，门洞里，长方形的草坪在阳光下呈现出一片碧绿，可是，就在这座大门的对面，却五花八门地林立着许多现代化的商店，亵渎着整体古老的美，活像用彩色铅笔在一本好书的边白处画满了丑八怪。

狭窄的街道上，溅满了泥巴的自行车来来往往，不停地摁着车铃；摩托车像母鸡一样咕咕叫着开过去，不管往哪边看，到处都是挤挤挨挨的人群，他们都是剑桥的"皇帝"——学生：条状横木般的领带、压得皱皱巴巴的裤子，不管是灰白色、云白色还是暗蓝色，一概流露出灰色的特征，在围墙的映衬下显得很有些奇特。

每天早晨，这些骄子胡乱抓起作业本和制服，匆匆忙忙赶去上课，鱼贯进入讲堂，半梦半醒地听着，似乎讲台上不过是智者木乃伊在念动咒语；只有在枯燥乏味的学术语流中，突然像小鱼一样跳出一句俏皮话时，他们才猛醒过来，声浪起伏地跺着脚表示赞同。早饭后，他们又套上雪青色、绿色或蓝色的上衣，大模大样地"飞到"天鹅绒般的林中草地上，傍晚时，这里会有人踢球；或是到河边，这条河懒洋洋地流过灰色和褐色的院墙和铁栅栏——每到这时候，剑桥就会暂时安静下来，强壮的警察靠在路灯柱上打着哈欠；两个小老太太戴着可笑的黑色帽子，站在十字路口大声谈论着什么，毛茸茸的公狗则在阳光下打着盹儿……到了下午五点钟，一切又开始活跃起来，人们像辗子一样滚向甜品店，店里的每张小桌子上，都摆着发亮的馅饼，又像蛤蟆菌一样闪着光。

每每，我坐在角落里，四下打量着这些滋润可爱的脸庞，能说些什么呢——可我总觉得，他们至少应该刮刮胡子吧，于是就突然感到一阵强烈的烦闷无聊，真恨不得大声尖叫，把窗玻璃都震个粉碎……

在他们和我们——俄罗斯人之间隔着一堵玻璃墙；他们有他们的世界，

完满而坚硬的世界,好像认真描绘过的地球仪一样;在他们的心灵当中,没有我们身上那令人振奋的旋风、撞击和照耀,没有那般狂欢的舞蹈,那种恶意和温存,上帝晓得,这是怎么样的天穹和深渊啊!我们常常会遇到这种时刻:似乎云彩就在肩上飘荡,大海则绕膝而流——心灵啊,尽管去畅游吧!英国人不懂得这一点,他们觉得这很新奇而诱人,如果一个英国人喝醉了,他也会撒酒疯,但他的酒疯撒得也是那么刻板而善意,维持秩序者只会看着他笑笑,知道他决不会越雷池一步。而从另一方面讲,即使是最张狂的醉态也不会让他真正激动起来,敞开胸膛,把帽子摔到地上……在任何时候,他们最不喜欢的就是坦诚,有时候,你跟同伴谈天说地,数古论今,由于心灵的质朴说走了嘴,"只要能再看一眼彼得堡郊外的小沼泽地,就算死了也心甘!"之类的话,可说这种话是极不体面的,这时他看着你的眼睛,就仿佛是看着一个在教堂吹口哨的人。

可原来,在剑桥里也有很多最单纯的东西,或是学生一般是不会去做的事情。比方说吧,学生们是不能在河里划船的——最好去租只独木舟或木筏子;在校园里的街道上戴帽子也是不合适的,——小城是我们自己的,用不着客气;问候时是不习惯握手的,上帝啊,路遇教授时你可千万不要鞠躬致意,否则他会惊惶失措地微笑起来,嘟囔着什么,脚下还会绊一下子。这种规矩可真不少,新来的人一不小心就会陷入窘境,如果一个冒失的外地人自行其是,那么,开始人们会觉得奇怪——这个怪人,蛮子——然后就开始躲避他,在街上装作不认识。的确,有时候也会遇到一个好心人,他喜欢来自异邦的动物,但他也只会走到你旁边的座位上,担心地环顾四周,好奇心一旦得到满足,马上就会消失得无影无踪。正是因为这一点,你的心才会充满忧郁,感觉在这里找不到真正的朋友,一切都因此而变得烦闷——包括你那位行动敏捷的戴眼镜的房东太太、包括你租的这间房子,连同里面脏兮兮的沙发,死气沉沉的壁炉,荒唐的小隔板上摆放着的荒唐的小花瓶,甚至是街上卖报小男孩的叫声:"看报!看报!"

但是,你总会习惯一切,适应一切的,你将学会在异乡发现美好的东西。在春天烟雾蒙蒙的晚上,你在静谧的小城里随意走着,就会感觉到,除了我们生活的丰富多彩和忙碌之外,在剑桥还有另外一种生活,一种令人心醉的古老生活。你知道,它那灰色的大眼睛正在沉思着,漠不关心地观望着新一代人的臆想，就像一百年前望着那位女性化的瘸腿大学生拜伦和他的驯熊一样，永远记着家乡的针叶林和神话传说中莫斯科维亚①狡猾的农夫。

  一晃七百年过去了。像蝗虫一样卷过来了鞑靼人；然后是约翰三世轰然作势；罗斯大地上散发着混沌的气息，宛若未卜先知的梦境；随之不断有新的沙皇像金色的迷雾一样从皇位上上下下；彼得大帝来了，甩开膀子大干一场，从森林中走到了光天化日之下；——而在这里，这些墙和塔依然屹立在这里，没有丝毫改变，仍然是这样，年复一年：衣着整洁的青年随着钟声聚集到公共食堂，这里也像从前一样，阳光透过高高窗户上的彩绘玻璃照进来，像苍白的紫水晶一样泼溅到大理石地板上——他们也仍然在相互开着玩笑，这些青年人，只是，他们的言语更加流畅了，酒也喝得多了……我这样想着，在春天这个烟雾蒙蒙的晚上，沿着沉寂下来的街道漫步……我走到河上，在弯弯的珍珠灰色小桥上站立良久，从远处望去，这座小桥连同水中清晰而迷人的倒影合成一个圆，垂柳、老榆树、过节般茂盛的栗子树此起彼伏，就像用绿丝线在模糊而温柔的天空绣出的一样，丁香在水边散发着淡淡的香味，整个城里都响起钟声，那是浑圆的银铃般的声音，遥远的，切近的，涌动着，在高处交融着，有一刻在黑色的雕花塔楼上织成一张魔网……而后又分开，长久地绵延渐逝……切近的，遥远的，在有雾的窄巷里，在美妙的夜空中，在我的内心深处……凝望着那静静的水面，——水面闪动着纤细的影像，就像瓷器上的工笔画一般，——我的思绪愈加深沉，我想了很多，想到命运的乖戾，想到了我的故乡，想到最美好的回忆正在日复一日地老去，而暂时还没有任何东西能够替代……

贾茜　译

---

  ① 16—17世纪外国文献对俄罗斯国家的称谓。——译者注

利哈乔夫(1906—1999)

  德米特里·谢尔盖耶维奇·利哈乔夫,俄罗斯学者,文艺理论家,文化史学家,俄罗斯科学院院士,他一生追求真理,治学态度严谨,道德品格高尚,历来受到俄罗斯学术界的推崇。1969年因《古代俄罗斯文学的诗学》荣获苏联国家奖金。他有一本写给青少年读者的书,题为《善与美书简》,其中包含了四十六封书信,谈人生,谈理想,谈修养,谈艺术,谈审美,谈人与自然,文笔简练,亲切生动,表现了一位智慧长者对人生的感悟,分析,鞭辟入里,说理,深入浅出,此书在俄罗斯多次再版,广受好评,并拥有多种外文译本。本书选译了《细微处见高远》、《青春与毕生》、《择善而从》等七篇信函,聆听智者指教,定会有所裨益。

细微处见高远

在林林总总的物质世界，宏大不能容纳于细小。而具有精神价值的领域，情形却不是这样：方寸虽小，包容巨大，假如你试图大中寓小，那么，大，将不复存在。

一个人，如果有远大的生活目标，这目标应当体现在各个方面，体现在看似微不足道的生活细节之中。在不为人知的场合，在偶然发生的事件中，时时处处须保持正直，这样，履行重大职责时，你才会始终诚实。远大的目标能够涵养人的一生，浸透他的一言一行。企图以渺小卑劣的手段去追求高尚的目的，简直是南辕北辙，缘木求鱼。

有句俗话说"为达到个人目的可以不择手段"，这句话是十分有害的，也是很不道德的。陀思妥耶夫斯基的长篇小说《罪与罚》生动地展示了这样的主题。作品的主人公罗季昂·拉斯柯尔尼科夫想杀死令人厌恶的放高利贷的老太婆，弄到一大笔钱，然后用这些钱实现他的伟大抱负，为人类造福。结果却事与愿违，他所承受的是内心世界的崩溃。目标遥远不能实现，罪行却真实而且具体。他的罪行是可怕的，没有什么理由可以为之开脱辩解。由此可见，想用卑鄙的手段去实现崇高的目的是一条走不通的死路。要做一个诚实正直的人，做事不论大小都应当以此为立身之本。

细微处见高远这一条普遍的法则不仅适用于个人生活，也适用于学术研究。科学真理高于一切，这一点应当体现在科学研究的各个具体环节，体现在科学工作者的日常举止与言行。假如在科学研究中追逐"渺小"的目标，因而违背事实，故弄玄虚，自我标榜，不惜借助某种"力量"作为凭证，热衷于结论的"精彩"，那么，这样的学者不可避免地会走向堕落。也许，他不会立刻破产，但最终的毁灭是定而不移的！随意夸大业已得到的科研成果，或者稍稍背离事实，科学真理便失真、变形、走样，科学便不再成其为科学，而科学家本人或早或晚也就不再成其为科学家。随时保持远大目标，有始有终，态度坚决,无论做什么事,都会变得轻松而平易。

谷羽　译

青春与毕生

先上中学,后来上大学,那时候我觉得,我的"成年人的生活"必将换一个全新的环境全新的世界,我的周围将是完全不同的另外一些人,眼前的一切将消失得不留一点儿踪迹……然而,实际经历跟我的想象却完全不同。我的同龄人仍然和我在一起。当然,并非所有的人都还活在人世:死神使许多人相继离去。

不过,毕竟年轻时候的朋友才是最忠实,最持久的朋友。熟识的人日渐增多、交往的圈子越来越大,这已经非同往日,但细想来,真正的朋友依然是早年相识的知己。挚友得于少年时!我记得,我母亲有个最为要好的女友,那是她中学时的同学。我父亲的至交则是他大学时代的同窗。青春时代——是坦诚相待彼此亲近的岁月。记住这一点,对朋友会倍加珍重。须知,真正的友谊无论痛苦或欢乐时刻都会给你以支持。欢乐时同样需要支持:支持,让心灵深处体验幸福的甘甜,让自己的朋友分享这种感受。不能与人分享的欢乐算不上什么欢乐。假如体验幸福的只有孤孤零零一个人,幸福便会使人窒息。遭遇不幸与挫折的时候,一个人又难于独自承当。人最大的痛苦莫过于孤独。

因此,要珍惜青春,珍惜这美好时光直至衰迈的垂暮之年。青春时代得到的一切真挚情感要爱如珍宝,切记不要任意挥霍这一笔宝贵的财富。青春时代得到的任何东西都不会不留痕迹地悄然隐退。

凭借青春,可以判断人的晚年。年轻时养成的好习惯使生活轻松,而不良习气则会使生活增加坎坷与艰难。还有,俄罗斯谚语说:"从小珍惜名誉"。年轻时的举止都将保存在记忆中。好的行为将来给你欢欣与喜悦,坏的表现将来让你夜不成眠。

谷羽　译

择善而从

人生最重大的目的是什么？我以为，是让善在我们的周围日益增长。而所谓善——首先指的是所有人的幸福。构成幸福的因素很多，生活不断地向人们提出任务，每次都必须妥善解决。可以通过细小的事情施惠于人，可以思考重大的善行义举，但大事小事不可分割。我曾经说过，许多事情是从小处做起，是从孩提时代开始的，是在亲人们中间萌生的。

儿童爱自己的父母，爱兄弟姊妹，爱自己的家庭房舍。爱的范围不断扩大，依恋之情逐渐扩展到学校、村庄、城市直至自己的祖国，这已经完全是一种丰富深厚的情感了，虽然这情感不能就此止步，还应当继续发扬光大，把人真正地作为人加以热爱。要做爱国主义者，不做民族主义者。你爱自己的家庭，没必要仇恨别人的家庭；你是爱国主义者，没必要仇视别的民族。爱国主义和民族主义有深刻区别。前者，强调的是对自己祖国的爱，而后者，强调的是对所有其他民族的恨。

出自善良愿望的远大志向从小事开始——愿自己的亲人幸福，这一愿望逐步扩大，就包括了范围更加广阔的内容。这有点像水面上的涟漪。水面的圆形波纹一圈一圈向外荡漾，波及越远渐次微弱。而爱与友谊逐渐增长，扩展到许多方面，却能不断获得新的力量，变得更加崇高，而人处于爱与友谊的中心——则变得更加明智。爱不应该是无意识的；爱需要理智。这意味着，爱必须结合一种能力，那就是善于发现缺陷，善于向缺陷斗争，对待一个人是这样，对待身边所有的人也应该如此。爱，必须同智慧结合，必须善于明辨什么是必要的应酬，什么是无聊和虚伪。爱，不能是盲目的。盲目的亢奋（不能叫做爱）可能导致可怕的后果。凡事总爱激动的母亲，一味夸奖她的孩子，可能造就出一个精神不健全的畸形儿。对于日耳曼的盲目亢奋，导致了纳粹主义（"日耳曼高于一切"是德国沙文主义歌曲的一句歌词）；对于意大利的盲目亢奋——导致了法西斯的诞生。

智慧，是融合了善良的聪明。缺乏善良因素的精明是圆滑。圆滑难以持久地支撑局面，或迟或早会转过身来反对圆滑者本人。要知道圆滑时时需要掩饰，而智慧却是坦诚可靠的。智慧，从不欺骗别人，首先不欺骗智慧者本人，智慧带给智慧者的是好名声和长久的幸福，可靠的幸福，还有良心的平静。这种良心的平静在一个人的晚年比什么东西都更加珍贵。

《细微处见高远》，《青春与毕生》、《择善而从》是我谈过的三个命题。能否用一个词对三个命题加以概括呢？能。这个词就是：忠实！忠实于重大原则，事无巨细都有所遵循。忠实于纯洁无瑕的青春，忠实于祖国，忠实于故乡，忠实于自己的家庭、朋友、城市和人民。忠实，归根结底，是忠实于真理——没有矫饰的真理，符合正义与民心的真理。

谷　羽　译

跃出误区的艺术

我这个人不大喜欢看电视，但是有些节目如冰上舞蹈却从不放过，甚至百看不厌。有些选手实力较弱，或是尚未达到公认的水准，如果他们的表演获得成功，我就会感到格外欣喜。有的新手初次参赛脱颖而出，有的选手屡遭挫折终于获胜，这两者与那些一帆风顺的名手连战告捷比较起来，总是给我更多的振奋与喜悦。

然而，这还不是我爱看冰上舞蹈的主要原因。我之所以受冰上舞蹈的吸引，是因为从中受到了启迪。冰上舞蹈演员一旦登上冰场，立刻投入风驰电掣的表演，自然，流畅；偶有失误，跌倒了，立刻站起来，即速起步，继续滑行，旋转，跳跃，保持优美的舞姿，仿佛从来没有出现过闪失一样。他们纠正失误的这种风度令我赞赏不已。我觉得这是一种跃出误区的艺术，真正高超的艺术。

与冰场相比，生活中出现偏差或失误的时候自然更多。重要的是怎么样迅速地走出失误的困境：纠正错误要毫不拖延迟疑，而且应当……应当干脆漂亮。是的，需要的恰恰是干脆漂亮，就像冰上舞蹈演员做的那样。

一个人做错了一件事，假如他固执己见，就会错上加错；反之由于过失而自责，过分痛苦，伤心，总是想："这下全完了，生活算没了奔头！"这种态度不仅使他自己萎靡不振，而且使周围的人感到难堪。亲属、朋友和同学或同事之所以尴尬，并非由于失误者的错误本身所致，而是因为他对于纠正错误缺乏勇气和能力，这使得他们深深地感到不快。

要自己正视自己的过失，不是轻而易举的事情，这里往往需要处世的经验。一般说来，不一定非得当众检讨不可，那种做法，常常使失误者觉得难为情，并容易导致敷衍搪塞文过饰非。可取的态度是，做错了某件事以后，一旦发觉，立刻纠正，尽可能迅速，尽可能轻松地投入工作，继续把该做的事情做好。周围的人没有必要迫使失误者承认错误，需要的是激发他的勇气，促使他以行动纠正过失，这就像观看体育竞赛的观众那样，对于那些在运动场上偶尔跌跤却即刻爬起来继续比赛的选手，要不失时机地热烈鼓掌，以资激励。

谷羽 译

论 教 养

良好的教养不仅来自家庭和学校，而且可以得之于自身。

但是必须了解，什么是真正的教养。

我不敢贸然提供有关教养的"处方"，因为我不认为自己是教养完美的典范。不过，我倒是愿意就某些想法跟青少年读者交换意见。

比方说，我确信，一个人是不是真有教养，首先要看他在自己的家里，在自己的亲属之间的表现，看他和亲人们的关系究竟怎么样。

一个男人，假如他在街道上能为陌生的妇女让路，让她先行；乘坐公共汽车时，能让妇女首先上车，甚至亲手为她把车门打开。可是他在家里，却懒得帮助疲惫不堪的妻子刷洗餐具——那么，我们可以断定这个男人还存在教养的缺陷。

假如一个男人跟朋友和熟人见面时彬彬有礼，可是在家里对妻子儿女动不动就大发雷霆——那就可以肯定他是一个缺乏教养的人。

一个人，如果对自己亲人的性格、心理，缺乏了解，对他们的习惯和愿望总是漠不关心，那就不能说他是一个有教养的人。

假如一个人已经进入成年，仍把接受父母的关爱看作理所当然的事情，与此同时却看不到父母也需要关爱和帮助，那么同样不能说他是一个有教养的人。

假如一个人在家里，不管是不是有人在看书或者在做功课，即便做功课的是他年龄幼小的孩子，他不管不顾地打开收音机或者电视，并且把音量放得很响，再不就随心所欲地高声说话，——那么，可以断定这个人缺乏教养，而且他永远也不会把自己的子女培养成有涵养的人。

假如一个人喜欢跟妻子或者孩子们开玩笑，却不顾及他们的自尊心，尤其是当有外人在场的时候，还要一意孤行地这么做，恕我直言，这样的人简直愚蠢到了极点！

一个有教养的人，必定从心里愿意尊重别人，也善于尊重别人。对他来说，礼貌待人不仅习以为常，轻松自然，而且让他心情愉快。有教养的人对别人一律谦和礼让，无论接触的人年长还是年幼，是社会贤达还是平民百姓。

有教养的人待人处事决不会自吹自擂。有教养的人懂得珍惜别人的时间（有句谚语说得好：国王的礼貌是恪守时间）。有教养的人允诺别人的事一定尽力去做，他不会摆架子，"翘鼻子"，无论何时何地，他的行为举止都保持一致——无论是在家里，在学校，在供职的机关单位，在商场，还是在公共汽车上，他都能始终如一，稳重而随和。

谈论"风度"的书籍很多。在社会交往中，比如出门作客或者在家接待客人，在剧场，在工作场合，人究竟该如何自持？如何举止有度？怎么样对待老人和孩子？怎么样谈吐才算得体，不致使对方听了感到难堪？怎么样穿着打扮才算合适，不致让周围的人们侧目而视？对于诸如此类的问题，这些书大都有详尽的论述。遗憾的是，人们却很少从这些书籍中汲取有益的见解。之所以出现这种状况，我以为原因在于这些讲解优雅风度的著作有个缺陷，就是很少解释人们为什么需要优雅风度，其必要性何在？有些人有一种错觉，似乎优雅风度就是矫揉造作，是出于无聊附庸风雅，是毫无意义的扭捏作态。

当然，优美风度可能是非常外在的。但是就整体而论，优美风度是靠祖祖辈辈一代又一代许多人的经验积淀而成的，并且标志着人们渴望变得更高尚，渴望生活更优越，更美好，这是一种世代相传持续不懈的追求。

问题的关键究竟何在呢？要养成优美风度应该遵循哪些准则？——收集那些难以逐一熟记的行为举止的"道德箴言"，是不是一件轻而易举的事情呢？

一切优雅风度的基础其实是一种关照态度——即时时刻刻要记住：一个人不应该妨碍他人的生活，要让大家都有良好的自我感觉。

勿须背诵数以百计的格言信条，只需记住一点：必须以尊重的态度对待别人。如果你懂得了这一点，再加上几分随机应变的智慧，那么风度就会自动来到你的身边，换句话说，你会自然而然地记住保持优雅举止的具体做法，你将乐于实施并且善于把这些法则付诸实践。

谷羽　译

谈 影 响

每个人在生活中都会经历一种非常有趣的现象：易受外界影响。这一现象和年龄密切相关。当少男少女渐趋成熟，正处于青春转变时期，这种外界影响往往具有特别强烈的力量。此后，这种影响力则渐渐减弱。因此，对于影响，对于影响的"病态心理"，以及什么是正常有益的影响，少男少女应当有所了解。

也许这里不存在什么病态心理，只不过是渐渐成长的男孩儿和女孩儿渴望尽快长大成人，渴望获得独立。但是在争取独立的过程中，他们力图摆脱的首先是来自家庭的影响。认为少男少女"幼稚无知"的概念总是和他们的家庭联系在一起。在这个问题上，家长往往负有责任。他们没有察觉，自己的"孩子"虽然还没有长大成人，却时时刻刻想长大成人。这些少男少女尚未养成听从劝告的习惯和分辨是非的能力，因此，什么人承认他们是成年人，他们就爱听什么人的话,虽然说话者本人也还不是成年人,也还没有真正独立。

影响有好有坏。请务必记住这一点!对于不良影响应当有所警惕。要知道,有意志力的人,能够拒不接受不良影响,可以自己为自己选择生活道路;而缺乏意志力的人,则往往会成为不良影响的俘虏。要特别警惕那些无意识的影响:尤其是当你还不能准确辨别影响的好与坏,当你喜欢夸奖与赞扬,而你的同伴又一味夸奖与赞扬你的时候。

谷羽 译

人应该有涵养

人应该有涵养!但是,万一职业对有没有涵养并不苛求呢?假如一个人没有机会受教育,社会环境不具备那种条件,还能要求他奢谈涵养吗?要是周围的人不允许他成为有涵养的人呢?如果涵养使得他在同事、朋友和亲人之间变成了一只"白乌鸦",从而妨碍他跟别人接近,岂不事与愿违?

不对,不对,不对!涵养——适用于各种社会场合的需要。涵养,不仅周围的人需要,而且也是人自身的需要。

这一点非常非常重要,尤其是对于渴望生活幸福、渴望长寿的人来说,的确,我说的是长寿!要知道,涵养就是精神健康,要长寿就得健康,不仅身体健康,还要精神健康。

有一本古书里说道:"对自己的父母心怀敬重,你将成为人间的寿星"。这句话既是对每个人说的,也是对整个民族说的。这句格言充满了智慧。

不过,我们首先需要明确,什么是涵养,然后来说明为什么涵养和长寿有关系。

许多人会想:有涵养的人必定读过很多书,受过良好的教育(甚至多半受的是人文学科的教育),曾经去很多地方旅游,还掌握几门外语。

当然,具备了这些条件有可能成为一个有涵养的人,但是不具备这些条件,仍然可以成为一个内心深处很有涵养的人。

一个真正有涵养的人，倘若完全丧失了记忆，比如说，他忘记了世界上的一切，再也记不住那些经典作家，记不得那些伟大的艺术作品，忘记了最重大的历史事件，但与此同时，他在潜意识里还保存着某种程度的反映能力，比如见到有价值的文物或艺术品，会由衷的喜欢，仍然有审美的愉悦感，他还能够区分什么是真正的艺术作品，什么是哗众取宠的粗俗"玩意儿"，面对大自然的美丽风光，他会情不自禁地给予赞叹，他能够理解另一个人与众不同的性格，设身处地为那个人着想，了解那个人，帮助那个人，而不是流露出粗鲁、冷淡、幸灾乐祸或嫉恨，对另外一个人作出应有的评价，——所有这些都意味着，他依然是一个有涵养的人……

涵养不仅仅在于知识，而在于理解别人的能力。涵养表现在数不胜数的生活细节当中：争论时善于尊重对方，在就餐时举止温和，善于不动声色的帮助别人（不动声色就是绝不张扬），爱惜自然环境，不在自己的四周造成污染——不随手乱扔垃圾，不说粗俗的话，心里没有肮脏的念头（因为粗俗的语言和肮脏念头同样是垃圾，而且是污染力更强的垃圾！）

我知道俄罗斯北方有一些农民是真正有涵养的人。他们的家里出奇的整洁，他们对优美的歌曲特别具有鉴赏力，他们还特别擅长讲"故事"（讲发生在他们身边的故事，讲别人的故事），他们过日子有条有理，他们热情好客，彬彬有礼，既同情别人的痛苦，也理解别人的欢乐。

涵养——其实就是善于理解、善于接受的能力，是对世界、对其他人保持容忍的态度。

应当不断加强自身的涵养，不断锤炼——如同锻炼自己的体力一样，锤炼心灵的精神力量。在任何条件下，这种锤炼都是可能的，也是必要的。

锻炼身体有益于延长寿命——这道理谁都明白。但是说到为了长寿必须增强心理和精神力量的锻炼，就未必有那么多人能够理解了。

问题的关键在于，对周围的事物怀有怨恨情绪，对别人粗鲁，缺乏谅解——这都是精神力量薄弱的表现，是人缺乏生活能力的表现……在人满为患的公共汽车上挤挤撞撞的人，往往脾气暴躁，身心疲惫，对周围的一切容易作出不良的反应。常常与邻居吵架的人，通常都缺乏生活能力，心理比较阴暗。缺乏审美情趣的人——一般说来也是不幸的人。不善于理解别人，对别人总是抱怨，总觉得吃亏，受了别人的委屈，这种人的生活非常贫乏，而且常常会妨碍别人的生活。心灵的缺陷导致身体的衰弱。虽然我不是医生,但对这一点深信不疑。长寿的经验使我确信这个道理。

和蔼与善良不仅有助于人的健康,而且可以使他变得更有风度。的确,可以变得更有风度。

一个人的脸由于凶残而扭曲,相貌会变得丑陋,一个人生性凶狠,他的举止肯定会丧失优雅——假装出来的优雅,而源自本性的、自然的优雅却不知要珍贵多少倍。

做一个有涵养的人——这是人的社会责任,同时,这也是对自己的一份责任。这是个人幸福的保证,也是围绕幸福、走向幸福的"美好先兆"。

我在《善与美书简》这本书里跟年轻读者所讲的,其实都是一种呼吁——提倡有涵养,推崇健美,推崇身体健康,精神健全。让我们的人民,我们的民族都健康长寿!而尊重我们的父母,应该理解得更广泛,——那就是尊重我们历史上的一切优良传统,历史,是我们当代的父母,我们伟大的时代是历史的延续,伟大的幸福应当属于这个时代。

谷羽 译

班苔莱耶夫（1908—1988）

　　阿列克赛·伊万诺维奇·班苔莱耶夫，俄罗斯儿童文学作家，早年因家庭生活贫寒曾四处流浪，身处逆境反倒为日后从事文学创作积累了素材，在写作过程中曾得到高尔基的鼓励和帮助，主要作品有《表》、《诺言》、《小孩儿和大人的故事》等，鲁迅先生曾依据德文译本将《表》转译成中文，引起许多读者的关注。本书选译了这位作家写的四篇作品，有历史故事，有书信，有随笔，还有一篇回忆录性质的散文。《棕褐色的斑点》记述了他与高尔基的交往，作家本人孤僻内向的性格，无意间碰倒咖啡杯的尴尬，高尔基待人的宽容与体谅，都写得细腻而生动。

凯密尔和教书先生

很久很久以前,世界上还没有你,没有我,也还没有我们的爷爷和奶奶。那时候,世界上有一个人,一个统帅,他的名字叫凯密尔。

凯密尔是个罗马人。他最爱自己的祖国——罗马。为了祖国,他甘愿献出自由、幸福、财产,甚至献出个人的生命。为了祖国,他可以做任何事情,但是决不做昧良心的事情。他为人诚实、耿直、刚毅。对别人正直、坦率,要求别人也能这样做。

至于说到他出奇的英勇,无所畏惧,从不顾惜自己的性命,那可不是随意编造的故事。

请听一本古书上是怎么讲这位统帅的吧。

凯密尔还很年轻的时候,有一次参加战斗,骑马厮杀,抗击强敌。在混战当中,他的剑、标枪和长矛不幸都失落了。看来他已经陷入绝境,如不逃跑,就得投降当俘虏。当时,他不但没了兵刃,而且还负了伤:敌人一柄沉重的标枪扎进了他左腿的胯股。不用说,那是很疼很疼的。可是,凯密尔毫不动摇,他甚至撒开缰绳,任战马奔驰。他从伤口里拔出标枪,单手擎着这来自敌人的鲜血淋漓的武器,驰骋在战友们的最前列,把敌人打得落花流水,败退溃散。

由于这样勇猛威武,凯密尔被罗马公民推举为他们的军事长官,也就是最高的首领和统帅。从此以后,直到逝世,他一直指挥罗马军队,率领队伍南征北战。在历次征讨之中,罗马人总是攻无不克,战无不胜。

唯独一座城池长期坚守,顽强抵抗,不向凯密尔投降。

这座城就是法莱利亚城——法莱斯克人国家的都城。

这座城池戒备森严,四周有高大的石头城墙。况且法莱斯克是个能征善战的民族,个个英勇剽悍,他们决不甘心不战而降,轻易地献出他们的自由和性命。因此,罗马人虽然三番五次地攻打,却始终没有办法降服他们。

这期间,法莱利亚城里有一个教书先生。虽然说正在打仗,法莱利亚城的居民却有意表明，他们非但不怯阵，而且敢于蔑视敌人。因而，一切日常活动照旧进行：办公的办公，做生意的做生意，出门做客的出门做客……小学的教书先生呢，也跟平时一样，继续给孩子们上课——教学生念书、写字、算算术、击剑、唱歌、做体操。

其实，这教书先生是个卑鄙的小人，他贪生怕死，又酷爱金钱。为了钱，他不惜出卖同胞。往下听你就会明白，这个教书先生打的是什么主意。

他着手组织学生们天天到城外去游玩。每天早晨，他把孩子们带到城墙外面散步，起初，他和学生们在近处，在靠近城墙的地方玩耍，后来，慢慢地领着孩子们越走越远，离罗马人的兵营却越来越近。

刚开始的时候，孩子们还有些害怕，因为他们知道附近驻扎着可怕的罗马兵。但是，后来他们渐渐地习惯了，甚至喜欢这种神秘的清晨野游活动。当时正是春天，城里到处是尘土，焦躁干热，而城外却有花朵，有蝴蝶，泉水汩汩作响……在这里不仅可以跑跑跳跳，说说笑笑，而且还可以戏耍打逗。

当然，教书先生也时时召唤他们，叫他们不要吵闹，不要掉队。有时，他弯腰摘几朵花儿，给学生讲解，花儿叫什么名字：看，这就是紫罗兰，这是野蔷薇，这些是野外最常见的毛茛。

他嘴里说的是花儿，是蝴蝶，是自然景物，可他的心里却在盘算那个狡猾的叛变计划。

终于有一天，他领着孩子们出了城，带着他们向罗马兵营走去。可孩子们并不知道要去什么地方，还像平日那样不慌不忙边走边看，他们想不到会发生不幸，他们一点儿也不怀疑。

突然，树丛里冲出几个罗马兵，对他们迎面喝道：

"站住！什么人？哪里去？"

孩子们吓了一跳，顿时哭叫起来。罗马兵看到，这些人虽说都是法莱斯克人，但不过是些小孩子，心想，他们大概迷了路，因此决定放了他们。

不料，那个教书先生说道：

"不，不要放我们，请带我们去见你们的统帅凯密尔。"

几个士兵把他们带进了军营。

此时，凯密尔正坐在帐篷里主持军事会议。他听士兵报告说带来了几个法莱斯克人，心里挺高兴。他以为来了使者，想必是法莱斯克族不再抵抗，有意归顺。

凯密尔走出帐篷,只见面前站着的不是可敬的白发使者,而是一群哭哭啼啼的孩子。他感到诧异,于是问道:

"这是怎么回事?孩子们在这里干什么?"

教书先生上前一步,弯下腰鞠躬行礼,他说:

"尊贵的凯密尔统帅,这是我,一个渺小的法莱斯克族教书先生,给您带来的俘虏。"

"俘虏?"凯密尔冷笑了一声反问,"我要这些俘虏有什么用?难道你不知道,我凯密尔从来不对儿童用武吗?"

"是,是,是,"教书先生说,"小人深知凯密尔统帅英勇无敌,宽宏大量,向来不欺孺子。但是,请您注意,这些孩子,都是最有名望、最有钱财的法莱斯克人的子弟。现在,您足以稳操胜券。为赎回自己的孩子,为了拯救他们的性命,我们法莱斯克人必然会很快向您献出城池。这就是我献给您的人质。请您收下吧。"

教书先生又一次奴颜婢膝地弯腰鞠躬,脑袋瓜子几乎碰到了地面。

他心里在想,凯密尔会跑过来拥抱他,亲吻他,然后奖给他一枚珍贵的戒指,或是赏给他一袋金币。

出乎意料的是,凯密尔听完了他的话,双眉紧皱,默默不语,站立良久,一句话也不回答。后来,他转身对自己的士兵说道:

"听着,弟兄们,快扒掉这个人的外衣!"

士兵们一拥而上,执行统帅的命令。

教书先生面色惨白,他冲着凯密尔高声叫道:

"你要干什么,罗马人?难道你不明白我的意思?"

但是,士兵们已经剥去了他的教师服装。

"现在,把他的双手反剪捆在背后!"凯密尔又吩咐说,"你们去拿一些结实的皮鞭子来。"

士兵们马上照办。

教书先生浑身颤抖,他扑到凯密尔面前,双膝跪倒。但是,凯密尔连看也不看他一眼。他转身对孩子们说道:

"法莱斯克族的年轻人,你们要记住,等你们长大成人,面对强大英勇的敌人，必须上阵冲杀的时候，无论出现什么情况，都要靠自己的力量去战斗，决不要指望借助别人的奸计狡猾取胜。"

孩子们大概还不太理解凯密尔这一番话所说的道理，因为他们的年龄都还太小。不过，假如你能够理解并且永远记住这位罗马统帅的话，那就好了。

"现在，"凯密尔说道，"押着你们的先生回家去吧。这是为你们准备好的鞭子。每人拿一条——祝你们一路顺利。"

凯密尔说的这几句话，法莱斯克族的孩子们全都听明白了。你们急忙抓起士兵们送来的皮鞭子，吵吵嚷嚷，连说带唱，像赶着一只公鹅，轰着一头蠢猪似的，驱赶着他们的先生——那个渺小卑鄙的先生，不配为人师表的先生——回家进城去了。

法莱斯克人知道了凯密尔的所作所为，当即召集市民会议，作处决定：立刻停止战斗，把城池献给罗马人。

法莱斯克人派出了德高望重的白发使者来见凯密尔，使者说道：

"凯密尔统帅，您不是靠刀枪和武力征服了我们。你的军队攻不破我们的石头城墙。但是，您以善良和公正的举动赢得了我们的心。"

从那时候到现在，已经过去了两千多年。凯密尔早就死了，他的儿子，孙子，重孙子也早已不在人世……可是，凯密尔的英名却万古流传，说起他的故事来，至今还令人赞叹！

谷羽　译

书的重要犹如空气

有人问我：书在我的生活中有什么作用？这个问题就好像问：空气在我们的生活中有什么作用？

我四岁就学会了阅读。大概就像你们当中很多人一样，刚一开始认招牌上的字，后来就读起书来了。

我还记得读过的头一本书，书名叫《阿里巴巴和四十大盗》。那是小书铺出售的一本通俗读物,很便宜,五颜六色的书皮很花哨也挺吓人。书里说了些什么,现在我说不上来,都记不清了。想必当时我的主要精力都花费在阅读过程当中了,已经没有力量再去想象书里讲的那些内容。

我有意识地进行阅读并且没完没了一再翻阅的一本书叫《长臂果沙的故事》。这是本很古老的书。不久前我听说,诗人布洛克小时候也读过这本对淘气的男孩子进行品德教育的书。这个淘气包由于不听话总是受到命运的惩罚,而且惩罚的方式非常可怕。比如说,果沙有个毛病——老爱挖鼻孔。大人告诉他说,别这样做,可是他不听,继续干这种丢脸的事。挖来挖去的结果,是他的鼻子越长越大,大的不得了,果沙只好用一辆小推车推着自己的鼻子走路。现在我还清清楚楚能想象那个画面,一个爱说谎的男孩子用一辆推煤的小车推着自己的鼻子——鼻子奇大无比,像个特别庞大的土豆。

我读童话,尤其喜欢安徒生。我也读儿童作家利季娅·恰尔斯卡娅的作品,那个年代她的童话很流行,虽然我受到嘲笑,人家说什么,这种阅读带有"女孩子气"。

接下来是个巨大的跳跃。凡在爸爸的书橱里能找到的书籍,我都读。爸爸当时正在前线打仗,想怎么读他的书,就怎么读,我能做主。我想读的书很多,一直保持着读书的热情。

我读狄更斯,读柯南道尔,读马克·吐温。

然后是妈妈读什么书,我都不放过,都要读,尽管有些作家的书,八九岁的孩子读起来可能太早了点儿,比如说,像陀思妥耶夫斯基、托尔斯泰、列昂尼德·安德烈耶夫[①]、皮谢姆斯基[②]等等……

孩提时期我没有小朋友和小伙伴,可以说书籍取代了它们的位置。等到上了以陀思妥耶夫斯基命名的学校才有了真正的朋友,那所学校是专为"难以管教的"孩子设立的,我和戈利沙·别雷后来在中篇小说《什基特共和国》当中讲述过有关这所学校的故事。

依据自己的经历我写过几本小书,读过这几本书的人想必知道,我的生活从来都不轻松。我曾经从一个城市流落到另一个城市,从国家的一个偏僻角落

---

① 列·安德烈耶夫(1871—1919),俄罗斯作家。
② 皮谢姆斯基(1821—1881),俄罗斯作家。

漂泊到另一个遥远的边陲。单说我读过书的学校就有十三、四个之多——但是在哪一所学校都没有读到毕业。假如没有朋友们的帮助——我指的是人们当中的朋友与书籍当中的朋友,——那么我永远也不可能成为一个作家。

在我精神成长过程中另一次巨大的飞跃就是有幸认识了马尔夏克[①],认识了高尔基,认识了叶甫盖尼·施瓦茨[②]。真可谓新的朋友,新的兴趣,新的书籍。

当然,我感到遗憾的是没有机会在大学读书。与那些受过学校系统教育的人相比,自学成材的人总要付出更多的精力和时间。

回过头来再说说书籍像空气这个比喻,我得承认,我呼吸的空气并非绝对的纯洁。我读过很多原本可以轻轻松松绕过去不读的书籍。不过,对于这一点,我倒也不太后悔。回首往昔,我不仅感激普希金、杰尔查文、契诃夫、托尔斯泰、莎士比亚、狄更斯、赫尔岑、布宁、雨果,而且也感谢利季娅·恰尔斯卡娅,感谢阿里巴巴和他的四十大盗,感谢用小车推着鼻子走路的长臂果沙。这正像马克西姆·高尔基提到他童年读过的书籍时,不仅深情回忆菲尔丁、瓦尔特·司各特,而且也会想起正教执事叶夫斯季格涅伊的故事,想起克萨菲耶·德·蒙特宾的通俗小说,想起五戈比一本的小书,书里讲一个士兵怎么拯救彼得大帝的故事……

谷羽 译

给玛丽娜的回信

《篝火》杂志编辑部把小姑娘玛丽娜从贝拉列茨克市寄来的一封信转给了我,并让我给她写一封回信。下面就是玛丽娜的来信和我的答复。

[①] 马尔夏克(1887—1964),俄罗斯儿童文学作家、翻译家。
[②] 叶·施瓦茨(1890—1958),俄罗斯剧作家。

"我想求您给出个主意：怎么样才能喜爱文学？我不喜欢读文学作品。许多书读了一半儿就再也看不下去，我觉得没有意思。看书的时候，常常从这一页跳到那一页。不过，家里人带回来的童话故事我倒爱读，而且看起来就不想放下。我就是不喜欢文学作品。再说，我的记性也不好。我在八年级学习。恳求您，尊敬的编辑同志，给我帮个忙吧。

玛丽娜"

　　"亲爱的玛丽娜！

　　我早就知道，有些人不喜欢读书。说实在的，对于这些人，我觉得很难理解。说到我自己，自从学会字母，学会用字母拼写单词的时候起，我就喜欢书，我一辈子爱书。我不仅喜爱书的装帧和式样，不仅喜欢一页一页地浏览书籍，而且还喜欢书的气味。要知道，每一本书都有特殊的气味——纸的气味，胶的气味，印刷色彩的气味。一些曾经被很多人翻阅过的古书，曾经变换过很多主人的古书，尤其珍贵。这些书的羊皮封面和蜡制印花会散发出一种非常细微、非常柔和的气味儿，只有年代久远的古籍才有这种不易辨别的气味儿。记得小时候，每当双手捧起一册这样的古书，我就止不住心情激动，浑身颤抖。

　　你不喜欢文学，我很想了解和分析这究竟是什么原因。

　　你知道，常常有这样的情形，一个人胃口不好，不知为什么总是不想吃东西。看见旁人大口大口地啃黑面包，嚼生黄瓜，吃油渍土豆泥，狼吞虎咽，津津有味，他也觉得眼馋，可是轮到他自己，纵然面对最为丰盛、最为香甜的食物，却一点儿也没有食欲……我觉得，玛丽娜，你，还有和你一样的人，得的也是一种厌食症。只不过你们不想吃的东西是精神食粮。还好，幸亏你的胃口没有全坏。你还有要求治好病的愿望。这一点至关重要。既然你写信请求帮助，想让别人给出个主意，这就说明事情并没有到绝望的地步，而是完全可以补救的。

　　让我们来分析一下你的病症。

　　你在信中写道：'家里人带回来的童话故事我倒爱读，而且看起来就不想放下。我就是不喜欢文学作品。'

　　我想先问你一句：为什么让家里人带书？谁给你带书？难道你自己就不去图书馆？

其次，我必须告诉你，凡是写出来印在书里的童话故事，其实都是文学作品。属于文学的有民间故事。这些故事是很久很久以前由某个不知名的作者编出来的，当然，编故事的也许不只一个人，而是很多人。另外还有一种童话故事，则是由作家运用文学语言创作或改编的。

由此看来，你说自己不喜欢文学作品显然是冤枉了自己。你喜欢文学，甚至很喜欢，不过，你喜欢的不是所有的文学作品，而只是其中的一部分。你喜欢的是富于幻想的、神奇的、变化莫测的、激动人心的作品，并且这些作品都是用通俗的、人人能懂的语言写成的。

据我所知，有些孩子甚至连童话故事也不喜欢读。他们不爱读书，而且丝毫也不觉得难为情（谁知道呢，也许他们觉得有点儿不好意思，反正我又不能钻到他们心坎里去看看）。

有些人对读书没有兴趣，这究竟是谁的过错呢？

要回答这个问题可不容易。这里既有内在的原因，也有外在的原因。从我们本身来说，怪我们自己懒惰，见识不广，缺乏好奇心和进取精神；同时，这也怪我们周围的环境。常见的情况是，一家人当中，谁也不爱读书，没有人能成为使别人效法的榜样；或者，和这种情况相反，某一个家庭成员过于主观、固执，过分地强制孩子读书，无休无止地让他读，读个没完没了，读不完指定的书就不许出门去玩。效果呢，适得其反。另外，学生爱不爱读书，很大程度上取决于学校，取决于教师。著名的儿童文学作家楚科夫斯基说得好：'文学——不是乘法九九表。它所需要的不是背诵，而是兴趣和爱好。'如果一个教师真正喜欢读书，他就不可能不引导学生也爱好书籍，就不可能不把自己的兴趣和爱传给他的学生。

有了电视却不善于使用，没有节制地看电视节目，造成了极大的危害。大概你也知道，有不少孩子放学以后几乎所有的时间都坐在电视机的屏幕前面寸步不离（他们甚至忘了写作业和准备功课）。坐在那里不动脑筋地看啊看，不知道白白耗费了多少可以用来看书的宝贵时光！

亲爱的玛丽娜，我并不了解你的生活环境，但是我知道，像你这种年龄，不能只阅读童话故事，因为一个人不能一辈子只吃一样东西，比如说吧，只吃蜂蜜或者草莓。我还清楚地知道，对于你说来，从读有关小精灵一类的童话书转到读文学作品，这是相当不容易的。你现在不可能立刻去读《死魂灵》，读

《当代英雄》，读莱蒙托夫的《童僧》，读车尔尼雪夫斯基的《怎么办？》，读赫尔岑的《往事与回想》，读《安娜·卡列尼娜》和《战争与和平》……这很不易，但是也并非像登天那么难。要紧的是寻找，或者说建筑一座桥梁，一座从小精灵通向《战争与和平》的桥梁。

这就是我对你的劝告。

你不妨继续读童话故事。世界上的民间故事很多。各个民族都有自己的民间故事。你首先应当读一读阿方纳西耶夫收集的俄罗斯民间故事。与此同时，可以读一些由作家改编或创作的童话。丹麦的安徒生，法国的贝洛，德国的霍夫曼、豪夫、格林兄弟等人的作品都值得一读。还可以读茹科夫斯基的童话和叙事诗，读普希金的童话诗，奥陀耶夫斯基的《鼻烟壶里的城市》，波戈列里斯基的《黑母鸡》，叶尔绍夫的《小驼马》，阿·托尔斯泰的《金钥匙》。

然后，你应当去借书（一定亲自去图书馆，如果你家里没有这些书，你又没有读过的话），你可以借笛福的《鲁宾孙漂流记》，斯托夫人的《汤姆叔叔的小屋》，马克·吐温的《王子与贫儿》，阿纳托里·法朗士的《蜜蜂》，马洛的《无家可归》，果戈理的《狄康卡近乡夜话》，契诃夫的《醋栗》，莱蒙托夫的《商人卡拉什尼科夫之歌》。往后你可以读狄更斯的长篇小说，可以从《大卫·科波菲尔》、《奥列佛·特维斯特》或《远大前程》三本书中任选一本。接下来你再读列夫·托尔斯泰的《童年》。然后你可以挑选一本伏尔泰的长篇小说。普希金的《上尉的女儿》必须反复读，多读几遍。再往后，可以读另一位托尔斯泰，阿列克赛·康斯坦丁诺维奇的历史小说《谢列勃良内公爵》。

我相信，读完这些作品以后，在世界文学这无边无际的浩瀚海洋里，你尽可以扬帆起航再不会迷失方向了。

另外，我有两条建议。

第一，你要准备一个小本子或者手册，随时记录你读过的每一本书的书名、作者、出版社、页数。

例如：阿·康·托尔斯泰

《金钥匙》

列宁格勒《儿童文学》出版社

187 页

如果你能简明扼要地写出书的内容和你读后的印象，那就更好了。

第二，读书的时候，预先给自己规定一个"页码数"。比方说，开头的时候，每天读三十页。然后增加到五十页，再往后长到一百页。养成了读书的好习惯，一天能读三百页或四百页甚至更多。假设你每天坚持读一百页，那么，一个月就是三千页，这就是十本有分量的书！一年呢，你就能读一百二十本！

我知道，在同一个时间里，你必须在学校里按部就班地学习，念各种教科书。这没有关系，相信你，只要愿意就挤得出时间。在夏季临近结束的季节，你将念完九年级的文学课。我可真羡慕你呀！因为，你将有机会阅读世界上最优美的文学作品之一——托尔斯泰的《战争与和平》。

祝愿你进步！两个月以后，希望你给我写封信，说说我的建议对你是否适用。我想，你的同龄人，《篝火》杂志的少年读者们，对此一定也很感兴趣。

和你握手

列·班苔莱耶夫

谷羽　译

棕褐色斑痕

我已经去过他的住处，并且和他通过几次信，我爱戴他，但尚未意识到这种爱戴，我望着他就像仰望一座丰碑，仰望钢铁铸就的偶像，虽然我早已发现，那些摆在商店橱窗里颧骨高高、眉毛浓重的乌黑雕像，被称呼为"马克西姆·高尔基"的偶像，与长着淡黄头发、蓝色眼睛、名叫阿列克谢·马克西莫维奇的人毫无共同之处，这个人性格腼腆，和蔼可亲。

不过，我还是先来讲一讲，我和他第一次是怎么相遇的吧，即便讲述得相当简略。

如果我没有记错的话，那是在1928年春天或者初夏。那一年我十九岁。

那个时候我也很腼腆，但是我的腼腆和高尔基式的腼腆完全不一样，那种性格一点儿也不可爱，反倒有几分古怪，甚至是病态的孤僻。我以自己的经历为素材写过几本小书，看过这些书的人，对我的个性也许不会觉得惊奇，但正是在那几年，在青少年岁月里，我确实性格怯懦，像个小姑娘一样怕羞。我不好意思去商店买东西，和卖报的人或者跟电车上的女售票员说几句话都脸红。做客的时候不敢喝茶，生怕弄倒了茶杯，而在社会交往场合，只要有一个陌生人在场，除了"是"和"不"这两个词儿，我再也说不出什么有分量和有情趣的话来。

当有人告诉我，说刚从意大利回国的阿列克谢·马克西莫维奇·高尔基想要见见我，并且约好哪一天几点钟我应当去他下榻的欧罗巴饭店，听完这些话，我就觉得两条腿发软。我毫不犹豫地立刻下定决心：不去！

比这早几天，我收到过一张请柬，列宁格勒作家举办宴会欢迎高尔基，邀请我出席。坐在一边，越过五、六排坐椅，从远处看看高尔基，这点儿勇气我倒是足够。于是我决定出席宴会。不料。忽然听说，高尔基在旅途中得了感冒，病倒了，宴会改了日期。可转天有人通知我，说高尔基叫我去他那里做客。

整整一宿我没有睡着。我已经下决心不去，我知道自己经受不住这种场面：一对一与大作家单独会见，——但毕竟有些摇摆游移，毕竟难以战胜内心深处的强烈愿望，同时又是那样单纯、那样自然的心愿——亲眼见一见高尔基。

我记得，黎明以前，我抽了一支烟，从书架上用绳子捆着的《知识》丛书中抽出一本破旧的书，开始读《小城奥古洛夫》。刚读了两三页，我忽然想明白了：应该去见面，不去不行，如果这次不去——直到临终一刻我都不会原谅自己。

天刚亮，比约定时间提前了很久，我早早赶到了饭店——浑身软弱无力，满脸病容，像俗话说的，真是豁出去了。可在接待室里等着，记得我又怕有人喊我的名字，当时曾想过，要不要从窗户里跳出去，——幸亏敞着窗户的那个房间就在一楼。

终于有人叫我的名字。我走进走廊，在旁边一个房间的门口停下来，皱着眉头，鼓足勇气敲了敲门。门后立刻传出一声低沉的、口音挺重的回应：

"请进……"

我走进房间，看见了他的后背。他穿一件绒布做的灰色短上衣，衣服好像紧紧箍在身上，和他高大的身材不怎么相称，看那衣服不知怎么让人想起囚徒或医院患者服装的样式。微微躬着脊背，耸着一个肩膀，他站在离门很近的一张小桌旁边，仿佛在找什么东西，又像是在卷一根烟卷儿。由于手里忙着这件事，他没有立刻转过身来，过了两三秒钟，他才扭转身子打量我——从头看到脚，就像戴着眼镜看人那样，他笑了笑，用手摸摸胡须，很有兴致、特别满意地瞅着我，就像欣赏他自己亲手做成的一件泥塑或是用车床镟出来的成品。他说：

"原来您长得是这样啊？！"

接着他向我伸出手来，握着我的手不松开，拉着我走到写字台旁边。

"快，请坐吧，以后我们就熟啦……"

我坐下了，这跟我事前想象的，跟我所担心的全都不一样。我觉得自己轻松、自如、一点儿也不拘谨。当时好像变戏法儿一样，使我的心情发生了很大变化，究竟是怎么回事，很长时间我都难以解释。来见他的路上，我还在想，大概谈不了五分钟，以后我会长时间狠狠地诅咒自己，恨自己说出的每句话都不得体，更恨自己还有很多该说的话却含含糊糊说不出来。我确实把自己骂了一通，但责备自己却另有原因：这一次我在高尔基那里坐了两个半小时——大概大大超过了原定的时间。

这次会见以后，应高尔基的邀请，我到他下榻的饭店还去过几次。和他单独相处，我一直觉得自己轻松愉快，几乎一点儿也感觉不到拘束和紧张。当看着坐在我对面的活生生的高尔基，看着《童年》和《小城奥古洛夫》的作者，我对自己的表现感到惊奇。

当然，他可能有意识让自己这样做。大概，最初一段时间，他要花费一点心思，在某种程度上集中精力，保持敏感。但关键不在这里。与此相反，与他接触，根本觉察不到那种慈善家的关照和社交场合的应酬态度。如果他说："再坐一会儿吧。"这句话并非出于客套，也不是出于礼貌，而是因为他本人觉得谈话有意思，确实有必要把话说完，或者还想进一步听听对方的意见。如果他说："我需要您，有空时过来坐坐。"——退一步讲，即便这种需要只不过是想了解一下，你是不是缺钱。——他这样做，并不觉得是为你效劳，更不是假装慈善，而是觉得他的的确确需要你，他接见你，不是由于职责，甚至也不是出于责任感，而是真正对你感兴趣，出于对你的关心。我看见过他满面怒容的样子，听到过从他嘴里说出的激烈甚至严厉的言辞，但就是在这种场合，你仍然能感受到他对你的关心，对你本人，对你的个性，对你事业的关怀，这种关怀是真正的、充满情感的、富有人情味儿的关怀，除此之外还是主人翁式的关爱。如果高尔基对什么人缺乏兴趣，他不会假装有兴趣：他会把这一点当面告诉对方，或者结束谈话，站起身来，伸出自己的手。

我顺便提到了"主人翁"的态度。这是高尔基本人的说法。

人们都知道，高尔基读过很多很多书。这种情况有时候甚至叫人感到几分怜悯和惆怅。在我看来，他读书不加选择，凡是市场上出售的，他都读：上乘著作读，中等的作品读，那些真正属于三流的破烂书他也读。

我还记得《静静的顿河》第一卷刚刚出版时的情形。阿列克谢·马克西莫维奇读了这本书，印象很好，他为年轻作家的成功、为年轻的苏维埃文学取得的成就高兴，就像往常为某一本新书或者某个有意思的新人感到高兴一样。谈话时常常提到肖洛霍夫，他顺便指出，肖洛霍夫的功绩在于，是他第一个运用艺术作品、以响亮的声音反映了顿河哥萨克的生活。

"你想想，真的，我们当中什么人写过哥萨克？好好回想一下，难道有人写过吗？……"

他一连串说出了五六个名字，让我感到惭愧的是，至今我也不能复述出这些名字来。我不得不承认自己孤陋寡闻，记得我问过他，怎么来得及读那么多的书。

"怎么说呢，说到底得把自己看成是主人。"

那时候我立刻明白了，他这些话想说明什么问题。他的确说过"得把自己看成是主人"。如果在别的场合，从任何一个别的作家口中说出这样的话来，都会被认为不谦虚。可高尔基说这句话，就像普希金、果戈理、托尔斯泰的法定继承人，就应该这么说似的。假如他不了解自己在俄罗斯文学史上所处的地位、肩负的使命，那么他也就不是高尔基了。早在苏联文学界把他选举为作家协会的主席之前很久，他就已经觉得自己有责任关注每一个作家，关注他们创作和发表的每一行文字了。

我说过，在阿列克谢·马克西莫维奇那里，我觉得自己心情轻松，并不拘束。这话不错，不过，几次会见和从前一样让我花费了不少心血。为了见到高尔基，必须经过层层审问与盘查检验。必须经过看门人的同意，此人身材魁梧、长着灰白胡须、俨然像个部长;饭店的其他服务人员,什么打扫走廊的,打扫房间的、开电梯的,所有这一伙人都像见证人似的……经过一番周折以后,偏巧又发现阿列克谢·马克西莫维奇正忙着,没办法,只好等待,不得不和偶然遇见的一些人随便聊几句,其实,这些人当中的大多数即便跟阿列克谢·马克西莫维奇本人也没有什么直接关系,要不然就得在众目睽睽之下直挺挺戳在那里……

每次准备去拜访高尔基,就像头一次一样,我总是感到犹豫、迟疑,有一种痛苦的感觉。这种迟疑和契诃夫去会见托尔斯泰时的犹豫并不相同,契诃夫几次变换服装,总也找不到合适的裤子,因为他担心会面时有人把他当成无赖,而另外一些人把他视为蹩脚作家……我不会有这样的顾虑,因为那个时候满打满算我只有一条裤子,我穿的皮制短上衣已经又破又旧,里面套一件带蓝条的海军衫。如果我为穿着费心思,考虑这副模样会被别人看成什么人,大概结论会让我非常苦恼。

有一次,——这已经是我认识高尔基以后的第二年,——我收到了邀请信,让转天上午八点多去见他,还是在那家欧罗巴饭店。我不知道我赶到饭店的时间比指定的时刻是早还是晚,但是,当我出现在饭店台阶前的时候,浑身金银饰线闪闪发光的侍者从他坐着的小凳子上匆匆忙忙站起来,挡住了我的去路:

"您去哪里?"

我跟他解释说,我要见马克西姆·高尔基,并且说出了房间号码。

"他们不在。"

我觉得侍者在说谎,可是我既没有多说什么,也没有坚持要进去,只能相信他说的话。我只不过问了问,他是不是知道,高尔基什么时候出去的,去了什么地方。不料那个侍者不屑回答我的提问,转过身去,让我明白谈话已经结束。毕竟还读过一些欧洲的文学作品,这一点帮助我摆脱了困窘。我想起了类似的局面,当你和服饰镶金边的侍卫打交道时,让"钱包叮当作响"是有好处的。我不好意思地从口袋里掏出一个卢布,塞进看门人肥大的巴掌里。真像变戏法一样,立刻起了作用。看门人脸上部长似的严厉表情消失了,他变成了一个慈眉善目的老头儿,举起他镶金线的制帽,非常客气地、用近乎是亲昵的口吻告诉我说:

"都去米哈伊洛夫花园啦,他们去那里散步。"

米哈伊洛夫花园就在附近,我寻思片刻,决定去那里找高尔基。记得穿过广场的时候,我心里想,运气不错,高尔基不在饭店,对我说来反倒更好。既然他没有忙什么事情,没有读书,看起来不至于太疲倦,那么我就能走到他跟前,就能一起坐在长椅上,呼吸着花园的清新空气,一对一好好地谈谈心。

我正打着如意算盘,忽然看见了阿列克谢·马克西莫维奇。好心情顿时烟消云散。高尔基不是一个人,有一大帮人陪着他:其中有他的妻子,有女画家霍达谢维奇,还有一些我不认识的人。

我都打算逃避了,可是阿列克谢·马克西莫维奇看见了我,并且跟我打招呼。我只好走过去。

"真的是提到谁就容易见到谁,"他握着我的手笑着说道,并把我介绍给陪伴他的那些人。"刚才我正好还在说您哪。我忽然想起我们约好见面,我生怕……"

我向右边鞠躬,又向左边行礼,同样的那些手,大概握了两次或者三次,我说,没关系,以后有机会我再来,还说,如果不是今天来,也许会更方便,反正以后还有机会见面。

"咱们走吧,走吧,您还要去哪里哪?"高尔基说,他把我拉到自己身边,冲我挤挤眼,意思是说:算了吧,再说"更方便"——那就是撒谎了!……

我明白,我的心思被他看穿了,于是只好顺从地跟着那一伙人去饭店。

说这话也许是可笑的,但是那一个或者一个半小时对我来说的确是一种折磨——那段时间,我得乖乖地坐在那里奉陪,听人家闲聊,我没有勇气也找不到体面的借口告辞走开,可是在那些人中间,我只对一个人感兴趣,只有一个人让我感到敬佩和亲近。但这一次,就是面对他我也觉得自己不自在,时不时地脸红,感到困窘心慌,回答别人的问话时,听不见自己说话的声音……谈到别的事情,更是无话可说。有人问我什么,我只是支支吾吾,连连点头而已。

阿列克谢·马克西莫维奇起初还跟我开开玩笑,称呼我为"小姐","神学院的女生",他想让我活跃起来,后来见这不起作用,发现我更加慌乱,变得木讷发呆,想让我平静平静,就不再跟我说话,只是偶尔朝我这边看看,冲我微笑。

我几乎记不得那次都谈了些什么。只记得阿列克谢·马克西莫维奇说起了夏里亚宾①,说他最近一直忙于买房子,说他想在欧洲的大都市和美国的一些城市购买住宅,说这种活动在他的声音里有所反映:他的歌声里仿佛出现了"房产主的音调"。他还谈到了佐琴科②,提到左琴科最近一篇小说,他显得很兴奋,几乎是逐词逐句的复述了小说的内容……一般说来,阿列克谢·马克西莫维奇常常会想起左琴科,他很喜欢这位作家,只要一谈起他来,脸上就会浮现出特别温和的父亲一般的笑容。

那次还谈到了列宁格勒的剧院,谈到近期报纸的内容,好像还谈到了斯特莱斯曼③在国际联盟会议上的演说。

随后想起来还没有吃早餐,就叫来侍者,订了咖啡。

过了五分钟,一个身穿雪白制服的侍者,用大托盘端来了德国造的银咖啡壶,几只杯子,放在小篮子里的面包干。高尔基的儿媳妇,娜捷日达·阿列克谢耶夫娜,给客人们倒咖啡,顺手也给我倒了一杯。我试图谢绝,但是阿列克谢·马克西莫维奇立刻干预,又开始取笑我:

"您这是怎么啦?念老理的旧教徒,是不是?连杯咖啡也不肯喝?喝吧,吃吧,请、请……"

他递给我一杯咖啡,把牛奶壶和糖罐往我这边推了推,接着说起了老规矩,还说到分裂派教徒,不久前他去萨洛夫卡一带旅行,就遇到过分裂派教徒,并且跟他们交谈过。由于紧张,我的嗓子早就发干了,因此我很想喝两口解渴,一边听高尔基说话,一边小心翼翼地端起杯子尝了尝。没有加糖的黑咖啡挺不好喝,内心几经犹豫,我鼓足勇气伸手去拿糖罐。

就在这个节骨眼上,发生了一件可怕的事,在这篇草草写就的短文里,我也顺便带一笔。

伸手去拿糖罐,我却碰洒了盛咖啡的杯子。

眼看我面前浆洗过的雪白台布留下了一大片棕褐色的污迹,那一瞬间我的感受还用形容吗?洒了的咖啡有一些流到了我的膝盖上,我都没有觉得烫:当时我都吓傻了。

---

① 夏里亚宾(1873—1938),俄罗斯著名男低音歌唱家。1922 年移居国外。
② 佐琴科(1895—1958),苏联作家,擅长写讽刺小说。
③ 斯特莱斯曼(1878—1927),德国政治家,曾任德国总理兼外交部长。

短暂的尴尬过后，人们开始安慰我，有的说这不过是小事一段，说洒了杯子是吉兆……还有的说该往台布上撒盐，好像还真有人端起盐罐，把盐撒在台布上，我呢，除了那一片棕褐色的污迹，就什么也看不见了，只听见阿列克谢·马克西莫维奇哈哈哈哈放声大笑，他用低沉浑厚的声音说：

"活该！你们看看！显然是个念老理的旧教徒！这是成心洒的，他压根儿就不想喝异教徒的迷魂汤……"

当时有个人，大概数他最客气，他想帮助我摆脱困窘，就打断了高尔基的话说：

"阿列克谢·马克西莫维奇，您说的是和尚的故事，那和尚养了一只狐狸。后来怎么样呢？您快说呀，快！"

其实，他的一番好意并不高明，反倒弄巧成拙。台布上咖啡的污迹还没有晾干，他却忙着听什么和尚、狐狸的故事，——好心变成了虚伪，让我更加愧疚慌乱，满脸涨得通红。此时此刻，难道能不提洒了的咖啡，不提弄脏了的台布，反而转换话题去说什么别的事情吗？

阿列克谢·马克西莫维奇可明白这一点。

"说和尚干什么！"他那浑厚的男低音打断了其他人的话语。"倒不如我给诸位讲讲，有一回我怎么样碰翻了茶炊，那是我在老板娘巴尔波索娃家里做客，当时正过谢肉节……"

接着他讲了一个故事，故事很长，很可笑，大概是九七年或者九八年，他应邀去尼日尼城，到老板娘巴尔波索娃家里做客，不小心捅了娄子，衣袖挂了茶炊上面的托把儿，一下子弄翻了茶炊，那个茶炊个很大，能容四五升水，结果烫伤了一个人的膝盖，那个挨烫的究竟是区警察分局局长还是税务承包商，已经记不清了……

这个故事我几乎没有记住什么，何况当时根本没有心思听，高尔基讲的一多半儿我都不明白。不过，听着他讲故事的声音，我逐渐摆脱了尴尬，心情慢慢平静下来，我忽然明白了，故事是阿列克谢·马克西莫维奇杜撰的，那不是他的经历，根本就没有什么老板娘巴尔波索娃，没有什么区警察分局局长，甚至也没有那个大茶炊，一切都是他灵机一动编造出来的，他编这个故事的唯一目的，就是为了安慰我，帮助我摆脱难堪的局面。

想到这里，我不由得笑了，这让我自己都觉得意外；望着高尔基，我仿佛重新认识了他,好像第一次和他见面,看着他,从前不明白的,现在忽然明白了:我意识到,他不仅是大作家,经典作家,俄罗斯新文学的奠基人,同时还是个奇妙的人,善良的人,心灵细腻体贴入微的人。我爱他,已经不单单是爱一位作家,不单单是爱马克西姆·高尔基,我爱他,满怀着晚辈的情意与忠诚,用一个平常人的平常心来爱他……这情感是如此新鲜,如此强烈,如此直截了当,以至我渴望立刻扑过去拥抱他,趴在他的肩膀上,摸一摸他那老年人的胡须,刺猬一样扎手的胡须,——可是想归想,却没有那样做,即便有再强烈、再迫切的愿望,也不能那样做。

这次会面以后,我还见过他很多次:见过他慈祥亲切,见过他满面怒容,见过他愁眉紧锁,见过他孩子一样欢乐……见过他坐在主席台上,见过他伏案写作,见过他随意散步,见过他与家人相伴,见过他在儿童们中间……

他为我做了很多事情,我有足够的理由思念他那颗善良的心灵。

我描写的情景早成了陈年往事,一晃过了很多年,在一个6月的早晨,天气闷热,有人递给我一份报纸,上面报道说他死了,我首先回想起来的——不是莫斯科,不是位于小尼基塔街的别墅,不是戈尔基城郊外的庄园,甚至也不是高尔基本人,——痛苦使我眯缝起双眼,而在我眼前首先出现的,是欧罗巴饭店那个半明半暗的、带有浅灰色调的房间,还有浆洗过的洁白台布,摆放在台布上的德国造银质咖啡壶,以及那片棕褐色的巨大斑痕。

谷羽　译

沃罗宁（1913—2002）

　　谢尔盖·阿列克谢耶维奇·沃罗宁，俄罗斯作家，以擅长创作中短篇小说驰名文坛，长期生活于彼得堡，曾任文学杂志《涅瓦》的主编，主要作品有中短篇小说集《木戈比》、《老家》，长篇小说《两种生活》等。本书选译了他的两篇抒情散文。《我的白桦树》，通过春夏秋冬一年四季描写白桦树的成长经历，字里行间充满了真挚的情感，表现了作家对白桦、对大自然的人道主义关怀。《但愿不要刮风》是一篇游记，记述了作家独自划船，在拉多加湖上探巡荒岛的经历，远离城市的喧嚣，追求心灵的宁静，显示出作家不俗的个性。语言凝练生动，描写狂风巨浪，惊心动魄，颇见功力。

我的白桦树

正对我的窗户，生长着一棵高大挺拔的白桦树，记得那还是二十多年以前，有一次我去割草，在稠密的草丛里，发现一株小小的白桦树苗儿。我舍不得砍掉她，就把她移栽到我们家房子前面。如今，这棵白桦，树冠已高入云端。的确，现在她身体茁壮，似乎没有什么东西能够威胁她的生存了，然而我却时时为她担心。我的白桦树依然面临着种种风险。

表面看来，一棵树不会有什么情感。其实不然，树有她自己的生命，有她自己的欢乐与惊恐，只不过人们不大理会这些罢了。假如你留心观察，仔细倾听，你就会有许许多多的发现。

请允许我来给你们讲一讲我所发现的情景，讲一讲白桦树怎么样为她的生存而抗争。

夏　　天

进入夏天，我的白桦树绿色葱茏。微风吹来，簌簌有声。白桦树的叶子明亮而有弹性。从早到晚，树上啁啾的鸟鸣不断。可是，不管你审视多少遍，却看不见一只鸟儿，密密麻麻的树叶遮住了它们。叶子也遮住了阳光。因此树底下总有一大片凉爽的树荫，你站在那里，心头的炎热立刻会消除尽净。

6月份没有下过一滴雨。一切生物都晒得打了蔫儿。草的叶子黄了尖儿。花朵垂下了头。赤杨的叶子干了边儿。而我的白桦呢，却好像从春天起就为自己储备了足够用的水分，丝毫不因干旱而憔悴。她的叶子还是那样富有弹性，甚至长得更加丰满了，叶子的周遭呈现出椭圆的形状，刚从芽蕾里钻出来时那些毛茸茸的尖牙细齿已经消失不见。

一次，雷雨袭来，阴云整天在我的房子周围盘旋，天空越来越昏暗，乌云中沉闷的雷声隆隆不停，傍晚时分，下起了瓢泼大雨。

风呼呼地吹。开始的时候,它仿佛在小试锋芒,试试我的白桦树是不是扎根牢靠,试试她的秉性是不是刚强?白桦树以叶子的簌簌抖动作为回答。她并非恐惧,而是预感到威胁其生存的全部危险。因为,即便是橡树,也有被风暴刮倒折断的时候。白桦树凝神屏息,静以待变。风暴呼啸,像一头发疯的公牛朝她冲过来,用千钧之力狂抽猛打。白桦树摇晃着,树叶顺风势摆动。只有这样,她才能站稳脚跟。风再一次猛扑过来——白桦树又一次甩动她的树枝。

暴雨紧随狂风。尽管雨点沉重,雨水如注,冲刷着白桦的树叶,即便在这种情况下,白桦也知道以怎样的姿态应付局面。她垂下条条树枝紧贴自己的树干,于是,顺着那如同下垂手臂似的枝条一股股水流便泻向地面。

雷雨过后,阳光辉耀。白桦树的万片绿叶闪烁光彩,这是我的白桦树绽露的笑容……

我注视白桦,为她蕴藏的生命力感到欣慰,为她生存抗争的才能而喜悦。

曾几何时,我的白桦树诞生了一颗小小的种子。如今,每个夏天,她自己都向大地放飞许许多多橙黄色的小小的飞艇。她让自己的孩子随风飘落到四面八方。今年夏天,她送走的子女不计其数,而且多于往年。不久之后,田野、草地、峡谷、路边、江河与溪流的两岸,便将出现千万棵幼小的白桦。它们都是我的白桦树的孩子。而谁又能想得到,这棵白桦是我当年从草地里亲手移植而得以生存的小白桦呢?

秋　　天

夏天还没有结束,秋天就悄悄来临。铅灰色的云,遮蔽了整个天空,触目惊心,使人想起战场上的硝烟。乌云一浪接一浪地汹涌,云团低低地翻卷,几乎触到了房顶上电视机的天线。

树叶立刻变黄了。黄叶子越来越多,越来越多,似乎在呼唤太阳归来。

可是,太阳总不露面儿。

随后下起雨来。雨,淅淅沥沥地洒落,从一条树枝滴向另一条树枝。白天黑夜下个不停。草地树木全都湿淋淋的,泥土再也不吮吸雨水,或许,一切生物蕴含的水分已经到了饱和的极限。

有一天夜里,我从睡梦中醒来。屋子里一片漆黑。万籁俱寂……我站起来，推开窗户，看见了白桦树，秋夜的幽暗中隐隐现出轮廓的白桦树。她无遮无拦，承受着迷蒙的阴霾。

转天早晨，一场霜冻袭来——树叶纷纷飘落，在白桦树下铺成了一个金色的圆环。光裸发乌的枝条散发出一种难言的愁情。要知道，就在不久之前，她还是绿叶婆娑，光彩辉映，而转瞬之间，绿色消失殆尽，何况要消失很长很长的一段时间哪！

又将是阴雨淋漓连绵。落叶变黑腐烂，光秃秃的树枝在风中摇曳，相互碰撞，看了叫人心寒。池沼即将结冰，候鸟纷纷南迁。凄凉沉闷的秋夜越来越长。到冬天，夜晚会更加漫长，暴风雪咆哮，严寒肆虐。

冬　　天

呀！今年冬天冷得出奇！为了冻僵所有的生物，严酷的北风也赶来助长寒潮的威力，葬送了一棵又一棵苹果树，冻死了大片的枫树林。

望着我的白桦树，我不由得在心里想，但愿她不要离开这片萧索的土地。她在这土地上生根，这里还繁衍着她的无数儿女。白桦树的确不想走，她只是紧紧地藏起了她那嫩芽的幼蕾，包裹着它们抵御严寒。

白桦的树干有许多破碎的伤痕，伤口上蒙一层积雪，看上去叫人心疼。我偎依着白桦树干。白桦的树皮变得粗糙，呈现出一道道裂纹儿。其实，我明白，这种树皮正适合于自我保护，适合于抵抗冬季凛冽刺骨的暴风雪。

春　　天

春天来了，白桦树的枝条好不容易摆脱了严冬的折磨。不过，它们还很僵硬，很脆。风仍然无情地在枝丫间穿行。然而可喜的是，有几只椋鸟飞来，白桦树梢头传来了婉转的鸟鸣声。鸟儿的歌唱一天天更加响亮，太阳慷慨地洒射金光，积雪消融，过不了几天就可以知道，历经严寒之后，我的白桦树究竟是丧失了生机，还是又一次熬过了寒冬。

一天早晨，有个人走近白桦。他掏出长长的钻头，在树干上钻了个深深的孔，随后把一根不锈钢钎斜穿树皮插进树干，让白桦的树汁顺着钢钎往外流。

树汁一滴，一滴，向下坠落。新鲜的树汁，像泪。

"你要干什么？"我大声喊叫。

"采集树汁，"那个人回答。

"你怎么能这样蛮干？！你毁了这棵树！"

"反正她也活不成了……"

但是，没容这个家伙把话说完，我就轰跑了他。我的白桦树经受了雷雨和干旱，经受了霜雪冰冻和刺骨的北风，再让她承受人的摧残，无论如何我也不能容忍！我撵走了那个令人厌恶的家伙。可是树汁一滴接一滴仍然从伤口里流出来，顺着树干向下流淌。我不知道该怎么办才能够帮助白桦止住这涌流的鲜血！

谁能料到，白桦树居然自己治愈了自己的创伤。一周之后，它的伤口结出了咖啡色的疤痕。这时节，天气已经相当暖和了。白桦树开始吐露芽苞，芽苞里钻出了鲜嫩的小叶儿。成千上万鲜灵灵的叶片！我为此非常高兴，情不自禁地笑了。我的白桦树没有死。她顽强地挺过了艰难时期，用不了多久，她那闪着光斑的一树绿叶又将迎风喧响，她的枝条上又将有鸣叫的禽鸟，而地面上又将出现一大片清爽宜人的荫凉。要是天气炎热，我就步入这片树荫，背靠着强壮的树干，心头涌现出喜悦之情——因为我知道，我有一个知心的好朋友——白桦树。一个善良无私的朋友！

但愿不要刮风……

——给瓦西里·费奥多罗夫[①]

岛

岛上从来没有人。真是难以置信。静悄悄没有一点声音……只有苇莺的

[①] 费奥多罗夫（1918—1980），俄罗斯诗人，也擅长写散文。

鸣叫声纤细如针,偶尔刺穿宁静。仅此而已!然后又是凝滞不动的静寂……

我沿着芦苇荡划着小船,一连划了三个小时,距离狩猎人的营地,离当地渔民的落脚处越来越远,我继续向前划行,一心想划到一个去处,那里没有人烟,不必和什么人说话,也不必和什么人见面,可以一个人独享清净!

在平静的水面上,三个小时可以划行很远很远。再说我划船也不惜气力。就这样随心所欲地滑行,当我看见这个小岛的时候,太阳稍稍偏西已经过了中午。起初我以为那是陆地的一角,还为能遇到一块楔入水中的土地而高兴,发现那是一座小岛,叫我愈发惊喜,原来小岛与海岸之间隔着一湾浅浅的水,其中长满了芦苇,船划不过去,难以通行。

小岛长约三百米,宽约四十米,上面全是石头。挨近海水的石头一块块形体较大,岛中间的石头比较小,但是其中也有巍然耸立的巨大石块。太阳晒得石头颜色发乌,严寒和雨水给石头增添了许多裂纹,那些石头俨然是一群海豹。小岛上还有不少古老的漂石,表面布满了粗呢子一样的地衣。

岛上有一些矮小枯萎的松树,歪歪扭扭的白桦树皮发灰,树干上长着黑色疤瘤,那是恶劣天气和北方的风留下的创伤。看不见高大的树木,大概是由于缺少土壤的缘故。树长到两三米就会干枯。因此有不少光秃秃的树干。草很少,叶子干巴巴的似乎很硬。有些地方长着小扫帚一样的野草。

我在小岛上走来走去,觉得自己是第一个发现者。这儿的一切都让我喜欢:石头、树木、野草、隔开陆地的芦苇,但最让我喜欢的是安静,是人们丧失已久的安静。我有一种感觉,仿佛找到了长久以来缺乏的东西,只不过以前没有意识到缺少什么,现在终于明白了,找到了。怀着这样的情感,每走一步都觉得惊奇,仔细打量着谁也不需要的石头,为每一棵树高兴,伸手触摸那些小草,心里什么也不想——既不想过去,也不想现在,更不想将来。

时时看得见拉多加湖——无论石头,还是树木都遮不住它,不过,我并不急于回到湖上划船,我知道,我会长时间坐在岸边,望着浩渺空阔的湖水。说句心里话,我是为了拉多加湖才到这里来的。我不知道别人的感受,反正拉多加湖一直吸引着我,并让我心里感到不安。它浩荡的湖水有点儿奇异,甚至对人抱有敌意,但这些都丝毫没减弱它对我的吸引力。拉多加湖乖张诡谲。四周平静,天空晴朗,你以为这会延续很久,突然,空中出现了一小块乌云,立刻刮起了风,风声呼啸,越刮越猛,湖水波浪汹涌,整个拉多加湖像沸腾了一样，白浪滔滔，惊心动魄。海鸥鸣叫着时隐时现。一会儿，云缝中露出了太阳，渐渐又恢复了平静。阳光下的波涛像蜡一样融化了。湖水又波平如镜……等到第二天才得知：风暴中淹死了一个渔民。

在拉多加湖能够品尝到只有大湖才有的鱼虾美味——那时候你会体验到作为人的快乐。

走遍了小岛的各个角落，我才离开它，重新上了船。这时候拉多加湖风平浪静，十分安详——这种情景极其罕见，——眼前的湖水一望无际，阳光铺成的一条宽阔大路展现在面前，很远很远的地方，一座岛在湖水上浮动……奇怪的是，岛上有座城，一座白色城池闪烁着阳光，与亚洲城市有些相像，甚至使人联想起伊斯兰教清真寺庙的轮廓，城里还有一处处绿色花园！我清清楚楚地知道，拉多加湖中的岛屿上从来没有什么城市，可是，眼前的景象那么逼真，何必还要怀疑呢？……白色的城！很可能划船到了这座岛上，什么也找不到，不过，毕竟有所发现，发现那是一座荒岛，我可以提醒没有经验的人，不要去那里白费力气。

白色的城……真要想划船去白城可不容易，必须划呀，划呀，不停地划，划向拉多加湖深处，上帝保佑，但愿不要刮风……但是，何必又顾虑重重？此时此刻，你应当摆脱恐惧！要想成为正直、高尚、勇敢的人，就不能犹犹豫豫胆子太小！

白色的城。我已经见过它，了解它——因为我曾经置身其中。

"不该去，"渺小胆怯的"我"劝阻说。

"该去！"克制了胆怯，勇敢无畏的也是"我"。

"同意去，但此刻不去，"不偏不倚充满理性十分可恶的还是"我"。我终于取得了胜利。

水、鱼、礁石

傍晚我赶到了渔场。离岛不远的地方有一排礁石。从种种情况判断，这些礁石是岛屿的延续，只不过从水面上看不出它们彼此相连。千百万年来，这些礁石一直与陆地连在一起，岛屿逐渐增大，但是岛与礁石、礁石与礁石之间都被流水隔开。

有人以为，拉多加湖水总是一个样子，其实这种想法是不对的。拉多加湖有的地方深，有的地方浅，有的地方很凉，湖底的泉水白天黑夜都寒冷刺骨，有的地方，比如海湾，看似静止不动，散发出腐烂藻类的臭味儿，有的地方澄澈透明，六米深的湖水一眼能看到底，有的地方则像叛变者的心，浑浊污秽。天气晴和，它风平浪静；暴风雨袭来，岸边湖水肮脏，辽阔的湖面上浪涛翻滚。映着晴空，它一片蔚蓝；乌云蔽日，湖水灰蒙蒙变得幽暗。拉多加湖多姿多彩，因此，不管到什么时候你对它都不会觉得厌烦。

拉多加湖的鱼类也多种多样。强有力的优质鱼只喜欢清洁的水，生活在拉多加湖的深水中，它们在那里有广阔的天地。很少有人能钓到红斑鲑鱼，即便用拖网也难以捕捞。

红斑鲑鱼躲在深深的湖底，有时候偶尔会浮到湖面，鱼太多太拥挤的时候，胆子大的红斑鲑鱼，还有和它们属于同类的鲑鳟鱼、淡水虹鳟鱼，都会迅速地离开鱼群游向远方。鲑鳟鱼、淡水虹鳟鱼不会在湖岸附近出没，因为那里的湖水太浅。同样，由于这个原因，身体庞大的河鲈，还有梭鲈、白鲑，全都活动在深水层中。也许你会觉得奇怪，甚至连狗鱼也喜欢在深深的开阔水域里游动。

但是，傍晚时分，光线渐渐变得昏暗，夜幕随之降临，那些大鱼就会从湖底深处游上来，游向排列成行的礁石。在那里，在礁石之间，湖水大约两米深浅，游动着许许多多浅水鱼：鲤鱼从礁石上吮吸黏液，雅罗鱼成群结队地漫游，小欧鳊鱼在水草丛中乱钻乱窜，花斑鲈鱼趴在湖底，它们像贪婪的豺狼，大鱼吃剩下的小鱼都是它们准备掠夺的美餐。

成排的礁石白天死气沉沉，每到黄昏就活跃起来。成群的河鲈游在水面，激起浪花翻卷，发出噼噼啪啪的响声，仿佛无数马匹伸出头来在水里游动。河鲈游得飞快，在深水层中一直挨饿，现在大张着嘴巴，嘴唇发出蓝色珠贝的反光，它们忽左忽右争抢食物。河鲈分辨不出哪是食物哪是钓饵，它们一边游动，一边吞噬。钓竿颤抖、弯曲，钓线像在风中嗡嗡有声，有力地在水中扯动，以至于水花四处飞溅。如果碰巧能钓到一条一公斤重的驼背马哈鱼，那种心满意足难以用语言形容，因为那时候你能看到，活泼的生命面临死亡会迸发出怎样的力量！

拉多加湖水平静的时候，即便接近那些礁石也不会有任何危险。它们的样子很好看。不过，必须多加小心，稍不留意，你的船也许会碰撞到水下的礁石，礁石的顶端比书桌还大，你得忙活半天，才能让船摆脱困境。如果起了风暴，小船很容易就被吹翻，拉多加湖的浪头又陡又高，格外凶险……但是，此刻倒是风平浪静。

现在四周非常安静。夕阳缓缓地融化在拉多加湖水中，让人觉得，湖水正慢慢上升，离天空越来越近。在这静悄悄的傍晚，红嘴鸥纷纷向白城飞翔。湖水变得越来越浓稠，似乎针扎不透，神秘莫测。看表面是这样，其实，它把湖水中的一切都遮盖得严严实实的。大概正是由于这种原因，鱼开始从深水层向上游动，而小船还在岛与成排的礁石之间缓慢划行。必须加把劲儿快点划了……船尾留下一道明显的痕迹，船舷两侧哗哗有声。这时候，船桨蹭到了礁石。哪里来的礁石呢？这一带原来并没有礁石呀！小船旁边又冒出一块形状像黑熊的礁石。拉多加湖底到处都是石头。石头与石头紧紧地相互依偎，躲藏在深水之中。浅水处有石头，河水回流处有石头，航道上也有石头。许多地方会有礁石冒出头来，起初只是小小的一块，表面长满了丝绸一样柔软的绿苔，随后挺直了身躯露出了胸膛，然后向岸边移动，全身都是鸥鸟留下的粪便。

暴风雨中看不见那些礁石——拉多加湖把它们藏了起来，当然，不是为了掩藏而掩藏。拉多加湖知道，什么时候需要把礁石推出来，什么时候就推出来。当风平浪静的时刻，拉多加湖也想开开玩笑，戏弄那些没有经验的渔民，用水溅湿礁石的头顶，让人觉得那里有大鱼正追赶小鱼，阅历短浅的年轻渔民匆匆忙忙赶到那里，忍不住会咒骂几句，然后嘲笑自己上了当。

现在波平浪静，连礁石的头顶都没有水滴。此时此刻没有危险。但是不要忘了，湖水很深。最好不要刮风……

火　　光

只要点燃篝火，就不会觉得孤单。无论夜晚多么荒凉沉闷，在篝火旁边尽可以放心。

我在一块陡峭的岩石背面点起了一堆篝火。倚近岩石支起了三脚架，煮了一锅鱼汤，喝足了茶，一边抽烟一边盯着火苗怎么样舔舐树枝。四周是8月昏暗的夜晚。黑漆漆的茫茫夜幕延伸到几千公里以外，吞没了田野、森林、城市、乡村。黑暗无边无际。世间所有的建筑物全部笼罩在昏暗中。

黑暗只是在一段时间内让位于白昼的光明,然后又重新压挤下来,淹没了一切有形的物体,它似乎在提醒人们说,光明软弱无力,光明也有局限性。

但是我们有火,与火为伴就觉得舒服,不再孤独。

让我高兴的是,这小岛确实是一座荒岛。从来没有人来过这里,甚至附近的岛上也没有人烟。这很好。我感到疲倦,由于人群、城市、生活而感到疲惫。照我看,人只有意识到他在社会上有力量,才会获得自尊。最近一段时间,我觉得自己缺乏这种力量。因此愈发透彻地看清了社会在怎么样运转。

从前我没有这样的感触——因而我发自内心地渴望工作,渴望生活。可现在出现了疲劳的心态……

在篝火旁边真好。单独一个人真好。没有任何人陪伴真好。篝火三步开外就是帐篷。帐篷里面铺了一层去年冬天留下来的干芦苇,风衣铺在芦苇上面,就是顶好的床铺了。

没有熙熙攘攘的喧嚣,没有车来车去的轰隆声,没有颤抖的灯光,那些都是城市借以炫耀的东西。我忽然发现,原来还有另外一个世界——这个世界有健全的神经,有永远唤不醒的梦境。

篝火快要熄灭了。我不再往火堆里添干柴。让篝火也安安静静地入睡吧。明天天一亮,我就划船去白城。我一定去那里看看……白城离陆地的确很远很远。

雾　蒙　蒙

夜里天气暖和。酣睡了一宿,凌晨从帐篷里爬出来,不由得打了个寒战,但是,立刻觉得热气升腾,虽然天才刚刚发亮。听得见拉多加湖水轻轻拍打着礁石。黎明前的湖水总是微微起伏波动,似乎想躺得更舒服一点儿,接着睡个黎明觉。

在去白城之前,我想在礁石之间停留一会儿。在那里可以观赏早晨的霞光。

船桨在平静的湖水里轻轻起落。我划着船离开了小岛,尽力离岸边远一点儿,免得碰上礁石。半明半暗的空中闪耀着明亮的星星。划起船来毫不费力。小岛已经越来越远，黑乎乎的轮廓变成了一个小丘。成排的礁石却越来越清晰，已经能分辨出一块一块的石头，其中一块礁石上栖息着一只一动不动的白鸥。

我的船已经处在小岛和那一排礁石之间，距离礁石大约有一百米，不会更远。我打算在那里钓鱼，许多鱼从芦苇丛游出来，向礁石游动；还有深水的大鱼也会在那一带出没。

太阳该从湖面上升起来了，但是东方天边浮动着丁香紫色的浓云密雾，不让太阳露面儿，因此太阳难以出头。只不过高高的蔚蓝天空泛出了玫瑰红，变得越来越明亮。没有鱼咬钩。浮漂横在水面上，好像焊在那里似的。

我没有发觉，从什么时候开始，辽阔的拉多加湖面上已经雾气弥漫。浓重的茫茫雾气从空中、从四面八方朝我扑来，雾气笼罩了礁石，恍惚之间那排礁石好像渐渐后退，并且越变越大，仿佛在逐渐膨胀，终于变成了庞然大物。礁石上的鸥鸟变成了一只巨大的鸟。雾气越来越浓，四周的景物全都消失了。一种惊奇与惶恐的感觉笼罩心头。这样的大雾我还从来没有见过，何况还置身于雾中。整个拉多加湖雾气弥漫，像烟一样翻滚，像隔着磨砂玻璃的光一样不可捉摸。

出奇的安静。能看清楚的只有小船和三米以内一动不动的浮漂。在这寂静的湖面上，在这笼罩了芦苇、礁石，笼罩了我的小岛的浓雾中，我有一种不祥的预感。我心情不安地向四周张望，但是天空也被雾气遮蔽了，我觉得自己和整个世界已经隔绝，因此曾经体验过的满足感已经消失，早就忘却的惊恐焦灼又袭上心头，这种情感越来越强烈地主宰了我。

突然，远处传来大鱼跃出水面噼里啪啦的响声，但却听不见它落进水里的扑通声。我发现一条大鱼在水面上快速游动，激起层层波浪。我有些吃惊地看着那条大鱼，雾气弥蒙，居然能看见它，的确有些奇怪。大鱼越游越近。但是却始终听不见水花翻卷的响声。忽然，它游到了浮漂旁边……一只蝴蝶挣扎着扇动翅膀想要飞起来……

雾气蒙蒙，所有的景物都改变了形状。什么东西都不会缩小，——它们或者消失，或者变大，变成庞然大物，像在童话里一般。这种反常的现象引起我的警觉，于是心里忐忑不安，越来越觉得惊恐。

还是没有鱼上钩。船的另一边有个东西越漂越近……恍惚是只鸟儿漂在

水面上。从哪儿漂来的鸟儿呢？是谁打死了它？为什么它冲我漂来？我目不转睛地看着那只鸟儿，

它离我很远，但我看得见它长着两只圆圆的翅膀。等我看清楚是只蝴蝶，不由得一激灵打了个冷战！正是刚才看见的那只蝴蝶！现在，从岸边来的水流追逐着它。蝴蝶已经死了，从船头漂了过去，渐渐接近浮漂，然后漂进弥漫的雾气，体形逐渐变大，像一只巨大的死鸟漂在水面上……奇怪的是没有鱼吞噬这只蝴蝶，这意味着这里没有鱼……

起风了，雾气开始摇晃波动。一群大雁呼啸着飞过头顶。随后又一群飞了过去。听得见鸥鸟在礁石上抖动翅膀的声音。现在，隐隐约约能看见它了，它依然待在那块礁石上，体形很大，像一只鹈鹕。它用喙梳理羽毛。形体渐渐变小。这大概是因为已经能看到太阳了。雾气仍旧漂浮缭绕，湖水变成了红铜色，非常好看，四周仍然雾气弥蒙，但是小岛已经显露出轮廓。云彩开始缓缓移动。从云雾缝隙中露出的天空越来越开阔，天空竟然是绿色的。目光所及都是各种各样的色彩。没有这些色彩，整个世界变得多么贫乏，多么苍白！当礁石是黑的，芦苇是棕褐色的，红嘴鸥是白的，天空是青的，湖水是蓝的，树木是绿的，这个世界该多么美好啊！我逐一凝视每一种景物，仿佛是第一次看见一样，我感到高兴，可是甜蜜的忧伤又使我的心加速跳动。多么想好好活着呀！目睹这美丽的风光，每个人都可以观赏，做一个纯粹的人，像这些色彩，做一个高尚的人，像头顶的天空……多么好啊，四周没有雾！多么安静啊，天气晴朗，周围的一切都看得清清楚楚！

白　城

心里想着白城，我在湖上划船，大约划了一个多小时，湖岸变成了低矮的一条黑线，我的岛也已经与那条黑线重叠融合。拉多加湖波平如镜，天空晴朗，根本不会想到可能会起风。但是记得在一本古书里写道："好事多磨"！起初，风轻柔地吹拂我的面颊，立刻打破了湖水的宁静，仿佛揪了一把，又随即撒手，——整个拉多加湖顿时皱起了细碎的波浪。

岸边上空出现了乌云。黑压压、密密层层，急速涌动，很快就遮蔽了太阳。这时候，风开始呼啸，波浪起伏，一排接一排向远方翻滚，浪峰越来越

高，湖水灰蒙蒙的颜色发暗。

最好的办法是立刻掉转船头返回小岛。不过，拉多加湖跟别的湖泊不同，别的湖泊起了风浪，会长时间摇摇晃晃，拉多加湖却是立刻就波涛汹涌。用不了十分钟四周就一片混沌迷茫，风越刮越猛，风力极大，船上的帆完全失去了作用，因此不能逆风划船，可行的办法只有奋力划向白城。

天空压挤湖水，天和水都变了颜色，变得昏沉暗淡。我朝四周张望。拉多加湖上远远近近不见一个人影儿，辽阔的湖面上只有滚滚的波涛，浪峰上水花迸溅，像戴着白色的帽子。我完全陷入了孤独的困境，但是我并不害怕，反倒从心底涌起了拼死一搏的豪情与蛮劲。我为翻腾的波浪而兴奋，此时此刻我要证明自己并非懦夫，从我的喉咙里迸发出吼叫声，声音亢奋激越，汹涌的浪涛裹挟着我的小船，从峰巅冲入谷底，又从谷底飞向巅峰，灰蒙蒙的浪花把我浑身上下打得湿淋淋的。

我喜欢向盲目的巨浪挑战，一对一地进行搏斗。很久以来我没有体验过这种任性蛮干的快乐了，此刻这种激情在我心中沸腾。随着每一次奋力划桨，随着每一次跌入波谷、每一次冲上浪峰，随着狂风的肆虐逞凶，难以遏制的斗志使我愈发刚强，我要豁出性命来证明自己的力量。

虽然风暴依然凶猛，但距离白城已经不远。我并不知道，原来昨天晚上天气预报说将有强劲的西北风，风速超过每秒二十米。我所面对的正是这样的暴风。从这一刻起发生了意想不到的险情。风卷走了我的帽子，乱纷纷的头发垂到前额，挡住了眼睛，我只能闭着眼划船，随后才发现划行的方向不是去白城，而是划进了拉多加湖的旋涡，那时候我突然让小船掉头转了一个很陡的弯子，不料刹那之间船舱里溅进了不少水，于是我拼命划着船冲向浪峰。我越来越觉得再也没有力气划桨了，胸口憋闷，喘不过气来，两条胳膊麻木，似乎再过一会儿，我就会抛开双桨……

意想不到的险情出现了——小船开始下沉。当时的情景已经记不太清楚，好像我曾经大声喊叫，求人救助……但喊也白喊，因为没有一个人……在这紧急关头，我第一次意识到，比死亡先到一步的是恐惧。什么是死亡？死亡——就是这个世界上再也没有你，那时候，再也没有什么东西让你觉得害怕。以前，我从来没有体验过什么叫恐惧，此刻，恐惧已经降临到我的面前。几分钟之前还让我感到厌烦的环境，恨不得立刻逃脱的恶风险浪，转瞬之间都变得难以割舍。甚至这铁青的天,这凶狠的水,这鞭子一样犀利的风——所有这一切都让我觉得可亲可近,值得留恋。而最为重要的是,在我的内心深处,一直没有熄灭求生的欲望,时间、灾祸、持续不断的焦虑和惊恐,只能使这种欲望更加强烈。此时此刻,死亡迫在眉睫,这种求生的欲望冲破了重重压力,给予我无比的勇气,我的眼睛急切地向周围张望,不停地回顾后方,发现自己向前游动,心里觉得高兴——这种欲望成了我与死亡搏斗的武器,我唯一感到害怕的就是不能继续生存。

我呼唤,喊叫,但是没有人赶来救我……后来我长时间向白城方向游泳……假如屈从于胆小怯懦的"我",大概我得死过一百回。呼唤求救的正是胆小的"我"。当我沉入水中,另一个强有力的"我"把我托出水面。在那个瞬间忽然充满了自信——我终于游到了一座岛屿。我再也不怕风、不怕浪,不怕遥远的距离。人常有这种状况:他的本质力量战胜了面对死亡威胁的恐惧。我所遇到的正是类似的情况。

我的双脚触到了水底,这是对于强有力的"我"最为公正的奖赏。双手划水,我一步步走近岸边。这时候拉多加湖的一个巨浪,猛扑过来,抽打我的脊背,我一下子跌倒在岩石上。浪头一个接一个涌过来……

我终于艰难地登上了岛屿。倒在地上躺了很久。我哭泣流泪,不为泪水感到羞愧。因为这是净化心灵的泪水,也是希望的泪水。让我感到难过的是,至今还不曾这样生活过,因此,我觉得疲惫,我知道从今往后将开始一种全新的生活。我哭泣,还因为直到这一天之前,我从来不尊重自己,也不会这样做,但是现在我有了自尊,今后我将无所畏惧。

我抬起头来——却看不见白城。在我面前耸立着高大的岩石,上面满是鸥鸟留下的粪便污迹。岩石后边有细小的绿色灌木。当然啦,岛上根本没有什么伊斯兰教的清真寺……

谷羽　译

谢列布罗夫斯卡娅（1915—2003）

  叶莲娜·巴甫洛夫娜·谢列布罗夫斯卡娅，俄罗斯女作家，毕业于列宁格勒大学文史系，上大学期间开始发表文学作品。主要著作有中短篇小说集《上山之路》、《生活的开端》，长篇小说《春天的喧嚣》等。创作题材大多涉及爱情、婚姻、家庭和妇女问题，作品不以情节取胜，而以抒情和刻画心理见长，语言朴素流畅，注重道德内涵，褒扬正直、善良、忠诚、责任感，对庸俗的市侩习气隐含嘲讽与针砭。抒情散文《黄柏》以平实洗练的文字，描述了一个女演员的婚恋史，看似平淡，实则含蓄隽永，耐人寻味。

黄　　柏

她相貌俊俏，男人们一见就喜欢。她是经常登台演出的歌唱演员，穿着总是那么入时，稍做打扮，就楚楚动人，这是一目了然的。

战争时期，丧事也落到了她的头上。她伤心地痛哭了一场。她丈夫是个非常出色的人物，不料，胜利前夕却牺牲了。

她热爱自己的工作，工作拯救了她。她多次到部队去演出。不少人总是偷偷打量她，她觉得这是正常的。有什么关系呢？反正男人们喜悦的目光不会给她带来什么损失。吃亏的事她才不干呢。天生性格开朗，就是这么回事儿。这样倒好，可以使痛苦的心情略微轻松轻松。

有一天，她应邀到一个科学研究所演出，这个研究所坐落在涅瓦河一条支流旁。演出没有安排在晚上，而是下班后的那段时间；参加音乐会的几个演员受到了盛情接待。

唱完歌，她随着渐渐平息的掌声下了舞台，走进侧面一个房间。她刚坐在椅子上，忽然看见从迎面小门里进来一个男人。这个人年近半百，彬彬有礼，发式整洁，略显秃顶，身材倒很健美，手里捧着一束郁金香。

"列吉娜·谢尔盖耶夫娜，谢谢您！请允许……"他把花束递给了女演员。

"非常感谢，"她一边说话，一边情不自禁地笑了笑，笑得那样动人，"您连我的父名都知道呀……"

"我知道您很多情况，"他神秘地说道，"我不止一次听过您的音乐会。对您的关注使我感到愉快，虽然这种关注微不足道。"

他的眼睛洋溢着幸福的表情。而使人满意，让人幸福——乃是一种莫大的快乐。你看见一个人在你的目光中变得美好，而你却无须花费什么气力，这实在叫人倍加欣慰！

他帮她穿上毛皮大衣，然后请求说想送送她。请求的口吻缺乏自信，眼睛里有一种冒冒风险的神色："得，豁出去啦！"谁知她居然同意了。他的言谈举止没有使她产生戒心,他没有纠缠,没有冒昧地要求去做客,没有查问她孤身独处的住所。他是那样真诚坦率,毫不掩饰他的喜悦,事情的全部经过竟然会这样顺利。

瓦西里·瓦西里耶维奇把她送到家门口,本来想立刻告别,但忍不住还是问了一句:

"您看过美术展览了吗?"

这句问话的意思,她立刻就领悟了:

"啊,没看过。"

他真是喜出望外,当即邀请她去参观美展。

过了半年,她成了他的妻子。为什么要嫁给他呢?她自己也说不清楚。是的,她没有感受到爱情的冲动。然而,他为人这样随和,她允许他轻易地走到了自己身边。她心里没有一丁点儿反感,当然,也没有丝毫的兴奋。实际上又有多少人耐得住孤独,能像布谷鸟儿那样咕咕咕地叫个不停呢?何况他又这么老练、温和。他是这样一往情深地爱着她。

他并非是无可挑剔的圣人,他结过两次婚,头一个妻子离开他,自己走了,第二个死于一次失败的手术。原配妻子所生的女儿已经长大成人,出嫁了,住在莫斯科。他自己孤身一人生活。他是个副博士,经济上相当宽裕。

他们俩暂时住在她只有一个居室的单元里,打算将来换一处房子,最终搬到一起。列吉娜没有孩子,继续从事她心爱的工作,常常演出。有时候,她从音乐会上带回一束束鲜花,丈夫没有任何醋意。相反,如果没带回鲜花,他倒觉得奇怪。

瓦西里·瓦西里耶维奇不止一次带她去他们的研究所参加节日晚会。有一天,他向她提出一个请求,想从她养在房间里的黄柏上剪一根移栽的枝条。他的几个助手想在研究所的一个大房间里种几盆花儿。黄柏是很好的观赏花木,也容易成活。列吉娜立刻剪了一根粗壮的枝条,用一块潮湿的干净抹布包起来,然后再裹上一层报纸。

丈夫还仔细询问对黄柏除了浇水该怎样护理。列吉娜告诉他什么时候浇洗肉用过的泔水,什么时候该加几滴蓖麻油。看来,他把她的经验原原本本转告了他的助手,这件事使他非常快活。

有一天,晚报上登出一篇文章,评论她在音乐会上的演出。文中赞扬她才华出众。作者情绪激昂，有点儿语无伦次。瓦西里·瓦西里耶维奇从妻子口中得知，写这篇文章的是一位记者，名叫库利克。

自从那篇文章发表以后，列吉娜忽然变了。她显得那样疲惫，回到家里巴不得立刻躺下睡觉。当他说着温存的话走近她身边的时候，她却翻个身，背冲着他，要不就合上眼睛说："卢瓦西尼卡，你的妻子老了……她该稍微睡一会儿……"他心痛她，尽力打消心里的怀疑。其实，说她老，实在是早了点儿——四十岁的女人怎么谈得上老呢？何况列吉娜看上去也就是三十来岁的样子。

他们像从前一样住在她的住宅里，也没有时间好好谈谈心里的话。一天，有人给她打来电话，他也在场。她说话时不知怎么竟颠三倒四，神情很不自然。过了几天，又有她的电话，偏巧她去音乐会演出。瓦西里·瓦西里耶维奇问，有什么事情需要转告，对方回答说："请告诉她，打电话的是库利克。"

又是那个库利克！瓦西里·瓦西里耶维奇告诉了她。她的脸涨得通红。她用挑衅的目光望了丈夫一眼；什么话也没有说。傍晚，他看见她在厨房里，情绪反常：她哭了。

"你怎么啦，列吉娜？谁叫你受了委屈？只要你说出来，我马上去告他！"

她神经质地把眼睛一抹，整个晚上不说一句话。她脱了衣服躺在床上，当他走到她身边想轻轻抚摸一下她的肩膀时，她忽然坐起来说道，

"瓦夏，我不想骗人。随你怎么看待我吧，我不会撒谎。我可以像朋友一样对待你，可是我不爱你。原谅我吧。你是个非常好的人。但是离开另外一个人，我简直活不了。"

他一下子愣住了，慢慢坐到椅子上，默不作声。她却絮叨开了，说如果没有爱情仍然和他一起生活，就是不尊重自己的人格，还说，他们必须离婚，而且越快越好。

"就这样吧……为什么非要离婚呢？"他小声说，"我们分居不行吗？为什么要离婚？过一段时间，你这种感情也许会冷静下来的……"

她却坚持要离婚。她认为，除非离婚，别的做法全都是虚伪。可是不久，她对库利克的兴趣开始淡漠了。原来，这个库利克很狡黠。有一回坐公共汽车，她无意中发现他挽着一个女人的手臂，那女人长着一双乌黑的眼睛，相貌妩媚动人。其实，这倒也算不了什么，但是，在距离库利克和陌生女人大约三

米的地方，列吉娜捕捉住了他注视那个女人的目光，他也曾用这种目光注视过她。列吉娜并非是个爱跟踪盯梢的人，她决不会低三下四地祈求别人的青睐。她的心情一下子倒变得轻快了：因为她对库利克的情意已经烟消云散，不复存在。

生活沿着自己的轨道运行。列吉娜曾经出国演出，到波兰去过一趟，那一次，他们同行的演员当中有一个莫斯科人，一个天才的朗诵演员，诗歌爱好者。此后，这个人常常到列宁格勒来，而她也常到莫斯科去看他。这个朗诵演员有一副不同凡响的迷人嗓音，轻柔，安详、圆润。显然，她的听觉是非常敏锐的。他的外表倒在其次，既然他有这样好的嗓子……

后来，她又有了新的相识，新的约会。她明白：她的个人生活不尽如人意，没有家，没有子女。什么时候遇到开心的事，就对这短暂的欢乐表示谢意吧！她挣的钱足够自己开销，她觉得自己是独立的，无须依赖什么人。

岁月流逝，几年过去了。

有一天，她接到一个电话。说话的是个女人，声音很陌生："列吉娜·谢尔盖耶夫娜……明天我们为瓦西里·瓦西里耶维奇举行葬礼。您毕竟和他共同生活了六年。如果您愿意参加追悼会的话．请到研究所来一趟，我们十一点底集合。您能来吗？谢谢。您知道，他在列宁格勒没有亲属。他的女儿正出差在美国，坐飞机怕也赶不回来了。"

我的天啊！他死了……她比约定的时间早到了十五分钟。几个不认识的女人瞥了她一眼，目光中透出疑问的神情。幸好那个上了年纪的女实验员来了，瓦西里耶维奇当年曾经介绍妻子和她相识。实验员问了一声好，接着说：

"我们还有时间，您想看看您的花吗？"

"什么花？"列吉娜感到迷惑不解。

"跟我来……就在这儿。"

她们俩走进一个宽敞的大房间。八米高的窗户正对着涅瓦河。三个高大的窗户上洒满阳光。

一棵大树，叶子宽阔，状如羽扇，叶面上跃动着明亮的光斑。

列吉娜一时摸不着头脑，不知道这是怎么一回事儿。地板上有个大木桶，木桶里长出一棵树干，和生长多年的白桦树干差不多，只不过颜色发乌。纵横伸展的树枝几乎布满了房间，遮住了三个大窗户。这棵树好像朝四面八方伸出有力的手臂，擎着一个个汁液饱满的大叶子，看上去是那么青翠、茁壮，和她房间里的那棵叶子发黄的黄柏一点儿也不相似。不过，说来也新奇，这些叶子并不遮光。莫非这就是从前她送给瓦西里·瓦西里耶维奇的那根黄柏枝条长成的吗？莫非这就是那根曾经包在抹布里的小小的枝条？

女实验员一言不发。她的眼睛一直盯着列吉娜，目光中流露出近乎是报复的神色。她不明白，怎么能不爱这个出类拔萃的人物！这里的人全都敬重他，崇拜他。假如她能处在列吉娜的位置的话……

列吉娜诧异地望着大树。她感到惊恐。是的，是一棵黄柏！它有充足的阳光，有亲人的关照，在良好的环境里长得多么茂盛啊！那个人的爱情不也正像这样吗？慷慨、坦率、真挚，没有一丁点儿自私心理。美好的爱情。怎么会弄到这步天地呢？为什么就不能一直爱他呢？

黄柏挺立着，叶子一动也不动。它强壮，有力，高大。无须再说什么了。它的存在足以说明它自身的价值。

谷羽　译

费奥多罗夫（1918—1984）

　　瓦西里·德米特里耶维奇·费奥多罗夫，俄罗斯诗人，1950年毕业于高尔基文学院，自然、劳动、爱情，是他喜爱的主题，他的作品语言细腻，抒情中融进哲理，受到诗歌界的赏识和赞誉。其诗集《雄鸡三唱》和长诗《七重天》曾荣获1968年度俄罗斯联邦高尔基国家奖金。1979年因《这就是我们的时代——论诗与诗人》荣获苏联国家奖金。除了诗歌，他也创作散文。《童年的发现》、《九霄云外》、《白桦天堂》等几篇作品选译自他的文集《诗人之梦》。诗人回忆他的童年生活，写的都是梦境，文字亦真亦幻，扑朔迷离，读来别有情致。诗人的赤子之心，对童年伙伴难以忘怀的友情，无奈与幽默交织的叙述口吻，生动地展现出作家与众不同的个性。

童 年 的 发 现

我在九岁的时候就发现了达尔文有关胚胎发育的定律，这完全是我独立思考的结果。

听完这句话，大概你会忍不住哈哈大笑，愿笑你就笑吧，反正笑声不会给你招来祸患；我跟你可不一样，事情过去了三年，有一次我想起了自己的发现，情不自禁笑出了声音，竟使我当众受到了惩罚。这件事回头还要细说。

我的发现起始于梦中飞行。每天夜里做梦我都飞，我对飞行是那样迷恋，只要双脚一点，轻轻跃起，就能离开地面飞向空中。后来，我甚至学会了滑翔，在街道上空，在白桦林梢头，在青青的草地和澄澈的湖面上盘旋。我的身体是那样轻盈，那样随心所欲，运转自如，凭着双臂舒展和双腿弹动，似乎想去哪里，就能飞到那个地方。

经过反反复复的梦中飞翔，再和小伙伴们见面的时候，我看着他们就想笑。我洋洋自得，对他们既同情又怜悯，我以为在我们中间只有我一个人具有飞行的天赋。可是，有一天我终于弄明白了，每到夜晚，我的小伙伴也都会在梦中飞腾。那时候，我们几个人决定去见我们的老师，让他来解答这个奇妙的问题。我们的老师列昂尼德·伊万诺维奇，报考托姆斯克大学没有成功，就到我们的学校来教书。他是个不太年轻的小伙子，沉默寡言，和成年人很少交往，但是和我们这些调皮的毛孩子倒是蛮谈得来。

"梦里飞行，说明你们是在长身体啊，"老师解释说。

"为什么只有晚上睡觉时才长？"

"白天你们太淘气，妨碍细胞生长。到了晚上，细胞就不停地繁殖。"

"那么为什么人在生长的时候就要飞呢？这究竟是什么道理？"

"这是你们的细胞回想起了远古时代，那个时候，人还是飞鸟。"

"人怎么会是鸟？"我们万分惊讶。

"岂止是鸟！人还曾经是草履虫，是鱼，是青蛙，是兔子……还曾经是猴子……所有这些知识,等你们升入高年级,上课时老师都会给你们讲解。"

高年级,离我们是那样遥远,而飞行却仍在继续。和老师的一场谈话,只不过更加激发了我的想象力。我渴望弄明白,人究竟是怎么来的,我想得是那样痴迷,以至于从河里抓到一条鳊鱼,我都会翻来覆去地看个仔细,恨不得从鱼身上能够发现将来的人应该具有的某些特征。

我们这些男孩子,一个个像马驹子一样顽皮,几乎所有的空闲时间,都要泡在河里,湖里。我虽然长到九岁,但没有人带我去下田耕地,老马嫌累赘。对我说来,这当然是巴不得的开心事。假期里,我们总是一大早就去河里玩水,天擦黑才回家。有一次,刚走到村口,就听人们说,村里来了电影放映队。发电机已经隆隆隆隆地转起来了。只要放映机上的两个圆圆的轮盘一转动,大家就能从银幕上看电影了。听说这回要演的是一部新片子。我们看过很多片子。最近看过的一部讲的是一个土匪女头领玛卢霞的故事,这女人胆子大,脾气暴。她冲一个男人说:"钻你的被窝去!"一句话逗得全村人哄堂大笑。

我本来想给管发电机的人帮帮忙,可是没有成功,三个小伙伴比我跑得更快,捷足先登当了放映队员的小助手。买票得花五戈比。我拔腿就跑,冲进家门奔到妈妈跟前嚷道:

"妈,给我五戈比看电影!"

"凭什么给你五戈比!"妈妈挺生气。"整天见不到你的人影儿,不知在什么地方疯跑,现在倒好——进门就要五戈比!劈柴没有劈,院子没有扫……"

"妈,这些活儿我都干!"

"干完活我就给你钱。"

不到一个小时,我把一大堆桦木劈成了劈柴,码成了柴垛,用耙子清理了地上的木屑碎片,然后抄起扫帚打扫院子,扫干净的小草儿,绿茵茵的,散发出清新的气息。干活儿虽然挺累,我的脑子却没有闲着。我一边扫地一边想远古时候人的翅膀,想人所经历的道路,真是奇异到难以置信,却又是那样幸运——由肉眼看不见的细胞,到活生生的人,简直是一大奇迹!鱼……青蛙……兔子……啊,看起来,人们最好别伤害青蛙,也别冲兔子开枪射击!……

乡村的孩子从小就知道,他们不是从白菜畦里降生到这个世界上来的。我们甚至还懂得一个秘密：母亲怀胎九个月才生下婴儿。"为什么是九个月呢？我自己给自己提了个问题。"为什么不是八个月？不是十个月？偏偏是九个月呢？"我的扫帚缓缓地滑过地面上的小草儿。我绞尽脑汁思考这个问题的答案，想啊想啊，嘿！终于想出了个眉目："哈！我总算明白了！这就跟画地图差不多。地上的距离很远很远，在地图上画出来只不过几厘米。人是由细胞构成的……从细胞变成小鱼，大概经过了一百万年。现在，这一百万年就折合成一个月。从小鱼变成青蛙又得经过一百万年，这又是一个月。这样推算下来，到变化成人，正好是九个月。"我的发现竟如此简单明了，我为此感到格外高兴。我想，大概还没有人发现这个规律。"这件事讲起来倒叫人不好意思，"我在心里又想，"不过，这有什么不好开口的呢？！等我长大了，一定好好钻研这个问题。"

我从妈妈那里拿到了汗水换来的五戈比，匆匆忙忙朝演电影的地方奔跑。

以后又过了三四年，我已经上了六年级。老师开始给我们上生物课。有一次上课，年轻的女教师一本正经板着面孔讲达尔文，讲人的起源，讲人的发育和进化。这时候，我清清楚楚听见老师说，按照达尔文的观点，母腹中的胎儿再现了人的历史发展的每个阶段。当时教室里安静得出奇，大家都默不作声。可是我忽然想起了自己的发现，就情不自禁地笑出了声音。老师狠狠地瞪了我一眼，目光中甚至流露出几分厌恶。

"费奥多罗夫！……你笑什么！再笑就从教室里出去！"

"奥尔加·伊万诺夫娜，我……我想起了自己的发现……"

教室里一阵笑声。奥尔加·伊万诺夫娜气得脸色苍白，大步朝我走来。

"费奥多罗夫！……你立刻从教室里出去！……"

我的脸由于困窘和羞愧一下子涨得通红。只有这时候我才意识到，老师误解了我的笑声，以为我的笑不怀好意。幸亏她没有容我解释，不然的话，同学们听见我说自己三年前就发现了达尔文的进化论，他们还不笑蹋了房顶！不过，被轰出教室，站在外面，我倒想出了一条自我安慰的理由，我明白了——世界上所有重大的发明与发现，总是伴随着驱逐与迫害。

谷羽 译

九霄云外

再一次说说梦中的飞行。

以前的飞行普通平常，贴近地面，可以说全都离家不远：飞过房屋，飞过邻居家的白杨树，飞过白桦林。同时这些飞行都属于单独进行的个人行为。自己由着自己的性子，想飞就飞，想落下来，就落到地上。不过，有一次梦见我和小伙伴别奇卡·萨普雷金一块儿飞。开始飞的时候和平常差不多：双脚一跺，身体腾空，伸展双臂——立刻就飞了起来……

我们以前飞行的时候，按规矩总是身体与地面平行。这一次飞行，我们的身体格外自由：能平行飞，能垂直升降，还能侧着身子，想怎么飞就怎么飞。我们像燕子一样在空中游戏，相互追逐，躲避，冲向高空，贴着白桦林树梢飞行，在沼泽地上空盘旋，沼泽地后边还有一片菜园。我记得，追上了伙伴，我想抓住他的一只脚，可是他非常灵活地躲开了。他向地面俯冲，我紧紧跟随着他。就在几乎触及地面的一刹那，我抓住了他右脚的大脚趾豆儿。不料他像个气球一样向上飘飞，带着我飞过喧响的白桦林，然后，他双臂前伸，就像游泳时扎猛子的姿势，不过，他不是往下飞，而是冲向天空——越飞越高，越飞越高……

一个人返回地面让我害怕，我只好继续抓住他的脚趾头，他却一个劲儿地飞呀，飞呀，向上飞。老师跟我们讲过，九霄云外的高空，空气稀薄。现在，我们确信老师说得对。空气缺乏，连眼睛都能看得出来，但别奇卡却仍然飞呀，飞呀，不停地飞。空气已经变成了影子一样的碎片，呼吸困难，几乎喘不出一口气来，可别奇卡仍在飞呀，飞呀，往高空飞……

如果说老师把我们通常的梦中飞行解释为人对远古时代的回忆，那时候人类还是鸟，那么，这个梦又该怎么解释呢？这会不会也是一种记忆，记得人是从某个遥远的星球飞到地球上来的呢？如果有学问的和爱幻想的人们相信这种可能性，并且在某一天能够给予证明，那我个人会非常高兴。万一证明不了也没什么，反正自古以来人对宇宙的向往不仅能得到应用科学的解释，而且还有更深刻的解释——那就是生物学的解释。学者们越来越倾向于一种认识，地球上的生命，在它最原始的萌发阶段，来自于某个某个地方。而所有的生命都有记忆力。生命在各个发展阶段都要靠记忆来进一步完善，只不过这里所说的记忆，确切地讲，并非仅仅指我们日常生活中的记忆，而是原始的、细胞的记忆。或许，我们的细胞常常回想并且渴望返回它那悠久遥远的原始故乡吧？

我的小伙伴别奇卡，彼得·萨普雷金，早就不在了。卫国战争中他没有从战场归来。我常常想起他，不仅回想白天跟他一块玩儿，而且回想做梦时跟他一块飞。假如没有这个梦，也许我对星星，对航空，对有关《七重天》的诗歌，不会有这么强烈的兴趣。童年伙伴的阵亡是我个人最沉重的损失——有了他的参与，才有神秘的缥缈虚幻的梦中飞行。正是他飞向九霄云外，我只不过抓住了他右脚的大脚趾豆儿。在我早期创作的一首长诗当中，我曾经这样提到他：

在我不平凡的生活中
我不曾尽力拯救自己。
原谅我吧，我的挚友，
我的好伙伴，对不起！

谷羽　译

追踪成吉思汗

听人们说，梦——是生活的反映。如果说是一种反映，那么这种反映则相当荒唐怪诞，充满了象征意味，很难找出它与现实之间的联系。依我看，我们的梦多半也是由父母、甚至是由祖先那里继承来的。为什么不能这样说呢？看一看人们的鼻子、下巴、眉毛的形状、胎痣、体形特征，还有心理结构，——所有这些人类的特别之处，都是在那颗看不见的种子作用之下，一代又一代辈辈相传,尽管也出现过多次混杂。既然这样,为什么不能断定,祖先们记忆清晰的梦境,还有他们保留在心中的强烈感受,同样沉睡在他们后代的脑海里呢?难道那些强烈的感触,不比不易察觉的胎痣更有意义吗?

记得有一次,我们几个俄罗斯诗人,在参加了纪念诗人萨亚特—诺瓦①的节日活动以后,乘汽车由埃里温去第比利斯。那条道路我并不熟悉,一路上汽车拐来拐去,上坡下坡,山区的景致让我觉着新鲜。我怀着一个旅游者的轻松心情观看风景,没有什么既定目标,仿佛沿途的风光,不期而遇就合乎自己的心意。可是当汽车下了一个坡,向左拐了个弯,一道峡谷豁然出现在我们眼前,看到它,我的心不由得一颤,好像久远的回忆引起一阵感伤。我忽然觉得很久很久以前似乎见过这峡谷,还记得峡谷里青草茂盛,繁花竞放,山坡上大翅蓟的茎高大肥硕,山脚下长满了密密层层的白芷。眼前的一切情景让人感到那么亲近,似乎与你血肉相连,看了就想掉泪,你对这峡谷亲近熟悉的程度决不亚于喜爱西伯利亚湖泊四周的草地……

以前我从来没有见过这峡谷,这种记忆是从哪里来的呢?也许,是阅读有关高加索的著作留下的印象?不过,那时候让我激动的是曾经遇见过的另外一些峡谷。可是,记忆中的那些细节又是来自何处呢?是不是来自祖先的记忆?——曾祖父的曾祖父临终时刻曾经在那个山坡满怀忧愁对这个峡谷望了又望?他的每一个细胞一辈子就常常梦见这个峡谷……

这就像我从来没有见过草原,没有见过沙漠,平日里从来也不曾想过,有一天会梦见它们。我梦见自己走在荒无人烟的旷野中,那旷野曾经被成吉思汗的马队肆意践踏。草原烈马留下的马蹄印就像碟子那么大。从一切迹象都能感觉出来,几天以前这里曾有军队经过。被马蹄践踏的野草渐渐又挺直了草茎,但是还能闻出马的汗腥味儿,让人觉得成吉思汗本人就曾从这里经过。

那是个白天。天空纯净,没有一片云彩,可不知为什么看不见太阳,因此有一种即将背井离乡的预感,而且这感觉越来越强烈。天傍黑的时候,望得见草原尽头,很远很远的地方,有熊熊燃烧的火光。我朝着那遥远的火光走去。究竟是怎么回事,为什么那里会发生火灾,我也不清楚。显然,是荒凉驱使我朝那个方向走。看不见一个人影儿。偶尔会听到孤独的小马驹发出的阵阵悲

---

① 萨亚特—诺瓦(1712—1795),亚美尼亚诗人,以游方歌手著称,擅长写情诗。

鸣，可能它正在寻找它的妈妈。但我看不见它。不久，小马驹的悲鸣声也归于沉寂。或许，那烈火熊熊燃烧的地方有人还活着，也许，就剩下一口气，不过毕竟还活着。

睡梦中没有时间概念。不知道究竟过了多久，我终于看到了成吉思汗军队安营扎寨的地方，看到了一个巨大的炉灶。我猜想，只有用这样的炉灶才能把一匹马整个煮熟。那炉灶圆圆的，高出地面大约半米。炉灶里的灰烬看样子已经凉了，但我还是下决心把手伸进灰里试一试。我的手忽然摸到了一个又硬又圆的东西。把手从灰里撤出来，伸开巴掌一看，只见是一块宝石，大小跟鸽子蛋差不多，蒙着一层灰。我把宝石凑近嘴唇，用力吹去灰尘。原来这宝石非常光滑，极其可爱，通体透明，就像孩子纯洁的眼泪。当时我就猜想，这准是个无价宝。我把宝石放到左手里面，右手又伸进了炉灶的灰烬。我的手又摸到一块圆圆硬硬的东西。现在，我的左手手心里已经有两颗宝石，大小完全一样，同样透明闪亮。

我的手又两次伸进灰烬，两次又拣到宝贝，我的嘴又两次吹去宝贝上的灰尘。没有在别的地方继续挖掘寻找，我用左手攥紧自己的宝贝，沿着被践踏过的草原又向前走，走向远方熊熊燃烧的火光……

我做这个梦的时候，战争已临近结束。我们的飞机制造工厂管得不那么严了，我已经可以进入马里耶夫卡镇。我在那里住在舅舅瓦西里·纳乌莫维奇家里。有一次闲聊谈起了做梦，我跟舅舅讲了梦见草原怎么样经受践踏，讲了成吉思汗的炉灶，讲了极其罕见的宝石。舅舅跟我妈妈不一样，他并不善于解梦，不过，偶尔会发表一通哲学见解，这是他的爱好。那时候我已经开始发表作品，他也听说过我从事文学创作。舅舅望着远处的什么地方，老眼昏花像蒙着一层烟尘，和宝石上的那层烟尘相似，他用文绉绉的词句，若有所思地说道：

"如果依照科学的观点，那些梦当然不会对生活产生什么影响。如果换个角度，依据事实来考察，梦——也未必会有实际的益处。看起来是这样，瓦西里·季米特里耶维奇，"舅舅第一次用这么庄重的口吻跟我说话，"听说你正在写作，这个梦可能意味着，在你的创作生涯中将获得四次成功……"

舅舅的这种解释挺合乎我的心意。从那个时候到现在已经过去了四分之一世纪。我自觉自愿尽力写作，不断学习，写了又写。现在想起了那个梦以及舅舅对梦的解释，我常常在心里想：到底怎么回事？那四次成功是不是已成往事，或者它们还有待于未来？

谷羽 译

白桦天堂

大概和很多诗人一样，我偶尔会在睡梦中写诗。等到早晨立刻把梦中的诗句记下来，可有时候刚一起身，那些诗全都忘光了。而那些记得住的诗句，清醒时一看，顿时失去了光彩，变得苍白无力，就像水母一见太阳，即刻失去原来的形状，变得丑陋不堪。尽管这样，梦见作诗还是令人激动，和真正写作的时候一样。有一天我醒来时几行诗的旋律清清楚楚响在耳畔，尽管诗意有些朦胧：

> 只有太阳，
> 只有光，
> 只有光和语言！……
> 人间声音纷繁，
> 我是神圣的中坚。

其他的诗行没有记住，诗节的开头也还是尽力回想才想起来的，可"声音的中坚"这个词组却记得挺牢。这当中毕竟蕴涵着某种暗示。它只不过证明了一点：为了把握住一种情感，只有潜意识的参与是不够的，必须有理性的介入。不过，直到现在我对睡梦中听过的一支歌深深地感到厌恶，那是一个喝醉了酒的糟老头子用沙哑的声音唱出来的，最后几句只是顺便说说罢了。

做梦对我本人的写作多有帮助。常常有这种情况，写着写着——突然遇见一片死亡地带，你能够看到远处的光亮，但这一片空旷你却跳不过去，必须修建一座桥梁才能跨越，可是修桥的材料却不具备，因为对于这件事完全出乎我的预料。诗歌创作中的死亡地带——乃是诗人心中的盲点，修筑桥梁越过盲点，那就意味着点燃火把，照亮自己内心深处的黑暗角落。我喜欢这样的时刻，这是真正的富有创造性的瞬间，往往给你带来意想不到的收获。

遇到这种情况，如果是夜晚，上床睡觉之前，我就会调动我的意识和潜意识——它们之间的区别只有它们自己清楚，——让它们动手修筑那座难修的桥梁。

我只顾安安稳稳睡自己的觉，脑细胞却空前活跃，用当今流行的话说，收集大量信息，解决疑问，克服难点。曾经读过的片段，听到的传闻，看到的现象，——统统都汇集到建筑工地。这对我的梦并无妨碍。恰恰是过去一直沉睡的那些脑细胞，此时处于兴奋状态，工作最不惜气力，就像有些人长期不受重视，忽然有一天被提拔担任了社会职务似的。做过这样的梦以后，难点往往就变得不再艰难，不像过去那样难以超越。比如，我那部长诗《被出卖的维纳斯》，就是睡梦中得到了灵感：

> 为了子孙后代的美，
> 我们付出了美的代价。

除此之外，很多梦还成了我写诗的材料。与那些一起床就被遗忘的诗行不同，梦中的景致会长时间保持情感的新颖，仿佛你伸手就可以触摸。有一次，依据新鲜的印象，我写了一首诗表现虚幻的花园：

> 在那座花园，
> 我的花园，
> 如同你的期待，
> 如同我的向往，
> 我勤奋劳作，
> 你可知道，
> 雪白的白桦树，
> 挂满了金苹果。

雪白雪白的白桦树，无声无息，排列成行，宛如果园里的苹果树。地上茂密的青草像翡翠一样碧绿，草地上没有一朵引人注目的野花，因此，白桦树的白色树干和树枝像傍晚的光一样柔和，那些白色树枝上缀满了只有天堂才有的金苹果，苹果上还有不知什么时候下雨时雨水留下的斑点。

> 我的头顶笼罩
> 多少清纯，
> 多少光！
> 什么都不知道，
> 只晓得一点：
> 这是我的天堂，
> 天堂里有你
> 在我身旁。

一个可爱的女人走进我的花园，她的举止流露出几分胆怯。她默默无言，以赞赏的目光看着雪白雪白的白桦树干，看着金灿灿的苹果，但是不敢伸手触摸。她不像夏娃胆子那么大，因为她缺乏夏娃的天真。她甚至不敢问问我："是你创造了这奇迹吗？"她只是静静地看着，用目光进行询问。我只点了点头，那女人羞怯地笑了笑。

我想给她讲一讲，为了这座花园诞生的奥秘，我付出了多少岁月的努力。我终于领悟了其中的奥妙。然而不知为什么，我不能把自己的感受说出来。大概是寂静让人不好意思。这些白桦树的树叶比普通的白桦叶子更小，一片一片小小的树叶纹丝不动；有一些奇妙的小鸟在树枝之间轻盈地飞来飞去，它们总是不敢离金苹果太近。我很想摘一个金苹果，不过，我像那些小鸟一样，害怕触及金色果实而不敢伸手。可那个女人倒是希望我去摘苹果……

我终于伸手摘了，摘了一个果实托在巴掌上，无论如何想不到会那么沉重，诚然，我知道，它并非当真是金的。金苹果的果肉和普通苹果没有什么差别，只不过它的分量格外沉。那时候我就想咬一口尝尝。于是就咬了一口。忽然，我觉得嘴唇、喉咙火一样烫，血管里的血液像滚滚的热流奔涌流淌，浑身充满了略感沉重的青春和力量。女人的眼睛惊愕地看着我。我身上发生了某种变化，这变化使得那女人不可挽回地离开了我。

早晨起来，我挥笔写就《白桦天堂》。它使我想起我在一片荒地上开垦种植的樱桃苹果园。在这之前不久，我在晚熟品种的苹果树上嫁接了一些早熟苹果的枝条。想到这里，立刻出门去查看，看嫁接的枝条是不是已经成活？咳，看来我成不了米丘林。除了一枝成活以外，所有的接枝都已经枯萎。显然，正是它，那唯一存活的接枝，使我幻想出白桦天堂的奇异景象。

谷羽　译

火 烈 鸟

这故事得从一只母鸡说起。

不，一切都起始于一个鸡蛋。

邻居家原木搭成的棚子和高高的栅栏之间有个狭窄的夹道，我在那里发现了一个鸡蛋。当时那鸡蛋还热乎乎的。不远的地方有只母鸡正咕咕嘎咕咕嘎地叫唤，表明它下了一个蛋。那时候我还小，却挺有心眼儿。为了不让那只母鸡受到惊吓，我决定暂时不拿走那个鸡蛋。我心里想："等有了三四个鸡蛋，到时候再一下子没收，每个鸡蛋都能换半个戈币。"在我的想象中我会攒下很多钱，根据当时的情况和我的年龄判断，那的确是一大笔钱。那些钱足够买一个梭形面包，城里人把那种面包叫作"法国白面包"。看来，今后木棚子后边这个狭窄的夹道将会成为我的宝库。

至于这次大胆行径所涉及的精神道德问题解决起来倒挺简单。第一，我要向妈妈表明，这个宝贝地点是在没人管的中间地带发现的，那地方再往前延伸就是我们家的院子。第二，要证明，这件事跟我们家的母鸡没有关系。第三，要使妈妈确信，那只下蛋的母鸡不是阿菲米娅老奶奶的。解决了这几个问题，我就是自由的猎人，我有权利支配自己的猎物。

以上三条都得到了落实。说实话，妈妈担心万一会出什么事，她用怀疑的口气问："瓦夏，也许，这是我们家的母鸡下的蛋呢？"妈妈斜着眼睛盯着我航脏的短裤，短裤的口袋鼓鼓囊囊的。但是，我的主意坚定不移。我们家的两只母鸡早就不下蛋了，因此，我提醒过妈妈，是不是该把两只鸡放进锅里煮煮吃。我的理由让妈妈觉得不好意思，她很知趣地让了步。

我本来有一枚五戈币的大铜板，恰巧在这节骨眼上不知怎么给弄丢了，这让我非常难过。我们那帮小孩子，凡是丢了东西，都会念咒语："小耗子，小耗子，玩一玩，快归还！"眼眶里噙着泪水，我一遍又一遍恳求小耗子："小耗子，小耗子，玩一玩，快归还！"

小耗子却不还那铜板。

那时候我一狠心说道："如果你把铜板还给我，我就把鸡蛋放回鸡窝。让妈妈去拿好了！"刚刚说完这句话，那枚诚实的铜板竟然出现在我的眼前。这变化发生得太快了，让我不敢相信，甚至动了怀疑的坏心眼儿：难道真是小耗子干的？还是诚实的声音占了上风？

那天夜里我一直睡不安稳。一个问题总是折磨我：用正确的思想观点衡量，我这么做到底对不对呢？心里有话说给谁听呢？还得告诉小耗子！听说老奶奶阿菲米娅总是对上帝下保证，可是往往做不到。我睡得迷迷糊糊的，悄悄地从床上爬起来，摸黑找到一个练习本，从里边撕了两页纸，然后走到台阶上。高空的月亮洒下月光，照得院子白晃晃的。我偷偷走到鸡窝那里，把鸡蛋一个一个放到纸上——已经有六个鸡蛋了！——随后蹑手蹑脚走出了小夹道。月光照着白纸上的鸡蛋，鸡蛋变得很神奇：像磨砂玻璃一样柔和，几乎像透明的一般。我脚步匆忙，想赶快把鸡蛋藏起来。对，藏到台阶下边！我刚刚走到台阶跟前，就听见背后传来母鸡咕咕嘎咕咕嘎的叫声。我回头一看，只见那母鸡在我们家的柴禾棚顶上。它刚刚下了一个蛋。我把那包鸡蛋放到台阶上，很快爬上了柴禾棚。

我发现那里也有一个草窝，惊喜地叫了起来。草窝里的蛋不是鸡蛋，是别的鸟下的蛋，大得出奇，比鹅蛋还要大，蛋壳上还有奇妙的花纹。那个蛋在草窝里就像个活物，躺在那里，还会呼吸：一会儿变大了，一会儿又变小了……

还没有来得及去摸那个蛋，冷不防一只大鸟朝我猛扑过来，它用一只翅膀啪啪啪地击打我。那只巨大的鸟浑身长着银色羽毛，月光一照，微微泛出粉红，它的头很小，只有头上高高的冠子像火一样红。我伸手抱住了它拍打我的翅膀，紧紧贴在胸前。被我抱住的翅膀簌簌发抖，越来力气越小，月光顺着它颤抖的羽毛向下流淌。这时候大鸟用另一个翅膀击打我。那只鸟很有力,羽毛全都是银色的。每拍打一次翅膀,都能听见忽忽的响声。

  我抓住大鸟的另一个翅膀,紧紧地贴着自己的胸膛,更加用力地抱紧它,我猜想,这是一只火烈鸟。它那长着火红冠子的小脑袋忽然藏到了翅膀下面,这让我觉得害怕,担心它快要死了。我不由得松开了手,我的手刚一松开,大鸟突然击打我的心口。它击打得不怎么疼,但却是致命的一击。明亮的月光消失了,羽毛的闪光消失了,知觉陷入了一片昏暗……

  早晨起来,不管看什么,所有的东西都显得不真实,都有点儿怪。我曾经把一包鸡蛋放在台阶上,台阶上却没有那个纸包。夹道的栅栏看上去普通平常,十分无聊。再看看柴禾棚的顶子,也那么丑陋,破旧的桦木椽子上边盖着一片一片腐烂的茅草。我真不如不看见那只火烈鸟!

谷羽 译

纳吉宾（1920—1994）

尤里·马尔科维奇·纳吉宾，俄罗斯作家，电影剧本作家，出身于职员家庭，参加过卫国战争，曾任前方记者，毕业于高尔基文学院。擅长写中短篇小说，也创作散文、特写、电影剧本。主要作品有文集《从前线回来的人》、《伟大的心灵》等。他的作品关注普通人的生活，战士、教师、猎人、农民、学生，这些平凡的人物，都会进入他的视野，倡导人与人、人与自然，应当关系和谐，认为大自然充满智慧与魅力。《冬天的橡树》，是他一篇代表性的抒情散文。作家以细腻传神的笔触，描写了成年人和儿童置身于大自然，受到冬天橡树的启迪而觉醒，从而表现了师生之间、人与大自然之间的微妙关系。作品底蕴丰厚，堪称散文中的上乘之作。

冬天的橡树

　　从乌瓦罗夫卡村去学校的狭窄小路,被下了一夜的雪埋住了,积雪耀眼刺目,只有凭借隐隐约约的阴影才能猜测出道路的方向。女教师穿着高统皮套靴,小心谨慎地迈着脚步,生怕在雪地上走错地方,她随时准备把伸出的腿收回来,往后退。

　　到学校只有半公里的路程,因此,女教师只穿了一件短皮袄,匆忙间还往头上裹了条又轻又薄的羊毛围巾。天气非常寒冷,偏巧又刮起了风,卷起了刚刚落下的雪花,弄得她从头到脚浑身是雪。谁知二十四岁的女教师竟然喜欢这一切。她喜欢鼻子和面颊被严寒冻得疼痛的感觉,喜欢冷风钻进她的皮袄,浑身感受到凛冽的寒气。她扭过头去,看见身后留下了尖头套靴踩出来的密密麻麻的脚印儿,仿佛是什么小动物的足迹,就连这些也让她喜欢。

　　一月的早晨,空气清新,霞光初露,激发起欢快的思绪,使她想到了生活,想到了自己。自从离开大学的课堂到这里来教书,算起来只不过短短的两年,可是她已经出了名,成了既能干又有经验的俄语教师。无论在乌瓦罗夫卡村,在库兹明卡,在黑雅拉,还是在泥炭镇或者养马场,不论到哪里,人们全都知道她的名字,人们夸奖她,尊敬她,称呼她安娜·瓦西里耶夫娜。

　　远处锯齿状的茂密松林上空升起了太阳,雪地上出现了长长的蓝色树影。影子缩短了远方建筑的距离:古老教堂钟楼的尖顶投下的影子,竟然落在了乌瓦罗夫卡村委会的台阶上;河对岸成排的松树,影子落在这边河岸的斜坡上;学校气象站的风向标在操场中央旋转,它的影子刚好落在安娜·瓦西里耶夫娜的脚边。

　　有个人穿过原野向她走来。"要是他不让路,那可怎么办呢?"安娜·瓦西里耶夫娜心里想,她既高兴又有点儿不安。窄窄的小路容不下两个人行走,要让路就得往旁边跨一步,立刻就会陷入深深的积雪。不过,她心里明白,在这个地区,不会有什么人不给乌瓦罗夫卡的女教师让路。

"早安！安娜·瓦西里耶夫娜！"伏罗洛夫微微举起平顶羊皮帽，露出了一头短发。

"您好！快戴上帽子，天气太冷！……"

伏罗洛夫想必也愿意赶快戴上帽子，不过他成心迟疑着不戴，好显示他对寒冷并不在意。他身材匀称结实，身上的短皮大衣挺合体。他手里攥着一根小蛇似的细鞭子，不时拍打一下高腰的白色毡靴。

"我的廖沙怎么样？不淘气吧？"伏罗洛夫恭敬地问。

"孩子们都淘气。淘气不怕，只要不过分就好。"安娜·瓦西里耶夫娜回答说，显得很有教学经验。

"我的廖什卡一定听话，他随父亲！"伏罗洛夫一边笑着说，一边给女教师让路，他站到路旁，积雪几乎没到膝盖，个子变矮了，好像是个五年级的学生。安娜·瓦西里耶夫娜宽厚地点点头，继续走自己的路……

学校里的两层教学楼离公路很近，宽大的窗户上结满了冰花，楼房的红色墙壁映红了公路上的积雪。乌瓦罗夫卡村的条路一直通往学校。读书的孩子们来自全区各个地方：有的来自附近的村庄，有的来自养马新村，有的来自石油工人休养所，也有的来自距离较远的泥炭镇。现在只见许许多多的孩子，有的戴着风雪帽、裹着围巾，有的戴便帽或者皮帽，有的戴护耳棉帽或者长耳风帽，从两个方向沿着公路像溪水一样朝校门口汇集。

"您好！安娜·瓦西里耶夫娜。"时刻都有学生打招呼，有的声音响亮，有的声音低沉，原来有些学生裹着围巾或头巾，捂着鼻子和嘴，难怪声音那么含混了。

安娜·瓦西里耶夫娜第一节给五年级A班上课。铃声还没有停止，她已经走进了教室。孩子们整齐地站起来，向老师问好，然后坐到自己的位子上。教室里没有立刻安静下来。听得见课桌翻板的乒乓声，椅子移动的吱扭声，还有人大声打哈欠，看来是和早晨懒洋洋的情绪告别。

"今天我们继续分析词类……"

教室里静了下来，这时听见公路上有载重卡车缓慢爬行的嗡嗡声。

安娜·瓦西里耶夫娜想起了去年刚开始讲课她多么紧张，简直像个面临考试的中学生，自言自语地重复着："词类中有名词……词类中有名词……"她还想起来当时折磨她的还有一种可笑的恐慌心理：万一他们听不懂可怎么办?……

回想往事让安娜·瓦西里耶夫娜不由得笑了,她觉得心情平静,浑身温暖,伸手理了理发绺上的别针,然后用平和安详的口吻开始讲课:

"表示物体的词类叫做名词。在语法中,凡是物体都能问:这是谁或这是什么?比方说:这是谁?——是学生。这是什么?——这是书……"

"可以进来吗?"

半开半掩的门口站着个穿破旧毡靴的小矮个儿,毡靴上的冰屑雪粒正在融化。一张圆圆的脸冻得通红,仿佛涂了一层紫菜头汁似的,结了霜的眉毛变得雪白。

"你又迟到了,萨沃什金!"像大多数年轻的女教师一样,安娜·瓦西里耶夫娜喜欢严格执教,不过,现在听她的语气,好像是在抱怨。

萨沃什金以为老师的话是允许他进教室,就紧走几步溜到自己的座位上。安娜·瓦西里耶夫娜看着这孩子把漆皮书包塞进课桌,头也不扭向同桌问了句什么话,大概是问老师正在讲什么吧?

萨沃什金的迟到让安娜·瓦西里耶夫娜感到不快,败坏了她早晨的好心情。地理老师,一个身材瘦小像只黑蝴蝶的老太太,就曾经向她抱怨过萨沃什金经常迟到。这老太太常常抱怨,一会儿嫌教室里太吵闹,一会儿说学生太散漫。"头两节课太难上了!"老太太叹息说。"的确,什么人不善于约束学生,不能把课讲得生动有趣,自然就觉得难。"安娜·瓦西里耶夫娜自信地想,并且建议跟老太太调换了课程。现在,她感到自己有些愧对老太太,生怕她把好心的建议看成挑战或者责备。

"都听明白了吗?"安娜·瓦西里耶夫娜向全班提问。

"明白啦!……明白啦!……"孩子们齐声回答。

"好,请举例说明。"

有几秒钟非常安静,随后有人有几分迟疑地说:

"猫。"

"对,"安娜·瓦西里耶夫娜说道,她马上回想起去年上课头一个词说的也是"猫"。这时候一个个词脱口而出:

"窗户!桌子!房子!道路!"

"正确!"安娜·瓦西里耶夫娜肯定说。

全班学生兴奋得叫嚷起来。孩子们那股兴奋劲儿让安娜·瓦西里耶夫娜感到惊喜，似乎伴随着他们列举的物体，仿佛进一步认识到了这些物体崭新的、非同寻常的意义。例子的范围逐渐扩大，但最初几分钟孩子们说的都是最为接近的东西：车轮……拖拉机……井……鸟窝……

坐在后排的胖子瓦夏用尖细的声音固执地说：

"小钉子……小钉子……小钉子……"

这时候有人怯生生地说：

"城市……"

"城市，好！"安娜·瓦西里耶夫娜给予鼓励说。

于是飞快地举出了新的例子：

"街道……地铁……电车……电影……"

"够了，"安娜·瓦西里耶夫娜说，"我看你们都明白了。"

孩子们的声音有点儿不情愿地平息下来，唯独胖子瓦夏还在嘟囔那个没有得到大家承认的"小钉子"。突然，萨沃什金像刚睡醒了似的，站起来大声喊叫说：

"冬天的橡树！"

孩子们哄的一声都笑了。

"安静！"安娜·瓦西里耶夫娜用手掌拍拍桌子。

"冬天的橡树！"萨沃什金重复了一遍，对同学们的笑声，对老师的意见，都不在乎。他说这句话跟别的学生不一样。那两个词是从心底迸发出来的，那是一种自白，包含着幸福的秘密，满怀喜悦的心没有力量制止它脱口而出。

安娜·瓦西里耶夫娜并不理解他这种奇怪的冲动，极力压制住自己的气愤，对他说：

"为什么是冬天的？只说橡树就行。"

"光说橡树那算什么？冬天的橡树——才是名词！"

"萨沃什金，你坐下，这就要怪你常常迟到了。橡树——是名词。至于'冬天的'属于什么词类，我们还没有讲到。大课间休息时，请你到办公室去一趟。"

"都是冬天的橡树给你惹的祸！"后排有人嘿嘿嘿地笑。

萨沃什金坐下了，可脸上还带着笑容，他对自己的想法很得意，丝毫没有受到老师严厉口气的触动。安娜·瓦西里耶夫娜心里想，"这孩子很难管教。"

接下来继续上课。

安娜·瓦西里耶夫娜见萨沃什金走进办公室，就对他说：

"坐下吧。"

男孩子在柔软的圈椅上坐下来，心里很满意，还在弹簧坐垫上颤颤悠悠地颠了好几下。

"说实话，你解释解释：为什么一直总迟到？"

"我也不知道怎么回事，安娜·瓦西里耶夫娜。"他像大人似的，把双手向外一摊。"我总是提前一个小时出门。"

要查明事实真相可真难！许多孩子住得都比萨沃什金离学校更远，可是他们当中没有一个人花在路上的时间会超过一个小时。

"你家住在库兹明卡吗？"

"不，住在休养所。"

"你说提前一个小时出门就不害臊吗？从休养所走到公路用十五分钟，顺着公路到学校用不了半个小时。"

"我可不沿着公路走，我走近路，简直穿过森林。"萨沃什金回答说，好像他自己对这种局面也很惊奇。

"要说'直接'穿过，不能说'简直'，"安娜·瓦西里耶夫娜习惯性地为他纠正用词错误。

每当碰到孩子说谎，安娜·瓦西里耶夫娜就会感到忧虑。她默不作声，期待着萨沃什金能说出："对不起，安娜·瓦西里耶夫娜，我跟小伙伴打雪仗，忘记了时间。"或者说出类似的实话，而不是耍心眼编瞎话。不料萨沃什金瞪着一双灰色的大眼睛看着她，那目光好像在说："看，事情都弄明白了。你还要我说什么呢？"

"真叫人难过，萨沃什金，太难过了！我只好跟你的父母谈一谈了。"

"安娜·瓦西里耶夫娜，我只有妈妈。"萨沃什金笑了笑。

安娜·瓦西里耶夫娜脸上泛出了红润。她想起了萨沃什金的母亲，她儿子说她是"灵魂的保姆"。她在休养所水疗室上班，是个满面愁容的瘦弱妇女，双手被热水泡得又白又软，像快白布似的。她一个人过活，丈夫在卫国战争中牺牲了，除了科利亚以外，她还抚养着三个孩子。

真的，萨沃什金娜已经够忙活的了，但是安娜·瓦西里耶夫娜还是下决心要去见见她。

"我只好找你的母亲了。"

"您去吧，安娜·瓦西里耶夫娜，妈妈一定会高兴！"

"可惜，我没有什么让她高兴的。你妈妈一早就上班吗？"

"不，她下午三点上班。"

"那太好了。我两点下课。放学后你领我去。"

萨沃什金领着安娜·瓦西里耶夫娜走学校后边那条小路。他们刚走进森林，压着厚厚积雪的云杉树枝就在他们背后相互衔接围拢过来，他们仿佛一下子进入了另外一个静悄悄没有声响的奇妙世界。喜鹊和麻雀在树上跳来跳去，树枝摇晃，球果纷纷坠落，有时候鸟翅膀还会碰断发脆的枯枝，但是依然没有任何声响。

四周一片白茫茫。只有凄凉的白桦树高高的树梢颜色发乌，像是用墨汁在蓝蓝的天上描画出来的一样。

小路依傍小溪向前延伸，有时跟小溪平行，随小溪弯曲，有时登上一个高坡，随丘陵蜿蜒而行。

有时树林向两边分开，露出一片阳光灿烂、赏心悦目的林间空地，上面有许多野兔的爪印儿，一条一条像表链似的。还有些巨大的爪印儿像是猛兽留下的，看形状很像车轴草的三片叶子。这些爪印儿大都延伸到密林深处或是树木被风暴刮倒的去处。

"长角鹿从这儿走过。"萨沃什金见安娜·瓦西里耶夫娜对动物的爪印儿感兴趣，就像谈起好朋友一样说道。"不过，您别害怕，"他发现老师的目光注视着密林深处，赶紧补充说。"驼鹿，挺温和的。"

"你看见过鹿吗？"安娜·瓦西里耶夫娜高兴地问。

"您说的是不是驼鹿？活的？"萨沃什金叹口气说，"没有碰见过。只见过驼鹿吃的果实。"

"吃什么？"

"松树的球果。"萨沃什金不好意思地解释，

小路穿过弯曲的白柳交织成的拱门，重又回到小溪岸边。小溪有的地方盖上了厚厚的一层雪被，有的地方穿上了冰的铠甲，有的地方在冰雪之间露出一

泓溪水，就像一只凶狠的黑眼睛。

"为什么这儿的溪水不结冰呢？"安娜·瓦西里耶夫娜问。

"下面有温泉，看，那儿不是细细的水流吗？"

安娜·瓦西里耶夫娜向冰窟窿俯下身去，仔细看从小溪底层涌出的水流，上升的水流渐渐变成许多小水泡，就像一棵铃兰花那么美丽。

"这儿有很多这样的泉水！"萨沃什金高兴地说，"小溪在雪下面还是活的。"

他扒开雪层，露出了柏油一样乌黑透明的溪水。

安娜·瓦西里耶夫娜见雪落到水面上没有融化，却一下子凝结起来，恰似悬浮在水面的淡绿色水藻。她很喜欢这情景，就用靴子把雪踢下水去，看到大团的雪变换出奇形怪状的花样，她感到格外开心。她迷恋水中幻影，没有发觉萨沃什金已经走到前面去了，他正坐在小溪边高高的树杈上等着老师。安娜·瓦西里耶夫娜紧走几步赶上了萨沃什金。这地方已经看不见温泉，溪水覆盖着一层薄冰，大理石似的冰面上晃动着淡淡的影子。

"看，多薄的冰，看得见水在流动。"

"那不是水，安娜·瓦西里耶夫娜！是我摇动树枝，影子晃来晃去。"

安娜·瓦西里耶夫娜突然沉默了，也许她觉得在这大森林里最好还是不说话。

萨沃什金再次迈开大步给老师带路，他微微弯着腰，仔细观察四周的动静。

森林不断地把他们引向纵深处，许多小路纵横交叉，难以辨认，让人觉得这密密层层的树木，这起起伏伏的雪堆，这万籁俱寂的宁静永远也没有尽头。

意想不到的是，远处闪烁着一条缝隙，飘浮着淡蓝色的烟雾。密林渐趋稀疏。四周越来越宽敞，空气更加清新。那条缝隙逐渐变得开阔，原来是阳光照耀下的一片林间空地，那里似乎有许多冰雪凝就的星星在闪亮、发光。

小路绕过一片榛树林，树木忽然向两边分开，眼前豁然开朗：只见空地中央耸立着一棵橡树，身穿闪闪发亮的洁白雪装，巍然高耸，壮丽辉煌，就像一座大教堂。周围的树似乎都怀着敬意，给这位上了年纪的兄长让开地方，好让它的树枝能尽情生长。橡树枝丫伸展，像巨大的帐篷，笼罩着空地。树干很粗，三个人伸展手臂才能抱得过来，树皮上有许多深深的裂纹，里面都是积雪，看上去好像缝上了无数条银线。秋后干枯的树叶几乎没有凋落，就连高处的树梢也还有叶子，叶子上都是雪，像披着白雪的斗篷。

"看，就是它，冬天的橡树！"

安娜·瓦西里耶夫娜小心翼翼地迈步走近橡树，这个身强体壮、心胸豁达的森林卫士，轻轻地摇晃了一下树枝，向她表示欢迎。

老师心里在想什么，萨沃什金一点儿也不知道，他只顾围绕着树根转来转去，十分忙碌，好像见到一个老朋友那么高兴。

"安娜·瓦西里耶夫娜，您瞧！"

他用力扒开粘着泥土草叶的雪堆。原来积雪下面有个洞，洞里面有个小圆球，上面包裹着细碎的枯叶，透过枯叶露出一根根尖细的针刺。安娜·瓦西里耶夫娜猜着了，那是一只刺猬。

"看它包裹得多严实！"

萨沃什金细心周到地把刺猬埋好，像盖被子一样，给它蒙上一层雪。接着他又扒开另一边树根上的积雪，露出一个小小的洞穴，里面有一只棕褐色的青蛙，皮包骨头，像硬纸板做的。萨沃什金用手指戳了青蛙一下，青蛙却一动不动。

"假装的，"萨沃什金笑了，"好像死了，可把它拿到太阳地里一晒，——它就会蹦，哎呀呀，一蹦老高！"

萨沃什金领着老师继续在他的小天地里转悠，原来橡树根部还藏着很多很多昆虫和小动物：有小甲虫，有蜥蜴，有瓢虫。强大的、充满了活力的橡树，在自己身边聚集了那么多的小生命，并且给它们温暖，看来，可怜的小动物再也找不到比这里更好的栖身之地了。安娜·瓦西里耶夫娜对森林里的小生灵并不熟悉，她仔细观察，觉得既高兴，又有趣，这时候，她忽然听见萨沃什金焦急地喊叫声：

"哎呀，我们赶不上见妈妈了！"

安娜·瓦西里耶夫娜连忙看了看手表，已经是三点一刻了。她有一种说不出来的感觉，好像是中了圈套。她在心里默默地请求老橡树给予宽恕，原谅她这个渺小的人耍一回心眼儿，她说：

"那好吧，萨沃什金，这说明你这条近路还不太可靠，你最好还是沿着公路走。"

萨沃什金低下头，什么话也没说。

"我的天啊！"安娜·瓦西里耶夫娜回想起来就觉得痛心。"敢不敢更大胆一些承认自己缺乏能力呢？"她想起了今天讲的和曾经讲过的那些课：她讲解词汇，讲解语言，说什么没有词汇和语言，人面对世界，就会成为哑巴，就没有能力表达情感，还说过，祖国的语言怎么样新鲜、优美、丰富，生活是多么慷慨、多么美好，可是自己讲得竟那样苍白、枯燥、平淡！

可是她居然自认为是个能干的教师！也许，即便付出平生的努力，也还不足以为人师表，看来，在教书育人这条道路上她连一步也还没有迈出去哪。这条道路又在哪里呢？

寻找这条道路决非轻而易举，也许比找到科谢伊宝盒①的钥匙还要难。不过，当孩子们说出"拖拉机"、"井"、"鸟窝"的时候是那么兴奋，虽然她对这种兴奋还不太理解，但是从中似乎隐隐约约看到了第一座路标。

"好吧，萨沃什金，谢谢你带我散步。当然啦，你还可以走这条小路。"

"谢谢您，安娜·瓦西里耶夫娜！"

萨沃什金的脸红了：他很想对老师说，今后再不迟到了，可又怕说了做不到。他把棉袄的领子竖起来，把护耳皮帽拉得更低了。

"我送送您吧……"

"不用了，萨沃什金，我一个人能走到。"

他不太放心地看看老师，随手从地上拣起一根木棍子，把弯曲的一头折断扔掉，然后把木棍递给安娜·瓦西里耶夫娜。

"万一驼鹿跳出来，您用棍子抽它的背，它就会逃跑。不过最好是摇晃摇晃棍子，就能吓唬它。要不它受到伤害就会从森林里跑出去。"

"放心吧，萨沃什金，我不会打它。"

安娜·瓦西里耶夫娜往回走，走了不远，最后一次回头看看老橡树，只见树上的积雪映着傍晚的霞光变成了一片玫瑰红，橡树下有个矮矮的身影，那是她的学生萨沃什金，他还没有走，他从远处护送自己的老师。这时候，安娜·瓦西里耶夫娜忽然醒悟了，在这片森林里最让人惊喜的不是冬天的橡树，

---

① 科谢伊宝盒，科谢伊是俄罗斯童话中的人物，一个吝啬的老头，只有勤奋聪明的孩子才能找到钥匙，打开他盛宝贝的盒子。

而是这个穿着破旧粘靴、衣服上有补丁的小男孩儿,他的父亲是为国捐躯的战士,她的母亲是"灵魂的保姆",他是奇妙的、让人捉摸不透的未来世界的公民。

安娜·瓦西里耶夫娜向萨沃什金挥挥手,沿着曲折的小路,默默地向前走去……

谷羽　译

叶夫多基莫夫（1922—2010）

尼古拉·谢苗诺维奇·叶夫多基莫夫，俄罗斯作家，1940年卫国战争爆发的时候，他刚刚十八岁，在血雨腥风中经受了生死考验，战争给他留下了终生难忘的印象。1948年毕业于高尔基文学院，主要作品有中短篇小说集《崇高的义务》、《女罪人》、《一贫如洗》，《记忆自有法则》，特写集《渔民》等。他的许多小说和散文以战争为题材，着眼点不是塑造英雄人物，而是揭示战争环境下人的内心世界，义务、职责、友谊、爱情、生死考验与求生本能之间的矛盾冲突，带给人的冲击与思考，因而写得有深度。《斯杰普卡，我的儿子》，构思新颖别致，借鉴了意识流的艺术技巧，时空交错，虚实结合，把一个生离死别的悲惨故事，点染得如诗如画，从而反衬出残酷的战争是对人性极大的摧残。

斯杰普卡，我的儿子

虽然说不太频繁，但随着年岁的增长，这种情况越来越多了。我常常在黎明醒来，沿着莫斯科空旷的街道徘徊。

晨曦之中，昨夜的路灯还放射着疲倦的微光。

黎明的莫斯科焕发着朝露的清新气息。房子的墙壁上有露水珠儿，公园的铁栅栏上有露水珠儿，纪念碑铜像的肩膀上也有露水珠儿。

鸟儿——这是莫斯科清晨的主人，像在森林里似的鸣啭啁啾。一只鸽子，咕咕叫着，在红场上漫步。黎明时分，瓦西里·布拉日尼科夫教堂前面的马路宛如一片草地，鹅卵石中间，挺立的草茎湿津津的。白天，草被汽车轮子碾坏了，可现在，滋润的草地上，一只鸽子踯躅低叫，风吹拂着它翅膀上的羽毛，风带来了花朵的芳香，一片寂静中，听得见蜜蜂嗡嗡的响声。

而后，无轨电车和公共汽车出动了。它们还睡意蒙眬，走路的样子困乏疲惫，软弱无力。

此刻，第一束阳光照亮了瓦西里·布拉日尼科夫教堂的圆顶，从那里传出了平缓的、震耳欲聋的钟声，钟声呼唤河水，夜间冻僵了的河水苏醒了，开始轻轻喧哗，在朝阳之下泛起粼粼波光。河面上，桥梁沉重的倒影衬托着高空的云影。

我顺着河岸向前漫步，柏油路上的露水慢慢变干了，树上笼罩着白霭霭的雾气。

一幢楼房正在施工。墙边上高高地站着一个小伙子。

这是斯杰普卡，我的儿子。

他每砌上一块砖，就用瓦刀轻轻地敲一敲。四面八方立刻传来同样的敲击声与他迎合。这声音，像鸽子似的飞翔着，在莫斯科上空缭绕盘旋。

这是斯杰普卡，我的儿子，唤醒了莫斯科。

傍晚，我倚在窗口，等着斯杰普卡。对面楼房里，一个姑娘坐在窗台旁，忧郁地望着下面的街道。我知道她许多情况，可又对她一点儿也不了解。我知道她爱笑。她的笑声我很熟悉，跟斯杰普卡母亲的笑声非常相似。但是，她每天傍晚坐在窗旁，向下张望，好像等候着什么人。她那本来十分快活而又善良的面庞，为什么此刻竟显得黯然神伤？我知道，她在等待他，而他却迟迟不来，迟迟不来……

姑娘等待斯杰普卡。我也等待着他。不过，我知道能让斯杰普卡快些回家的秘诀，而她却并不知道。

我闭上眼睛——一会儿，就听见空荡荡的街道传来了他的脚步声，听见他用浑厚的男低音说："你好！"——这是他对那个姑娘说的，接下去，就听见姑娘的鞋后跟在柏油路上咔咔咔咔地响了起来。

姑娘向他跑过去，笑着，似乎唯独她才会这样笑。她和那一个姑娘，另外一个姑娘很像，斯杰普卡快二十岁了，当我遇见她，遇见斯杰普卡的母亲的时候，我也是二十岁。

谢里盖尔湖畔有一个村庄。那里的村子很多，但是我不愿回想那些村名，因为我怕忘记一个名字：普斯托什卡。我们来到这个村庄的时候，村里只有房子，人都走光了，带着家具什物到遥远的城市奥斯塔什科夫去了。后来，房子也没了，只剩下一片瓦砾。为争夺这片废墟，还夜以继日地在打仗。

一天……两天……一个月……然后是长时间的寂静。

我们在土地上生了根，我们成了土地的灵魂，我们熟悉了土地的气息和味道，体验了土地的温暖和慈祥。

掩蔽部周围长着青草，我们走路不踩这些草，每次从住处出出进进，总是走一条窄窄的小道，生怕弄折一根活着的草茎。是什么人教会了我们懂得花草的语言，我已经无从记忆，不过，我们大家都能和衰老的秋叶儿说话，和挂满露珠儿的树丛说话，和火一样红艳的花朵儿说话。

我们的掩蔽部挖在村后的树林里。但树林很快就稀疏了，炮火削掉的松树树冠纷纷坠落下来。青草也稀疏了：每天清晨和黄昏，敌人的迫击炮在同一时刻向我们掩蔽部四周坚韧的土地进行轰击，连续地轰击。成排的炮弹犁一样把土地翻开来。我们走路时更加小心翼翼，绕过幸存下来的小草、七零八落的树丛。

在狭小的掩蔽部里，和我们住在一起的还有一只小老鼠：土地把舒适同样赠给了它。这只小老鼠胆子大，很听话，不偷面包吃，也不往罐头上爬。它学会了蹲在角落里等人喂它，就像一只机灵的狗。夜里，它爱在绑腿布上睡觉。

敌人近在咫尺而又相距遥远。

敌我双方的战壕之间有一条狭长的地带，在漫长的几个月当中，那是以死亡划定的禁区。

我们掩蔽部里共有七个人。每天夜里，我们都要穿过地雷阵摸向敌人的战壕。我们是侦察兵，比其他战士能多领一两伏特加酒，偶尔还发给我们一些巧克力糖。我们天天夜里匍匐在地，爬向德国人的战壕，设法捕捉"舌头"。我们其实不需要巧克力，也不需要多余的伏特加，如果能有一个探雷器的话，我们必定经常带回"舌头"来。

能有个探雷器该有多好哇！

但是我们没有——因为那是艰苦的四一年。我们锯了一棵小树，把它削光，做成一根长木杆。这根光滑的长木杆就是我们的探雷器。我们用它在头前探路，指望发觉地雷，避开死亡。长木杆在地上探来探去，像坦克的履带一样咔咔作响，在万籁俱寂的黑夜里，那响声不亚于十万门大炮。敌人惊恐地把黄色照明弹射向天空。这时候，我们匍匐前进，还没有接近敌人的壕堑，我们的影子却已经到了那里。敌人的机枪立刻像疯狗似的狂叫起来，一颗颗火红的子弹曳着光带朝各个方向疾飞，我们咬着石头一般僵硬的嘴唇，向前爬，爬啊爬……

血红的子弹径直朝我们射来，我们却继续匍匐向前……

大概，即使牺牲了，我们也会向前爬，但中士命令我们往回撤……

我们用浸透鲜血的外套把我们当中的一个战友拖了回来。掩蔽部里再不是七个人，而是六个了，但是，不久又来了一名新兵，我们又成了七个。我们返回掩蔽部，在中间地带的边缘，我们战壕的附近，一个卫生员正等着我们，她叫安卡。

她有一双柔软的手，青草那样轻柔。她知道许多贴心的话儿，那些普普通通的言语，谜一般能够镇静止疼的言语，自然都是她自己想出来的。"忍耐一会儿，亲爱的，"这些话，后来竟然像歌曲一样飞遍了前线，在战地医院中流传。

我当时二十岁。除了母亲那双日夜操劳的手，我不熟悉别的女性的手。使我惊讶的是——安卡的一双手有我母亲手上的气味。她还是个姑娘，才十九岁，可是，她的双手接触过那么多的苦难和死亡，显得比她本人苍老、干练。

战争中的时间像飞驰的子弹一闪而过，同时又像连队炊事兵骑着劣马，行动蹒跚缓慢。我们两个相爱了，我，和我们的卫生员。

我们的爱情是暂短的，神速的，同时又是长久的，永恒的——岁月流逝，而我们在一起，永远在一起。

我当时二十岁，因此我深信自己不会负伤挂彩。我的朋友阵亡了，但是我知道，我不可能牺牲，不可能，因为我才二十岁，因为安卡在那里等着我，在我们的掩蔽部旁边等着我。

我又回到了她的身边。我没有到掩蔽部里去睡，而是和安卡在蓝色的夜幕中慢慢地走着，走得很远，走到了普斯托什卡，那里白天黑夜都哔哔剥剥，闪烁着墓地的磷火，上千次的炮火把它烧成了一片焦土。

地平线上大火熊熊燃烧，显得十分美丽，而在地平线后面，战争的磨盘隆隆作响，有节奏地摧残着人类的生命，使他们倒在地上，呻吟着，被碾成齑粉。头顶，乌云上方，远程炮弹嗖嗖飞过，我们听得见那嗞嗞作响的呼啸。

在这里，在普斯托什卡，在废墟的光亮里，我第一次吻了安卡。她的两腮，她的嘴唇，像湿润的苔藓，像柔软的羽毛。我不由得吃了一惊。安卡也吻了吻我，似乎也有些诧异。

一天天过去了，一个个星期过去了……现在大家都知道我们俩在恋爱，大家都尽力保护我们，像保护掩蔽部周围的青草。

安卡有了点变化，我一时还不能理解。她的眼睛即便在黑暗的地方也闪闪发光。同志们因此开玩笑说，该在她眼睛上面罩一层伪装护板，不然的话，那光亮准会引来敌人的飞机。如今，安卡走路时小心谨慎，就像踩着石头涉水穿过溪流。她总是低垂着头，仿佛在倾听着什么。

有一次，我和她白天顺路绕到普斯托什卡。我们走着，手牵着手，谁也不说话。我们微笑着，也不知笑什么，那是由于感到幸福才有的微笑。

普斯托什卡村后落下一颗炮弹，——德国人这次往村子里打炮，时间与往日不同，他们为什么要轰击这一片废墟呢？至今我也不明白，就好像那里不是经过多次焚烧的一片土地，而是一个莫名其妙的重要的战略目标。

我和安卡跑进一片小树林，卧倒在土岗后边，躲避炮火的轰击。

炮弹吼叫着，炸起滚滚的烟尘，肮脏的土块四处纷飞。安卡趴着，用双肘支撑着身体。

"给块糖，"她说。

早晨，我们每人发了一块方糖，她把她那一块早就嚼了。她知道：我没有吃，我为她留着呢。

"待会儿我们喝茶搁什么？"我问。

"给我……"

可是我没有给她。这倒不是因为贪心，我留着还是为了她。她呢，也不觉得委屈。

炮弹呼啸着，呼啸着，落得越来越近。已经听得见嗡嗡响的碎弹片像一群蜜蜂在飞。

"我们要有儿子了，"安卡说，"你听见了吗？我们要有儿子了！他长得一定像你……我们给他起名叫斯杰普卡……"

此情此景离现在是多么遥远啊！……我黎明醒来，在莫斯科空旷的街头徘徊。凌晨的莫斯科有一股汽油和混凝土的味道。

……斯杰普卡在盖一座楼。他站在墙边，每砌上一块砖，就用瓦刀轻轻地敲一敲。斯杰普卡在盖楼——用不了多久，他的墙就能粉刷油漆。剩下的活儿不多了——斯杰普卡盖的楼房即将竣工，一座既有油漆味儿又有面包香的楼房……

……然而斯杰普卡什么楼也没有盖成！窗台下的姑娘，你也不必等他了，他永远也回不来了。

"我们给他起名叫斯杰普卡……"安卡轻轻地说着，我们俩听见了弹片的嗡嗡声。"噢！"安卡凄惨惊恐地吐出这个字，头就垂到了青草上。

"别开玩笑！"我叫着，哭着，一次又一次把那块糖塞到她冰冷的嘴唇上……

一颗露珠儿在草叶上闪光。安卡头边的青草里有一株直挺挺的黑蘑菇。

那时候，我对它，对这株蘑菇，并没有特别留意。可是一年年过去了，它在我的记忆里似乎逐渐膨胀，变得巨大无比，那带来死亡的、帽子形状的蘑菇头，笼罩了整个大地，——它所吸取的汁液和营养，并非来自仁慈的土地……

谷羽　译

邦达列夫（1924— ）

尤里·瓦西里耶维奇·邦达列夫，俄罗斯作家，卫国战争期间，在炮兵部队服役，1951年毕业于高尔基文学院。作品多以战争为题材，长篇小说《热的雪》、《岸》、《抉择》等作品给他带来了巨大的声誉，先后曾获得俄罗斯联邦国家奖和列宁文学奖。他的散文集《瞬间》，撷取现实生活的短暂时刻，记述作家不同时期的种种见闻与感受，融入自己的回忆、思考、议论，内容涉及人生、战争、道德、友谊、爱情、人与自然，其共同主题是——人生道路上必须面对的爱与恨、善与恶、生与死的严峻考验。作品语言凝练，短小精悍，有的偏重抒情，有的渗透哲理，清新隽永，耐人咀嚼与回味。《母亲》、《美》、《记忆》、《书籍》等几篇短文都是从这本文集中选译的。

母 亲

我很疲乏，黄昏时躺下休息，一种难以忍受的苦闷使我醒来，睁眼一看已是午夜时分，一下子弄不明白，没挂窗帘的窗户怎么黑洞洞的，忘记了怎么开的台灯，书橱的玻璃反射着灯光，我就躺在书橱前边的沙发上，脑海里回旋着一支很久以前听过的歌曲，曲调痛苦，尖锐高亢："没有那个人，可怜那个人，心儿飞向远方想见那个人……"

我在沙发上坐起来，揉了揉脑门儿，拣起掉在地板上的那本书，开始回想那几句歌词，忽然觉得，此时此刻，有个人正怀着无限的爱心、怀着欣喜但却孤苦伶仃地在思念我，想到这里，我一下子跳起来，开始在房间里走来走去，不知道自己是怎么回事儿，忍不住想哭，想请求原谅。这时仿佛有一股暖流，穿过了寥廓的夜空，越过了隆冬季节的整座城市，缓缓灌注到我的身心，我忽然明白了，思念我的是母亲，是我年迈的老妈妈，是她在沉思中正想念我，怀着无穷无尽的爱——人世间只有母亲才会有这样的爱，此刻，她躺在并不舒适的医院里，一个人孤孤零零，身体虚弱，无可奈何地忍受病痛的折磨。我究竟是在什么时候什么地方听过这淳朴忧伤的歌曲呢？为什么它的歌词和母亲之间产生了联系？

接下来，母亲在我的想象中又变成了年轻时的模样，她很漂亮，长着浅褐色的头发，站在房间中央，房间敞着窗户，上午暖烘烘的阳光照在她身上，窗口正对着一棵生长在水渠旁边的绿油油的榆树，炎热的日子里，微风送来渠水的清凉；母亲光着脚，在泥土地上来回走动，她身材端庄苗条，上身穿一件洁白的短袖衫；她在轻轻地歌唱，年轻的声音非常好听："没有那个人，可怜那个人，心儿飞向远方想见那个人……"她在窗户旁边停下脚步，笑了笑，扬起脸来，面对着中亚炎热的太阳透过榆树树枝照射进来的阳光。我看见了阳光下母亲那双明亮的眼睛，看见了她似乎正在为爱情祈祷的嘴唇，似乎她正向闷热的早晨，向太阳，向哗哗流淌发出鸣溅声的清凉渠水，倾诉自己年轻的心中隐藏的忧伤:"我告诉你们一个秘密吧:为我所爱的那个人不在这里……"可是我,尽管爱母亲爱得激动流泪,却怎么也想不明白,究竟是什么人不在她身边,什么人让她可怜,她的心思念的到底是什么人,因为那个时候父亲很少出门在外。父亲也很年轻,身体强壮,非常疼爱母亲,对家庭忠心耿耿,他的脾气很好,既乐观开朗,又体贴温存。有时候他像抱小孩儿一样把母亲抱在怀里,亲吻她闪光的头发,可是她不知为什么总想躲闪,把面颊贴紧他的胸膛,似乎有些伤心。

有一天,我蜷着身子躺在沙发上,忽然听见母亲在布帘子后面哭泣,我吓了一跳,立刻扑过去,喊叫说:"妈妈,别哭!"我惊恐地望着她那粘在一起地湿润的睫毛,想不到母亲竟用含泪的眼睛冲我一笑,然后她抱住我,用轻柔的手指抚摸我的头,她小声说,不知道怎么回事,忽然心里觉得难受,现在好了,一切都过去了……

可为什么有时候她会伤心呢?为什么她总想远走高飞去寻找幸福?她心里牵挂的究竟是谁?她常常回想的那个年轻人到底是个什么样的人?母亲忠实于父亲,跟他过了一辈子,可是我不知道她心底的秘密……

现在,母亲失去了知觉,躺在医院的病床上,她已经无路可走,飘浮在深渊上空,飘浮在悬崖边缘,面临空洞洞的茫茫黑暗,看来,她是在短暂的清醒时刻,怀着博大的爱在思念我,这种爱刺痛了我,让我浑身发冷,难以承受的负罪感撕碎了我的心。我皱着眉头,在书房里走来走去,不时发出有气无力的呻吟,我不停地咬自己的手指,让一次疼痛抑制另一次疼痛,不知道用什么办法能帮助母亲,减轻她的痛苦,我疯了似的反复叨念着那几句简单的歌词:

"没有那个人,可怜那个人……"

或许,不止我一个人经历过这种难以自拔的时刻。

谷羽 译

美

如同意识一样，人对自然的反映就是美，难道不是这样吗？

我曾经想象，我们的大地，这宇宙间神奇的花园，连同它的落日余晖、灿烂朝霞，空气清新的早晨，星斗满天的夜晚，凛冽的严寒和灼热的太阳，连同它的光明，凉爽的树荫，6月的彩虹，夏天和秋天的云雾，雨水，白皑皑的雪，——假如这大地上的一切，我曾经想象，不可挽回地趋向衰微凋敝，那该将是一副什么样的情景？你想想看吧，如果大地上再也没有一个人影儿——大城市石头建筑的长廊里喑哑沉寂空空荡荡，旷野里遍地杂草丛生，没有一点动静，既听不到人们的欢声笑语，也听不见绝望的呼喊，那又该是怎样的情景？

在这空旷无人一派冰冷寂静之中，我们美丽的大地立刻会失去它崇高的意义，不再是人类在宇宙空间的航船，承受坎坷艰辛的根基，它的美也就在一瞬之间消失殆尽。须知没有人，美——便无从反映在人的心中，无从反映在他的意识里，也便得不到他的赏识。

美——为谁存在？美——还有什么存在价值？

美，不可能自己认识自己，它不像机敏的思维、精微的智慧有自我评价的能力。局限于自身的美和为美而美是毫无意义的美，是荒唐的美，是丧失生命力的美，因为，从本质上说来，这就像为了炫耀智慧而炫耀智慧，这种故作高深的孤芳自赏，缺乏自由竞争，缺乏吸引力和推动力，缺乏生机盎然的呼吸，因而注定要归于毁灭。

美需要一面镜子，需要明智的鉴赏者，需要品德高尚、由衷赞叹的观赏人，要知道，美感——乃是对生活、对爱情、对希望的感受，是对永恒深藏于内心的信念，因为美好事物所唤起的正是我们对人生的渴望。

美与生命相关联，生命与爱相关联，爱与人相关联。如果维系关联的纽带中断了，那么，自然界的美便和人一道消亡。

在行将消亡的大地上，最后一位艺术家的著作，纵然充满了才情，和谐优美，充其量也不过是一堆废纸，一堆破烂，因为写书的宗旨不是面向空旷喊叫，而是力求引起另一个人内心的反响，是为了传播思想，引起感情共鸣。

世界上所有收集了大量珍品，汇集了无数绘画杰作的博物馆，如果没有人前去参观，那么，这些博物馆，看上去——无异于涂抹成五颜六色的、可怕的柴禾棚子。

离开了人，艺术的美就会变成反常的怪物，它比自然界丑陋的东西更让人厌恶。

谷羽　译

瞬间中的瞬间

究竟是什么主宰着世界和我们整个人类的命运？也许，是宇宙中心一座星球熊熊燃烧的无底深渊？再不就是令人心惊目眩的黑洞？——正是黑洞欲壑难填地吞噬着星座融化的天体，吞噬着一个又一个星系。也许，正是它无上崇高的威力奠定了世界运转的法则，决定着万物的肇始与终结，生存与死亡，决定着地球的运行，人类的诞生与毁灭？这就像地球上的大自然，在森林里建造了蚂蚁的巢穴，同时又预先确定了它们的最后时刻，也就是说，它们的出生就包含着最终的期限。

简直难以想象无边无际茫茫的宇宙空间：太阳像沸腾的火球，它的腾腾烈焰掀起狂暴的飓风，并把风暴中的一切都烧成灰烬，星球爆炸火花四溅，旋转木马似的迸发出万道火光如乱箭齐发如雨水倾泻，与此同时，在神秘莫测的黑暗中，在宇宙坐标轴心的某个交叉点上，旋转飞行着一颗微小的尘粒——我们的地球，缔造宇宙万物的最高神力，依照宇宙体系的普遍法则，赋予它一定的能量，确定了它的使命和存在期限。

有一种说法让人难以同意，那就是在地球诞生时就早已注定了它最后告别的一刻，也就是说，死亡——是生存摆脱不掉的阴影，是生命形影不离的旅伴，这个影子陪伴生命度过它阳光明媚的欢乐岁月，一同经历恋爱、青春、功成名就的日子，越是接近日落黄昏，那不祥的阴影就越来越长，越来越明显。

永恒——乃是延伸到无穷无尽的时间，与此相关，永恒当中又不存在时间。

如果说地球的长久存在——只不过是宇宙能量微粒的短暂一瞬，那么一个人的一生——充其量不过是短暂瞬间中的瞬间。

1976年1月26日，在北半球上空，一颗大小和我们的太阳相似的星球突然爆炸了，这次神秘的天体爆炸前后持续了四十分钟，向宇宙空间释放出的能量，足够地球和我们这些尘世的罪人使用十亿年。谁都不清楚，这次爆炸与什么原因有关联——不知道是一颗巨星的毁灭，还是一颗新星的诞生，也许是濒临毁灭突然又焕发生机，也许是一次难以想象的核能释放，是星球的破灭，是它变成了一个黑洞，变成了密度极其罕见的天体，而这个天体在预定的时刻同样要爆炸和死亡，它以自己的毁灭构成谜一般神秘莫测的白洞。

谁能够准确回答，宇宙中的自发力服从什么样的规律？是什么力量推动进化，决定生命周期与死亡时刻？什么样的杠杆决定着从生到死、从死到生的转变？

我们也未必能够解释，为什么一个人的寿命不能长达九百年，而只是七十岁（按照圣经的说法）？为什么青春飞逝快如闪电？为什么衰迈暮年又如此漫长？我们能够分辨因与果，却难以分辨善与恶，个中原因至今找不到答案。不管这有多么痛苦，但是不能过高估计人对于他在地球上处于什么位置这一问题的理解——大多数人注定不了解生存的意义，认识不到自身生命的价值。因为，只有你度过了你拥有的全部岁月，你才有理由说出，你活得究竟是对还是错。不然的话，怎么来思考这个问题？难道要用抽象思辨和世代相传的宿命论来加以解释吗？

但是有人却不愿认同这种说法，——即从宇宙高度看来，地球不过是一颗沙砾，而人更是渺小到几乎不易觉察的尘埃，这种人缺乏自知之明，狂妄地断定人能破解宇宙的奥秘和规律，当然，他自认为还能让这些宇宙奥秘和规律听从调遣，为人们的日常生活谋福利。

一个人是不是知道，他的生命有限？……人生必有死这令人不安的念头，在他的意识里只是偶尔一闪，随即消失。他总是尽力躲避这个念头，他借助于希望来进行抗争,自我安慰,求得心理平衡——不,劫难不可避免,但不会出现在明天,还有的是时间,还有十年、五年、两年、一年、几个月……

他不想和生活告别,虽然大多数人的生活并没有经历巨大的痛苦和极度的欢乐,其中包含的不过是劳作汗水的气味,还有平庸的肉欲满足感。就是在这种情况下,许多人相互之间还隔着难以逾越的无底鸿沟,只有爱情和艺术细若游丝、时断时续的线,有时候把他们联结在一起。

尽管这样,毕竟还有人头脑清醒,天生富有想象力,他们的意识飞向整个宇宙,探索宇宙间神秘天体冰冷阴森的可怕景象,同时思考人类自身的悲剧——人生在世,既符合规律,又带有偶然性,况且,生命是那么短暂。尽管意识到这种情况,不知为什么,却并没有使人感到绝望,他不认为自己的所作所为毫无意义,是徒劳之举,就像那些智慧的蚂蚁,吃苦耐劳,从不停止它们的活动,显然,它们所关心的是唯一的利益,是满足生存的需求。人常常以为,他在地球上拥有至高无上的权力,因此他相信,人可以长生不老。很久很久,人不愿想:夏天总被秋天取代,而取代青春的是衰老的晚年,甚至最明亮的星星也会熄灭。在人的信念当中,运动、精力、事业、情欲,都有充沛的动力。骄傲的人就像一个轻浮的观众,他相信一部有趣的生活电影可以不停地一直演下去。

艺术,满怀自信,着意把握生存瞬间中的瞬间,力图向别人传达另一个人的理性经验和感性经验,并用这种方式获得永恒,这种艺术岂不过于自负、过于傲慢了吗?

然而,没有这种信念,人就没有思想,从而也就没有艺术。

谷羽　译

诗　歌

世界会变得更加美好,哪怕仅仅缘于一个好人的存在,——任何一位诗人,如果对这一点缺乏信念,那么他身上的诗意便会荡然无存。是不是应该从这里寻找到一把钥匙，用以开启谜一般的诗苑之门呢？须知，诗歌的花园总是以其果实的甘美令人惊异！不妨说，诗歌——自古以来就是一种非凡的现象，诗歌诞生在灼热的阳光下，直到今天，艺术家的语言仍像阳光一样明朗，正因为诗歌语言蕴涵着光的能量，闪烁着善良的光辉，所以诗歌能够在"我"与"我们"之间，在"我们"与"我"之间架设一座座桥梁，将七零八落的情感之岛联结成期待与希望之洲。

不过，诗歌全然取决于表达的形式，这种形式可能使语言扭曲，虚伪矫情；也可能透过语言昭示真理。

有一种说法，认为"表达完思想的语言是僵死的"，如果什么人喜欢奇谈怪论，肯定会欣赏这不合逻辑的公式。但是，看到把旅客送到终点站后空荡荡的车厢，无论如何我还是要说，语言——其实就是诺亚方舟，它能够拯救思想，使之获得新生，使整个艺术的生命得以延续。通过语言再现、创造和重获新生的世界，会变成物质的世界，永恒的世界，因为人类的记忆给语言留下烙印，而这种记忆承载着世界的往昔岁月，承载着世界的全部历史——包括历朝历代修订成册的历史，也包括民间的逸闻与传说，记忆同样承载着当今现实生活的一个个瞬间，瞬间经过一定阶段的沉淀，就会成为历史。

诗歌与单调呆板从来就格格不入，诗歌的本质断然否定空洞华丽的辞藻，诗歌——并非镜子一样的反映，也不是逐词逐句的描述：诗歌是最为鲜明的真实比喻，它和日常生活事件的新闻报道毫无共同之处。

当今现实——这是意识牢牢把握真实的一个个瞬间，对于真实性的权衡与评价，由于感受的深浅不同而会分为不同的层次。正是凭借这一点，诗歌确立了人类生存的伟大法则，确立了坚定不移的信念：无论是各个民族的历史，还是各民族的感情史，都不会消失与泯灭。

有时候我们会觉得，现实与火车站给人留下的印象颇为相似——日常生活永不停顿的节奏，人来人往面孔频频闪现，杂乱无章的谈话片段，周而复始的行李传送带像昼夜轮转，电动扶梯使人想起岁月的流逝——对这种生活现象往往一掠而过，既然一个人负担沉重，忧心忡忡，他又怎么能对许多事物进行评价、感受和思考呢？

文学，首先是诗歌，拥有一种能力，它能够让现实生活疾速运转的传送带稍停片刻，让你仔细地观察传送带的细节，也就是生活中不可重复的细微场景,——只有那时候,你才会突然发现,在明亮的街灯上空,缀满星斗的苍穹是那样平和宁静,你才会听见二月里潮湿的风吹拂电线的响声,你才会在林荫路上感触纷纷飘落的雪花,预示着春天来临的雪花,你才会看见在停车站等待出租车的孤零零的女人,看见她用手紧紧按着被风吹起的衣襟……

让正在逝去的或已经逝去的印象重新复活,结合想象力,一次次体验印象复活所蕴涵的感性力量,体验回忆给予人的智慧,这种活动有助于我们对自己的生存环境,对我们蓬蓬勃勃的生活产生艺术认识。

大家都知道,"艺术家"这一概念,源于古俄语"神奇"一词,它的引申意义是奇幻、魔法、魔力。不管诗歌包含着人世间什么样的社会问题,它应当永远触及人生的喜怒哀乐,触及美的奥秘。

谷羽 译

记　忆

人类的记忆本身蕴涵着巨大的能量。记忆牢固地保存着那些曾经有过,但业已成为过去的往事。时光既勤奋又妒忌地塑造和锤炼我们的经验。

常常有这种情形:你心境平和,春天的黄昏时刻,信步走在大街上,看着潮湿的广告,感受着湿润的风迎面吹来,那是4月里芳香馥郁的风:路面的沥青隐约闪现着光亮,反照着傍晚的天空,反照着已经闪烁灯光的无轨电车,那电车使人想起水族馆里绿幽幽的玻璃养鱼池:人行道上,人群川流不息,经过商场的橱窗——一幅安详的日常生活情景,笑声,是人们无拘无束的欢笑声,从这种不一般的笑声不难推断,人们的生活和谐、平静、安定。这是莫斯科河南岸区一个平常的傍晚,是春天有几分暖意的傍晚,街道上泛着丁香紫的空间开始被一个个窗口的灯光照亮,电影院的广告牌闪闪发光,自行车轮胎在小巷里发出沙沙的响声,柏油路上跃动着小小的黄色光斑;劳累了一天的站台上,火车启动,奔向烟雾朦胧的远方,岔道上的信号灯明灭不定。

机车汽笛告别的长鸣突然响起,暮云被落日余晖从下面照得通红,机油和枕木的气味儿，地平线上的雾霭，车站大楼后面的树丛被红色晚霞映衬出的黑色剪影，——这一切似乎都在叩击人的心胸。

然而这情景离现在是多么久远……

一处处熊熊的火光划破了地平线上的幽暗，血红色的反光闪烁在乡间土路上，闪烁在战士们的眼睛里，他们正沿着道路急速前进……火光越来越近；许多楼房纷纷塌陷，从里向外喷发出火焰，伴随着噼噼啪啪的爆裂声，花园里一股股浓烟升腾，火辣辣的强烈热浪扑面而来，到处都燃烧着这种致命的烈焰：已经被人忘记名字的城市里条石马路上火焰腾腾，破碎的商店橱窗在燃烧，广场上横着一个德国兵的尸体，尸首膨胀得惨不忍睹，一条胳膊向后弯曲着，奇怪地垫在脑袋下面，他的皮带扣环烧得通红，手腕上戴着表壳已经烧红的手表……整座城市都在燃烧，空荡荡的不见一个人影儿。

我们冲进了这座正在燃烧的城市。我们身上潮湿的斗篷冒出团团热气，马匹身上也冒着热气，我们给战马披上马被，继续前进。

后来，我们把大炮多次推向直接瞄准的炮位。德寇的坦克正在缓慢地向城外撤退，坦克的装甲钢板闪着阴森的光，仿佛涂了一层鲜血；坦克在公路上行驶，还不停地开炮，使郊区的房屋陷入火海。看得见一道道燃烧弹拖着光痕径直钻入木版房顶，木头房架顿时火光冲天。

我们离开斯大林格勒，穿过积雪覆盖的草原，向西进军，脚下的道路发出金属般的响声，路面上弹坑累累，乌黑中夹杂着斑驳的五颜六色；我们走过乌克兰的土地，那里的西红柿带有硝烟的气味儿，而苹果在烧焦的树枝上已经干裂。秋天的夜晚黑漆漆的，风声呼啸，我们强行渡过第聂伯河，河面被照明弹照得通明，顺水漂流的尸体不断碰撞我们的木筏。在战斗间隙短暂的休息时刻，躺在河右岸阵地上一个个小小的掩体里，让秋天并不温暖的阳光照在身上，我们看见河左岸金黄色的森林里升起一股股炸弹炸起的烟尘，爆炸声破坏了刚刚降临的秋天的宁静，树叶和碎弹片一起飞向深蓝色的河水。我们心里想：如果投向河水的是钓鱼竿上的浮漂，那该有多好啊！后来，我们躺在战壕的边沿，脸被硝烟熏得乌黑，身上穿着被汗水浸透的军便服，我们望着"容克式"侦察机怎么样侧着机翼、嗡嗡响着，在渡口上空来回盘旋。

我们行军穿过波兰：整个地平线都在燃烧；从喀尔巴阡山高高的山坡望去，我们觉得城市的街道像一条条火河，而广场就像燃烧的湖泊。

如果说灾难也有气味的话，那么战争散发出来的是烈火、灰烬和死亡的气味。

战争——这就是苦涩的汗水和鲜血，就是每次战斗后团部文书手上都要减员的花名册，就是五个幸存者分吃全排战士剩下的最后一块干面包，就是一个军用水壶里盛着的赤褐色的沼泽水，就是狙击手叼在嘴里的最后一支烟卷儿，他一边盯着爬过来的坦克，一边贪婪地抽烟，直到烟头烧疼了手指。

战争——就是人们期盼收到又害怕收到的信件；就是对善良非同寻常的、坦诚的爱，对邪恶与死亡特别强烈的恨；就是未能走完人生，突然牺牲的年轻生命，就是未了的心愿，就是没有写完的书，就是半途而废的创造发明，就是再也不能成为妻子的未婚妻。

有时候我看见，孩子们玩打仗的游戏；他们以为，打仗——不过是引人入胜的英勇，令人向往的功勋。孩子们还没有成年人所具有的那种记忆和经验。

我们这一代人，正是在战争中学会了爱，学会了信任，学会了恨，学会了否定，学会了欢笑与哭泣。我们学会了珍惜，珍惜那些在和平的日子里因习以为常而失去价值的东西：走在街道上偶然看见女人的笑脸，五月傍晚蒙蒙的细雨，在水洼里颤抖的灯光，孩子们的笑声，第一次说出口的"妻子"，还有独立自主作出的决断。

我们学会了蔑视虚伪、怯懦、谎言，蔑视卑鄙小人游移的目光，尽管他和你谈话时脸上堆着微笑；我们学会了蔑视漠不关心的冷淡，因为冷淡与背叛相差只有一步。

我们的记忆——就是付出了高昂代价才获得的、铭刻在心间的人生经验。

这就是为什么，每当出现偶然的联想——例如，电车转弯时发出的隆隆响声常使我想起大炮的轰鸣，又如，建筑楼房焊接钢筋喷出的火花与机枪扫射的火蛇相像——记忆总把我们带回到战争的岁月，因此我们也就更加珍惜安静，珍惜慈祥的阳光，珍惜清新透明的空气。

谷羽　译

书　　籍

倘若现代世界失去了印刷符号，能不感到是一种悲剧性的损失吗？

依我的观点看，这种损失比我们在生活当中失去电的后果更可怕，更难以弥补，因为那样失去的将是人类传播科学知识以及历代积累情感的最为重要的机制，人类的精神活动将陷于停顿，理智将会陷入黑暗的深渊。世界会变得极度贫乏，令任难堪，人与人之间的联系会中断，由此可以断定，随之而来的将是一个充满了愚昧、怀疑和相互隔绝的时代。

那么，在人类的生活中，书籍——究竟有什么意义呢？

书籍，如同人类的口头语言，不仅是人们的交际工具，不仅是传播信息的载体，更为重要的是——它是一种手段，借助它可以深入观察我们周围的现实生活，它包含着人对于自身，即对于自然界万物之灵的见解。

与此同时，书籍——还是确认历史重要阶段的标志，是人类可靠的记忆，即便书籍中讲述的并非决定各民族命运的世界性变革，而是描绘文艺复兴时期年轻人的恶作剧，讲述来自拉·曼契地方的可悲骑士唐·吉诃德的奇遇，讲述小官吏巴什马契金的遭遇或者可怜的驿站长的痛苦辛酸，讲述伊万·伊里奇之死，讲述无依无靠的小米修斯的苦难，或者讲述来自旧金山的老爷们到了风光如画的喀普里岛沿岸，满怀欣喜却未能如愿的故事。

对于生活在远古时代或者并不太遥远的时代里那些人，对他们的风俗习惯，思想潮流以及脾气秉性，我们能了解些什么呢？假如这些往昔时代的人物、事件，不是保存在印刷成册的书籍里？文字具有神奇的魔力，它能够恢复人类的传记，记述人类的种种复杂经历，寻觅探索，迷茫彷徨，发明创造，以及他们寻找和肯定生活意义的志向。未来不仅直接诞生于现在，而且也诞生于历史，要知道我们当代的意识以及我们对待现实的态度——乃是我们千百万先辈世世代代积累经验的结晶，也是他们种种感情的高度浓缩与综合。

不妨这样说，如果不是在理智和激情指引下，我们走过了历史上远远近近的万千道路，例如，走过斯巴达克的悲壮道路，走过波罗金诺硝烟弥漫的旷野，走过四一年鲜血浸染的大地，那么，我们回顾往昔，就会丧失起点和终点，陷入一片迷雾和空虚，因为，失去了那些伟大的标志，我们便两手空空，一无所有。

书籍——是遗嘱的执行者，是各个时代、各个民族精神财富的保存者，是从人类童年时代一直传给我们的永不熄灭的光明之源；书籍是信号，是预先提出的警戒，是疼痛和苦难，是欢笑和喜悦，是乐观开朗和希望，是精神力量高于物质力量的象征，因而是人类意识的最高成就。

书籍——包含着对于思想发展、哲学流派、民族历史社会状况的认识，正是这些思想、学派，在不同的时代不断产生对善良、理性和文明的信仰，高举自由、平等和社会公正的旗帜，不断激发革命斗争。

科学——运用概念范畴进行思维，它能创造出物质、体系和公式，能够解释、发现和征服许许多多的事物，不过，就其本质而言，毕竟有一项内容并不适用于科学研究，——那就是人的情感，科学也不能塑造时代的人物形象，只有文学才能完成这些任务，这注定是文学的使命。

科学和艺术，彼此相近，甚至它们探索的领域也大体相似——人在这个世界上的认识能力，但是探索的手段各不相同；在发现宇宙的某种规律以后，科学可以把它纳入一种公式，然而，对于文学名著却不能这样做，如果把荷马的《奥德修斯》、把俄罗斯的《奥德修斯》——列夫·托尔斯泰的《战争与和平》，把我们当代的《奥德修斯》——米哈伊尔·肖洛霍夫的《静静的顿河》，阿列克谢·托尔斯泰的《苦难的历程》，统统纳入一个公式，显然是不可思议的。

艺术——乃是人类情感史的百科全书，其中包含着相互矛盾的情欲、心愿、精神的升华与堕落、自我牺牲的勇气、大无畏的豪情、挫折失败和胜利成功。

一个人打开一本书，仔细审视另一种生活，仿佛进入隐藏在一面镜子深处的境界，寻找符合自己心意的人物，为自己思考的问题寻求答案，他会不由自主地拿别人的命运、别人的勇气，来衡量自己的性格，他会惋惜、怀疑、懊悔，会欢笑、哭泣，会同情，会设身处地融入书中——我们不妨说，正是在这样的场合，书开始产生影响。所有这一切，按照列夫·托尔斯泰的说法，就叫"感化作用"。

差不多每个人的一生当中,来自书籍的文字都发生过独特的、不可重复的作用,谁要是没有被一本好书征服过,那将是最大的遗憾,——一旦错过了机会无缘领略另一种现实,另一种经验,实际上一个人就缩短了自己生命中的岁月。

我可以满意地说,我们的国家是个读书成风的国度。有一年春天在巴黎,我有幸亲眼目睹了塞纳河沿岸街闻名遐迩的旧书铺,酷爱书籍的痴迷者围在书架四周,他们默默不语,伸出微微颤抖的手指,满怀喜爱的心情,就像抚摸婴儿一样,轻轻抚摸着书页。看着他们,我不由得想起了遥远的西伯利亚位于通古斯卡河下游的一个小镇,想起了新兴的工业中心陶里亚蒂城,在那里,人们对于书籍的渴求和热爱让我感到从未有过的惊讶。

任何一本书,都是作者努力写作的成果,但是书与书的精神价值却各不相同。如果我们把二流作品当成高雅文学的瑰宝向读者推荐,就会败坏他们的阅读和欣赏趣味,这是值得我们警惕的。有些书,由于种种情况的巧合,被捧到了完美无缺的高度,有些书,佩戴着桂冠花环,但是它们经不起真实的严格检验,而真实——乃是艺术唯一的、不可推脱的检验尺度。有些书看似平凡,也就是说,没有人吹捧,没有什么荣誉称号,但是其内容却极为真诚、纯洁、机智、贯穿着高尚的精神力量。

关心读者的欣赏趣味,应该由我们,而不是任凭时间去作出选择和淘汰,尽管时间是公正的裁判,但这位裁判秉性过于迟缓。我们要考虑书籍的选择,还有一个原因——即把缺乏艺术性的普通读物与具有高度审美价值的文学作品等量齐观,往往会混淆真正的标准,最终会损害读者的信念,从而降低他们对真正的文学语言的兴趣。

谷羽　译

卡扎科夫(1927—1982)

　　尤里·巴甫洛维奇·卡扎科夫,俄罗斯作家,曾就读于音乐学院,1958年毕业于高尔基文学院,以擅长写抒情散文著称,风格接近帕乌斯托夫斯基,主要作品有散文集《途中小站》、《北方日记》、《亚当和夏娃》等。他的作品关注普通人的情感生活和内心世界,充满了对大自然的热爱,往往以俄罗斯中部地区或者北方乡村为背景,烘托或展示人物的个性,语言具有音乐性的节奏,叙述中融入抒情,平淡中蕴涵哲理,细节中显现真实,从而形成了自己独特的风格,有人评论说,他的散文创作受到屠格涅夫和布宁的影响。本书选译了《橡树林中的秋天》、《天蓝和翠绿》和《12月的情侣》等,都是他代表性的作品。

橡树林中的秋天

我拿起水桶去泉边取水。那一夜我很幸福,因为她乘晚班的快艇到我这里来了。但是我知道,什么是幸福,知道幸福变化莫测,所以故意拿起水桶去打水,好像我并不指望她会来。但是在那个秋天,有一件事儿倒挺顺利,让我感到高兴。

那是深秋一个黑漆漆的夜晚,我本来不想出门,可还是出去了。我用了好一会儿工夫把灯罩里的蜡烛调到适当位置,固定好,然后点燃,玻璃罩顷刻间蒙上了一层水汽,微弱的烛光眨呀眨,当蜡烛燃旺以后,玻璃罩干爽了,也就透明了。

我特意不熄灭房间里的灯,沿着落叶松林荫道缓缓向下,我走向奥卡河,回头看,泛着灯光的窗户清晰可见。我手里提着灯,灯光抖动洒向四周,我呢,大概,像个扳道工,我的脚下,一堆堆夜间返潮的槭树叶和针叶沙沙直响,落叶松的叶子,在昏暗的灯光下一片金黄,光秃秃的灌木丛悬挂着发红的伏牛果。一个人提着灯在夜间行走相当可怕!你的靴子发出摩擦声,灯照着你一个人,十分显眼,其余的一切都隐藏在四周,默默地窥视着你。

林荫道沿着一个斜坡向下,十分陡峭,我房子里的灯光很快就消失了,已是林荫道的尽头,随后是凌乱的灌木丛、橡树和云杉。高大凋残的洋甘菊,云杉的树枝儿,还有一些光秃秃的枝条蹭得水桶刷刷响,时强时弱地发出"嘭、嘭"的响声——寂静中传得很远很远。

路变得越来越陡峭,越来越蜿蜒曲折,周围是稠密的白桦树,白色的树干在昏暗中若隐若现。走过白桦林,路上有些石头,空气中透出一丝凉意,黑糊糊的,昏暗的灯光下,什么也看不清,前面一块宽敞的空间让我奇怪——原来走到了河边。

我立刻看见了右边远处的浮标。浮标灯的红光映在水里,模糊不清。后来发现浮标离我并不太远,灯光轻轻闪烁,能看清河面了。

踩着柳树丛间的湿漉漉的草地，我沿着河流向下走，来到一座桥旁边，如果有什么人到我们这偏僻荒凉的地方来的话，快艇通常在这里靠岸。黑暗中，泉水发出单调的咕咚声。我把灯放下，来到泉边，打水，喝了个够，擦干嘴巴。然后把湿漉漉的水桶放在灯旁，开始向远方的码头眺望。

快艇已经停在码头附近，勉强看得见船舷边上的红灯和绿灯。我坐下来抽烟。我的双手冰凉发抖。我突然想，如果她不在快艇上，而快艇上的人会发现我的灯光，他们会想，我要乘快艇，就一定向我这一方靠岸。于是，我把灯熄灭了。

周围立刻暗淡下来，就像用针扎了一下，浮标亮起来了，灯光撒满河面。静得出奇：天这么晚，大概，只有我独自坐在几公里以外的岸边。而在河的上游，在橡树林后边，是个黑乎乎的小村子，所有的人早已经入睡，只是在村子边上，我的房子里还亮着灯。

我突然开始想象她到我这里来的漫长路程，她怎样从阿尔罕格尔斯克出发，坐在车厢的窗户旁边睡觉，和谁说话。她也和我一样，所有这些天都在期望着彼此见面。而现在她正沿着奥卡河行驶，看着两岸，我写信叫她来的时候，提到过这些。我想象她走到甲板上，风吹着她的脸，向她吹来橡树林潮湿的气味。一路上，暖洋洋地坐在蒙了一层水汽的玻璃窗旁，有人给她解释说，应该在什么地方下船，如果没人接站，该在哪儿过夜。

然后，我想起了北方，想起了自己在北方漂泊，以及如何在渔场生活，我和她在白夜季节捕狼鱼。渔民们睡得很死，打着呼噜，不时还哼哼几声，而我们等到退潮的时候，乘着高舷渔船出海。她默不做声地划桨，而我看着海的深处，还有一团团水草，寻找鱼的影子。我轻轻地拿过鱼叉，白色的尖刺扎入狼鱼的头顶，使出全身力气，迅速把它从水里挑出来，不料狼鱼朝我们脸上喷水，凶猛地在渔叉上挣扎，张开可怕的大嘴，身体打着卷儿，用力挺直身子，就像只北螈。然后，它掉到渔船的舱底，噼里啪啦直响，战栗了一下，钩在什么东西上再也不动弹了。

我还回想那整整一年，是我幸运的一年，写了许多小说，余下的日子凄凉平静，在这河边，在这临近冬天萧条的大自然中，也许我还能写点儿什么……

夜环绕着我，我深深地吸了一口烟，火光照亮我的手，脸和靴子，但这不妨碍我仰望星星，——在这个秋天，星光灿烂，可以看得到它们烟灰色的光，可以看清被星光照亮的河流、树木，河岸上的白石头，还有丘陵上一方方乌黑的田地，峡谷中要比田野黑暗得多，也芳香得多。

这时候，我还想，生活中最重要的不是你活了多大年纪：三十岁，五十岁，或者是八十岁，——因为这终归都太少，死亡毕竟让人恐怖，——而最重要的是，每个人一生当中能有多少个像这样的夜晚。

快艇已经驶离了码头。它还是那样遥远，它怎样运行，你难以把握。它似乎原地不动，但确实离开了码头，这意味着它要向上游行驶，到我这里来。很快听到了柴油机的轰鸣声，我突然觉得害怕，怕她不来，怕她不在快艇上，怕自己白等一场。我突然意识到，我和她相距多么遥远，分别的日子有多久，为了来看我，她得克服多少困难，我忽然明白了：我计划两个人在这里一起幸福生活，其实并不可靠，

"怎么会这样！"我大声说着，并且站了起来，再也坐不住了，开始沿着河岸来回走。——"怎么会这样！"我时不时失望地重复着，依旧望着快艇，心想，一个人提着水往回走该多古怪呀，我的房子空荡荡的。难道我们真不走运，过了那么多日子，受了那么多挫折，难道就见不了面，一切就这样化为泡影了吗？

我回想起三个月前是如何离开北方回到家乡的，她突然从渔场赶到村里来送我，当我坐到小汽艇上的时候，她站在小桥上，我要换乘到轮船上去，轮船停在遥远的锚地，她只重复一句话："你到底去哪儿呀？你什么都不懂。你什么都不懂！你去哪儿呀？"我坐在小快艇里面，人们相互告别、妇女们流眼泪、小伙子们喊叫，在一片嘈杂声中，我明白了，我的举动很幼稚，离开这里，只是希望未来能够有所改观。

快艇已经离得很近，我停下脚步，站在陡峭的河边上，下面是黑乎乎的河水，我眯缝着眼，目不转睛地盯着快艇，由于兴奋和期望，我都能听得见自己急促的呼吸声。

发动机的声音开始减弱，快艇驾驶舱的探照灯闪耀起来，朦胧歪斜的光线照着河岸，从一棵树扫射到另一棵树上。快艇找到了停泊的地方。它向右偏离，探照灯刺眼的光线落到我的脸上，我转过头去，然后又看这只快艇。在上面的甲板上，站着一个水手，他已经打开船舷，为了让人们从下面走出来，他

把扶梯抛到岸上,她穿着浅色的衣服站在他旁边。

船头轻轻地触到河岸,水手挪开梯子,帮她走下来,而我接过手提箱,把它放在水桶旁边,只是慢慢地转过身去。探照灯的光很刺眼,无论如何看不清她。她走近我,巨大的、摇摇晃晃的影子投在上面的斜坡上,斜坡上长着许多树。我想吻她,可转念一想,不能在这么明亮的探照灯光下接吻。我们只是并排站着,用手遮住灯光,有些紧张地微笑,开始看那艘快艇。快艇向后转弯,探照灯的光扫向另一个方向,然后就彻底熄灭了,柴油机又开始歌唱,快艇的下层有长长的一排明亮的窗户,它很快沿河向上驶去,岸上只剩下我们两个人。

"啊,你好,"我不好意思地说。

她踮起脚,很不自然地搂着我的肩膀,吻了我的眼睛。

"走吧!"我说,并且咳嗽了几下,"见鬼,这么黑,上帝呀,我把灯点着……"

我点燃了灯,又蒙了一层雾水,还要等一等,蜡烛燃起来,烘干灯罩,玻璃变得透明了。然后我们一起走:我在前面拎着手提箱和灯,她在后面拎着水桶。

"你不觉得沉吗?"过了会儿我问。

"走吧,走吧!"她沙哑地说。

她的声音总是沙哑低沉,她整个人也显得粗壮有力气,这一点我一直不喜欢。因为我喜欢女性的温柔。但此时此刻,在这夜晚的河岸上,我们一前一后往回走,经过了多少天的苦恼、离别、书信往来、令人恐惧的噩梦,她的嗓音、健壮的身体、粗糙的手,以及她的北方话,这一切都像一只远处飞来的鸟——野性、灰羽毛、秋天里离群掉队的一只鸟。

我们向右拐进峡谷,沿峡谷向上有一段条很窄的路,不知什么人、什么时候修的——两边长满了榛子树,松树和花楸树。我们在黑暗中沿着这条路向上攀行,灯勉强照亮我们,头顶是窄窄的星河,松树枝黑压压的,星星时隐时现。

走出峡谷,稍稍松了口气,我们来到落叶松林荫道,两个人开始并排走。我突然想给她讲讲这里的情况,这里的人,让她知道各式各样的逸闻趣事。

"你闻闻,"我说,"多香啊!"

"葡萄酒的味道，"她回答，走得有些气喘吁吁的，"还在轮船上的时候，我早就闻到了香味儿。"

"这是树叶，到这儿来！"

我们把东西放到林荫道上，跳过一条小河沟，爬上灌木丛，用灯给自己照亮儿。

"这儿应当有啊……"我小声嘟囔着。

"蘑菇，"她在背后惊讶地说，"红菇。"

我终于找到了想找的东西。这是些鸡崽儿的白色羽毛，飘洒在草地上、针叶树枝上和黄色叶子上。

"看，"我用灯照着说，"我们这个小村子里有个养禽场。小鸡儿长大了些，人们就把它们放出来。于是，狐狸每天都到这儿来，蹲在灌木丛里。鸡崽儿在森林里走散的时候，它就会叼住一只，立刻贪婪地吃掉。"

我想象着那只狐狸，深色的嘴脸沾着白色羽毛，舔着嘴唇，噗噗地吹气，想吹走粘在鼻子上的鸡毛。

"真该打死它！"她说。

"我有枪，我们沿着树林走，或许碰巧能发现狐狸。"

我们又返回林荫道。可以看见我的窗户亮着灯光，我开始琢磨，到家的时候该做些什么。我很想喝点儿酒，我有花楸露酒，自己酿制的，在森林里摘些花楸果，拿回家，在果汁机里压挤，流出黄色的汁液泛着泡沫，然后过滤，倒进盛着酒的瓶子。

"我们那里已经是冬天了！"她好像十分吃惊地说。"德维纳河结冰了，只是在河流中央，破冰船打通了一条航线。一切都是白的，只有船是黑的……飘着蒸汽。当轮船沿着黑色的水航行的时候，狗在冰上并排跟着跑。不知道为什么是山只狗。"

她带着北方口音，把"三"说成"山"，而我想象着德维纳河、轮船、阿尔罕格尔斯克，以及白海边的小村子，她就是从那里来的。高高的两层楼的房子，空荡荡无人居住，黑乎乎的墙壁，寂静又荒凉。

"已经结冰了？"我问，"海水上冻了吗？"

"快了，"她一边说一边想什么心事，或许，有什么东西忘在那里了，"回去的时候只好骑鹿啦，要是……"

她沉默了，听着她的呼吸和脚步声，我等了一会儿，然后问："要是什么？"

"没什么，"她声音沙哑地慢慢说，"要是赶上结冰的话，就这个意思。"

我们踏上台阶，走进屋子。

"啊，啊！"她打量了一下四周，摘掉围巾说。当她吃惊或高兴的时候，总是这样缓慢低沉地"啊啊"几声。

房子又小又旧，我是从一个莫斯科人那里租来的，只有夏天他才住在这里。几乎没有什么家具，只有旧床，一张桌子，几把椅子……小虫子啃噬了墙壁，墙上总往下掉白色粉末。不过，房子里还有一台收音机，有电灯，有炉子和几本厚厚的旧书，每到晚上，我喜欢读这些书。

"脱掉外套吧！"我说，"我把炉子点着……"

我到院子里劈干树枝点炉子。但是，幸福的感觉弄得我不知所措，脑袋嗡嗡直响，双手发抖，浑身无力，只想坐一会儿。天上星光闪烁，星星很小，清晰可见。"要来寒流了，"我心里想，这就意味着，转天早晨所有的树叶子都要掉光。很快要过冬了。

奥卡河上，传来慢悠悠的汽笛声，连响三次，像唱歌一样，这声音一直沿着山丘回荡。下面有一艘牵引船在行驶，是一艘很旧的蒸汽牵引船，现在这种船已经很少见了。新型快艇和喷水式内燃机轮船叫起来声音短促，高亢，浑厚。几只小公鸡被汽笛声惊醒，在鸡舍里假声假气地叫了几下……

我砍下一些树枝，收拾起劈柴，回到屋里。她已经脱掉大衣，站在那里，背对着我，哗啦哗啦翻报纸，又从手提箱里取出了什么东西。她穿着花连衣裙，连衣裙显得有点紧，如果在莫斯科我带她去做客，或是去俱乐部，大概很多人看见都会笑，可是这条连衣裙大概是她最漂亮的衣裳了。我想起来了，她平常爱穿运动裤，把裤腿塞到靴子里，上面是条褪了色的旧裙子，这在当地很时髦。

我放下茶壶，开始生炉子。炉子里的火很快呜呜响，干树枝发出噼啪噼啪的声音，可以闻到烟味儿和劈柴的气味。

"这是给你的！"她在我背后说。

我转过头来，看到桌子上的鲑鱼——银白色的上等鲑鱼，宽宽的脊背呈现黑色，下颌翻卷向上翘。房子里散发着鱼腥味儿，流浪的忧伤又向我袭来。

她是沿海居民，甚至可能出生在海上，出生在内燃机船上，出生在夏天一个金色的夜晚。但是，她对夜晚却十分冷漠。要知道，只有从外地来的人，才能发现这里的夜晚，由于寂静和孤单而发狂。只有当你是个客人，脱离了所有的人，似乎已经被人遗忘，只有当你夜里睡不着觉，翻来覆去地想啊想，自己对自己说："算啦！算啦！没什么，只不过是夜晚，你又不永远待在这里，黑夜跟你有什么关系，就让太阳躲过大海好了，睡觉，睡觉……"

可是她呢？夜晚在渔场，挂个花布窗帘，就可以睡得很香，因为天刚亮她就得起来，和那些健壮的渔民一起划桨，从渔网里捞鱼，然后煮鱼汤，洗碗……每个夏天都这样，总有干不完的活儿，直到我到了那个地方。

现在，我们在奥卡河上喝着花楸露酒，吃着鲑鱼，聊天，回忆各种往事：白夜季节我们如何出海打狼鱼，碰到暴风雨又怎样和渔民们一起拖渔网，咸咸的海水呛得我们直想呕吐，我们又怎样去灯塔那里取面包，有一次，夜里还坐在乡村的图书馆里，脱下棉鞋和棉袄，读我们在渔场那些日子里出版的所有报纸和杂志。

我把大衣皮毛冲外铺在炉子跟前的地板上，旁边放上茶壶和糖果，我们拿着杯子，躺在这件大衣上，一会儿相互看看，一会儿又看看粉红色的炉膛和角落，火光在这些地方跳动着。为了能这样多躺一会儿，我时不时站起来，往炉子里扔些干树枝，干树枝开始噼啪作响，我们热得直挪地方。大约夜里两点钟，我起来，因为睡不着。我似乎觉得：如果我睡着了，她就会离开我去什么地方，我将会失去她，但我愿意她一直陪着我，我很清楚这一点。我想对她说："带我进入你的梦乡，我和你才永不分离！因为我们不能分别太久。"后来我想，那些离开我们的人，再也见不到他们了，对于我们来说，那些人死了，我们对于他们来说也一样。在夜里，当你由于兴奋或痛苦无法入睡的时候，钻进脑袋里的都是些奇奇怪怪的念头。

"你睡着了吗？"我小声问。

"没有，"她从床铺上回答，"我挺好。别看，我要穿衣服……"

于是我走到角落里，墙上用皮带挂着一个收音机，我打开它。声音断断续续，听不清播音员说些什么，我找音乐。我知道有音乐节目，还真让我找到了。一个男人声音低沉，用英语说了几句，然后是停顿，我明白，马上要开始演奏了。

我颤抖了一下，因为从第一声我就听出了它的旋律。当我心情舒畅，或者相反，当我心情痛苦的时候，我都会想起这支爵士乐的旋律。它跟我格格不入，但其中却包含了某种神秘的含义，不明白究竟是忧伤还是欢乐。当去什么地方，当有什么事让我高兴，或者相反，有什么事让我压抑，我经常会想起这支乐曲。它让我想起那个莫斯科的夜晚，我们俩一起乘车，然后又步行，走啊走，孤单而且不幸，整个晚上没听见她说一句责备的话，我很愧疚。

在莫斯科过了五天空闲日子，以后她去了阿尔罕格尔斯克。在莫斯科火车站，所有的情景都跟往常一样：搬运工推着小推车，自动搬运车嗡嗡响，周围的人匆匆忙忙告别，剩下的时间分秒可数……她走了，虽然可以不走，她还有时间——几天自由时间。而我觉得遗憾，痛苦，我对自己也对她发火。我想，没有她我会多么失落，为了摆脱痛苦，又不得不喝酒了。

"别走啦！"我说。

她只是笑了笑，用颤动的双眼看了看我。她的眼睛颜色很深，闪着绿色的光亮，真不明白——她的眼睛到底是绿的还是黑的。但当她在车站看着我的时候，她的眼睛是黑的，这我记得清清楚楚。

"真笨！"我说，我离开北方，什么也不懂，现在你也什么都不懂……真傻！别走啦！"

"现在没什么可说的了，"她气愤地嘟囔着。

"不应当老是呆在亲人身边，他们老是待在家里！"

"那去什么地方？跟你在一起吗？反正都一样。"她固执地说，"没什么可说的了……"

"现在去旅馆，你先在那里住几天。"

"火车就要来了，"她说话间把脸扭向一边。

"不，你等等，你再想想！写了那么多信，咱们才在一起，就我们俩，想想吧！"

她一直沉默，目光在我的脸上移动，咬着嘴唇，终于，有些委屈地问：

"如果我留下来，你会很高兴吗？"

我觉得呼吸困难，似乎一小团儿东西堵着嗓子，我转过身，快速走进车厢，连挤带撞，找到她的包厢，拿起手提箱往外走。直到现在我还记得，当时车厢旁边的列车员和所有的人是怎样看着我们。

"我们走吧。"我说。

"那车票呢?"她问我,双眼炯炯发光。

"票无所谓!"我说着,拉起她的手。

我们来到广场上,叫了辆出租车。

"去旅馆。"我说。

"去哪家旅馆?"司机问。

"哪家都行!"

汽车开动了,迎着交通信号灯,以及已经燃起灯光的氖光招牌,开得飞快,车站、人群和房屋一闪而过。

"停一下,老兄,"在一个商店旁边,我对司机说,我下了车,买了瓶酒,又回来,把瓶子放进侧面的口袋里。我想象着,我们如何喝这瓶酒,端起高脚杯,相互看着彼此的眼睛。我已经感觉到酒在嘴里的味道,我们驶近旅馆跟前,我去找管理员。

"没地方了。"他平静地告诉我。

"随便一间就行,明白吧——随便一间,最坏的或者是最好的!"

"没地方了,"他很不情愿地重复了一遍,气冲冲地拿起电话听筒,这电话老是响个不停。

她在前厅等我,胆怯地看着华丽的柱子和镜子。她也胆怯地看我,好像我是这一切的主宰。我们来到停车场。

"去别的旅馆。"我恼怒地说。

她顺从地坐进汽车,我们沿着莫斯科的街道疾驰。我去朋友那儿借钱的时候,差点儿问可不可以收留我们,但朋友的姐姐那里有客人,我看了看他们,桌子上摆着葡萄酒,还有沙发床,翘起来的脚上穿着瘦瘦的软皮鞋,因此我什么也没问,不过,钱倒是借了不少。

"喝吧!"遇到我的目光,朋友对我说。

"不,有人等我呢!谢谢!"

过了一两个小时,我们还坐在车上到处跑,所有的地方都是一个回答:"没地方!"来到大街上,我看了看四周宾馆巨大的建筑物和一些房屋,以及所有这些高层房屋的一排排的窗户,其中的许多窗户里已经熄灯了,我想那些人,在此刻他们能够静静地坐着,或躺在自己的房间里,听着广播,睡前读本书,或者拥抱着女人，于是我的心隐隐作痛。

最终，已经筋疲力尽的我们拎着她的手提箱回到车站，把它存到寄存处，然后慢慢走向索科里尼克。已经是夜里十一点多了。

"该做些什么呢？"我笑着问。

"不知道，"她疲惫地说，"要不去餐馆儿？我想吃点东西……"

"餐馆儿关门了，"我说，然后看了看表，又傻乎乎地笑了起来，"去街心花园吧。"

我们大步快走，就像走在北方的海岸上，那时我们要去二十公里以外的俱乐部看电影，怕迟到。有些灯熄灭了，只有一侧的灯，隔一个亮一个。大街上几乎没有人。我们终于来到了特维尔街心花园，坐到长凳上。

"莫非就不能去你家？"她试探地问。

"不然我早带你去了！父母亲去哪儿住？！"

"那好吧，"她说，"别难过，明天我就走，早晨还有趟火车，然后……"她叹了口气，"然后你有时间再去看我"。

我拥抱她，她依偎着我，合上了眼睛。

"我们就这样坐着，对吗？"她喃喃低语，动了动身体，为了坐得舒服一些，"你是好人，我爱你，傻瓜，我早就爱上你了，可你却不知道……可怜啊，你真可怜！"

我们就这样一动不动地坐了些时候，然后她脱掉鞋，把脚藏起来，用裙子盖住。

"脚疼，"她似乎要睡着了，"这双鞋……没穿惯……"

旁边的林荫道上走着两个警察，看见我们以后，其中一个警察走到亮处，来到我们跟前。

"公民，请离开！"不知道为什么他只对我说。"这不允许。"

"什么不允许？"我问，她不好意思地穿上鞋，脚已经肿了。

"没什么好讲的！已经说了——请离开！"

我们站起来走了。我又开始仔细打量那些房子和窗户，我一直都想象着一间带沙发床的房间。在这间房里再没有别的东西了，只有淡淡的粉红色和沙发床。

"听着，我们去大门口吧，"我说话有些犹豫。

"走吧,"她同意了,勉强笑了笑,"我在那儿可以脱鞋,我们在台阶上坐一会儿。"

我们走进一个黑糊糊的院子,来到最远的那个大门跟前的角落里,随手关上门,坐到台阶上。她立刻脱掉鞋子,开始蹭台阶。

"累了吧?"我问她,并且开始抽烟,"真可怜,我们在莫斯科太不走运了。"

"是的,"她用脸蹭我的肩膀,"城市太大了。"

有脚步声,门打开了,看院子的女人往大门里看,发现了我们。

"嗨,快离开这儿!"她喊叫起来,"活见鬼!怎么躲在这儿!还以为是野猫钻进来了哪!走,要不我马上就……"

她从围裙口袋了掏出一只亮闪闪的哨子。她颧骨突出,一脸凶相。我们走到院子里,看院子的女人跟在后面,嘴里骂骂咧咧的。在大街上,我们互相看看,笑了起来。

"这可不是在你们白海。"我说。

"没关系,"她又安慰我。"就让我们这样走吧。或者乘车去车站,哪怕在长椅上睡一会儿,啊?"

"好吧,"我表示同意,并且突然精神起来:"听着,我是傻瓜,让我们去城外吧!叫辆出租车,我有钱,我们跑到三十来公里以外,这里有人就这么干。"

出租车沿着街道慢慢行驶。过去深夜回家时,我喜欢看黑夜里的出租车。它们就像中了邪一样,沿着沉睡的城市游荡,绿色的灯光闪烁,看着这些灯光,总想跑得很远很远。

我们叫出租车停下来。

"去城外?"出租车司机又问了一遍,显得挺横,"给七卢布五十戈比——我就拉。"

"好的,"我说。对我来说一切已经无所谓了。

当汽车行驶的时候,我想睡觉。道路很僻静,西边有些昏暗,东方已经微微发白,天快亮了。外面的风均匀地呼啸,车里的汽油味儿很呛。

"在这里停车吗?"在一个小树林边司机一面减速一面问,"再远我们都不去。你是外地来的?"他看了看她问。

我们下了车，立刻感到了黎明前的寒冷。

"半小时够吗？"司机问，看着我，估计着，"我打个盹，你们回来叫醒我。有烟吗？给我来一支……"

他挪到边上，而我们踏着硬硬的草地向树林里走，潮湿和寒冷是我当时唯一的感觉。我的衣服变得僵硬了，也变得沉重了，鞋也湿了，可她的裙子上的褶皱舒展开了。森林的光线很暗，我看了她一眼，心想现在该做些什么呢？看得出她很疲惫，脸也瘦了，出了黑眼圈儿。她突然毫不掩饰地打哈欠，无精打采地看着四周，就好像莫名其妙，为什么我们要来这里。

"又是树林子……"她嘟囔着，突然敌视地看着我。

我也打哈欠，感觉到烦闷和气愤，我不躺在家里的床上，却来这潮湿寒冷的鬼地方。

"烦死了，"她打着哈欠，用低沉和沙哑声音说，"噢，上帝呀！够了，我不想，我们回去吧……"

"回去就回去，"我无精打采地说，又打了一个哈欠，"不过让我们把酒喝完，不然白坠口袋。"

我掏出酒瓶子，试图拔掉瓶塞儿，但它塞得很结实．于是我用火漆卷成卷儿往里面捅木塞儿。

"喝吧，"我说，递给她温热的瓶子。

"我不想喝，"她小声嘟囔，但还是接过瓶子，叹了口气，喝了几口。两小股像血一样的液体顺着她的下巴往下流，她猛咳起来，把瓶子递给我。我把酒喝光，扔掉瓶子。

"走吧，"我说，觉得心里轻松了一些。

我们又沿着潮湿的树林，步履蹒跚踩着野草蕨类往回走，然后经过草甸子，她稍稍提起连衣裙，免得裙摆溅上露水。

"怎么这么快就回来了？"司机问，并且嘲讽地看了看我，"脾气合不来？"

"快开你的车！"我恶狠狠地说，强忍住怒火，否则就该揍他了。

我们往回走，打着盹儿，在急转弯儿的时候，彼此靠了靠，我记得，碰到她我很不愉快，她也一样，大概……大约早晨五点了，离开车还有将近三个小时，还应当去哪儿逛逛。我觉得不舒服，酒上头了，晕沉沉地想吐。

这三个小时可真折磨人，最烦的是，我不能离开，必须一直陪着她。火车快来了，我又一次送她上车，不知道该说什么，我的脑袋嗡嗡响。

"好吧，给我写信，"她抓住扶手说。

我尽力想留她多待一会儿。

"别生气，"我低声说，吻吻她的额头，然后向出站口走去。我记得，当我和她分手以后，我是如此轻松，甚至觉得吃惊，但也有些感伤；心灵深处有个伤口隐隐作痛，还有几分愧疚。

我把皮袄拉近收音机，我们拥抱着坐在皮袄上面。这几个月，我心里总有一种失落感，现在我找到了想要的一切，结果比我预想的还要好。

大提琴伤感地低语，在黑暗中寻找自己的对位和弦，在迷茫忧郁中徘徊，起伏升降，缓慢的曲调使我想起星空。仔细听，萨克斯似乎在抱怨什么，小号一次又一次攀缘到发狂的顶峰，夹杂其中的钢琴时不时弹奏出启示录一般的和弦。打击乐的节拍像时间一样精确，柔弱、空洞的拍子，让所有的乐器听从它的指挥。

"我们不开灯，好吗？"她说，从地板上仰望着我，她瞅着收音机的绿色按钮，像瞅着狼的眼睛。

"好吧，"我表示同意，心里想，这样的夜晚，或许以后不会再有。想到这儿有些忧伤，三个小时已经过去了，我希望这一切才刚刚开始，希望我再一次拿着灯去等，希望我们再一次回忆往事，然后又提心吊胆害怕在黑暗中彼此失散。

不知什么时候她站起来找什么东西，看了看窗外，声音沙哑地说：

"下雪了……"

我也欠了欠身子，看了看窗外，外面很黑。雪落无声。这是这个秋天第一场真正下雪。我想象着明天白天，森林里干柴垛周围将有老鼠的痕迹，槐树附近将有兔子的脚印，每到夜里，这些兔子都喜欢啃槐树，我也想起了自己的猎枪，高兴得浑身颤抖。多么惬意，下雪了，她来了，只有我们两个，音乐陪伴我们，还有我们的过去和未来，未来比过去将会美好得多，明天我领她去我自己喜欢的地方，让她看看奥卡河、田野、山丘、森林、峡谷……夜深了，可我们睡不着，我们拥抱着悄悄说话，生怕失去对方，我们又把炉子弄旺，看着火苗儿，红彤彤的光烤着我们的脸。早晨七点多我们睡着了，窗户泛出淡蓝色，我们睡了很久，因为没人叫醒我们。我们睡觉的时候，太阳升起来了，雪都化了，可是过了不久又上冻了。喝了点茶，我拿起猎枪，我们出门了。刚开始眼睛有点儿疼——白茫茫的景色有些刺眼，空气既清新又凛冽。雪融化了，到处都结了一层薄薄的冰。这层冰半明半暗。牛栏里飘出热气，牛犊们拥在边上，蹄声杂沓，像走在木头桥上。这是因为粪肥的积水还没有上冻。越冬作物白蒙蒙的，有几头牛美美地在地里吃草，还时不时翘起尾巴，叉开腿撒尿。它们尿湿的地方，露出一块块碧绿的黑麦。

开始我们沿着路走。车辙暗淡，冰层下面是胶泥，我们的靴子踩碎了冰，咖啡色的泥浆喷溅在冰层上面。在森林里，从冰层下面露出残存的蒲公英，颜色发黄。看得见冰层下面的树叶和针叶，还能碰见冻僵的蘑菇，用脚一踢，破碎的蘑菇噼里啪啦蹦起来，沿着冰层能滑很远很远。我们脚下的冰不断向下陷，喀吧喀吧直响，前后左右都是这种响声。

从远处看丘陵上起伏的田地，似乎罩着一层淡绿的薄雾，又像撒了层面粉，干草垛发乌，森林隐约可见，黑压压光秃秃的一片，只有白桦树干围成的栅栏清晰可见，山杨树干摇晃着，还显现出绿色，树木多的高冈上有些地方还有野花开放，残存的红色树叶像火一样燃烧。离得很远就能看见树林中的小河，看样子，冰冷又荒凉。我们沿着白雪覆盖的峡谷朝下走，身后留下深深的脏脚印，过一会儿那些脚印会变得干净。我们找到了山泉，喝了几口泉水，旁边有棵被砍倒的白杨。泉眼像只圆桶，水底落满了发黑的槭树叶和橡树叶。被砍到的山杨散发一股苦味儿，被砍断的地方像琥珀闪光。

"好吗？"我看了看她问道。她的眼睛是绿色的，这让我感到惊喜。

"好！"她说，一边伸出舌头舔舔嘴唇，一边贪婪地环顾四周。

"比白海还好吗？"我又问。

她又开始看那条河，沿着斜坡向上望，她的眼睛显得更绿了。

"啊，白海……"她有些犹豫地说，"我们那儿……我们那儿……这里有橡树，"她不再往下说，反过来问我："你怎么找到了这个地方？"

我很幸福，但又觉得奇怪和害怕：这个秋天我的一切都太顺利了。为了平静下来，我开始抽烟，整个人被烟雾和蒸汽环绕着。奥卡河上，从阿列克辛镇那边，出现了一条牵引船，快速向下游行驶，掀起层层波浪，我们默默地目送它。船的机舱里喷出大量蒸汽，从一边船舷的洞孔里也喷出一股股蒸汽，飘浮在颜色发乌的河面上。

眼看着快艇在拐弯儿处消失了,我们俩手拉着手,在明亮的森林里,在稀疏的树木中间,开始向上攀登,为了再一次从上面看看奥卡河。我们俩静静地走着,沉默不语,就像做着白日梦,在梦里,我们俩终于在一起了。

许力 译 谷羽 校

天蓝和翠绿

1

"丽丽娅,"她向我伸出滚烫的手,声音低沉地说。

我小心地握了握她的手,然后又放下。我含糊地说出自己的名字,似乎未加考虑,是不是该把名字说出来。我刚刚放下的那只手,很柔软,黑暗中显得挺白。"温柔的手,实在少见!"我兴奋地想。

我们站在庭院深处。这个正方形的幽暗庭院有许多窗户:天蓝的、翠绿的、粉红的,还有很普通的,乳白的。从二楼天蓝色的窗户里传来音乐声。那里开着收音机,我听到了爵士乐。我很喜欢爵士乐,不过,不跳舞——跳舞我可不会,我喜欢听好的爵士乐。有些人不喜欢,可我喜欢。或许,这不太好,我不知道。我站着听二楼天蓝色窗户里传来的爵士乐。显然,那里的收音机很棒。

她说出自己的名字以后,沉默了很久。我知道,她在等我说话。也许,她指望我会打破沉默,随便说些什么高兴的事儿,也许,她等我说第一句话,或是提个什么问题,这样,她也就可以开口交谈了。但是,我沉默着,那不同寻常的旋律和清脆嘹亮的铜管乐主宰了我。多好啊,音乐在继续,我可以不说话了!

最终,我们还是出发了。我们来到灯光明亮的大街上。总共四个人:我的朋友和一个姑娘,丽丽娅,还有我。我们去看电影。我第一次和姑娘去电影院，第一次有人把我介绍给她，她向我伸出了手，并且说出了自己的名字。很不错的名字，她说的时候声音低沉。我们并排走，彼此陌生，可那个时候却莫名其妙地认识了。音乐声消逝了，我没有理由再躲闪。我的朋友和他的女友落在后面。我不得不放慢脚步，可他们俩也放慢了脚步。我知道，他是故意这么做。他这样做可真不够意思——把我们两个丢下不管，真没想到，他居然会这样子临阵脱逃！

该对她说些什么呢？她有什么爱好？我从侧面偷偷打量她：明亮的双眼映照着灯光，一头黑发看样子很硬，两条浓眉，眉宇很宽，这使她的外表更显得果断……她的双颊有点儿紧张，好像想笑，又强忍着不笑。到底该跟她说些什么才好呢？

"你喜欢莫斯科吗？"她突然问我，并且很严肃地看着我。低沉的声音让我听了浑身发抖。还有谁能有这样的声音呢！

我沉默片刻，喘了口气。终于集中了精力。是的，我当然喜欢莫斯科。特别喜欢阿尔巴特那样的街道和街心花园。但是，其他的街道我也喜欢……然后我又沉默了。

我们来到阿尔巴特广场。我吹起了口哨，并把双手插进口袋。让她想去吧，和她认识，引不起我多大兴趣。你想想吧！最终我可以回家，我就住在附近，我完全不必到电影院去受罪，这时，我发现她的双颊在微微颤抖。

但我们还是进了电影院。离电影开始大约还有一刻钟。我们站在休息厅中间，听女歌手唱歌，却听不清她唱什么：我们旁边有许多人，大家都在轻声交谈。我早就发现，站在休息室里的人听不清乐队演奏。只有前面的人才听得清楚，并且鼓掌，而后边的人吃着冰激凌和糖果，低声谈话。反正不能好好听女歌手演唱，我开始仔细看那些画。过去我从未注意过它们，但现在我很感兴趣。我想象画这些画的画家。这些画显然不是平白无故挂在休息厅里。它们挂在这里很好。

丽丽娅用她那双明亮的灰眼睛看着我。她太美了！不过，也算不上漂亮，只不过她的眼睛闪光，结实的脸蛋儿透着红润。她一笑，脸蛋儿上就出现一对小酒窝儿，眉毛也舒展开了，显得不那么严肃了。她的前额很高、很光滑，只是偶尔出现细小的皱纹。大概，这个时候她在思考。

不，我不能再和她站在一起了！为什么她要这样注视我呢？

"我去抽支烟，"我断断续续漫不经心地说，然后进了吸烟室。我在那里坐下，轻松地叹了口气。奇怪，当房间里有这么多烟，烟雾使空气变得暗淡，不知为什么，我却不想抽了。环顾四周：站着、坐着许多人。还有些人静静地交谈，也有些人默默地忙着抽烟，贪婪地深吸一口，扔掉还没抽完的香烟，很快地出去了。他们急着去哪儿呢？有趣的是，如果吸烟的时候太急，那么烟卷就会发酸发苦。抽烟的时候最好不要太急，要一点一点地抽。我看了看表：离电影开始还有五分钟。不，我终究还算是太笨。别人如此轻松地相识，交谈，欢笑。他们都很精明，无论是谈足球，还是别的话题，他们都说得头头是道。他们就控制论问题进行争论。无论如何我也不能和一个姑娘去谈什么控制论！而丽丽娅很严厉，我断定，因为她的头发很硬。我的头发却很软。大概，就是由于这个缘故我才坐下来抽烟，虽然我根本就不想抽。我还要坐一会儿。在休息厅我能干什么呢？再去看画吗？要知道那些画实在糟糕，真不晓得为什么把它们挂在那里。还好，过去我从来没见过那些画。

铃声终于响了。我慢慢地走出吸烟室，在人群中寻找丽丽娅。我们走进观众大厅，谁也不看谁。然后灯光熄灭了，电影开始了。

我们走出电影院的时候，我的好朋友完全不见了踪影。这对我影响可大了，我仿佛丧失了思考能力。只是朝前走、不说话。街道上几乎不见人影儿。只有汽车匆匆驶过。由于墙壁有回音，我们的脚步声传得很远。

就这样我们一直走到她家门口。又在院子里停了下来。天很晚了，许多窗户已经熄了灯，院子比两个小时前暗得多了。再也看不见白色的、粉红色的窗户，但是绿色的窗户里还亮着灯。二楼天蓝色的窗户也亮着灯，只是听不到音乐声了。我们站了一会儿，一句话也不说。丽丽娅表现得有点怪：她仰起脸，看着窗户，好像在数有多少窗户；她把脸扭过去，背对着我，然后开始梳理头发……最后，我漫不经心地、随随便便说了一句，我们明天见。我很高兴，院子里很黑，她看不见我的耳朵通红。

她同意见面。我可以到她这儿来，她的窗户正冲街道。她放假了，亲人们都去了别墅，她有些寂寞，很愿意散散步。

我想了想，告别时握一下她的手是否礼貌。她倒是把纤细的手伸向我，这只手在黑暗中显得很白，我重新感受到了那只手的温暖和信任。

2

第二天，天还没黑，我就来找她。这次院子里有许多小孩子。其中有两个还推着自行车：他们准备去什么地方；也许是他们刚刚从外面回来？其余的孩子都站着。我觉得似乎他们都在看我，而且心里明白，我为什么到这儿来。无论如何我不能穿过院子，于是，我走到她朝向大街的窗户底下。我向窗户里边望了一眼，咳嗽了几声。

"丽丽娅，您在家吗？"我大声问。当时我的嗓门很高，声音却没有发抖。简直太好了，我的声音没有中断。

正好，她在家。她的一个女友也在。她们在争论什么有趣的事情，我有幸为她们的争论当裁判。

"快进来！"丽丽娅叫我。

可是，我没有胆量穿过院子，无论如何不能从院子里走。

"让我从窗户钻进去吧！"我坚决地说，并且往窗台上跳。我十分轻巧优美地跳了上去，一条腿跨过窗台，这时，我发现她的女友一脸惊讶面带冷笑，丽丽娅非常尴尬。我立刻猜测，一定是我的动作不够灵巧，我在窗台上愣住了：一条腿在外面，另一条腿已经迈进了窗户。后来，我坐在那里看着丽丽娅。

"哼，您真会钻！"丽丽娅忍着气说。她的眉头皱在一起，脸也红了。

"我不喜欢夏天老待在屋里"，我嘟囔着，还故作傲慢，"我最好在外面等您"。

我从窗户上跳下来，然后向大门口儿走去。现在不知她们俩怎样嘲笑我呢！我知道，姑娘们都是很残忍的，她们理解不了我们。我为什么要来这里？为什么要被别人取笑？如果现在逃跑，那么在她出来之前，我可以跑到大街的尽头，然后到拐角那边去。跑还是不跑？我犹豫了一秒钟：这样做合适吗？后来，我一转身，突然看见了丽丽娅。她和女友从大门里走出来，她看着我，眼睛里还留着笑意，脸蛋儿上的酒窝儿特别好看。

我没看她的女友。为什么她跟我们一起走呢？我和她们两个该做些什么呢？我默不作声，丽丽娅开始和女友说话。她们交谈，我却沉默不语。当我们走过广告牌的时候,我仔细地读广告词。广告有时候能倒着读,会发出可笑的喉音。我们来到拐角,在那里她们开始告别。我感激地看着她的女友。她很漂亮,也很聪明。

女友走了,而我们去特维尔斯基街心花园。有多少恋人在这里漫步啊!现在我们也来了。的确,我们还不是恋人。不过,或许我们也算是恋人,我不知道。我们走着,彼此之间离得相当远,大约一米左右。椴树上的花已经谢了。不过,花坛里还有许多花。它们已经没有香味儿了,大概没有人知道它们的名字。

我们说了很多。可我们的谈话和思维,相当凌乱,缺乏连贯性。我们说自己的事儿,谈我们的熟人,从一个话题跳到另一个话题,常常忘记了一分钟前说了些什么。但我们并不因此觉得难堪,我们还有许多时间,夜晚很长很长,忘了的事情,还可以回想。以后,深夜里,把经过的事都回想一遍就更有意思了。

我忽然发现,她的连衣裙的扣子开了。她的连衣裙很漂亮,这样的连衣裙我还没见有谁穿过——从领口到腰带都是些小按扣。现在有几个小扣子开了,可她却没发现。她这样走在大街上可不行!我该怎么跟她说呢?或许我来帮她扣上?说点什么可笑的事情,并且帮她扣上扣子,就好像这是最普通不过的事情。主意不错!但是不行,无论如何使不得,这简直不可能。于是我把脸转向一边,等她停止谈话,并且让她扣上纽扣。她立刻沉默了。而我看着房檐儿上醒目的一行大字。上面写的是,每个人都有机会中十万大奖。标语挺乐观。但愿我们有一天中十万大奖!

然后我就抽烟,抽了很长时间。最难熬的时刻抽烟是个好办法。这办法很灵。以后我不敢再看她。连衣裙的纽扣扣好了,她两颊绯红,目光黯然而且严肃。她在看我,好像我发生了什么变化,或者知道了她的什么秘密。现在我们一起走,彼此间的距离稍稍靠近了一点儿。

时间过了一小时又一小时,我们依旧边走边说,边说边走。在莫斯科行走,总也走不到尽头。我们来到普希金广场,又从普希金广场走到下边的喇叭广场,然后沿着涅格林卡大街走到了大剧院,接下来走到了石桥……我准备就这样一直往前走。我只是问她累不累。不,她不累,她觉得挺有意思。街上的灯都已经熄灭了。变得幽暗的天空似乎更低了,星星多了起来。再往后就是静悄悄的黎明。在街心花园，一对对恋人紧紧依偎在一起，每个长凳上都坐着一对。我羡慕地看着他们，心里想，什么时候我才能跟丽丽娅像这样子坐着呢。

街上已经没有行人了，只有巡逻的警察。他们一直看着我们。当我们走过的时候，有几个警察还意味深长地咳嗽了几声。大概他们想对我们说些什么，可是没有说。丽丽娅低着头加快了脚步。不知为什么我觉得可笑。现在我和她几乎是并排走着。她的手偶尔碰到我的手。这种完全不易察觉的接触，我却感觉到了。

最后，我们俩在她家静静的院子里告别。所有人都睡了，没有一个窗户还亮着灯。我们压底声音，几乎是在耳语，但是，说话声还是很大，我觉得似乎有人在偷听。

我回到家已经三点。这时候我才感觉到两腿酸痛。当时她得多累呀！我打开台灯开始看书。我读的是《波罗乌达的城堡》，这本书是丽丽娅给我的。很好的一本书，我读着，不知为什么，眼前总是浮现丽丽娅的面庞。有时我闭上双眼，就听见她温柔低沉的声音。扉页间一根长长的深色头发突然出现在眼前。这是她的头发——要知道她读过这本书。为什么我断定她的头发是硬的呢？这是一根丝一般柔软的头发，我小心翼翼地捻起它，然后夹到一卷百科全书里。以后我要好好收藏它。

天大亮了，不能再读了。我躺下来，看着窗外。我们住得很高，在七楼。从我的窗户可以看到许多房顶。而在远方，就是夏天太阳升起的地方，可以看见克里姆林宫塔尖的星星。只能看到这颗星。我喜欢长时间地看着它。夜里，当莫斯科一片沉寂的时候，我可以听见自鸣钟打点的响声。夜里什么都听得很清楚。我躺着，看着那颗星，想着丽丽娅。

3

可一周以后，我和母亲要去北方。从一开春儿我早就幻想着这次旅行。但现在农村生活对我来说具有特别的含义。

我第一次进入森林，真正的原始森林，浑身充满了开拓者的喜悦。我有一支猎枪，是我上完九年级时，别人给我买的，这样我就能打猎了。我一个人独自游荡，并不觉得寂寞。有时候累了，我就坐下来，看着宽阔的河流和秋天低垂的天空。时当八月，北方的天气通常不好。但不管是阴天，还是出太阳，一大早我就去森林。我在森林里打猎，采蘑菇，或是从一片林间空地走到另一片林间空地，看白色的野菊花，那里野菊花很多很多。森林里可干的事情还少吗！可以坐在湖边，一动不动。一群野鸭飞来，嘎嘎叫着，就落在你身边。野鸭先是浮在水面，伸直脖子，然后就扎猛子，拍打翅膀，有时聚到一起，有时又各自游开。我目不转睛地盯着它们，连扭头回顾都没有工夫。

不久太阳钻出云层，穿过头顶的树叶，将颤抖的金色光束深深地射入水中。那时候，睡莲锈迹斑斑修长的茎清晰可见，旁边有些大鱼，在阳光下纹丝不动，好像在晒太阳，或在睡觉，所有的鳍都静止不动。我很奇怪地注视着那些鱼，看着鱼，自己也发呆，一切都像是在梦境中。

森林里能做的事不少。可以躺着，听松涛喧响，心里想着丽丽娅。甚至可以和她说话。我给她讲怎么打猎，讲这里的湖泊、森林、讲放枪时奇妙的烟味儿，她理解我，虽然女人都不喜欢打猎、也不懂得打猎是怎么回事儿。

有时，我深夜才返回住处。走在田野里，我有点儿害怕。猎枪上了子弹，我老是左顾右盼。天很黑。如果盯着天空，可以发现空中有些微光。但地上很暗。头顶的猫头鹰无声地盘旋。我能看见它们，但无论我怎么仔细听，也听不见它们扇动翅膀的声音。有一次我开了一枪。一只猫头鹰应声掉到田界上，它在黑暗中叫唤了很长时间。

过了一个月，我回到莫斯科。把手提箱放到家里，立刻就去找丽丽娅。晚上，她的窗户亮着灯——就是说，她在家。我穿过树林，走近她的窗户，——她家正在装修，透过窗帘能看得见。

一个人坐在桌子旁边，她在台灯下看书。她的脸若有所思。她翻过一页书，把胳膊肘儿支在桌子上，抬起眼睛，看着台灯，把一绺头发缠绕在手指头上。她的眸子乌黑闪亮。以前我怎么认为她眼睛是灰的呢？一双深色的眼睛，近乎是黑色的。我站在树下，周围散发着灰泥浆和松树的味道。这松树的气味仿佛是我打猎的遥远回声，是我思念北方种种经历的回忆。身后传来行人的脚步声。他们匆匆忙忙奔向要去的地方，在柏油路上脚步响亮地行走，他们有自己的思想、自己的爱情，每个人都有自己的生活。莫斯科的嘈杂、灯光、气味，以及人潮涌动让我头脑发晕，只隔了一个月，我对这一切都难以适应了。

怀着忐忑不安的喜悦,我想,多好啊,在这个大都市里有我心爱的姑娘。

"丽丽娅!"我轻轻地叫了她一声。

她身子一抖,扬起眉毛,站起来,走到窗户跟前,掀起窗帘,俯着身子看我,我离她很近,注视着她那双愉快的黑眼睛。

"阿辽沙!"她慢声细语地说。脸颊上的酒窝儿隐约可见。"阿辽沙!是你吗?真的是你?我马上出去。想去散步吗?我很想陪你走走。我马上就出去。"

我从树林中走出来,走到对面,看着她的窗户。灯熄灭了,过了几分钟,黑色大门洞里出现了丽丽娅的身影。她立刻发现了我,穿过街道向我跑来。她抓住我的手,长久地握在自己的手中。我觉得她似乎晒黑了,人消瘦了一些。眼睛显得更大了。我听见她的心怦怦跳动,她都快喘不过气来了。

"你好!我们去散步吧!"她终于开口说话了。我注意到她用"你"称呼我。我很想坐下来,或是倚着什么东西,因为双腿突然软弱无力。即便打猎最疲惫的时候,我的两条腿也没这样颤抖过。

我不能和她一起去散步。我只想见她一面。我穿的衣服太破。我直接来到这里,穿着滑雪服和一双破皮鞋。衣服上还烧出了几个洞。打猎时我在外面过夜。睡在篝火旁边,经常会烧破衣服和裤子。不行,无论如何不能和她一起去散步。

"胡说什么呀!"她毫不在乎地说,一下子抓住了我的手。她需要和我说说话。她很孤独,女友们没来,父母去了别墅,她太寂寞了,一直都在等我。衣服破了有什么关系?然后问我为什么不写信。是不是折磨别人自己觉得快乐?

我们又沿着莫斯科街道漫游。这是个奇怪的,疯狂的夜晚。突然下起雨来了,我们躲进隆隆响的门洞,跑得太快了,吁吁直喘,我们看着街道。水哗啦啦顺着排水管往下流,人行道闪着亮光,汽车都被浇湿了,红色和白色的光影蛇一样闪耀在湿漉漉的马路上,冲我们这个方向窜动。后来雨停了,我们走出门洞,笑着,跳过几个水洼。不料雨又洒落下来,我们又去躲雨。她头发上的雨滴闪着亮光。当她看着我的时候,她的双眼更亮了。

"你想过我吗?"她问,"我几乎一直都在想你,虽然我不愿这样。我自己也不知道为什么。因为我们了解的还很少。对吗?读书的时候,我突然会想,这本书你一定喜欢。你的耳朵没发红吧?据说,如果一个人长时间想念另一个人，那个人的耳朵一定发红。我甚至连大剧院都没去过。妈妈给我一张票，可我没去。你喜欢歌剧吗？"

"那还用说！也许我很快能成为歌手。有人说，我是出色的男低音。"

"阿辽沙！你是男低音？唱个歌吧！你小声唱，除了我，谁也听不见。"

开始我想推辞。后来我还是唱了。我唱了几首罗曼司和咏叹调，居然没有发现雨已经停了，人行道上的过路人一边走一边回头看我们。丽丽娅全不在意。她看着我的脸，双眼闪闪放光。

4

年轻可不是好事。生活过得飞快，转眼之间你已经十七八岁了，可什么都还没做。甚至不清楚，你是不是有某种天赋。真想轰轰烈烈地活一回！想写诗，让全国上下都背诵你的诗。或者创作英雄交响曲，然后登台指挥乐队演奏——你脸色苍白，身穿燕尾服，纷披的头发垂在前额上……一定让丽丽娅坐在包厢里！我该怎么办？该做些什么，生活才不致索然无味地流逝，每一天都能成为奋斗的日子、胜利的日子！我活得很苦，既不是英雄，也不是发明家，这种想法折磨着我。我有能力建树功勋吗？不知道。我能胜任繁重的劳动吗？有力量参与伟大的事业吗？顶糟糕的是，没有人能理解我的痛苦。所有的人都拿我当小孩子看，有时还抚摸我的头发，就好像我才十岁！只有丽丽娅，唯独她理解我，只有和她在一起，我才能毫无保留地袒露自己的心事。

我们俩早就在一个学校里上学：她上九年级，我上十年级。我决定学习游泳，先成为苏联冠军，然后当世界冠军。我去游泳池已经三个月了。自由泳是最好的姿势。这种姿势游得最快。我很喜欢自由泳。不过，每到晚上我就爱幻想。

冬天常有这样的短暂时刻，房檐上满是积雪，昏暗中的天空呈现雪青、甚至是深蓝色。我站在窗前，从敞开的通风窗口看淡紫的雪，呼吸清爽的寒气，不知道为什么，我忽然想去远方旅行，去陌生的国度，攀登高山……我忍受饥饿，脸上长满棕黄色的胡子，太阳烤着我，或者寒风刺骨，甚至濒临死亡，但是，我终于发现了大自然的一个奥秘。这才是生活！如果派我去探险队就好了！

我开始跑这个局找那个司。莫斯科有很多局和司，一般都有响亮神秘的名字。的确，探险队出发了。他们有的去中亚，有的去乌拉尔，有的去北方。不错，他们需要工作人员。可我的专业是什么？哎，我没有专业……太遗憾了，没人能帮我。我必须好好学习。当工人？他们在当地能招募工人。祝探险队一路顺风吧！

我又回到学校准备功课……没办法，只好向环境低头。还好，我能中学毕业，甚至能进大学。现在，我对什么都不在乎了。我将考一所学院，然后成为工程师或是教师。不过，人们从我的脸上再也看不到大旅行家的神情了。

12月来临。所有的空闲时间我都和丽丽娅一起度过。我更喜欢她了。我不知道，爱情可能没有尽头。确实是这样。对我来说，每过一个月，丽丽娅都变得越发珍贵，为了她，我可以做出任何牺牲。她经常给我打电话。我们长时间交谈，聊过以后，我就再也不想碰课本儿了。凛冽的严寒和暴风雪来了。母亲准备去乡下，但是她没有暖和的披肩。姑姑有一条老式披肩，她住在城外。我必须去一趟取回披肩。

星期天早晨我出门了。可我没去车站，而是去找丽丽娅。我和她去了滑冰场，然后去特列季亚科夫画廊暖暖身子。冬天在画廊里很暖和，那里有椅子，可以坐一会儿，小声聊聊天。我们在大厅里溜达，看那些画。我特别喜欢谢罗夫画的《拿桃子的姑娘》。那姑娘很像丽丽娅。我对她说，她很像画中人，她脸红了，并且笑了起来。有时，我们忘记了那些画，悄悄耳语，相互凝视。天很快就要黑了。画廊也快关门了，我们走出来，外面很冷，这时我才想起来，我应当去取披肩。我很害怕，对丽丽娅说了这件事。没什么大不了的，很好，我们立刻就动身去郊外。

我们出发了，高兴的是再不用分开了。我们从铺满积雪的月台上往下走，道路穿过田野，前后都是黑乎乎的人影，他们和我们一样，刚从电气列车上下来。可以听到谈笑声，烟头闪着火光。偶尔，前面有人把烟头抛到路上。我们走近时，烟头还没有熄灭。雪地上，烟头四周有个粉红色的小斑点。我们没有踩它。让它在黑暗中发点儿亮光吧。然后我们穿过冰封的河流，脚下的木桥发出响亮的嘎吱声。猛烈的严寒。我们走在林间通道上。周围黑压压的一片松树和云杉。这里要比田野里黑多了。只有几座别墅的窗户透出灯光，黄色的灯光呈条状落在雪上。大多数别墅寂静无声，黑咕隆咚的：冬天大概没人居住。白桦树的幼芽和纯净的雪的味道很浓,莫斯科可闻不到这种气味。

终于到了姑姑家门前。不知为什么,我装出不能带丽丽娅一起见姑姑的样子。

"丽丽娅,你能等我一小会儿吗?"我有些犹豫地请求她,"我很快就回来"。

"好的"。她同意了,"只是时间不要太久,不然我就冻僵啦。冻坏我的脚,还有脸。不,你别想那么多了,陪你一起来我已经很高兴!你不会耽搁太久,对吧?"

我走了,把她留在黑乎乎的路边。我真不忍心。

姑姑和表妹既惊又喜。怎么我这么晚才来?我长大了!完全是个男子汉了。想必我要留下来过夜?

"妈妈身体还好吗?"

"谢谢,很好"。

"爸爸还上班吗?"

"是的,还上班。"

"家里人都在吗?舅舅身体还好吧?"

我的天,成千上万个问题!表妹看看列车时刻表。最早返回的火车十一点发车。我应当脱掉衣服,好好喝茶。然后让她们好好看看我,讲讲所有的事情。要知道我整整一年没来过这里了。一年——时间也不算短了。

他们硬是让我脱掉外衣。炉子里的火很旺,粉红色灯罩下边的灯泡很亮,老式的钟表滴答滴答地响。屋里很缓和,特别想喝茶。可是丽丽娅还在黑乎乎的路边等着我呢!

我终于开口说:

"请原谅,我很急……是这样,我不是一个人来的。外面有人等我……一个朋友。"

她们把我骂了一顿!说我没有教养。天气这样冷,怎么能把一个人丢在外面!表妹跑出去,我听见窗外咯吱咯吱的脚步声。过不一会儿,又咯吱咯吱响了起来,妹妹把丽丽娅领到房间里来了。丽丽娅从头到脚都变成白色的了。她们帮丽丽娅脱去外衣,扶着她在炉边坐下。又给她换上一双暖和的毡靴。

我们渐渐地暖过来。然后坐下喝茶。由于温暖和害羞,丽丽娅脸色绯红。

她的双眼几乎没离开过茶杯，只是偶尔很严肃地看看我。她的两颊很紧张，上面的酒窝在颤抖。我知道这意味着什么，我很幸福！我已经喝了五杯茶水。

然后我们从桌旁站起来。该走了。我们穿好衣服，我接过披肩。可她们犹豫了一下，突然又让丽丽娅脱掉外衣，把披肩给她围上，把大衣系紧。现在她圆滚滚的，整个脸几乎全被披肩遮住，只露出两只明亮的眼睛。

我们来到外面，起初什么也看不见。丽丽娅紧紧抓住我。离开姑姑的家，开始我们有些迷路。丽丽娅忽然哈哈大笑起来。甚至摔倒了两次，我不得不拉起她，帮她抖落袖子上的雪。

"你看你的样子！"她说，上气不接下气，"当她们把我领进屋儿的时候，你看着我，就像是一只鸵鸟！"

我也哈哈大笑。

"阿辽沙！"她突然说，口气甜蜜，又有些害怕，"有人会拦住我们的去路！"

"谁？"

"还能有谁！强盗呗……他们会打死我们。"

"胡说！"我大声说。

我的声音似乎太大了。不知为什么，突然开始觉得外面很冷。当我们喝茶聊天的时候，严寒似乎加剧了。

"胡说！"我又重复了一遍，"这里没有什么强盗！"

"要是突然有了呢？"丽丽娅马上反问，并且回头看了看。我也回头看了看。

"你害怕了？"她大声问。

"不！即便是……你害怕吗？"

"啊，我特别害怕！他们硬逼着咱们脱衣服。我有预感"。

"你相信预感？"

"相信。为什么我要跟你一起来？不过，我还是很高兴能和你一起来。"

"真的？"

"是呀！就算是有人扒掉我们的衣服，打死我们，我也不后悔。你呢？你愿意为我付出生命吗？"

我沉默了，只是紧紧抓住她的手。如果我能想象出一个场景，能向她证明自己的爱情就好了！

"阿辽沙……"

"哦？"

"我想问问你……只是你不要看着我。不许看我的脸！是的……我想说什么来着？把脸扭过去！"

"好吧，我扭过去就是了。只是你看着点儿路，要不我们会摔倒的。"

"那倒无所谓，我，戴着披肩呢，摔倒了也不疼。"

"是吗？"

"阿辽沙……你接过吻吗？"

"没有。从来没有。怎么？"

"真的没有？"

"吻过一次……还是上一年级的时候。我吻过一个小女孩儿。我甚至不记得她叫什么名字了。"

"真的？你真的不记得她叫什么？"

"对，不记得了。"

"那不算。你还是个小孩儿。"

"是的，我是个小孩儿。"

"阿辽沙……你想吻我吗？"

我终究还是摔了一跤。现在，我不用把脸扭过去了，我注意地看着路。

"什么时候？现在吗？"我问。

"不，不……如果我们能到达车站，也没人打死我们的话，我就在车站吻你。"

我默不作声。严寒似乎减弱了。我完全感觉不到寒冷。两颊发烫。很热。或许我们走得太快了？

"阿辽沙……"

"什么？"

"我没跟任何人接过吻。"

我默默地看了看星星。然后又看前面莫斯科上空淡黄色的灯光。

离莫斯科还有三十公里，但可以看到它的灯光。生活终究是美妙的！

"这，接吻，大概让人害臊吧？你感到害羞吗？"

"我不记得了,那是很久以前的事了……依我看,也没什么特别害羞的。"

"是的,那是以前的事了。但是,大概,终究还是害羞。"

我们已经走在田野上。这一次,空旷的原野只有我们两个人。前后都不见一个人影儿。没人往路上扔还没有熄灭的烟头儿。只有我们的脚步嚓嚓响。突然,前方有一只小萤火虫闪了闪,苍白的萤火虫,就像是离得很远的一支蜡烛。它闪了闪,摇晃了一会儿,便熄灭了。然后又重新燃起亮光,离我们也越来越近了。我们看着这亮光,终于猜到了:那是手电筒。然后,我们发现了几个黑黑的人影儿。他们从车站向我们迎面走来。或许,他么是乘电气列车来的?不,电气列车没经过这里,我们没听见什么声音。

"不得了啦……"丽丽娅说,紧紧地依偎着我,"我就知道。现在我们要被打死了。他们是强盗。"

我能对她说什么呢?我什么也没说。我们迎着黑影走,走得很慢。我看了看,数了数:六个人。我摸到口袋里的钥匙,突然,无限的狂热和勇敢向我涌来。我和他们拼了!由于激动我感到窒息,心脏猛烈跳动。他们大声地说着什么,但在离我们大约二十几步远的时候,他们不说话了。

"我要是吻过你就好了,"丽丽娅忧伤地说,"我很后悔……"

我们在荒无人烟的野外狭路相遇了。这六个人停了下来,打开手电筒,微红的光线滑过雪地,落到我们身上。我们眯起眼睛。他们打量着我们,没说什么。其中两个人的大衣还敞着怀。还有一个人急忙把烟抽完,随后把烟头儿吐到雪地上。我等待着喊叫或是打架。但他们没冲我们叫唤。我们从旁边走了过去。

"姑娘还可以,"后面有个人惋惜地说,"哎,年轻人,别害怕!要不就揍你!"

"你害怕了,对吗?"过了一会儿,丽丽娅问.

"不!我只是替你担心……"

"替我担心?"她从侧面奇怪地看着我,放慢了脚步,"可我一点都不害怕!我只是舍不得披肩。"

一直走到车站,我们再没有说话。在车站旁边,丽丽娅踮起脚,抖落松树枝上的雪,折下一根小树枝,塞进口袋里。然后我们登上月台。一个人也没有。售票处旁边亮着一盏小灯,月台上的雪像盐一般泛着白光。我们开始跺脚：很冷。丽丽娅突然走开，靠到栏杆上。我站在月台的边上，下面是钢轨，我伸长脖子，想看到电气列车的灯光。

"阿辽沙……"丽丽娅在叫我。她的声音很奇怪。

我来到她跟前。双腿打颤，突然觉得有些怪怪的。

"抱紧我，阿辽沙，"她请求说，"我全身都冻僵了。"

我拥抱她，靠近她，我的脸几乎碰到了她的脸。我就近看她的眼睛。我第一次这么近看她的眼睛。她的眉毛上结了一层白霜，头发从披肩里露出来，上面也结了霜雪。她的眼睛可真大，目光惊恐。雪在我们的脚下咯吱作响。我们站着不动，可它还是咯吱咯吱响个不停。突然，咔嚓一声响从身后传来。这声音干巴巴地滑过木版，又像滑过结冰的河面，在月台边某个地方停下来。为什么我们默不作声？我们确实不想说话。

丽丽娅的双唇颤抖。眼睛乌黑发亮。

"你为什么不吻我？"她小声说。我们俩呼出的哈气混合在一起。我看着她的双唇。双唇又在颤抖，略微张开。我俯身吻她的双唇，吻了很久很久，整个世界开始无声地旋转。她的双唇温润。接吻的时候，丽丽娅透过毛茸茸的睫毛看着我。她一边接吻，一边看我，现在我能看出来，她多么爱我。

这就是我们的初吻。然后，她用冰凉的脸蛋儿贴着我的脸，我们站着，不再颤抖。越过她的肩膀，我看见月台后边是冬季幽暗的树林。我感觉得到她那温暖的孩子般的呼吸扑在我脸上，我还能听见她的心在急促跳动。而她，大概也听到我的心在跳动。她颤抖着，屏住呼吸。我俯身凑近她的双唇，又吻了起来。这一次她闭上了眼睛。

远处传来低沉的鸣笛声，耀眼的灯光闪烁。电气列车驶进了车站。过了一会儿，我们走进明亮温暖的车厢，随手砰的一声关上了车门，坐到暖融融的长凳上。车厢里人很少，有人读报纸，有人眯缝着眼，也有人正在打盹儿，时不时随着车厢摇晃。丽丽娅一路上都很沉默，她一直看着窗外，虽然玻璃上已经结了冰，外面已是深夜，肯定什么也看不见。

5

大概，任何时候也不能确切地说明，什么时候爱情来到了你的身边。无论如何我难以确定,我从什么时候起爱上了丽丽娅。或许,是我孤零零一个人在北方游荡的时候?或许,是在月台上接吻的时候?或许,是她第一次把手伸给我,并温柔地说出自己的名字"丽丽娅"的时候?我不知道。只有一点我是清楚的,现在我不能没有她。我的全部生活分为两部分:认识她以前和认识她以后。没有她我该怎样生活?没有她又意味着什么?我甚至不愿意想这些,就像我不愿意去想我的亲人有可能死亡一样。

我们的冬天过得极其美妙。一切都是我们的,一切都是共有的:过去和未来,快乐和直到弥留时刻的整个生命。多么幸福的时刻,多么奇妙的日子,真是目眩神迷!

但是,春天的时候,我开始觉得有点儿不对头。不,我什么也没察觉,只是心里隐隐作痛,觉得会有什么新的变化。这一点只能意会,很难表达。简单地说,是我们的性格出现了分歧。她不喜欢我的眼神,她嘲笑我的理想,笑得很尖刻,我们还争吵了几次。后来……后来一直向下滑,越滑越快,越来越可怕。她也老是不在家,我们的谈话很不自然,谈话的内容也很空洞。每一次我都感觉到她离我越来越远了。

世界上十七岁的姑娘成千上万!可你只认识一个,你只能注视一双眼睛,欣赏那闪光的明眸,探询其中的奥秘和盈盈秋波,只有她的声音能打动你,让你泪水淋漓,只有她的手你渴望触摸却不敢亲吻。她和你说话,含笑倾听,默不作声,你看得出,她需要的只有你,有了你,她才能活下去,她活着也是为了你,她唯独喜欢的就是你,就像你也同样喜欢她。

但可怕的是,你发现那双曾给过你温暖、给过你光辉、给过你生命的眼睛,现在竟那样冷漠,它们不再属于你,她整个身心都已离你远去,仿佛相隔万里,你再也不能接近她,也无法让她回心转意。你最为神圣的激情,珍藏在心底的傲岸思绪——并非为了她,你心中的复杂情结与优美高尚——也不是为了她。你追求她,你紧张,竭尽全力,不料,一切都来去匆匆,万事都出乎意外。她悄悄地溜走了。她活在自己的天地,那个世界美妙而独特,你没有通向那里的路,你是罪人——天堂不属于你。绝望、怨恨、惋惜、痛苦淹没了你!你心灵空虚,被人欺骗,被人毁灭,十分可怜!一切都已远去,你两手空空木然呆立,只能跌倒在地,大声呼喊,向冥冥中的上帝诉说你的痛苦与无助。当你跌倒、喊叫的时候,她看了看你,眼睛里流露出惊慌、诧异和同情——但是你所需要的,她却不给,就连回眸一顾你都休想得到,她的爱情,她的生命不属于你。你可以成为英雄、天才,或是举国引以为荣的精英,可是你得不到那含情的目光。多么痛苦!活着实在艰难!

转眼又是一个春天……阳光明媚,天空湛蓝,街心花园里的椴树开始散发幽香。人们都精神抖擞,准备迎接5月。我也和大家一样。临近5月,有人送我一百卢布,我一下子成了最大的富翁!整整三天我有空闲时间。三天,我将和丽丽娅一起度过——这三天她不用准备考试!不,我哪儿也不去,也不需要任何伙伴,这几天我将陪伴她。我们很久没有见面了……

但她不能和我在一起。她说要去别墅,他的叔叔病了,他很寂寞,想和家人一起迎接5月。他们一家人都去别墅——她的父母,还有她。很好!在别墅迎接五一也不错。可是我很想和她待在一起……或许5月2号有时间?

2号?她犹豫了一下,眉宇紧锁,微微有些脸红。是的,或许她可以脱身……当然了,她很愿意!要知道我们很久没在一起了。就这样,我们约定5月2号晚上,在高尔基大街电报局旁边见面。

在指定时间,我站在电报局旁边。这里的人可真多!我头顶上空有个地球仪。傍晚时刻,地球仪的灯已经亮了——天蓝色的海洋,黄色的陆地——地球仪静静地旋转。彩灯在燃烧:金黄的麦穗儿,天蓝和翠绿的火花。彩灯的光映在人们的脸上,显得一个个都那么漂亮。我的口袋里有一百卢布。昨天我没花,我把它带在身上——今天我们去哪儿都够了。去公园,或者去影院....我耐心地等待。周围的人都那么急躁,我却出奇的平静。

大街的中央行人川流不息。有很多姑娘和小伙子。他们唱着歌、喊着什么,拉着手风琴。所有房子上面都挂着旗帜,标语和彩灯。人们唱着歌,我也想唱,要知道我是出色的男低音哪。我还曾经幻想过当一名歌唱家呢。我曾经有过许许多多的理想……

突然,我看到了丽丽娅。她穿过人群向我走来,她顺着台阶往上走,所有人都回头看她——她太美了。我从未见过她这么漂亮。我的心开始急促地跳动。她迅速看了看四周的人,双眼寻找着什么人。在找我。我迎着她的方向走去,刚迈了一步,突然,我的心剧烈地疼痛,嘴唇变得干涩。她不是一个人!一个戴帽子的小伙子和她并肩而立,他看着我。他长得很帅。他拉着她的手。是的,他拉着她的手,我只是在认识丽丽娅的第二个月才敢拉她的手。

"你好，阿辽沙，"丽丽娅说，她的声音有些颤抖，眼睛里有些不好意思。只是稍稍有点儿不好意思，就一点点儿。你等很久了吗？我们好像迟到了……"

她看了看地球仪下面的大钟，稍稍眯缝起眼睛。然后她转过头，看着那个小伙子，当她看他的时候，她的脖子很妩媚。她这样看过我吗？

"认识一下吧！"

我们认识了。他握住我的手，充满力量，我可以体会到其中包含的信心。

"你知道吗，阿辽沙，今天我们不能和你一起玩儿了。我们现在要去大剧院……你不会怪我们吧？"

"不，不会的。"

"那你送我们走一段？反正你现在也没什么事儿。"

"我送送你们。我的确没事儿可做。"

我们融入人流，随着人流往下走，我为什么要去？我这是怎么啦？周围的人在唱歌。拉着手风琴。房檐上的大喇叭高声叫着。我的口袋里有一百卢布！全新的、咔咔响的纸币。我究竟为什么要去？我这是去什么地方呢？"

"哦，叔叔还好吗？"我问。

"叔叔？哪个叔叔？啊，你说的是昨天的事儿吧？"她咬紧嘴唇，迅速地看了一眼那个小伙子，"叔叔的病好了……我们五一过得很好，很愉快！跳舞……你呢？你过得好吗？"

"我，很好。"

"那我很高兴！"

我们朝大剧院的方向拐去。我们三个人并排走。现在不是我，而是这个漂亮的小伙子牵着她的手。她不是跟我在一起，而是和他在一起。她现在跟我相隔千里。为什么我的喉咙发痒？双眼灼痛？我病了吗？到了大剧院的时候，我们停下来。沉默。无话可说。我看见，那个小伙子轻轻地握着她的胳膊肘儿。

"那我们走了。再见！"丽丽娅说，并且冲我笑了笑。她的微笑带着负罪感，同时又是那么心不在焉！

我握了握她的手。她的手还是那么好。他们转过身，急忙向圆柱下面走去。而我站在那里，看着她的背影。这一年里她长大了许多。她已经十七岁了。她的体态很轻盈。第一次见到她是什么时候？啊，对了，当我从北方回来，是在那个黑乎乎的门洞里面。当时她的身材就让我震惊。后来在圆柱大厅和音乐学院的时候，我欣赏过她的身姿。后来在学校的舞会上……令人惊奇的冬季舞会！现在她走了，头也不回。过去，当她离开的时候，是回头看我。有时甚至还回来，认真地看着我的脸，并且问：

"你想对我说点什么吗？"

"不，没什么。"我笑着回答，并为她回来感到幸福。

她很快看了看四周，说：

"亲我一下！"

在广场或是在大街的拐角，我吻她，她的身上散发着严寒的味道。她喜欢大街上这种瞬间的亲吻。

"他们哪里知道！"她说的是那些看见我们接吻的人，"他们什么都不知道！也许，以为我们是兄妹。对吧？"

现在她没有回头。我站在那里，人们从我身旁走过，绕过我，就像绕过一根柱子，或是一样东西。时不时还可以听到笑声。人们三五成群地走着，——没有孤单的人。在节日的街道上，形影相吊很难受。孤单的人大概应该待在家里。我站着，看着……他们已经走进明亮的大门。整个晚上他们都将聆听歌剧，享受着亲密。在我头顶紫罗兰颜色的空中，长着翅膀的四匹马被套在一起，它们盘旋着，怎么也飞不走。我的口袋里有一百卢布。崭新的纸币，昨天我没有花的崭新纸币……

6

一年过去了。世界并没有倒塌，生活也没有停止。我几乎忘了丽丽娅。是的，我忘了她。准确地说，我努力不去想她。为什么要想她呢？有一次，我在街上碰见她。的确，我的脊背有些发凉，但还算沉着。我对她的生活丝毫不感兴趣。我没问她生活得怎样，她也没问我的生活状况。虽然我在这段时间里发生了许多新的事情。一年——时间不算短哪！

我正在大学里读书。我学习很好，没有人能让我远离学习。谁也不叫我去散步。我有许多社会工作。我游泳，已经达到一级标准。我终于学会了自由泳。自由泳——最快速的姿势。不过，这并不重要。

有一次，我收到了她的来信，又是春天。又是5月，轻松的5月，轻松的心情。我喜欢春天。我将通过考试，升入二年级。我收到了她的来信。信中说，她已经嫁人了。还说，她和丈夫要去北方，很想让我去送她。她称我为"亲爱的"，在信的末尾，她写道："你的老相识"。

我长久地坐着，看着墙纸，墙纸很漂亮，上面有许多奇妙的画。我喜欢看这些画。当然，我去送她，既然她愿意。为什么不呢？她不是我的敌人，她也没对我做过什么坏事。我去送她，毕竟我早已忘记了那些往事：生活里这样的事可不多见！难道一年前发生的事情你还都记着！

在她信中写的那一天，那一时刻，我去了车站。我在站台上找了她很久，终于找到了她。我突然看见她，有些颤抖。她穿着浅色的连衣裙，裸露双臂，她的手和脸都晒黑了。但她的手依旧是温柔的。脸却发生了变化，已经是妇女的脸。她已经不是小女孩儿了，对，不是小女孩儿了……亲人和丈夫跟她站在一起，——就是那个小伙子。他们大声说笑，但我发现，丽丽娅忍不住总回头看：她在等我。

我走到她跟前。她立刻抓住我的手。

"我去去就来，"她对丈夫说，带着温柔的微笑。

丈夫点点头，和颜悦色地看着我。是的，他还记得我。他豁达地向我伸出手。然后我和丽丽娅走开了。

"我已经是个小妇人了，即将远去，告别莫斯科，"丽丽娅说，忧伤地看着车站的塔楼，"我很高兴，你能来。一切都有点儿奇怪……你变化挺大。生活还好吗？"

"还好，"我回答，并且试图微笑。但我笑不出来。不知为什么，脸很僵硬。丽丽娅注意地看着我，她的额头出现了细碎的皱纹。当她想事儿的时候，总是这样。

"你怎么了？"她问。

"没什么。我只是替你高兴……你们早就结婚了？"

"才一周。很幸福！"

"是呀，是幸福。"

丽丽娅笑了。

"你怎么知道的？等一下，你的脸好奇怪。"

"可能吧。太阳的缘故。后来挺累的。我有许多考试。德语……"

"可恶的德语？"她笑了，"你记得吗？我还帮过你的忙呢。"

"是的，我记得"。我咧了咧嘴唇笑了笑。

"听着，阿辽沙，到底怎么回事？"丽丽娅惊慌地问，靠近我。如此之近，我又看到了她娇好的面容，只是脸上有什么东西已不复存在了。是的，这张脸已经发生了变化，对我来说，几乎全是陌生的。它变的是好是坏，难以判断。"你隐瞒了什么，"她责备我，"过去你可不这样！"

"没有，没有，你错了"，我坚定地说，"只是夜里没睡觉"。

她看了看表。然后看了看丈夫。丈夫向她点了点头。

"就来！"她向他喊，又抓住我的手，"你知道吗，我有多幸福！为我高兴吧。我们去北方，去工作。你还记得吗，你给我讲过许多关于北方的事情？哦……你替我高兴吗？"

为什么，为什么她问我这个！她突然笑了起来。

"你知道吗，我想起……记得吗，冬天，在月台上我和你接吻？我吻了你，你抖得厉害，月台在你脚下嘎嘎响。哈哈哈……你当时的样子可真傻。"

她笑着，然后用那双愉快的、灰色的眼睛看着我。白天她的眼睛就是灰色的。只是在晚上，颜色才变暗。两颊的酒窝抖动着。

"我们当时真傻呀！"她漫不经心地说，看了看她的丈夫。她的目光中满是柔情。

"是很傻。"我表示同意。

"不，两个傻瓜——不是这样，不是……我们只是笨孩子。对吗？"

"对，我们是笨孩子。"

前面，绿色的信号灯亮了。丽丽娅向车厢走去，亲人和朋友都在等她。

"啊，别了！"她说，"不，再见！我会给你写信的，一定写！"

"好的。"

我知道她不会给我写信。为什么？她自己知道。她斜着眼睛看我，有些脸红。

"我还是很高兴你能来送我。当然，没有花！你连一枝花也没送过我！"

"是的，我什么也没送过你……"

她放下我的手，挽住丈夫的胳膊，他们登上踏板进了车厢。我们留在下面的月台上。他的亲人问了我什么话，可我什么也没听明白。电气机车长久而低沉地鸣笛。车厢动了动。列车非常轻柔地启动了！所有人都在微笑，挥舞着头巾，帽子，喊叫着，跟着车厢走。有两三处地方拉起了手风琴，一节车厢里人们在高声歌唱。大概是群大学生。丽丽娅已经远去。她的一只手搭在丈夫的肩头，另一只手向我们挥舞着。甚至从远处也可以看见，她的手是那么温柔。还可以看到她幸福的微笑。

列车开走了。我开始抽烟，把手插进口袋，随着送行的人流走到出站口，来到广场上。我叼着烟卷，看着银白色的灯柱。太阳照在上面，闪着光，甚至很刺眼。我垂下眼睛。现在可以承认：整整一年，在我的心里仍然怀有希望。现在一切都结束了。由她去吧，我为她高兴，说实话，真的高兴！只是忽然间心口隐隐疼痛！

姑娘出嫁是很平常的事儿——自古以来总是这样。姑娘出嫁是好事。糟糕的只是我不能哭泣。我最后一次哭泣是在十五岁的时候。现在我快二十岁了。心脏悬在嗓子眼儿上，还在往上蹿——很快就能嚼到它了。很好，姑娘出嫁了……

我来到广场上，喀山车站的表盘映入我的眼帘。古怪的形状代替了数字——我怎么也弄不明白。我去买汽水。开始我要甜果汁，犹豫了一下，还是要了纯净水。当心脏接近嗓子眼儿的时候，喝甜果汁很不舒服。我拿起冰凉的杯子，深吸一口，却咽不下去。终于咽下去了，只咽了一口。似乎轻松了一些。

然后我去坐地铁。我的脸不知怎么了：我发现，许多人仔细地看我。在家里，我想了想丽丽娅。然后又开始看壁纸上的图案．如果仔细看，可以发现许多好玩儿的东西。可以看到热带丛林，翘起长鼻子的大象，或者是戴着无檐帽，或者是穿着雨衣的古怪的人形，或者是自己熟人的脸，只是，墙纸上没有丽丽娅的脸……

大概，她现在已经驶过我们第一次接吻的那个月台。只不过现在的月台一片绿荫。她是不是又看了看那个月台呢？是不是想过我？不，她何苦要看月台呢？她现在看着自己的丈夫。她爱他。他长得很帅，那是她的丈夫。

7

　　人生在世，没有什么东西是永恒的，甚至是痛苦。生活不会停止。不，生活永远不会停止，它有权走入你的灵魂，你的所有悲伤都会烟消云散，这些人类的悲伤与生活相比，实在太渺小了。世界安排得就是如此美妙。

　　现在我就要大学毕业了。我的青春已经流逝，无影无踪，永不再来。这很好：我是成年人了，能做很多事情，再也没人抚弄我的头发，把我当成小孩子了。很快我将去北方。不知道为什么，大家都想让我去北方。大概，是因为过去我在那里打过猎，在那里过得很幸福。我已经完全忘了丽丽娅，要知道，已经多少年过去了！如果不忘记些什么，生活将会很艰难。幸好，许多事情已被遗忘。当然，她也没从北方给我写信。她在哪里——我不知道，再说我也不想知道。我完全不想她了。我生活得很好。的确，我没有成为诗人，也没成为音乐家……那有什么，不是所有的人都能去当诗人！体育比赛、大会、实习、考试——我忙于这些事情，一分钟都闲不住。除此之外，我还学会了跳舞，认识了许多漂亮、聪明的姑娘，也爱过几个，她们也爱我……

　　但是，有时我会梦见丽丽娅。她在梦中向我走来。我又听到了她的声音，她温柔的笑声，拉她的手，跟她说话——说的什么，我不记得。有时她很忧伤，懒洋洋的，有时又很高兴，脸上显现酒窝，很浅的酒窝，别人的目光根本发现不了。于是，我又复活了，笑着，感觉自己很年轻，也很腼腆，就好像我依旧是十七岁，我在初恋。

　　早晨，我睡醒了，去学校上课，在工会基层委员会值班，或者在共青团会议上发言。可今天不知为什么心情沉重，想一个人待着，闭上眼睛，找个地方坐一会儿。

　　不过，这种情况不常有：一年三、四次吧。然后就是做梦，做梦，做梦……不请自来的梦！

　　我不想做梦。只有梦见音乐的时候，我才喜欢。据说，如果睡觉时，脸朝右侧身躺卧，就不做梦了。我现在开始这样睡觉。我会睡得很香，早上醒来，精神愉快。生活毕竟是美好的啊！

噢，上帝，我实在不想做梦！

许力 译　谷羽 校
2015.6.28 重新整理

12月的情侣

　　他在车站久久地等待着她。这是一个阳光明媚但又寒气袭人的日子。一切对他来说都是那么美好：一群群滑雪的人，莫斯科人还没来得及打扫积雪，新下的雪踩上去嘎吱作响。他觉得自己也挺可爱的：厚实的滑雪鞋、几乎齐膝的毛袜子，厚厚的、毛茸茸的高领毛衣，以及奥地利式的带遮檐儿的帽子。但最好还是滑雪板，这是一副用小皮条包扎的胶合滑雪板。

　　像往常一样，她来晚了。他以前也曾经为此生过气，但现在已经习惯了，因为，如果细细想来，这大概是她唯一的弱点。现在，他把滑雪板靠在墙上，轻轻地踩着双脚，以免冻坏。他朝她应该出现的方向看看，心里很平静。不，不是高兴，仅仅是平静。他愉快而平静地想：在工作中，一切都那么顺利，而且所有的人都喜欢他。家里也一切都好，冬天也是美的。12月了，看起来倒像是3月，阳光明媚，白雪闪耀着光芒。还有，和她的关系很融洽，这一点是至关重要的。困难时期已经结束了。那时候他们不断地争吵，嫉妒，猜疑。电话铃骤然响起，你拿起电话，可对方却不讲话，只能听到呼吸声，因此心里很难过。谢天谢地，这一切都过去了，现在是另外一番情景：有一种平静、依赖、温柔的感觉，现在就是这么一种样子！

　　她最终出现了，他终于看到她那近在咫尺的脸庞和整个身段，他说："呵呵，你总算来了……"

　　他拿起自己的滑雪板，与她慢慢地走着，因为她必须歇一口气：她走得太急，所以气喘吁吁。她戴着一顶红帽子，几缕头发从帽子下露出来，垂在额头上。她看他的时候，黑色的眸子总是斜过来微微颤动，她的鼻子上有星星点点的雀斑的痕迹。

他从背包里往外掏一些火车上要用的零碎东西，稍稍落在了后面。望着她的背影、她的双腿，他突然意识到，她多美呀，她的穿着也是那么俊俏，她之所以迟到，大概是因为总想打扮得漂亮些。她那几缕头发好像是不经意间露在外面的，也许存心那样。她是多么细心周到、让人动情啊！

"太阳！多美的冬天，啊？"她说，当时他在拿票，"你没忘记带什么吧？"

他只是摇了摇头。现在他觉得东西甚至拿得太多，因为他们的旅行袋太笨重了。

车厢里，旅客大都带着旅行包和滑雪板，所以显得格外拥挤又吵闹：所有人都在喊着，互相叫着，忙乱地占着座位，滑雪板不时碰撞，发出叮叮哐哐的声响。窗子被冻得冰凉，好在还是透明的。座位底下的暖气散发出干燥的热气。当火车开动起来的时候，看看窗外阳光下的雪景，听着下面车轮时不时发出轻快柔和的撞击声，心里非常舒服。

大约过了二十分钟，他走出车厢去过道吸烟。外面的门有一半没有窗玻璃，寒冷的风顺着过道长驱直入。壁板和天棚挂着白霜，有一股浓烈的霜雪及铁锈的味道。站在这里可以真切地听到，车轮发出的不是轻轻的撞击声，而是一片轰鸣，钢轨也发出了低沉的隆隆声。

他抽着烟，透过玻璃门向车厢里边望去，目光从一排椅子向另一排椅子移动，对所有的旅客都有一些遗憾的感觉，因为，他认为，他们当中没有一个人在这两天里会过得像他那么美。他还打量每一位姑娘，打量她们那一张张生气勃勃的脸庞，就像每当他看到年轻娇好的姑娘，同别的男人一起从他身旁走过时一样，心里想着她们，感到有几分激动和苦涩。然后他看了看她，禁不住高兴起来。他看得出来，在这群年轻貌美的姑娘当中，她依然是最出众的。她看着窗外，面庞白皙，双眸幽深，睫毛很长。

随后，他开始透过没有玻璃的车门看外面的寒冬，看天空。由于强烈的阳光和灌进来的冷风，他不禁眯起了眼睛。几个白雪覆盖的木制月台一闪而过，轧轧作响。在这些月台上，偶尔会碰到几处由胶合板搭建的小吃部。所有这些小吃部都漆成淡蓝色，房顶上有铁烟囱，从烟囱里还冒出一缕缕淡蓝色的烟。于是他想：坐在这样一个小吃部里，听过往火车高亢的鸣笛，在炉边烤火，喝杯啤酒，该有多么惬意。确实是一切顺心如意：多美的冬天，多么地快乐。现在有他心爱的人，可心的姑娘就坐在车厢里，他可以看见她，并且能捕捉到心照不宣的目光！啊，多么奇妙，他知道：当自己还没拥有她时，多少个夜晚他一个人在家度过的；或者漫无目的的与一些好朋友在大街上闲逛，谈论哲学，探讨相对论以及其他一些令人愉快的、深奥的话题。可一回到家里，却是那么凄凉。他甚至还写过诗，当时有一个朋友很喜欢这些诗，因为这个朋友也是单身汉，可现在他已经结婚了……

他想，人生的安排是多么奇妙啊！他是个律师，已经三十岁了，可还没有取得什么特别的成就，没有什么独到的见解，也没有像少年时代想象的那样：成为诗人或是冠军。现在能使他感伤的原因太多了，因为他的生活没有安排好。可他自己却不愁，干着一份平平常常的工作，没有任何荣誉，所有这一切都没使他苦闷、没使他害怕。相反，现在他很满足，很平静，而且按部就班地生活着，仿佛已经得到了他所渴望的一切。

他只有一个久埋在心底的忧虑——到夏天怎么办？从11月份开始，他就在考虑，设想去哪儿，夏季休假究竟该怎么安排才好。这个假期总让他感到既漫长又短暂，因此需要预先计划周到，选择一个最有趣的地方，免得到时候出现什么差错。整个冬天和春天他都激动不已，不断打听，去哪儿旅行好，哪里的风景如画，当地人怎么样，怎样去那里更方便。这一次次探听，一个个计划大概比旅行及假期本身更叫他感到快慰。

他现在就想到了夏天，想着如何到一条小溪边上去。他们将随身带上帐篷，来到小溪跟前，给皮划艇充满气，它就像印第安人的独木舟一样……再见啦，莫斯科！再见啦，沥青路！再见啦，所有的诉讼案和法律咨询！

站在这里，他回忆起他们第一次离开莫斯科外出的情景。当时他们是去爱沙尼亚，去一个极小的城市，过去他曾到这里出过差。他们是乘公共汽车去的，夜里到达瓦尔代。当时已是一片漆黑，只有一个饭馆还没关门，里面亮着灯。他喝了一杯陈年的烈性伏特加酒，而且喝醉了。坐在公共汽车里，他很愉快，因为有她同行。寂静的午夜，她依偎着他，打着盹儿。他们是黎明时分到达目的地的。虽然当时是8月中旬，而且莫斯科的雨连绵不断，可当地却很清爽明亮。太阳升起来了，白色的小房子、尖尖的红色瓦房顶，有许多花园，茂密的林子，一片静谧，石缝间浓密的、蓬松的小草覆盖着街道。

他们住在整洁而明亮的房间里。房间的窗台上、床下、柜子里，到处都摆放着安东诺夫苹果，这些苹果日渐成熟，并且散发出浓郁的香味。还有一个商品丰富的市场。他们一起到那里去，买一些熏制的肥肉、块状蜂蜜、奶油、西红柿及黄瓜（价格便宜得让人难以置信）。面包房里飘来阵阵香气，鸽子拍打着翅膀一个劲儿咕咕咕地叫着。但是，最主要的是她，那么让人出乎意料，好像是完全不认识的另一个人，但同时她又已赢得了他的爱情，关系十分密切。那时有多么幸福呀，以后会更加幸福，只要不发生战争。

近来，他经常想到战争，并且憎恨战争。但现在，看着晶莹闪亮的白雪，看着森林、田野，听着钢轨的轰鸣，他坚信，不会有任何战争，甚至连死亡都不会有，因为，他这样想，人的一辈子总有这样一些时候，就是一个人绝不会去想任何可怕的事情，绝不会相信还有恶魔的存在。

在一个遥远的小站，他们几乎是最后下车的。他们沿着月台走，雪在脚下嘎吱嘎吱作响。

"多美的冬天！"她又这样说了一遍，眯着眼睛，"好久没有这样的冬天了！"

还要走大约二十公里的路才能到达他的别墅。他们将在那儿过夜，白天去滑雪，晚上顺着另一条铁路线返回住处。

他有一处小果园，果园里有一个用木板搭建起来的小别墅，用来消夏。别墅里有两张床，一张桌子和几只粗糙的小凳子，还有一个德式的小铁炉。

穿上滑雪板，他跳了几下，又在雪地上踩了踩，蓬松的新雪被踏得飞溅起来。他又检查了一下她的滑雪板是否系得结实，然后他们静静地向前滑去。开始，他们想滑得快些，以便早一些到家，好有时间把屋子烧暖，并且好好休息一下。但在这样的田野及森林中想滑得快些是不可能的。

"看，山杨树的树干多美！"她不时地停下来说，"像猫眼睛的颜色。"

他也停下来观看——的确，山杨树的上段是黄绿色的，完全像猫眼睛的颜色。

森林间斜斜地洒下朦胧的光线，树干间不时有一道道雪幕飘洒下来，摆脱掉积雪的云杉抖动着它的枝叶。

他们从一个缓坡滑向另一个缓坡，偶尔也看看白雪覆盖的树冠。所有的农舍里都已生着了炉子，村落笼罩在一片烟雾之中。炊烟如柱子一般向空中升腾，而后又向四面八方散去。淡淡的蓝色雾霭笼罩周围的山丘，仿佛在离村子一二公里的地方散发着炊烟的味道，这味道让他们想尽快到家，点燃火炉。

他们时而穿过显得肮脏、车辙闪亮的道路。虽然是12月，但在这些路上、在散落的干草中、在车辙淡蓝色的暗影里，已经透露出春天的气息。有一次，沿着这条通向村子的路上，跑过一匹黑马。马的毛闪着光泽，膘肥体健。马蹄下溅起冰和雪。而且可以听到细碎的脆裂声，还有马呼哧呼哧的喘息声。他们又停下脚步，注视着马的背影。

时而，一只神经质的寒鸦匆匆飞过，另一只紧随其后。而在远处，紧紧盯着它们的是一只忽高忽低飞行着的喜鹊。它们发现了什么？这倒是值得一看。从雪下露出的大翅蓟里，红腹灰鹊时而晃动、时而哼唱、时而又忙忙碌碌。这种热带鸟儿在严寒和大雪天中极不寻常，干干的种子从它们肥厚的嘴里掉到雪地上，宛如曲曲折折的小径。

偶尔也可以看到狐狸的踪迹。这些脚印排列得整整齐齐，从一处草丛、一个土墩弯弯曲曲地通向另一处草丛、另一个土墩，再往前，脚印一转弯，消失在一片茫茫白雪之中。滑雪的人们还要往前走，他们在山杨及白桦林中还可以见到野兔和松鼠的踪迹。

这些在寒冷空旷的田野及森林中过神秘夜生活的家伙们留下的印迹使人兴奋，也使人联想到夜晚出去打猎前用茶炊烧茶，想起大皮袄及猎枪，想起慢慢滑行的星斗，想起黑黝黝的干草垛。夜里，野兔就躲在这干草垛里。狐狸也会从远处找到这里来，常常用后腿立起来，用鼻子左嗅右嗅。还会让人想象到炸雷一样的枪声，一闪即逝的火光和山丘之间的响亮清脆的回声。村里受到惊扰的狗狂吠起来，直挺挺躺倒的兔子那一双变得像玻璃一般的眼睛越来越凉，在这双眼睛里有星星的影子；还有它那挂着白霜、粗粗的髭须已及温热的身躯。

在下面的谷地和峡谷里，积雪又厚又干，所以滑起来很吃力。但在山丘的斜坡上有波状的冰层，上面覆盖着新雪，爬上去，滑下来，都很轻松，在遥远的地平线附近的山丘上，森林染上绯红的颜色，天空湛蓝，田野仿佛一望无垠。

他们就这样滑着，一会儿向上，一会儿向下，间或也坐在被风吹折的树干上休息，相视而笑。有时，他从后面扳住她的脖子，拉近她，吻她被风吹糙的、冰凉的嘴唇。他们几乎没有讲什么话，只不过偶尔叫一声："看！"或者"听！"

说真的，她有些忧郁，并且好像被什么事分了心，总是落在后面。可他却一点儿不懂,只是想:这是因为她太累了。他不时停下来等她,可当她赶上来,有点儿责备地、以某种非同一般的神情看着他的时候,他就小心地问——他当然知道,这种问题会惹她不高兴:

"你累了吧?我们休息一下。"

"哪儿的话!"她急促地说:"我没事……想出神儿了。"

"明白了!"他说完又继续向前滑,但速度已经慢了下来。

太阳开始落山了,只有小山丘顶部的一些空地还有亮光。森林,低地,峡谷早已变得灰暗,并且渐渐沉寂下来。沿着一望无际的森林及田野依旧有两个孤零零的人影在移动——他在前,她在后,他愉快地听着身后雪在她的滑雪板下沙沙作响以及滑雪板弄出的刷刷声。

有一次,从森林后方,一片落日的玫瑰红色余晖处,响起一阵马达均匀的轰鸣声,过了一会儿,高空出现一架飞机。现在只有这一架飞机还被照得亮亮的,太阳的光影在机身上闪耀,从下边冰冷、幽暗、沉寂的地面上看着它,想象坐在飞机里的乘客都在想:自己的旅行即将结束,马上就要到达莫斯科了,会有谁来接他们,这真是非常有趣的事。

伴着暮色,他们终于到达了目的地。在寒冷的露台上跺了跺结了一层冰的鞋,打开门,走了进去,屋子里一片漆黑,好像比外面还要冷。

她立刻躺下,闭上眼睛。一路行走使她浑身发热,而且出了许多汗。这会儿又开始凉起来,冷得发抖,稍稍动一动都觉得害怕。她一睁开眼睛,就看到昏暗之中的木制天花板,就看见煤油灯上蒙了一层水汽的玻璃罩里越燃越旺的火焰。她眯起眼睛——黄、绿、白、天蓝以及大红——所有这些她饱看了一整天的颜色,立刻游动起来,一种接一种地变换着。

他在阳台下找到劈柴,抱进来,放在炉边,接着哗哗地弄了些纸,点着火,嘴里喘着粗气。她什么都不想干,也并不为这次与他一同来这里感到高兴。

炉子热起来,房间变暖和了,可以把外衣脱掉。他脱了衣服、鞋、袜子,并且把它们挂到炉边,只穿一件贴身的衬衫坐在那里。他很满足,眯起眼睛,活动着脚指头,一边还抽着烟。

"累了吗?"他问,"把衣服脱了吧!"

她虽然不想动,但由于伤心和懊恼,她还是想睡一觉。最终她还是顺从地把衣服脱掉，把夹克、袜子、高领衫挂起来烤着，身上只剩了一件男式方格布翻领衫，衣服的下摆露在外面。她坐在床上，垂下双肩，开始看那盏灯。

他穿上鞋，披上外套，拿起水桶到露台上去，这时，传来一阵悦耳的叮当声。回来后，他把茶壶放到炉子上，开始翻旅行包，把里面所有的东西都拿出来，放在桌子和窗台上。

她默默地等到茶水烧开，给自己倒了一杯，然后静静地坐着，嚼着抹了黄油的面包，双手握住茶杯取暖。她不时地喝上一口，眼睛一直盯着那盏灯。

"你为什么老是不吭声？"他问，"这一天多好！啊？"

"没什么……我今天累得要命……"她站起来，没看他，伸了个懒腰，说，"睡觉吧！"

"也好。"他爽快地同意了，"等等，我再加些柴禾，房间里已经冷起来了……"

"今天我一个人睡，就在炉子边，可以吗？你不要生气。"她急促地说，同时垂下双眼。

"你这是怎么了？"他感到吃惊，并且马上想起一整天她那忧郁冷漠的表情。想起这些，他感到愤懑，心在痛苦地、猛烈地跳动。

他突然明白了，他完全不了解她——她在大学里学习怎样，跟谁交往，谈些什么。他意识到，对他来说，她是那么难以捉摸，就像第一次相遇时一样陌生。而他对她来说，大概是既粗鲁又迟钝，因为他不明白，她需要什么，同时他也无法使她感到同他在一起总是那么幸福，因而不需要其他任何人、任何东西。

他立刻为今天的一切事情感到懊悔，为这间可怜巴巴的别墅、炉子感到羞耻，甚至莫名地连严冬、太阳以及自己的悠然自得都会令他羞愧：我们为什么来，为什么要干这些事情？人人赞美的、该死的幸福在哪儿呢？"

"那好吧……"他冷漠地说，深深地喘了口气，"你想睡哪儿就睡哪儿吧。"

她没有看他，也没有脱衣服，就立刻躺下了，把夹克盖在身上，开始看炉子里的火。他走到另一张床边，坐下，开始吸烟，然后把灯熄灭就躺下了。他开始伤心起来，因为他感到：她离他越来越远了。想到这里他觉得懊丧。他们有没有得到幸福，他不知道。

过了一会儿，他听见她在哭。他抬起身，看了看桌子对面床上的她。炉火照得房间很亮,她俯卧着,眼睛盯着烧得很旺的柴禾。他看见了她委屈的、被泪水打湿的脸。她颤抖的双唇伤心地、毫无魅力地扭曲了。他还看到她的下巴和湿漉漉的眼睛,泪水不断地被她的纤手拭去。

为什么她今天突然变得如此伤心难过?她自己也不知道。她只是觉得,她的初恋阶段已经过去,而现在某种新的东西来临了。她对过去的生活失去了兴趣。她再也不愿意在他的父母、叔叔及姑母面前,在他的朋友及自己的女友面前只是充当一个无足轻重的人,她希望成为妻子和母亲。而他却看不到这一点,并且觉得就这样已经是很幸福了。而且她痛惜他们相恋初期那一段令人心神不定的时候,当时每件事都那么朦朦胧胧,捉摸不定,然而又是那么陌生、热烈,充满了新奇感。

然后她渐渐入睡。她很久以前的幻想又重新在梦中出现。当她还是个小姑娘的时候,每次都要带着这个梦想进入梦乡。在她的幻想中,他强壮、勇敢,并且爱她,她也爱他,可不知为什么总是说:"不!"于是,他去了遥远的北方,当了渔夫。而她不断地思念他。他在那里岸边的山崖间打猎,翻山越岭,创作音乐,出海捕鱼,而且时时刻刻都在想她。有一天,她恍然大悟,只有跟他在一起,她才会得到幸福。于是,她抛开一切去寻他。她是如此美丽,一路上所有人都对她献殷勤:飞行员、司机、水手,可她谁都不理,心里只想着他。与他的相逢应该是极不寻常的,甚至怕去想象。于是,她想出许许多多新的障碍,为的是拖延这个时刻的到来。她通常就是这样睡去的,梦中并没有与他相逢。

已经很久,她睡前不去想这一蠢事了。可今天不知为什么又情不自禁地陷入了幻想。就在她搭乘顺路的小汽艇赶路的时候,她的意识模糊了,她睡着了。

夜里,她被冻醒了。他正蹲在炉边,把变冷的炉子重新生着火。他的脸色忧郁,她开始可怜他了。

早晨,起初他们都很沉默。默默地吃早饭、喝茶。后来,气氛愉快起来,他们拿起滑雪板去滑雪。他们一次次登上山顶,之后往下滑,挑选的地点越来越陡峭,越来越危险。

回到房里,他们烤火,谈论一些无关紧要的琐事,谈论工作,谈论今年的冬天还是非常美好的。天色开始变暗,他们便收拾好东西,锁上房门,滑着雪去车站。

列车驶近莫斯科时已是晚上了。他们打着盹儿。可是，当一幢幢高大的楼房、一片片亮灯的窗子展现在眼前的时候，他意识到，该是他们分手的时候了，突然间，他把她想象成自己的妻子。

为什么不！青春初期已逝，觉得一切：诸如房子、妻子、家庭等都很简单、无所谓的那段时期已经过去了。三十岁了，那样一种情感，就是你知道，她就在你身边，她很美，而你随身可以把她甩开，去跟别的女人交往，因为你是自由的。这种情感，事实上，不会给你带来任何安慰。

明天整个一天，都要在法律咨询部写一些诉讼材料及申请，思考人们的各种不幸，其中也包括家庭的不幸。然后回家，家里又有谁呢？而后又是夏天，漫长的夏天，去各地旅行，划皮艇，住帐篷，那有和谁一同去呢？他生出了更好、更充满人情味儿的愿望，希望把一切事情做得使她感到愉快。

当他们走出站台，来到车站广场的时候，已是华灯初上，城市里一片喧嚣，积雪已经被人打扫干净运走了。这时，他们两人都感到，他们共同旅行的事好像根本没有发生过，似乎并没有刚刚在一起玩儿过两天。现在他们该分手了，各回各家。或许再过两天或者三天才能见面。他们俩又有了平日的那种心情，宁静、轻松。他们像往常分手时一样，匆匆一笑告别，他没有送她。

许力 译 谷羽 校

丑 女

婚礼进行到了高潮。新郎和新娘早就被带到另一间木屋里，雄鸡的第一声鸣啼响彻树落，但是，手风琴手依旧在拉他的手风琴，纷杂的脚步声震得木屋瑟瑟颤抖，木屋里亮着五盏灯，灼热刺眼，一群孩子趴在窗台上，腿耷拉在半空中，嬉笑着向屋里张望。

人们酒足饭饱，流了不少眼泪，他们尽情地唱呀，跳呀！尽管如此，桌子上还频频地添些伏特加和下酒菜，手风琴手已经退下，取而代之的是留声机放出的狐步舞和探戈的曲子，人们跺着脚，时而伴着蹲跳动作，鞋底发出嚓嚓声，人们的兴致有增无减，在外面，这些声音听得更清晰，传得更远，飘荡在田野上，还有小河边。现在，所有附近村子里的人都知道波德沃尔的人们在狂欢。

所有人都很愉快，只有索尼娅心情沉重，忧伤苦闷。她喝了些伏特加酒，尖尖的鼻子泛着红色，她的头翁翁直响，心脏猛烈地跳动着，因为她感到委屈，没有人注意她，所有人都是那么快乐，所有人在这个晚上找到了彼此相亲相爱的人，只是谁也不爱她，也没人请她跳舞。

她知道自己长得丑，羞愧于自己消瘦的肩膀，她也曾多次发誓不再参加晚会，在晚会上人们跳舞、唱歌、相爱，每次她都去待上一小会儿，之后便匆匆离去，而且总是期待着某种幸福的降临。

甚至是更早的时候，也就是她还比较年轻、上大学的时候，也没有人爱上过她，从没有人送她回家，也没有人吻过她。大学毕业后，她去农村工作，她在学校附近分到了一处房子。每天晚上她批改作业，读书，背一些有关爱情的诗歌，去看电影，给女友写长长的信，或者独自发愁。几乎所有的女伴都在两年内嫁人了，就在这段时间里，她的脸色变得更加憔悴，肩膀也变得更加瘦削。

就像是有意嘲弄，又有人邀请她参加婚礼，她去了。她两眼直勾勾地盯着幸福的新娘，和所有人一起有气无力地喊着："苦啊！"事实上，她的苦源于这样一个想法，那就是她这辈子永远也不会有自己的婚礼。

有人介绍她认识了兽医学医士尼古拉，这个忧郁的小伙子脸膛红红，眼睛黑亮。介绍人让他们并排坐下，他也试着向她献殷勤。索尼娅吃他递过来的食物，并报以感激的目光，她觉得自己的眼神含情脉脉，充满柔情蜜意。

可不知为什么，尼古拉似乎显得越来越忧郁了，很快便不再讨好她，而且隔着桌子同别人讲起话来。后来，他干脆走开，疯狂地跳舞，大喊大叫，挥动两只长长的胳膊，惊奇地左顾右盼，然后又走到桌子跟前喝伏特加酒。再后来，他到门厅去，再没有回来。

现在索尼娅一个人坐在角落里，她在想自己的人生，她鄙视所有这些心满意足的人们，他们各个幸福，喝得醉醺醺的，汗流浃背，她也鄙视和可怜自己。

不久前，她自己缝了一条连衣裙，深蓝色的，很漂亮。所有人都夸这条裙子好看，都说这条裙子跟她的脸色很相称。可是连衣裙并没有起什么作用，一切还是老样子。

夜里三点左右，这个被所有人遗忘的、不幸的、脸上尽是些红斑的索尼娅来到门厅，又从门厅走到房前的台阶上。外面，所有的农舍都已熄了灯。整个村落在沉睡，周遭一片寂静，只有从正在欢宴的木屋敞开的窗户里传出刺耳的手风琴声、喊叫声和跺脚声，这声音飘向远方茫茫的夜色。斑斑驳驳的灯光倾泻在草地上，草儿被染成棕红色。

索尼娅的下巴开始发抖。她咬紧嘴唇，但无济于事。于是，她走下台阶，勉强走到一棵白桦树旁，黑暗中的白桦泛着柔和的白色，她用肩膀倚住这棵树，失声痛哭。她为自己的号啕大哭感到羞愧，她害怕别人听见她的哭声，所以用块带香味的手帕捂住嘴。没人听见她在哭泣。"唉，够了！"索尼娅紧闭双眼对自己说，"够了，不要再待下去！该走了！"她想走，想离开那棵白桦树，可是，她的双腿却支撑不住，无法挪动脚步。

"谁在那儿？"后面有人大声问道。

索尼娅屏住呼吸，迅速拿开手帕，把脸往肩膀上使劲地蹭，她依旧靠着那棵白桦树，不好意思地回头张望。那是尼古拉。他摇摇晃晃，一把抓住索尼娅的肩膀，以防摔倒。他的手很脏，粘满了泥土。

"啊！"他醉醺醺地说，"是您吗？我……刚刚在菜园子里……"他摇晃着靠近她，"这个恶棍，请我参加婚礼！"他大声说道，"啊！我要砸烂所有的东西！给点儿酒就想把我打发走……畜生，让你胡说八道！休想收买我！"尼古拉咬牙切齿地骂起娘来。

"您不舒服吗？"索尼娅胆怯地问，"您想喝点儿水吗？"

"喝什么，我恶心……"

他松开索尼娅，走到拐角的那一边去了。索尼娅开始同情他了。她从门厅拿来一只水桶，开始用水浇他的脑袋。他顺从地弯下腰，呼哧呼哧地喘气，嘴里还嘟囔着什么。

然后他湿着脑袋，只穿件衬衫坐在台阶上抽烟，索尼娅给他洗上衣。

"您现在好些了吗？"她小声问道，同时还担心有人出来看见她。

"好点儿了……过去我怎么没见过您？这里的人我都认识。"

"我很少参加酒宴。"

"啊！您在学校附近住吗？"

"是的。"

"我送您回去，愿意吗？"

尼古拉站起来，穿上外套，摇头晃脑，去门厅里喝足了水。

"您哭什么呀？"喝完了水他问道，"谁欺负您了？"索尼娅感动得心跳加速。她低下头。

"没有，谁也没有欺负我……"

"您跟我说！谁要是招惹您，我就把那畜生的肋条打断！"尼古拉拉住索尼娅的手，他们穿过满是泥土的道路，然后向左拐，来到篱笆墙和菜园子旁边的小路上。已经下露水了，草儿湿漉漉的。

索尼娅很想笑。她觉得此刻自己像是个陌生人。她想把头靠在尼古拉的肩上，但又为这一想法感到羞愧，可当尼古拉摇晃着靠近她的时候，她又急忙躲开。

"听着，您完全是喝醉了！"她娇嗔地说道，就像在说一位老熟人。

"什么！"尼古拉用手搓着自己的脸，"我哪里是喝醉了。"

他们来到学校，登上台阶。索尼娅感到不知所措。她不知道该怎么做：立刻走开，还是继续站在那里？一开始她想走，但又怕尼古拉生气，所以她停了下来。

不知为什么，尼古拉好像又有些醉意，呼吸声带着沙哑，他捉住索尼娅的手。

"说点什么吧。"她仰望着天空对他说，黑暗中，她的脸色十分苍白。

"说点儿什么呢？……"他声音沙哑地说，一边抓住她，抱紧她，使得索尼娅的骨头发出咯吱声。尼古拉开始用湿润的双唇吻她。

"请您放开我！"她挣扎着，低声说道，"放开我！"

"别说话！"他呢喃低语，把她推进黑乎乎的门厅里，"别说话！你怎么了，小傻瓜！"

在门厅里，他推她，使她紧靠在墙上。

"科利亚……别这样，亲爱的！我的天哪，这是怎么了？"

"爱我吗！"他低语，"呜，小母狗！"

"不要这样，科利亚，不要这样！"她忽然如此伤心地说，尼古拉放开她。他喘了口气，咳嗽了几声，然后开始抽烟，他看了看火柴光下她的脸。

"好吧……"他说，"别生气！你要么……明天去粮仓。你能来吗？"

"什么时候？"索尼娅低声问，她整个人都在发抖。

"七点左右。好吗？"

"我一定来……"

"嗯……"尼古拉深深地吸了几口烟，然后扔掉烟头，用鞋跟一直碾它，"好吧，再见！"

他又一次吻了她，但那一吻已经平静多了，他用手掌揉了揉她的脸蛋儿，然后走下台阶，消失在黑暗之中。马上他又唱起歌来，他的歌声也像是喝醉了酒，跑调了。

回到家后，索尼娅蹑手蹑脚地在房间里走着，一边脱掉衣服，还喝了凉茶。之后，她只穿了件衬衫来到镜子跟前，忧伤地盯着自己的脸蛋、瘦削的双肩和锁骨看了好半天。"我的天哪，我是多么的可怕！"她想了想，不寒而栗，"应当喝鱼肝油！一定要喝！"

她趴到桌子上，抱着黄油罐开始吃黄油。她一向不喜欢黄油，可现在却大口大口地吃它，一边吃还一边想尼古拉。然后她熄了灯，躺下，可无法入睡。在莫斯科，在她房子对面的那一方，灯火辉煌，那儿长着一些椴树，树的影子整夜都在玻璃窗上摇曳。而她这里的窗外却是死一般的沉寂。

"这是爱情吗？"索尼娅悄然自问，然后转身冲着墙壁。

第二天一整天索尼娅都怅然若失。从早晨就开始下雨。她一边给孩子们听写课文的片段，一边忧心忡忡地看着窗外被淋湿的几只老母鸡和水洼。雨过之后，天空变得十分洁净，傍晚时分，从学校旁边经过的汽车在路上留下条条泥痕。

下班后，索尼娅坐下来给女友写信。她写了昨天有个小伙子送她回家，并且今天跟她约会的事。信写得很长很长，洋溢着愉快之情。写完了信，索尼娅似乎已经确定自己爱上了尼古拉。她去邮局把信寄出去，回来后又面对着墙壁躺下。

她在想尼古拉会不会来，如果他来了，他会怎样表现自己，又会说些什么呢？她还担心如果他再吻她的话，她该怎么办。这些想法使她心绪不佳，以至于当她开始穿衣服的时候,她的双手都在颤抖。

她穿上昨天穿过的那条深蓝色的连衣裙,把头发弄得略微有些卷曲,又往身上洒了些香水。这时她的手掌已是汗津津的了。

走在村子里的时候,她觉得所有窗子里的人都在看她,而且所有人都知道她去哪儿,去干什么。她感到害羞,想加快脚步,但却无济于事。只有在田野里她才稍稍松了口气。天气是暖和的,道路上尘土微扬,太阳已滑向深红色的薄雾之中。在路旁的田埂上停着一台拖拉机,身上满是油污的拖拉机手正在修理发动机。看到索尼娅后他伸直了腰,两手往裤子上抹着,接下来他开始抽烟,而且若有所思地望着她的背影。

索尼娅下到一个小洼沟里面,沟底里母牛的蹄印还没有风干,她突然担心起来,她怕尼古拉来得早些,没等到她就走了。她加快脚步,随即跑了起来。

可以看到远处的粮仓了,她停了下来。索尼娅很高兴,因为粮仓附近一个人也没有。她稍稍喘了口气,然后脱下鞋,用草擦粘在鞋上的尘土。坐在那里,脸朝着大路让她很不舒服,于是她转到另一个方向,在那里,已经晒了一天的墙壁散发着热气,因此特别暖和。

一个男孩扛着钓鱼竿走来,开始挖蚯蚓。索尼娅一阵脸红,又朝着大路的方向走去,城里来的货车在路上行驶着,车上的人都朝她这边看,那个小男孩就像是有意同她作对,老是不离开。索尼娅开始觉得热了。最终,那个小男孩挖够了蚯蚓,走了。他几次扭过身来,带着嘲笑。"他猜到了!"索尼娅羞怯地想,"还好,他不是我们学校的学生"。

她又躲到粮仓的后面,摘下一朵洋甘菊。它的花瓣已经打蔫儿,就像是爆竹的模样。索尼娅开始揪这些花瓣!"来,不来……"花瓣被她揪光了,最终的结果是他不来。比这更糟的是索尼娅不知道尼古拉将从哪个方向来。她站起来。从粮仓的后面走了出来,四周张望了一下,就又藏了起来。当尼古拉出现的时候,她感到十分痛苦。他沿着小河边走来,两手插在口袋里,上衣搭在肩上,他走到索尼娅跟前,紧张地看着她,那神情就像是忘记了什么,但又力图回想起什么似的。他的表情似乎变得有些不耐烦。走到索尼娅跟前,他移开目光,懒洋洋地伸出手。

"您好……"

"您好。"索尼娅答道,她不敢抬头。

"等很长时间了?"

"没有……"

"嗯……我们找块儿阴凉地吧。"

他们绕过粮仓,坐在干草垛上,脸朝着大路的方向。太阳落山了,一切都暗淡下来,粮仓的影子穿越了整个田野。

"昨天还好吧?"索尼娅问道,她飞快地瞟了一眼尼古拉,并抱以理解的善意微笑。

"还行……"尼古拉打着哈欠,拽下上衣,"只是没睡够。"

"您昨天很不好。"索尼娅温柔地说道。

"哪儿的话!"尼古拉漠然地拥抱索尼娅,拉近她,想吻她,但他想了想,只是隔着衣领儿喘息了两下。

"很快天就要黑了。"索尼娅发觉天色已晚,她温顺地俯向尼古拉,倾听他的心脏咚咚的跳动声。

"天越来越黑了,我们去豆角地吧,啊?"尼古拉向右晃了晃脑袋,"那有一个窝棚。去吗?"

"别说这些,科利亚。"索尼娅轻声地请求,然后深深地喘了口气。

"啊!"尼古拉突然大声叫道,"太想睡觉了!得啦,让我躺一会儿……"

他叉开大腿,穿着靴子,往后一仰便躺下了。他把头枕在索尼娅的大腿上。尼古拉闭着眼睛躺了一会儿,然后把手往后一扬,去抓索尼娅的肋部。

"你怎么这么瘦?"

这一刻,索尼娅屏住了呼吸。

"就这体质。"她勉强地笑了笑,说道。

"嗯,体质差,大概是什么病吧。这就像是牲口:它要是病了,无论你怎么喂它,就是光长骨头不长肉。"

索尼娅突然感觉到一切都无所谓了,她咽了几口吐沫,免得呕吐。

"为什么您说话那么难听!"忽然她低声说道,"或许您是想怎么对我都行?"

她猛然转过身去,脸慢慢地红了起来:"不要这样对我讲话!您听着!"

她咬了咬下唇,使劲地用袖子擦眼睛。然后依旧目不转睛地望着田野,大腿微微颤动。

"您走吧！我可不是您的什么牲口，把头拿下去，听见了吗？让我一个人待在这里！"

尼古拉不好意思地坐起来。

"嗯，嗯……"他嘟囔着，"我向您道歉！我知道了……不是想骂你，骂你我就不是人！这是工作的缘故，你会习惯的。"

"不，不是工作的事。"她已经平静下来，低着头，忧伤地说道，"而是因为……"

她扯着手帕，手指颤抖着，黑暗中看不清她的脸。

"因为你觉得，如果我来了，和我在一起您感到难堪！"

尼古拉使劲地挠着后脑勺，什么也不说。

"昨天您为什么骂人？"沉默了许久，索尼娅问道。

"是这样……"尼古拉流露出忧郁的神色，"我和他有仇。这个畜生，他抢走了我的卓娅，娶了她。你昨天也见到新娘了！我还和她溜达过呢……"

"大概，许多姑娘都喜欢您。"索尼娅说。

"啊！"尼古拉皱了皱眉头，像是吃了什么酸东西，他又把头枕在她的大腿上，"我了解她们的爱情。"

"您为什么要这样呢，科利亚？"索尼娅急速地说，"应当相信人，您看，我们这里的人多好呀！"

尼古拉抬起头，吐了口吐沫。

"您不相信吗？"索尼娅压低了嗓音问。

"信什么？"

"相信人的纯洁。"

尼古拉笑了起来。

"哎，婆娘们总爱搬弄是非！纯洁……"他转过身去，打着哈欠，闭上眼睛。

他那高大倦怠的身躯、粗壮的脖子，以及那在徐徐降临的暮色中显得生硬呆板但又十分好看的脸庞散发着钢铁般的力量。

索尼娅开始用颤抖的手抚摩尼古拉的头发，她热切地望着他，但最终还是那样害羞与脸红。

"科利亚……您也是个好人，我知道，您有一颗美好的心灵。"她的声音低得勉强能够听得到。

"等一等！"他抬起头仔细听了听。然后又坐下，手扶在索尼娅的大腿上。路上走着两个人，他们在小声说话。

"嘿！"尼古拉喊了起来。

"你喊什么，科利亚！"索尼娅低头说道，并且掩住自己的脸。

走着的那两个人停了下来。

"这是去哪儿？"尼古拉又喊了一句。

"喝酒去。谁呀？好像是尼古拉！"

"正是。哪儿有酒喝？"

"索斯诺夫卡。"

那两个人在路上抽起了烟，烟头发出暗暗的光亮，他们继续走。尼古拉望着他们的背影。

"等一等！"他突然喊道，"我和你们一块儿去！"

他急忙站起来，抖了抖上衣，搭在肩上。然后他咳嗽一声，把手伸向索尼娅。

"嗯，再见吧！什么时候还会见面的……"他手里拿着上衣，转过身，一路小跑儿去追那两个人。

天已经完全黑了。清秀的月儿已在另一方升起，洁净的迷雾弥漫在河边的草地上。万籁俱寂，偶尔，在粮仓的后面有什么东西一闪而过，发出噔噔的声音……

索尼娅坐着，肩膀倚在墙上，仰望天空。她有些发抖。她用一只手拉紧脖领，她想这样会轻松些，但却没有用。她试着哭出来，但是，从胸中冲出来的声音是那样的低沉与可怕，这令她恐惧，她呆呆地坐在那里。

最终，她站了起来，扶着墙站了一会儿，然后往家走。她离开了河边，空气也变得干燥而温暖。她又走在那条软绵绵的大路上了，但是，现在有星星给她照亮。干草和路边的尘土散发着温柔的气息。银河的光芒照耀大地，周遭并非漆黑一片，时而是干草垛，时而又是亚麻地，时而是尚未收割完的麦田。

"呜，呜！"索尼娅发出的依旧是低沉而且可怕的声音，"呜，呜！"

她再也说不出什么，也不去想什么，她又下到那个湿漉漉的小洼地中，然后上来，方才还在路边修理的拖拉机现在已经在远处的田野上耕地。拖拉机的前灯似小星星，隐约可见，还可以听到发动机连续不断的短促声音。

后来，她感到轻松了些。她突然发现世界夺目的美丽，星星慢慢划过天空，坠落下去。还有深夜，远处使她产生幻觉的篝火，以及这些篝火旁边善良的人们，并且感到土地疲惫而沉寂的力量，她也想到了自己，毕竟是个女人，不管怎样，她有心，有灵魂，谁要是理解这些，谁将是幸运的人。噢！愚蠢的傻瓜！她感到自己拥有如此的力与美。她开始轻松与热烈，坚定地迈起步子来，或许，在黑暗中，这样会更好——一个人走在一闪一闪的、正在下坠的群星下。

很快，寂静的村子展现在眼前。许多人都已入睡，只有几间木屋里还亮着灯。一条粗壮的大白狗从大门底下爬了出来。这只狗看到索尼娅后，便悄悄地从后边跑过来，左嗅右嗅。"喂！看你敢咬！"索尼娅无畏地憋足了气，她想了想，然后转过身看那条狗。那狗却不哼了，只是在她的脚上嗅了几下，便跑到暗处去了。索尼娅继续向前走，她开始感到完全的轻松。

许力 译　谷羽 校

图书在版编目（CIP）数据

光与善的骄子:俄罗斯散文选 / 谷羽主编. -- 上海：上海文艺出版社,2017.6
ISBN 978-7-5321-6233-8
Ⅰ.①光… Ⅱ.①谷… Ⅲ.①散文集-俄罗斯
Ⅳ.①I512.6
中国版本图书馆CIP数据核字(2017)第084882号

发 行 人：陈　征
策　　划：姜逸青
责任编辑：秦　静
封面设计：钱　祯

书　　名：光与善的骄子:俄罗斯散文选
主　　编：谷　羽
出　　版：上海世纪出版集团　上海文艺出版社
地　　址：上海绍兴路7号　200020
发　　行：上海世纪出版股份有限公司发行中心发行
　　　　　上海福建中路193号　200001　www.ewen.co
印　　刷：江苏苏中印刷有限公司印刷
开　　本：650×958　1/16
印　　张：31.25
插　　页：2
字　　数：300,000
印　　次：2017年6月第1版　2017年6月第1次印刷
I S B N：978-7-5321-6233-8/I · 4974
定　　价：78.00元
告 读 者：如发现本书有质量问题请与印刷厂质量科联系　T:0523-82898066